경판방각본

영웅소설선

경판방각본

영웅소설선

신해진 선주

고전 분위기를 살린 현대어역, 원문 교정 및 정밀한 역주

〈금방울전〉〈백학선전〉〈쌍주기연〉〈장경전〉〈정수정전〉

보고사
BOGOSA

머리말

국문 고소설 작품들은 일부를 제외하고 대부분 그 원문 읽기가 쉽지 않다. 대부분 붓으로 흘려 쓴 필사본 형태로 전하는 데다 띄어쓰기가 되어 있지 않고 오탈자가 많으며, 필사자 거주지역의 방언이 뒤섞여 있고 고도의 소양이 담긴 한자어가 고어체로 적혀 있는 경우가 허다하기 때문이라 하겠다. 뿐만 아니라 난삽한 문장과 연문 등이 삽입되고, 같은 인물의 성명이나 같은 장소의 이름 등이 앞뒤에서 서로 다르게 표기된 경우도 많다. 연도의 착오나 글자의 오기도 허다한 데다 한자가 표기되지 않은 채 한자음 그대로 표기된 것도 비일비재하고, 시제도 불명확하다. 이것들이 바로 대부분 국문 고소설 원전의 실상이라 할 것이다.

이러한 실상을 지닌 원전에 난독성의 글씨체로 표기된 원문을 디지털화하기 위해서는 우선 원문 그대로를 입력해야 하는데 정말 단순하면서도 지난한 과정이다. 쉬 읽을 수 없는 글씨체로 표기된 원문을 적어도 두세 차례에 걸쳐 입력한 것과 대조하는 과정을 또 병행해야만 한다. 원문을 단순히 활자화하여 옮겨놓는 데만 그쳐서는 효용성이 없을 것인바, 활자화한 원문을 문맥에 따라 바르게 유추하면서 끊어 읽기와 행(문단) 나누기, 대화와 지문 구분하기 등을 먼저 하고 나면, 오기에 대한 정정, 비문이나 착종 문장의 바른 문장화 등을 이어서 해야 한다. 대괄호[ ]를 통해 교정하고 중괄호{ }를 통해 풀이까지 병행하면서, 주석 작업을 통해 오류 등을 바로잡고 보충해야 할 것은 보충

하려 애썼다. 그리하여 연구자들에게 연구 자료가 되도록 하였다.

그 다음 단계에서 현대어역을 해야 하는데, 국문 고소설 작품의 현대어역이란 것이 옛 글자와 단어에 부합하는 현대어로 단순히 교체하는 데에 그치는 것은 아닐 터이다. 작품의 전체에 대한 정교한 이해, 인물간의 관계에 대한 파악 및 존대어의 층위 조절, 정확한 재해석에 따른 어휘의 적정한 재활용 등 고려해야 할 것들이 참으로 많다. 이러한 단계를 거쳐 적정한 시제와 화자의 발화에 따른 다양한 정서 등을 살리는 것이 필요하나, 그렇다고 하여 원전을 벗어난 현대어역이어서는 아니 될 것이다. 쉬 읽히면서도 고전의 분위기와 맛을 즐길 수 있도록 유의해야 함은 자명한 일이다.

이러한 현대어역은 해당분야의 연구를 보다 심화시킬 것임은 물론이요, 인접학문의 연구자들이 새로운 현대적 의의를 재발견할 수 있는 밑거름일 것임은 분명하다. 또한 일반 독자들에게는 고소설에 대해 제대로 된 감상을 가능케 할 것이다.

그간 국문 고소설 가운데 가정소설, 우화소설, 영웅소설이라고 일컬어지는 작품유형에 대해 관심을 갖고 선주서(選注書)를 간행해 왔다. 특히, 영웅소설은 지속적으로 관심을 가졌던 유형인데, 2009년 〈소대성전〉(지만지)과 〈장풍운전〉(지만지), 2010년 〈용문전〉(지만지) 등에 대해 현대어역과 주석 작업을 한 바 있다. 이러한 작업은 어떤 차원에서든 전공자나 비전공자에게 꽤 중요한 의미가 있음에도 제대로 대접받지 못한 것이 현실이었다. 그렇지만 기초 토대가 튼실해야 함은 누구나 동의하는 것도 현실이다. 그렇다면 제대로 하는 것이 중요할 터, 현대어역문과 그 역문에 주석 작업을 한 뒤에 원문을 교정하지 않은 채 단순히 그대로 옮겨놓는 활자화 방식은 바람직하지 않은 것 같다. 나 스스로가 그렇게 해왔었다. 그래서 현대어 역문은 고전의 분위기를 살리면서 그 맛을 제대로 느낄 수 있도록 하되, 원문에 대해 정교하고도 치밀하게 교정을 하면서 그 원문에 주석 작업을 병행하는 방식으로 모색했다. 이렇게 하면 원문을 제대로 이해하지 못하여 적당히 뭉갠 채로 현대어역은 하지 않을 것이다. 그에 따른 것으로 2018년도에는 〈완판방각본 유충렬전〉(보고사)과 〈완판방각본 이대봉전〉(보고사)을 출간한 바 있는데, 이번에는 개별 작품이 아니라 다섯 작품을 선별하여 묶은 '선집(選集)'을 출간한다.

이 선집에는 〈금방울전〉, 〈백학선전〉, 〈쌍주기연〉, 〈장경전〉, 〈정수정전〉 등 다섯 작품이 수록되는데, 그 선택 키워드는 '여성'이다.

〈금방울전〉은 원래 남해용왕의 딸이었던 용녀가 과부 막씨의 몸에서 방울의 모습으로 이 세상에 태어난 인물이 바로 금방울[金鈴]이다. 비정상적인 모습으로 태어나자 자신을 학대하여 온갖 고난과 시련을 겪게 한 어머니 막씨를 자신의 신이한 능력으로 오히려 보호한다. 원래 동해용왕의 아들이었던 장해룡을 도적의 습격 때문에 잃어버린 뒤로 막씨가 사는 고을의 원님이 된 장해룡의 아버지가 요망한 물건으로 여기고 금방울을 처치하려 하나 끝내 처치하지 못하고 풀어주자, 아들을 잃은 슬픔으로 병을 얻어 죽은 장해룡의 어머니도 보은초로 살려낸다. 무엇보다도, 장해룡이 지하국에 사는 요괴에게 납치된 금선공주를 구할 때와 전장에 나가서 흉노를 물리칠 때, 금방울은 장해룡을 도와 요괴를 퇴치하고 흉노와의 전쟁에서 승리하도록 한다. 이렇듯 신이한 능력을 지닌 금방울은 액운이 나한 뒤에 딜을 벗고 부귀공명을 누린다.

〈백학선전〉은 남녀 주인공들의 아름다운 인연을 맺도록 한 신물(信物)을 표제로 한 작품이다. 유백로와 조은하는 원래 선관과 선녀로 각각 옥황상제에게 죄를 지어 인간세상으로 쫓겨 와서 갖은 고초를 겪는 인물이다. 길에서 우연히 만난 두 남녀는 서로에게 좋은 감정을 갖게 되었는데, 유백로가 가보(家寶)인 백학선에 시를 지어 조은하에게 건넨다. 이후 둘은 거듭된 고난을 겪지만, 끝내 남경을 침범한 오랑캐를 무찌르기 위해 출정한 유백로가 위기를 당하자 조은하가 남장을 한 채 전쟁터로 달려가 구출한다. 이때 황제가 한낱 여자의 몸으로 어찌 대장군도 못한 일을 할 수 있겠느냐고 물으니, 조은하는 나라를 위하는 마음에 어찌 남녀가 있으며, 바위에 구멍을 뚫는 작은 송곳처럼 여자라고 해서 전장에 나가지 못할 것은 없다고 한다. 여성인 줄 알면서도 출전하도록 허락한 황제는 승전보를 접하자 유백로에게는 연왕을 봉하고, 조은하에게는 정렬충의 왕비를 봉한다. 여자의 몸으로서 충성도 효성도 아닌 정인(情人)을 위한 출정을 감행한 결과이다.

〈쌍주기연〉은 하늘이 내린 신물(信物)을 통한 남녀의 결연이 주된 내용이고, 남주인공의 영웅성을 부각시키기 위한 군담(軍談)이 보충되어 있다. 남자주인공 서천흥의 아버지인 서경이 남만 왕을 타이르러 갔다가 도리어 만왕에게 섬에 갇히고 만다. 이때 서경의 부인 이씨는 산적에게 납치되어 가던 도중에 탈출하나, 서천흥은 도적에게 남겨지고 말았다. 하지만 왕어사의 사내종 장삼에게 발견되어 길러진다. 왕어사의 부인 유씨는 우연히 서천흥의 구슬과 자신의 딸 왕혜란의 구슬을 서로 맞추어 본 뒤 하늘의 인연임을 알고 정혼한다. 서천흥이 과거에 급제하는데, 그때 남만이 침범하자 대원수가 되어 만국을 평정하고 아버지를 구출하여 회군한다. 서천흥이 출전한 사이에 귀비 위씨 소생인 제왕이 왕혜란을 납치하려 하나, 왕혜란은 꿈에서 아버지의 계시를 받아 남복(男服)을 입고 도망해 시비 월향이 대신 납치된다. 탈출한 왕혜란은 여승의 도움으로 산사에 있다가 서천흥의 모친을 만나고, 끝내 서천흥과 재회하여 부귀영화를 누린다. 남장을 한 양신청과 서천흥의 관계는 잔잔한 웃음거리를 제공하기도 한다.

〈장경전〉은 영웅소설의 전형적 구조를 갖추고 있다. 어머니 여씨가 천축사에 공양하고 태몽을 꾼 뒤 태어난 장경이 7세 때 도사가 관상을 보고 부귀공명은 하겠지만 젊었을 때의 운이 좋지 않아 부모와 이별하겠다고 하자, 장취는 아들의 생년월일과 성명을 써서 옷깃에 감추어 둔다. 이것이 작품 전개의 복선 구실을 한다. 장경은 예주자사 유간의 변란 중에 부모를 잃고 고아가 되어 걸식하다가 관노 차영의 사환이 된다. 장경을 흠모한 기생 초운의 도움으로 학업을 연마하여 과거에 급제해 한림학사가 되었다. 우승상 왕귀와 절도사 소성운의 딸을 각각 부인으로 삼는다. 이때 서융(西戎)이 모반을 일으키자, 대원수로 출정하여 평정하고 돌아오는 길에 잃었던 부모까지 만나게 된다. 우승상 때 그의 부모가 죽고, 황제도 죽자 태자가 황위에 올랐다. 연왕(燕王)이 우승상 장경을 모함하여 귀양 보낸 뒤 반란을 일으켰지만, 장경이 형주에서 군대를 일으켜 황제를 복위시킨다. 그 사이에 소부인이 초운을 축출했으나 장경이 구제한다. 후에 장경은 연왕이 되어 소부인을 벌하고, 초운은 황상에 의해 정숙왕비로 봉해진다. 창기였던 초운이 각로나 절도사의 딸보다 앞서는 왕비가 된 것이다.

〈정수정전〉은 정수정이라는 여주인공이 남장을 하고 장군이 되어 나라에 큰 공을 세우는 여성영웅소설이다. 병부상서 정흠에게 뒤늦게 본 딸이 있으니 바로 정수정이다. 이부상서 장운에게 장연이라는 아들이 있었다. 정공과 장공은 가까운 친구 사이로 아들과 딸을 정혼하였다. 간신인 예부상서 진량의 참소로 정공이 귀양 가서 죽고 그 부인 양씨도 죽었으며, 장공마저도 죽으니 두 집안이 몰락하여 의지할 곳 없게 되자, 정수정은 남복을 하고 무예를 닦아 과거에 급제한다. 정공에게 아들이 없음을 고하는 진량을 정수정이 크게 꾸짖고, 황제가 진량의 간교함을 깨닫고 강서로 찬출하였다. 장연도 이 과거에 급제하였는데, 장연과 정혼한 사람은 죽은 자기 누이라 하는 정수정의 말을 믿고 원승상의 딸과 결혼하였다. 이때 북방 오랑캐가 침범하자, 정수정은 대원수가 되고 장연은 부원수가 되어 출정하여 격퇴하고 전공을 세웠다. 황제가 기뻐한 나머지 두 사람 모두 부마로 삼으려 하였다. 그제야 수정은 자신이 여자임을 밝혔지만, 이에 황제는 오히려 정수정을 청주후로 봉한 다음 정수정과 장연을 맺어주고 또 공주와도 결혼시켰다. 모두 화락하게 지내던 중 수정이 장연의 총희인 영춘의 방자함을 징계하여 목을 베자, 시어머니가 대로하였을 뿐만 아니라 장연과 정수정은 냉랭한 사이가 되었다. 이에 수정은 청주로 돌아가 군사를 훈련시켰다. 그때 철통골이 침략해 오자 정수정은 대원수가 되어 적을 격파하였고, 군량수송의 책임을 다하지 못한 장연을 곤장으로 다스리기도 하였다. 황성으로 회군하면서 진량의 목을 베어 부모의 원수도 갚았다. 정수정 부부는 다시 화목하게 75세까지 살다가 동시에 오색구름을 타고 승천하였다. 남편과 시어머니까지 굴복시킬 정도로 위세가 당당한 정수정의 형상이 주목되는 작품이다.

이와 같은 다섯 작품을 묶은 이 책은 온전한 감상과 이해를 위한 텍스트로 역할하기를 바랄 뿐이다. 나름대로 최선을 다했지만 그럼에도 여전히 미진한 면이나 오류가 없지 않을 것인바, 대방가의 질정을 청한다.

언제나 따뜻한 마음으로 편집을 맡아 수고해 주신 보고사 가족들의 노고에 심심한 고마움을 표한다.

2019년 8월 빛고을 용봉골에서

무등산을 바라보며 신해진

차례

현대어역

원문과 주석

일러두기

이 책은 다음과 같은 요령으로 엮었다.

1. 현대어역은 원문에 근거함을 원칙으로 하되, 가급적 원전의 뜻을 해치지 않는 범위 내에서 호흡을 간결하게 하고, 더러는 의역이나 보충을 통해 자연스럽게 풀고자 했다. 참고한 기존 역주서는 다음과 같다.
   『박씨전·금방울전』, 이상구 역주, 문학동네, 2018.
   『금환긔봉·뎡슈졍젼·홍백화뎐』, 임치균·허원기·이지영·부유섭 저, 한국학중앙연구원출판부, 2017.
   『한국의 여성영웅소설』, 정병헌·이유경 엮음, 태학사, 2000.
2. 원문은 저본을 충실히 옮기는 것을 위주로 하였다. [ ]를 통해 교정하고 { }를 통해 풀이하여 원문만으로도 읽을 수 있도록 하였다. 이 책의 대본은 다음과 같다.
   〈금방울전〉: 경판 28장. 『景印古小說板刻本全集 4』(김동욱 편), 35~48면.
   〈백학선전〉: 경판 24장. 『景印古小說板刻本全集 1』(김동욱 편), 399~410면.
   〈쌍주기연〉: 경판 32장. 『景印古小說板刻本全集 4』(김동욱 편), 521~537면.
   〈장경전〉: 경판 35장. 『景印古小說板刻本全集 5』(김동욱 편), 735~752면.
   〈정수정전〉: 경판 17장. 『景印古小說板刻本全集 3』(김동욱 편), 59~67면.
3. 원문표기는 띄어쓰기를 하고 句讀를 달되, 그 구두에는 쉼표(,), 마침표 (.), 느낌표(!), 의문표(?), 홑따옴표(‘ ’), 겹따옴표(“ ”), 가운데점(·) 등을 사용했다.
4. 주석은 원문에 번호를 붙이고 하단에 각주함을 원칙으로 했다. 독자들이 사전을 찾지 않고도 읽을 수 있도록 비교적 상세한 註를 달았다.
5. 주석 작업을 하면서 많은 문헌과 자료들을 참고하였으나 지면관계상 일일이 밝히지 않음을 양해 바라며, 관계된 기관과 여러분들께 진심으로 감사드린다.
6. 이 책에 사용한 주요 부호는 다음과 같다.
   1) ( ) : 同音同義 한자를 표기함.
   2) [ ] : 異音同義, 出典, 교정 등을 표기함.
   3) { } : 의미 풀이 등을 표기함.
   4) “ ” : 직접적인 대화를 나타냄.
   5) ‘ ’ : 간단한 인용이나 재인용, 강조나 간접화법을 나타냄.
   6) 〈 〉 : 편명, 작품명, 누락 부분의 보충 등을 나타냄.
   7) 「 」 : 시, 제문, 서간, 관문, 논문명 등을 나타냄.
   8) 《 》 : 문집, 작품집 등을 나타냄.
   9) 『 』 : 단행본, 논문집 등을 나타냄.
   10) ★ : 원문 문장 누락을 나타냄.

현대어역

금방울전

화설(話說). 원(元)나라 순제(順帝: 惠宗)의 지정(至正) 연간 말에 '장원'이라는 자가 있었다. 벼슬이 한원(翰苑)에 있었을 때 원나라가 망하고 명(明)나라가 일어나자, 그는 세상의 형편 돌아가는 것이 염려되어 태안주(泰安州)의 이릉산에 숨어 살았다.

어느 날 장공이 꿈을 꾸었는데, 남전산(藍田山)의 신령이 나타나 일렀다.

"시운(時運)이 좋지 않아 조만간에 큰 화가 있을 것이니, 바삐 이곳을 떠나거라."

그리고는 그 신령이 간데없었으니, 장공이 깨어나 부인에게 꿈꾼 일을 이야기 하고 즉시 부인을 이끌어 옛길을 찾아 나섰다. 문득 비바람이 일어나면서 붉은 옷을 입은 동자가 앞에 나아와 급히 빌며 말했다.

"소자의 목숨이 경각(頃刻)에 달려 있어 아주 위태로우니, 부인은 구하여 주소서."

부인이 크게 놀라 물었다.

"선동(仙童)의 급한 일은 무슨 일이며, 우리가 어찌 구하라고 하느뇨?"

동자가 발을 구르며 말했다.

"소자는 동해 용왕의 셋째 아들로 남해왕의 사위되어 혼례를 올리고 용녀를 신부로 맞이하여 오다가 동해 호숫가에서 남섬부주(南贍部洲)의 요괴를 만나니 용녀를 앗아가려 하였나이다. 둘이 힘을 모아 싸우다가 용녀는 힘이 다하여 죽고, 소자 또한 어린 까닭에 신통력을 부리지 못하여 달아났지만 미처 수궁에 들어가지 못한 채 인간 세상으로 멀리 나오게 되어 기력이 다해 다시 달아날 곳이 없나이다. 바라건대 부인은 잠깐 입을 벌리시면 몸을 피하고 후일에 은혜를 갚으리다."

부인이 잠깐 입을 벌리니, 용자는 몸을 흔들어 붉은 기운이 되어 입 속으로 들거늘, 부인이 삼키자 홀연 천지가 아득하며 휘몰아치는 거센 바람이 일어나고 괴이한 소리가 땅을 진동하였다. 장공의 부부가 급히 돌 틈에 숨었더니, 이윽고 바람이 그치고 햇빛이 흐린 데 없이 밝고 환하여 겨우 길을 찾아 굴 밖으로 나왔다. 이곳은 바로 태안 땅 고당주(高唐州) 접경이더라.

비록 도회에서 멀리 떨어진 산속의 골짜기이기는 하나, 민가가 많은데다 인심이 순박하고 인정이 두터웠다. 그 가운데 목숨을 바쳐 절개와 의리를 우러러 받들어서 자신의 몸을 내던지고 명성을 이룬 사람이 많으니, 백성들은 기대어 의지할 데 없는 사람들을 붙들어 돕고 있었다. 장공의 행동거지가 단아하고 언사가 온화함을 보고는 무척이나 소중히 여겨 혹 집터도 빌려주려 하고 혹 농사도 나누어 지으려 하는데다 자식이 있는 자들은 다투어 학문 배우기를 원하였다. 이로 인하여 살림 형편이 넉넉하게 되니, 호칭하기를 '산인(山人)'이라 하였다.

차설(且說)。 장공이 대를 이을 자식이 없어 매양 슬퍼하였다. 어느 날 꿈을 꾸었는데, 문득 천지가 아주 컴컴해지자 구름 속에서 청룡이 내려오더니 검은 껍질을 벗고 변하여 선비가 되어서는 앞에 나아와 말했다.

"자식의 급한 형편을 구하여 주니 그 은혜 잊을 수 없었지만 능히 갚을 바를 알지 못하였노라. 이때 옥제(玉帝)께서 조회를 받으시고 천상천하의 원통하고 억울한 것을 살피시니, 남해 용왕의 막내딸은 나의 며느리로 저들이 갓 결혼해 오다가 요괴에게 죽고 원통한 혼령이 되어 옥제께 자신이 바라는 바를 빌었더니라. 옥제께서 금광에게 '시원스레 착한 일은 착한 대로 악한 일은 악한 대로 갚음하라.' 하실 때, '용자(龍子)도 인간 세상에 내보내어 아직 다하지 못한 인연을 다하게 하라.' 하시니, 내가 금광에게 청하여 그대 집으로 정하였노라."

그리고는 그 선비가 간데없었으니, 부부가 놀라 깨어나 서로 꿈꾼 일을 이야기하며 마음속으로 기뻐하였다. 과연 그 달부터 아이를 밴 기미가 있더니, 열 달이 되자 한 옥동자를 낳았다. 얼굴이 남전산(藍田山)에서 보았던 선동(仙童)과 같은지라, 비록 포대기에 싸인 아이이나 용모가 우람하고 기질이 뛰어났다. 하여 이름을 '해룡'이라 하고 자는 '응천'이라 하였다.

좋은 일에는 탈이 많이 생기는 것은 예나 지금이나 흔히 있는 일이라. 이때 천자가 하늘의 명을 받아 임금 자리에 올랐으나, 나라 안이 아직 온전히 평정되지 못하였다. 혹은 위왕(魏王)이라 하기도 하고 혹은 조왕(趙王)이라 하기도 하며 남서(南西)로 노략질하니, 온 경내가 두려워하여 피난하는 자가 헤아릴 수 없었다. 장공 부부도 그 중에 섞이어 피난하는데 도적이 급히 추격해오니 해룡을 서로 둘러업고 내닫다가 기력이 다하자, 부인이 울며 말했다.

"이 아이를 보전하고자 할진대 우리 셋이 다 죽을 것이니, 상공은 우리 모자를 잠깐 버리고 피난하였다가 모자의 해골이나 거두소서."

장공은 아내와 아들을 차마 버리지 못하여 서로 붙들고 통곡하는데, 도적이 섬섬 가까이 오고 있었다. 장공이 울면서 '해룡을 버리고 가자.'라며 재촉하니, 부인이 달리 어떻게 할 도리가 없어서 해룡을 길가에 앉히고 달래어 말했다.

"우리 잠깐 다녀올 것이니, 이 과일을 먹고 앉아 있거라."

해룡이 울며 함께 가리라 하니, 장공이 좋은 말로 달래고 부인을 재촉하여 달아나는데 걸음마다 돌아보니라. 해룡이 부모를 애타게 부르며 쉬 오라고 당부하더라.

이때 도적들이 오다가 해룡을 보고 죽이려 하니, 그 중에 '장삼'이란 도적이 말리며 말했다.

"어린 아이가 부모를 잃고 우는 것을 무슨 죄가 있어 죽이려 하느뇨?"

장삼이 아이를 업고 가다가 생각하였다.

'내 위세에 몹시 눌리어서 도적의 무리에 잡아들여졌으니, 어찌 본심이리오. 또 이 아이의 얼굴상을 보니 귀히 될 기상이라. 이때를 틈타 달아나리라.'

그리고는 아닌 게 아니라 정말로 천천히 가다가 강남의 옛 고을로 달아났다.

이때 장공 부부가 잠깐 피하였다가 도로가 고요해져 산에서 내려와 찾아보니, 해룡이 간데없었다. 부인이 가슴을 치며 말했다.

"아주 잃을 줄 알았더라면 무슨 표시라도 해두어서 다시 찾을 때에 보람이 되도록 할 것을 창졸간에 생각지 못하였으니, 해룡이 자라서 우리를 찾은들 어찌 알 수 있으리오."

장공이 위로하며 말했다.

"해룡의 등에 붉은 사마귀가 북두칠성 모양으로 있으니, 어찌 알아차리지 못하리오."

장공이 두루 돌아다니며 찾아보다가 조나라 장수 위세기에게 잡혀 그 장수의 막하(幕下)에 들어 가니라. 위세기가 장공의 뛰어난 기상을 보고 아껴 그의 결박을 끄르게 하고는 대청에 오르라 하여 사리 분별로 타이르는데, 두 사람의 의지와 기개가 서로 잘 맞았다. 즉시 장공을 참모로 삼았더니, 참모가 올린 방책으로 접경 지역 수천 리를 얻었다. 이로 인하여 남서 방면의 작은 성과 딸린 영토를 골라 주고 한가히 쉬라 하니, 장공 부부가 뇌양현(耒陽縣)으로 가니라. 그곳은 서촉(西蜀)과의 경계로 산천이 험준하니, 백성들이 전쟁을 몰랐다. 장공이 부임한 후로 정사가 공평하니, 온 고을 사람들이 편안하게 생업에 종사하며 즐거워하는 소리가 멀리서도 가까이서도 들리더라.

이때 성남 조계촌에 '김삼랑'이란 사람이 있었으니, 사소한 일에는 거리낌이 없는데다 주색에 빠져 행실이 좋지 못했다. 그는 아내 막씨의 얼굴이 곱지 못하니 조씨 성을 가진 여자를 취하여 그곳에 살고 집으로 돌아오지 않았다. 막씨는 조금도 서러워하는 법 없이 늙은 시어미를 봉양했는데, 집이 가난했기 때문에 남의 일을 해주고 품삯을 받아 아침저녁밥을 지어서 시어머니와 나누어 먹었다. 그 시어머니가 죽자, 막씨는 밤낮으로 애통해하며 예를 다해 장사를 치렀고, 선산(先山)에 안장한 후에는 산소 앞에 초막(草幕)을 짓고 밤이면 지켰다. 이렇게 십여 년을 한결같이 하였으니, 천고에 효부가 많으나 막씨에게 미칠 사람은 없더라.

어느 날 막씨가 초막에서 꿈을 꾸었는데, 꿈에 몸이 공중으로 올라 헤매어 떠돌다가 한 곳에 이르렀다. 산천이 매우 뛰어나고 풍경이 산뜻한 곳이었다. 막씨가 바라보려 하는데, 백발 노옹이 사방에 앉아 있으니 감히 나아가지 못하고 머뭇거릴 즈음에, 동자가 나와 말했다.

"우리 사부께서 옥제의 명을 받자와 그대에게 전하려 하시니, 바삐 나아가 뵈오라."

막씨가 인하여 나아가보니, 노옹들이 각각 방위를 정하여 앉았다가 한 노옹이 막씨에게 말했다.

"옥제께서 그대의 큰 절조와 지극한 효성을 아시고 '극진히 표창하라.' 하시매, 자식을 점지코자 하였더니라. 그러나 듣자니, '그대의 남편이 난중에 죽었다.'고 하는지라 하릴없어 옥제께 이 사연을 주달하였더니, 옥제께서 '좋은 도리로 점지하라.' 하셨노라. 마침 남해 용녀와 동해 용자가 젊은 나이에 원통하게 죽었기로 옥제의 탑전(榻前)에 원수를 갚아달라며 발원(發願)하니, 옥제께서 우리로 하여금 '잘 처리하여 착한 일은 착한 대로 악한 일은 악한 대로 갚음하게 하라.' 하셨노라. 때문에 명을 받들어 동해 용자는 마침 좋은 곳이 있어 잘 처리하였으되, 용녀의 거처를 정하지 못하였다가 이제 데려와 그대에게 주노라. 십육 년 후에 얼굴을 볼 것이니, 이제 보았다가 후일에 착오가 없게 하라."

노옹이 공중을 향해 용녀를 부르니, 이윽고 한 선녀(仙女)가 공중에서 내려와 섰다. 막씨가 보니, 선녀는 만고에 견줄 만한 사람이 없을 정도로 뛰어난 미인이더라. 붉은 옷을 입은 선관(仙官)이 먼저 일렀다.

"내게 네가 몸을 가릴 만한 것이 없으니 너로 하여금 춘하추동을 마음대로 보내게 하리라."

이렇게 말하고는 소매 안에서 오색 명주를 내어주며 말했다.

"십육 년 후에는 찾을 때가 있을 것이니, 나에게 도로 보내라."

푸른 옷을 입은 선관이 부채를 주며 말했다.

"이것을 가지면 천 리라도 하루에 능히 갈 것이니, 쓰고 즉시 전하라."

흰 옷을 입은 선관이 붉은 부채를 주며 말했다.

"바람과 안개를 부릴 수 있나니, 찾을 때에 전하라."

검은 옷을 입은 선관이 말했다.

"나는 줄 것이 없으니 힘을 빌려주노라."

이렇게 말하고는 검은 기를 주니, 선녀가 받은 뒤 막씨를 한 번 돌아보며 공중으로 날아가려 하는데, 학의 울음소리가 나면서 누런 옷을 입은 선관이 내려와 자리에 앉으며 말했다.

"막씨의 표창은 어떻게 하였으며, 용녀의 착한 일은 착한 대로 악한 일은 악한 대로 갚음인 보응은 어떻게 마련하였느뇨?"

여러 선관들이 대답했다.

"여차여차 미리 알려주었노라."

누런 옷을 입은 선관이 눈썹을 찡그리며 말했다.

"그리하면 이름 없는 자식이 될 것이니, 효부의 바라는 바가 아니오. 여차여차 하였으면 하늘의 뜻을 세상이 알 것이요, 모녀간의 윤리와 기강도 알 것이오."

여러 선관들이 모두 옳다 하고 각각 채색구름을 타고 흩어졌다. 막씨가 너무 놀라 입을 딱 벌린 채로 돌아서서 사방을 둘러보니, 신선의 자취는 구름과 안개 속으로 사라지고, 만 발이나 되는 높은 데서 떨어지는 폭포의 물 흐르는 소리만 들릴 뿐이었다. 무료하여 돌아오는데 물가의 벼랑에서 발을 헛디뎌 깨달으니, 남가일몽으로 한바탕의 꿈일러라. 막씨는 꿈속의 일을 기록하면서 남편이 죽은 줄 알고 신위(神位) 없이 제사를 지내며 슬퍼함을 마지아니하였다.

어느 날 막씨가 온갖 시름에 싸여 앉아 있는데, 갑자기 한바탕 음산한 바람이 일어나며 초막 밖에 한 사람이 서 있었다. 막씨가 자세히 보니 바로 남편 김삼랑이라서 놀라 그에게 물었다.

"장부가 나를 버리고 집을 나간 지 거의 수십 년이오. 간 곳을 몰라 염려하였더니, 꿈에서 신령이 이르기를 '난중에 죽었다.' 하더이다. 꿈 이야기는 믿을 것이 아니나 내가 역력히 들었기 때문에 허위(虛位)를 모셨을망정 빈소를 차렸더이다. 의심스럽더라도 살아서 서로 보는 것이거늘, 어찌 깊은 밤에 나다니는데 움직임이 분명하지 아니하느뇨?"

김삼랑이 목이 메어 말했다.

"아닌 게 아니라 그대가 지닌 요조숙녀(窈窕淑女)의 뜻을 모르고 방탕한 자의 마음을 걷잡지 못해 사리에 맞지 않게도 그대를 박대했던 죄로 천벌을 받아 과연 난중에 죽었으니, 다음 세상에 가도 또한 죄인일러라. 비록 깨달았으나 결코 그대의 뜻에 미치지 못할 바이요, 귀신의 부류에도 끼어들어 섞이지 못하고 음산한 바람이 되어 이리저리 다녔더니라. 그대가 나를 위하여 향을 사르며 제사를 지극정성으로 지내고 있었으니, 어찌 부끄럽지 않으리오. 비록 이승과 저승이 동떨어져 있으나, 그 감격함을 사례코자 왔노라."

김삼랑이 생시와 다름없이 수작하고 돌아간 후로는 자주 왕래하여 꿈속 같은 친밀함이 있었다. 막씨는 갑자기 복통이 있더니 마치 태아가 노는 듯하고서 배가 점점 크게 불러오자, 심히 괴이하게 여겨 남이 알까 근심하였다. 열 달이 되자 아이를 낳으려는 기미가 있어 초막에 엎드려 출산을 하고 돌아보니, 아이가 아니라 '금방울' 같은 것이 금빛 찬란하였다. 막씨가 크게 놀라며 괴이하게 여기고 손으로 눌러도 터지지 아니하고 돌로 깨쳐도 깨지지 아니하니, 다시 집어다가 멀리 버리고 돌이켜보는데 금방울이 굴러서 따라왔다. 더욱 의심스러워 집어다가 깊은 물에 냅다 던지고 돌아오는데, 금방울이 물 위에 가벼이 둥둥 떠다니다가 막씨가 가는 양을 보고는 여전히 굴러서 따라왔다. 그래서 막씨가 미루어 생각했다.

'내 팔자가 기구하여 이 같은 괴물을 만났으니, 다른 날에 반드시 큰일 낼 빌미가 되리로다.'

그리고 집으로 돌아와 마침 불을 때다가 금방울을 아궁이에 처넣고는 아궁이를 닷새 후에 헤쳐 보니, 금방울이 뛰어나오는데 상하기는 커녕 도리어 더욱 빛이 생생하고 향내가 진동하였다. 막씨는 달리 어떻게 할 도리가 없어 두고 보았더니, 밤이면 품속에 들어와 자고 낮이면 굴러다니며 혹 솟구쳐 날려는 새도 잡고 나무에 올라 과일도 따와서 앞에 놓았다. 막씨가 금방울을 자세히 보니 그 속의 실 같은 털로 온갖 것을 다 묻혀 오는데, 그 털에는 솔잎 같은 것이 있지만 보통 때 반반하여 보이지 않았다. 막씨가 추위를 당하더라도 금방울이 굴러 품속에 들면 조금도 춥지 않았다.

엄동설한에 바깥에서 막씨가 남의 방아를 찧어주고 저녁에 초막으로 돌아오니, 금방울이 굴러 초막으로 내달아 와서 반기는 듯 뛰놀았다. 막씨가 추위를 견디지 못해 초막 속으로 들어가니, 그 안이 놀랍게도 덥고 금방울이 빛을 내어 밝기가 대낮 같았다. 막씨가 기이하게 여겼지만 남이 알까 염려하여 낮이면 초막 속에 두고 밤이면 품속에서 품어 재웠다. 금방울이 점점 자라니, 산에 오르기를 평지같이 하고 마른 데 진 데 없이 굴러다녔지만 몸에 흙이 묻지 않았다.

이같이 하는 것이 오래되자, 자연히 사람들이 알고서 구경하고자 하여 문 앞을 메울 정도였다. 사람들이 들어와 금방울을 집어 보니, 빛이 찬란하고 털도 부드러워지고 향내도 진하게 풍겼다. 그 가운데 사내들이 집어보려 하면 땅에 박혀 떨어지지 아니할 뿐 아니라, 그 몸이 마치 불덩이 같아서 손을 댈 길이 없었으니, 더욱 신통히 여기더라.

이때 동네에 '목손'이라는 사람이 있었는데, 살림살이야 부유하였지만 미련하고 우악스러운 욕심과 불측한 행동이 사람이라고 하기에는 벗어난 놈이었다. 막씨의 금방울을 훔치려고 막씨가 자는 틈을 타 몰래 금방울을 훔쳐 집으로 가져가 아내와 자식에게 자랑하고 감추어 두었다. 그날 밤에 난데없는 불이 나서 온 집안을 둘러쌌다. 목손이 놀라 미처 옷도 입지 못하고 발가벗은 채 뛰어나가 보니, 불길이 하늘에 닿을 듯했는데 바람마저 불길을 도왔다. 어찌할 줄 몰라 하는 사이에 재물과 세간을 다 재로 만들어버렸다. 목손 부부는 목 놓아 통곡했는데, 그러면서도 금방울을 잊지 못해 불났던 곳에 가 잿더미를 헤치고 금방울을 찾았다. 그랬더니 잿더미 속에서 금방울이 뛰쳐나와 목손 아내의 치마폭에 감싸이자 거두어 가지고 왔다. 그날 밤에 목손의 아내가 추위를 견디지 못하자, 목손이 말했다.

"이 같은 한더위에 어찌 그리도 추워하느뇨?"

그의 아내가 말했다.

"이 금방울이 전에는 그리도 덥더니, 지금은 차갑기가 어름 같아서 아무리 떼려고 하여도 살에 박힌 듯 떨어지지 않는다오."

목손이 달려들어 잡아떼려고 하니 도리어 뜨겁기가 불타는 것 같아서 손을 댈 수가 없자, 그의 아내를 꾸짖어 말했다.

"끓는 듯하거늘 어찌 차다고 하느뇨?"

이렇게 서로 다투었는데, 금방울이 천지의 조화를 가져서 한편은 차기가 얼음 같고 한편은 덥기가 불타는 것 같아서 변화가 이러한 줄을 모르다가, 목손 부부가 그제야 깨닫고 말했다.

"우리가 막되어서 하늘이 내신 것을 모르고 훔쳐와 도리어 이 변을 당하였으니, 이제는 달리 어떻게 할 도리가 없고 도로 막씨에게 가서 빌어나 보사이다."

그날 밤에 막씨 초막에 찾아가니, 이때 막씨가 금방울을 잃고서 울고 앉았더라. 목손의 부부가 와서 엎드려 애처롭게 비니, 막씨가 급히 금방울을 부르자 말이 채 끝나기도 전에 금방울이 굴러 방으로 들어왔다. 목손의 아내는 사죄하였지만, 목손은 오히려 원망하는 마음을 품어 바로 고을의 관가에 들어가 원님에게 금방울의 요괴로움을 고하였다. 고을 원님 장공이 듣고 매우 놀라며 몹시 괴이하게 여겨 즉시 나졸을 보내어 금방울을 가져오라 하니라. 나졸들이 이윽고 돌아와 고했다.

"소인들이 금방울을 잡으려고 하니, 이리 미끈하고 저리 미끈하와 소인들의 재주로는 능히 잡을 수가 없어 그냥 왔나이다."

고을 원님 장공이 몹시 노하여 나졸을 다시 보내 막씨를 잡아오게 하니, 그제야 금방울이 굴러 나오더라. 고을 원님 장공이 죄를 묻기 위한 채비를 벌여놓고 금방울을 보는데, 금빛이 찬란하여 사람을 쏘니 한편으로는 괴이하게 여기고 다른 한편으로는 신기하게 여겨 나졸들에게 명했다.

"철퇴로 힘껏 쳐라."

나졸들이 힘을 다해 쳤지만 금방울이 땅 속에 들어갔다가 도로 뛰쳐나왔는지라, 다시 돌 위에다 놓고 도끼로 찍었지만 금방울이 도드라지며 점점 커져서 크기가 한 길이 넘더라. 이에, 고을 원님 장공이 보검을 내어주며 말했다.

"이 보검은 천하에 비할 바가 없는 것으로 사람을 베도 피가 칼날에 묻지 아니하나니, 이 칼로 베어라."

나졸이 칼을 들어 한번 힘껏 내리치니 두 조각으로 갈라져 서로 부딪치며 굴렀고, 이어서 내리치니 치는 족족 두 배씩이나 늘어나 뜰에 가득한 것이 모두 금방울이더라. 저마다 놀랐는데, 고을 원님 장공이 말했다.

"즉시 가마솥에다 기름을 끓이고 금방울을 넣어라."

여러 나졸들이 원님의 명령을 듣고 기름을 끓여 금방울을 집어넣었더니, 아닌 게 아니라 금방울이 차차 작아졌다. 여러 나졸들이 기뻐하는데, 금방울이 점점 작아져 대추씨만 해진 것이 기름 위에 동동 떠다니다가 가라앉는지라 건지려고 가마솥 가에 나아갔다. 그렇게도 끓던 기름이 엉기어 쇠와 같이 굳어 있었다. 이에, 고을 원님 장공은 가마솥을 그대로 봉한 후에 '막씨를 하옥하라.' 하고 내당으로 들어가니, 부인이 바삐 물었다.

"오늘 광경을 보건대 하늘이 내신 것이니, 사람의 힘으로는 없애지 못할 것이매 막씨를 도로 풀어 내보내고 후일을 보사이다."

고을 원님 장공이 비웃으며 말했다.

"요물이 비록 신통하다 하나 어찌 저만한 것을 제어치 못하리오."

부인이 거듭 만류했으나 고을 원님 장공은 곧이듣지 않고 이날 밤에 잤는데, 금방울이 가마에 들었다가 야밤이 된 후에 수직(守直)을 서고 있던 나졸들이 잠든 것을 틈타 가마를 뚫고 나와 굴러서 바로 안채의 윗방에 있는 아궁이로 들어 가니라. 이윽고 고을 원님 장공이 자다가 크게 소리 지르며 일어나니, 부인이 놀라 그를 붙들고 물었다.

"상공은 어찌 놀라시나이까?"

고을 원님 장공이 말했다.

"누운 자리가 뜨거운 것이 불같아서 살갗이 데어 벗어질 듯하다오."

부인의 자리와 바꾸어 누웠지만 또한 전과같이 뜨겁더니라. 잠깐이라도 견디지 못하여 사랑방으로 나왔지만, 사랑방 안이 마치 불속에 든 것과 같았다. 또 다시 견디지 못하여 방밖에서 방황하다가 뜬눈으로 지새웠다.

날이 새자 아침밥상이 차려져 먹으려 했지만, 음식들이 모두 너무 뜨거워 입에 댈 방도가 없었다. 음식들을 아무리 찬 곳에 넣어 식히려 해도 점점 더 뜨거워졌다. 종일 트집을 잡아 따지다가 또 저녁밥상을 대하는데, 그제는 음식들이 뜨겁지 아니하고 오히려 차갑기가 얼음 같았다. 인하여 아침저녁을 먹지 못하고 또 그 밤을 자려 하니, 뜨겁기가 어제와 같았다. 이러하기를 삼사일 동안이나 먹지도 못하고 자지도 못하여 거의 죽게 되었다. 분명코 방울의 조화인 줄 깨닫고 가만히 가마에 가 보니, 가마 밑이 뚫어져 있고 방울은 간데없었다. 고을 원님 장공이 즉시 나졸에게 명했다.

"옥중에 가보고 오너라."

나졸이 갔다가 돌아와서 보고했다.

"막씨가 갇힌 후로 금방울이 옥문 밑을 뚫고 출입하며 과일도 물고서 들어갔겠기로, 문틈에 바싹 갖다 대고 살펴보니 오색구름이 옥중을 둘러싸고 있어 그 속에 사람이 있는지 알아차릴 수가 없나이다."

이에 부인이 막씨를 풀어주라고 거듭하여 권하니, 고을 원님 장공이 그제야 깨닫고 즉시 막씨를 놓아주었다. 그날부터 잠자리와 음식이 전과 같았다. 고을 원님 장공이 막씨의 효행을 듣고 크게 뉘우쳐서 그 초막을 헐고 크게 집을 지어 정문(旌門)을 세워주었으며, 또 잡인들이 드나들지 못하게 했으며, 달마다 양식을 주어 막씨가 일생을 편안히 지내도록 하더라.

차설(且說)。 장공이 뇌양(耒陽)에 온 후로 몸이 편안하나 밤낮으로 해룡을 생각하느라 부인과 함께 슬퍼해 마지않더라. 부인이 이로 인하여 침석(枕席)에 누워 위독하게 되었으나 백약(百藥)이 듣지 않자, 장공이 밤낮으로 환자의 곁을 떠나지 아니하더라.

어느 날 부인이 장공의 손을 잡고 눈물을 흘리며 말했다.

"첩의 팔자가 기박하여 자식 하나를 두었다가 난리 속에서 잃고도 지금까지 목숨을 보존함은 요행히 생전에 만나 볼 수 있을까 해서였나이다. 십여 년이 지나도록 그 자식이 살았는지 죽었는지 알지 못하여 병이 뼛속까지 깊이 스며들어 목숨이 오늘에 달려 있나이다. 구천(九泉)에 돌아간다 해도 어찌 눈을 감으리오. 바라건대 상공은 길이 몸을 보중하소서."

이윽고 숨이 지니, 장공이 낯을 대고 애통해하다가 거듭 기절했다. 곁에 있던 사람들이 장공을 붙들어 간호하더라. 이때 밖에서 금방울이 굴러 부인의 시체 앞으로 들어갔다. 모두들 보니, 금방울이 풀잎 같은 것을 물어다가 놓고 가는 것이었다. 급히 그것을 집어보니, 나뭇잎 같은 것인데 가늘게 '보은초(報恩草)'라는 글자가 씌어 있었다. 장공이 크게 기뻐하며 말했다.

"이는 막씨가 보은한 것이로다."

그리고는 그 풀을 부인의 입에 넣으니, 한 끼 식사할 시간이 지나자 부인이 몸을 움직이며 돌아누웠다. 곁에 있던 사람들이 부인의 팔다리를 주무르니 그제야 숨을 길게 내쉬었다. 장공이 부인을 위로하자, 부인은 마치 한숨 자고 난 듯 정신을 차려서 대답하였다. 장공이 몹시 기뻐하여 금방울이 행한 일의 자초지종을 이야기하고 기뻐해 마지않았다.

그 후로 부인의 병세가 정말로 나아져 회복되자, 부인은 친히 막씨의 집에 찾아가 다시 살려준 은혜를 더없이 사례하고 의자매(義姉妹)를 맺었다.

그 후로는 금방울이 굴러 부인 앞으로 오면 장공 부부가 사랑하여 손에서 잠시도 놓지 않으니, 금방울은 그 사랑함을 아는 듯이 이리 안기고 저리 품기는 영민함이 사람의 뜻대로 하니라. 그래서 이름을 '금령(金鈴)'이라 지었다.

금령이 낮이면 제집에 갔다가 밤이면 품속에 들어와 자니 그 정이 혈육보다도 더하였다. 하루는 금령이 나아가 무엇을 물어다 놓거늘, 장공의 부부가 괴이하게 여겨 집어 보니 작은 족자이더라. 그 족자를 펼쳐보니, 작은 아이가 길가에 앉아 우는데 사방에서 도적들이 쫓아오고 늙은 남녀 두 사람이 아이를 버리고 달아나면서도 울며 뒤돌아보는 형상을 그린 것이요, 또 도적들 가운데 한 사람이 그 아이를 업고 시골집으로 가는 형상을 그린 것이었다. 장공이 눈물을 흘리며 말했다.

"이 그림은 분명코 우리가 해룡을 버리고 왔던 형상이로다."

부인도 또한 울며 말했다.

"어찌 죽지 않은 줄 알겠나이까?"

장공이 말했다.

"사람이 없고 시골마을로 들어가는 형상을 그렸으니, 생각건댄 누군가가 기르려고 업어간 것이 틀림없거니와, 금령이 신통하여 우리가 서러워하는 줄 알고는 해룡이가 죽지 않은 것만 알게 하고 그 있는 곳은 알려주지 않은 것이니, 이도 또한 하늘의 뜻인가 하오."

그 족자를 침상에 걸어놓고 보며 슬퍼하지 않을 때가 없더라.

그 후에 어느 날 금령이 홀연히 간데없었다. 막씨가 울며불며 안채에 들어와 금령이 간데없음을 말하니, 장공의 부부가 놀라며 슬퍼해 마지않더라.

재설(再說)。 태조(太祖) 고황제(高皇帝)는 천하를 평정하고 나라를 잘 다스린 성군이었으니, 세금을 줄이고 형벌을 낮추자 백성들이 즐거워하며 격양가(擊壤歌)로 화답하더라. 황후가 늦게야 첫 공주를 낳으니, 고운 미모와 아름다운 덕행을 함께 갖추어 만고에 견줄 바가 없었다. 점점 자라 10세가 되자, 효행은 남들보다 두드러지고 온갖 아름다움을 갖춘 자태는 맵시가 있는데다 지모까지 겸비하였다. 황제와 황후가 손안에 있는 보옥 같이 애지중지해 궁호(宮號)를 '금선공주'라고 불렀다.

이때는 춘삼월 보름이었다. 황후가 공주와 시녀를 데리고 달빛을 따라 후원에 이르니, 온갖 꽃들이 만발하고 달빛이 뜰에 가득한데다 꽃향기가 옷에 스며들고 보금자리를 찾은 새들은 고운 소리를 뽐내었다. 서로 고운 손을 이끌고 아름다운 발걸음을 사뿐사뿐 옮겨 서쪽 농산에 올라 두루 구경하는데, 홀연 서남쪽에서 검은 떼구름이 일며 광풍이 몰아닥쳐오더니 괴이한 것이 입을 벌리고 달려들었다. 모두 크게 놀라 엎어져 기절했는데, 얼마 있다가 구름이 걷히면서 천지가 밝아지며 환하더라.

황후가 겨우 정신을 차려 일어나 보니 공주와 시녀들이 간데없었는데, 크게 놀라서 두루 찾았지만 형체와 그림자조차 없었다. 급히 황상에게 고하니, 황상도 또한 크게 놀라 즉시 어림군(御林軍)을 모아 궁궐 안을 둘러싸고 샅샅이 찾았다. 그러나 어두워져 종적을 찾을 수가 없게 되자, 황후가 통곡하여 말했다.

"천지간에 이런 일이 어디 있으리오."

황후가 식음을 전폐하고 밤낮으로 애통해 마지않으니, 황상도 또한 허둥지둥 어찌할 줄을 모르다가 방(榜)을 붙였다.

「만일 공주를 찾아 바치는 자 있으면 천하를 반분하리로다.」

그 이전 어느 날 장삼이 해룡을 업고 달아나 여러 날 만에 고향에 돌아오니, 그의 아내 변씨가 반기며 달려 나와 말했다.

"그대가 살았는지 죽었는지 알지 못해 밤낮으로 근심하였더니, 간밤에 꿈을 꾸었는데 그대가 용을 타고 들어오더니라. 생각건대 '그대에게 불행이 있는가?' 하였더니, 오늘 살아서 서로 만나볼 줄 어찌 알았으리오."

해룡을 가리키며 물었다.

"저 아이는 어디서 얻어 왔느뇨?"

장삼이 말했다.

"여차여차하여 얻어 왔노라."

변씨가 겉으로는 기뻐하는 척하나 마음속으로는 반기지 않더라. 변씨가 늦도록 자식이 없다가 우연히 태기가 있더니 아들을 낳았다. 장삼이 크게 기뻐하며 이름을 '소룡'이라 하였다.

소룡이 점점 자라 일곱 살이 되어 재주가 약간 있고 얼굴이 잘 났으나, 어찌 해룡의 반악(潘岳)과 같은 빼어난 풍채며 부모를 섬기려는 도량을 따를 수 있으리오. 같이 글을 배우면, 해룡은 한 자를 배워 열 자를 깨우쳐서 한 번 보면 다 기억하니 열 살 이전에 문장으로 이름났다. 장삼은 어진 사람이라서 자기가 낳은 자식보다 더 사랑하였지만, 변씨는 항상 해룡을 시기하여 소룡을 장삼이 보는 앞에서 자주 때렸다. 이에 장삼은 자신의 아내가 어질지 못하니 한숨만 지을 뿐이더라.

해룡이 점점 자라 열세 살이 되자 영민한 풍채와 뛰어난 재주는 태양이 그 빛을 잃을 만하고 넓은 도량은 큰 바다를 뒤칠 듯했다. 맑고 빛나며 높고 빼어남이 어찌 평범한 아이와 견줄 수 있으리오. 이때 변씨는 시기하는 마음이 날로 더하여 온갖 꾀로 해룡을 내치려 했지만, 장삼이 듣지 아니하고 더욱 해룡을 사랑하여 잠시도 떠나지 못하게 하였다. 이러함으로 해룡은 목숨을 보전하여 더욱 공순하며 장삼을 지극정성으로 섬기니, 친척들이 칭찬치 않는 이 없더라.

영웅이 때를 만나지 못하면 몸이 먼저 곤궁에 처함은 천고의 흔한 일이라. 장삼이 갑작스럽게 병을 얻어 온갖 약에도 효험이 없으니, 해룡이 지극정성으로 보살폈지만 조금도 차도가 없고 병세는 점점 날로 더하였다. 장삼이 스스로 일어나지 못할 줄 알고 해룡의 손을 잡고서 눈물지으며 말했다.

"내 목숨은 오늘까지일러라. 어찌 하늘이 너와 맺어진 부모와 자식 간의 정을 속이겠느냐? 내가 세 살밖에 안된 너를 난리 속에 얻었는데, 네 기골이 비상하였는지라 너를 업고 도망해 우리 가문을 빛낼까 하였더니라. 불행히도 내가 이제 죽게 되었으니, 황천에 간들 어찌 눈을 감겠느냐? 변씨 모자가 어질지 못하니 내가 죽은 후에는 반드시 너를 해치려고 하리로다. 자신의 몸을 온전히 지키는 것은 다만 네게 달렸나니 조심하여라. 대장부는 사소하게 꺼리고 미워하지 않는 법이라. 소룡이 비록 못났으나 나의 핏줄이니, 바라건대 거두고 버리지 말면 내 지하에 돌아가도 여한이 없으리로다."

그리고는 변씨 모자를 불러 앞에 앉히고 말했다.

"내가 죽은 후에라도 해룡을 각별히 어루만지고 사랑하여 소룡과 다름없이 하오. 이 아이는 후일에 귀히 될 것이니, 그대는 그 덕에 길이 영화를 누릴 것이오. 오늘 나의 유언을 저버리지 마오."

장삼이 말을 마치고 죽으니, 해룡이 애통해하기를 마지않자 보는 사람들이 감탄치 않는 이가 없더라. 해룡이 상례(喪禮)를 극진히 차려서 선산에 안장하고 집으로 돌아오니, 자기 한 몸을 의지하고 마음을 기울 곳이 없어 밤낮으로 슬퍼해 마지않더라. 변씨는 장삼이 죽은 후로 해룡을 박대하는 것이 매우 심해졌다. 의복과 음식을 제때에 주지 않고 낮이면 밭 갈기와 논매기며 소 먹이기와 나무하기를 시키면서 한때도 놀리지 않은 채 밤낮으로 보챘던 것이다. 그렇지만 해룡은 더욱 공손하고 부지런하여 게으름이 없었으니, 자연히 용모가 초췌하고 굶주림과 추위를 이기지 못하더라.

이때는 엄동설한이었다. 변씨는 소룡과 함께 따뜻한 방에서 자며 해룡에게는 방아질을 하라고 하였다. 해룡은 밤이 깊어지도록 방아를 찧었으니, 홑옷만 입은 아이가 어찌 추위를 견디리오. 잠깐 제 방에 들어가 쉬려 하였으나 눈보라가 들이치고 덮을 것이 없었다. 몸을 웅송그려 엎어져 있다가 잠이 들었으나 잠깐 뒤에 깨어보니, 방안이 밝기가 대낮처럼 같아지고 덥기가 여름처럼 같아져 온몸에 땀이 났다. 놀라서 일어나보니, 아직 동녘이 밝지 않았고 하얀 눈이 뜰에 가득하였다. 방앗간에 나아가 보니, 밤에 못다 찧은 것이 다 찧어져 그릇에 담겨 놓여있었다. 해룡이 매우 괴이하게 여겨 방으로 돌아오니 방안은 여전히 밝고 더웠다.

크게 의심스러워 두루 살펴보니, 침상에 북만한 방울 같은 것이 놓여 있었다. 해룡이 잡으려 하니, 방울이 이리 달아나고 저리 굴러 잡히지 않았다. 더욱 놀라 자세히 보니, 금빛이 방안에 밝게 비치어 빛나고 다섯 색깔의 온점이 있는데 움직일 때마다 향취가 코를 진동하였다. 이에 해룡은 생각했다.

"이것은 틀림없이 하늘이 무심치 않은 일이로다."

그러면서 마음속으로 기뻐하였다. 굶주림과 추위에 떨었던 몸이 춥지 않으니 도로 잠이 들어 늦도록 잤다. 그날 변씨 모자는 추워 잠을 자지 못하고 떨며 앉았다가 날이 밝자 밖으로 나와 보니, 눈이 쌓여 집을 덮은 데다 찬바람이 얼굴을 깎는 듯했다. 변씨는 해룡을 불러도 대답이 없자, 해룡이 틀림없이 얼어 죽었으리라고 생각하며 눈을 헤치고 나와 문틈으로 방안을 엿보았더니, 해룡이 벌거벗고 누워 잠들어 있었다. 놀라서 깨우려 하다가 자세히 보니, 온 세상에 흰 눈이 가득 쌓여 있는데 오직 사랑채 위에는 눈이 한 점도 없고 더운 기운이 연기처럼 일어나고 있었다.

변씨가 놀라서 들어와 소룡에게 이 일을 이야기하며 말했다.

"하도 이상하니, 해룡이 하는 거동을 보자구나."

해룡이 놀라 잠에서 깨어 내당으로 들어와 변씨에게 안부를 물은 후에 비를 들고 눈을 쓸려 하는데, 갑자기 한바탕 거센 바람이 일어나 눈을 삽시간에 쓸어버리더니 그쳤다. 해룡은 이를 짐작하였지만, 변씨는 더욱 신통히 여기어 생각하였다.

'해룡이 분명코 요술을 부리어 사람을 속이는 것이니, 집에 두었다가는 큰 화를 입으리로다.'

변씨는 아무쪼록 해룡을 죽일 의사를 내었으나 틈타 해할 묘책이 없다가 한 계교를 생각해내고서 해룡을 불러 말했다.

"서방님이 돌아가신 뒤에 가산이 다 없어진 것은 너도 보아 아는 바이다. 우리집의 논밭이 구호동에 있는데, 근래에는 호랑이에게 당하는 화가 자주 일어나 사람들이 다치게 되어 논밭을 버려둔 지가 벌써 수십 년이 되었다. 그 땅을 다 일구면 너를 장가도 들일 것이고, 우리도 네 덕에 별 탈 없이 잘 살면 기쁠 것이로다. 다만 너를 위험한 곳에 보내면, 어쩌다가 혹시 후회할 일이 있을까 걱정이로구나."

해룡이 기꺼이 허락하고 쟁기들을 챙겨가지고 가려 하니, 변씨가 거짓 말리는 체했다. 이에 해룡이 웃고 말했다.

"사람의 목숨은 하늘에 달려 있으니, 어찌 짐승이 해칠 수 있겠나이까?"

그리고는 훌쩍 떠나려 하자, 변씨가 문밖에 나와 말했다.

"쉬이 다녀오너라."

해룡이 응대하고 구호동에 들어가니, 사면을 둘러싼 절벽 사이에 좁은 들판이 있고 초목이 무성했다. 등나무 덩굴을 붙들고 들어가니, 오로지 호랑이와 표범, 승냥이와 이리의 자취뿐이요, 사람의 발자취 있었는지 알 길이 없었다. 해룡이 조금도 두려워하는 얼굴빛 없이 옷을 벗고 잠깐 쉬었거늘 해가 서산으로 지려하는지라 밭을 두어 이랑 일구었다. 그때 갑자기 모진 바람이 불고 모래가 날리며 산 위에서 이마가 흰 칡범이 주홍색 같은 입을 벌리고 달려들었다. 해룡이 정신을 바싹 차리고 손으로 칡범을 해치려 하는데, 또다시 서쪽에서 큰 호랑이가 벽력같은 소리를 지르면서 달려드니, 해룡이 매우 위급하였다. 바로 그 순간 갑자기 등 뒤에서 금방울이 내달아 한 번씩 들이받았더니, 칡범과 호랑이가 소리를 지르며 달려들었지만 금방울이 나는 듯이 이어서 들이받자 모두 거꾸러졌다. 해룡이 달려들어 두 마리 범을 죽이고 돌아보니, 금방울이 번개같이 굴러다니며 반 시각도 되지 않아 그 넓은 밭을 다 갈았더라. 해룡이 기특하게 여기어 금방울에게 거듭거듭 사례한 뒤에 이미 죽은 범을 이끌고 산에서 내려오며 돌아보니, 금방울은 간데없었다.

이때에 변씨는 해룡을 죽을 곳에 보내놓고 마음이 후련한 듯 죽었으리라 여기며 매우 기뻐하였다. 문득 밖에서 야단스럽게 사람들이 떠드는 소리가 들려오는지라, 변씨가 급히 나가보니 해룡이 큰 범 두 마리를 끌고 왔다. 변씨는 대단히 크게 놀랐지만 무사히 다녀온 것을 칭찬하고 또 큰 범 잡은 것을 기뻐하는 체하며 일찍 쉬라 하더라. 해룡이 변씨의 칭찬에 황송해하고 제 방으로 들어가니, 금방울이 먼저 와 있었다.

이날 밤에 변씨가 소룡과 함께 죽은 범을 남몰래 끌고 관가에 들어가니, 고을 원님이 보고 크게 놀라며 물었다.

"네 어디 가서 저런 큰 범을 잡았느뇨?"

변씨가 대답했다.

"마침 호랑이가 덫에 치이어 있기에 잡아와서 바치나이다."

고을 원님이 칭찬하고 즉시 돈 100냥을 내어 상금으로 주니, 변씨가 받아 가지고 바삐 돌아오며 소룡에게 당부하여 말했다.

"이런 말을 하지 마라."

변씨와 소룡이 서둘러 돌아오니, 동녘이 아직 밝지 않았다. 바로 고개를 넘어오는데, 한 떼의 강도들이 달려들어 아무것도 묻지 않고 변씨 모자를 동이고서 나무에 높이 매달아 놓은 뒤, 가진 것이며 의복을 벗겨 가지고 달아났다. 변씨가 벌거벗은 채로 매달려 아무리 벗어나려고 애쓴들, 금방울의 신통으로 매달린 것이니 어찌 벗어날 수 있으리오.

이때 해룡이 잠을 깨어 안채에 들어와 보니 변씨와 소룡이 없을 뿐만 아니라, 두루 살펴보니 잡아온 범도 없었는지라, 이에 크게 놀라 두루두루 찾아 나섰다. 오가는 사람들이 서로 말했다.

"어떤 도적들이 사람을 나무에 매달아놓고 갔다 하더라."

해룡이 이 말을 듣고서 의심스럽고 이상하여 바삐 가보니, 변씨 모자가 벌거벗고 나무에 높이 매달려 있어서 급히 올라가 끌어내려 업고 돌아 오니라.

금방울은 신통력이 헤아릴 수가 없었으니, 해룡이 더워하면 서늘하게 하고 추워하면 덥게 하며 어려운 일도 없게 하였다. 해룡이 금방울에게 마음을 붙여 세월을 보내니라. 어느 날 소룡이 나가 놀다가 사람을 죽이고 들어와서 이를 말했다. 변씨가 놀라 어찌할 줄 모르고 있는데, 범 같은 포졸들이 들이닥쳐 소룡을 잡아가려 하였다. 변씨가 소룡을 감추고 이어서 해룡을 가리키며 말했다.

"네가 사람을 죽이고도 짐짓 모르는 체하고 어린 동생에게 뒤집어 씌우려 하느냐?"

해룡의 몸에 마주 대며 발악하자, 해룡이 생각했다.

'내가 사실을 변명하여 곧이곧대로 밝히면 소룡이 죽을 것이다. 소룡이 죽는 것이야 아깝지 아니하나, 그리되면 장공(장삼)의 후사가 끊어질 것이니 내 차마 어찌 그리하겠는가. 차라리 내 죽어서 하나는 나를 양육한 장공의 은혜를 갚고, 또 하나는 장공이 돌아가실 때 남긴 유언을 저버리지 않으리라.'

이어서 포졸들에게 말했다.

"살인한 사람은 바로 나이니, 소룡은 억울하나이다."

포졸들은 다시 묻지도 않고 해룡을 잡아다가 관청의 뜰에 꿇리고 다짐을 두라 하더라. 해룡은 기꺼이 자기가 한 일이 틀림없음을 다짐하니, 그대로 문서를 만들고 큰칼을 씌워 옥에 집어넣는데, 해룡의 온몸에 금빛이 둘러쌌더라. 고을 원님이 그것을 보고 괴이하게 여겨 밤에 포졸에게 명하였다.

"옥중에 가서 보고 오너라."

이윽고 포졸이 돌아와 보고하였다.

"다른 죄인들이 있는 곳은 어두워 볼 수가 없었고, 해룡이 있는 곳은 불빛 같은 것이 비치더이다. 그래서 자세히 보니, 해룡이 비록 칼을 쓰고 있었지만 비단 이불을 덮고 누워 자더이다."

고을 원님이 이 말을 듣고 신기하게 여겨 각별히 살피더니라. 이 고을의 법에는 살인한 죄인을 닷새에 한 번씩 무거운 형벌로 다스리어 다시 가두는 법이 있었다. 그리하여 닷새 만에 모든 죄인을 형틀에 올려 각각 무거운 형벌을 가하고, 해룡은 나중에 처치하려고 하였다. 이때 고을 원님은 늦게야 아들 하나를 얻었는데, 그해에 세 살이더라. 손안에 있는 보옥 같이 애지중지했다. 해룡을 무거운 형벌로 다스리려던 그날 고을 원님이 아이를 앞에 앉히고 몽둥이를 치도록 했는데, 몽둥이를 내려치는 족족 그 아이가 간간이 울며 기절하였다. 고을 원님이 그 까닭을 몰라서 갈팡질팡하다가 말했다.

"몽둥이질을 그만 그치라."

그제야 그 아이는 이전과 같이 놀았다. 고을 원님이 크게 겁내어 해룡이 썼던 칼을 벗기고 헐겁게 하여 가두어놓고는 감히 다시 치지 못했다.

이러구러 몇 달이 지나 겨울이 되었다. 변씨는 해룡의 아침저녁을 충분히 이어 나르지 않았는데도, 해룡은 조금도 굶주려하는 빛이 없었다. 하루는 고을 원님이 그 부인과 함께 아이를 앞에 누이고 자다가 문득 깨어보니, 아이가 간데없더라. 고을 원님 부부는 갈팡질팡 어찌할 줄 몰라서 천지를 향해 울부짖으며 찾아 나섰다. 갑자기 옥졸이 급히 들어와서 고하여 말했다.

"옥중에서 아이 울음소리가 나니 매우 괴상하나이다."

고을 원님이 이 말을 듣고 엎어지고 자빠지며 급히 옥중에 가보니,

아이가 해룡의 앞에 앉아 울고 있었다. 고을 원님이 급히 달려들어 아이를 안고 돌아오며 말했다.

"해룡은 요사스럽고 극히 흉악무도한 놈이니, 이놈을 더는 묻지도 말고 쳐 죽이라."

호령이 서릿발 같더라. 형졸(刑卒)들이 큰 몽둥이로 힘을 다해 내리쳤는데도, 해룡은 이치에 닿지도 않는 말로 둘러대거나 겁에 질려 얼굴빛이 흙빛처럼 변하거나 하지 않았다. 그런데 고을 원님의 아들이 이전과 똑같이 기절하였다. 고을 원님의 부인은 얼굴이 새파랗게 질려서 외헌(外軒)에 이대로 알리니, 고을 원님이 더욱 놀라 말했다.

"해룡을 형틀에서 도로 내리라."

그날 밤에 그 아이가 또 간데없었다. 바로 옥중에 가보니, 아이 또한 해룡에게 안겨서 장난치며 놀고 있었다. 그 아이를 억지로 데려왔더니, 그 이후로는 아이가 울며 옥중으로 가자고 하였다. 아무리 달래어도 밤낮으로 울고 보채니, 견디지 못하여 시녀로 하여금 업고 옥중으로 데려가게 했다. 그제야 아이가 웃고 뛰놀며 해룡에게 안겨서 잠시도 떨어지지 않았다. 고을 원님도 달리 어떻게 할 도리가 없어 해룡을 옥중에서 나가도록 풀어주며 말했다.

"아이를 잘 보살펴주어라."

해룡은 고을 원님에게 감사의 말을 하고 그날로부터 별채에 거처하였다. 그리고 의복과 음식 등을 극진히 갖추어서 갖다 주어 지내도록 하였다.

이때 변씨는 해룡이 사형에 처하기는커녕 도리어 고을 관아의 신임을 받는다는 말을 듣고 놀라 소룡과 함께 의논하였다.

"해룡이 저렇듯 되었으니, 만일 자기가 억울하게 너 대신 사형에 처할 뻔했다는 말을 고을 원님께 이르면 우리는 죽게 될 것이다. 여차여차하여 후환을 없이하는 것만 같지 못하리라."

변씨는 즉시 해룡을 불러 말했다.

"방금 외숙의 병이 극히 위중하다는 기별이 왔으니 가보지 않을 수 없구나. 내 소룡과 함께 갈 것이니, 오늘 집에 와 자고 가거라."

해룡이 응낙하고 사랑채에서 혼자 자는데, 밤이 깊어진 후에 갑자기 불이 일어나 사방을 에워쌌다. 해룡이 잠이 들었다가 놀라 뛰어나와 보니, 불길이 치솟아 하늘까지 닿을 듯하고 검은 연기가 하늘을 뒤덮었다. 난데없는 바람은 불길을 도와 죄다 태워 재로 만드는데, 오직 사랑채만은 불에 타지 아니하였다. 해룡은 하늘을 우러러 탄식하며 말했다.

"하늘은 어찌 사람을 태어나게 해놓고 이렇듯 곤욕하게 하시는고."

해룡은 방으로 들어가 벽에다 글을 쓰고 나서, 장삼의 무덤에 나아가 한바탕 통곡하고 몸을 떨쳐 일어나 길을 나섰다. 그렇지만 갈 바를 알지 못하여 무작정 남쪽을 향해 정처 없이 가더라.

이때 변씨는 해룡이 죽었으리라고 생각하고 집에 돌아와 보니, 오로지 해룡이 있던 방만 타지 않고, 벽에 글이 있었다. 그 글은 이러하다.

「하늘이 해룡을 내심이여, 운명이 순탄치 못하도다.
난중에 부모를 잃음이여, 길에서 분주히 헤매도다.
이 집에 인연이 있음이여, 십여 년 양육을 받았도다.
은혜와 정의(情誼)가 깊음이여, 죽고 삶이 슬프도다.
은혜를 갚고자 함이여, 몸을 돌아보지 않았도다.
죽을 곳에 보냄이여, 호랑이 나오는 밭을 갈았도다.
살아 돌아옴이여, 기꺼워하지 않았도다.
살옥(殺獄)에 집어넣음이여, 나의 액운이 끝나지 않았도다.
불을 놓아 사름이여, 다행이 죽기를 면하였도다.

이별을 당함이여, 눈물이 앞을 가리도다.
허물을 고침이여, 후일에 다시 만나기 어렵도다.
전일을 생각함이여, 이 길이 뜻밖이로다.」

변씨는 다 본 후에 남이 알까 염려하여 그 글을 즉시 살라버렸다.

차설(且說)。 해룡은 변씨의 집을 떠나 남쪽으로 갔다. 한 곳에 다다르니 큰 산이 앞을 막고 있어서 가야할 길을 찾지 못해 주저할 즈음에 금방울이 굴러와 길을 인도하였다. 금방울을 따라 여러 고개를 넘어가는데, 절벽 사이의 푸른 잔디와 암석이 어지간한 정도로 편하여 해룡이 암석 위에 앉아 쉬었다. 이때 갑자기 벽력같은 소리가 진동하며 금 터럭 돋친 짐승 한 마리가 주홍색 입을 벌리고 달려들어 해룡을 물려하였다. 해룡이 급히 피하려 하는데 금방울이 굴러와 막으니, 그 짐승이 몸을 흔들어 머리가 아홉 개 달린 괴물로 변해 금방울을 집어삼키고 골짜기 속으로 들어가 버렸다. 이에 해룡이 낙담하여 말했다.

"분명코 금방울이 죽었으리라."

해룡이 탄식하며 어찌할 줄을 모르는데, 갑자기 한바탕 거센 바람이 지나가더니 구름 속에서 크게 부르며 말했다.

"그대는 어찌 금방울을 구하지 않고 이리 방황하느뇨?"

그리고는 그 소리가 문득 간데없이 사라지자, 해룡은 생각했다.

'하늘이 가르치시지만 나의 몸에는 작은 쇠붙이 하나 없으니 어찌 괴물과 대적할 수 있으랴. 그러나 금방울이 아니었으면 내가 어찌 살았겠는가?'

또 생각했다.

'금방울이 없으면 내 어찌하여 살아났으리오.'

해룡은 옷차림을 단단히 하고 골짜기로 뛰어 들어가니, 지척을 분별치 못할 지경이더라. 몇 리를 안으로 더 들어갔지만 아무런 종적도 없었다. 그래도 죽을힘을 다해 기어들어가니, 갑자기 온 천지가 밝아져 해와 달이 밝게 비치는 듯했다. 두루 살펴보니, 돌로 된 비석에 「남전산(藍田山) 봉래동」이라 금색 글자가 새겨져 있었고, 구름 같은 돌다리 위에서 흘러내리는 만 길이나 되는 폭포수가 거룩하였다. 다리를 지나 들어가니, 관문이 활짝 열렸고 동굴 안에는 구슬과 조개로 꾸민 호화찬란한 궁궐과 궁궐을 둘러싼 내성과 외곽이 은은하게 보였다. 자세히 보니, 문 위에 「금선수도부(金仙首都府)」이라는 금색 글자가 씌어 있었다. 원래 금돼지는 천지가 개벽한 뒤에 해와 달의 정기를 받고 태어났으며 득도까지 하여 신통이 무궁했다.

해룡이 문밖에서 주저하여 감히 들어가지 못하고 있는데, 이윽고 안에서 여러 계집들이 나왔다. 해룡이 급히 몸을 향기로운 풀 가에 숨겼더니, 계집들이 피 묻은 옷을 가지고 시냇가에 이르러 빨며 서로 말했다.

"우리 왕이 오늘 나가셨다가 오시더니 갑자기 속을 앓아 피를 무수히 토하고 기절하셨다. 그런 신통으로도 이 같은 병을 얻었으니 빨리 나으면 좋으려니와, 만일 오래 낫지 못하면 우리들의 괴로움이 되리로다."

그 중에 한 여자가 말했다.

"우리 공주님이 간밤에 꿈을 꾸었는데, 하늘에서 한 선관(仙官)이 내려와 이르기를, '내일 정오에 한 수재(秀才)가 들어와서 악귀를 잡아 없애고 그대를 구하여 고국으로 돌아가게 할 터이라. 그 사람은 동해 용왕의 아들로서 그대와 인연이 있고, 그대가 이렇게 됨도 또한 타고난 운명이라. 부디 천명을 어기지 말라.' 당부하며 '이른 말을 누설치 말라.' 하더라고 하셨다. 그런데 오늘 정오가 지났는데도 소식이 없으니, 그 꿈이 소용없는 일인가 하노라."

그리고는 그 여자가 슬피 탄식했는데, 해룡이 이 말을 듣고서 즉시 풀을 헤치고 앞으로 나왔다. 계집들이 놀라 달아나려 하니, 해룡은 달아나지 못하도록 만류하며 말했다.

"그대들은 놀라지 마오. 내가 악귀를 찾아 여기에 들어왔으니, 악귀가 있는 곳을 자세히 알려주오."

그 계집들이 이 말을 듣고 공주의 꿈 이야기를 생각하니 신기하기 그지없어서 나아가 울며 말했다.

"그대 덕분에 우리들이 살아나서 저마다 고향으로 돌아가게 해주오."

계집들이 해룡을 인도하여 들어가니 중문 여러 개가 있었는데, 전각이 아름답고 웅장한 곳에서 흉악한 악귀가 괴로워하며 앓는 소리가 들렸다. 해룡이 뛰어올라가 보니, 그 짐승이 전각 위에 누워 앓다가 사람을 보고 냅다 내려오려다가 도로 자빠져 온몸을 뒤틀더니 움직이지 못하고 입에서 피를 무수히 토하였다. 해룡이 흉악한 악귀를 죽이고자 하였으나 작은 쇠붙이 하나도 없었다. 이때 갑자기 한 미인이 여러 가지 패물로 꾸민 치마를 입은 채 가벼운 발걸음으로 나타나 벽에 걸려 있던 보검을 가져다가 해룡에게 주었다. 해룡이 급히 그 보검을 받아들고 달려들어 그 요귀의 가슴을 무수히 찌르니, 그 짐승이 그제야 죽어 늘어지더라. 자세히 보니, 금 터럭 돋친 암퇘지였다. 가슴을 헤치고 보니 그곳에서 금방울이 굴러 나오자, 해룡이 금방울을 보고 크게 반기며 소리를 질러 말했다.

"너희 수십 명 계집들이 다 요귀이면서도 변하여 사람을 속임이 아니냐?"

모든 여자들이 일시에 무릎을 꿇고 말했다.

"우리들은 모두 요괴가 아니라 사람이오. 요괴에게 잘못 잡히어 와서 치욕을 참고 시녀 노릇을 하고 있나이다. 아까 보검을 갖다가 드리던 이는 다른 사람이 아니라 바로 지금 천자의 외동딸 금선공주이로소이다."

이 말이 미처 끝나기도 전에, 그 공주가 근심스러운 얼굴로 사례하며 말했다.

"나는 아닌 게 아니라 공주인데, 6년 전에 모후(母后) 마마를 모시고 후원에서 달을 구경하며 즐기다가 이 요괴에게 잡혀 와 지금까지 죽지 못함은 시녀들이 밤낮으로 지켰기 때문이오. 욕을 당하면서도 살았더니 천행으로 그대의 구함에 힘입어 고국으로 돌아가 부모님을 만나 뵙고 죽을 수 있게 되었으니, 다시는 여한이 없을까 하오."

공주가 소매로 낯을 가리고 통곡하니, 해룡은 자초지종을 다 듣고 슬픔이 뒤얽혀 서리어 말했다.

"지금 당장 공주님을 모시고 나가고 싶으나, 길이 험하여 산을 넘으시고 물을 건너시기 어려울 것이옵니다. 제가 잠깐 나가 이 고을 원님에게 알려서 위엄 있고 엄숙한 차림새를 갖추어 올 것이니, 잠깐만 기다리소서."

공주가 울며 말했다.

"그대가 나간 후에 또 무슨 변고가 생길 줄 어찌 알겠소?"

공주가 함께 따라 나가기를 애걸하니, 해룡이 위로하며 말했다.

"저 금방울은 천지의 조화로 된 것이어서 신통이 끝없는지라 요괴를 잡고 공주를 구함도 이 금방울의 조화이나이다. 아무리 어려운 일이 있을지라도 구할 수 있으리니, 아무 염려 마시고 잠깐만 기다리시옵소서."

해룡은 즉시 골짜기 밖으로 나와 바로 남경에 들어갔는데, 십자로에서 사람들이 많이 모여 무슨 방문(榜文) 붙인 것을 보고 있더라. 해룡이 사람들을 헤치고 들어가 보니, 그 방문은 이러하다.

「황제는 천하에 반포하나니, 짐이 덕이 없어서 일찍이 태자는 없고 다만 공주 하나를 두었더니라. 어느 날 밤에 요괴에게 잡혀갔으니, 만일 찾아 바치는 자가 있으면 천하를 반으로 나누어 부귀를 함께하리라.」

해룡이 다 읽고서 즉시 방문을 떼었다. 방문을 지키던 관원이 놀라서 해룡을 붙잡고 방문 뗀 까닭을 물으니, 해룡이 대답했다.

"이곳은 말할 수 있는 곳이 아니오."

그리고는 관원과 함께 관청에 들어가 상관에게 그 사연을 고하니, 상관이 크게 기뻐하여 해룡을 대청 위에 올려 앉히고 하례하며 말했다.

"이러한 일은 천고에 없는 일이로다."

해룡이 그간의 자초지종을 다 고한 뒤에 위엄 있고 엄숙한 차림새를 갖추어 바삐 가기를 청하니, 자사(刺史)가 즉시 해룡과 함께 남전산을 향해 가니라. 해룡이 무심코 골짜기 밖으로 나왔더니 첩첩산중에서 남전산으로 들어갈 길을 몰라 이리저리 헤맸다. 이때 갑자기 금방울이 앞에서 길을 인도하니, 자사가 신기히 여기며 금방울을 따라 골짜기로 들어가더라.

이때 공주는 해룡을 골짜기 밖으로 내보낸 뒤에 하느님에게 두 손 모아 빌었다. 문득 금방울이 굴러오고 그 뒤에 천군만마가 들어왔다. 자사가 말에서 내려 들어와서는 공주에게 안부를 묻고 시녀들로 하여금 공주를 모셔 가마에 올라타게 하여 골짜기 밖으로 나왔는데, 수십여 명의 여자들도 또한 공주를 모시고 나왔다. 그 후에 해룡이 소굴에 불을 지르고 금방울을 데리고 골짜기 밖으로 나오니, 모두 즐거워하는 소리가 산천을 울렸다. 자사는 공주를 별당에 머물게 하고 해룡을 객사의 정결한 곳에 머물게 하였다. 이 사연을 천자에게 공문을 올리는 한편, 별당과 객사에 음식을 마련해 보내는 것이 이루 헤아리지 못할 지경이더라.

공주가 금방울을 잠시도 손에서 놓지 않은 채 밤낮으로 안고 길을 재촉하여 경성으로 올라가는데, 이십여 명의 여자들도 따라오더라. 이때 황상과 황후는 공주를 잃고서 밤낮으로 슬퍼하여 제대로 자지도 먹지도 못하고, 마음이 시달려서 괴로워하느라 비단 이부자리에 누워 모든 일에 경황이 없어 했는데, 이 기별을 듣고 도리어 반신반의해 어떤 말도 하지 못했다. 마침 자사의 공문을 보고 온 천지가 즐거워하고 매우 기뻐하니, 조정의 모든 신하들이 오문(午門) 밖에 이르러 축하 올리기를 청하는 등 궁궐 안팎의 백성들이 지르는 환호성이 물 끓듯 했다. 황상이 축하를 받고서 얼굴에 기쁜 기색이 가득해 한편으로는 청주 자사의 공문을 반포하고, 다른 한편으로는 철기(鐵騎) 삼천 명을 징발하여 공주의 행차를 보호하라 하였다. 친히 영접하러 나가면서 장해룡의 공로는 세상에 드문지라 이에 어필로 써서 거기장군(車騎將軍)을 제수하고 공주를 모시고 오라 하였다. 해룡이 노상에서 천사(天使)의 조서를 받들어 북향사배한 뒤에 말만한 대장군 인수(印綬)를 허리 아래 비껴 차고 각 고을 수령들을 거느려 올라 오니라. 그 위의와 범절이 빛나고 거룩하더라.

해룡이 밤낮을 가리지 않고 걸어서 황성에 이르니, 황상이 조정의 모든 신하들을 거느리고 성 밖까지 나와서 맞아 환궁하였다. 이때 백성들이 길에 가득 모여 좋아서 날뛰며 춤을 추고 만세를 부르는 소리가 원근에서 하늘을 찌를 듯했다.

황상은 바로 대전(大殿)에 들어갔는데, 이때 황후가 공주를 안고서 얼굴을 맞대며 통곡하였고 황상도 또한 눈물을 흘렸다. 공주는 울기를 그치고 요괴에게 잡혀 가서 고초를 겪었던 사연이며 꿈속에서 선관(仙官)이 이르던 이야기와 금방울의 신통력으로 해룡이 요괴를 잡던 자초지종을 낱낱이 고하였다. 이에, 황후가 금방울을 어루만지며 말했다.

"하늘이 너 같은 영물을 내사 공주를 구하게 하심이로다."

황상은 황극전(皇極殿)의 옥좌에 앉고서 문무 신료, 종친과 외척을 다 모아놓고 장해룡을 불러들이니, 해룡이 들어와 백배사은(百拜謝恩)하였다. 황상이 보니, 용모가 당당하고 기개와 도량이 늠름하여 한 시대의 기남자(奇男子)였다. 황상이 마음속으로 크게 기뻐하며 해룡의 손을 잡고 말했다.

"경의 큰 공적을 논할진댄, 태산도 낮고 강과 바다도 얕으니 그 값을 바를 알지 못하겠노라."

또한 공주의 꿈 이야기를 일컬으며, 해룡을 부마로 삼기 위해 예부(禮部)에 명했다.

"혼례 올리기 좋은 날을 고르도록 하라."

또 호부(戶部)에 명했다.

"청화문 밖에 별궁을 짓고 화원을 꾸며 궐내로 통하는 길을 만들어 출입할 수 있게 하라."

이어 예부로 하여금 혼구(婚具)를 갖추도록 하였는데, 택일한 혼례 일이 되자 해룡이 엄숙히 혼례 할 차림새를 갖추고 공주를 맞아 궁궐 안으로 들어 오니라. 신랑 신부가 평상 위에 마주 앉으니 참으로 천생배필이었다.

황상이 황후와 함께 별궁으로 오니, 부마와 공주가 대청에서 내려와 맞이하여 대청으로 오르는데, 부마는 천자를 모시고 공주는 황후를 모셨다. 향이 타며 나는 연기가 하늘하늘 가냘프게 오르고 아름다운 패옥(佩玉)이 서로 부딪혀 맑은 소리 내는데, 차림새나 몸가짐은 위엄 있고 엄숙하나 온화한 기운이 넘쳐흘렀다. 공주가 황상에게 청하여 요괴에게 잡혀갔던 여자들에게 각각 천금을 주어 제집으로 돌아가게 하니, 모두 공주의 덕을 일컫지 않은 자가 없더라.

차설(且說)。 이때 북방의 흉노 천달이 원나라를 회복하고자 백만 대병과 장수 천여 명을 거느리고 쳐들어왔다. 호각을 선봉장으로 삼고 설만철을 구응사(救應使)로 삼아 황하를 건너 내려왔는데, 이들이 지나가는 고을마다 풍문만 듣고도 귀순하여 열흘도 채 되지도 않아 36개의 관문(關門)을 깨뜨리며 물밀듯 쳐들어오니 북방이 소란하였다.

황상이 이 기별을 듣고 크게 놀라 온 조정의 문무 대신들을 모아 의논하였으나, 한 사람도 응답하는 자가 없었다. 황상이 탄식하고 있으니, 갑자기 부마 장해룡이 여러 신하들 가운데 혼자 나아가 말했다.

"신은 나이 어리고 재주가 없사오나, 원컨대 한 무리의 군사를 내어 주시면 북방의 흉노를 쓸어버리고 성은의 만분의 일이라도 갚고자 하나이다."

황상이 이 말을 듣고 한참 동안 속으로 깊이 생각한 뒤 말했다.

"짐이 경의 재주를 알거니와, 위험한 전쟁터에 보내놓고 짐의 마음이 어찌 편할 것이며, 황후도 기꺼이 허락하겠느냐?"

부마가 땅에 엎드려 말했다.

"신(臣)이 듣자오니, 국난을 당하면 부모를 돌아보지 않는다고 하는데, 이런 때를 당하여 구차스럽게 어찌 처자식을 걱정하여 국가대사를 그르치리까?"

말을 마친 부마의 기개는 씩씩하였다. 황상이 그 뜻을 막지 못하고는 즉시 부마를 진북장군(鎭北將軍) 수군도독(戍軍都督)을 제수하고 백모황월(白矛黃鉞)과 상방검(尙方劍)을 주어 군대의 위용을 과시하게 하였다. 장해룡 원수가 황명을 받고서 물러나와 장졸의 직책과 임무를 분배하고 행군하니, 호령이 엄숙하고 위의가 가지런하더라.

황후가 이 소식을 듣고 크게 놀라 장원수를 불러 타이르고 만류하려 하였으나, 벌써 출군하려 하는지라 달리 어떻게 할 도리가 없어 말했다.

"멀지 아니한 가까운 장래에 큰 공을 세우고 개선가를 부르며 돌아와 나의 마음을 저버리지 말라."

장원수가 호언장담으로 황후와 공주를 위로하고 출군하였다. 이때 황상이 조정의 모든 신하들을 거느리고 친히 전송하였는데, 장원수의 손을 잡고 안타까이 애틋해하며 거듭 당부하면서 날이 저문 뒤에야 환궁하였다. 장원수가 대군을 지휘하여 휘몰아서 나아가는데, 깃발과 창칼은 해와 달을 가리고 북소리와 함성은 산천을 진동하였다. 한 소년대장이 봉의 깃으로 꾸민 투구에 황금색 갑옷을 입었으며 오른손에는 쌍고검(雙股劍)을 잡고 왼손에는 백우선(白羽扇)을 쥐고서 하루에 천 리를 달리는 대완마(大宛馬)를 탔으니, 사람은 천신(天神) 같고 말은 비룡(飛龍) 같아서 기세 있고 힘차게 나아 가니라.

각설(却說)。호각이 군사를 몰아 남창에 이르렀을 때 장원수의 대군을 만나 미황령 아래서 서로 마주하고 진을 쳤다. 호각이 오색신우(五色神牛)를 몰고서 진 앞에 나섰는데, 허리는 열 아름이요 얼굴은 수레바퀴 같은 데다 누런 머리칼이 늘어져 검은 얼굴을 덮고 있었다. 손에 긴 창을 들고 나섰는데, 왼쪽에는 설만춘이요 오른쪽에는 호달이었다. 각각 신장이 9척이나 되었고 얼굴이 흉악하였다. 이때 명나라 진영에서 한차례 포 소리가 크게 울리더니 진문(陣門)이 열리는 곳에 한 대장이 진문의 깃발 아래 섰는데, 얼굴은 백옥 같고 곰의 등에 이리의 허리이었다. 위풍이 늠름하고 기개가 당당하였다. 호각이 크게 소리 질러 말했다.

"젖비린내 나는 어린아이가 천시(天時)도 모르고 망령되이 전쟁터에 나와, 칼 아래 놀란 혼백이 되려 하느냐?"

원수가 크게 화를 내며 좌우를 돌아보고 말했다.

"누가 나를 위해 저 도적을 잡겠느냐?"

말이 채 끝나기도 전에 한 장수가 힘차게 달려 나왔으니, 이 장수는 양춘일러라. 칼을 들고 춤추며 나가 바로 호각을 취하려 하자, 오랑캐 진영에서 설만춘이 창을 빼어들고 말을 달려 나와 호각을 도와 대적했다. 50여 합에 이르도록 서로 승부를 짓지 못했는데, 문득 설만춘이 거짓 패하는 척하며 달아났다. 양춘이 급히 뒤따르며 크게 소리를 질러 말했다.

"도적은 달아나지 말고 바삐 내 칼을 받으라."

이때 달아나던 설만춘이 가만히 활을 당기어 쏘니, 양춘이 무심코 뒤따르다가 왼편 어깨에 화살을 맞아 말에서 떨어졌다. 명나라 진영에서 장만이 달려 나가 양춘을 구하여 돌아오려는데, 설만춘이 말 머리를 돌려 뒤쫓아 왔다. 장만이 크게 노하여 설만춘을 맞아 싸웠으나 10여 합에 이르도록 승부가 나지 않았다. 호달이 달려 나와 좌우를 공격하니, 장만이 패하여 달아나더라. 이에 장원수는 징을 쳐 군사를 거두고, '양춘을 조리하도록 하라.' 하였다.

다음날 호각이 또 와서 싸움을 걸며 승부를 내자고 하였다. 장원수 크게 노하여 창을 빼어들고 말을 달려 바로 호각을 가리키며 함께 싸웠으나 백여 합에 이르도록 승부를 짓지 못했다. 두 장수는 정신이 더욱 씩씩하여 서로 떠날 줄 모르고 싸우는데, 오랑캐 진영에서 징을 쳐 군사를 거두었다. 호각이 자기 진영으로 돌아와 여러 장수들에게 말했다.

"명나라 장수의 나이가 어려 업신여겼더니, 이제 싸워 보건대 그의 용력을 감당하기 어렵소. 마땅히 계교를 써서 잡아야 하오."

호각은 며칠 동안 진문을 굳게 닫고 나가지 않았다. 장원수가 친히 싸움을 부추기니, 호각이 진문을 활짝 열어젖히고 크게 소리 질러 말했다.

"오늘은 너와 함께 죽든지 살든지 결딴을 내자."

호각이 창을 들고 달려드니, 장원수가 맞아 싸웠다. 50여 합에 이르도록 승부를 짓지 못하자, 문득 호각이 말 머리를 돌려 달아났으나 자기 진영으로 들어가지 않고 산골짜기로 달아났다. 장원수가 말을 놓아 뒤따르며 생각했다.

'도적이 비록 간사한 계교가 있는 모양이나 내 어찌 두려워하리오.'

장원수는 바로 짓쳐 양쪽이 산으로 된 깊은 골짜기로 들어갔다. 거의 뒤쫓아 잡고자 할 즈음에 호각은 보이지 않고 짚으로 만든 허수아비가 무수히 서 있었다. 장원수가 의심하고 말 머리를 돌리려 하는데, 갑자기 한차례 포 소리가 크게 울리더니 양쪽 산 위에서 불이 일어나 불길이 하늘 높이 치솟았다. 짚으로 만든 무수한 허수아비는 모두 화약과 염초를 싸서 세운 것이었다. 이것들이 나아갈 길을 막은 데다 불길이 골짜기에 널리 퍼져 빠져나갈 길조차 없었다. 이에 장원수가 하늘을 우러러 탄식하며 말했다.

"도적을 업신여겼다가 오늘 여기 와서 죽을 줄을 어찌 알았으리오."

장원수가 칼을 빼어 자결하려는데, 문득 서남쪽의 산부리에서 금빛이 떠오르며 금방울이 불길을 무릅쓰고 들어와 원수 앞에서 찬바람을 일으켰다. 하늘로 치솟던 불길이 원수 앞에는 미치지 못하고 다른 곳으로 몰려가더라. 원수가 금방울을 보고서 반가움을 이기지 못해 손으로 어루만지며 말했다.

"네가 그동안 베푼 큰 은혜를 어찌 다 갚으리오."

장원수가 못내 즐거워하고 있는데, 순식간에 불길이 죄다 사그라드니 크게 기뻐하며 금방울을 데리고 본진으로 돌아왔다. 이때 장졸들은 허둥지둥 어찌할 바를 모르다가, 천만 뜻밖에 원수가 돌아오는 것을 보고 펄쩍펄쩍 뛰며 기뻐하는 소리가 천지를 진동하더라.

이에, 장원수가 여러 장수들을 불러 귀에 대고 '여차여차 하라.'고 약속을 정하였다. 그 후에 장원수는 가만히 진을 다른 곳으로 옮기니라. 이때 호각이 장원수를 유인하여 산골짜기에 넣어놓고 자기 진영으로 돌아와 여러 장수들에게 말했다.

"장해룡이 비록 하늘로 솟고 땅으로 숨는 용맹이 있다하나, 어찌 죽기를 면했으랴. 오늘밤에 명나라 군대를 공격하여 빼앗을 수 있으리라."

이날 밤에 호각이 군사를 몰아 가만히 명나라 진영으로 달려 들어가니, 진중에 사람은 하나도 없었다. 호각이 깜짝 놀라 급히 군대를 물리려 하는데, 문득 한차례 포 소리가 나더니 한 장수가 길을 막으며 칼을 들고 꾸짖어 말했다.

"적장 호각은 나를 아느냐?"

호각이 놀라서 당황하여 허둥지둥하는 중에 언뜻 보니, 바로 장원수였다. 호각이 크게 놀라 얼굴빛이 하얗게 질려 미처 손을 놀리지 못하자, 장원수의 칼이 빛나는 곳에 호각의 머리가 말 아래로 떨어졌다. 설만춘과 호달 등이 호각의 죽음을 보고 혼비백산하여 자기 진영으로 달아났다. 이들이 본채에 이르러 보니, 장만이 명나라 깃발을 앞세우고 내달려 나와 단번에 창으로 호달을 찔러 죽였다. 설만춘은 남쪽을 향해 달아나다가 양춘을 만나 일합에 죽임을 당했다. 장만과 양춘이 나머지 오랑캐 병졸들을 다 무찔러 죽이고 돌아오더라. 장원수가 크게 기뻐하여 큰 잔치를 베풀고 삼군(三軍)에게 상을 후히 내렸다. 그 후에 승전보를 조정에 올리고 그날로 길을 떠나 황성으로 향했다. 장원수의 군대가 지나가는 고을마다 지극정성으로 맞이하느라 몹시 바쁘고 수선스러웠다.

이때 황상이 부마를 전쟁터에 보내놓고 밤낮으로 염려함이 끝이 없었는데, 문득 장해룡 원수의 승전보가 올라오니 그 승전보를 보고 더없이 기뻐하였다. 이에 조정의 모든 신하들이 축하와 칭송의 말씀을 올렸고, 온 백성들도 기뻐하는 소리가 천지에 진동하였다.

황상이 사관(辭官: 어명을 전달하는 벼슬아치)을 보내어 장원수를 위로하고 멀지 아니한 가까운 장래에 군사를 이끌고 돌아오기를 재촉하였다. 여러 날 만에 장원수가 가까이 이르렀다 하니, 황상이 만조백관을 거느려 십리정(十里亭)에 마중 나아가서 원수를 맞이하였다. 이때 황상이 멀리 바라보니, 장원수의 행렬이 위풍당당하고 대오가 잘 정돈되어 있어 참으로 장수의 풍도일러라. 이에 황상이 크게 기뻐하여 만조백관을 돌아보고 말했다.

"나이 어린 대장이 주아부(周亞夫)의 기풍과 재주를 이었으니, 국가의 동량지재(棟梁之材)요 주석지신(柱石之臣)일러라. 어찌 돌보지 않을 수 있으랴."

조정의 모든 신하들은 만세를 부르고 나라가 훌륭한 인재 얻은 것을 칭송하였다. 이윽고 장원수가 이르러 황상에게 사은하니, 황상이 반갑게 원수의 손을 잡고 등을 어루만지며 말했다.

"경(卿)을 전쟁터에 보내놓고 밤낮으로 잠자고 먹는 것이 편치가 않았는데, 이제 경이 도적을 죄다 없애고 승전가를 부르며 돌아와 짐의 근심을 덜어주니 장량(張良)과 공명(孔明)인들 이에서 더할 것이며, 무엇으로 경의 공로를 다 갚으리오."

장원수가 땅에 엎드려 대답하여 말했다.

"신(臣)의 재주가 능해서가 아니오라, 폐하의 크나큰 복이요, 여러 장수들의 공력이로소이다."

황상이 더욱 기특히 여겨 즉시 장원수를 데리고 궁궐로 돌아와서 여러 신하들을 모아놓고 원수의 공로를 의논하여 정북장군(征北將軍) 좌승상(左丞相) 위국공(魏國公)에 봉하였다. 장원수가 굳이 사양하여 받지 않으려고 했으나, 황상이 끝내 허락하지 않았다. 장원수가 마지못하여 사은하고 집으로 돌아왔다. 내궁(內宮)으로 들어가 황후와 공주에게 인사를 하니, 황후가 이루 다 말할 수 없이 즐거워하다가 슬퍼하며 말했다.

"간밤에 금방울이 이것을 두고 간데없으니 매우 괴상하도다."

장해룡 승상이 놀라 받아 보니, 작은 족자(簇子)였다. 족자에는 어린 아이가 난중에 부모를 잃고 앉아 우는 모습이 그려져 있고, 그 아래층에는 한 장수가 그 아이를 업고 마을 집으로 들어가는 모습이 그려져 있었다. 장승상이 다 보고 나서 문득 깨달아 눈물을 머금고 자기 신세를 생각했다.

'하늘이 주심이로다.'

장승상은 단단히 그 족자를 간수하고서 때때로 꺼내어보며 슬퍼하더라.

이때 막씨는 금령을 잃고 밤낮으로 슬퍼할 뿐 아니라 장공의 부부 또한 슬퍼해 마지않더니라. 어느 날 세 사람이 밤 깊도록 서로 이야기를 나누는데, 갑자기 금방울이 문을 열고 들어왔다. 모두 반가움을 이기지 못해 달려들어 안고 못내 반가워하는 모습은 이루 다 생각하여 헤아리지 못할러라. 이날 밤에 두 부인이 꿈을 꾸었는데, 하늘에서 한 선관이 내려와 일렀다.

"그대들의 액운이 다하여 없어졌고, 머지않아 아들이 이 길로 갈 것이니 때를 잃지 말라."

또 막씨에게 말했다.

"여자아이의 얼굴을 보면 자연 알게 되리라."

또 금령에게 말했다.

"너는 인연이 끊어졌던 것이 다 없어졌으니, 인간세상에서 부귀를 극진히 누릴지라."

선관이 손으로 금방울을 어루만지니, 갑자기 금방울이 터지며 한 선녀가 나왔다. 선관이 선녀에게 말했다.

"우리가 주었던 보배를 도로 달라."

이에 선녀가 다섯 가지 보배를 드리자, 선관이 받아서 각각 소매에 넣고 공중으로 올라갔다. 두 부인이 놀라 깨어보니 잠을 자면서 잠깐 꾼 침상일몽(枕上一夢)이었다. 급히 깨어나 금방울을 찾았더니 금방울은 간데없고, 자세히 살펴보니 난데없는 한 선녀가 곁에 앉아 있었다. 일어나 보니 아닌 게 아니라 꿈속에서 본 선녀이더라. 온갖 아름다움을 갖춘 자태는 사람의 정신을 앗으니, 가히 경국지색(傾國之色)이라 할 만하였다. 막씨는 한 번 보고 정신이 황홀해져 어찌할 줄 몰라서 얼떨떨하게 선녀만 바라볼 따름이었다.

장공이 이 말을 듣고 급히 내당에 들어와 보니, 예로부터 지금까지 들은 바 처음이요, 본 바도 처음이었다. 장공은 희희낙락하여 그녀의 이름을 '금령소저'라 하고 자(字)를 '선아'라 하였다. 금령소저에게 그간의 사정을 물었으나, 지난 일을 전혀 기억하지 못했다. 이에 하느님에게 사례하였는데, 그 즐거움은 비할 데가 없을 지경이더라.

차설(且說)。 금령소저가 모친에게 고했다.

"집으로 돌아가사이다."

막씨가 기특하게 여겨 금령소저를 데리고 집으로 돌아오니, 가부인도 뒤를 따라와 잠시도 금령소저 곁을 떠나지 아니하더라.

이때 흉년이 들어 인심이 어지럽고 시끄러워지니, 곳곳에 도적이 활극을 벌이듯 하여 백성을 살해하고 재물을 탈취하여 갔다. 이를 고을 수령들이 능히 막지 못하였다. 황상이 이러한 소식에 근심하니, 위왕 장해룡이 땅에 엎드려 아뢰었다.

"신(臣)이 재주가 없으나 바로 이때 나아가 흉흉한 인심을 진정시켜 폐하의 근심을 덜고자 하나이다."

황상이 크게 기뻐하고 즉시 장해룡 위왕을 순무도찰어사에 제수하며 말했다.

"지금 당장 길을 떠나 흉흉한 고을들을 진정시키고 어루만지도록 하라."

순무도찰어사 장해룡이 황상의 은혜에 감사하며 공손하게 절을 올리고 물러나와, 황후에게 하직하고 공주와 작별하고서 길을 떠나더라. 길에 올라 여러 고을을 순찰하며 창고를 열어 가난한 백성들을 도와주었다. 도적들은 사람으로서 마땅히 지켜야 할 도의로 알아듣도록 타이르는 등 상벌(賞罰)을 분명하게 하니, 지나가는 고을마다 칭송하는 소리가 진동하고 백성들이 기쁜 마음으로 따랐다. 불과 몇 년 만에 민심이 진정되어 길에서는 떨어진 물건을 줍지 않고 산에는 도적이 없으니, 백성들이 격양가(擊壤歌)로 화답하며 장해룡 어사의 은덕을 칭송하더라.

몇 달 만에 남정을 지나게 되었는데, 바로 장삼의 묘가 있는 곳을 지나게 된 것이었다. 장어사가 옛날 일을 생각하니 더욱 가슴에 사무치도록 슬픈지라. 장삼의 묘 앞에 나아가 제문을 지어 제사 지내니, 눈물이 옷깃을 적시더라. 장어사는 제사를 끝내고 태수에게 가서 청했나.

"장삼의 묘 앞에 비를 세우고 새로 봉분을 돋워 옛날 길러준 은혜에 고마움을 표하고자 하노라."

이에 태수가 승낙하고 즉시 일꾼을 부려 사흘 안에 봉분을 새로 돋우고는 다 마쳤음을 고하였다. 장어사는 또 소룡을 불러 오라고 하였다. 이때 소룡은 형편이 빈궁하여 촌락으로 떠돌아다니며 걸식하고 있었다. 장어사는 이를 듣고 슬픈 마음을 이기지 못하여 두루 찾아서 불러오게 했다. 변씨 모자가 관가에 이르러 감히 우러러보지 못하고 다만 땅에 엎드려 잘못을 빌기만 했다. 장어사는 친히 내려가 변씨 모자를 붙들어 올려 앉히고 위로하니, 변씨 모자는 황공해 하고 매우 조심스러워하면서 오로지 눈물만 흘리며 쉽게 말을 잇지 못하더라. 장어사가 옛일을 조금도 마음에 두지 않고 따뜻하게 말하니, 변씨 모자는 이를 보고 감격함을 이기지 못해 자신들의 잘못을 깊이 뉘우칠 뿐이더라.

어사는 태수에게 돈 1만 관(貫)과 비단 100필(疋)을 청해 얻어 변씨 모자에게 주며 말했다.

"약소하나 13년 동안 길러준 은혜를 이것으로 갚나니, 이 고을에 살면서 매년 한 번씩 나를 찾아오도록 하라."

장어사가 작별하고 떠나니, 변씨 모자는 멀리까지 나와 전송하였다. 그 뒤에 변씨 모자는 남방의 갑부가 되었으니, 인근 마을 사람들 공경하여 우러러 사모하지 않는 이가 없더라.

장어사가 황성으로 향하는 길에 뇌양현(耒陽縣)을 지나게 되었더라. 뇌양현에 이르러 객사에 숙소를 정하였는데, 뇌양현 사또와 이야기를 나누게 되니 자연 서로 의기투합해 밤 깊도록 이야기하다가 사또가 돌아갔다. 그 뒤에 장어사는 자연히 심사가 어지러워 잠을 이루지 못하다가 잠깐 졸았는데, 백발노옹이 막대를 들어 어사를 가리키며 말했다.

"그대가 비록 어린 나이에 과거 급제한 영웅호걸로서 명성이 세상에 가득하고 위엄이 천하에 떨쳤을망정, 부모를 생각지 않느냐? 바로 이때에 부모를 곁에 두고 찾지 않으니, 이는 정성이 부족한 것이라. 내 그대를 위하여 부끄러워하노라."

장어사가 이 말을 듣고 다시 묻고자 하다가 깨달으니, 잠을 자면서 잠깐 꾼 꿈이더라. 매우 수상하게 여겨 다시 자지 못하고 뇌양현에 들어가니, 사또가 당에서 내려와 영접해 동헌에 앉아 이야기를 나누었다. 그때 문득 보니 벽에 걸린 족자가 자기 주머니 속에 있는 족자와 같더라. 장어사가 자세히 보고 매우 의아해서 물었다.

"족자의 그림이 무슨 뜻이나이까?"

사또가 슬픈 기색으로 말했다.

"이 늙은이가 늦게야 아들 하나를 낳았었는데, 난중에 잃은 지 18년이 되었으나 생사를 알지 못해 밤낮으로 뼈에 사무쳤소. 마침 어떤 이인(異人)을 만났더니 그 심정을 알고서 저 그림을 그려주기에 걸어두고 보고 있소."

장어사가 즉시 비단주머니를 열어 족자 하나를 꺼내 벽에 걸었다. 사또가 보니 두 족자가 서로 조금도 다른 데가 없어 전혀 어긋남이 없었다. 사또와 장어사는 서로 이상하게 여기고 의아했지만, 뚜렷한 표적이 없어 서로 입 밖으로 말을 꺼내지 못하고 주저했다. 그러다 사또가 장어사에게 물었다.

"어사의 족자는 어디서 났소? 괴이한 일이 있으니, 숨기지 말고 자세히 말해주시오."

장어사가 자기의 자초지종을 일일이 다 고하였는데, 금방울의 조화로 입신양명해 귀하게 된 일이며 나중에 금방울이 갈 때에 이 족자를 주고 가던 사연을 낱낱이 고하였다. 사또가 이 말을 듣고 목이 메어 말했다.

"나도 금방울에 대해 할 말이 있다오."

또 말했다.

"이 족자도 금방울이 물어온 것이오. 금방울을 여러 해 동안 보지 못했는데, 얼마 전에 다시 돌아와서 허물을 벗고 나니 예나 지금이나 매우 보기 힘든 절대 미인이었소."

또 말했다.

"내 아이는 등에 사마귀가 일곱 개 있소."

장어사가 이 말을 듣고 목 놓아 통곡하였다. 사또의 부인이 또한 달려와 어사를 끌어안고 세 사람이 일시에 어우러져 통곡하였다. 온 고을 사람들이 이 소식을 듣고 누가 기이하게 여기지 않으리오. 이에 장어사가 울음을 그치고 꿇어앉아 말했다.

"소자(小子)가 정성이 부족하여 이제야 부모를 만났사오니, 그 죄는 만 번 죽어도 아깝지 않사옵니다만, 하나님이 살피시어 일이 이렇게라도 되었나이다."

이어서 어사가 그간의 사연을 낱낱이 고하고는 말했다.

"이제 금방울이 본래의 모습으로 돌아왔다고 하니, 한번 보고자 하나이다."

장공과 가부인이 비로소 정신을 차리고 말했다.

"기쁘며 즐거움과 귀하며 신기함이 천만고에 없는 바이로다. 네가 금방울을 보고자 함은 괴이하지 않은 일이어니와, 여자의 예절에 맞는 몸가짐으로는 네가 보고자 하는 것이 마땅치 않으리로다."

장어사도 그렇게 여겨 이 사연을 글월로 지어 하루속히 황성에 보내었다.

천자가 이 글월을 보고 기뻐하여 말했다.

"장해룡 위왕이 천하를 두루 돌아다니다 부모와 금방울을 찾았고, 금방울도 본모습으로 돌아왔다 하였으니, 이는 사람의 힘으로 할 수 없는 일이로다."

그리고는 내전(內殿)으로 들어가 이 일을 이야기하니, 황후와 금선공주 또한 기뻐해 마지않았다. 금선공주가 말했다.

"금방울은 하늘이 내리신 바이니, 이때라도 하늘의 뜻에 순응하고 백성의 뜻에 따르지 않으면 은혜를 저버린 앙화를 받을 것이옵니다. 금방울의 혼인을 부황(父皇)과 모후(母后)께서 주재하시어 그 공을 갚음이 마땅할까 하나이다."

황상이 공주의 말을 옳게 여겨 궁녀 수백 명과 황문시랑(黃門侍郞)으로 하여금 예법에 맞는 몸가짐을 갖추며 행장을 준비하게 하고, 또한 금방울을 황후의 양녀로 삼아 친필로 직첩(職牒)을 내려 금령공주라 칭하게 하여 그날로 떠나게 하였다. 그리고 막씨를 '대절지효부인(大節至孝夫人)'에 봉하고, 장공 부부는 원나라 조정의 충신으로 벼슬을 받지 않을 것이라며 장해룡 위왕에게 그 뜻으로써 각별히 위로하도록 하교하였다.

황문시랑이 예법에 맞는 몸가짐을 갖추고 여러 날 만에 뇌양현(耒陽縣)에 도착했다. 사또에게 임금의 뜻을 전하며 직첩을 드린 뒤 곧바로 막씨의 처소로 가려는데, 막씨가 크게 놀라 갈팡질팡 어찌할 줄 몰라 했다. 금령소저는 기미를 알아채고 모친께 나아가 고하여 말했다.

"우리집으로 올 것이니, 대청에 자리를 잡고 앉으셔서 각별히 남의 웃음을 사지 않도록 하소서."

금령소저의 말이 채 끝나기도 전에 상궁과 시녀들이 먼저 명첩(名帖)을 들여보낸 후, 집안으로 들어와 안부를 묻고 공주의 직첩과 부인의 직첩을 주었다. 금령공주가 향안(香案)을 배설해 직첩을 받들고 북쪽을 향해 네 번 절하니, 궁녀들이 쌍쌍이 들어와 예를 갖추고 상궁이 금령공주와 부인을 바삐 모셔오라는 황명을 전하였다. 부인 모녀가 지체할 수 없음을 알고 호화롭게 장식한 가마 금덩에 올라 길을 떠났는데, 길마다 엄숙한 행차가 이루 말로 형언할 수 없을 정도로 거룩하였다. 장공 부부도 길을 떠났는데, 장해룡 위왕이 모시고 따라서 여러 날 만에 황성에 들어왔다. 위왕 부자는 감사 인사를 하고, 금령공주는 궁궐 안으로 들어가 황후를 찾아가 뵈니, 황상과 황후가 금선공주를 데리고 와서 함께 칭찬해 마지않았다. 그 사이에 금선공주가 더욱 반겨 금령공주의 손을 잡고 기뻐하여 친자매와 같은 정겨움이 있더라.

황상이 하교하였다.

"예부는 혼인하기 좋은 날을 택하고, 호부는 잔치를 베풀도록 하라."

황상이 황극전(皇極殿)에 나가 부마를 영접하고 인사를 받으니, 예나 지금이나 이런 영화는 찾아보기 드물 것이라.

위왕이 혼례복을 갖추어 입고 궁궐 안으로 들어가 금령공주와 맞절을 마치고 함께 돌아왔는데, 금선공주도 처음 시부모 뵙는 날이더라. 시부모에게 먼저 예물을 드린 후에 두 공주가 나란히 들어가 절을 올리고 자리에 앉으니, 그 빼어나고 아름다운 태도는 눈이 부시도록 온 자리를 밝게 비추더라. 장공의 부부와 막부인은 한 번 보더니 마음 가득히 한껏 기뻐서 종일토록 즐기다가 해가 서산으로 지고서야 집으로 돌아갔다. 시녀가 등롱(燈籠)을 들고 위왕을 금령공주의 방으로 인도하자, 위왕은 들어가 옛일을 밤 깊도록 말하다가 불을 끄고 금령공주의 고운 손을 이끌어 침상에 나아가니, 서로 사랑하는 마음이 산처럼 높고 바다처럼 넓어서 이루 측량치 못할러라.

다음날 두 공주가 나란히 시부모에게 문안 인사를 하니, 장공 부부가 애지중지하는 것이 비할 데 없었다. 이에 처소를 정하는데 금선공주는 응운각에 있게 하고 금령공주는 호월각에 있게 하였으며, 상궁과 시녀들도 각각 분배하여 처소를 정해주었다. 그 후로 위왕은 밤이면 두 공주와 함께 즐기고 낮이면 부모를 모시고 즐겼는데, 막부인도 그 자리에 함께 모시고 지냈다.

이러구러 세월이 물 흐르듯 빨리 지나니, 장공 부부와 막부인이 부귀영화를 누리다가 나이 들어 세상을 떠났다. 그 자녀들이 예의에 지나치게 애통해 마지않았다.

그 후로 금선공주는 일남이녀를 두고 금령공주는 이남일녀를 두었는데, 모두 부모의 모습을 골고루 닮아 아들들은 옥인군자(玉人君子)요, 딸들은 요조숙녀(窈窕淑女)이더라. 장자의 이름은 몽진이니 금령공주의 소생으로 이부상서(吏部尙書)에 있고, 차자의 이름은 몽환이니 금선공주의 소생으로 병마도총도위(兵馬都總都尉)에 있고, 삼자의 이름은 몽기이니 금령공주의 소생으로 한림학사(翰林學士)에 있다. 세 명의 딸은 각각 명문거족(名門巨族)에게 시집을 보내니 부부가 되어 화기애애하고 태평하게 지냈다. 여러 아들딸들이 각각 아들딸을 또 낳으니 자손이 번성하고 복록이 풍성해 더 바랄 것이 없었다.

이후의 일은 별전(別傳)에 있으므로 대강만 기록해 장해룡 위왕의 사적을 알게 하나니, 뒷사람들은 찾아 읽어보기 바라노라.

백학선전

화설(話說). 명나라 남경 땅에 명성이 높은 벼슬아치 한 명이 있었는데, 성씨는 유요 이름은 '태종'이요 별호(別號)는 '문성'이다. 다섯 대에 걸쳐 충신이었던 집안의 자손으로 높은 벼슬이 대대로 끊이지 않았고, 유공은 사람됨이 어질고 무던하며 공손하고 검소하였다. 일찍 과거에 급제하고 천자의 총애가 융성하여 벼슬이 이부상서(吏部尙書)에 이르렀는데, 다만 슬하에 자식이 없었다. 이 때문에 높은 벼슬을 버리고 고향으로 돌아와서 밭갈이와 낚시를 일삼으며 한가로이 지냈다.

어느 날 갈포 두건에 소박한 옷차림으로 대나무 지팡이를 짚고 명산의 풍경을 유람하러 한가히 나섰다. 이때는 바야흐로 춘삼월 좋은 계절이었다. 그러나 온갖 꽃들이 흐드러지게 피고 버드나무 가지는 푸른 실을 드리운 듯 늘어져 있는데 두견새는 슬피 울고 계곡물이 졸졸 잔잔히 흐르니, 자연스럽게 사람의 심사가 울적해졌다. 유공은 즉시 집으로 돌아와 부인 진씨를 마주해 탄식하며 말했다.

"우리가 남에게 못된 짓을 하여 죄를 쌓은 일도 없는데, 자식 하나 없어 조상께 제사 드리는 것이 끊어지게 되었으니 무슨 면목으로 죽어서 조상을 뵈오리오. 살아서나 죽어서나 죄를 면치 못할 것이오. 옛사람 중에도 일월성신(日月星辰)께 빌어서 자식을 얻었다고 하는 이가 있으니, 우리도 정성을 들여 보사이다."

그리고는 후원 깊숙한 곳에 단(壇)을 쌓고서 밤마다 부인 진씨와 함께 단에 올라 자식을 점지해 달라고 기도하였다.

그러던 어느 날 부인 진씨가 병풍에 기대어 잠깐 졸다가 꿈을 꾸었는데, 문득 서쪽에서 오색구름이 일어나며 옥동자가 백학(白鶴)을 타고 내려와 두 번 절하더니 말했다.

"소자(小子)는 천상계의 동자인데, 죄를 짓고 갈 곳을 몰라 방황하다가 북두칠성(北斗七星)이 인도하여 이곳으로 왔사오니, 바라건대 부인은 어여삐 여기소서."

말을 마친 옥동자가 부인 진씨의 품속으로 들어왔다. 부인이 크게 기뻐하여 유태종 상서를 보고자 하다가 문득 깨니, 잠을 자면서 잠깐 꾼 꿈이었다. 즉시 유상서를 오게 해 꿈 이야기를 하니, 유상서 또한 기뻐하더라. 그 달부터 아이를 밴 기미가 있었는데 열 달이 되자, 부인 진씨가 산통으로 의식이 흐려져 잠자리에 누웠다. 그랬더니 문득 한 쌍의 선녀가 하늘에서 내려와 부인을 위로하며 말했다.

"이 아이의 짝은 서남쪽 땅에 사는 조씨이니, 인연을 잃지 마소서."

선녀들이 옥으로 만든 작은 단지에 담은 향수를 쏟아서 아이를 씻겨 누이고는 간데없었다. 부인 진씨가 괴이하게 여겨 유상서를 불러 이 일을 고하니, 유상서는 기뻐하면서 아이의 생년월일을 기록하며, 이름을 '백로'라 짓고 자(字)를 '연우'라 하였다.

세월이 물 흐르듯 빨리 지나가서 백로의 나이가 열 살이 되자, 얼굴과 풍채가 세상에 으뜸인 데다 용맹함이 출중하며 효성이 또한 지극하니, 유상서 부부가 사랑함이 비할 데 없더라.

재설(再說)。 성남 5리 밖 부주 땅의 '남저운'이라는 선생은 도학(道學)이 고명하였다. 유백로가 학문을 배우고자 하여 부친에게 말했다.

"듣건대 성남에 고명한 선생이 있다 하오니, 그 선생에게 가서 학문을 넓히고자 하나이다."

유상서가 말리지 못하여 곧바로 행장을 차려주고 백학선(白鶴扇: 하얀 학이 그려진 부채)을 주며 당부했다.

"이 부채는 조상 대대로 전해 내려오는 보배이니, 소홀히 다루지 말고 잘 간수하여라."

이에 유백로가 무릎을 꿇고 받은 뒤 작별을 고하더라.

이때 '조성노'라는 사람은 대대로 명문거족으로 재주와 학식이 뛰어나기로 유명하여 벼슬이 상서(尙書)에 이르렀다. 그는 부인 순씨와 한평생 같이 함께 늙었으나, 일찍이 슬하에 자식이 없어 슬퍼하였다. 어느 날 부인 순씨에게 말했다.

"우리 부부의 운수가 순탄치 못해 복이 없어 자식 하나 없으니, 조상께 큰 죄를 면치 못하리다. 어찌 슬프지 아니하리오."

부인 순씨가 말했다.

"첩의 죄악이 가득하여 자식 하나 없사오나, 상공(相公)의 크고 훌륭한 덕으로 어찌 대를 잇는 자식이 없을까 근심하리오. 많고도 많은 불효 가운데 대를 이을 후손 없는 것이 가장 크다고 하오니, 어진 숙녀를 얻어 자손을 보소서."

조공이 탄식하며 말했다.

"모든 것이 팔자소관이거늘, 내 어찌 부인을 저버리고 다른 여자에게 뜻을 두어 집을 요란하게 하리오. 사찰(寺刹)이나 도관(道觀)에 정성을 들여 자식을 얻는 경우가 간혹 있다 하니, 우리도 가서 빌어 보사이다."

그리고는 조공 부부가 도관을 두루 찾아다니며 소원을 빌었다. 어느 날 부인 순씨가 고달파서 잠깐 졸다가 꿈을 꾸었는데, 오색구름이 남쪽에서 일어나며 풍악 소리가 들렸다. 부인 순씨가 구경하려고 비단 창문을 열고 바라보았다. 여러 선녀가 호화롭게 장식한 가마인 금덩을 둘러싸고 순씨 앞에 와서 두 번 절하며 말했다.

"우리는 상제(上帝)의 시녀인데, 칠월칠석날 은하수에 오작교(烏鵲橋)를 잘못 놓은 죄가 있어 상제께서 우리를 인간 세상으로 내치셨소. 갈 곳을 몰라 방황하는데 일월성신(日月星辰)이 지시하여 여기에 이르렀으니, 부인은 어여삐 여기소서. 이 낭자의 짝은 남경의 유씨이오니, 하늘이 미리 맺어준 짝을 잃지 마소서."

선녀가 말을 마치자, 낭자가 방안으로 들어갔다. 부인 순씨가 감격하여 방안을 쓸고 닦고자 하다가 문득 깨니, 잠을 자면서 잠깐 꾼 꿈이었다. 조공을 불러 꿈 이야기를 하니, 조공이 크게 기뻐하여 말했다.

"창천(蒼天)이 우리의 지극정성에 감동하시어 귀한 딸아이를 점지해 주신 것이오."

그 달부터 잉태하여 열 달이 되자, 방안에 향기가 자욱하며 부인이 순조롭게 아이를 낳았다. 한 쌍의 선녀가 내려와 아이를 받아 누이더니, 향수로 씻긴 후에는 문득 간데없었다. 조공이 크게 기뻐하여 이름을 '은하'라 지었다. 갓난아이가 딸아이인 것을 전혀 싫어하지 아니하고 아주 귀한 보옥(寶玉) 같이 여겨 사랑하더라.

시간이 거침없이 빠르게 지나서 조은하의 나이가 열 살이 되자, 그 자태와 재질이 보통 사람과 달랐다. 마침 유모가 은하 낭자를 업고 외가에 다녀오는 길에 유자를 따 가지고 오다가 길가에서 쉬고 있었다. 이때 유백로가 짐을 꾸려 성남으로 가다가 한 곳에 이르렀다. 행인은 없고 한 노파가 어린 소저를 데리고 앉아 있었다. 유백로가 눈을 잠깐 들어보니, 그 소저가 나이는 비록 어리나 꽃 같은 얼굴과 달 같은 자태는 예나 지금이나 제일이었다. 한 번 보자마자 마음이 황홀하여 미친 듯도 하고 취한 듯도 하였다. 그래서 유백로가 은근히 말을 붙여 그 마음을 한번 떠보고자 하여 어린 소저에게 있는 유자를 달라고 하니,

조낭자가 기꺼이 유모를 통해 두어 개 유자를 보냈다. 유백로는 마음의 평정을 잃어 정신을 못 차리고 유자를 먹은 후에 백학선(白鶴扇)을 꺼내어 훗날을 기약하는 정표로서 두어 글귀를 써주었다. 그리고 길을 떠나 남저운을 찾아가서 수학한 지 3년 만에 문장이 뛰어나고 훌륭해졌다.

유백로는 부모를 그리워하고 생각하는 마음이 간절해지자, 남저운 선생에게 작별 인사를 드리고 집으로 돌아와 부모를 만났다. 부모는 몹시 반가워 아들의 손을 잡고 그간 지내며 그리워하던 정을 말하면서 학업이 크게 성취된 것을 칭찬하며 더욱 귀중해 마지않더라. 어느 날 유상서가 유백로에게 백학선을 가져오라고 하니, 백로가 말했다.

"오는 길에 공교롭게도 잃어버렸기에 감히 드리지 못하나이다."

유상서가 크게 노하여 말했다.

"집안 대대로 전해 내려오는 물건을 네가 잃어버렸으니, 어찌 후레자식이라는 손가락질에서 벗어나겠느냐?"

그리고는 탄식하고 한탄해 마지않더라.

차설(且說)。 이때 병부상서 '평진'이 유상서를 보러 왔다가, 유백로의 사람됨을 보고 매우 갸륵하게 여겨 사위 삼기를 청하였다. 유상서가 그 청하는 말을 다 듣고서 청혼을 허락하려 하였다. 이에 유백로가 간청하여 말했다.

"소자가 마음으로 작정하였사온데, 훗날 과거에 급제하여 부모님께 영광되게 해드린 후 혼례를 올리고자 하오니, 바라건대 아버님께서는 소자의 작정한 마음을 이루도록 하소서."

유상서가 이 말을 듣고는 아들을 기특히 여겨 병부상서 평진의 청혼을 허락하지 않았다. 이때 유백로는 나이가 십칠 세인데, 문장이 뛰어나고 풍채가 당당하니, 보는 사람마다 뉘 칭찬치 않으리오.

한편, 천자가 특별과거 시험을 실시하도록 하였는데, 유백로가 이 소식을 듣고는 시험장에 들어가 과거시험 답안지를 펼치고 붓을 한 번 휘두르자 글에 점 하나 보탤 것이 없을 정도로 문장이 아주 훌륭하였다. 전상(銓相: 이부상서)에게 답안지를 바치고 기다리니, 이윽고 전두관(銓頭官)이 나와 장원급제자의 이름을 알렸다.

"이번 합격자 가운데 장원은 전임 이부상서 유태종의 아들 백로이로다."

유백로가 크게 기뻐하며 수많은 사람들을 헤치고 황상이 있는 옥섬돌 앞으로 종종걸음으로 나아갔다. 황상이 유백로를 보고 칭찬하고는 술을 내리며 말했다.

"네 집안은 대대로 국가에 공을 세운 신하들이었다. 너도 나라에 없어서는 안 될 신하가 되리니, 어찌 기쁘지 않으리오."

황상은 즉시 유백로에게 한림학사를 내린 뒤, 유태종에게 기주자사(冀州刺史)를 내리며 곧바로 불러 오도록 하였다. 이때 유태종이 집에 있다가 이 소식을 듣고 기뻐하며 즉시 상경하였다. 그는 한림이 된 아들을 보고 이루 다 말할 수 없을 정도로 기뻐하고는 황상에게 정중히 사례한 후 기주로 부임하였다.

유한림이 또한 황상에게 표문(表文)을 올리고는 조상의 산소를 찾아가 돌보고 제사를 지냈다. 그 후에 모친을 만나고 돌아와 황상에게 정중히 사례하였다. 황상이 유한림을 가까이 불러들여 말했다.

"경(卿)에게 순남순무어사(巡南巡撫御史)를 내리나니, 백성들이 겪는 병폐와 고통이며 고을 수령들이 잘 다스리는지 여부 등을 살펴서, 짐이 믿는 바를 저버리지 말라."

유백로 어사가 즉시 황상에게 작별을 고하고 물러나와 생각했다.

'이제 남방순무어사를 하게 되었으니, 지난날 소상죽림(瀟湘竹林)에서

백학선을 정표로 준 여자를 찾아 평생을 함께하려는 소원을 이루리라.'

차설(且說)。 이때 조낭자의 나이가 열다섯 살일러라. 태도가 맵시 있는데다 기량이 뛰어나고 타고난 성질이 고아하니, 참으로 당시에 견줄 만한 사람이 없을 정도로 아름다운 여자였다. 지난날 소상죽림(瀟湘竹林)에서 한 젊은 남자를 만나 우연히 유자(柚子)를 주고 백학선(白鶴扇)을 받아 돌아왔다. 그 후로 점점 자라서 백학선을 꺼내어보았는데, '정숙하고 기품 있는 여자는 군자의 좋은 배우자라.(窈窕淑女, 君子好逑)'고 씌어 있고, 그 아래에 사주(四柱)를 기록해 놓았더라. 조낭자는 마음속으로 몹시 놀랐지만, 이 또한 하늘이 정하여 준 연분이었으니 어찌할 방법이 없자, 마음속에 그것을 간직하고 말을 입 밖으로 내지 않았다.

바로 이때 남쪽의 남촌에 상서 '최국양'이 살았는데, 지금 황상의 총애를 가장 많이 받고 있었다. 이런 그에게 서자(庶子) 하나가 있으니, 풍모에다 재주와 학식마저 뛰어났다. 명사(名士)나 재상(宰相)들 가운데 딸을 둔 자들이면 혼인하기를 청하는 자가 헤아릴 수 없었다. 최국양은 끝내 허락하지 않았는데 조성노의 딸아이가 나라를 기울게 할 만큼 미인이라는 말을 듣고 중매쟁이 할멈을 보내어 혼인하기를 청하니, 조공이 즉시 허락하였다. 조낭자가 이 말을 듣고 크게 놀라서 그날로부터 전혀 먹지도 마시지도 아니하고 자리에 누워 일어나지 못해 목숨이 금방 끊어질 듯했다. 조공 부부가 몹시 놀라며 괴이쩍게 여겨 딸아이의 침소에 나아가 조용히 물었다.

"우리는 늦게야 너를 얻어 기쁜 마음이 끝이 없었다. 그래서 밤낮으로 기다린 바는 네가 어진 짝을 얻어 원앙처럼 둘이 다정하게 지내는 것을 보는 재미를 누릴까 한 것이거늘, 지금 무슨 까닭으로 네가 먹지도 마시지도 아니하고 죽기를 자초하느냐? 그 사정을 듣고자 하노라."

조낭자가 머뭇거리며 망설이다가 눈물을 흘리면서 천천히 말했다.
"소녀 같은 사람이 이 세상에 산들 이로울 것이 없으므로 죽어 아무것도 모르고자 하옵나니, 바라건대 아버님과 어머님께서는 저의 사정을 살피소서. 소녀가 열 살 때 외가에 갔다가 유자(柚子)를 얻어 가지고 돌아오는 길에 소상죽림(瀟湘竹林)에서 잠깐 쉬었사옵니다. 그때 한 젊은 선비가 지나다가 유자를 달라고 하여 두어 개를 주었더니, 그 선비가 받아먹은 뒤에 답례로 백학선(白鶴扇)을 주었사옵니다. 소녀는 어린 마음에 아름다이 여겨 받아 두었사온데, 요사이 보니 그 부채에 글이 있었사옵니다. 바로 남편과 아내가 되어 한평생을 같이 지낼 것을 다짐하는 언약의 뜻이 있었던 물건이었습니다. 그때에 무심히 받은 것을 뉘우치나, 이 또한 하늘이 정하여 준 연분임이 분명하옵니다. 게다가 그 선비를 보았지만 예사로운 사람이 아니었사옵니다. 소녀가 이미 그 사람의 정표로서 신물(信物)을 받았는지라 마땅히 그 집 사람이오니, 어찌 다른 가문에 혼인할 뜻을 두겠나이까? 만일 생전에 백학선 임자를 만나지 못할망정, 죽기를 각오하고 백학선을 지키겠나이다."
이윽고 조낭자는 부채를 내어 보이며 말했다.
"만일 그 사람을 만나지 못하면, 소녀는 죽어 혼백이라도 유씨 집에 들어가 백학선을 전하려 하옵니다. 원컨대 아버님과 어머님께서는 소녀의 팔자가 사나워 복이 없음을 가련히 여기소서. 소녀가 죽은 후라도 만일 유생이 소녀를 찾아오거든, 소녀의 조그만 정성을 갖추어 전해주소서. 그리하여 소녀로 하여금 소상강(瀟湘江)을 늦도록 헤매며 비를 맞는 이로운 넋이 되지 않게 하소서."
소녀가 말을 마친 후에 눈물을 비 오듯 흘리니, 조공 부부도 흐느끼며 말했다.
"네게 이 같은 사정이 있었으면, 어찌 오래전에 이르지 않았단 말이냐? 너는 우선 먼저 그 신물을 지키려 죽기를 작정하였거니와 그 선비의 뜻도 그러한지 어찌 알겠느냐? 한때 길거리에서 우연히 만나 주고간 부채를 찾으러 오기가 쉬울쏘냐? 그러하나 네 뜻이 이미 이러할진대, 내 그 선비를 찾고자 한다만 사는 동네와 성씨만 알고서 천 리나 되는 먼 길의 어느 방향을 작정하고 찾아 나서야 하리오. 일이 처리하기가 매우 어렵고 묘하여 몹시 난처하도다."

조낭자가 대답하여 말했다.

"충신은 두 임금을 섬기지 아니하고 열녀는 두 지아비를 섬기지 아니한다 하오니, 소녀는 결단코 다른 집안을 섬기지 아니할 것이옵니다. 하물며 그 사람은 잠깐 보아도 신의를 가진 군자였으니, 신의가 없을 까닭이 없사옵니다. 또한 백학선(白鶴扇)은 세상의 기이한 보배이니, 아무런 까닭 없이 남에게 준 것은 아니지 않을까 하나이다."

조공이 조낭자의 말을 듣고서 그 철석같은 마음을 억눌러 그치게 할 수 없을 줄 알고 달리 어떻게 할 도리가 없어 조낭자의 뜻을 최국양에게 전하였다. 이에 최국양이 분노를 참지 못하고 조공을 장차 해치려는 뜻을 품었다.

차설(且說)。 이때 가달이 강성해져 자주 중원(中原)을 침범해왔다. 황상이 최국양을 우승상으로 삼고서 도적을 무찌르라는 명을 내리니, 최승상이 황명을 받들고자 황성으로 올라갔다. 이때 최국양은 형주자사 이관현에게 남몰래 부탁했다.

"내 자식 놈을 조성노의 딸아이와 혼인을 시키려 했는데, 제 아무런 까닭 없이 혼인을 물리니 그런 신의 없는 필부가 어디에 있으리오. 보잘것없는 한낱 지체 낮은 관리 주제에 감히 대신(大臣)을 희롱함이러니라. 내 마땅히 저의 온 가문을 죽여야 할 것이로되, 국사로 인하여 황성으로 올라 가니라. 그러니 그대는 조성노의 일가를 잡아다가 엄한 형벌로 엄중히 다스리되, 만일 조성노가 혼인을 허락하거든 용서하고, 듣지 아니하거든 대신을 속인 죄로 엄히 처벌하여 곧바로 죽이도록 하오. 그리고 그의 딸은 음탕한 행실을 저지른 것으로 죄를 씌워 관가의 노비로 삼도록 하오."

최국양이 이렇게 부탁하고 황성으로 올라갔다. 형주자사 이관현은 즉시 하향현에 공문을 내려보내었다.

「조성노의 일가를 성화같이 잡아 올리도록 하라.」

하향 현령(縣令) 전홍노가 공문서를 보고 군노(軍奴)를 보내어 조성노를 잡아 오게 하였다. 군노가 조공의 집에 이르러 이 사연을 전하고 관아로 가기를 재촉하니, 조공이 짐작하고 군노를 따라 관청에 이르렀다. 현령이 조공에게 물었다.

"그대는 이 일을 아느냐?"

조공이 짐작하여 가늠하되, 이는 반드시 최국양이 만든 변고인 줄 알고 그간에 있었던 사정을 자세히 고하였다. 전홍노 현령이 다 듣고 나서 가련히 여기며 말했다.

"공문대로 그대를 잡아 보내면 죽기를 면치 못하리니, 내 잠시 관원으로 왔다가 애매한 사람을 죽을 곳에 보냄은 사람으로서의 도리가 아니라. 하물며 이관현 자사도 최국양의 부탁을 듣고 인정을 살피지 않을 것이니, 그대는 바삐 집으로 돌아가 몸에 지니기 쉬운 값나가는 보물을 품고 빔중에 도주하여 남이 모르게 숨도록 하오."

현령 전홍로는 즉시 회답하였는데, 조성노가 지난해에 이미 도주하고 없어 공문대로 명을 받들 수 없음을 보고하면서 조공을 놓아 보냈다. 조공은 현령의 은덕에 잊지 못할 것이라며 감사 인사를 하고 급히 집으로 돌아갔다. 집에 돌아와 황금 삼백 냥을 가지고 딸아이와 함께 유백로를 찾으러 떠났는데, 산을 넘고 물을 건너 길을 걸으며 남경으로 향하여 갔다.

차설(且說)。 유백로는 어사가 되기 전의 어느 날 우연히 소상강(瀟湘江)을 지나다가 이름 모르는 낭자를 만나 백학선(白鶴扇)을 주고 남편과 아내가 되어 한평생을 같이 지낼 것을 다짐하는 언약을 한 후로 잠시도 그 일편단심을 변치 않고 늘 사모하는 마음이 간절하였다. 그러나 유백로는 감히 이런 사연을 부모에게 고하지 못한 채 덧없이 세월을 흘려보내면서 생각했다.

'그 여자는 자라서 이제 시집갈 때가 되었겠구나.'

유백로가 그 여자를 찾아 평생을 함께하려는 소원을 이루고자 하나 부모의 허락 없이 떠나기 어려웠다. 또한 몸이 벼슬에 매여 있어 떠나기가 매우 어려우니, 다만 탄식해 마지않으며 흘러가는 세월을 헛되이 보내었다. 마침 이때에 이르러 천자가 특별히 순무사를 내리어 바삐 길을 떠나라고 하니, 유백로 어사는 즉시 황상에게 작별을 고하고 청주로 향하면서 한숨 쉬며 탄식하여 말했다.

"오늘 이 길을 떠하니 진정으로 꼭 내 소원을 이룰 때로되, 다만 그 여자의 사는 곳을 알지 못하고 있으매 장차 어찌 해야 하리오."

유어사는 청주에 들어가 백성들의 사정과 생활 형편을 살피며 방방곡곡을 유심히 두루 찾아보았다. 그러나 끝내 낭자의 종적을 알 길이 없자 외롭고 허전한 심사를 이기지 못해 잠을 설치며 밥맛을 잃고 자나 깨나 잊지 못했다. 이러구러 자연 병이 되어 하염없이 병세가 매우 중하고 깊어지자 말에 실려 하향현으로 돌아왔다. 하향 현령 전홍노는 유어사의 외숙일러라. 전현령이 유어사의 병세가 예사롭지 않은 것을 보고 유어사에게 말했다.

"네 일찍 과거에 급제하고 입신출세하여 사람들이 우러러보는 명망이 극진하였도다. 더군다나 부모님이 집에 살아계시니 이만한 즐거움이 없을 것이로다. 그런데 이제 네 병세를 살피니, 반드시 여자를 자나 깨나 잊지 못하고 오직 한 가지 생각에 맺혀 잊지 못하는 병이로구나. 마음속에 있는 말을 터럭 하나라도 속이지 말고 자세히 말하여라."

유어사는 숙부의 말을 듣고 자기의 마음앓이를 짐작하는 줄 알았다. 유어사가 속이지 못하고 자초지종을 고하니, 현령이 듣고 크게 놀라며 말했다.

"이러할 줄이야, 어찌 알았으랴? 아닌 게 아니라 얼마 전에 형주자사가 내게 공문을 보내어 '지체함이 없이 조성노의 세 가족을 잡아 올려라.'고 하였었다. 공문이 괴이하여서 내가 조성노를 불러 그 까닭을 물었더니, 네 말과 같이 여차여차 하더구나. 그 딱한 형편을 불쌍히 여겨 남모르게 도망가도록 하였다. 그 후에 알아보았더니만, 백학선 임자를 찾으러 남경으로 갔다고 하더라."

유어사는 이 말을 듣고 심사가 더욱 어수선해 간장이 끊어지는 듯했다. 바삐 남경으로 가고 싶었으나 국가의 막중한 소임을 그만둘 수가 없었다. 장차 표문(表文)을 황상에게 올려 병에 걸렸음을 말한 뒤, 바로 남경으로 가서 그 낭자를 찾을까 하여 유어사는 여러 모로 꾀를 생각해내더라.

익설。조성노가 부인과 딸아이를 데리고 남경으로 가면서 딸아이는 남자 의복을 입혀 길을 떠났다. 몇 달 만에 기주 지경(冀州地境)에 이르렀을 때, 조공 부부가 갑자기 지독한 병에 걸려 일어나 움직일 전망이 전혀 없는데 앞으로 가야할 길은 천여 리나 되었다. 조낭자는 전혀 뜻밖의 이러한 지경에 처하자 지극히 슬픔을 이기지 못했다. 그렇지만 천지에 고하고 신령에게 축원하며 부모를 지극정성으로 보살폈다. 이렇게 세월을 보냈건만 슬프게도 창천(蒼天)이 무심하였던가, 온갖 약을 다 써도 효험이 없어 마침내 조공 부부가 일시에 모두 세상을 떠나고 말았다.

조낭자가 부모의 상(喪)을 당하여 하늘을 부르며 땅을 두드려 통곡하니, 산천초목이 다 슬퍼하는 듯하였다. 무릇 뉘라서 부모상을 만나지 않으랴. 그러나 외로운 홀몸으로 의지할 곳 없는 만 리 타향에서 이 지경을 당하였으니, 돌아다니며 의논할 이도 없고 장차 향할 곳도 알지 못하였다. 얼굴이 고운 사람은 운명이 기박하다고 하더라도, 어찌 하늘이 조낭자 같은 정조(貞操)가 굳은 여자에게 이 같이 슬픔과 곤경을 내린단 말인가. 그 참담한 형상은 나무나 돌과 같이 아무런 감정이 없는 마음씨를 지닌 이라도 또한 슬퍼할지라. 유모 춘낭 등이 한없는 슬픔 속에 잠겨 있는 조낭자를 딱하고 안타깝게 여겨 여러 가지 말로 위로하며 조공 부부의 장례를 간소하게 치렀다. 그리고는 그곳에 오래 머물 수 없어서 서로 손을 이끌어 길을 떠나려 하였다. 그때 문득 시비 옥매가 밖에서 들어와 고하였다.

"요사이 '가달이 남경을 쳐부수고 차지하였다.' 하오니, 이를 어찌 해야 하나이까?"

조낭자가 이 말을 듣고는 마음이 막막해 속절없이 눈물만 흘리며 어찌할 줄 몰라 했다. 그러다가 그곳에 이름난 점쟁이를 찾아 황금 십 냥을 주고 운수가 좋은지 나쁜지 물었다. 점쟁이가 동전을 던져 점괘를 얻고 나서 말했다.

"점괘에 '바삐 고향으로 돌아가면 말랐던 나무가 봄을 만나고 차갑던 재가 다시 데워진 격이니, 만일 만나고자 하는 사람을 열여섯 살에 만나지 못하면 스물 살에 만나리라.'고 되어 있으니, 이 점괘의 글을 해득해보자면, 그대는 여자로 군자를 찾으려 하는 괘이거니와, 그렇다면 더욱 고향으로 돌아가야 좋은 일이 있으되, 만일 금년에 만나지 못하면 반드시 임술년(壬戌年) 추팔월(秋八月) 초오일(初五日)에야 비로소 만나리라."

조낭자가 이 말을 들으니 한편으로는 기쁘고 다른 한편으로는 슬펐다. 즉시 숙소로 돌아와 짐을 꾸려 고향으로 돌아가고자 하였다. 그러나 전혀 뜻밖에 십여 명의 차사(差使)가 달려들어 조낭자를 결박하여 관아에 잡아들였다. 조낭자는 생각지도 못한 곤경을 당하자 혼비백산하고 정신이 아득하여 어떻게 하면 좋을지 모른 채로 관아에서 머리를 숙이고 꿇어 엎드려 있었는데, 기주자사 유태종이 와서 말했다.

"내 들으니 네게 백학선이 있다 하니, 만일 감추고 내놓지 않으면 곤장으로 맞아 죽으리라."

조낭자가 예의를 차려 답하여 말했다.

"소생에게 아닌 게 아니라 백학선이 있사오니, 조상 대대로 전해 내려오는 물건인데 무슨 까닭으로 물으시나이까?"

기주자사가 크게 노하여 말했다.

"그 백학선은 본디 내 집안의 진기한 물건이로다. 어느 날 우연히 잃었었는데, 네가 주워 가지고 있음을 들었거늘 어찌 네 집안에 조상 대대로 전해 내려오는 물건이라 하느냐? 그 부채는 예사로운 기물(奇物)이 아니라 용궁의 보물일러라. 그래서 사람마다 가지지 못하고 다만 정절이 있는 숙녀라야만 가질 수 있는 것이니, 네게는 가당치 아니하도다. 이제 그 부채를 바치면 도리어 천금을 주려니와, 그렇게 하지 않으면 너는 여기서 죽음을 면치 못하리라."

조낭자가 마음속으로 생각했다.

'이 부채가 보물이니까 막강한 힘으로 앗으려 함이로다.'

그리고는 답하여 말했다.

"소생의 할아버지가 종계 현령이었을 때 꿈에 용왕이 나타나 준 것으로서 소생에게 전해 내려온 진기한 물건이니, 비록 천금이 중하다 한들 어찌 자손의 도리로 그것을 팔아 없애겠으며, 저승에 돌아가 훗날 무슨 면목으로 조상님들을 뵈오리까?"

기주자사가 말했다.

"네 말이 가장 간사하도다. 나의 5대 조상으로부터 내려오던 것을 우연히 잃고서 찾지 못했었다. 네가 비뚤어진 마음으로 감히 이같이 말을 꾸며 모질게 악을 쓰니, 이는 죽여도 아깝지가 않은 것이로다."

조낭자가 답하여 말했다.

"소생이 조상의 진기한 물건이 아닐진대 어찌 이렇듯 항거하겠나이까? 자사께서 구태여 가지려 하시거든 소생을 죽이고 빼앗아 가지소서. 소생이 몸을 버려 죽고 난 뒤에 잃는 것은 소생의 죄가 아니오니, 설마 어찌 하겠나이까?"

기주자사가 더욱 분개하여 몹시 성을 내며 조낭자에게 칼을 씌워 단단히 옥에 가두라고 하였다. 슬프다! 조낭자가 수천 리 타향에 와서 한꺼번에 부모를 여의고 한없는 슬픔 속에서 또한 전혀 꿈도 꾸지 않았던 변고를 겪으니, 그 운수가 힘들고 어려움을 어찌 다 헤아리겠는가. 조낭자는 춘낭과 옥연 등을 불러 남모르게 당부하여 말했다.

"내가 백학선을 죽기로 주지 아니하면 응당 강제로 빼앗을 것이니, 부디 자취도 모르게 깊이 간수하라. 만일 너희를 잡아들여서 부채를 찾아내라며 엄한 형벌을 가할지라도 반드시 내게 미루고 죽기로 응하지 말라. 만일 그것을 잃게 되면 내 몸은 죽을 것이니, 부디 마음을 굳게 잡아 깊이 간수하라."

춘낭 등이 조낭자의 당부에 응하여 따르며 조낭자가 옥에서 먹을 아침저녁을 정성으로 보냈다.

세월이 물 흐르듯 빨리 지나가 조낭자가 옥중에 갇힌 지 이미 몇 년이 되었다. 조낭자가 한편으로는 부모를 생각하고 다른 한편으로는 백학선 일체를 헤아리지만, 앞으로 닥칠 일이 어찌 될지 몰랐다. 이렇듯 여러 가지를 깊이 생각하느라 자연 얼굴 모양이 초췌하고 기백이 꺾이니, 조낭자의 모습이 참담함을 이루 기록하지 못할러라. 춘낭 등이 조낭자의 참담한 모습을 보고 눈물을 흘리며 말했다.

"소저께서는 어찌 귀한 몸을 돌아보지 않으시나이까? 마음속으로 걱정하느라 기운이 없도록 고달프지 마소서. 자기 한 몸을 보전한 뒤라야 낭군을 만나볼 것이옵니다. 어찌할 도리가 없는데도 백학선으로 말미암아 만일 옥중에서 잘못이라도 하여 죽게 되면, 혼백인들 어디에서 받아들여질 것이고, 소비(小婢)들은 어디 가서 누구에게 의지하리까? 바라건대 소저는 널리 생각하시어 후일을 기다리소서."

조낭자가 또한 울며 말했다.

"너희가 주인을 위하는 정성에 내 감탄하거니와, 나의 부모가 계시지 않아서 다만 하늘이 뜻한 바가 있는 백학선을 의지해 신표로 삼을지니, 내가 죽든 살든 잊지 못할지라. 만일 하늘이 밉게 여겨 낭군을 찾지 못하고 내 죽을지라도, 부디 부채를 내 관에 넣어 부모 곁에 묻어다오. 너희는 고향으로 돌아가 별 탈 없이 잘 살아라."

그리고는 목 놓아 통곡하다가 이윽고 기절하였다. 이때 문득 향기가 진동하고 패옥(佩玉)이 부딪쳐 맑게 쟁쟁 울리더니, 푸른 옷을 입은 선녀가 한 쌍의 여동(女童)을 데리고 조낭자 앞에 다가와 말했다.

"우리 낭랑(娘娘: 아황과 여영)의 명을 받자와 낭자를 초대하나이다."

조낭자가 급히 일어나 인사를 하며 말했다.

"낭랑이라 하는 사람은 뉘시며 어디 계시느뇨?"

선녀가 대답하여 말했다.

"가시면 자연히 알게 되리이다."

조낭자가 괴이하게 여기며 선녀를 따라 한 곳의 이르렀다. 상서로운 기운이 찬란하였는데, 구슬과 조개로 꾸민 호화로운 궁궐이 매우 장엄하고 정숙하였다. 여러 색깔의 무늬가 있는 옷을 입은 선녀들이 그 규중(閨中)으로 분주하게 드나들었다. 여동이 말했다.

"아직 의식의 절차를 정하지 못하였으니, 낭자는 잠깐 머무소서."

그리고는 조낭자를 인도해 동쪽의 헐소청(歇所廳)에 앉혀 놓고 안으로 들어갔다. 조낭자가 "예예" 하고 앉아 쉬는 사이에, 문틈으로 엿보니 용과 봉황이 그려진 깃발들이 좌우에 벌여있고 수십 명의 관원이 동서로 늘어서 있었다. 어떤 부인이 왕에게 절하는 의식인 숙배(肅拜)를 이끌어 옥섬돌에서 예식을 거행한 후, 궁전의 자리에 오르고는 좌우에 앉는 차례를 격식에 맞게 하고 풍악을 태연히 크게 울리게 하였다. 조낭자가 여동에게 물었다.

"오늘이 무슨 날인데, 무슨 의식의 절차를 저리 하느뇨?"

여동이 답하여 말했다.

"오늘이 음력 보름이기 때문에 모든 부인이 왕이 있는 곳을 향하여 절하는 망하례(望賀禮)하는 절차이나이다."

이윽고 예관(禮官)이 나와 조낭자를 안내하여 옥섬돌에 나아가 절하여 예를 표하게 한 뒤 즉시 궁전의 자리에 오르게 하고 앉는 자리의 차례를 정하였다. 조낭자가 잠깐 눈을 들어 살펴보니, 두 낭랑(娘娘)이 머리에 용봉관(龍鳳冠)을 쓴데다 몸에 푸른 비단 저고리를 입고서 손에 옥홀(玉笏)을 쥐고 황금을 입힌 의자에 높이 앉았는데, 좌우에 시녀들이 모시고 있었다. 그 위엄 있는 차림새와 예절에 맞는 몸가짐이 매우 단아하고 정숙하였다. 조낭자가 황공하여 맨 끝 자리에 앉아 있었는데, 이에 낭랑이 물었다.

"조낭자는 우리를 알아볼쏘냐?"

조낭자가 답하여 말했다.

"소녀(小女)는 인간 세상의 미천한 계집이온데, 어찌 선계(仙界)의 낭랑을 알겠나이까?"

낭랑이 슬퍼하여 탄식하고 말했다.

"낭자가 일찍이 고서(古書)를 처음부터 끝까지 모두 훑어보았으니, 우리 자매의 사적(事跡)을 알 것이거늘 어찌 모른다 하느뇨? 우리는 아닌 게 아니라 요(堯)임금의 딸이요 순(舜)임금의 처이니, 《사기(史記)》에서 말하는바 아황(娥皇)과 여영(女英)이요, 상군부인(湘君夫人)일러라."

조낭자가 그제야 깨닫고서 머리를 조아리며 인사하고 말했다.

"소녀가 고서를 읽고 항상 훌륭한 덕과 곧은 정조를 사모하였사온데, 오늘날 뵈오니 죽어도 여한이 없을까 하나이다."

낭랑이 위로하여 말했다.

"가련하도다! 낭자여. 그대의 고결한 덕행과 곧은 절조가 온 하늘에 사무치기로 한번 보려고 청하였거니와, 그대는 부디 지금의 고행을 원망스럽게 여기지 말고 일 년만 기다리면 자연 낭군을 찾아 만나리라. 우리가 대순(大舜: 순임금)을 이별하고 창오산(蒼梧山)과 소상강(瀟湘江)으로 두루 찾아다니다가 하염없이 뿌린 피눈물이 대나무 마디마디에 아롱아롱 물들자, 세상 사람들이 이르기를 소상반죽(瀟湘斑竹)이라 하나니라. 그대는 오래지 않아 사모하던 낭군을 만나 평생 함께 늙으리니, 어찌 우리의 모습과 같다고 하랴."

그리고는 좌우의 앉은 부인들을 가리키며 말했다.

"이 부인들도 고금에 으뜸가는 절개가 굳은 부인과 숙녀로 한 번씩은 고행을 다 겪었도다. 옥황상제께서 우리 자매의 절의를 칭찬하고 장려하고자 특별히 이 땅에 여군(女君)으로 삼아 봉(封)하시고, 천하의 절개가 곧은 여자들을 담당하여 보호하라 하셨도다. 동쪽의 윗자리에는 경력이 높은 주무왕(周武王)의 어머니 태사(太姒)요, 다음으로는 초왕(楚王: 반황의 오기)의 딸 반첩여(班婕妤)요, 서쪽의 윗자리에는 위(魏)나라의 장강(莊姜)이요, 다음으로는 양처사(梁處士: 양홍)의 아내 맹광(孟光)이요, 그 나머지 부인들도 다 고금의 열녀이로다. 음력 초하루와 보름날이면 번번이 이곳에 모여 즐기고 있느니라. 사람의 한때 고행이야 일장춘몽과 같이 알지 못하는 가운데 지나가는 것일러니, 어찌 깊이 근심할 것이랴?"

조낭자가 이 말을 듣고 즉시 좌우의 부인들에게 공경히 인사하며 말했다.

"소녀가 옛 서적들을 보아 옛날부터 지금까지 허다한 열녀들의 정절을 늘 우러러 공경하고 부러워하였사옵니다. 오늘 절개가 굳은 부인과 숙녀들을 뵈오니, 그 즐거움을 헤아리지 못하겠나이다."

모든 부인이 팔을 들어 답례하고 못내 겸손해 하였다. 낭랑이 말했다.

"낭자도 후일에 이곳에 모이려니와, 낭자가 열 살 때 유자를 가지고 이곳을 지나다가 쉬고 있자 백학선을 주었던 유한림이 글을 지어 우리를 위로하였으니, 그 뜻이 매우 고마워서 그대를 청하여 반기니라. 그대는 돌아가거든 유한림에게 이 사연을 전하라."

조낭자가 말했다.

"마땅히 명(命)을 전하려니와, 유한림은 뉘시나이까?"

낭랑이 웃으며 말했다.

"그대의 낭군이 몇 해 전에 장원급제를 하여 즉시 한림학사(翰林學士)가 되었고, 지금은 순남순무어사(巡南巡撫御史)로 내려왔느니라. 두루 다니며 그대를 찾았지만 그대의 종적조차 찾지 못하였다. 이로 인하여 유한림은 병이 중해졌나니 바삐 찾아가야 할 것이니라. 만일 금년에 만나지 못하면 임술년(壬戌年) 팔월(八月) 초오일(初五日)에는 반드시 상봉할 것이니, 그리 알고 기회를 잃지 말거라. 또한 그대에게 뛰어난 능력을 갖게 해주어 어려운 때를 만나면 부리게 하나니, 조심해서 부리도록 하라."

조낭자가 이 말씀을 듣고서 한편으로는 기쁘고 다른 한편으로는 슬펐지만 즉시 작별 인사를 고하였다. 옥섬돌을 내려오다가 발을 헛디뎌 놀라 깨달으니, 잠을 자면서 잠깐 꾼 꿈이었다. 이때 옥연 등이 낭자를 붙들고 통곡하였는데, 조낭자가 도로 깨어남을 보고 몹시 기뻐하였다.

화설(話說). 기주자사 유태종이 백학선을 앗고자 하여 조낭자를 옥중에 가두어 놓았다. 자사가 사람을 시켜 혹 위협하게 하거나 혹 천금으로 달래게도 해보았지만, 조낭자의 굳은 마음을 돌이킬 길이 없었다. 이에 자사가 생각했다.

'백학선은 용궁의 진기한 보배니 사람이 저마다 가질 바가 아니거늘, 전혀 뜻밖의 사람이 가졌으면 이는 하늘이 제 임자에게 전하신 바이라. 그러면 사람의 힘으로는 찾지 못하리라.'

이렇게 생각하고 기주자사는 드디어 낭자를 풀어주라고 하였다. 조낭자가 매우 기뻐하며 술과 고기를 갖추어 옥졸 등을 대접하였다. 며칠을 쉬었다가 짐을 꾸려 옥연 등을 데리고 유백로 한림을 찾으려 청주로 향했다. 100여 리가 안 되는 거리를 걸었는데도 이미 몸이 몹시 고단하고 발이 아파서 일어나 움직일 수 없어 시로 붙들고는 길가에 앉아 울고 있었다. 마침 청주에서 오는 사람이 있어 조낭자가 우연히 그 사람에게 유백로 순남순무어사의 소식을 물었더니, 그 사람이 말했다.

"전임 어사 유한림은 신병으로 사직 상소문을 올려 바꿔어 가고, 새로 황한검이 대신하여 어사로 내려왔다."

조낭자가 듣고 다시 물었다.

"그대는 어찌 그리도 자세히 아느뇨?"

그 사람이 말했다.

"우리는 청주 관아의 사람으로 유한림을 모시어 보내고 오는 길이라."

조낭자는 이 말을 듣고 주저하다가 바로 황성으로 길을 떠났다.

각설(却說)。 유어사는 그의 외숙부에게서 조낭자의 사연을 들은 후로 심신이 뒤숭숭하여 병의 상태가 더욱 위중해졌다. 순무어사 유백로는 글을 지어 병의 상태가 위중하다면서 사직 상소를 바치니, 황상이 상소를 보고 말했다.

"유백로가 이같이 병의 상태가 위중하다고 하니, 먼 지방을 돌아다니며 살피는 중임을 감당치 못하리로다. 어사를 바꾸어 중앙의 벼슬자리 대사도(大司徒)를 내리나니, 서둘러 황성으로 올라오도록 하라."

그리고 기주자사 유태종에게는 예부상서를 내리시니, 유백로 사도(司徒) 부자를 우러르는 명망이 조정과 민간에 현저하였다. 유사도가 황명을 받들어 북쪽을 향해 네 번 절한 뒤에 공무를 수행할 수 없음을 여러 차례 상소하였다. 그러나 끝내 그의 상소가 허락되지 않으니, 유사도는 마지못해 곧바로 황성으로 올라가 황상 앞에 나아가 공손하게 절을 하였다. 황상이 가까이 불러들여 보았는데, 사도의 병세가 가볍지 않음을 알고 크게 놀라 말했다.

"치료하도록 하라."

유사도가 즉시 대궐에서 물러나와 집으로 돌아왔다. 날마다 조정에서 문병하고 어의(御醫)가 오가는 행렬이 도로에 끊이지 않더라. 그러나 오직 유사도는 하늘이 맺어준 짝을 찾지 못해 자나 깨나 그 생각만

하느라 맺힌 심사를 억제치 못하였다. 결국 벼슬을 원치 않고 세상만사를 뜬구름 같이 여겼다.

차설(且說)。 이때 유태종 예부상서와 전홍노 태수가 한곳에 모여 작별하는 슬픔을 일컬으며 이야기를 나누었는데, 유상서가 전태수에게 말했다.

"아이를 혼인시키는 일은 벌써 하려 했으나, 제 소원이 입신양명한 후에 장가를 들겠노라 하였다네. 제 이제 이미 입신양명을 이루었으니, 서둘러서 혼인시키고자 한다네."

전태수가 말했다.

"사도의 혼사가 늦었으나, 아직 앞날을 보아 처리함이 좋을까 하나이다."

유상서가 물었다.

"이 어인 말인고?"

전태수가 말했다.

"몇 해 전 제가 하향현 현령으로 있을 때 여차여차한 일이 있었기로 이리이리 하였나이다."

이윽고 유사도가 백학선 찾으려 했던 일을 고하니, 유태종 상서가 크게 놀라 말했다.

"이러한 사정이 있었으면서 어찌 나를 지금까지 속였느뇨? 내가 기주자사였을 때, 사내종놈 대종이 백학선을 어떤 행인이 가졌더라고 말하는지라, 어서 그 사람을 잡아오라고 하였었다. 그리고 위협하며 백학선 내놓으라 하였지만, 그 사람은 저의 집안에서 대대로 전해 내려오는 물건이라며 죽기로 거절하였다. 행여나 어찌하면 죽이고 앗을 수도 있겠으나, 다시 생각하니 사람의 목숨은 귀중한 것이었다. 그래서 옥중에 가두고는 말 잘하는 사람을 시켜 천금을 주겠다며 달래었다. 끝내 듣지 아니하고 갇힌 지 몇 년이 되었어도 칼 벗을 생각은 하지 않고 다만 스스로 목숨을 끊으려고 하였다. 내가 다시금 생각하니, 이는 반드시 하늘이 그 사람에게 주신 바라 여기고 옥에서 풀어주었다. 그때 그 사람의 용모와 목소리를 살폈더니 계집의 태도가 있어서 매우 의심이 갔지만, 아직 어른이 되지 못한 아이라서 그러려니 여겼다. 또한 그 뜻이 전혀 굽힘이 없이 꼿꼿하여 의심치 아니하고 놓아주었다. 지금 헤아리건대, 그 여자가 남자 의복을 입고 남경으로 찾아가던 길이로다."

그리고서 유사도를 책망하여 말했다.

"네 어찌 이런 일을 부자지간에 이르지 않았느뇨? 나도 마음에 병이 되었거니와, 그 여자의 사정과 형편이 어찌 가련치 않았으랴. 너를 찾으려고 생사를 돌아보지도 않은 채 남경을 향해 갔을 것인데, 이제 가달이 남경을 차지하고 있다. 만일 그 여자가 그 곡절을 모르고 적의 소굴로 들어갔으면 반드시 죽었을 것이니, 어찌 가련치 않으랴. 옛말에 여자가 원한을 품게 되면 그 마음은 더운 오월에도 서릿발이 내린다고 하였으니, 우리집에 어찌 크나큰 불행이 없겠느냐."

유사도가 이 말을 듣고서 한편으로는 황송하였고 다른 한편으로는 눈물을 흘렸다. 전태수가 위로하여 말했다.

"내 헤아리건대 절개가 굳은 그 여자의 행실이 훌륭하니, 반드시 하늘이 무심치 아니할 것이리라. 너는 모름지기 심려치 말라."

유사도가 말했다.

"여자가 나를 위하여 절개를 굳게 지키는 것이 그와 같으니, 제가 어찌 죽기로 힘써 찾지 않겠나이까?"

그리고는 마음을 굳게 다졌다.

화설(話說)。 어느 날 유사도가 최국양을 찾아보고서 말했다.

"지금 가달이 남경을 차지해 있거늘, 승상은 어찌 장수를 보내어 무찔러 없애려고 하지 않나이까? 내 비록 재주가 없으나 한 번 나아가 도적을 물리쳐 나라의 근심을 덜고자 하나이다."

최국양이 마음속으로는 유백로를 남모르게 해치고자 하여 크게 기뻐하며 말했다.

"나도 밤낮으로 근심하였지만 적당한 사람을 찾지 못했도다. 그대가 스스로 원하여 가달을 무찌르러 나아가고자 하니, 이는 국가의 다행이도다."

최국양은 이를 즉시 황상에게 말했다. 황제가 크게 기뻐하여 곧바로 유백로를 병부상서(兵部尙書) 겸 정남대장군(征南大將軍)에 제수하고 정예병 3만을 징발하여 주었다. 이날 유백로 대장군은 황상에게 공손히 절하여 인사를 드리고 집으로 돌아와 모친에게 작별을 고한 뒤, 대군을 지휘하여 남경으로 향하니라.

차설(且說)。 유장군이 행군하여 서주를 지나는데, 대로변에 큰 바위가 있었다. 유장군이 석공으로 하여금 그 바위에 새기게 하였으니, 이러하다.

> '신유년(辛酉年) 팔월에 병부상서 겸 정남대장군 유백로는 천지신령인 황천후토(皇天后土)께 비나니, 이제 황명을 받들어 대군을 거느려 적진으로 향하지만 전쟁에서의 승패는 미리 짐작하지 못하거니와, 다만 성남 하향현 조낭자를 서로 만나기를 원하나니 황천후토는 살피소서.'

이윽고 행군한 지 세 달 만에 남경에 이르러 위수를 사이에 두고 진을 쳤다. 가달과 함께 서로 마주한 지 거의 반년이 가까워지도록 끝내 승부를 가르지 못했다. 이러하니 최국양이 황상에게 참소하며 바삐 싸워 승부를 내라고 재촉하였다. 또한 출정해 있는 동안에 병사들을 먹일 양식과 말들을 먹일 꼴이 바닥날 지경이어서 굶주림이 심하니, 어찌 능히 싸울 수 있겠는가.

이러구러 임술년(壬戌年)이 되었다. 유장군이 회군하려 하였으나, 나라에서 싸우기를 재촉하였다. 유장군이 달리 어떻게 할 도리가 없어서 칼을 빼어 땅을 치며 말했다.

"흉적 최국양이 국권을 잡고 사람을 이렇듯 해치고자 꾀를 쓰는데다 내가 시절을 잘못 만났으니 누구를 미워하며 원망하겠느냐."

그리고는 통곡하였다. 이때 가달이 명나라 진영에 병사들을 먹일 양식과 말들을 먹일 꼴이 바닥날 지경임을 알고 사방의 요해처를 철통같이 지켰으니, 나아갈 수도 물러설 수도 없었다. 삼군(三軍)이 굶주림을 견디지 못하여 서로 붙들고 통곡하며 말했다.

"아무 잘못 없는 삼만의 병사들이 간신 최국양의 간교로 인하여 만리나 떨어진 전쟁터에서 원통한 넋이 되니, 한없이 멀고 먼 푸른 하늘만이라도 알아주소서."

이렇게 말하며 스스로 죽는 자가 부지기수요, 남은 장수나 병졸의 목숨 또한 조석에 달려있었다.

가달이 군사를 몰아 사방으로 마구 쳐들어오니, 어찌 능히 대적할 수 있었으랴. 유장군이 있는 힘을 다해 도적을 막다가 끝내 맞서 이겨내지 못하여 말에서 떨어지고 말았다. 적장이 달려들어 그를 사로잡아서 가달에게 데려가니, 가달이 꾸짖어 말했다.

"너는 빨리 항복하고 살기를 도모하라."

유장군이 눈을 감고 말했다.

"내 불행하여 네게 잡혔다만, 어찌 개 같은 오랑캐에게 항복하겠느냐? 속히 죽여주면 충신의 뜻을 표할 수 있으리라."

가달이 크게 노하여 무사(武士)에게 호령하였다.

"내어다 베어라."

상장군 마대영이 간하여 말했다.

"명나라 장수의 기골을 보니 충성스럽고 절개가 곧은 마음이 뛰어나옵니다. 남의 나라 충신을 죽임은 사람의 도리에 어긋나는 일이오니, 아직 살려두어 앞날을 보사이다."

가달이 이 말을 좇아서 유장군을 죽이지 아니하고 옥에 가두었다.

익설。조낭자가 옥연 등을 데리고 황성으로 올라가고 있었다. 어느 날 다리의 힘이 쭉 빠진데다 날이 저물었는지라 주막을 찾았지만 끝내 찾을 수가 없었다. 종과 상전이 서로 슬퍼하며 길에서 헤매고 돌아다니는데, 문득 동쪽을 바라보니 몇 간의 초옥(草屋)에 등불이 반짝이고 있었다. 조낭자가 가까이 다가가 보니, 한 노인이 책상에 기대어 글을 보고 있었다. 조낭자가 노인 앞에 나아가 두 번 절하니, 노인이 책을 놓고 익히 보다가 말했다.

"그대는 조낭자가 아니더냐? 그대의 이름을 들은 지 오래였는데, 오늘에야 만나니 반갑도다."

조낭자가 말했다.

"소생은 과연 한낱 서생(書生)이거늘 낭자로 이르는 것은 무슨 까닭이오며, 어찌 소생의 근본을 알아보시나이까?"

노인이 웃으며 말했다.

"그대가 비록 나를 속이고자 하나, 나는 이미 알고 기다린 지 오래되었도다."

그리고는 두어 개의 환약을 주며 말했다.

"그대가 지금 낭군을 찾으러 가는 길인데, 그 사이에 사고나 탈이 많을 것이로다. 이제 이 약을 먹으면, 배우지 않은 병법과 익히지 않은 검술을 자연 알 것이요, 용기와 힘이 또한 갑절로 늘어날 것이로다. 부디 조심해서 낭군을 구하도록 하라.

조낭자가 그 약을 받아먹었더니, 아닌 게 아니라 정신이 상쾌해지고 기운이 뻗치고 뻗쳐서 태산을 끼고 북해를 뛰어넘을 마음이 있더라. 이에, 조낭자가 일어나 두 번 절하고 앞날에 닥쳐올 길흉을 물으니, 노인이 말했다.

"천기를 누설치 못 하리로다"

그리고는 이곳에서 쉬고 내일 떠나도록 하라면서 안으로 들어갔다. 조낭자와 종들이 잠이 잠깐 들은 것 같았는데, 어느 새 동방이 밝았는지라 일어나 살펴보니 집은 간데없었고 소나무 아래 바위 밑이었다. 조낭자가 산신의 조화인 줄 알고 무수히 사례한 후에 길을 떠나 한수(漢水)에 이르렀다. 곧 잠시 머물러 잘 수 있는 집을 찾아 쉬는데, 집주인이 말했다.

"공자(公子)는 어디에 계시기에 이렇듯 초라하시느뇨?"

조낭자가 말했다.

"나는 하향현 사람이오. 황성에 친구를 찾으러 가오."

집 주인이 말했다.

"어떤 사람을 찾으러 가는지 모르거니와, 행색이 매우 가련하외다. 내 약간 음양의 이치를 아나니, 그대를 위해 길흉을 점쳐 보겠소이다."

즉시 점괘의 여섯 획을 펼쳐 한참토록 보다가 크게 놀라 말했다.

"이 점괘는 실로 괴이하도다. 옛날 자란이 이정을 찾으러 가는 격이니, 아마도 그대가 여자이면서 남자로 변신한 것은 낭군을 찾고자 함일러라. 보건대, 피차의 언약이 쇠와 돌 같으니 이에 찾고자 하나, 그대의 낭군이 벼슬을 하고 있었으면 이번 전쟁터에서 군사들을 다 죽이고 자신도 타국 귀신이 될 수이니 실로 찾기가 어렵도다. 그러하나 구름 속의 난새가 짝이 되어 날아서 봉황도 함께 날아간다는 격이니, 만일 하늘의 선녀 같은 사람이 구하면 요행히 살까 하노라."

조낭자가 이 말을 듣고 신기하게 여겨 말했다.

"주인 선생의 점괘가 잘못되었소. 내가 어찌 여자이면서 남자가 되었단 말이오?"

주인 선생이 말했다.

"그대가 이 세상의 귀신은 속이려니와, 어찌 나를 속이리오. 점책에 일렀으되, 이정이 적진에 의해 둘러싸여 위태할 때 자란이 구하여 공을 이룬 괘이니, 그대가 진정으로 구하면 살 것이니라. 그대는 의심치 말고 내당의 들어가 쉬었다가 바삐 가라. 이제 닷새만 더 있으면 그대는 낭군의 소식을 들으리라."

조낭자가 이 말들 듣고서 몹시 놀라서 섬뜩해하며 말했다.

"주인 선생은 실로 신 같은 분이로소이다. 선생의 성씨와 이름을 듣고자 하나이다."

주인 선생이 말했다.

"내 성명은 한복이요, 별호는 태양선생이라오. 내 일찍 벼슬을 그만두고 이곳에 와 맑은 바람과 밝은 달을 벗 삼아 한가로이 노닐었더니, 오늘날 우연히 그대를 만났도다."

이윽고 조낭자를 데리고 안채에 들어갔는데, 부인 양씨에게 그 사정을 이르고 모녀지의(母女之義)를 맺으라 하였다. 부인 양씨가 조낭자의 몰골을 가련히 여기고 마침내 수양녀로 삼았다.

조낭자가 며칠을 머물다가 작별 인사를 하니, 한복 선생 부부가 서운함을 금치 못하여 후일에 다시 만날 것을 기약하였다. 조낭자 일행이 길을 재촉하여 서주에 이르렀는데, 길가에 한 비석이 있어서 나아가 보니 유백로의 필적이었다. 조낭자가 드디어 목 놓아 통곡하다가 기절하니, 춘낭 등이 보살피자 얼마 있다가 정신을 차렸다. 춘낭이 말했다.

"소저께서는 너무 애태우지 마소서. 이 앞에 객점(客店)이 있으니 오늘 밤을 지내고 계양으로 가사이다. 그곳은 수로로 통하는 큰길이니, 유백로 대원수의 소식을 알아보사이다."

조낭자가 그 말을 따라 객점을 찾아서 밤을 지냈다. 문득 성안이 요란하자, 소저가 놀라 그 연고를 물었다. 객점 주인이 밖에 나갔다가 알고 들어와서 통곡하며 말했다.

"삼만의 군대가 위수에서 함몰되고 유백로 대장군이 사로잡혀 가셨다 하니, 그 분이 살았는지 죽었는지를 어찌 알리오."

조낭자가 다 듣고 나서 크게 놀라 물었다.

"그 일이 정말로 틀림없으며, 그대 또한 무슨 연고로 그리 슬퍼하느뇨?"

객점 주인이 말했다.

"나는 유백로 대장군 댁의 노비로서 이곳에 와 살았더랬는데, 이런 슬프기 그지없는 일을 당하니 어찌 슬프지 않으리오."

조낭자 또한 눈물을 흘리자, 객점 주인이 괴이하게 여겨 물었다.

"늙은 이 사람이야 종과 상전인 까닭에 슬퍼하거니와, 그대는 무슨 연고로 이렇듯 눈물을 흘리느뇨?"

조낭자가 깊숙한 곳으로 들어가 그간의 자초지종을 자세히 이르니, 객점 주인 부부가 이 말을 듣고는 땅에 내려서 절하고 말했다.

"어찌 뜻밖에 일어난 불행한 일이 이 같은 줄 알 수 있었겠나이까?"

그리고는 조낭자를 안방으로 인도해 들어가 위로하니, 조낭자가 오열하며 말했다.

"내가 여러 해 동안 분주히 돌아다녔지만 유백로 대원수를 찾지 못하고 도리어 이런 소식을 들으니, 어찌 그지없이 슬프지 않으리오. 그러나 오늘 노인을 만남은 진실로 하늘이 지시하심이로다. 유백로 대원수는 이미 살아 있는 동안에 만나보기가 아득하도다. 그러니 내 한 번 시댁에 가서 시부모님을 뵙고 이런 사정을 하소연하고자 하나니, 노인은 나를 위해 앞장서 안내하도록 하라."

그리고는 편지 한 통을 써서 주니, 노인이 응낙하고 즉시 떠났다. 노인이 황성에 도달하여 유백로 대원수 집에 찾아가니, 그보다 앞서 유원수가 패전한 죄로 말미암아 유태종 상서 부부는 황옥(皇獄: 황제의 감옥)에 갇힌 죄수가 되고 말았다. 노인은 바로 황옥으로 찾아가 옥졸에게 뇌물을 주고서 옥중에 들어가 유공 앞에 고개를 숙이고 엎드려 슬퍼하였다. 이에 유공이 놀라 물었다.

"너는 누군데 매우 위험한 곳에 들어와 이렇듯 슬퍼하느냐?"

노인이 두 번 절하고 말했다.

"소인은 전에 고향의 사내종이었던 충복이옵니다. 남경에 출전하신 소상공 유백로 대원수 소식을 고하러 왔나이다."

유공이 비로소 알아보고 슬픈 감회를 이기지 못하며 아들의 소식을 물었다. 충복이 서간을 드리면서 조낭자의 사연을 자세히 고하니, 유공 부부가 서간을 보고 더욱 탄식하며 몹시 놀라 말했다.

"몹시 아깝도다. 저의 절조를 지킨 행실이 이렇게도 지극하거늘 맑고 푸른 하늘이 관심조차 두지 않았도다. 아들은 오랑캐 땅에 잡혀가고 우리는 죄수가 되었으니, 제 비록 상경한들 누구를 의지하리오. 그러하나 제 소원을 보건대, 살고 죽는 것을 우리와 같이 할 의향이니 버려두시 못하리로다."

그리고는 즉시 글월을 써서 전홍노에게 소식을 전하여 친히 가서 조낭자를 데려오라고 하였다. 전홍노가 글월을 보고 즉시 짐을 꾸려 서주로 가서 조낭자를 데리고 유태종 상서 집으로 돌아왔다.

이때는 임술년(壬戌年) 칠월(七月) 보름이었다. 조낭자가 이에 이르렀으나 시부모님을 만나볼 길이 없고 유백로 대원수의 생사를 몰라 밤낮으로 마음을 애태우며 졸이다가 갑자기 생각하였다.

'태양선생이 이르기를, 아내와 같은 사람이 구하면 요행히 살리라 하였으니, 내가 시원스레 스스로 원하여 오랑캐 정벌에 나가리라. 그리하여 남편의 생사를 알아 다행히 살았으면 구하여 돌아오고, 만일 불행하게도 죽었으면 해골이나 거두어 조상의 묘소 옆에 편안히 장사지낸 뒤에 그 뒤를 좇으리라. 내 달리 어찌할 도리 없이 속만 태우리오.'

이날 밤에 표문(表文)을 지어 다음날 황상에게 보냈으니, 이러하다.

「패장(敗將) 유백로의 아내 조은하는 머리가 땅에 닿도록 숙여 백 번 절하고 황제께 표문을 올리나이다. 대개 삼강(三綱)의 으뜸은 자식이 부모께 효도를 극진히 함이고, 그 둘은 신하가 임금께 충성을 다함이요, 셋은 계집이 지아비에게 절조를 온전하게 함이오니, 이러므로 삼강을 사람마다 두고자 하나 어렵고, 사람마다 행하고자 하나 또한 어렵사옵니다. 매양 효자와 충신의 가문에서 충신·효자·열사·절부가 나오기 때문에, 봉황이 닭을 낳지 아니하옵고 범의 새끼는 개가 되지 아니한다 하옵니다. 신첩(臣妾)의 지아비는 대대로 내려오는 충효가의 자손이옵니다. 어찌 홀로 폐하께 다다라서만 충성하지 않으리까? 지아비가 황명을 받자와 삼만의 군대를 통솔하여 만 리나 떨어진 오랑캐 땅으로 출전한 것이옵니다. 강포한 도적을 막아내는데 기세가 꺾이고 힘이 다 빠져 꼼짝 할 수 없었는데도 일 년 동안이나 서로 대치하며 물러나지 않았으니, 그 통솔력을 가히 알 수 있을 것이옵니다. 조정에 충성과 신의의 신하가 없어 군량미를 운송하지 않았을 뿐만 아니라 그때그때의 형편에 따라 알맞은 처리도 하지 않았기 때문에 군졸이 굶주린 귀신이 되고 유백로마저 기력이 다하여 도적에게 사로잡히게 되었으니 이 어찌 억울하고 원망스럽지 아니하오며, 도적에게 잡혔으나 응당 무릎을 꿇고 굴복하지 않았사오니 어찌 곧은 충성심과 크게 빛나는 절조가 아니오리까. 바라건대 폐하께서는 유백로의 패한 죄를 십분 용서하시고, 만민의 소원을 살펴서 받아들이소서. 신첩이 비록 집안에서 곱게 자란 여자이오나 이런 때를 당하여 분개한 마음이 없지 않사오며, 하물며 지아비의 생사를 생각할진댄 어찌 슬프지 아니하오리까. 국가의 대사가 또한 그릇되려는 즈음에 신첩이 비록 여자이오나 또한 폐하의 신하이오니, 원컨대 삼천의 철기병을 빌려주시면 가달을 멸하여 위로는 황상의 근심을 덜고 아래로는 지아비를 구하오리다. 만일 일을 그르치면 지아비와 함께 군법을 당하겠나이다.」

황상이 뜻밖의 상소를 보고 믿지 않았지만 그 뜻이 시원함을 기특하게 여겼다. 즉시 신하를 통해 조낭자를 부르니, 조낭자가 황제 앞으로 나아갔다. 황상이 가까이에 자리를 내어주고는 그 표표한 기상을 칭찬하며 말했다.

"네 지아비는 장부인데도 삼만 군대를 하루아침에 몰사시키고 끝내 사로잡힌 바가 되었도다. 너는 아녀자로 무슨 지략이 있어서 망령되이 조정을 희롱하고 또 외람되이 임금을 속이는 죄를 짓고자 하느뇨? 여자가 지아비를 위하여 죽음은 열절(烈節)이라 하려니와, 전쟁터에 나아간다는 말은 실로 짐을 희롱함이로다."

조낭자가 무릎을 꿇고 엎드려 말했다.

"폐하의 말씀은 지당하옵거니와, 자식이 아비를 속이면 불효요, 신하가 임금을 속이면 불충이오니, 신첩(臣妾)이 감히 헛말로 폐하의 위엄을 희롱하리까? 저울로 달아 본 연후에 경중을 알고, 자로 재어 본 연후에 장단을 안다 하오니, 폐하께서 믿지 아니하시거든 무슨 재주라도 시험하시어 그 실상을 살피소서."

황상이 좌우를 돌아보고 말했다.

"천하에 어찌 이런 기이한 여자가 있을 줄 알았으리오."

좌우의 신하들이 그 충성스럽고 절개가 굳은 것뿐만 아니라 장수 될 만한 기량에 감탄하였으나, 감히 전쟁터에 나아갈 수 있는지 없는지에 대해서는 말하지 못했다. 이에 황상이 말했다.

"하늘이 이 사람을 보내어 짐을 돕게 하심인가 하나니, 마땅히 대원수로 삼아 출정하게 하리라."

승상 최국양이 이에 다다라서는 여러 신하 가운데서 혼자 앞으로 나아와 말했다.

"저 여자가 분명코 나라를 망하게 할지이다. 그 지아비가 자원하여 삼만 군대를 몰사시키고 적에게 사로잡혀 천자의 위엄을 손상시켰거늘, 그런데도 이 여자가 자원하는 것은 나라를 비방하고 조정을 능욕함이니 그 죄를 다스려 민심을 진정시키소서."

황상이 미처 대답하기도 전에 조낭자가 분연히 말했다.

"간신이 어찌 나를 두고 나라를 망하게 하리라 하느뇨? 승상은 신하로서 최고의 지위에 있으면서 충성을 다하여 나라의 은혜에 보답하기를 생각지 아니한 채, 작고 대수롭지 않은 혐의만 아뢰며 유백로로 하여금 적의 손에 사로잡히게 하였으니, 이는 한마디의 말로 이르자면 망국(亡國)이다. 천하가 승상의 불충에 이를 갈고 몹시 분하게 여기니, 오래지 않아서 지은 죄의 앙갚음으로 받는 재앙이 있으리라."

황상이 최국양을 책망하여 말했다.

"사람의 재주를 그냥 헤아리지는 못하나니, 어찌 저의 예기(銳氣)를 꺾어 나무라는 말 듣기를 자초하느뇨? 이제 저의 재주를 시험하여 말과 같을진댄 국가의 다행이니, 어찌 남자가 아니라 여자라고 해서 꺼릴 바이리오."

그리고는 즉시 손오병서(孫吳兵書)를 내어 문답하는데, 조낭자의 대답이 물 흐르듯 도처에 두루 통하여 모르는 것이 없었다. 황상이 기뻐하고 칭찬하며 다시 용맹을 보고자 하니, 조낭자가 말했다.

"폐하가 차신 칼을 주소서."

황상이 즉시 칼을 끌러 주니, 조낭자가 받아들고 옥계 아래로 내려가 그 칼을 둥글게 내저어 흔들면서 춤을 추며 공중으로 솟아오르니, 사람은 보이지 않고 단지 배꽃만 어지러이 떨어졌다. 이윽고 몸을 감추어 내려올 즈음, 때마침 황극전(皇極殿) 들보 위에 제비가 앉아 지저귀니, 조낭자가 몸을 날려 제비를 두 조각내어 떨어뜨렸다. 조정의 모든 벼슬아치는 놀라서 얼굴빛이 달라졌으나, 황상은 크게 기뻐하였다. 조낭자가 다시 뜰에 내려와 망주석(望柱石)을 들고 바로 최국양을 해칠 듯하다가, 도로 내려놓고 황극전의 섬돌 앞에 고개를 숙여 엎드렸다. 원래 이 망주석은 이전에도 이후에도 드는 자가 없던 바이라. 황상이 여러 신하들을 돌아보고 말했다.

"이는 반드시 신녀(神女)로다. 이런 재주와 용기라면, 어찌 가달을 근심하리오."

황상은 즉시 조은하를 대도독(大都督) 겸 대원수(大元帥)에 제수하고 황금으로 만든 부월(斧鉞)과 인검(印劍)을 주며, 삼만 명의 정예병을 징발하여 출정하라 하였다. 그리고 최국양을 파직해 하옥하고 조은하가 승전한 후에 처치하게 기다리도록 하였다.

차설(且說). 조원수가 황상에게 공손히 절하고 다시 말했다.

"이제 신첩(臣妾)이 군대를 이끌고 전쟁터로 나아가야 하니, 시부모님을 잠깐 뵙고 이별하고자 하나이다. 폐하께서 살펴주시기를 바라나이다."

황상이 조원수의 청을 허락하고는 유태종 상서를 특별히 옥에서 풀어주어 본래의 직임에 돌아가게 하라고 하였다. 조원수가 즉시 물러나와 시부모를 찾아가 만나니, 유상서 부부가 한편으로 기뻐하고 다른 한편으로는 슬퍼하며 조원수의 고운 손을 잡고서 통곡하였다. 조원수가 온화한 말로 위로하고 출전하는 사연을 고하여 시부모를 하직한 뒤, 다시 황상 앞에 나아가 작별 인사로 공손히 절하였다. 이때 칠척의 아녀자가 변하여 당당한 대장부가 되어 군복을 갖추었으니, 그 늠름한 기세는 여자로 알아볼 리가 없었다. 좌우의 여러 신하들이 남모르게 칭찬하였는데, 황상 또한 경의를 표하며 말했다.

"경(卿)이 여자의 몸으로 국가를 위하여 변경 밖으로 출정하니 예나 지금이나 드문 일일러라. 부디 성공하여 짐(朕)의 근심을 덜게 하라."

그리고는 궐문까지 나와 전송하였다.

조원수가 제문을 짓고 남단(南壇)에 올라 제사를 지냈다. 그 제문은 이러하다.

> 「모년 월일에 정남대원수(征南大元帥) 조은하는 삼가 천지신명께 제사를 지내나이다. 이번 출전으로 한북(漢北)의 가달을 멸하여 한편으로는 국가의 근심을 덜고 다른 한편으로는 남편을 구하려 하옵나니, 황천후토는 조은하의 정성을 돌아보셔서 좌우로 도와주시기를 비나이다.'」

제문 읽기를 다 마친 뒤, 사내종 충복을 불러서 상을 후하게 내리고 비석을 잘 맡아서 지키라고 하였다.

조원수가 대군을 통솔하여 행군한 지 여러 날 만에 위수 가에 다다랐는데, 이곳은 유백로 대원수가 패했던 곳이다. 쓸쓸한 바람이 으스스하고 물소리가 참담하여 사람의 마음을 뒤숭숭하게 하니, 조원수가 생각했다.

'이 반드시 삼만 군사들의 원통한 혼령이리로다.'

그리고 군사들에게 소와 양을 잡아서 제사를 지내도록 분부하여 원혼들을 위로한 후에 즉시 표문(表文)을 올렸다.

「신첩(臣妾)이 행군하여 위수(渭水)에 이르렀는데, 유백로가 거느렸던 삼만 장수와 군졸의 원혼이 물가에 모여 나타나 성가시게 달라붙어 해치니, 최국양의 머리를 베어서 제사지내야 무사할까 하나이다.」

차설(且說)。이때 황상이 조원수를 보낸 뒤에 민간에서 따지는 시비를 염탐하고자 친히 남루한 옷을 입고 여러 곳을 순시하였는데, 때마침 동요(童謠)가 있었으니, 그 내용은 이러하다.

"하늘이 내리는 재앙은 오히려 피할 수 있으나 스스로 불러온 재앙은 도저히 피할 수 없다고 하였으니, 저 최국양이 어찌 무사할 수 있으랴. 유백로 대원수가 전쟁에서 진 것과 삼만 장졸들이 억울하게 죽은 것은 모두 최국양이 군량을 운송해주지도 않고 그때그때 상황에 맞추어 처리하지도 않은 탓이로다."

황상이 이 동요를 듣고 그제야 최국양이 저지른 잘못으로 유원수가 패전한 것을 알게 되어 최국양을 심문해 법대로 죄를 정하려 했는데, 조은하 대원수의 표문을 보고 대답하여 말했다.

"짐(朕)이 시리에 어두워 눈앞에 반역 신히를 두고도 살피지 못하였으니, 어찌 부끄럽지 아니하랴. 최국양은 내 친히 다스릴 것이니, 경(卿)은 마음을 편히 가지도록 하라."

이때 최국양의 서자(庶子)가 옥중에 갇혀 있었다. 조원수의 전령병이 왔지만 군사업무에 관계되는 일이라 거스르지 못하고 무사에게 명하여 성화같이 압송하라고 하였다. 무사가 명을 받아 최생(崔生)을 죄인 호송 수레에 실어 위수(渭水)에 이르니, 조원수가 죄인을 군대 안에 가두라고 하고는 사자(使者)를 후하게 대접하였다. 그때 갑자기 먹구름이 끼어 어둑어둑하더니 궂은비가 자욱하여 하늘과 땅을 분간할 수가 없었다. 날이 저물자, 무수한 원귀들이 군대를 둘러싸고 하늘에서 지껄였다.

"조은하 대원수는 빨리 불충한 놈을 베어 우리의 원통하고 억울함을 위로하소서."

조원수가 즉시 최생을 베고 제수를 갖추어 제사지내니, 이윽고 안개가 걷히며 날씨가 맑아졌다. 조원수가 사자(使者)를 전송하고, 몸의 기력이 다하여 몹시 지치고 고단하여 잠깐 졸았는데, 하늘에서 한 노옹이 내려와 말했다.

"소저는 지체하지 말고 급히 서둘러 행군하라."

이에 놀라 깨어났다. 조원수는 군사들을 재촉해 위수를 건너서 적진과 50리 떨어진 곳에 진을 쳤다.

이때 가달이 몽고와 화친하여 물리치기가 쉽지 않은 데다 유원수의 생사를 알지 못하였다. 이즈음에 가달은 유원수를 사로잡고서 군율이 해이해졌다. 조원수가 도적들의 형세를 탐문한 후에 약속을 정하고 격서를 적진에 전하였다.

각설(却說)。 가달이 격서를 보고 크게 노하여 여러 장수들을 나누고 함께 출발하였다. 마대영을 선봉장으로 삼고 스스로는 후군(後軍)이 되어 정예병 십만 명을 징발해 맞서 싸우려 하였다. 이때 조원수도 조영을 선봉장으로 삼고 황한을 후군장으로 삼은 뒤 스스로는 중군(中軍)이 되어 정예병 삼만 명을 거느려 나아가고자 하면서, 제단을 쌓고 하늘에 제사를 지냈다. 문득 공중에서 선녀가 내려와 말했다.

"소저는 근심하지 마소서. 소저가 가지고 있는 백학선은 난중에 쓰는 보배이니, 진언(眞言)을 여차여차 외우고 사방으로 부치면 저절로 바람과 비를 일으키는 조화가 무궁하오리다. 부디 잊지 마소서."

그리고는 간데없었다. 조원수가 크게 기뻐하여 이튿날 군사를 배불리 먹이고 가달과 맞붙어 싸웠다. 선봉장 조영이 내달아 꾸짖으며 말했다.

"무도한 가달은 내 칼을 받으라."

가달이 분노하여 마대영에게 나가 싸우라 하니, 마대영이 창을 빼어들고서 말을 타고 나가 싸우는데 70여 합에 이르도록 승부를 가리지 못했다. 선봉장 조영이 창 휘두르는 것이 점점 흐트러지자 조원수가 내달아 협공하니, 적진에서도 가달이 내달아 또한 협공하였다. 네 장수가 어우러져 싸우며 40여 합에 이르자 가달의 용맹을 당하기가 어려웠다. 조원수가 말에서 내려 하늘을 우러르며 절을 하고는 진언(眞言)을 외우고 백학선을 사방으로 부쳤다. 그랬더니 하늘과 땅이 아득해지고 격렬한 천둥과 벼락이 진동하면서 무수한 신장(神將)들이 내려와 도왔다. 저 가달이 아무리 용맹한들 어찌 당하겠는가, 두렵고 겁나서 순식간에 말에서 내려와 항복하였다.

조원수가 가달과 마대영을 장막 아래에 꿇리고 심하게 꾸짖으며 말했다.

"너희가 유백로 대원수를 지금 모셔 와야 목숨을 용서하려니와, 그렇지 않으면 군율을 시행하리라."

가달이 급히 마대영에게 '유백로 대원수를 모셔오라.'고 명하니, 마대영이 급히 달려가서 유원수가 있는 곳에 나아가 고하였다.

"원수를 소장(小將)이 구하지 않았던들 마음을 놓을 수 없을 만큼 벌써 위험하셨을 터이니, 소장의 공을 잊지 마소서."

그리고는 유원수를 수레에 싣고 몰아갔지만, 유원수는 아무것도 모르고 장막 아래에 다다랐다. 한 젊은 대장이 유원수를 맞이하며 말했다.

"장군이 여러 대에 걸쳐 이름난 신하이면서 이렇듯 곤경에 처한 것은 모두 운명일 뿐이니, 마음 편히 하시되 개의치 마소서."

유원수가 눈을 들어 보니, 이는 전에 만난 일이 없는 사람이라 손을 들어 감사해 하며 말했다.

"뉘신지 모르겠거니와, 뜻밖에 죽어가는 사람을 살려서 자기 나라의 귀신이 되게 해주시니 죽어 백골이 된다 하여도 잊을 수가 없사외다. 그러나 이제 패장이 되어 폐하를 욕되게 하였사오니, 무슨 면목으로 폐하를 뵈오리까. 차라리 이곳에서 죽어 죄를 씻을까 하나이다."

조원수가 거듭거듭 위로하여 말했다.

"장수 되어 한 번 이기고 한 번 지는 것은 전쟁에서 흔한 일이오니, 과히 괴로워하지 마소서."

유원수가 고마워하였다.

한편, 가달과 마대영을 죄인 호송 수레에 싣고 회군하였다. 먼저 승전한 보고서를 올리고 승전고를 울리며 행군하는데, 유원수가 근심스러운 빛이 얼굴에 가득한 것을 보고 조원수가 물었다.

"장군은 이제 매우 위험한 사지에서 벗어나 고국으로 돌아가시니 천만다행일진댄, 어찌하여 이렇듯 수척하시나이까?"

유원수가 한탄하여 말했다.

"소장(小將)이 불충하고 불효한 죄를 짓고서 고국으로 돌아가니 무엇이 즐거우리오. 조원수가 이렇듯 소홀함이 없이 신경 쓰시니 부끄럽고 황송하며 마음이 편하지가 않소이다."

조원수가 일부러 물었다.

"듣자오니, 원수가 한낱 여자를 위하여 자원해 출전하셨다 하던데, 이 말이 옳으니까?"

유원수가 부끄럽고 창피하여 아무런 말을 하지 않자, 조원수가 또 말했다.

"장군이 예전 길에서 한낱 여자를 만나 백학선에 글을 써 주었고, 그 여자는 장성하여 백년 기약했던 임자를 만나지 못하자 사방으로 찾아다니다가 서주에 이르러 장군의 비문을 보고 기절하여 죽었다 하니, 어찌 애석하지 않으리오."

유원수가 다 듣고서 끔찍하기가 이를 데 없어 탄식하며 말했다.

"소장(小將)이 황상께 수모를 끼친 데다 또 여자에게도 원한을 오랫동안 쌓고 또 쌓게 하였으니, 차라리 죽어 모르고자 하나이다."

조원수가 미소를 지으며 백학선을 내어 부쳤는데, 유백로 대원수가 이윽히 보다가 물었다.

"원수가 그 부채를 어디서 얻으시었소?"

조원수가 말했다.

"소장(小將)의 조부가 상강 현령(湘江縣令)으로 계실 때에 용왕이 꿈에 나타나고 얻으신 것이나이다."

유원수가 다시 묻지 못하고, 마음속으로 생각했다.

'세상에 같은 부채도 있도다.'

그리고는 거듭거듭 보았다. 조원수가 이를 보고 참지 못하여 말했다.

"장군은 놀라 사리를 분별할 여유가 없어서 친히 쓴 글씨를 알아차리지 못하시나이까."

그리고는 부채를 유원수 앞에 놓으니, 유원수가 비로소 조낭자인 줄 알고 마음속에 서린 슬픈 시름을 이기지 못하여 나아가 낭자의 고운 손을 잡고 말했다.

"이것이 꿈인지 생시인지 깨닫지 못하겠노라. 나는 장부로되 불충과 불효를 범하고 몸이 죽을 곳에 빠졌거늘, 그대는 집안에서 지내는 여자로 전쟁에서 공을 세우고 게다가 죽은 사람마저 살리니, 한마디의 말로 이르자면 여자 중에 뛰어난 호걸이로라."

이렇게 말하는데 미친 듯도 하고 취한 듯도 하였다. 조낭자가 또한 마음속의 슬픈 시름이 한데 뒤얽혀 서렸으나 군사들 앞이라 말할 곳이 아니었다. 이어 황상이 기다림을 생각하고 행군을 재촉하였다. 위수(渭水)에 이르자, 용신(龍神)에게 제사지내어 삼만 군사의 혼백을 위로한 후 묘당을 지어 사적을 기록하였다. 논밭을 나누어 사시사철마다 제사를 받들도록 하면서 장수와 군졸들에게 주어 떠나보내며 말했다.

"돌아가 부모와 처자를 반겨라."

약간 남은 군졸을 거느리고 행군하여 아미산(峨眉山)에 이르렀다. 조원수가 부모의 산소를 찾아가 돌보고 제사를 지낸 뒤, 예전에 묵었던 객점의 주인과 이웃 마을사람들을 모아 즐기고 나서 옥졸에게도 후하게 상을 주었다. 소상죽림(瀟湘竹林)에 이르러서는 황릉묘(黃陵廟)를 수리한 후, 하향 고향땅에 다다라서는 이웃 마을의 노인과 젊은이를 모아 옛일을 이야기하며 금은을 흩어 주었다. 태양선생을 찾아 지난날에 베풀어 준 은혜를 사례하고, 늙은 사내종 충복을 찾아 천금을 상으로 준 후에 황성으로 향했다.

이때보다 앞서 조원수가 표문을 올렸는데, 이러하다.

「정남대원수(征南大元帥) 조은하는 머리가 땅에 닿도록 백 번 절하고 폐하께 올리나이다. 신첩(臣妾)이 폐하의 특별한 은혜를 입사와 한 번 북을 쳐 호적(胡狄)을 싹 쓸어 없애고 유백로 대원수를 구했사오니, 신첩의 분수에 지나쳤던 죄를 거의 속죄했을 듯하옵니다. 폐하의 명을 받드는 것이 의당 서둘러야 하오나, 분묘를 손보느라 늦어지는 죄에 대해서는 처벌을 기다리겠나이다.」

황상이 표문을 다 읽고 나서 크게 칭찬하며 말했다.

"기특하구나, 조은하 대원수. 집안에서만 자란 여자로 전쟁터에 나가 공을 세운 것은 예나 지금이나 드문 일이로다."

그리고는 최국양의 허리를 잘라 죽이도록 하고, 그 가솔들을 멀리 유배 보내라고 하였다.

원수의 선봉이 이르자, 황상이 모든 벼슬아치들을 거느리고 십 리 밖에서 맞이하였다. 조원수가 유원수와 함께 땅에 엎드리니, 황상이 반가워하며 먼 길 달려온 노고를 위로하고, 유원수가 불행 당한 것을 탄식하였다. 이윽고 두 대원수의 호위를 받으며 궁궐로 돌아와 명을 내렸다.

"가달과 마대영을 베어라."

두 대원수가 불가함을 말하니, 황상이 그 말을 좇아 위엄으로 위로하고 은혜로 타일러 용서하였다. 가달이 머리를 조아리며 몇 번이고 거듭 절한 뒤 돌아갔는데, 황상의 은혜와 두 대원수의 덕을 탄복하더라.

전쟁터에 나가 싸웠던 여러 장수들에게 벼슬을 주거나 표창하였으며, 조은하를 충렬 왕비에 봉하고 유백로를 연왕에 봉하며, 유태종 상서를 태상왕에 봉하고 진씨를 조국 부인에 봉하였다. 또한 황금 만 냥과 비단 예물 삼천 필, 논과 밭, 사내종과 계집종을 아울러 상으로 내렸다. 그리고 친히 혼사를 맡아 주관하였는데, 충렬 조은하의 부모가 없다 하여 대궐이 책임지고 맡아서 하게 하였다. 그래서 혼례하기 좋은 길일을 택하니 열흘도 남지 않았는지라, 예부(禮部)에 명하여 혼례 절차를 시행하도록 하였다.

알지 못하는 사이에 어느덧 혼례일이 다다르자, 연왕 유백로가 격식을 차려 신부를 맞이하였다. 신랑과 신부가 서로 절하기를 마치니, 연왕 유백로가 눈을 들어 보고는 지난날 군대의 우두머리 대장이 지금의 신부가 되어 있는 것에 도리어 어이없어 하였다. 날이 저물어지자 시녀가 등롱(燈籠)을 들고 연왕 유백로를 신방으로 인도하였다. 신방에 이르러 신부와 함께 지난 일을 이야기하다가 잠자리에 들어가니, 무산신녀(巫山神女)나 낙포복비(洛浦宓妃)라도 이보다 지나지 못할러라. 다음날 연왕 유백로 부부가 태상왕 유태종에게 문안하니, 태상왕이 매우 기뻐해 마지않았다.

세월이 물 흐르듯 빨리 지나서 충렬 조은하가 연이어 이자일녀(二子一女)를 낳았다. 장자는 이름이 용운이요, 차자는 이름이 봉윤인데, 다 왕후거족에게 장가들었다. 일녀는 이름이 혜경으로 태자비가 되었다.

차설(且說)。 태상왕이 타고난 수명대로 세상을 떠나니 선산에 안장하였다. 삼년상을 마친 후에는 용윤과 봉윤이 다 아이들을 낳아 자손이 집에 가득하여 곽분양(郭汾陽)에 견줄 만 하였다.

어느 날 연왕 유백로가 왕비 조은하와 함께 모든 자손을 거느려 완월루(玩月樓)에 올라 잔치를 벌여 즐기고 있었다. 갑자기 오색구름이 영롱하더니 신선의 음악이 울리는 가운데 선동과 선녀가 내려와 연왕에게 말했다.

"우리는 옥제(玉帝)의 명을 받자와 왕과 왕비를 모시러 왔사오니, 바삐 채색 비단 가마에 오르시고 떨어지지 마소서."

연왕과 왕비가 당황해 갈팡질팡하였으나 달리 어떻게 할 도리가 없어 자손들을 불러 경계하여 말했다.

"내 이제 세상과의 인연이 다하여 너희들과 이별하니 그윽이 슬프도다. 그러나 너희들은 충성을 다하고 있는 힘을 다하여 나라의 은혜를 갚도록 하라."

연왕 유백로와 왕비 조은하가 채색 비단 가마에 오르자, 선동이 에워싸고 하늘로 올라갔다. 이에 자손들이 푸른 하늘을 우러러 바라보다가 달리 어떻게 할 도리가 없어 선산에 허장(虛葬)을 하였다. 유용윤이 연왕을 이어받았으며, 자손이 대대로 대를 이어가며 수천 년을 누렸다.

쌍주기연

명나라 헌종(憲宗)의 성화(成化) 연간에 소주(蘇州) 화계촌에는 명성이 쟁쟁한 벼슬아치가 있으니, 성씨는 서(徐)요 이름은 '경'이요 자는 '경옥'이다. 대대로 이름나고 크게 번창한 집안이었다. 위국공(衛國公) 서달(徐達)의 후예로서, 문연각(文淵閣) 태학사(太學士) '서문형'의 아들이다. 사람됨이 공손하고 검소하면서 어질고 무던하였으며, 문장이 당대에 남이 감히 따를 수 없을 만큼 앞섰다. 젊은 나이에 과거에 급제하여 벼슬이 이부상서(吏部尙書) 참지정사(參知政事)에 이르렀다. 하여 부귀를 누리며 임금의 은총을 받는 것이 온 세상에 빛나고 빛났다.

부인 이씨는 간의태부(諫議太夫) '이춘'의 딸로서, 한국공(韓國公) '이선장(李善長)'의 후예이다. 꽃 같은 얼굴과 달 같은 자태에 정숙하고 단아한 여자의 미덕을 겸비했다. 하지만 슬하에 아들이든 딸이든 자기가 낳은 피붙이가 한 명도 없어 늘 슬퍼하였다.

어느 날 한 여승이 손으로 육환장(六環杖)을 짚고 목에 백팔염주(百八念珠)를 걸고는 안채로 들어와 섬돌 아래서 두 손 모아 인사하며 말했다.

"빈승(貧僧)은 태원의 망월사에 있는 '혜영'이라 하는 중이옵니다. 절이 가난해 불당이 낡아서 무너지고 떨어져 부처님이 비바람을 피하지 못하고 있나이다. 그래서 천리 길을 멀다 하지 않고 공의 집안에서 시주를 받아 절을 다시 고치고자 왔나이다."

서공과 부인 이씨가 보니, 그 여승은 나이가 쉰은 된 듯하고, 얼굴이 빙설처럼 맑았고, 행동거지가 찬찬한데다 꼼꼼하고 세심하여 예사로운 비구니와는 달랐다. 서공이 말했다.

"현사(賢師)의 지극정성을 가히 알겠소. 부처를 위하여 천 리 길을 산 넘고 강 건너 왔으니, 어찌 아름답지 않으리오. 내 본디 집이 가난하지 않으나 자식이 없어서 우리 부부가 살아 있는 동안에 착한 일을 많이 하고자 했나니, 시주하는데 무슨 어려움이 있으리오."

그리고는 하인에게 명하여 황금 100냥과 비단 수십 필을 주니, 그 여승이 받고 고마워하여 말했다.

"모를 바는 하늘의 섭리이오이다. 이러한 어진 덕을 지닌 분이 어찌 자식이 없으리까. 빈승이 사리에 어둡고 세상 물정을 잘 모르기는 하나, 석가세존께 축원하여 귀한 아들을 갖게 하도록 하오리다."

서공이 웃으며 말했다.

"부처가 비록 사람이 바라는 대로 되게 한다지만, 없는 자식을 어찌 갖게 하리오."

부인이 또한 웃고 말했다.

"노(魯)나라 공부자(孔夫子)는 니구산(尼丘山)에 빌어 낳으셨으니, 지극정성이면 신령에게 통하는 것이 있나이다. 현사(賢師)는 부처께 지극정성으로 축원하여 주오."

그리고는 머리의 금비녀를 빼어 주고 또 하얀 비단을 내어 축원하는 글을 지어서 주었다. 혜영이 그것을 받고서는 작별 인사하며 말했다.

"빈승이 있는 곳이 머오나 후일 혹 다시 찾아와 뵈올 수 있기를 바라나니, 만수무강하소서."

말을 다하고 난 뒤에 훌쩍 떠나가더라.

차설(且說)。상서가 벼슬에 마음이 없어서 표문(表文)을 올려 벼슬을 그만두고 고향으로 내려갔는데, 약간 비복들을 머물게 하여 집을 지키게 한 뒤에 가묘(家廟)를 모시고서 여러 날 만에 예전 살았던 집에 이르렀다. 서공은 날마다 허름한 모자를 쓰고는 소박한 옷차림으로 산에 올라 맑은 바람을 쐬며 시를 읊고 밝은 달을 보며 즐겼다. 또한 물가에서 고기를 낚으며 한가로이 세월을 보냈다. 그 다음해 춘삼월(春三月) 열엿샛날에 서공이 부인 이씨와 함께 경치 좋은 곳을 찾아 꽃으로 전을 부치어 먹으며 종일 즐겼다. 안채로 돌아온 부인 이씨가 고단하여 침구에 기댔는데, 갑자기 한 동자가 공중에서 내려와 절하고 말했다.

"소자(小子)는 태을성(太乙星)이었나이다. 죄를 지어 인간 세상에 내려오게 되었는데 의탁할 곳이 없었사옵니다. 마침 망월사의 부처가 이곳으로 가리켜 주어 왔사오니 어여삐 여기소서. 이 구슬은 옥제(玉帝)께 있던 자웅주(雌雄珠) 가운데 하나이나이다. 자(雌) 글자가 쓰인 구슬은 월궁선아(月宮仙娥)가 지니고 다른 집으로 갔으며, 웅(雄) 글자가 쓰인 것은 바로 이 구슬이오이다. 깊디깊은 곳에 감추어 두었다가 후일 부부의 인연을 맺어주소서."

동자가 곧바로 변하더니 큰 별이 되어 부인 이씨의 품속으로 들어왔다. 부인 이씨가 놀라 소리를 지르며 깼다. 서공이 놀라 그 까닭을 물으니 부인 이씨가 꿈꾼 이야기를 갖추어 고하였는데, 서공이 꿈꾸었던 이야기와 똑같았다.

갑자기 방안에 밝은 빛이 비치어 빛나서 살펴보니, 그 구슬이 곁에 놓여 있었다. 서공과 부인 이씨가 신기하게 여겨 자세히 보니 꿈속에서 선동(仙童)이 준 구슬이었다. 서공이 어찌할 줄 모를 정도로 매우 기뻐하며 말했다.

"우리에게 자식이 없음을 하늘이 불쌍히 여기어 필연코 귀한 아들을 갖게 해주신 듯하오. 어찌 다행치 않으리오."

부인 이씨가 기쁜 빛을 얼굴에 띄고는 그 구슬을 깊숙이 감추어 두었다. 그 달부터 아이를 밴 기미가 있어 열 달이 되자, 어느 날 공중에서 한 줄기의 무지개가 부인의 침소에 들었다. 이때 부인 이씨가 한 시대를 풍미할 뛰어난 아들을 낳으니, 계집종이 허둥지둥 당황하여 서공에게 가서 이 사실을 고하였다. 서공이 급히 안채에 들어와 보니, 부인 이씨 곁에 한 옥동자가 누워 있었다. 눈은 봉의 눈처럼 가늘고 길었으며, 코는 우뚝하게 솟았으며, 강산의 정기(精氣)를 타고나 빼어났으며, 웅장한 울음소리가 비범하였다. 이에 마음 가득 기뻐하며 이름을 '천흥'이라 짓고 자(字)를 '일선'이라 하였다. 서천흥이 점점 자라면서 옥 같은 골격에 신선 같은 풍채가 부모를 골고루 닮은 데다 하나를 들으면 열을 미루어 아니, 서공 부부가 사랑함이 비할 데 없었다. 세월이 물 흐르듯 빨리 지나가서 서천흥 공자(公子)가 여섯 살이 되자 백가서(百家書)에 통달하여 알지 못하는 것이 없고 체력이 남보다 월등히 뛰어나니, 서공은 아들이 나이에 비해 빨리 성숙하는 것을 염려하였다.

이때에 온 천하가 태평하여 백성들은 즐거워하며 땅을 치면서 노래를 불렀다. 그런데 갑자기 운남절도사(雲南節度使)가 표문(表文)을 보내오자, 천자가 문무신료들을 모아놓고 표문을 보았다. 그 표문에, '남만(南蠻)이 배반하여 운남에 쳐들어와서 노략질한다.'고 하였는지라, 천자가 크게 놀라 여러 신하들에게 방책을 물었다. 좌승상 유명이 말했다.

"남만은 폐하의 덕화를 모르는 오랑캐이나이다. 학문적 지식과 군사적 책략을 아울러 갖춘 사람을 골라 사신으로 보내소서. 남반을 잘 헤아리고 너그러이 달래어서 귀순하게 하되, 만일 듣지 않으면 남방 근처에 있는 군대를 출동시켜 정벌하소서."

황상이 옳게 여겨 말했다.

"사신을 누구로 정하여 보낼꼬?"

유승상이 또 말했다.

"전임 이부상서 서경이 벼슬을 사양하고 고향에 갔사오나, 이 사람이 아니고는 사신의 소임을 감당할 자가 없나이다."

황상이 깨닫고는 즉시 사관(辭官)을 소주로 보내어, 서경으로 하여금 역마를 타고서 급히 황성으로 올라오라고 하였다.

이때 서공이 사랑채에서 천흥 공자와 더불어 학문을 의논하고 있었는데, 갑자기 황성에서 사관이 조서(詔書)를 받들어 왔다는 전갈을 듣고 급히 갓과 의복을 갖추어 가지런히 하고서 조서를 받자와 보니, 그 조서는 이러하다.

「짐(朕)이 경(卿)의 금옥 같은 의론과 온화한 마음씨를 여러 해 보지 못하였으니, 잊지 못하는 마음을 어찌 헤아릴 수 있으리오. 이제 남만이 강성하여 남방에 쳐들어와서 노략질을 하니, 짐이 심히 안타깝고 답답하노라. 남만을 잘 헤아려주어 깨닫고 알아듣도록 하고자 하는데, 특별히 경으로 하여금 남만안무사(南蠻按撫使)를 삼아 남만을 달래고자 하나니라. 밤낮을 가리지 말고 빨리 달려오도록 하라.」

서공이 조서를 다 읽고 크게 놀라 사관(辭官)을 정성껏 대접하고는, 안채로 들어가 부인을 마주해 조서의 말을 전하며 말했다.

"이번 길은 죽을 수도 있는 매우 위험한 길이니, 살아서 돌아오기를 어찌 바라리오. 부인은 천흥을 잘 길러 서씨의 종가를 보전하여 주오. 한 가문의 흥하고 망하는 것이 부인과 천흥에게 달려있으니, 부디 명심하여 멀리 가는 사람의 바람을 저버리지 마소서."

부인이 눈물을 흘리면서 흐느껴 말했다.

"신하가 되어 전쟁으로 인해 어지러워진 세상을 만나면 활과 돌을 무릅쓰고 백성을 도탄에서 건져 이름을 역사서에 남기는 것이 그 직분이나이다. 상공께서는 귀한 몸을 조심하시어 쉬이 되돌아오시고, 소첩(小妾)의 모자는 염려마소서."

서공이 천흥 공자를 어루만지며 말했다.

"너는 학문을 힘쓰며 아비가 살아서 되돌아오기를 기다리도록 하라."

천흥 공자가 눈물을 흘리면서 흐느껴 말했다.

"엎드려 바라옵건대 아버지께서는 여러 가지로 몸을 조심하시어 소자의 걱정하는 마음을 덜어주소서."

서공이 황명을 받들고자 사당에 작별 인사를 하고 사관(辭官)과 함께 길을 떠나 황성에 이르렀다. 대궐에 들어가 황상에게 공손히 인사하자, 황상이 말했다.

"지금 남만(南蠻)이 쳐들어와 해를 끼치는 것이 적지 않은 근심이니, 경(卿)은 빨리 가도록 하라. 경의 참되고 올바른 충성과 효성으로 남만을 잘 헤아려주어 남방을 어루만지되, 만일 남만이 순종치 아니하거든 근처에 있는 군대를 출동시켜 정벌하도록 하라."

그리고는 상방검(尙方劍)을 내려주시니, 서공이 작별 인사를 하고 밤낮으로 매우 빨리 달려 운남 경계에 이르렀다. 절도사(節度使)가 나와 맞이하였는데, 서경 안무사가 역도들의 형세를 물으니, 절도사가 말했다.

"역도들의 형세가 강성해 쳐들어와서 크고 작은 군(郡)과 현(縣)을 함부로 노략질하니, 백성들이 농사를 아예 짓지 못하고 있나이다. 명공(名公)은 어떤 계책으로 처리하려 하시나이까?"

서경 안무사가 말했다.

"제가 황명을 받자온대 '남만에 들어가 잘 헤아려주고 달래라.'고 하셨으니, 아무쪼록 가서 어질고 의로운 도리로 이르고자 하오이다."

그리하여 짐을 꾸려 길을 떠나서 남만국에 이르렀다. 서경 안무사가 황명을 전하는 글을 보내어 먼저 타이르고 달랬다. 남만왕이 여러 신하들을 모아놓고 글을 떼어 보았는데, 그 글은 이러하다.

「명나라 병부상서(兵部尙書) 겸 남방안무사(南方按撫使) 서경은 만왕(蠻王)에게 글을 부치노라. 우리 명나라가 하늘의 명을 받들어 천하를 통일하니, 나라 안의 만방이 순순히 좇아 조공(朝貢)하지 않는 자가 없었노라. 남만(南蠻)도 여러 대에 걸쳐 천자의 조정을 섬겨 왔는지라, 천자의 조정이 후하게 대우해 주었노라. 그러하였거늘 왕은 어찌하여 변방에 쳐들어와서 노략질하며 무죄한 백성을 무수히 죽이니 인(仁)이 아닌 것이요, 앞서 선조들이 받들어오던 바를 저버리니 효(孝)가 아닌 것이요, 천자 조정의 은혜로운 덕을 모르고 조공을 폐하니 예(禮)가 아닌 것이요, 하늘의 뜻을 모르고 천자의 군대에 항거하니 지혜(知慧)가 아닌 것이요, 서로 다투지 않고 지내기로 한 언약을 배반하니 신(信)이 아닌 것이라. 이 다섯 가지를 모르니, 어찌 사람들 사이에 끼일 수 있으리오. 그런데도 천자께서 어진 마음으로 정벌을 않으시고 나로 하여금 죄를 문책하라 하시니, 왕은 천자께서 이치로 헤아려주심을 깊이 생각하라.」

만왕이 다 읽고 나서 크게 노하여 조서를 내던지며 명나라 사신을 잡아 죽이라고 하니, 승상 곡신이 말했다.

"명나라 황제가 사신을 보내면서 학문적 지식과 군사적 책략을 아울러 갖춘 인재를 보내셨을 것이나이다. 저를 불러 보고 낌새를 살펴본 후에 처벌하는 것이 좋을까 하나이다."

만왕이 옳게 여기고 곡승상으로 하여금 서안무사를 맞아오게 하였다. 곡승상이 나와 맞이하는데, 서안무사의 기상과 위풍이 늠름함을 보고 마음에 겁이 나서 얼떨떨하였다. 곡승상이 맞이하는 인사를 갖춘 후에 국왕의 말을 전하여 영접해 함께 만국(蠻國)으로 향하였다. 일행이 만국의 도성에 이르렀는데, 만왕이 나와 맞지 아니하니 서안무사가 곡승상을 꾸짖으며 말했다.

"내 황제의 명을 받들어 왔거늘, 국왕이 맞지 아니하니 내 들어가지 못하겠노라."

그리하고 나서 고금의 사적, 성현의 교훈, 흥망성쇠의 일 등을 고루 있는 대로 이르며 꾸짖고는 도성에 들어가지 않았다. 이에 곡승상이 온갖 방법을 다 써서 타일렀으나 엄동설한에도 시들지 않는 송백 같은 절개를 어찌 변하게 하리오. 곡승상이 달리 어떻게 할 도리가 없어 만왕에게 서안무사의 말 내용과 풍채 등을 갖추어 고하니, 만왕이 기뻐하여 말했다.

"이 사람을 잘 달래어 귀순하게 하여 우리나라 사람으로 만들면 나라의 복이 될 것이오. 만일 끝내 듣지 않으면 그때 죽여도 될지라."

다시 곡승상을 보내며 말했다.

"과인(寡人)이 병들어서 나오지 못한다고 좋은 말로 달래어 순순히 따르게 하라."

곡승상이 즉시 객관(客館)에 나와서 만왕이 나오지 못한다는 것은 병들어서라며 무수한 말로 달래었다. 서안무사는 끝내 그 말을 듣지 않고 이치상 마땅한 말로 꾸짖으니, 곡승상이 이 뜻을 낱낱이 만왕에게 몰래 고하였다. 만왕이 처음부터 끝까지 서안무사가 인재임을 감탄하여 차마 죽일 마음이 없었다. 그리하여 미녀, 옥과 비단 등을 내어 보내어 서안무사의 굳은 마음을 동요케 하려 했으나 조금도 흔들리지 아니하였다. 만왕이 달리 어떻게 할 도리가 없어 죽이기로 작심하였다.

이때 만왕에게 태자(太子)가 있었으니, 나이가 열다섯 살이었다. 사람됨이 총명하여 어질고 후덕한 데다 글을 좋아하였으며 어진 사람을 보면 대접을 극진히 하였다. 서안무사의 풍채와 문장이 중국에서 어느 누구도 감히 따를 수 없을 만큼 앞서있다는 말을 듣고 한 번 보기를 원하였으나 볼 수가 없었다. 태자가 남의 눈에 띄지 않도록 남루한 옷차림으로 객관에 나아가서는 곡승상을 보고 말했다.

"내 태자임을 감추고 경(卿)의 일가붙이라 하여 들어가서 서안무사를 보고자 하오."

곡승상이 허락한 뒤 태자를 데리고 서안무사가 있는 곳으로 들어가 말했다.

"이 사람은 저의 매우 가까운 친족인데, 명성이 높은 공을 한 번 뵙고자 하기에 데려왔나이다."

태자가 이어서 두 번 절하며 말했다.

"천한 아이가 존공(尊公)을 찾아뵈오니 당돌함을 용서하소서."

서안무사가 태자를 보니, 용모가 빼어나고 미간에 천승군왕(千乘君王)의 기상이 있었다. 서안무사가 괴이하게 여겨 말했다.

"그대는 나 같은 사람을 보아 무엇 하려 하느뇨?"

태자가 말했다.

"소인(小人)은 곡신 승상의 일가붙이인데, 천자의 조정 대신인 상공의 높은 풍채를 마주 대하여 남을 해치고자 하는 뜻에 묻힌 눈을 씻고, 또한 가슴을 열어 교훈의 말씀을 듣고자 하옵나니 환하게 가르쳐주소서."

서안무사가 마음속으로 생각하였다.

"이 사람은 필시 만왕의 태자로 나를 만나보러 왔구나."

아닌 게 아니라 정말로 함께 서로 말할 때에 서안무사가 성현의 말씀과 나라를 잘 다스리고 온 세상을 평안하게 하는 일이며 고금 역대의 흥망성쇠에 관한 일을 갖추어 말하니, 태자가 들으면서 마음으로 흠모하여 밤이 깊어진 후에야 작별 인사하고 갔다.

이때 태자가 '서경 안무사를 죽이라.'는 말을 듣고 크게 놀라 만왕에게 말했다.

"명나라 사신은 충효의 군자이오니, 이를 죽이면 후세에 더러운 이름을 벗지 못하리이다. 멀리 가두어 놓고 달래어 귀순하게 함이 좋을까 하나이다."

만왕이 태자의 말을 옳게 여겨 남쪽으로 수천 리 떨어진 섬에다 가시 울타리를 쳐 그 속에 가두어 두도록 하니, 서안무사가 달리 어떻게 할 도리가 없이 섬으로 유배 가니라.

화설(話說)。 부인 이씨가 서공을 남만(南蠻)으로 떠나보낸 뒤에 날마다 초조하여 가슴이 답답하고 괴로워 서공이 쉬 되돌아오기를 축원하며 세월을 보냈다. 하루는 지난날 꿈을 꾸는 동안에 얻은 구슬을 비단 주머니에 넣어 천흥 공자에게 채우고는 꿈 이야기를 자세히 이르고 나서 말했다.

"이것은 없애지 못할 보배인데, 다른 사람의 눈에 보이도록 해야 암자[雌] 글자가 쓰인 구슬이 있는 곳을 찾아서 부부의 인연을 맺으리니, 착실히 간수하도록 해라."

천흥 공자가 모친의 명을 받았다.

시간이 빨리도 흘러 다음해의 봄이 되었다. 서공이 사신으로 간 남방의 소식을 소주현에서 전해주어 들으니, 서안무사가 남만국(南蠻國)의 섬에 갇혀 있다고 하였다. 부인 이씨와 천흥 공자가 하늘을 향해 부르짖으면서 통곡하였다. 부인 이씨는 계집종들이 위로하여 겨우 먹고 마시기는 하였지만 매일 슬픔을 이기지 못하였나.

이때 천만뜻밖에도 남계현의 서산에 한 무리의 강도가 있었는데, 그 강도들이 가까운 고을로 다니며 부녀자와 재물을 노략질하니 여러 고을이 수소문하여 체포하고자 했지만 잡지 못하였다. 이 도적들이 서공이 남만에 갇혀 있고 부인 이씨와 천흥 공자만 집에 있는데다 금은보화가 매우 많이 있는 줄 알고서 노략질하려 하였다. 그리하여 한밤중 이웃집에 불을 놓고 한꺼번에 서상서의 집안에 들어와 계집종과 사내종들을 다 동여매고, 창고를 열어 금과 비단을 마음대로 찾아 가졌다. 또 안채로 들어가 못된 짓을 하였다. 그때 부인 이씨는 천흥 공자와 깊이 잠들었다가 생각지도 않았던 변고를 당하여 몹시 놀라 얼굴빛이 하얗게 질려 허둥지둥하면서도 천흥 공자를 업고 피하고자 하였다.

도둑 무리의 두목 오이랑은 본디 여색을 탐하는 자였다. 불빛 가운데 부인 이씨의 꽃 같은 얼굴과 아름다운 자태를 보고 엉큼한 마음을 품어 부인 이씨를 가마에 태워 급히 달아나려는데, 마침 천흥 공자가 부인 이씨를 붙잡고 놓지 않았다. 오이랑이 공자를 후려쳐 업고 문밖으로 내달렸다. 부인 이씨가 가마에 실리어 허둥지둥 어찌할 바를 모르면서 자결하고자 하였지만, 손발이 동여매었으니 어찌 마음대로 할 수 있으리오. 오이랑이 공자를 삼십 리 떨어진 물가에 가져다가 버린 뒤에 부인 이씨를 태운 가마만 거느리고 제집에 가 내려놓으며 제 계집을 불러 말했다.

"이 부인을 착실히 지켜라. 내 무리들을 맞이하여 산채(山寨)에 보내고 오리라."

그리고는 오이랑이 나갔다. 오이랑의 계집이 부인 이씨를 보니, 아닌 게 아니라 정말로 한 나라를 좌지우지할 만한 빼어난 미인이었다. 그 계집이 부인 이씨에게 물었다.

"부인은 어떤 사람이기에 이런 변고를 당하시나이까?"

부인 이씨가 눈을 감은 채 대답하지 않고 공자만 부르며 슬피 울었다. 그 계집이 생각했다.

'오이랑이 틀림없이 꼭 저 부인을 맞아들이리니, 그렇게 되면 내 신

세 자연 헌신짝이 되리라.'

그러고 나서 부인 이씨를 동여맨 것을 풀어주며 말했다.

"부인은 결국에 치욕적인 일을 당할 것이니, 나를 따라오면 도둑의 소굴을 벗어나리이다."

둘이 함께 집밖으로 나가서는 그 계집이 부인 이씨에게 달아날 길을 자세히 가르쳐 주었다. 부인 이씨가 무수히 고마움의 뜻을 표하고 바삐 달아났다. 마침내 날이 새었는데, 발병이 나서 한 걸음도 뗄 수가 없어 길가에 쉬며 통곡하였다. 바로 그때 한 여승이 와서 두 손 모아 인사하며 말했다.

"이 어찌된 일이나이까. 세상사는 예측할 수 없다고 하지만, 부인이 이곳에서 이다지 곤경을 당하시나이까?"

부인 이씨가 자세히 보니, 망월사에 있다 했던 '혜영'인지라 반기고 통곡하며 말했다.

"현사(賢師)가 어찌 이곳에 와 죽어가는 사람을 구하나이까?"

혜영 말했다.

"멀지 않은 곳에 조용한 집이 있사오니 그곳으로 가사이다."

그리고는 부인 이씨를 인도하여 한 곳에 다다랐다. 몇 칸으로 된 정사(亭舍)가 있어서 들어가 자리에 앉은 뒤, 혜영이 말했다.

"몇 년 전에 부인께서 해주신 시주로 절을 손질해 고치고 나서, 날마다 부인이 아들 낳을 수 있게 해달라고 지극정성으로 축원하였사옵니다. 그랬더니 어느 날 밤에 세존이 꿈에 나타나 이르시기를, '네 다음날 남계현으로부터 오십 리 떨어진 곳으로 가시 사람들의 왕래가 드문 곳에다 집을 얻어 두고, 어느 날 먼동이 트기 전 이른 새벽에 길에 나가 있으면, 서공의 부인이 곤액(困厄)을 당하고 갈 바를 알지 못할 것이리니, 네 모셔다가 편히 지내시게 하라.'고 하셔서 이곳에 와 기다렸나이다. 그리하여 부인을 만났사오니, 부처의 영검하심이 이 같소이다. 부인은 무슨 까닭으로 이렇게 환난을 당하시나이까?"

부인 이씨가 다 듣고 나서 부처의 은덕을 매우 고마워하고 신기하게 여겼다. 그 사이 천흥 공자를 낳을 때의 꿈 이야기와 서상서가 남만국에 사신으로 갔다가 갇힌 일이며 도적에게 뜻밖의 변을 당하여 모자가 서로 헤어진 일을 갖추어 말했다. 혜영이 슬퍼하고 근심스러워해 마지않고, 곧바로 가마를 마련해 부인 이씨를 태워서 망월사로 가니라.

차설(且說)。 천흥 공자는 오이랑이 강가에 버린 후로 어둡고 깊은 밤이 되어 동서를 분별하지 못한 채로 모친을 부르며 무수히 통곡하였다. 이때 태주현 왕어사의 사내종 장삼이 마침 주인나리의 곡식을 배에 싣고 한밤중에 지나게 되었다. 강기슭 위에서 아이의 울음소리가 들리자, 괴이하게 여겨 불을 켜 가지고 찾아가 보니 상놈의 자식은 아닌 듯해 물었다.

"공자는 어떠한 분의 자제인데 이 깊은 밤에 혼자 우느뇨?"

천흥 공자가 사람을 보고서 반가워하며 말했다.

"나는 모친과 함께 있다가 도적에게 뜻밖의 변고를 당하여 이곳에 왔나이다."

장삼은 본디 사람됨이 충직하고 온후한데다 자식이 없었다. 그리하여 천흥 공자를 업고 배에 올라 좋은 말로 위로하며 밤을 지냈다. 그 뒤로 왕어사 댁에 곡식을 바친 후 천흥 공자를 데리고 제집으로 돌아가 제 마누라 석파에게 보였다. 석파 또한 애지중지하며 위로하고 성명과 살았던 곳을 물으니, 천흥 공자가 말했다.

"나는 소주 화계촌 서공의 아들인데, 부친은 몇 년 전에 남만국 사신으로 갔다가 잡히어 사셨는지 죽으셨는지 알지 못하나이다. 모친은 도적에게 뜻밖의 변고를 당하여 어디에 계신지 알지 못하오니 바라건대 모친의 소식을 알아주소서."

장삼이 이 말을 듣고서 더욱 친절히 대하고 두루 널리 수소문하였다.

각설(却說)。 왕어사의 이름은 '선'이다. 대대로 이름나고 크게 번창한 집안이었다. 일찍 벼슬이 우부도어사(右副都御史)에 이르렀지만 불행하게도 세상을 떠났다. 부인 유씨는 좌승상 유명의 누이동생으로 아들과 딸을 각각 한 명씩 두었다. 아들의 이름은 '희평'이요, 자는 '문추'이라. 옥 같은 얼굴에 뛰어난 풍채가 당대에 영웅호걸이었다. 부인 우씨는 중서사인(中書舍人) 우영의 딸이요, 병부상서(兵部尙書) 우겸의 손녀이다. 용모와 재주와 덕을 아울러 갖추었다. 딸아이의 이름은 '혜란'이다. 혜란을 낳을 때 왕공과 부인 유씨가 꿈을 꾸었는데, 한 선녀가 하늘에서 내려와 두 번 절하며 말했다.

"소녀는 태을성(太乙星: 천홍 공자)을 위해 옥제(玉帝)의 명으로 세상에 태어나옵나이다. 이 구슬은 자웅(雌雄)으로 짝이 있는 것이나이다. 수웅[雄] 글자가 쓰인 구슬은 태을성이 가졌으니, 앞으로 이 구슬로 하늘이 맺어준 인연을 찾으소서. 상제(上帝)가 명하신 바이니 깊이 감추소서."

말을 다하고는 부인 유씨의 품속으로 드니, 놀라 깨어났다. 부인 유씨가 왕공과 꿈 이야기를 의논하는데, 문득 베갯머리에 난데없는 빛이 고운 구슬 한 개가 놓여 있었다. 그 구슬에는 암자[雌] 글자가 쓰여 있는지라, 부인 유씨가 구슬을 깊숙이 간수하였다. 그 달부터 임신하여 열 달 만에 혜란 소저를 낳았다. 점점 자라니, 꽃 같은 얼굴에 옥 같은 자태가 아닌 게 아니라 정말로 한 나라를 좌지우지할 만 히였다.

또 어질고 효성스러움이 지극하여 태임(太姙)과 태사(太姒)의 덕을 아울러 갖추었으니, 왕공의 부부가 손안에 있는 보옥 같이 여기더라.

가운이 불행하여 왕공이 죽음을 맞이했는데, 혜란을 잊지 못하여

'저 아이에게 하늘이 맺어준 인연을 꼭 찾아주도록 하라.' 말하고는 이윽고 죽었다. 부인 유씨와 희평 공자가 그 은덕을 갚으려 해도 하늘처럼 넓고 커서 삼년상을 지냈다. 그 후로 희평 공자는 날마다 학문에 힘썼다. 그리고 혜란 소저의 나이가 일곱 살인데, 쇄락한 품성에 빛나는 얼굴이 날마다 더하니 부인 유씨가 마음속으로 꿈 이야기를 생각하고 수웅[雄] 글자가 쓰인 구슬이 있는 곳을 알아보거나 살피더라.

늙은 하인 장삼은 왕공이 신임하던 노비이었다. 왕희평 공자가 집안일을 주관하여 맡게 된 후로는 이웃에 집을 사서 장삼으로 하여금 따로 살게 하였고, 크고 작은 일을 처리하게 하였는데, 이때 배로 곡식을 운송해 왔던 것이다. 장삼은 서천흥 공자가 모친을 생각하는 것이 보기에 가엾고 불쌍하여 제 아내인 석파의 오라비로 하여금 소주현 화계촌에 있는 서공의 집을 찾아가서 소식을 탐문하게 하였다. 단지 늙은 하인들이 있었는데 사당만 지키고 부인 이씨의 소식을 모르고 있는지라, 석파의 오라비가 돌아와 이렇게 전하였다. 이에 천흥 공자가 더욱 슬퍼하였다.

천흥 공자가 장삼에게 몸을 의탁한 지 7년이 되었다. 글을 힘쓰고 활쏘기와 창쓰기를 익히며 육도삼략(六韜三略)과 손오병서(孫吳兵書)에 깊이 몰두하니, 장삼이 물었다.

"공자는 무엇 때문에 무예를 힘쓰시느뇨?"

공자가 눈물을 흘리면서 흐느껴 말했다.

"내 부친께서 남만에 갇히신 지 벌써 8년이니, 있는 힘을 다해 남만을 소멸하고 부친의 원한을 씻어 부자가 상봉하고자 함이로소이다."

장삼이 그 기개를 보고 비로소 비범한 줄 알았다.

이때는 춘삼월이었다. 곳곳에 복숭아와 자두 꽃들이 흐드러지게 피었으니, 석파가 천흥 공자를 위로하며 말했다.

"우리 왕어사 댁의 후원에 꽃구경이나 하는 것이 어떠하냐?"

그리고는 천흥 공자의 손을 이끌고 후원에 가서 꽃을 즐겨 구경하였다. 이때 유부인도 우씨 며느리와 혜란 소저와 시비 등을 데리고 영화정에 올라 경치를 구경하다가 후원에 올라서 보니, 복숭아나무와 자두나무 아래에 한 선동(仙童)이 있었다. 용모가 매우 뛰어난데다 비록 나이 어리나 기상마저 늠름하였다. 그 전에 하인들이 왕래하면서 칭찬하는 소리를 들었던 바이지만, 이날 천흥 공자를 보고는 차탄해 마지않았다. 부인 유씨가 마음속으로 생각하였다.

'어디 가서 이 같은 훌륭한 신랑감을 얻어 딸아이의 신랑으로 맞이할꼬?'

부인 유씨가 이윽고 안채로 돌아가 왕공자를 불러 말했다.

"장삼에게 있는 아이가 비범하니, 장삼을 불러 그 아이 근본을 물어보아라."

왕공자가 사랑채로 나와 장삼을 불러 물으니, 장삼이 서공자의 근본과 그간의 곡절을 자세히 고하였다. 왕공자가 듣고 크게 놀라 말했다.

"서공께서는 돌아가신 아버님의 죽마고우이로다. 평소에 늘 일컬으시되, '이 사람은 나라의 기둥과 주춧돌 같은 신하'라고 하셨으며, 몇 년 전에 남만의 변을 당하였다는 비보를 접하고 슬퍼해 마지않으셨도다. 천만뜻밖에도 그 부인과 공자가 또 이런 환란을 당하였도다. 네 어찌하여 이러한 말을 즉시 하지 않고 칠팔 년을 말없이 가만히 있었느뇨?"

그리고는 안채로 들어가 이 말을 고하니, 부인 유씨가 말을 듣고 슬프게 여겨 말했다.

"너는 서생을 불러 만나보아라. 제 부모를 만나기 전에는 너와 함께 있으면서 학업을 힘쓰도록 하여라."

왕공자가 모친의 명을 받고 장삼을 통해 서공자를 청하였다. 서공자가 장삼을 따라 왕상서 집에 찾아와 왕공자에게 인사치례를 하였다. 서로 인사가 끝난 후에 왕공자가 잠깐 눈을 들어 서공자를 보니, 헌걸찬 풍채와 늠름한 기상이 평범하지가 않고 뭇사람 가운데에서 뛰어났다. 왕공자가 말했다.

"장삼으로부터 집안의 불행과 환난 당한 일을 다 듣고 나니, 몸을 옹송그릴 정도로 오싹 소름이 끼쳐 털끝이 쭈뼛해졌소이다. 형씨가 지척에 여러 해 동안 있었는데도 전혀 알지 못했으니 어리석고 둔하여 재빠르지 못했음을 매우 부끄럽게 여기오이다."

이에 서공자가 겸손하게 말했다.

"소생(小生)은 죄악이 심중하여 부모를 일곱 살에 잃고 헤어졌으니 물위에 떠다니는 부평초(浮萍草) 같은 몸이 도랑과 골짜기 등으로 굴러다녔을 것이나이다. 장삼 노옹을 만나 은혜를 입어 칠팔 년을 편히 있었사오니 팔자가 사나운 사람에게 과분하나이다. 오늘 또 선생을 만나 이같이 매우 정답고 친절한 대접을 받으니 황송하고 감격스러움을 이기지 못하나이다."

왕공자가 말했다.

"내 이름은 희평이요, 자는 문추라오. 나이는 십팔 세인데, 형씨의 이름은 무엇이라 하느뇨?"

서공자가 대답하여 말했다.

"제 이름은 천흥이요, 자는 일선이오이다. 세상을 안 지가 십삼 년이로소이다."

왕공자가 장삼에게 말했다.

"오늘부터 서공자는 우리집에 머무실 것이니, 너는 그리 알라."

장삼이 서공자에게 고하였다.

"우리 부부가 잠시도 떨어지기 어려우나, 집이 멀지 않으니 아침 점심 저녁 삼시(三時)로 뵈오리이다. 또 이곳에 머무시면 학업에 유익하시리니 편히 머무소서."

또 왕공자가 재삼 권하니, 서공자는 이날부터 왕공자와 함께 학문을 의논하며 친하여진 정이 친형제 같더라.

세월이 물 흐르는 듯해 또 3년이 지나니, 서공자는 부모 생각이 더욱 간절해졌다. 모친의 행적을 찾고 부친의 소식을 남방에 가 자세히 듣고자 하여 산을 넘고 물을 건너 길을 가려 하였다. 왕공자가 말리며 말했다.

"형은 다만 공부에 힘써 과거에 급제하면 자연 알 것이니, 어찌 작정한 방향도 없이 세월을 헛되이 보낼 수 있으리오."

왕공자가 권유하여 떠나지 못하게 하니, 서공자가 그대로 머물러 있었다.

이때, 서공자가 구슬을 넣은 비단주머니가 해어진 것을 보고서 석파에게 그 비단주머니를 보여주며 똑같이 하나를 새로 지어 달라고 하니, 석파가 말했다.

"이것을 지어 무엇 하시려 하느뇨?"

서공자가 눈물을 흘리며 구슬에 관한 내력을 말하니, 석파 또한 왕소저의 구슬에 관한 이야기를 알고 있어서 놀라며 말했다.

"그 구슬을 조금 구경하사이다."

서공자가 구슬을 내어 보이니, 고운 빛이 눈부시게 밝았고 웅(雄) 글자가 뚜렷하였다. 인하여 구슬을 가지고 안채로 들어가 부인 유씨에게 이 곡절을 고하였다. 이때 부인 유씨는 혜란 소저가 점점 나이 들어가며 장성하는데 구슬이 있는 곳을 알지 못해 밤낮으로 걱정하였다. 그러던 차에 석파의 말을 듣고 몹시 놀라며 기뻐하여 구슬을 받아

보니, 웅(雄)자도 뚜렷이 있고 혜란 소저의 구슬과도 신통히 같았다. 부인 유씨가 왕공자를 불러 그 까닭을 이르니, 왕공자도 구슬을 보고 손뼉을 치며 크게 웃으면서 말했다.

"어찌 이와 같은 신통한 일이 고금에 또 있으리까?"

부인 유씨가 마음 가득히 아주 기뻐하며 말했다.

"이 구슬의 자웅(雌雄)을 가지고 가서 서공자에게 그 내력을 일러주고 혼인하기로 정하여 멀지 아니한 가까운 장래에 혼례를 행하도록 하라."

왕공자가 자웅(雌雄)의 구슬을 가지고 사랑채에 나아가 서공자를 향해 말했다.

"일선이는 만일 자(雌) 글자가 쓰인 구슬이 있으면 그곳에 정혼하려 하느냐?"

서공자가 어떠한 곡절인지도 모르고 웃으며 말했다.

"형은 지나치게 조롱하지 말라. 소제(小弟)도 미덥지 아니한 일인 줄 알지만, 부모님께서 주신 물건이니 버리지 못할 것이라서 몸에 지니고 있었도다. 마침 구슬을 넣은 비단주머니가 해졌기 때문에 석파에게 고쳐 달라고 하였더니, 실없는 석파가 널리 퍼뜨려 형에게 조롱을 받음이로다."

왕공자가 구슬 자웅(雌雄)을 내어 놓고 말했다.

"다름 아니라 나에게 누이동생이 있는데 나이가 열다섯 살이로다. 누이동생이 태어날 때 꿈꾼 이야기가 이상하였지만 자(雌) 글자가 쓰인 구슬을 얻었도다. 그래서 지금까지 웅(雄) 글자가 쓰인 구슬을 가지고 있는 이를 찾느라 정혼하지 못하였도다. 그랬는데 누가 형에게 이 구슬이 있을 줄 생각했으랴. 누이동생은 비록 배운 것이 없으나 사람됨이 영민하고 지혜로워 군자의 아내는 감당할 것이니, 형은 쾌히 허락하라."

서공자도 또한 신기하게 여기며 고마워하여 말했다.

"형의 은혜를 여러 해 입었고 또 아름다운 숙녀를 용렬하고 어리석은 사람의 배우자로 정해 진(秦)나라와 진(晋)나라의 왕실이 혼인을 맺고 지낸 것처럼 아주 가까운 정의(情誼)를 맺고자 하시니 어찌 사양하리오만, 소제(小弟)는 이 세상의 죄인이나이다. 부모의 생사를 모르는데, 다만 혼인하려는 마음을 생각할 수 있으리오. 구슬은 소제 또한 부모님으로부터 받은 것이라 신기하오나, 부모님의 소식을 듣기 전에는 혼인하려는 마음을 두지 않으리이다. 형은 다시 말을 하지 마소서."

왕공자가 말했다.

"형의 말은 사리에 맞지 않도다. 자친(慈親)의 소식을 모르니 실로 사람의 자식으로서 뼈에 사무치게 고통스러운 일이나, 형이 장가를 들지 않으면 조상 대대의 제사는 어찌하려는 것이오. 마땅히 서둘러 장가를 든 후라도 부모 소식을 알아봄이 옳은 데다 또 조상에게 죄인 되는 것도 면할지니 거듭거듭 생각해보라."

서공자가 말했다.

"형의 너그러운 말씀이 옳으니 말씀대로 하려니와, 아직 형의 누이동생 나이는 옛사람들이 시집가고 장가들 때와 비교해도 아직 멀었으니, 소제(小弟)가 과거에 급제하기를 기다려 혼인함이 좋을까 하나이다."

왕공자가 크게 기뻐하여 안채로 들어가 모친에게 이 뜻을 고하니, 부인 유씨가 마음을 편히 가지며 기뻐하였다.

이때 천자는 남만이 서안무사를 잡아가둔 후로 십 년을 함부로 드나들며 변방을 쳐들어와 노략질하는 것이 심해지자 이를 근심하였다. 그리하여 과거를 시행하여 학문적 지식과 군사적 책략을 아울러 갖춘 인재를 골라 뽑겠다고 하였다. 왕공자가 이 소식을 듣고 서공자와 함께 과거보러 가기 위해 장삼을 데리고서 길을 떠났는데, 여러 날 만에 황성에 도달하여 왕어사의 집안에 가 편안히 머물렀다. 서공자가 장삼을 데리고 옛집을 찾아 가니, 집안은 황량하고 쓸쓸하였다. 다만 늙은 계집종과 사내종들 있어 맞이하는데, 서공자가 자세히 설명하자 종들이 그제야 알아보고 서로 서공자를 붙들고서 슬피 통곡해 마지않더라.

과거 보는 날이 되자, 왕공자와 서공자 두 사람이 과거시험장 안으로 들어갔다. 동쪽에는 문관을 뽑는 과거시험이 차려졌고, 서쪽에는 무관을 뽑는 과거시험이 차려졌다. 서공자가 동쪽에서 석 장의 글을 바치고는 또 서쪽의 무과 시험장으로 가서 과거의 형식과 규칙을 물었다. 70~100근 무게의 갑옷과 50~80근 무게의 철퇴를 가지고서 300보를 10번 왕래하고, 삼지창을 세워 살 다섯 대에 삼지를 맞추거나 육도삼략(六韜三略)을 통달하면 무과에 급제한다고 하였다. 서공자가 마음속으로 비웃고 시험장에 들어가 힘을 다하니 무과시험의 규칙보다도 오히려 넘어섰다. 주변에서 지켜보던 자들이 더욱 칭찬하지 않는 자가 없었다. 황상이 서공자의 기량을 보고서 크게 기뻐하고 있는데, 이때 바로 문시관(文試官)이 글 한 장을 가져왔다. 황상이 그 글을 보고나서 여러 신하들에게 말했다.

"이러한 문장은 오늘날 가장 뛰어난 것이로다. 옛날 이백(李白)과 두보(杜甫)라도 이에서 더하지 못하리로다."

그리고는 남이 보지 못하도록 봉한 답안지를 떼어 보니, 그 답안지는 이러하다.

「소주 출신 서천홍은 나이가 열일곱 살이요, 아버지는 전임 병부상서 태학사 남방안무사 서경이라.」

황상과 여러 신하들이 아무 말도 없이 서로 얼굴만 물끄러미 바라보면서 말했다.

"서경의 아들이 이렇듯 장성하였도다."

이름을 크게 부르니, 서공자가 문과 과거시험장으로 들어왔다. 여러 신하들이 보니, 무과 과거시험장에서 제일이라고 칭찬하던 사람인지라 놀라 의아해 마지않았다. 황상이 가까이 보니, 기상이 늠름한 영웅호걸이었다. 황상이 말했다.

"서경이 남만에 사신으로 간 지 십여 년이라. 살아있는지 죽었는지 알지 못하나 밤낮으로 그 충성을 탄복하였더니, 오늘 그 아들이 문무(文武) 두 과거시험에 장원을 하였도다. 이는 하늘이 짐으로 하여금 이런 인재를 얻어 남만을 소멸하게 하심이로다."

또 방안(榜眼: 2등 급제자)을 부른 뒤에 남이 보지 못하도록 봉한 답안지를 떼어 보니, 그 답안지는 이러하다.

「태주 출신 왕희평은 나이가 스무 살이요, 아버지는 우부도어사 왕선이라.」

황상이 또한 기뻐하여 말했다.

"왕선의 아들이 이 같으니 어찌 갸륵하지 않으리오."

이어서 서천흥을 한림학사(翰林學士) 어림도위(御臨都尉)에 제수하고, 왕희평을 한림학사에 제수하니, 두 사람은 황제의 은혜에 공손히 사례하고 나왔다. 왕한림은 3일 동안 유가(遊街 : 거리놀이)를 하였고, 서도위는 고향집에 찾아가려는 생각 때문에 밤낮으로 얼굴을 가리고 우니 장삼과 하인들이 여러 가지로 타일러 위로하였다.

사흘 후에 두 사람이 직무를 두루 살피고 나서 각각 표문(表文)을 올려 조상의 산소를 찾아가 제사지내기를 청하고 서로 길을 나누어 갔다. 왕한림은 태주로 향하였고, 서도위는 소주에 이르러 고향집을 찾아갔다. 조상의 산소를 찾아가 인사드리면서 한바탕 통곡해 마지않았다. 여러 날 머물면서 어머니 이씨의 거처를 날마다 수소문하였지만 끝내 소식을 알 길이 없었다. 서도위는 말미를 받은 것이 끝나자 사당을 모시고 상경하였다. 대궐로 나아가 공손히 인사를 하고 나서 집에 돌아가 부모를 생각하느라 눈물을 흘리고 슬피 울며 지내더라. 오래지 않아 왕한림 일행이 아무런 사고 없이 상경하였다. 서도위가 왕한림의 집에 나아가 왕한림을 만나보고 나서 시비를 불러 부인 유씨에게 안부를 물었다. 부인 유씨 또한 서도위가 과거에 장원급제한 것을 이루 다 말할 수 없을 정도로 칭찬하였다.

화설(話說)。 천자는 세 아들을 두었다. 태자(太子)와 조왕(趙王)은 황후가 낳은 바이요, 제왕(齊王)은 귀비(貴妃) 위씨의 소생이다. 귀비는 상서 위영의 누이동생이다. 제왕의 위인이 여색을 좋아하며 행실이 좋지 못했는데, 날마다 술과 여자로 세월을 보내면서 민간의 아리따운 여자들을 찾았다. 제왕의 왕비가 병들어 죽으니, 제왕이 두 번째 왕비를 찾으며 나라를 기울게 할 만큼의 아름다운 여자를 맞아들이고자 하였다. 제왕의 유모는 승상 유명의 계집종 정파와 자매였다. 유모가 제 언니를 보러 갔다가 왕혜란 소저를 보고 돌아와 제왕에게 고했다. 제왕이 크게 기뻐하여 하나의 계책을 생각해내고, 유모에게 승상 유명의 집에 가 정파를 불러오라고 하여 금과 비단을 많이 주며 말했다.

"내 왕혜란 소저를 본 뒤 혼인을 정하고자 하나니, 너는 나를 데리고 가서 네 일가붙이라 하고 왕소저를 볼 수 있게 하라."

정파가 응낙하자, 제왕이 즉시 여자 옷차림으로 정파를 따라 승상 유명의 집에 가 왕혜란 소저를 보니 정신이 황홀하여 미친 듯도 하고 취한 듯도 하였다. 제왕이 궁궐로 되돌아와 돌아와 귀비(貴妃)에게 왕소저의 미모를 고하였다. 귀비가 위영 상서를 청하여 승상 유명의 집에 가 혼인할 뜻을 전하게 하였다. 승상 유명도 서도위와 혼인을 정한 줄 알았기 때문에 이 뜻을 갖추어 알려주었다. 위영 상서가 돌아와 귀비에게 고하니, 제왕이 또한 듣고 귀비에게 말했다.

"소자는 왕소저가 아니면 다시 장가들지 않으리니, 모친은 황제 아바마마께 아뢰어 황명으로 혼인하게 해주소서."

귀비가 입궐하여 이를 황상에게 말하니, 황상이 왕한림을 황명으로 불러들여 말했다.

"제왕이 아내를 잃었는데, 경의 누이동생이 어질고 정숙하다 하니 제왕의 왕비로 혼인하고자 하노라."

왕한림이 말했다.

"신(臣)의 누이동생은 몇 해 전에 한림학사 어림도위 서천흥과 혼인을 정하였사온데 이상하온 일로 말미암았나이다."

그리고는 그간의 경위를 낱낱이 아뢰니, 황상이 신기하게 여기며 말했다.

"이는 천고에 없는 일이로다. 그러하면 어찌 이때까지 혼인이 이루어지지 않았느뇨?"

왕한림이 대답하여 말했다.

"서천흥이 부모의 소식을 알고 난 후에 혼인을 하려 하나이다."

황상이 말했다.

"그렇지가 아니하노라. 제 부모 소식을 십 년 후에 알면 어찌 하리오. 짐이 혼인하도록 부추기리라."

그리고는 승지를 시켜 서도위를 불러 왕한림의 모든 말에 대해 물으니, 왕한림이 말한 것과 똑같았다. 황상이 서도위에게 말했다.

"임금과 아버지는 똑같으니라. 짐(朕)이 혼사를 맡아 주관하리니 속히 혼인을 하도록 하라."

이렇게 말한 뒤 혼인에 드는 물품을 내려보내었다. 서도위가 황명을 받고 물러나서 며칠이 되지 않아 혼례를 거행하였다. 신랑의 늠름한 풍모와 신부의 얌전하고 정숙한 태도를 누가 칭찬하지 않으랴. 왕씨가 서도위 집에 있으며 집안일을 다스리는데, 하인들을 위엄과 은혜로 부렸다. 또한 서도위와 더불어는 거문고와 비파가 화답하고 종과 북소리가 잘 어울려 내는 화목한 즐거움, 태임(太姙)과 태사(太姒)가 지녔던 부녀로서의 떳떳한 도리를 겸비하였다.

차설(且說)。 황상이 한림학사 왕희평을 양주자사에 특별히 제수하여 말했다.

"양주가 여러 해 동안 흉년인 데다 도적이 도처에 들고일어나 백성들에게 끼치는 폐해가 많다 하니, 경(卿)이 가서 살피고 어루만지도록 하라."

왕자사가 황상에게 작별인사를 하면서 감사한 마음을 표하고 집에 돌아와 길 떠날 채비를 하고는 모친을 모시고서 길을 떠났다.

차설(且說)。 남만이 점점 강성해져 또 남방의 일곱 개 고을을 항복시키자, 고을들이 미리 소문만 듣고서 목숨을 구하러 도망갔다. 이에 운남절도사가 급히 표문(表文)을 올리자, 황상이 크게 놀라 문무백관을 모아놓고 의논하였다. 갑자기 한 젊은 신하가 여러 신하들 가운데서 혼자 나아와 말했다.

"신(臣)이 나이가 어리오나 일찍이 병서(兵書)와 장수로서의 지략을 갖추었으니, 한 무리의 병사를 주시면 남만을 싹 쓸어 없애와 위로는 폐하의 근심을 덜고 아래로는 신의 아비를 사지에서 구하여 부자가 상봉할까 하옵나이다. 어찌 대단하지 않은 남만을 어렵게 어겨 꺼리오리까?"

주청하는 것이 끝나서 모두가 보니, 이는 서도위였다. 황상이 크게 기뻐하여 여러 신하들을 돌아보고 말했다.

“서천흥의 재주는 짐(朕)이 이미 본 바로다. 또 아비를 구하고자 하니 제 힘을 다할 것이로다.”

그리고는 서천흥을 병부상서(兵部尙書) 대사마(大司馬) 대도독(大都督) 평만대원수(平蠻大元帥)에 제수하여 정예병 4만 명과 용맹한 장수 천여 명을 주면서 지휘사(指揮使) 임총을 부원수로 삼아 출정하도록 하였다. 서천흥 대원수가 황상의 은혜에 감사 인사를 하고 연병장에 나아갔다. 여러 장수들의 군례(軍禮)를 받은 후에 각각의 임무를 정했다. 그 뒤 집에 돌아와 왕씨에게 출전함을 이르며 말했다.

“이는 이 사람이 칠 세부터 원하던 바이오. 오늘날에야 그 소원을 맡았으니 죽어도 한이 없을 것이오. 부인은 하인들을 거느리고 석파 부부를 의지해 이 사람이 살아 돌아오기를 기다려주오.”

왕씨가 이 말을 듣고 몹시 놀라 얼굴빛이 하얗게 질리도록 마음속이 복잡했지만, 서원수의 마음속에 품은 슬픈 생각을 조금이나마 덜게 하기 위해 대답했다.

“전쟁터에 나아가서 장수가 되고 조정에 들어와서 재상이 되는 것은 대장부의 장쾌한 일이나이다. 낭군의 이번 출정이 위로는 폐하를 위하고 아래로는 시아버님을 구하시리니, 무슨 슬픔과 서러움이 있을 것이며 또 어찌 아내를 돌보고 생각할 겨를이 있으리까. 첩(妾)이 용렬하고 어리석으오나 집안일을 살피오리니, 낭군은 부디 몸을 보중하시어서 시아버님과 상봉하여 하늘에 사무친 원한을 푸시고 승전가를 부르며 머지않아 되돌아오소서.”

서원수가 말했다.

“요사이 부인의 얼굴에 체한 듯한 기미가 심해 무슨 우환이 있을까 염려되나니 부디 조심하오. 이 사람이 비록 아는 것이 없으나 어지간한 정도로는 화복과 길흉을 짐작하나니 허투루 듣지 마오."

왕씨가 다만 "예예." 하더라.

서원수가 즉시 대궐에 나아가 작별 인사를 하고 출정하였다. 여러 날 만에 운남에 이르니, 절도사가 군례로 인사하였다. 서원수가 도적의 형세를 묻고 또 서안무사의 소식을 묻자, 절도사가 말했다.

"길거리에 뜬소문만 퍼져 돌아다니고 있어 지난날의 자취를 자세히 알지 못하나이다."

서원수가 군대로 하여금 남만(南蠻)이 모여 있는 곳에 진지를 구축하도록 하고 격서(檄書)를 전하였으니, 그 격서는 이러하다.

> 「명나라 병부상서(兵部尙書) 평만대원수(平蠻大元帥) 서천홍은 남만왕에게 격서를 전하노라. 너의 무리가 천자의 조정을 배반해 변방을 쳐들어와 노략질하며 천자의 사신을 가두고 백성들을 살해하여 방자히 차지하고 있으니, 네 어찌 천벌을 면하리오. 너희는 빨리 항복하여 목숨을 보전하라.」

만왕(蠻王)이 격서를 보고 크게 노하여 승부를 겨루고자 하니, 서원수도 또한 여러 장수들과 약속하고 나서 만왕과 겨루고자 하였다. 만왕이 군영(軍營)의 문을 열고서 여러 장수들을 거느리고 나왔다. 창을 겨누어 들고서 말을 타고 나와 무예를 뽐내며 명나라 진영을 바라보았다. 명나라 군영의 문이 열리는 곳에 한 젊은 대장이 있었다. 머리에 황금투구를 쓴 데다 몸에 엄신갑(掩身甲)을 입고 하루에 천 리를 달리는 대완마(大宛馬)를 타고서 상방검(尙方劍)을 비껴들었더라. 얼굴이 백옥 같고 모습은 봄바람이 부는 듯 화려한 데다 엄숙한 기상은 험준하게 높이 솟은 산악이 눈 속에 있는 듯하니 아닌 게 아니라 정말로 영웅이었다. 만왕이 크게 놀라며 생각했다.

'명나라는 인재가 많구나! 이는 서경과 비하면 갑절이나 더 뛰어난 사람이로구나.'

만왕은 마음속에 절로 겁이 나면서도 서원수에게 말했다.

"명나라에 사람 없음을 능히 알만 하도다. 그대와 같은 백면서생의 어린 아이를 삼군(三軍) 대장으로 삼아 보냈으니 말이다. 그대에게 무슨 재주가 있겠느뇨?"

서원수가 만왕을 꾸짖어 말했다.

"내 비록 나이가 어리나, 너희들의 씨를 하나도 남기지 않고 싹 쓸어 없애버리리라."

그리고는 즉시 좌선봉 주영과 우선봉 여자춘에게 출전하라고 하니, 두 장수가 말을 타고 나가 바로 만왕을 잡으려 하였다. 그러자 남만(南蠻)의 선봉장 강달과 우익장 길협이 힘차게 달려 나와 서로 30여 합을 싸웠지만 승부를 가리지 못했다. 그때 주영이 창을 놓쳐버리고 다만 철퇴만 가지고 있자, 길협은 주영에게 창이 없음을 보고서 달려들었다. 이에 주영이 철퇴로 길협을 치니, 길협이 말 아래로 떨어졌다. 그리하여 주영이 길협을 사로잡아서 자기 진영에 바치니, 서원수가 길협을 장막 아래에 꿇리고 말했다.

"내 묻는 말에 진정으로 고하면 네 목숨을 살리려니와, 털끝만큼이라도 거짓말로 속이면 네 목이 달아날 것이니라. 천자의 조정 사신 서공(徐公)께서는 어디에 계시느뇨?"

길협이 말했다.

"처음에는 섬에 갇혀 계셨는데, 만왕의 태자가 서공의 문장과 도학을 우러러 사모해 지금은 도성 내의 별궁에 계시게 하고 극진히 융숭하게 대접하고 있나이다."

서원수가 이 말을 듣고 초조한 마음이 꽤 어지간한 정도로 놓이자, 길협을 놓아 보내주었다.

이때 만왕이 패한 것을 다시 설욕하고자 의논하고 있었다. 길협이 살아 돌아온 것을 보고 만왕이 크게 기뻐하며 살아오게 된 연고를 물으니, 길협이 대답했다.

"명나라 대원수가 서경이 살았는지 죽었는지 물어서 바른대로 대답했더니 놓아 보내주었사옵니다. 나오면서 군사에게 물으니 그 대원수는 곧 서경의 아들이라 하더이다."

만왕이 크게 놀라 말했다.

"서경의 아들이 또한 이같이 영웅호걸이로다. 서경을 잡아다가 서천흥에게 보인데도 항복하지 않는다면야, 서경을 죽이려 하면 제 어찌 귀순치 않으리오."

만왕은 즉시 태자에게 기별하여 서경을 잡아 보내라고 하였다.

각설(却說)。 서안무사가 섬에 보내져 세월을 보내고 있었다. 고국을 바라볼 때마다 구름 낀 먼 산이 겹치고 겹쳐서 살아 돌아갈 기약이 아득하여 시름과 슬픔을 억제하지 못하였다. 어느 날 갑자기 사자(使者)가 와서 도성으로 데려가니, 서안무사가 생각했다.

'이번은 죽는가 보다.'

그러나 서안무사로 하여금 만국의 도성에 있는 그윽한 별궁에서 지내도록 하였다. 이윽고 한 사람이 엄숙한 차림새를 갖추고 들어와 서안무사에게 두 번 절하는지라 자세히 보니, 이는 당초 객관(客館)에서 곡승상의 일가붙이라며 와 보았던 소년이었다. 이날 보니 아닌 게 아니라 정말로 태자였다. 서안무사가 물었다.

"그대는 어찌하여 나를 찾아와 보느뇨?"

태자가 존경의 뜻으로 몸을 굽히고 말했다.

“소자(小子)는 만왕의 태자이나이다. 지난번 곡신을 통해 존공(尊公)의 도학과 문장을 듣고자 하여 신분을 속이고 뵌 후로 우러러 받들며 마음속 깊이 따르려는 마음이 간절하와 부왕(父王)께 아뢰어 이곳으로 오시게 하였사옵니다. 잠시 머물러 계시면 부왕께 아뢰어 고국으로 속히 귀환하시게 하올 것이니 조금도 심려 마소서.”

서안무사는 만왕이 도리에 어긋나고 예의가 없음을 분노하였으나, 태자의 지극한 정성과 어질고 사리에 밝은 사람됨을 사랑하여 잘못을 범하지 않도록 타이르며 말했다.

“그대는 진실로 뜨거운 의기를 가진 사람이니, 부왕에게 사리에 어긋남을 간하여 후세에 악명을 남기지 않도록 하라.”

이윽고 고금의 선악과 흥망을 고루 일러서 태자의 마음을 아주 시원하게 하니, 태자가 존경하고 감복해 서안무사를 극진히 후대하였다. 열두 해의 봄이 바뀌었지만, 서안무사는 늘 천자를 생각하고 처자식을 그리워하며 세월을 보내고 있었다.

어느 날 태자가 근심하는 빛이 얼굴에 가득하여 말했다.

“그 사이에 부왕께서 명나라와 전쟁하셨는데, 우리의 장수와 군사들이 죽은 것이 이루 셀 수가 없다 하나이다. 듣자니 명나라 장수 가운데 대원수는 공의 아드님이란 말이 있나이다. 부왕께서 이를 아시고 대인을 군중에 데려다 볼모로 삼아 아드님으로 하여금 귀순케 하고자 하시나이다. 그래서 소자에게 대인을 군중으로 데려오라고 명하셨지만, 아무리 부왕의 명이라도 소자가 이를 차마 행하지 못하오리다. 소자가 심복으로 하여금 천리마 두 필을 준비하게 하였사오니, 산골짜기의 좁은 길로 남모르게 명나라 진영으로 가옵소서. 그 후에 부왕의 목숨을 구하여 만국이 아주 망하게 하지 마소서.”

서안무사가 위로하여 말했다.

"내 어찌 그대의 인정어린 마음을 잊으랴."

그리고는 작별하였다. 곧바로 천리마를 타고 종자(從者)와 함께 명나라 진영을 향하였다.

이때 서원수가 길협을 놓아 보낸 뒤로 또 싸우러 나아가 적장 수십 명을 죽이며 승승장구하여 잃었던 고을들을 회복하고 남만의 수만 병사들을 죽이니, 위엄이 만국(蠻國)에서 크게 떨쳤다. 만왕은 군영(軍營)의 문을 닫고 서안무사 잡아오기를 기다렸다.

서원수가 여러 날 싸움을 돋우었지만 만왕이 끝내 안전한 곳에 들어앉아서 나오지 않으니, 달리 어떻게 할 도리가 없어 승전한 표문(表文)을 천자에게 보낸 뒤 여러 장수들과 묘책을 의논하고 있었다. 갑자기 비밀스레 한 병사가 들어와 고했다.

"군영 바깥문 밖에 우리나라 사람 한 명과 만국(蠻國) 사람 한 명이 와 '서찰 한 통을 전해 달라.'고 하기에 바치옵니다."

서원수가 그 서찰을 떼어 보니, 서찰은 이러하다.

> 「나는 다른 사람이 아니라 만왕의 명으로 십여 년 동안 만국(蠻國)에서 치욕을 감내하던 남방안무어사(南方按撫御史) 서경이라. 도움을 준 사람이 있어서 목숨을 보전하여 달아나 왔나니, 오신 대원수는 뉘신지 몰라도 바삐 만나보기를 바라오.」

서원수가 서찰을 다 읽고 나서 마음이 떨리고 정신이 아득하였지만 바삐 군영의 문밖까지 나아가 맞으니, 서안무사의 머리가 백발이었고 모습이 수척하였으나 뚜렷한 부친이었다. 서원수가 부친을 한 번 부르고는 몹시 슬프고 가슴 아파 정신이 혼미하여 까무러쳤다. 서안무사가 서원수를 보나 사신으로 떠날 때에는 6세 어린아이였거늘 지금은 엄연한 대장이니 어찌 알아보리오. 서안무사는 서원수가 아버지라고 부르는 소리를 따라 역시 통곡하였다. 그리고 서원수를 안아 보니 호흡이 멎었는지라 크게 놀라 주물렀다. 이윽고 서원수가 눈을 뜨니, 서안무사가 어루만져 위로하며 말했다.

"살아서 서로 만났으니 기쁘기 그지없다만, 이롭지 못한 시름과 슬픔을 드러내지 말거라."

모든 장수들이 또한 위로하며 축하하는 소리가 떠들썩하였다. 서원수가 조용히 부친을 모시고서 서로 그간의 고난과 재앙을 말하는데, 부인 이씨가 도적에게 당한 변고를 들은 서상서가 슬퍼하며 근심스럽게 말했다.

"부인은 틀림없이 스스로 목숨을 끊었으리라. 어찌 치욕을 기꺼이 받아들이었으랴."

서원수는 비통해하는 가운데 만국의 태자가 부친을 후대한 것과 적지에서 벗어나게 해준 것을 듣고 그 은혜에 고마워 마지않았다. 서원수가 왕씨와 옥구슬로 인연이 되어 장가들었음을 사실대로 고하니, 서상서가 크게 기뻐하였다.

이때 만왕(蠻王)이 여러 번 패한 것을 분하고 한스럽게 여겨 서안무사가 오면 서원수를 달래어 항복하게 하고자 하였다. 그런데 태자의 답서에 다음과 같이 썼다.

「서안무사가 천리마를 훔쳐 타고 도망하였나이다.」

만왕이 크게 놀라서 계책을 다시 의논하는데, 남만의 장수 호달이 말했다.

"자객을 명나라 진영에 보내어 서천흥을 죽이는 것이 좋을까 하나이다."

만왕이 크게 기뻐하여 계향산에 있는 검술 신통한 사람을 불러서 자객으로 결정하여 보냈다.

이때 서원수가 깊은 밤에 등롱을 밝히고 있다가 잠깐 졸았다. 갑자기 한 사람이 긴 수건으로 칼을 묶어 가지고 바로 책상을 향해 와서 놀라 깨니, 잠을 자면서 잠시 꾼 꿈이었다. 꿈이 괴이하여 꿈풀이를 해보았는데, 칼을 묶었으니 찌를 자(刺)이요, 모르는 사람이니 손 객(客)이요, 밖에서 안을 향하여 오니 들 입(入)이요, 긴 수건은 장막 장(帳)자이니, 자객이 장막 안으로 들이닥치리라는 꿈이었다. 또 점괘(占卦)를 얻으니 지천태(地天泰)라는 괘로 하늘이 땅을 살피고 땅이 하늘을 섬기어 조화롭게 화합하여 만물이 생성한다는 괘이었다. 그래서 처음은 힘들지만 나중에 좋은 일이 있을 선흉후길(先凶後吉)이었다. 서원수가 마음속으로 생각했다.

'만왕이 틀림없이 나를 해치고자 하여 자객을 보내리로다.'

그리고는 철퇴를 앞에 놓고 자객이 들이닥치는가를 살피며 기다리는데, 군대 안이 조용한 후에 장막을 헤치며 한 사람이 비수를 들고 달려들었다. 서원수가 몸을 피하고 철퇴를 들어 그 사람이 치는 칼을 똑바로 치니, 쇠붙이 부딪치는 소리가 나며 칼이 두 조각이 났다. 그 사람이 크게 놀라서 도주할 즈음에 서원수가 철퇴로 쳐 그를 거꾸러뜨렸다. 장막을 지키던 여러 장수들이 일시에 들어와 보고는 얼굴빛이 변하지 않는 자가 없었다. 서원수가 꿈 이야기를 자세하게 이르니, 부원수가 말했다.

"원수께서는 미리 아시고도 방비하지 않으셨나이까?"

서원수가 말했다.

"대단하지 않은 자객을 방비하는데 어찌 여러 장수들을 놀라게 하랴."

이에 여러 장수들이 칭송하더라.

날이 밝자, 자객을 잡아들여 국문하니 만왕이 보낸 자였다. 군영(軍營)의 문밖에 내어 베고 깃대에 높이 달아 적진에 보이도록 하였다. 얼마간 지난 뒤 군사가 한 젊은 서생을 붙잡아 들어오는지라 그 까닭을 물으니, 군사가 말했다.

"이놈이 자객의 시체를 붙들고 통곡하여 잡아왔나이다."

서원수가 그 서생을 보니, 얼굴은 관옥(冠玉) 같지만 붉은 입술에 하얀 이가 사랑스러워 여자의 자태가 가득하였다. 서원수가 마음속으로 생각했다.

'남자에 이러한 뛰어난 미모가 있단 말인가.'

그리고는 그 서생을 장막 위에 올려 앉히고 물었다.

"그대는 어떠한 사람이기에 감히 죄인의 시체를 붙들고 우느뇨?"

서생이 고개를 숙이고 엎드려 답하여 말했다.

"소생은 자객의 제자 양신청이옵나이다. 근본은 중국 사람이온데 부모의 원수를 갚고자 검술을 배웠기 때문에 사제 사이로서의 친분이 있나이다. 차마 스승의 시체를 까마귀와 까치의 밥으로 삼을 수는 없기에 죽기를 무릅쓰고 왔나이다. 엎드려 바라건대 대원수께서는 시체를 내어 주시면 간신히 장사라도 지낸 뒤에, 무례한 죄를 범하였으니 마땅히 목숨을 바치오리다."

서원수가 속으로 깊이 생각한 지 오랜 뒤에 말했다.

"네 의기가 기특하기로 시체를 내어주나니, 장사지낸 후에 다시 오도록 하리."

서생이 머리를 조아리며 예를 다하고 자객의 시체를 가져가더니, 며칠 후에 군영의 문밖에 와 죄지은 것에 대해 벌줄 것을 청하였다. 서원수가 불러들여서 말했다.

"너는 성 아래에 있는 마을에서 분부를 기다리고 있다가 회군할 때에 나를 따라 고향으로 가면, 네 원수는 자연 갚을 때가 있으리로다."

이에 양신청은 거듭거듭 절하며 고마운 뜻을 표하였다.

만왕은 여러 번 패한 데다 또 자객을 보내었지만 성공하지 못하고 도리어 죽는 것을 보고는 안전한 곳에 들어앉아서 나오지 않았다. 서원수가 여러 장수들에게 말했다.

"만적을 무찌르는데 어찌 헛되이 세월을 보내며 날짜를 끌겠는가?"

그러면서 부원수 임충을 불러 말했다.

"그대는 병사 오천 명을 거느려라. 나의 부친을 모시고 온 만국(蠻國) 사람이 있으니, 그 사람을 데리고 산골짜기 좁은 길로 먼저 가서 만진(蠻陣)을 지나친 곳에 매복하고 있다가, 만적이 패하여 돌아가거든 길을 막도록 하라."

또 좌선봉 주영과 우선봉 여자춘을 불러 말했다.

"그대들은 각각 삼천 명의 군사들을 거느리고 여차여차하라."

그러고 나서 서원수가 팽시·한충과 함께 삼천 명의 군사를 거느리고 남만(南蠻)의 군영을 기습하였는데, 후응사 주성으로 하여금 장졸을 거느려 본영을 지키게 하였다. 삼경이 지난 후에 군사들이 떠들지 못하도록 하무를 물리고 적진 근처에 다다라서 남만 군대의 동정을 살피니, 남만 군사들이 다 잠이 깊이 들어 고요하였다. 서원수가 장졸들을 만국의 성 밖에 머무르게 한 뒤 칼을 들고 몸을 솟구쳐 성에 오르니, 여러 장수들이 서원수의 날래고 용맹함에 갈채하더라. 서원수가 성을 지키던 장졸들을 죽이고 성문을 여니, 팽시와 한충 두 장수가 급히 군사들을 거느리고 성에 들어왔다. 서원수가 친히 상방검(尙方劍)을 들고 남만의 본영으로 남보다 앞서 들어가니, 이때 만왕은 잠이 깊이 들어 있었다. 한차례 포 소리가 크게 울리고는 군사들이 물밀듯 들어오니, 만왕이 크게 놀라 갑옷도 입지 못한 채 겨우 말을 타고서 남문을 열고 달아났다. 남만 군영의 여러 장수들은 능히 손발을 마음대로 놀리지 못하여 자기들끼리 서로 밟고 밟혀 죽는 자가 부지기수였다. 만왕이 달아나다가 겨우 수십 리도 못 갔는데, 갑자기 산골짜기에서 한 차례 포 소리가 크게 울리고는 한 대장이 나와 길을 막았으니, 이는 바로 부원수 임충이었다. 만왕이 크게 놀라 서쪽을 향해 내달리니, 서원수가 꾸짖어 말했다.

"만적(蠻賊)은 빨리 항복하라."

그 소리가 웅장하여 노룡(老龍)이 푸른 바다에서 우는 듯하고 맹호(猛虎)가 사람이 없는 산중에서 소리를 지르는 듯하니, 만왕은 정신이 얼떨떨하여 능히 내달리지 못하였다. 서원수가 말을 몰며 크게 한 번 소리를 지르고 원숭이 같이 긴 팔로 만왕을 사로잡고자 말에서 떨어뜨렸다. 군사들이 일시에 달려들어 만왕을 결박하였다.

이때 주영과 여자춘 두 장수가 만국의 성 밖에 매복해 있다가 일시에 대군을 맞아들이고, 팽시와 한충 두 장수가 또한 서원수의 뒤를 좇아 한 곳에 모였다. 서원수가 성에 들어가 백성을 어루만져 위로하고 군사들에게 상을 내렸다. 적장의 머리를 벤 것이 이천여 명이요, 군사는 부지기수이었다. 서원수가 만왕을 잡아들여서 계단 아래에 꿇리고 죄를 일일이 꾸짖어 말했다.

"중국이 너희를 지극히 후하게 대우하였거늘, 네 무슨 까닭으로 변방을 쳐들어와 노략질하며 아무 잘못이 없는 백성들을 살해하였느뇨? 천자께서 너희의 죄를 용서하시고 대신(大臣)으로 시신을 보내어 살 헤아리고서 알아듣도록 타일렀거늘, 네 방자하여 사신을 십여 년 동안 돌려보내지 아니하였도다. 너의 죄악이 널리 퍼졌으니, 너를 죽여 분을 풀고 다른 오랑캐를 징계하리라."

만왕이 고개를 숙이고 엎드려서 사죄하며 말했다.

"이는 본디 내 마음이 아니오이다. 간특하고 흉악한 신하가 있어 권하기로 마지못했던 것이오니, 엎드려 바라건대 죄인을 특별히 살려주는 덕을 베풀어 살려주시면 이후로는 지극정성으로 섬기오리다."

서원수가 꾸짖어 말했다.

"범을 잡아 사람이 없는 산이라고 해서 놓으면 어찌 후환이 없겠느냐."

그리고는 후군장 유성을 불러 '만왕을 죄인 호송 수레에 넣어 가두고 잘 간수하라.' 하더니, 이튿날 만국으로 향하였다.

이때 남만의 태자가 서안무사를 보낸 뒤 곡승상과 의논하였다.

"아무 때라도 아군이 반드시 패할 것이오. 서원수는 장수로서의 지략이 손무(孫武)·오기(吳起)와 제갈량(諸葛亮)에 버금가오. 까마귀가 모인 것 같은 병졸로서 어찌 당할 수 있으리오. 이 때문에 서공을 살려 보내어 은혜를 끼친 것이라오. 대왕께서 만일 봉변을 당하실지라도 서공은 인자하고 후덕한 어른이요, 서원수는 충성하고 효성스러운 군자이니, 필시 구하여 줄 것이오. 경(卿)과 함께 나아가 부왕께 귀순하시도록 간하여 보사이다."

그러고서 명나라의 군영(軍營)을 향해 떠났는데, 도중에 패잔군을 만나 만왕이 사로잡혔다는 소식을 듣고 태자가 목 놓아 슬프게 울며 말했다.

"부왕께서 내 말을 듣지 않으시더니, 이 봉변을 당하신 것은 국운이 불행함이로다."

급히 길을 재촉해 명나라 군영에 다다르자, 태자가 윗옷 한쪽을 벗고 등에 형장을 진 채로 손가락을 깨물어 항복문서를 쓰고서 통곡하였다. 명나라의 선봉 군대가 태자를 잡아 중군(中軍)에 아뢰니, 서원수가 명을 내려 '태자를 진중으로 들이라.' 하였다. 태자가 코를 땅에 대고 엉금엉금 무릎으로 기어가 항복문서를 올렸다. 서원수가 항복문서를 받고는 태자가 부친 서안무사를 후하게 대접한 은혜를 생각하니 어찌 감격하지 않으리오. 군사에게 명하여 큰 칼과 옥새를 빼앗고 장막 안으로 불러올리니, 태자가 두 번 절하며 말했다.

"부왕의 죄는 마땅히 면치 못하려니와 부왕의 본심이 아니라 간신의 충동질에 말미암은 것이니, 원수는 다시 살려주는 은혜를 내리고자 천자께 아뢰어 부왕의 목숨을 살려주시면, 대대로 황제의 은혜에 감사하고 원수의 덕을 잊지 않으리다."

이렇게 말하며 눈물이 얼굴에 가득하였다. 서원수가 태자를 보니, 언사가 부드럽고 온화한 데다 기상이 활달하여 아닌 게 아니라 정말로 천승(千乘)의 국왕다움이 외모에 나타나는지라 아무렇지 아니한 듯이 말했다.

"만왕의 죄악은 천벌을 면하기 어렵고, 내가 또한 남만의 씨 하나라도 남기지 않아 후세 사람의 근심이 없도록 하려 했었는데, 그대를 보니 하늘이 오히려 남만에게 복을 주심이로다. 내 어찌 하늘의 뜻을 거역할 것이며, 가친(家親)께서 십여 년 동안 그대의 은혜를 많이 입었으니, 당연히 천자께 아뢰어 만왕의 목숨을 구할 것이로다. 그리고 즉시 군대를 돌이킬 것이니, 그대는 어진 사람을 얻어 남만의 백성을 살피고 어루만져 다른 근심이 없게 할지어다."

태자가 거듭거듭 절하며 고마워하고 마음속으로 칭송하였다.

'내 서공이 오늘날에 제일로 알았더니, 그 아들은 젊었는데도 풍채가 갑절이나 더 낫도다.'

서원수가 표문(表文)을 올렸으니, 만왕을 사로잡고 남만의 태자가 귀순해왔는데 태자는 인자한 데다 효성스러워 가히 남만의 왕이 됨직하나 만왕은 용렬한 데다 어리석어 비록 죄를 용서할지언정 다시 나랏

일을 맡게 할 수 없으리니, 태자를 봉하여 대대로 천자의 은혜를 감사하도록 하게 하자고 아뢴 것으로 황제의 명을 기다렸다. 또한 자신의 집과 장삼 부부에게 글을 보내어 부자가 상봉했고 남만을 평정했다는 것을 기별하였다.

화설(話說)。 제왕(齊王)이 모친 귀비(貴妃)를 통해 왕씨에게 자신과 결혼하도록 황명을 내려주도록 천자에게 주청하였는데, 천자가 듣지 않고 도리어 서도위와 결혼하도록 황명을 내리자 분한 생각을 참지 못하였다. 밤낮으로 왕씨의 모습을 떠올리며 생각하다가 거의 병이 되기에 이르렀다. 서천흥 대원수가 남만으로 출전하고 왕희평 양주자사가 양주에 부임하니, 제왕은 왕씨가 다만 비복만 데리고 있음을 알고 불측한 계교를 꾸몄다. 어느 날 왕궁에 있는 환관으로 하여금 거짓 황명을 사칭하며 서원수 집에 있는 왕씨에게 비단 10필을 내려보내어 홀로 있음을 위로하게 하고, 사내종들을 불러 독한 술 10병을 마시도록 친히 권하여 만취하게 하라 하였다. 그 후에 건장한 궁노(宮奴)가 가마를 가지고서 후원의 문 앞에 기다리도록 하고, 무뢰배 몇 사람에게 금과 비단을 넉넉히 주고는 밤이 깊으면 안채에 들어가 왕씨를 업어 궁노의 가마에 태워 오게 하였다. 이에 무뢰배 몇 사람이 명을 받아 서원수 집에 갔다. 왕씨가 비단을 받고서 황제의 은혜에 감사하고 환관을 후대하여 보내려 했는데, 환관이 친히 사내종들에게 독한 술을 권하고 있다는 것을 듣고 의심하여 수상히 여기다가 문득 깨닫고서 시비 월향과 추섬을 불러 말했다.

"상공(相公)이 남만으로 출전할 때에 내게 변고가 있으리라 하셔서 날마다 근심하고 염려하였는데, 지금 환관이 사내종들에게 술 권하는 것을 보니 틀림없이 무슨 까닭이 있도다. 내일도 있거늘 어찌 어둑어둑한 때를 이용하여 내려보낸 것이며, 무슨 곡절로 마다하는 술을 억지로 먹이고 있단 말이냐. 어찌 의심이 없을 수 있으리오. 지난번 제왕(齊王)이 통혼을 할 때에 제왕의 유모가 제 형 정파를 유명 좌승상의 집에 보러 왔다가 나를 보고 갔는데, 그날 올 때에 제 일가붙이라면서 모르는 여자를 데리고 와서는 나 있는 곳으로 찾아왔더니라. 그 여자의 모양을 잠깐 보니 억세고 고집스러워 여자다운 자태가 없고 또 나를 유심히 보는지라 괴이하게 여겨 내 몸을 피하였더니라. 그랬더니 곧바로 위영 상서가 유명 좌승상 집으로 찾아와 혼인할 뜻을 전하고 또 황상께 황명으로 혼인하게 해달라며 주청하였도다. 그래서 혼인을 정하였다고 하였지만 기어이 억지로 혼인하려 하였더니라. 제왕이 본래 방탕하여 유모로부터 나에 관한 말을 듣고 여자의 옷을 입고 와서 나를 몰래 훔쳐본 것이로다. 오늘 이 일은 조금도 틀림없이 제왕의 흉계이로다. 미리 방비하여 치욕을 면하는 것이 옳다."

월향을 불러 말했다.

"네 능히 기신(紀信)의 충성을 본받을 수 있겠느냐? 제왕은 여색을 좋아하는 사람이니, 너의 고운 모습을 보면 필연코 혹하여 죽이지는 않으리라."

월향이 말했다.

"소저께서 끓는 물에 뛰어들고 불구덩이에 들어가라 말씀하셔도 말씀대로 하오리다. 소저께서는 바삐 양주로 떠나가소서."

왕씨는 추섬과 함께 남자의 옷으로 갈아입은 뒤, 한 필의 검푸른 당나귀에 타고는 장삼을 데리고 조용한 객점을 얻어 머무르며 그날 밤을 지냈다. 월향과 석파는 본채에 머물러 있으면서 한관의 동정을 살펴 전달하도록 하였다.

이때 환관이 서원수 집의 사내종들을 만취토록 하여 제 몸에 벌어지는 일을 모를 만큼 정신을 잃게 하고는 제왕에게 고하였다. 제왕이 무뢰배를 보내어 월향을 억지로 붙잡아 갔다. 석파가 이 광경을 보고 왕씨에게 고하니, 왕씨가 원통하고 분하게 여겼다. 양주를 향해 가다가 한 곳에 이르니, 날이 저물었는데도 객점마저 없었다.

갑자기 길에 한 무리의 도적들이 내달려 나와 왕씨와 추섬을 잡고 나서 장삼은 늙어 쓸데없다 하며 나무에 묶어 달아놓았다. 그리고 검푸른 당나귀와 짐 꾸러미를 탈취하여 비바람이 몰려오는 것과 같이 빠르게 가니, 왕씨와 추섬이 뜻밖의 변고를 당하여 넋이 나가서 어찌할 바를 모르는 가운데 잡혀가 한 곳에 다다랐다. 도적이 왕씨와 추섬 두 사람을 내려놓고 말했다.

"얼굴이 남자로서 썩 뛰어나게 잘 생겼도다. 이러한 여자를 얻었으면 죽어도 한이 없으리로다."

그리고 텅 빈 곳집 속에 가두어놓고는 또 어디로 가고 없었다. 왕씨와 추섬이 서로 떨며 욕볼까 염려하여 스스로 목숨을 끊고자 하였다. 그때 갑자기 한 젊은 여자가 등롱을 밝히고서 문을 열고 들어와 나직한 목소리로 말했다.

"상공은 이곳에서 죽기를 면치 못하리니 나를 따라 오소서."

왕씨와 추섬 두 사람이 그 젊은 여자를 따라 한 곳에 가니, 몇 칸 안 되는 작은 초가가 있었다. 세 사람이 함께 들어가 앉은 후에 그 젊은 여자가 말했다.

"이놈들은 사람 고기를 먹는 도적놈이오이다. 오늘 상공이 노비와 함께 잡혀오는 것을 보니 진정 차마 볼 수가 없었던 까닭에 이리로 모셔왔나이다. 이곳도 오래 머물지 못하리니, 잠깐 피신하였거니와 저의 고모가 사는 곳으로 가사이다."

왕씨가 놀라면서 물었다.

"그대는 어떤 사람이뇨?"

그 젊은 여자가 말했다.

"저의 팔자가 기구하여 남이 꾀이는 말에 속아서 흉한 도적의 계집이 되어 늘 슬퍼하고 있던 차에 상공을 보고 저의 몸을 의탁고자 하오니, 상공의 뜻은 어떠하나이까?"

왕씨가 마음속으로 슬프기도 하고 또한 우습기도 하여 대답했다.

"낭자는 사리에 맞지 않은 생각을 하였도다. 내 본디 이곳저곳으로 떠돌아다니는 사람이니, 어찌 낭자를 거느리리오."

그 젊은 여자가 눈물을 흘리며 말했다.

"제가 비록 천한 계집이나 아무라도 쉽게 꺾을 수 있는 기생이 아니나이다. 상공을 구할 때에 이미 저의 몸을 내맡기고자 하였나이다. 만일 상공이 허락하지 않으시면 차라리 머리를 깎고 승이 되고자 하옵나니, 바라건대 상공은 살피소서."

추섬이 그 젊은 여자의 얼굴 모양과 행동거지를 보니 심히 어질어서 왕씨에게 고했다.

"낭자의 딱한 사정에 있는 처지가 불쌍하고 가엾으니, 길에서 어찌 장황히 말씀하오리까? 낭자 고모의 집에 아직은 머물러 있으면서 양주로 사람을 보내어 기별하는 것이 옳을까 하나이다."

왕씨가 아무런 말이 없자, 그 젊은 여자가 두 사람을 머물러 있게 하고는 제 고모의 집으로 먼저 갔다. 왕씨가 추섬에게 웃으며 말했다.

"지금까지는 그 여자의 덕으로 치욕을 면하였거니와, 내게 제 몸을 내맡기려 하니 장차 어찌해야 한단 말이냐?"

추섬도 또한 웃으며 말했다.

"양주에 기별하신 후에는 모시러 오는 사람이 있을 것이나이다. 그제야 본모습이 드러나리니, 저인들 어찌 하리까? 그때까지 데리고 있다가 착실한 사람을 얻어 주는 것이 옳을까 하나이다."

왕씨가 웃으며 말했다.

"그것은 그리하려니와 이곳에 있을 때 벌써 동침하자고 하면 장차 어찌해야 한단 말이냐?"

이렇게 말을 나누고 있는 사이에 그 젊은 여자가 되돌아와 왕씨와 추섬을 데리고 제 고모의 집에 찾아가서 고요한 방에 먼지를 비로 쓸어 깨끗하게 하고 들이었다. 왕씨가 앉은 후에 한 늙은 여자가 나와 왕씨에게 고마워하며 말했다.

"첩은 저 여자아이의 고모이로소이다. 일찍 과부로 지내고 자식도 없어 이곳에 혼자 사옵는데, 질녀의 말을 들으니 상공이 죽을 수밖에 없는 매우 위험한 곳에 들었다가 질녀가 구해주어 이곳에 오셨다고 하더이다. 또 질녀가 상공을 섬기려 하니 다행스럽나이다. 집이 비록 누추하오나 이곳에 머무소서."

왕씨도 고마운 뜻을 나타내며 말했다.

"노파의 질녀가 아니었으면, 어찌 죽을 지경에서 벗어났겠소? 은혜에 감격해하는 중에 또 노파가 이처럼 관대하니 받아들이기가 어렵고 황송하오."

이윽고 아침밥을 들이는데 심히 정갈하였고, 그 젊은 여자가 또한 머리를 다소곳이 숙이고 아침상 곁에 앉았으니 더욱 우습더라. 왕씨가 그 젊은 여자에게 말했다.

"사람을 구해 양주로 보내려 하니, 고모님과 의논하오."

그 젊은 여자가 말했다.

"서간을 써 주소서."

왕씨가 모부인에게 보내는 서간을 써놓고 기다렸다. 이윽고 노파가 자신의 사위를 데려왔는지라, 왕씨가 물었다.

"양주가 몇 리나 되느뇨?"

그 사위가 대답했다.

"삼백여 리쯤 되리이다."

왕씨가 그 사위에게 서간을 주어 보내니라.

밤이 되자, 그 젊은 여자가 나가지 아니한 데다 노파가 들어와 추섬을 다른 방으로 보내려 하였다. 왕씨가 민망하여 추섬을 보니, 추섬이 말했다.

"공자(公子)께서 여러 날 길을 걸으시느라 몹시 고단하신 데다 어젯밤에 놀라신 마음을 아직도 진정하지 못하시니, 며칠 동안 편히 쉬시는 것이 좋을까 하나이다. 평생 같이 지낼 것을 굳게 다짐한 언약이 있었으니, 어찌 서두를 필요가 있으리까."

왕씨가 머리를 약간 끄덕이니, 그 젊은 여자가 얼굴에 홍조를 가득 띠어 노파에게 말했다.

"고모님은 나가소서. 상공과 노복 모두 이 방에서 함께 머물어도 무방하나이다."

이에 노파가 옳다며 나가니라. 왕씨가 그 젊은 여자와 함께 서로 말을 주고받으며 밤새기를 기다리면서 물었다.

"낭자의 성은 무엇이뇨?"

그 젊은 여자가 대답했다.

"구가이로소이다."

말을 주고받는 사이에 밤이 깊었다. 구씨녀가 말했다.

"그만 잠자리에 드소서."

구씨녀도 왕씨 곁에 누워 잠든 체하니, 왕씨가 한편으로는 민망하고 다른 한편으로는 웃지 않을 수 없더라. 이렇게 며칠을 지내는 동안 구씨녀가 조금도 말과 얼굴빛이 변하지 않고 지성으로 받드니, 왕씨가 측은해 마지않고 사랑하더라.

차설(且說)。 부인 유씨는 아들의 임소로 따라간 후에 딸아이 왕씨를 날마다 그리워하느라 잠자는 것도 먹는 것도 편치 않은 가운데, 사위 서원수가 출전한 소식을 듣고 더욱 염려하는 것이 끝이 없었다. 왕희평 자사가 바삐 들어와 모부인에게 서간을 드리자, 부인 유씨가 받아보니 딸아이의 서간인지라 떼어보니, 서간은 이러하다.

「여러 달 동안 몸과 마음의 형편이 어떠한지 궁금하나이다. 어진 어머님을 절하며 떠나보내 드린 뒤, 뜻밖에도 서도위가 만 리 떨어진 전쟁터로 나갔나이다. 그러자 아무 날 이슥하여 어두운 밤에 강도가 들어와 변고를 당하였지만 남자의 옷으로 갈아입고 위험에서 벗어나 양주로 향하다가, 도중에 또 인육점(人肉店)의 도적을 만나 장삼은 묶여 나무에 매달리고 소녀와 추섬은 붙잡혀 거의 죽을 지경에 이르렀사온데, 구하는 사람이 있어 이곳에 있사오니 바삐 인마(人馬)를 보내소서.」

부인 유씨가 다 읽고 난 후에 몸을 옹송그릴 정도로 오싹 소름이 끼쳐 털끝이 쭈뼛해지면서 얼떨떨하였다. 왕자사가 급히 수레와 말을 거느리고 길을 떠나 왕씨가 있는 곳에 이르렀다. 왕씨가 크게 기뻐하여 마중 나와 맞이하였다. 서로 인사치레를 마치고 앉은 후에 모부인의 안부를 묻고는 그 사이에 만나지 못했던 정을 나누었으며 또한 변고를 겪었던 상황을 자세히 고하니, 왕자사가 놀라고 또 웃으며 말했다.

"그 여자가 너를 보고 자신의 몸을 내맡기려 한 뜻이 있도다. 세상에 어디서 너 같은 남자가 있으리오."

왕씨도 또한 웃었다. 구씨녀를 부르니, 이때 구씨녀는 자사의 행차가 도착하는 것을 보고는 놀라고 두려워 허둥지둥 피신하였는데, 왕씨의 부름을 듣고 계단 아래에 와서 두 번 절하고 감히 머리를 들어 보지 못하였다. 자사가 이를 보고서 웃으며 말했다.

"나는 곧 왕상공의 만형이라. 네 이미 상공에게 몸을 내맡겼으면, 날 보기에 무슨 부끄럽고 창피할 것이 있으리오."

왕자사는 이윽고 그 도적의 종적을 물은 뒤 태원 관아에 기별하여 포교를 보내 잡도록 하고, 양주로 길 떠나자며 재촉하였다. 왕씨가 여자의 옷으로 갈아입고 구씨녀를 부르니, 구씨녀가 들어가 보았지만 왕생은 간데없고 월궁의 선녀가 있는지라 정신이 황홀하여 얼떨떨해하였다. 왕씨가 웃으며 말했다.

"네 나를 아느냐?"

왕자사가 말했다.

"이 소저도 너와 같이 왕상공의 풍채를 흠모하여 따라왔으니 자세히 보라."

구씨녀가 정신을 차려 자세히 보니, 곧 왕생이 여자의 옷을 입은 것이었다. 그제야 그동안 여자가 남자의 옷으로 바꿔 입은 줄 알고는 겸연쩍고 부끄러워하며 기가 막히는 듯하더니, 조금 있다가 모르고서 막되게 말한 것을 사죄하였다. 왕씨가 웃으며 말했다.

"네 은혜를 어찌 일시라도 잊으리오."

이렇게 말하고 동행하도록 하였다.

이곳은 태원 땅이다. 지현(知縣: 현령)이 찾아와 왕자사에게 인사하니, 왕자사가 도적 잡기를 당부하고 양주로 길을 떠났다. 길 떠나서 월봉산에 이르러 밤을 지냈는데, 왕씨가 문득 망월사를 생각하고 왕자사에게 말했다.

"이전에 서원수에게 들으니, 태원 월봉산의 망월사 여승 혜영에게 크게 시주하여 서원수를 낳았다 하더이다. 이곳이 태원 월봉산이오니, 망월사에 가서 부처에게 서원수가 부친을 상봉하여 멀지 아니한 가까운 장래에 되돌아올 수 있도록 빌고자 하나이다. 오라비께서는 하루 더 머무사이다."

왕자사가 허락하고 함께 절을 향해 갔다. 그곳에 다다르니, 풍경이 비할 데 없이 빼어났다. 우뚝 치솟은 산봉우리가 첩첩한 가운데, 대웅전이 구름 낀 하늘로 솟아 있었다. 좌우의 처마 끝에 매달린 풍경이 바람 따라 부딪쳐 울리는 소리를 내니 사람의 귀를 맑히었다. 절 입구에 들어 바라보니 금색 글자로 썼으되, '월봉 망월사'라 하였더라.

왕씨가 시비에게 붙들려서 왕자사와 함께 절문에 드니, 여러 승들이 영접하여 정결한 방으로 모셨다. 서로 앉은 후에 왕씨가 물었다.

"이 절에 혜영이라 하는 승이 있느뇨?"

여러 승들이 답하여 말했다.

"있사오나 며칠 전부터 병들어 못나오나이다."

왕씨가 그로 말미암아 여러 승들을 데리고 불전에 가 소원을 빌었다. 부처의 옆을 보니, 흰 얇은 비단으로 만든 족자가 걸렸는데, 족자에 쓰여 있는 것은 이러하다.

「이부상서 태학사 서경의 처 이씨는 삼가 축원하옵나이다. 나이 사십에 자식이 없사오니, 엎드려 바라건대 세존은 자비심을 베푸시어 자식을 점지하소서.」

또 그 아래 써 있으되, 이러하다.

「모년 월일에 이씨는 또 축원하옵나이다. 이미 크나큰 은혜를 입어 천행으로 자식을 낳았더니, 여섯 살 어린아이를 잃어서 헤어졌나이다. 첩의 부군은 만 리 남만(南蠻)에 간 후로 살았는지 죽었는지 모르나이다. 다시 부군과 아들을 서로 만날 수 있게 하옵소서.」

왕씨가 다 읽고 나서 크게 놀라 말했다.

"이 축원문은 시어머니께서 지으신 바이로다. 첫 축원문은 서원수를 빌어 낳으신 것이요, 나중 축원문은 도적에게 봉변을 당하신 후에 지으신 것이니 심히 괴이하도다. 혹 시어머님이 죽을 지경의 매우 위험한 곳에서 벗어나 이곳에 와 계신단 말인가? 보면 자연 알리라."

그리고는 여러 승들에게 말했다.

"혜영이 있는 방을 가리켜 주오."

승들이 가리켜 준 곳으로 찾아가니라.

이때 부인 이씨가 혜영의 구함을 입어 망월사에 머무르고 있었는데, 날마다 서공과 서원수를 생각하여 눈물로 세월을 보내고 있었다. 문득 들으니 양주자사의 행차가 이르렀다고 하였는데, 이윽고 한 여자가 들어왔다. 자세히 살펴보니 시비의 모습인지라, 부인 이씨가 물었다.

"양주자사는 뉘시느뇨?"

그 여자 답하여 말했다.

"양주자사는 왕희평 한림학사 나리이시요, 부인은 왕자사 나리의 누이동생이시자 서천흥 평만대원수 나리의 부인이시나이다. 서원수께서 남만에 출전하시고 홀로 계시기가 적적하여 양주로 가시는 길이나이다."

서로 묻고 대답하고 있는데, 혜영의 제자가 급히 들어와 부인에게 고했다.

"이상한 일이 있나이다. 밖에 오신 부인이 불전에 축원하시기를 '부군이 승전하고 부자가 상봉하게 하소서.' 하고는 서천흥의 아내라 하나이다."

부인 이씨가 다 듣고 나서 크게 놀라 말했다.

"이 어찌된 말인고? 천흥이 비록 살았을지라도 어찌 귀하게 되었을 것이며, 열일곱 살 젊은이가 어찌 대원수가 되었을 것이랴?"

이렇듯 의심스러워 이상하게 여기는데, 한 젊은 부인이 문을 열고 들어왔다. 부인 이씨가 보니, 태원 관원의 고운 옷을 입었지만 표연히 세속을 초월한 선녀였다. 혜영이 황급히 나와 두 손 모아 인사하며 말했다.

"빈승(貧僧)이 아파서 멀리 나아가 맞이하지 못했사오니 황공하나이다."

왕씨가 답인사하며 말했다.

"현사(賢師)의 훌륭한 명성을 들은 지 오래일 뿐만 아니라, 존사(尊師)는 첩의 집안 은인이나이다. 그리하여 한 번 보기를 원하던 바이로소이다."

그러고 나서 부인 이씨를 보니, 나이가 오십이 넘었는데도 용모가 빙설 같고 기질이 맑은 데다 마음이 올바르고 침착하였다. 자세히 보니, 은은히 고운 태도가 서원수와 거의 비슷하여 반가운 마음이 깊었다. 이때 혜영이 물었다.

"은인이라 하시나 알아들을 수가 없나니, 똑똑하고 분명하게 이르소서."

왕씨가 말했다.

"첩은 평만대원수 서천흥의 아내라오. 시아버지는 곧 남만국에 사신으로 가셨다가 잡히어 못 오신 서경 병부상서이시라오."

부인 이씨가 이 말을 듣고는 목 놓아 크게 우니, 혜영이 급히 물었다.

"원수 상공의 이름이 천흥이시며, 소주 화계촌에 살았나이까?"

왕씨가 말했다.

"서원수는 현사(賢師)가 세존께 빌어 낳으셨나이다."

혜영이 말했다.

“저 부인이 천흥 상공 모친이요, 안무사(按撫使) 나리의 부인이시나이다.”

왕씨가 찾던 바의 자웅주(雌雄珠)를 드리며 말했다.

“이것을 아시나이까?”

부인 이씨가 말했다.

“웅(雄) 글자 쓰인 구슬은 천흥이 낳을 적 꿈에서 얻은 것이니, 어찌 모르리오.”

부인 이씨와 왕씨는 그제야 의심하여 수상히 여길 바가 없었다. 왕씨가 몸을 일으켜 절하니, 부인 이씨가 왕씨를 안고 통곡하며 말했다.

“세상에 어찌 이 같은 일이 있으리오. 내가 꿈을 깨지 못하고 있는 일인가 싶다.”

왕씨 또한 구슬 같은 눈물을 방울방울 흘리며 지난 일들을 차례로 고하니, 부인 이씨 또한 아들을 잃어 헤어지고 나서 혜영을 만나 이곳에 온 사연을 있는 대로 이른 뒤에 왕씨를 안고서 놓지 않았다. 여러 승들이 이 광경을 보고 신기히 여기며 칭송하는 말이 떠들썩하였다.

왕자사가 이 말을 듣고 한편으로는 놀라면서 다른 한편으로는 기뻐하여 즉시 모부인 유씨에게 왕씨의 고부(姑婦)가 상봉하여 부인 이씨와 함께 양주로 가고 있음을 기별하였다. 추섬을 불러 부인 이씨에게 그 사이 고생한 것을 위로하고 우선 양주로 갔다가 서원수가 회군한 후에 올라가기를 고하였다. 부인 이씨 또한 사람을 시켜 그간 고생했던 일 등을 대강 전하며 함께 양주로 가겠다고 화답하였다. 왕자사가 즉시 길 떠나기를 재촉하자, 부인 이씨는 혜영을 작별하게 되니 무수히 고마워하고, 불전에 가 은덕 입었던 것을 사례하고서 양주로 떠나갔다.

이때 부인 유씨는 왕씨의 고부가 상봉하여 함께 온단 말을 듣고 크게 기뻐하며 기다렸다. 왕자사 일행이 양주 관아에 이르니, 왕씨가 시어머니를 별당에 모셔 편안히 머무르게 하였다. 왕씨가 모부인 유씨를 찾아가 만나니, 부인 유씨가 왕씨의 손을 잡고서 눈물을 흘리며 슬피 울고 말했다.

"행여나 어찌하면 다시 상봉치 못할 뻔했도다."

왕씨 또한 구슬 같은 눈물이 얼굴에 가득한 채 대답했다.

"이미 지나간 일이니, 슬퍼하고 근심하는 것은 아무런 도움이 없을 것이로소이다."

왕씨는 그 사이에 자신이 겪었던 변고, 서원수가 멀리 남만(南蠻)으로 출정 간 것, 시어머니와 상봉한 것 등을 세세히 말하니, 모부인 유씨가 두 소저를 데리고 별당으로 가니라. 사부인(査夫人)으로서 서로 보는데, 부인 이씨가 아들을 거두어 혼인한 것을 고마워하니, 부인 유씨가 그 사례를 받아들이기가 어렵고 황송함을 일컬었다. 또 부인 유씨는 구씨녀를 불러 왕씨를 구해준 것에 대해 고마워하고 후대하였다.

이때 태원 지부(知府)가 인육점 도적을 잡아 양주로 보내니, 왕자사가 위엄을 갖추고 여러 도적들을 잡아들여 엄하게 형벌을 가하면서 죄를 캐물었다. 이때 구씨녀가 외헌(外軒)에서 엿보니 다른 사람이 아니라 남편 고선의 무리이어서 크게 놀라 말했다.

"제 이제 죽기에 이른 것은 모두 내 탓일러라. 아무리 천한 계집이나 지아비를 간하여 잘못을 뉘우쳐 고치게 하지는 못하고 다만 불행한 것만 원망스럽게 생각하여 두 마음을 먹었도다. 제 손으로 제 지아비를 죽이고서 비록 살아 있을지라도 어찌 하늘이 무심하리오. 후원의 연못에 빠져 죽는 것만 같지 못하다."

그리고는 못가에 가서 몸을 솟구쳐 물속에 빠졌다. 이때 추섬이 구씨녀가 없는 것을 보고 찾으러 다니다가 멀리서 구씨녀가 물에 빠지는 것을 보고 급히 왕씨에게 고했다. 왕씨도 놀라 급히 왕자사에게 고했다. 왕자사도 또한 크게 놀라 관아의 사내종들에게 명하여 건지게 하였다. 구씨녀가 물을 토하고 다시 살아나니, 왕씨가 그 곡절을 물었다. 구씨녀가 울며 그 곡절을 고하니, 왕씨가 위로하였다. 왕자사가 죄를 묻기 위한 채비를 중단하게 하고 내당에 들어와 구씨녀가 물에 빠진 연고를 들었다. 이튿날 도적을 다시 국문하면서 고선을 불러 보니, 나이 이십은 되고 사람이 영민하였다. 왕자사가 물었다.

"네 나이가 어린 사내놈으로 무슨 일을 못하여 도적의 무리에 들었느뇨?"

고선이 답하여 말했다.

"소적(小賊)이 어려서 부모를 여의고 정처 없이 떠돌아다니며 빌어먹다가 도적의 무리에 잡혀 달리 어떻게 할 도리가 없어 함께 다녔나이다.

왕자사가 말했다.

"네 지어미는 있느냐?"

고선이 대답했다.

"몇 년 전에 하나를 얻었었는데, 십여 일 전에 도주하였나이다."

왕자사가 말했다.

"내 너를 살려줄 것이니, 네 능히 잘못을 고쳐 착하게 살려느냐?"

고선이 고개를 숙이고 엎드려 사죄하니, 왕자사가 구씨녀를 불러 고선을 보이고서 말했다.

"고선이 지난날의 잘못을 고치겠다고 하니 네 죽지 말고 함께 살되, 네 고선을 어진 데로 나아가도록 권하라."

구씨녀가 무수히 고마워하며 인사하였다. 왕자사가 모든 도적들을 죄의 무겁고 가벼움에 따라 처치하고 구씨녀 부부를 불러서는 사환을 삼으니, 왕씨 또한 기뻐하더라.

차설(且說)。 장삼은 나무에 매달려 있으면서 도적들이 왕씨와 노비를 잡아가는 것을 보고 통곡하였다. 그때 지나가는 나그네가 끌러주어 살아났는데, 왕씨의 종적을 찾았지만 알 길이 없었다. 달리 어떻게 할 도리가 없어 양주로 가 이 변고를 고하여 도적을 체포하도록 해 왕씨를 찾는 것이 옳다고 여겼다. 여러 날 만에 양주에 도착해 이런 사실을 고하니, 왕자사는 장삼이 살아 돌아왔다는 것을 듣고 크게 기뻐하여 즉시 불러들였다. 장삼이 들어왔다가 왕씨를 보고 한편으로 놀라면서 다른 한편으로는 기뻐하였다. 왕씨가 장삼에게 살아 돌아올 수 있었던 곡절을 물은 후에 부인 이씨를 만난 것을 말해주니, 장삼이 기뻐하고 즐거워해 마지않았다.

어느 날 황성의 소식을 들으니, 서원수가 남만에서 승전하여 잃었던 군현(郡縣)을 회복하였다는 승전보가 왔다고 하였다. 이에 부인 이씨가 매우 기뻐하였고 왕자사도 또한 칭찬하였다.

차설(且說)。 제왕(齊王)은 무뢰배를 보내어 왕씨를 데려다가 후원의 깊은 별당에 들이고서 매우 기뻐하고 즐거워하여 들어가 소저를 보았다. 지난번 여자의 옷으로 갈아입고 유명 승상의 집에 가서 보았던 왕소저가 아니니, 크게 놀라 물었다.

"그대는 누구이뇨?"

월향이 도적에게 잡혀서 이곳에 도착해 제왕을 보니 분한 마음이 격렬히 일어나는지라 바로 칼을 들어 두 조각을 내고 싶었으나 억지로 참으면서 큰 소리로 말했다.

"나는 서원수의 부인의 시비 월향이오. 우리 부인이 비록 여자이시나, 모든 일을 헤아리시는 것이 귀신같다오. 환관이 친히 와 사내종들에게 술 먹이는 것을 보고 그날 밤에 변고가 있을 줄 짐작하시고, 나를 대신 있게 한 뒤에 부인은 몸을 피하셨나이다. 제왕은 당당한 만승천자(萬乘天子)의 금지옥엽(金枝玉葉)이요 천승군왕(千乘君王)이거늘, 어찌 차마 이같이 어질지 못하고 의롭지 못한 일을 자행하시나이까? 일반 백성의 범상한 여자라도 그렇게 하지 못하려든, 군부(君父)의 명을 꾸며 만들고 불측한 마음을 품어서 감히 조정의 경상가(卿相家) 부인을 밝은 대낮에 도적하고자 했으니 어찌 처벌이 없으리오. 죄는 개인의 사사로운 사정으로 봐주는 것이 없나니, 옛날 진(秦)나라 상앙(商鞅)은 태자가 법을 범하자 그 스승까지 형벌하였나니, 제왕은 어찌 몸을 보전하려 하오."

말을 다 마쳤는데, 아름다운 목소리가 비분강개하여 기운이 추상같았다. 제왕이 한편으로는 왕소저 잃은 것을 분하게 여기고 다른 한편으로는 월향의 꾸짖음에 크게 화를 내었다. 그래서 궁노(宮奴)에게 명하여 월향을 잡아매어 죽이고자 하였지만, 월향이 조금도 겁내지 아니하고 말했다.

"나는 주인을 위하여 죽으려 하나니 빨리 죽이소서."

제왕이 월향의 꽃 같은 얼굴과 눈 같은 살갗을 보니 또한 당대에 견줄 만한 상대가 없는 뛰어난 미인이었다. 여색을 몹시 좋아하는 제왕이 어찌 마음이 흔들리지 않으랴. 분노가 자연스레 풀리는 대신 음란한 욕망이 크게 일었다. 월향의 말을 듣고 자연 부끄러워서 잡아맨 것을 끌러주며 대청 위에 오르라 하니, 월향이 큰 소리로 말했다.

"죽이려 하시든 죽일 것이거늘, 무슨 일로 오르라 하느뇨?"

제왕이 웃으며 말했다.

"네 능히 주인을 위하여 기신(紀信)의 충성을 본받으려 하니, 내 평소 항우(項羽)가 기신 죽인 것을 한탄하던 바이라. 네 이미 왕소저를 대신하여 내게 왔으니, 내가 또한 너를 왕소저 대신 아내로 삼아 한평생을 같이 지내며 즐거워하여 너의 아름다운 충성을 빛내리라."

월향이 분한 마음이 몹시 일어나 성난 목소리로 말했다.

"내 비록 천한 여자이나 어찌 제왕 같이 도리를 저버리고 의롭지 못한 사람에게 몸을 내맡겨 더럽혀진 이름을 듣겠나이까. 왕이 나를 죽이지 아니하고 이같이 심한 모욕을 치르게 하시니, 내 당당히 왕의 면전에서 죽어 욕을 보지 않으리다."

그리고는 품에서 칼을 내어 스스로 자신의 목을 찌르고자 하니, 제왕이 크게 놀라 칼을 앗고 생각했다.

'이 여자는 성질이 억세고 매서우니, 만일 제멋대로 생각하고 꺾으려 하면 틀림없이 죽는 것을 가벼이 여기리라.'

시노비(侍奴婢)에게 명하여 월향을 별당에 두게 하고, 유모 정파를 불러 말했다.

"월향을 여러 가지로 달래고 타일러 나에게 순종하게 하라."

유모 정파가 무수한 감언이설로 달랬지만 끝내 듣지 않았다.

어느 날 정파 등이 잠든 사이에 월향이 도망하여 그간 일어났던 좋지 않은 사건, 제왕이 저지른 도리에 어긋난 행동 등 있는 대로 억울한 사정을 지어 가지고 어사(御使)의 관아에 들어가 바치니, 어사가 다 읽고 나서 서로 돌아보았지만 말없이 잠잠하였다. 좌어사 유세걸은 유명 좌승상의 맏아들로 여러 어사들에게 말했다.

"서원수의 왕부인은 곧 소제(小弟)의 고종사촌인데, 이 치욕을 당하였도다. 제왕이 아무리 왕자이나 이런 일을 제멋대로 저질렀으니, 그저 두지 못할지니라. 황상께 아뢰어야 하리라."

여러 어사들이 응낙하였다. 유세걸 좌어사가 집에 돌아와 부친 유명 좌승상께 고하니, 좌승상이 크게 놀라 그저 있어서 아니 되겠다고 하였다. 좌승상은 다음날 조회에서 여러 어사들의 이런 뜻을 갖추어 아뢰니, 황상이 그 억울한 사정을 보고는 분노가 얼굴에 가득한 채 말했다.

"경(卿)들을 볼 낯이 없고, 후일에 서천흥을 어찌 볼 수 있으리오."

즉시 금의위(錦衣衛)에 조서(詔書)를 내려 제왕을 잡아가두고, 서원수의 집에 갔던 환관과 궁노 등을 아주 먼 지방으로 귀양을 보내고, 제왕의 벼슬을 삭탈하게 하니, 유명 좌승상이 말했다.

"제왕의 죄가 작지 않으오나, 금의위가 문초하는 것은 옳지 못한 일이나이다."

그리하여 황상이 조서를 내려 제왕을 크게 꾸짖으면서 제궁(齊宮)에 가두되 용서하는 명이 있기 전에는 출입을 못하게 하고, 귀비(貴妃)를 엄하게 책망하며, 월향에게는 후하게 상을 내렸다.

차설(且說)。 황상이 서원수를 남만에 보내놓고 밤낮으로 우려하였는데, 잃었던 고을을 도로 찾으면서 군대가 전진하고 있다는 표문을 보고 크게 기뻐하였지만 불모의 땅으로 깊이 들어가는 것을 염려하였다. 서원수의 부자가 상봉하였을 뿐만 아니라 남만의 항복을 받아서 회군하고자 한다는 표문을 보고 크게 기뻐하였다. 또한 만왕을 용서하고 만왕의 태자를 왕으로 봉한 뒤에 신속히 회군하라 하였다.

이때 장삼이 양주에 있다가 올라와 왕어사 집에 있었는데, 서원수의 서간이 오자 장삼이 또 그 서간을 가지고 양주로 갔다. 한편으로 장삼이 서원수에게 글월을 보내어 왕씨가 겪은 변고, 시어머니 이씨 부인과의 만남, 월향이 겪은 억울한 사정을 관아에 알린 일 등을 지세히 고하였다. 양주에 이르러 서원수의 서간을 올리면서 승전보 및 부친 서공과 상봉한 것을 고하니, 그 자리에 있던 사람들이 매우 기뻐하고 이씨 부인과 왕씨가 가슴 벅차게 기뻐함은 이루 측량치 못할러라.

왕씨가 서간을 보니, 서원수의 회군이 오래지 않을 것 같았다. 왕씨가 모부인과 길 떠날 준비를 하였다. 황상이 왕자사가 고을을 다스린 것이 천하에 으뜸이라 하며 왕희평을 이부시랑으로 삼아 조정으로 돌아오게 하라 하니, 왕시랑이 즉시 올라와 대궐로 나아가 은혜에 감사 인사를 하였다.

재설(再說)。 서원수가 표문(表文)을 올리고 조서(詔書)를 기다리니, 사관(辭官)이 조서를 받들어 왔는데, 그 조서는 이러하다.

「아름답구나, 경(卿)의 충성과 효성이여. 남방을 평정하여 임금의 근심을 덜고 10여 년 동안 사지에 들었던 아비를 구하여 부자가 상봉하니, 신하와 자식으로서 통쾌한 일이로다.

훌륭하구나, 경의 장수다운 지략이여. 17세 젊은이가 능히 상장군이 되어 강성한 남만(南蠻)의 항복을 받으니, 경은 나라의 안위를 맡기는 중한 신하로 짐(朕)의 다리와 팔이로다.

경의 부친은 절개를 지켜 죽을 곳에서 찬바람과 찬 서리를 맞는 괴로움과 아픔을 달게 여겨 10여 년을 지내다가 돌아오니, 소무(蘇武) 이후 단 한 사람으로 어찌 아름답지 않으리오.

만왕(蠻王)의 죄는 용서하지 못할 것이로되, 그 아들이 어질고 사리에 밝다 하니 만왕을 삼고, 그 아비는 죄를 용서하여 태상왕을 삼으라. 무릇 대소사는 경이 알아서 처리하고 주문(奏文)은 다시 말지어다.

경의 부친을 위국공(魏國公)으로 봉하고, 경을 충렬백(忠烈伯)으로 봉하여 우승상(右丞相)을 시키나니 빨리 회군하라.」

서원수가 다 읽고 나서 서공과 함께 천자의 은혜에 축복하고 싶을 만큼 매우 감사하게 여겼다. 집에서 온 편지를 보니 다만 장삼의 글월뿐이었다. 원수가 놀라 떼어보니, 모친이 왕씨를 만나 양주로 갔으며,

그 사이에 왕씨가 제왕으로부터 변고를 당할 뻔했다는 것을 알고는 한편으로는 기뻐하고 다른 한편으로는 놀랐다. 10여 년 동안 오직 마음에 맺혔던 한이 봄눈같이 사라지고 뜬구름을 헤치고서 푸른 하늘에 오른 것 같으니, 서공의 부자가 기뻐함을 측량치 못할러라. 서원수가 조서의 황명대로 남만왕을 태상왕으로 봉하고 태자를 남만왕으로 삼으니, 만왕의 부자가 황상의 은혜에 감축하고 본국으로 돌아갔다.

위공 서경이 서원수에게 말했다.

"너는 군대의 행군이 더디리니, 나는 먼저 올라가서 대궐로 나아가 감사인사를 하리라."

즉시 길을 떠나 황성에 이르니, 조정의 모든 벼슬아치들이 나와 영접하면서 여러 해 동안 고초를 겪은 것과 서원수의 승전함을 치하하였다. 이때 유명 좌승상이 위공 서경의 손을 잡고 그간에 있었던 이야기를 나누고 있었다. 왕시랑이 들어와 뵈거늘, 유승상이 말했다.

"이는 왕선 어사의 아들 희평이니, 곧 자네 며느리의 오빠이로다."

위공 서경이 그제야 알고서 소매를 들어 칭찬하며 말했다.

"나는 돌아가신 춘부장과 속마음을 참되게 알아주는 친구 사이로 세상을 떠난 뒤에 늘 비통하였더니라. 뜻밖에도 군(君)의 은혜로 내 아들을 거두었도다. 또 요조숙녀 누이의 배우자가 되도록 허락해 주었으니, 우리 부자(父子)의 부처(夫妻)가 상봉함은 다 군의 은혜일러라. 어찌 다 갚기를 바랄 수 있으리오."

왕시랑이 겸손하게 사양하고, 10여 년 만에 만국(蠻國)에서 살아 돌아온 것을 기뻐해 마지않더라. 위공 서경이 대궐에 나아가 공손히 인사하니, 황상이 말했다.

"경(卿)을 만국에 보내고 난 후 밤낮으로 염려하였더니, 천흥의 충효로 임금과 신하가 다시 보게 되니 어찌 기쁘지 않으리오."

위공이 말했다.

"신이 보잘것없어 폐하께서 우려하시도록 하였사오니 죄가 무거워 죽여도 전혀 아깝지가 않거늘, 도리어 벼슬을 내려 주시오니 더욱 황공하나이다."

직임을 내어 놓고 굳게 물러나려 했지만 황상의 하교가 간절하니, 위공이 머리를 조아리며 명을 받고 물러나와 집으로 돌아왔다. 안채로 들어가니, 부인 이씨가 위공을 마주하여 무한히 눈물을 흘리고 목이 메어 말을 이루지 못했다. 위공도 슬퍼하고 나서 위로하며 말했다.

"오늘 우리가 서로 만나본 데다 아들의 지체가 높고 귀한 것이 더할 수 없으니 두 번 다시 섭섭한 마음이 없소이다. 아무런 도움이 되지 않는 지난 시름과 슬픔을 드러내어 무엇 하리오.

왕씨가 나아와 네 번 절하니, 위공이 말했다.

"아들의 지체가 높고 귀한 데다 아버지와 아들 부부가 상봉함은 다 어진 며느리의 은혜이로다. 어찌 은혜에 고마워하지 않으리오."

왕씨가 겸손하게 사양하며 칭찬의 말을 받아들이기가 어렵고 황송함을 고하였다.

차설(且說)。 서원수가 양신청을 군대의 진영 안에 데리고 행군하였다. 운남에 도착하니, 절도사가 영접하여 성대한 잔치를 베풀고 삼군(三軍)을 위로하였다. 이때 서원수는 평생의 한을 풀고 의기양양하여 권하는 술을 매우 많이 마셨다. 장막 안으로 돌아와 양신청에게 몸을 의지한 채로 등촉을 밝혔다. 서원수가 술에 취하여 몽롱한 눈으로 양신청의 쇄락한 모습을 보니, 아닌 게 아니라 정말로 견줄 만한 상대가 없는 뛰어난 미인인지라 양신청의 소매를 잡고 웃으며 말했다.

"너 같은 여자가 있으면, 뉘 혹하지 않으리오."

양신청의 팔을 어루만지다가 특정한 붉은 빛이 팔위에서 눈부시게 빛나는지라, 서원수가 은근히 물었다.

"내 너를 본 후로 마음속에 의혹이 생겼는데, 네 비홍(臂紅: 여성의 순결성 징표)을 보아 조금도 틀림없는 여자이니 숨김없이 모두 이야기하라."

양신청이 매우 부끄러운 것을 참고서 옷깃을 여미고 눈물을 흘리며 말했다.

"정체가 발각되어 나리께서 힐문하시니, 어찌 속여 넘기리까. 첩은 본디 남계현에서 사는 양평의 딸이나이다. 부모는 아들이 없고 다만 첩뿐이었나이다. 남계현의 서산에 있는 오이랑이라 하는 도적이 무리들을 데리고서 첩의 어미를 겁탈하고 아비를 죽이오니, 어미는 달리 어떻게 할 도리가 없어 그 앞의 강물에 빠져 죽었나이다. 첩은 그때 나이가 여섯 살이었나이다. 일가붙이의 집에서 길러져 나이가 점점 들자, 복수하려는 마음이 간절하여 남자의 옷으로 갈아입고 검술이 뛰어난 스승을 만나 검술을 배웠나이다. 스승이 죽사와 시체를 거두어 장사지내고자 하다가, 원수의 태산 같은 은혜를 입사와 장막 안에서 모시고 있었나이다. 그런데 오늘 이렇게 정체가 탄로 났으니, 엎드려 바라건대 나리께서는 제 부모의 원수를 갚아 주신 뒤에 나리를 기망한 죄를 다스리옵소서."

서원수가 말했다.

"내 힘써 원수를 갚아 줄 것이니, 염려 말라."

그러고 나서 고운 손을 다시 쥐고 보니, 젊은 남자가 호탕한 풍류의 마음을 억제하기가 어려웠다. 부모를 잃고 헤어졌을 때에 부모를 찾고자 하는 일편단심이었는지라, 부모를 상봉하기 전에는 왕씨 같은 비할 데 없는 뛰어난 미모를 대하고도 오히려 짝지어 노는 즐거움을 몰랐지만, 부모를 상봉하고 몸이 후백(侯伯)에 봉해졌으니 한 나라를 기울일 만한 미인을 마주해서는 어찌 청춘의 욕망을 금할 수 있으랴. 이때 밤이 이미 깊었는지라 등불을 끄고 이부자리 속으로 들어가니, 원앙이 푸른 물에 놀고 비취가 연리지(連理枝)에 깃든 것과 같더라. 날이 밝아지자, 서원수가 웃으며 말했다.

"아침에는 구름이 되고 저녁에는 비가 된다는 말은 있거니와, 밤이면 여자요 낮이면 남자기 되는 것은 이찌된 일인고?"

양신청 또한 미소 짓더라.

군대를 이끌고 황성에 도착하니, 황상이 여러 신하들을 거느리고 맞이하였다. 서원수가 여러 장수들을 거느리고서 두 손을 치켜들고 만세를 불렀다. 삼년 만에 서원수를 보니 풍채가 더욱 늠름한지라, 황상이 얼굴에 기뻐하고 즐거워하는 빛이 가득한 채로 말했다.

"경이 17세 젊은이로 삼군(三軍)의 상장군이 되어 강성한 도적을 무찌른 뒤에 부자가 상봉하고 승전가를 부르며 돌아오니, 어찌 아름답지 않으리오. 짐(朕)은 오늘부터 저절로 해결되니 근심치 않을 것이노라."

서원수가 머리를 조아리며 사례하여 말했다.

"신이 무슨 공이 있사오리까? 이는 다 폐하의 크나큰 복이요, 여러 장수들의 힘이로소이다."

서원수가 황상의 은혜에 감사히 여겨 이렇게 사례하고는, 위공을 모시고 집으로 돌아왔다. 급히 안채에 들어가 모부인 이씨에게 절하고 설움에 복받쳐 목메도록 슬피 울었다. 모부인이 서원수의 손을 잡고 눈물을 비 오듯 흘리며 능히 말을 이루지 못하니, 보는 자가 비통해하지 않는 이 없더라. 모부인이 서원수의 등을 어루만지며 말했다.

"네가 이같이 장성하였으니, 그 사이에 나를 생각하던 마음이 어떠했으랴."

서원수의 왕부인이 서원수에게 경의 표하는 인사를 하고서 부모를 상봉한 것과 남만에서 승전한 것을 위로하였다. 서원수도 허리를 굽혀 왕부인에게 인사하면서 그 사이에 변고 겪은 것을 위로하고는 사랑채로 나아가자, 수레와 말이 문을 메우고 치하하는 귀한 손님들이 헤아릴 수 없을 만큼 많았다. 이날 황상이 직첩(職牒: 임명장)을 내리어 부인 이씨는 정렬부인에 봉하고 왕부인은 효열부인에 봉하며 금과 비단을 상으로 내리니, 천자의 은혜에 더욱 감격하더라.

어느 날 서천흥 승상이 왕시랑과 함께 술을 매우 많이 마시며 즐겼는데, 양신청의 일을 이야기하니 왕시랑이 크게 웃으며 말했다.

"구씨녀는 누이동생을 남자로 알고서 따라왔다가 실망하였다고 하던데, 서천흥은 양신청을 남자로 알고서 두었다가 총애하는 여자로 삼았으니, 자네의 부부에게는 이상한 일도 많도다."

왕시랑은 이렇듯이 희롱하였다.

이때 황상은 제왕이 못나고 어리석은 것을 근심하여 위공 서경을 태자태부(太子太傅)로 삼고 제왕을 가르치게 하였다. 위공이 황명을 받들고 제왕궁(齊王宮)에 들어가 성현의 도를 가르치니, 제왕이 지난날의 잘못을 고쳐 올바르고 착하게 되었다. 그간 도리에 어긋났던 일을 다시 생각하고 밤낮으로 근심하며 탄식하고는 바른 도리를 행하니, 위공의 어진 덕을 가히 알만 했다.

이보다 앞서 왕시랑으로부터 고선은 죽게 된 자신의 목숨을 다시 살아나게 해준 은혜를 입고 구씨녀와 함께 개과천선하고 어진 데로 나아가니, 왕부인이 기특히 여겨 재물을 후하게 주어 제고장으로 보냈다. 고선은 착한 사람이 되어 온 고을에 유명하였다.

어느 날 서승상이 월향과 추섬을 불러 말했다.

"너의 충성이 적지 않으니, 너희에게 소원이 있으면 있는 대로 다 말하라."

두 계집종이 몹시 창피스럽고 부끄러이 여겨 대답하지 않았는데, 왕부인이 두 계집종의 속내를 알 뿐만 아니라 잠시라도 서로 떨어져 지내지 못할 듯하니, 곁에 있다가 말했다.

"이 두 사람을 희첩(姬妾)으로 정하시면 해로울 바가 없나이다. 저들과 비록 주인과 종 사이이나 사귄 정은 형제와 같사오니, 상공은 물리치지 마소서."

서승상이 크게 웃으며 말했다.

"이는 부인이 알아 하소서."

왕부인이 기뻐하더라. 이후로 각각 별당을 지어 살게 하니, 월향과 추섬, 양신청 세 여자는 왕부인의 은덕에 대해 축복하고 싶을 만큼 매우 고맙게 여겼다.

서승상이 남계현에 관문서(官文書)를 보내어 오이랑의 무리를 잡아 올려 국문하였다. 하나하나 그 자리에서 당장 문초하니, 이 또한 모부인을 겁탈하려던 놈이었다. 다시 취조할 것도 없이 저자거리에서 목을 베어 죽이는 형벌에 처하였다. 서승상이 장삼 부부의 은공을 생각해 노비의 신분을 풀어주어서 양민이 되게 하고 수만금을 주니, 장삼이 또한 거부가 되었다.

세월이 물 흐르듯 빨리 흘러가서 위공은 85세에 세상을 떠나고 모부인은 83세에 세상을 떠나니라.

장경전

화설(話說)。 송(宋)나라 때 여남(汝南)의 북촌 설학동에 한 처사(處士)가 있으니, 성씨는 '장'이요, 이름은 '취'요, 별호(別號)는 '사운선생'이다. 공렬후(功烈侯) 장진(蔣晉)의 후예이라.

재주와 학식이며 도덕이 널리 알려졌으나 집이 가난하여 나이 많도록 장가들지 못하였다. 방주의 서촌에 사는 '여공'이라 하는 사람이 외동딸을 두었는데, 사위를 널리 찾다가 장취의 어짊을 듣고 중신할미를 보내어 결혼을 청하니, 장취가 허락하였지만 결혼예물을 보낼 만한 형편이 되지 않아 밤낮으로 안타까워했다. 혼인 날짜가 다가오자 제집에 보관된 물건들을 뒤져보니 모친이 생시에 끼었던 옥가락지가 있었다. 그로써 결혼예물을 삼아 보내니, 여공의 부인이 그 결혼예물을 보고 탄식했다.

"이를 보니 그의 빈한함을 가히 알만 하나이다. 우리 늦게야 딸을 낳아 손안에 있는 보옥같이 길러서 이같이 빈한한 집에 보내어 일생을 고단하게 하니, 지하에 돌아가도 눈을 감지 못하리로다."

여공이 말했다.

"혼인하면서 예물을 일컫는 것은 오랑캐의 풍속이거늘, 어찌 한때의 빈한함을 꺼리어 싫어하겠소."

혼인시킬 채비를 극진히 차려 신랑을 맞이하였는데, 장생이 비록 옷차림새는 남루하나 생김새와 기상은 비범하여 군자의 풍도가 있으니, 보는 사람이 칭찬하지 않는 이가 없었다.

이럭저럭 시간이 흘러 여러 해가 지나자, 여공 부부가 우연히 병에 걸려 마침내 세상을 떠나니, 장취 처사가 장례를 치러 선산에 안장하였다. 그 후로 달빛 아래서 낚시질하고 구름 속에 밭 갈기를 일삼으며 한가하게 세월을 보내더니, 어느 날 장처사가 여씨에게 말했다.

"우리 팔자가 기구하여 집이 가난하고 또한 자식이 없으니, 어찌 슬프지 않으리오."

여씨가 말했다.

"많고도 많은 불효 가운데 대를 이를 자손 없는 것이 제일 크다 하였나니, 이는 다 첩의 죄이나이다. 그윽이 듣건대, 태항산(太行山) 천축사의 오관대사가 득도한 경지가 뛰어나게 신통하여 자식 없는 사람이 그곳에 가서 불전에 공양하고 정성을 들이면 간혹 자식을 본다 하니, 우리도 빌어보는 것이 어떻겠나이까?"

장처사가 말했다.

"자식을 빌어 낳으면 세상에 어찌 자식 없는 이가 있겠소? 그러하나 지성이면 하늘도 감동한다 하니, 부인 말씀대로 빌어 보사이다."

그리고는 다음날 장처사가 목욕하고 마음을 가다듬은 후에 예물과 향촉을 갖추어 천축사에 찾아갔다. 하루 밤낮을 극진히 공양하고 돌아왔는데, 이날 여씨가 꿈을 꾸었으니 그 꿈에 천축사 부처가 찾아와 알려주었다.

"그대 부부의 정성이 지극하여 세존(世尊)께서 감동하시어 귀한 아들을 점지하셨으니, 귀하게 길러 가문을 빛내라."

여씨가 장처사에게 꿈 이야기를 이르고 기뻐하였다. 과연 그달부터 아이를 밴 기미가 있더니, 열 달 만에 한 옥동자(玉童子)를 낳았다. 얼굴이 관(冠)에 달린 옥과 같은 데다 소리마저 웅장하여, 아닌 게 아니라 정말로 남달리 뛰어난 남자아이였다. 장처사가 크게 기뻐하여 이름을 '경'이라 하고, 자(字)를 '각'이라 하였다.

장경이 점점 자라서, 일곱 살 때에 벌써 시서(詩書)에 능하고 잘 알았으며 무예도 좋아하였다. 그 부모가 넉넉히 사랑하면서도 너무 빨리 이루는 것을 꺼렸다.

어느 날 도사(道士)가 지나다가 장경을 보고 말했다.

"이 아이는 이름이 온 세상에 떨치고 부귀공명이 따를 사람이 없을 것이나, 젊은 때의 운수가 불길하여 열 살 때에 부모와 이별하고 자기 한 몸은 정처 없이 떠돌아다니리로다."

장처사가 확실히 믿지 않으면서도 부인 여씨에게 도사의 말을 이르고, 생년월일시와 성명을 써 옷깃에 감추었다.

이때 천하가 태평하고 사방이 무사하더니, 문득 서량태수(西凉太守) 한북이 표문(表文)을 올렸는데, 그 표문은 이러하다.

「예주자사(豫州刺史) 유간이 반란을 일으켜 낙양(洛陽)을 침범하였는데, 그 기세가 매우 강성하나이다.」

황상이 표문을 보고 나서 크게 놀라서, 즉시 표기장군(豹騎將軍) 소성운을 대장으로 삼고 설만춘을 부장으로 삼아 정예병 십만 명을 거느려 유간을 치라고 하였다. 소성운이 황명을 받들고 바로 예주에 이르러 유간과 싸웠다. 유간이 관군을 능히 맞서 싸울 수가 없자, 예주성을 버리고 여남으로 들어가 백성들을 노략질하였다. 그리하여 백성들이 다 종남산(終南山)으로 피란하였는데, 유간이 종남산을 둘러싸 포위하고 백성들을 협박하여 군졸로 삼았다. 장처사도 또한 잡혀가니, 여씨가 따라오며 통곡하자 장처사가 위로하여 말했다.

"내 이제 가면 다시 돌아오기 어려우니, 부인은 슬퍼 말고 장경을 잘 길러 대를 이을 자손으로 잇게 해주면 저승으로 돌아가도 은혜를 갚겠소."

그리고는 장경을 안고 눈물을 흘리며 슬피 울다가 유간의 진영으로 잡혀갔다. 유간이 장처사의 빼어남을 보고 장수로 삼으니, 장처사가 마지못하여 머물 수밖에 없었다.

이때 남은 도적들이 재물을 노략질하고 부녀자들을 겁탈하니 사람들이 저마다 목숨을 걸고 도망하였다. 장경이 울다가 잠이 깊이 들었거늘, 여씨가 마음이 안타까웠지만 허둥지둥 급하게 입었던 옷을 벗어 장경을 덮어주고는 모든 사람과 함께 피란하고 말았다. 장경이 도적의 요란한 함성에 놀라 깨어보니 모친은 간데없었다. 모친의 옷과 고름에 옥지환이 채워져 있으니, 옷을 붙들고 울다가 날이 저물어 정처없이 마을 집을 찾아가니라.

이즈음 여씨가 피란하였다가 도적들이 물러간 후에 되돌아와 장경을 찾았으나 자취조차 없으니 크게 놀라 통곡하며 말했다.

"우리 늦게야 장경을 낳아 손안의 보옥같이 여겼는데, 이제 난리 중에 잃었으니 무슨 면목으로 부군을 보리오."

여씨가 집에 돌아와 스스로 목숨을 끊고자 하는데, 문득 한 계집이 나아와 절하며 말했다.

"소인(小人)은 진어사댁의 차환(叉鬟: 잔심부름하는 젊은 계집종)인데, 부인을 모시고 피란하였다가 돌아가는 길에 소인에게 분부하셨나이다. '우리 상공이 장처사와는 형제 같으셨으니, 우리 상공이 불행하여 먼저 세상을 떠나셨지만 그 댁의 안부를 알아 오라.'고 하시기로 왔나이다."

여씨가 슬픔을 참고 그간의 자초지종을 말하니, 차환이 빨리 돌아가 진어사 부인에게 고하였다. 진어사 부인이 크게 놀라 즉시 향낭에게 가마를 가져가 모셔 오라고 하니, 차환이 곧바로 나아가 진어사 부인의 말을 전하며 '가마에 타소서.'라고 하였다. 여씨가 지극히 슬퍼하는 중에 또한 의지할 곳이 없어서 곧바로 가마를 타고 향낭을 따라가니, 진어사 부인이 맞아주며 슬퍼하고 위로하여 말했다.

"이번 난리 통에 장처사가 도적에게 잡혀 가시고 또 아들을 잃었다 하오니, 그 참혹한 말씀은 다시 하실 필요가 없나이다. 부인께서는 몸을 잘 보전하여 후일을 기다리시는 것이 좋을 듯하니, 나와 함께 가사이다."

이렇듯이 은근히 청하자, 여씨는 정성껏 보살펴주는 것에 감격하여 슬픈 마음을 가라앉히며 사례하고 진어사 부인을 따라 건주(建州)로 가니라.

차설(且說)。소성운이 유간의 뒤를 쫓으며 도적을 쳐부수어 이기고 유간을 사로잡아 황성으로 보냈다. 황상이 크게 기뻐하면서 유간을 목 베어 죽이고, 그 도적의 나머지 장수들을 운남(雲南)의 외딴섬에 관노(官奴)로 보냈다. 그리고 소성운의 벼슬을 돋우어 운주절도사(雲州節度使)를 내렸다.

장처사도 또한 그 외딴섬에 관노로 보내어지자 부끄러움과 괴로움을 견디지 못하여 죽고자 하다가, 부인과 아들 장경을 생각하고 사람을 구해 설학동에 보내어 소식을 알고자 했는데, 그 사람이 돌아와 말했다.

"설학동은 사람은커녕 인가가 다 불타고 쑥대밭이 되었소."

장처사가 이 말을 듣고 대성통곡하다가 기절했지만 동료에 의해 구해졌다. 그러고는 밤낮으로 눈물을 흘리고 슬피 울며 세월을 보내더라.

이때 장경은 모친을 잃고 이곳저곳으로 부질없이 거리를 오락가락 하느라 세월 가는 줄 몰랐다. 정처 없이 여기저기로 떠돌아다니며 구걸하다 보니 운주성에 이르렀는데, 세월이 거침없이 빠르게 흘러 나이가 어느덧 13세가 되었다. 운주의 관노 '차영'이라 하는 사람이 장경을 보고 물었다.

"너의 거동을 보니 상놈의 자식은 아닌 것 같은데, 성명은 무엇이며 어디에 사느뇨?"

장경이 답하여 말했다.

"성명은 장경이요, 여남 북촌에서 살았었나이다."

차영이 말했다.

"나도 너 같은 자식이 있으므로 너를 보니 가엾구나. 내 집에 있으면서 잔심부름을 하는 사환(使喚)이나 하는 것이 어떠하냐?"

장경이 매우 기뻐하여 말했다.

"부모를 잃고 일정한 거주처가 없사오니, 시키시는 대로 하리이다."

차영이 기뻐하며 장경을 집에 머무르게 하여 사환을 시켰다. 이 사람은 본디 재물이 많아 형편이 넉넉한지라, 장경을 달래어 제 자식이 방자(房子: 관아 심부름하는 하인)로서 해야 할 일을 대신하도록 바꾸려 하였으니, 관아의 윗사람과 아랫사람에게 뇌물을 후하게 쓰고 장경을 제 자식 대신하여 들어가도록 서로 바꾸었다. 장경이 사양하지 않고 그날부터 관노로서 응당 하여야 할 일과 시키면 해야 할 일들을 잘하니 관속(官屬)들이 다 기특하게 여겼다. 그러나 차영은 심보가 좋지 않아 장경의 머리도 빗기지 않고 옷도 지어 입히지 않아 의복이 남루한 데다 그 몰골이 흉하였다. 이에 동료 방자(房子)들이 욕하며 치근대니, 그 광경을 차마 보지 못할러라.

어느 날 장경이 부모와 자신의 신세를 생각하면서 헌옷을 벗어 이를 잡으며 슬퍼하다가 옷깃 속에 작은 비단 주머니가 있어 떼어보니, 그 내용은 이러하다.

「여남(汝南) 북촌(北村) 설학동 장취의 아들 장경이니, 기사년(己巳年) 십이월(十二月) 이십육일(二十六日) 해시생(亥時生)이라.」

이것이 부친의 필적인 줄 알고 곧바로 모친의 옥지환과 한군데 싸 감추었다.

그 고을에 창기(倡妓)가 있었으니, 이름은 '초운'이다. 이때 나이가 13세이었다. 장경의 딱하고 불쌍함을 보고서 매일 관가의 제반(除飯)도 얻어 먹이며 머리도 빗겨 주었다. 간혹 장경이 울면 저도 또한 슬퍼하며 우니, 보는 사람이 다 괴이하게 여기더라.

초운이 17세가 되자 귀밑머리가 구름과 같이 탐스럽고 용모가 꽃과 같이 아름다워 당대에 빼어났다. 저마다 천금을 주며 청혼하나, 초운이 허락하지 않고 장경만 잊지 못하니, 초운의 부모가 꾸짖어 말했다.

"우리가 너를 길러 장성했으면 마땅히 천만금을 얻어 부모를 효양해야 하거늘, 거지 장경만을 따르니 어찌된 까닭이뇨?"

초운이 말했다.

"비록 천한 기생이나 천금을 귀히 여기지 않으니, 저의 뜻을 막지 마르소서. 장경이 비록 헌옷에 쌓였으나 형산(荊山)에서 나는 백옥이 흙속에 묻혀 있는 것과 같나이다. 오래지 않아 대장의 인수(印綬)를 찰 것이니 천만금은 쉽거니와, 이런 사람은 얻기 어려우니 이 마음을 아프게 하지 마르소서."

그 부모는 너무 놀라서 정신이 아찔하였지만, 단지 장경을 크게 원망하더라.

차설(且說)。 소성운 절도사가 운주성에 부임한 후로 지방관아에 딸린 관속(官屬)을 조사하였는데, 장경의 의복이 남루한 것을 보고 제 주인을 불러 옷을 지어 입히라고 분부하였다. 차영이 마지못하여 낡은 옷 한 벌 지어 입히니, 모습이 꽤 어지간한 정도로 나아졌다. 책방(冊房)에 두고 사환을 시키니 이 일 저 일에 있어서 똑똑하고 민첩하였다.

어느 날 소절도사의 아들 삼형제가 맑은 바람과 밝은 달을 대상으로 시를 지으며 화답하고 있는데, 장경이 문득 시 한 수를 지어 읊었다. 삼형제가 크게 놀라 서책을 주어 읽히니, 장경이 글 외는 소리를 크게 하여 읽었다. 그 읽는 소리가 상쾌하고 시원하여 봉황이 구소(九韶)에서 우는 듯했다. 이때 소절도사가 동헌(東軒)에서 글 외는 소리를 듣고 물었다.

"이 글 외는 소리가 뉘 소리이뇨?"

좌우에 있던 사람들이 답하여 말했다.

"책방(冊房)의 방자(房子) 장경이 글 외는 소리이나이다."

소절도사가 책방에 나아가 장경이 지은 글을 보고 크게 칭찬하여 말했다.

"참으로 천하의 남달리 뛰어난 인재로다."

그리고는 그 후부터 방자 구실을 시키지 아니하고 학업에 힘쓰게 하였다. 장경은 날이 갈수록 성취하여 문장과 필법이 당대에 으뜸이었다.

세월이 물 흐르듯 빨리 지나니 소절도사가 임기 다 되어 황성으로 돌아오면서 장경을 데려갔다. 초운이 비록 장경과 함께 있은 지 오래되었고, 혼인을 이루지 못하였으나 밤낮으로 따르다가 이별을 하게 되자, 장경의 소매를 잡고 슬피 울며 말했다.

"내 비록 창기나 뜻만은 빙옥(氷玉) 같았네라. 평생을 수재(秀才)에게 의탁고자 하였는데, 이제 서로 이별을 하게 되었으니 첩(妾)의 한 몸을 장차 어찌해야 하리오. 뒷날 첩의 외로운 마음을 잊지 마르소서."

그리고는 여자의 귀고리인 월귀탄[月環] 한 짝을 주니, 장경 또한 눈물을 흘리며 초운의 손을 잡고 말했다.

"초운 낭자의 깊은 은혜를 어찌 만분에 일이라도 갚으리오."

시 한 수를 지어 신표(信標)를 삼으니, 그 글은 이러하다.

칠 년을 운낭에게 의탁함이여,	七年托身雲娘子
그 은혜 오히려 태산이 가볍도다.	其恩猶輕泰山高
오늘날 손을 서로 나눔이여,	今日握手相別離
눈물이 두 사람의 나삼을 적시도다.	玉淚沾濕兩羅衫
알지 못하겠구나, 어느 날 장경의 그림자가	未知何日張景影
다시 운주에 이르러 운낭을 반길꼬.	更到運州訪雲娘

초운이 이 글을 받아 품에 품고 눈물을 흘리니, 보는 자 또한 슬퍼하더라.

장경이 소절도사를 따라 황성에 이르러 학업에 힘썼다. 어느 날 소절도사가 세 아들을 불러 말했다.

"장경은 짐승 중의 기린이요, 사람 가운데 호걸이로다. 오래지 않아서 이름이 온 세상에 떨치리니, 사위로 삼고자 하나니라. 너희 소견은 어떠하냐?"

세 아들들이 크게 놀라 말했다.

"장경이 비록 매우 영특하고 민첩하며 글을 짓는 것이 세상에 비길 수 없을 만큼 빼어나오나, 그 근본을 모를 뿐더러 재물이 많던 관노의 집에서 사환이나 하던 천한 놈을 두고 어찌 이런 말씀을 하시나이까?"

소절도사가 탄식하여 말했다.

"너희들이 사람을 알아보는 식견이 없어 한낱 근본만 생각하나, 제왕·제후·장수·재상이 어찌 씨가 있으리오. 훗날 뉘우침이 있으리라."

이때에 우승상(右丞相) 왕귀는 공후(公侯)와 같은 높은 벼슬을 지낸 세력이 큰 집안 출신으로 젊은 나이에 과거 급제하여 부귀공명이 지극하였다. 그러하나 슬하에 아들이 없고 다만 외동딸이 있으니, 이름은 '월영'이라 하였다. 옥같이 아름답고 꽃다운 얼굴에 예의 바른 바탕이 한 시대에 빼어났다. 왕승상 부부가 사위를 널리 구하고 있었는데, 어느 날 왕승상이 웃음을 머금고 부인과 월영소저를 마주하여 말했다.

"소절도사의 집에 있는 장경이라 하는 아이의 문장(文章)과 필법(筆法)이 세상에 견줄 데가 없을 정도로 아주 뛰어나다 하여 딸아이의 혼인을 청하고자 하나니, 부인의 의향은 어떠하오?"

부인이 말했다.

"부녀자가 알 바 아니오니, 잘되고 잘되지 못한 것을 알아 하소서,"

왕승상이 즉시 소절도사에게 기별하여 장경을 한 번 보기를 청하니, 소절도사가 장경을 불러 왕승상 집에 보냈다. 장경이 왕승상 집에 도착하니, 왕승상이 장경을 맞아서 자리를 정해 앉기를 마친 후에 말했다.

"수재(秀才)의 문장과 필법을 한 번 구경하고자 하노라."

장경이 공손하게 대답하여 말했다.

"소인(小人)은 본디 공부하여 학문을 닦은 일이 없사오나, 어찌 승상 나리의 명을 받들어 거행하지 않겠나이까? 운자(韻字)를 부르시면 지어 보겠나이다."

왕승상이 강운(江韻) 30자를 부르니, 장경이 잠깐 사이에 글씨를 힘차고 시원하게 죽 써 내려가 용이 살아 움직이는 것 같이 하여 시 30수를 지었다. 왕승상이 30수의 시를 보고 크게 칭찬하여 말했다.

"내 일찍 천하의 문장을 많이 보았지만, 이런 문장과 필법은 지금에야 비로소 처음 보니, 어찌 아름답지 않으리오."

왕승상이 시비에게 술과 안주를 내어오도록 해 권하고 물었다.

"수재의 본디 고향은 어디며 나이는 몇이며, 무슨 일로 소절도사의 집에 머무느뇨?"

장경이 답하여 말했다.

"본디 여남(汝南) 북촌(北村) 설학동에서 살다가 난리 통에 부모를 잃고 이리저리 사방으로 돌아다니며 구걸하였는데, 소절도사 나리께서 불쌍히 여겨 베풀어주신 은혜를 입어 머물고 있사오며, 나이는 스무 살이로소이다."

왕승상이 또 물었다.

"부친의 이름자는 무엇이며, 무엇을 하셨는가?"

장경이 대답하여 말했다.

"부친의 함자(銜字)는 '취'요, 평소에 글을 좋아하시기로 남들이 부르기를 '처사'라 하더이다."

왕승상이 말했다.

"사운선생이 아니시냐?"

장경이 대답하여 말했다.

"어려서 부모를 잃었기로 자세히는 모르나이다."

이윽고 작별 인사를 하니, 왕승상이 장경의 손을 잡고 이후 다시 찾아오기를 당부하여 보내니라.

이때 천하가 태평하고 사방에 농사지은 것이 아주 잘 되니, 황상이 경과(慶科: 경사스러울 때 보이던 과거)를 베풀었다. 소절도사가 세 아들과 장경에게 과거 보는데 필요한 도구를 차려주고 과거시험을 보게 하였다. 장경이 소절도사의 세 아들과 함께 과거 시험장에 들어가니, 황상이 친히 나와 있었다. 천하의 선비가 구름 모이듯 하였는데, 글의 제목이 걸려 있었다. 장경이 글을 지어 가장 먼저 바치니, 황상이 친히 글을 평가하며 고르다가 장경의 글을 보고는 크게 기뻐하여 말했다.

"이러한 문장과 필법은 처음 본 바이라."

그리고는 남이 보지 못하게 단단히 봉한 답안지를 떼어보니, 「여남 장경의 나이가 이십 세라.」 하였거늘, 황상이 장원을 내리고 신래(新來: 과거 급제자)로 불러들이기를 재촉하였다. 장경이 즉시 황상 앞에 나아와 땅에 엎드리자, 황상이 장경을 보니 기상이 또한 영웅준걸인지라 명을 내려 말했다.

"수십 년 전에 두우성(斗牛星)이 여남에 비치자 '기특한 사람이 나리라.' 하더니, 이 사람에게 응하였도다."

그리고서 한림학사(翰林學士)를 내렸다. 장경이 천자의 은혜에 공손히 인사하여 사례하고 궐문을 나섰다. 무동(舞童)들이 든 쌍개(雙蓋: 양쪽으로 들어오는 햇빛 가리개)가 허공에 펼쳐있고, 궁중에서 벌이는 잔치놀이가 진동하여 소절도사의 집으로 향하였다. 소절도사가 크게 기뻐서 신래(新來)를 앞으로 나오라 뒤로 물러가라 하며 시달리게 하고는 3일 동안 거리놀이를 펼친 후 안채로 들어가 부인과 의논하여 혼사를 확실하게 정하였다.

그 다음날 장경 한림학사가 왕승상 댁에 나아가 인사하니, 왕승상이 사랑하여 신래(新來)를 앞으로 나오라 뒤로 물러가라 시켰다. 왕승상의 부인이 또한 누각의 올라 구경하며 왕승상의 사람을 알아보는 안목에 탄복하더라. 왕승상이 장한림의 손을 잡고 말했다.

"그대 젊은 나이에 과거 급제하여 입신출세하였으니 치하하거니와, 각별히 할 말이 있으니 능히 받아들이겠는가?"

장한림이 두 손 모은 채로 답하여 말했다.

"무슨 말씀이신지 가르치소서."

왕승상이 웃으며 말했다.

"이 늙은이는 아들이 없고 늦게야 외동딸을 두었네. 비록 태임(太姙)과 태사(太姒)와 같은 높은 부덕(婦德)은 없으나, 군자의 아내는 족히 됨직 하다네. 그대와의 혼인을 정하고자 하나니, 쾌히 허락하여 이 늙은이의 부끄러움을 면케 할쏘냐?"

장한림이 사례하여 말했다.

"소자(小子)가 천자의 은혜를 입사와 몸이 비록 귀하게 되었사오나, 일찍 부모를 잃고 배운 것이 없거늘 거두어 슬하에 두고자 하시니 황송하고 감격해 마지않나이다."

왕승상이 크게 기뻐하여 장한림을 보내고 난 뒤, 문연각(文淵閣) 태학사(太學士) 원교로 하여금 혼인할 뜻을 전하게 하니, 소절도사가 회답하였다.

"장한림은 운주서부터 못나고 어리석은 딸아이와 이미 혼인을 정하였으니, 다른 곳에 허락할 수 없노라."

원교 태학사가 돌아와 왕승상에게 이를 고하니, 왕승상이 몹시 노하여 말했다.

"내 벌써 장한림과 혼삿말을 의논할 적에 태연하여 말과 얼굴빛에 변함이 없더니, 소절도사가 어찌 나의 인륜대사인 혼인을 지근덕거려 방해한단 말인가."

그 다음날 조회(朝會)에서 이 사연을 황상에게 아뢰니, 황상이 소절도사를 돌아보고 말했다.

"왕승상이 '이미 장경과 혼인을 정하였다.' 하거늘, 경(卿)이 거절하는 것은 어찌된 일인가?"

소절도사가 답하여 말했다.

"신(臣)이 운주에서부터 장경을 거두어 돌보며 기른 것이 거의 대여섯 해가 되었사옵고, 이제 과거에 급제하여 폐하의 은혜를 입은 것도 신이 훈육한 결과이나이다. 신(臣)이 일찍 세 아들은 장가를 들였으나, 아직 딸아이를 장경과 정혼하였지만 미처 혼인의 육례(六禮)를 치르지 못하였는데, 뜻밖에 중매를 보내었기로 신(臣)의 뜻을 전하였나이다."

왕승상이 또 아뢰었다.

"소성운은 세 아들과 외동딸을 두었사오니 대를 이을 자식이 있으려니와, 신(臣)은 다만 외동딸을 두었기로 장경을 얻어 후사를 잇고자 하나이다."

황상이 말했다.

"소성운은 세 아들과 외동딸을 두었지만, 우승상 왕귀는 다만 외동딸을 두어 후사를 맡기려고 하는 그 모습이 가엾으니 다시는 다투지 말라."

그리고는 왕승상에게 혼인을 황명으로 허락하니, 소절도사가 달리 어떻게 할 도리가 없어 고개를 숙이고 엎드린 채로 물러났다. 황상이 다시 하교하였다.

"장경은 부모가 없으니, 짐(朕)이 혼사를 맡으리로다."

그러고 나서 예부(禮部)에 황상의 뜻을 전하여 혼인할 때에 쓰는 여러 가지 것들을 차려 주었다. 혼례일이 다다르니, 장한림이 위엄 있는 차림새를 갖추어 왕승상의 집에 가서 기러기를 전하고 신부와 더불어 서로 절을 하였다. 장한림의 옥 같은 골격에다 신선 같은 풍채와 왕소저의 눈 같은 살결에다 꽃처럼 고운 얼굴은 진실로 한 쌍의 아름다운 짝일러라. 자리에 가득한 귀한 손님들의 칭찬함과 왕승상 부부의 즐거움은 헤아릴 수가 없었다.

날이 저물자, 장한림이 신방(新房)에 나아가 등촉을 밝히고 왕소저를 살펴보니, 한 가지의 붉은 연꽃이 푸른 물결에 피어난 듯하며, 총명과 덕행이 외모에 솟아나 있었으며, 깨끗한 얼굴 모양은 정말로 당대에 견줄 데가 없는 아름다운 여자였다. 등촉을 끄고 비단 이부자리에 나아가니, 원앙새가 푸른 물에 노니는 듯하고 비취가 연리지(連理枝)에 깃드는 것 같더라.

혼례를 치른 지 3일 만에 장한림이 조회에 들어가 황상을 알현하고 은혜에 감사히 여겨 사례하였는데, 황상이 아름답게 여겨 벼슬을 올려 이부시랑(吏部侍郎) 겸 간의대부(諫議大傅)를 내리시니, 나이 어린 젊은이의 명망이 한 시대에 진동하였다.

이때 소절도사가 세 아들들을 불러 꾸짖어 말했다.

"당초에 너희들이 막지만 않았던들, 어찌 장경 같은 신랑감을 왕승상에게 빼앗기리오."

그리고는 다른 곳으로 결혼할 상대를 구하려 하니, 소소저가 듣고 나아가 고하였다.

"이 일은 규중(閨中)의 처녀가 간섭할 바가 아니로되, 이미 장한림에게 혼인할 뜻을 전하시고 이제 또 다른 사람에게 혼인을 청하고자 하시니, 이는 규중의 행실에 옳지 않나이다. 옛날 초(楚)나라 공주는 다섯 살 때의 일을 잊지 않고 동문 밖 백성에게 시집갔사오니, 소녀는 차라리 규중에서 청춘을 보낼지언정 결단코 타인을 좇지 못하겠나이다."

소절도사가 민망하여 속으로 깊이 생각하다가 문득 한 가지 일을 생각해 말했다.

"장경의 벼슬이 이부시랑에 올랐으니 족히 두 부인을 두려니와, 왕승상의 딸인 월영의 바로 아래가 되는 것이 부끄럽지 않겠느냐?"

소소저가 답하여 말했다.

"여자의 행실을 지키려 할진대, 어찌 그 둘째 됨을 꺼려 싫어하리까?"

소절도사가 그럴싸하게 여겨 다음날 원교 태학사를 청하여 이 사연을 이르고 다시 중매를 청하였는데, 원학사가 응낙하고 즉시 왕승상 집에 찾아가 장경 이부시랑에게 소절도사의 혼인할 뜻을 자세히 전하니, 장시랑이 속으로 깊이 생각하다가 말했다.

"잠깐 머무르소서."

그리고는 안채로 들어가 부인 왕월영을 마주해 말했다.

"복(僕)이 팔자가 기구하여 세 살 때에 부모를 잃고 이리저리 떠돌아다니다가, 천행으로 소절도사가 거두어 길러주셔서 입신출세해 벼슬이 재상에 이르렀소. 그 은혜는 바다라도 좁고 태산이라도 얕을진대, 이제 소절도사가 혼인할 뜻을 전해왔으나 존공(尊公: 우승상 왕귀)과의 즐거움만으로도 더 바랄 바가 없으므로 받아들이지 않고 거절하였더니, 내 마음이 심히 편안치가 않소. 부인의 의향은 어떠하뇨?"

왕씨가 이에 기쁜 마음으로 말했다.

"이는 상공이 재취(再娶)를 구하는 것이 아니라 형편에 의해 마지못함이니, 흔쾌히 허락하여 소절도사의 은혜를 저버리지 마르소서."

장시랑이 왕씨의 뜻을 떠보려고 일부러 거절하는 체하였던 것인데, 왕씨의 기뻐하는 얼굴빛을 보고 속 깊은 말을 들어서 크게 기뻐하며 나와 원학사에게 혼인을 받아들이겠다고 하여 보낸 후에 왕승상에게 이 일을 자세히 고하였다. 왕승상이 딸아이를 기특히 여기고는 또한 기뻐하며 말했다.

"이 혼인은 내가 마땅히 책임지고 맡으리로다."

길일을 택하여 혼인예물을 보내고, 그 다음날 장시랑이 기러기를 가지고 소절도사의 집에 나아가 상 위에 놓고서 신랑과 신부가 서로 절을 한 후에 함께 밤을 지냈다. 다음날 장시랑이 소절도사 부부에게 문안하니, 새로이 즐거워함은 헤아릴 수가 없었다.

며칠을 머문 후 왕승상 집에 돌아와 왕씨를 보니, 왕씨는 새사람 얻은 것을 치하하면서 기쁜 빛이 얼굴에 가득했을 뿐, 조금도 언짢은 얼굴빛이라고는 없었다. 이후로 왕씨는 소씨와 함께 화목하여 서로 두터워진 정이 친형제 같으니, 장시랑과 모든 종들이 다 왕씨의 덕을 칭찬하더라.

이때 운남절도사(雲南節度使) 장계가 표문(表文)을 올렸는데, 그 표문은 이러하다.

「선우(單于) 마갈이 서융왕(西戎王) 훌육 등과 함께 정병(精兵) 30만 명을 일으켜 각 고을을 쳐들어와 부수었고, 운남을 침범하나이다.」

황상이 크게 놀라서 모든 문관과 무관을 모아놓고 대원수(大元帥)를 택하려 하니, 한 대신(大臣)이 말했다.

"지금 역도의 세력이 막강하와 얕보고 가벼이 대적해서는 안 되리니, 이부시랑 장경이 학문적 지식과 군사적 책략을 아울러 갖추었고 지략이 제갈 무후(諸葛武侯: 제갈량)에 능가하오니, 장경을 대원수로 삼아지이다."

황상이 크게 기뻐하며 장시랑을 불러오도록 해 말했다.

"짐(朕)이 경의 충성과 빼어난 재능이며 원대한 지략을 아나니, 어찌 남만(南蠻)을 근심하리오."

장시랑이 아뢰었다.

"신(臣)이 먼 지방에서 미천하게 태어난 사람으로 폐하의 은혜를 입고도 아주 작은 공로조차 없사오니, 이때를 당하여 폐하의 은혜를 만분의 일이라도 갚을까 하나이다."

황상이 즉시 장경을 대사마(大司馬) 대원수(大元帥)로 삼고 정예병 40

만 명을 주었다. 장원수가 황상에게 사례하고 집에 돌아와서 왕승상 부부와 소절도사 부부에게 하직하였다. 왕씨와 소씨를 이별할 때, 장원수가 멀리 떠나는 것을 애틋해 하니, 왕씨가 위로하였다.

"대장부가 이 세상에 나매, 태평한 때는 천자를 도와 나라를 잘 다스리고 백성을 평안하게 하고, 어지러운 때를 당하면 도적을 쳐부수어서 공을 세운 이름을 역사에 드리움이 떳떳하거늘, 어찌 아녀자와 잠시 이별을 섭섭해 하리까?"

장원수가 이치를 훤히 알고 있는 왕씨에게 사례하였다. 이윽고 연병장에 나아가 장수와 병졸을 모두 점호하고는 장수를 다섯 부대에 배정하였다. 첫째 방면은 좌선봉 유도와 우선봉 양철이요, 둘째 방면은 좌장군 백운과 우장군 진양이요, 셋째 방면은 장원수가 표기장군 맹덕과 진남장군 설만춘과 함께 군대를 총지휘하고, 넷째 방면은 거기장군 기심과 호위장군 한북이요, 다섯째 방면은 정남장군 사마령과 정서장군 진무양 등이 각각 병사 6만 명씩 거느렸다. 징과 북 소리가 산천을 울리고 창칼이 햇빛과 달빛에 번쩍였다.

장원수가 머리에는 해와 달, 용과 봉황 등의 문양이 있는 투구를 쓰고, 몸에는 황금빛이 나는 쇄자갑(鎖子甲)을 입고, 손에는 각처의 병마사(兵馬使)들에게 보낼 영기(令旗)를 쥐고서 하루에 천 리(千里)를 달리는 토산마(土産馬)를 탔으니, 위풍이 늠름하고 군진(軍陣)의 세력이 장엄하였다. 황상이 친히 연병장에 나아가 장원수가 행군하는 것을 보고 나서 칭찬하며 술잔을 들어 전송하였다.

행군한 지 몇 달 만에 운남성(雲南城)에 이르니, 절도사 겸 태수 장계가 멀리까지 나와 맞아서 군례(軍禮)를 마치고 자리를 잡아 앉았다. 장원수가 양편의 승패를 묻고 운남 지도(雲南地圖)를 가져다 지세를 살핀 후, 신기한 모책을 각각의 장수에게 일러주니, 여러 장수들이 명령을 듣고 물러났다.

차설(且說)。 남만왕(南蠻王) 마갈이 장원수의 대군이 도착했다는 것을 듣고 장원수와 싸우려 할 때, 적진에서 한 장수가 앞으로 나와 크게 외치며 말했다.

"송나라 진영(陣營)에서 나를 대적할 장수가 있거든 빨리 나와 승부를 겨루자."

장원수가 금으로 장식한 안장을 얹은 말을 타고 진문(陣門) 앞에 나서며 크게 꾸짖어 말했다.

"무지한 오랑캐가 강포함만 믿고 천자의 군대에 항거하니, 네 머리를 베어 우선 위엄을 보이리라."

그리고는 여러 장수들을 돌아보며 말했다.

"누가 먼저 이 도적을 잡으려느냐?"

말이 끝나지도 않아서 아문장군 왕균이 창을 비스듬히 들고 말을 달려 나와 바로 남만왕 마갈을 취하려 하였다. 오랑캐 진영에서 선봉장 공길이 창을 내저어 흔들며 나와 맞아 싸우더니, 몇 합(合)도 못 되어 왕균의 창이 번뜩이며 공길을 찔러 죽었다. 그의 부장 굴통이 칼을 휘두르며 나오니, 왕균이 웃으며 말했다.

"이름 없는 오랑캐가 감히 나를 대적할쏘냐?"

그리고는 굴통을 맞아 싸우는데 몇 합도 못 되어 왕균이 창을 들어 굴통을 찔러 죽였다. 남만왕 마갈이 잇달아 두 장수가 죽는 것을 보고 진문(陣門)을 굳게 닫고 다시 나오지 않았다. 장원수가 계교를 내었으니, 날이 저물기를 기다려 초경(初更)에 밥 먹고는 이경(二更)에 내군을 몰아 이동하여 바로 적진 앞에 이르러서 크게 소리 지르고 적병을 함부로 마구 치도록 하였다. 오랑캐 군대가 뜻밖의 공격을 당하자, 남만왕 마갈이 몹시 당황하여 허겁지겁 혼자서 말을 타고 포위된 군대를 헤치고 달아났지만 운수탄에 이미 복병을 배치해 두었더라. 남만왕 마갈이 운수탄으로 달아나 지나려는데 별안간 한차례 대포소리가 들리더니 복병이 내달려나와 앞뒤에서 덮치며 죽였다. 마갈이 능히 벗어나지 못하고 있다가 쫓기어서 규율이 흐트러진 군사가 쏜 화살을 맞고 몸이 뒤집혀 말에서 떨어졌다. 정서장군 진무양이 그 머리를 베어 본영(本營)에 바쳤다. 장원수가 여러 장수들의 공로를 포상하고 삼군(三軍)에 상을 내린 뒤로 승전보를 지어 황성으로 보냈다.

이때 황상이 승전보를 보고 크게 기뻐하여 그 젊은 대원수의 재주를 칭찬하면서, 왕씨를 정렬부인으로 봉하고 소씨를 공렬부인으로 봉하여 그 황상의 특별한 은혜를 빛나게 하였다.

차설(且說)。 장원수가 운남을 평정하고 나서 황하(黃河) 북부 서융의 군진(軍陣)으로 행군하는데, 길이 운주를 지나게 되었다. 운주성에 이르렀지만 절도사 마등철이 병들었음을 핑계하고 군례를 행치 아니하자, 장원수가 크게 노하여 말했다.

"군법은 개인의 사사로운 정이 없나니 어찌 용서하리오."

그리고는 마등철을 베어 군영(軍營) 밖에다 그 시체를 돌아가며 보게 하니, 온 고을이 두려워하고 놀랐다. 또 관속(官屬)을 불러 물었다.

"이 고을에 초운이란 기생이 있느냐?"

관속이 답하여 말했다.

"초운이 있사오나 상사병을 앓아서 지금 죽게 되었나이다."

장원수가 말했다.

"내 일찍 초운의 이름을 들었으니, 비록 병중이라 하더라도 한 번 보고자 하노라."

관속이 급히 초운의 집에 가서 장원수의 영(令)을 전하였는데, 이때 초운이 장경 수재를 이별하고 밤낮으로 생각하다가 상사병을 앓아 죽기에 이르렀거늘, 이 말을 듣고 크게 놀라 말했다.

"내 병이 이렇듯 심하니 어찌 내 한 몸을 일으켜 움직이리오."

관속이 발을 구르며 말했다.

"우리 절도사 상공이 여차여차하여 죽은 것을 듣지 못하였느냐? 만일 더디 가면 목숨을 보전치 못하리라."

이러면서 재촉하니, 초운이 마지못하여 사람에게 의지해 관문(官門)에 대령하고 왔음을 알리니, 장원수가 즉시 불러들였다. 초운이 계단 아래에서 절하고 엎드리자, 장원수가 분부해 대청 위로 오르라고 하면서 지난 일들을 생각하니 슬픈 마음이 간절하나 일부러 물었다.

"네 이름이 남쪽 지방에서 유명하기로 한 번 보고자 한 것인데, 병세가 이 같은 줄 몰랐도다. 온갖 병은 다 근본 원인이 있으니, 무슨 일로 언제부터 병을 얻었느뇨?"

초운이 눈물을 흘리며 말했다.

"당돌히 아뢰옵기 황공하오나, 병이 난 근본 원인을 물으시니 감히 거짓말로 속이지 못하여 실제 있었던 일로 아뢰나이다. 도리에 벗어난 무례함을 용서해주소서."

그리고는 흐느끼며 고했다.

"지난날 이 고을에 장경이란 사람과 소중한 언약이 있었사옵는데, 먼저 재임했던 절도사 나리께서 그를 데려가시는 바람에 이별한 지 3년 동안 안타깝게 그리워하는 마음을 참지 못 하와 자연히 상사병을 얻었나이다. 관속과의 일이라도 억제하지 못 하옵고 돋는 해와 지는 달에 다만 슬픈 눈물만 흘리면서 죽을 때만 기다릴 따름이로소이다."

말을 마치고는 두 눈에서 눈물이 마구 흘러내리니, 장원수가 이 광경을 보고 마음이 감동하여 녹는 듯했으나 말과 얼굴빛에 드러내지 않은 채 말했다.

"네 말이 가장 헛된 말이로다. 먼저 재임했던 절도사와 일가붙이라서 그 집안일을 익히 아나니, 장경 수재란 말은 지금에야 비로소 처음 듣는도다. 틀림없이 다른 연고가 있도다."

초운이 놀라며 말했다.

"만일 대원수 나리의 말씀과 같을진대, 소절도사 나리가 도중에서 장경 수재를 버렸거나 그렇지 않으면 반드시 죽었소이다."

이렇듯 길게 흐느꼈는데, 장원수가 능히 참지 못한 눈물이 흘러내리는 것을 깨닫지 못하고 말했다.

"그 병 고칠 약이 내게 있노라."

그리고는 주머니 속에서 귀고리 한 짝을 꺼내어 초운에게 주며, 그 손을 잡고 말했다.

"운낭이 나로 인하여 병이 났으면, 7년 동안 함께 고생하던 장경을 알아볼쏘냐?"

초운이 이 말을 듣고 눈을 들어 원수를 보고는 반가워하는 중에 얼떨떨한 듯 말을 하지 못하고서 흐느끼다가 기절하고 말았다. 이윽고 정신을 차려 장원수의 소매를 잡았는데 구슬 같은 눈물이 마구 흘러내리니, 장원수가 그 손을 잡고 말했다.

"운낭이 나를 위하여 이렇듯 괴로움을 기꺼이 받아들이고 있었으니, 어찌 감격하지 않으리오. 이제부터 부부가 되어 살면서 함께 늙으리니 마음을 회복하고 정신을 해치지 말라."

초운이 눈물을 거두고 답하여 말했다.

"소첩(小妾)이 죽지 않고 쇠잔한 목숨을 보존하였다가 오늘날 대원수의 행차를 만날 줄을 어찌 생각이나 했으리까?"

초운은 묵은 병이 점점 나아져서 며칠 내에 눈처럼 피부가 희고 꽃처럼 얼굴이 고우니, 완연히 견줄 만한 상대가 없는 뛰어난 미인이었다. 운주의 온 고을사람들이 비로소 대원수가 지난날 방자 구실을 하던 장경인 줄 알고 놀라며 칭찬하지 않는 이가 없더라.

장원수가 차영 부부와 관속들을 불러 금과 은이며 비단을 나눠주어 옛날의 정을 표하고, 초운의 부모에게 금과 은을 한 수레를 주니 그 부모는 한편으로 부끄러워하고 머리를 조아리며 감사하였다. 이윽고 초운에게 말했다.

"내 이제 서융(西戎)을 치러 황하로 가나니, 너는 모름지기 황성으로 먼저 가 있도록 하라."

그리고는 믿을 수 있는 부하에게 초운을 보호하여 데려가게 한 뒤로 행군하여 황하에 도착하였다. 그곳 절도사 신담이 나와 맞이하여 군례(軍禮)를 행하고 서융의 동태를 고하니, 장원수가 웃으며 말했다.

"조그만 서융을 어찌 근심하리오."

서융이 큰 강에 배들을 잇달아 매어놓고서 남만왕(南蠻王) 마길의 승패 소식을 듣기 위해 기다리고 있었다. 장원수가 절도사 신담에게 명하여 불로 공격할 수 있는 도구들을 준비하게 한 후에 격서(檄書)를 전하니, 서융이 장수 척발규로 하여금 수군(水軍)을 거느려 막게 하였다. 척발규가 군사를 재촉하여 최전선을 버리고 크게 싸우는데, 장원수가 바람을 좇아 불을 붙인 배를 놓으니 불길이 하늘을 찌를 듯이 높이 치솟았다. 불붙은 배들이 적의 배들에 다다르자, 적병이 불에 타 죽은 자의 수를 헤아릴 수가 없었다. 척발규가 능히 맞서 싸울 수가 없어 패잔병들을 거느리고 본진(本陣)으로 향하는데, 장원수가 승승장구하여 급히 따르며 바로 적진을 습격하여 죽였다. 서융이 어찌할 줄 모르며 크게 놀라 여러 장수들과 함께 의논하여 말했다.

"우리가 남만왕(南蠻王)의 끌어들임으로 말미암아 이곳에 이르렀더니, 이제 남만왕이 이미 죽고 허다한 장졸들이 다 달아났으니, 우리가 어찌 홀로 천자의 군대를 맞서 싸우리오. 일찍이 항복하여 목숨을 보전하리로다."

그리고는 항복문서를 써 올리면서 손을 묶어 항복하니, 장원수가 지휘대에 높이 앉고서 서융을 불러 죄상들을 낱낱이 들추며 말했다.

"황상께서 지극히 성스러워 신과 같은 데다 문무(文武)에 통달하여 너희들에게 지켜야 할 마땅한 도리를 저버리신 것이 없거늘, 어찌 망령되이 군사를 일으켜 백성들을 죽이며 조정을 배반하느뇨? 마땅히 국법으로 다스릴 것이지만 아직은 용서하나니, 이후로는 어떤 일을 하려고 마음을 먹더라도 도리에 맞지 않은 마음일랑 품지 말라."

그리고는 사로잡은 장수와 군졸들이며 병장기와 말들을 다 주어 자기 나라로 돌려보내니, 서융이 거듭거듭 절하고 머리를 조아리며 물러갔다. 장원수가 백성들을 어루만져 위로하고 승전보를 지어 올리니, 황상이 승전보를 보고 크게 기뻐하여 장원수의 회군(回軍)을 기다렸다.

이때 장원수가 회군하다가 황하(黃河)에 이르러 네댓새를 쉬었는데, 어느 날 절도사 신담이 장원수와 함께 별로 중요하지 아니한 이야기를 나누다가, 그 옥과 같이 아름다운 얼굴과 영웅다운 풍채를 흠모하여 물었다.

"원수는 어디서 사시며, 부모가 모두 살아계시나이까?"

장원수가 눈물을 흘리며 말했다.

"팔자가 기구하여 일찍 부모를 잃고 이리저리 떠돌아다니다가 분수에 넘치게 폐하의 은혜를 받아 벼슬이 대원수에 이르렀으나, 부모 앞에서 색동옷을 입고 효도함을 본받지 못하니 천지를 모르는 죄인이로소이다."

신절도사가 또한 슬퍼하며 인사하여 말했다.

"우연히 드린 말씀이 도리어 몹시 슬프게 한 것 같아서 심히 마음이 편치 않거니와, 부모님들은 모두 세상을 떠나셨나이까?"

장원수가 답하여 말했다.

"열 살 때에 예주자사 유간의 반란으로 인하여 부모를 잃었고, 운주절도사 소성운을 만나 길러주심을 입어 한 몸을 보존할 수 있었으므로 부모님이 살아계시는지 그렇지 않은지를 모르나이다."

눈물이 마구 흘러 내려 비단 저고리를 적시니, 신절도사 또한 눈물을 흘리더라. 이때 장처사(장경의 부친 장취)는 관노(官奴)였으므로 신절도사를 좇아 장원수의 장막에 왔다가 장원수와 신절도사가 주고받는 말을 들으니 분명코 장경 같았다. 하지만 어려서 잃었으므로 얼굴을 알지 못하는 데다 대원수로서의 위풍이 매우 엄하여 감히 말을 하지 못하고 다만 눈물만 흘렸다. 그리하여 신절도사가 나오기를 기다려 조용한 때를 틈타 말했다.

"절도사 상공께서 장원수와 주고받는 말씀을 듣게 되었는데, 틀림없이 소인의 잃은 아들 같사오나 위엄이 몹시도 엄하여 당돌히 입을 열지 못하였나이다. 소인은 본디 공렬후(功烈侯) 장진의 후예로 여남(汝南) 북촌(北村) 설학동에서 사옵고, 글을 좋아하였더니 남들이 처사라 일컬었나이다. 늦게야 아들을 얻었는데, 한 도사가 소인의 집을 지나다가 '이 아이는 10세에 부모를 이별하여 이리저리 떠돌아다니며 밥을 빌어먹다가 젊은 나이에 과거 급제하여 부귀공명이 천하의 으뜸이 되리라.' 하는지라, 유서(遺書)로 「여남 북촌 설학동 처사 장취의 아들 장경이니, 기사년(己巳年) 십이월(十二月) 이십육일(二十六日) 해시생(亥時生)이라.」고 써서 옷깃 속에 넣어 감추어두었나이다. 유간의 난을 만나 종남산(終南山)에 피난하였다가 아내와 아들을 난리 통에 다 잃고 도적에게 잡혔는데, 마침내 이 고을의 관노가 되었나이다. 바라건대 상공께서는 소인을 위해 내일 한번 물어봐 주소서."

신절도사가 다 듣고 나서 한편으로는 괴이하게 여기고 다른 한편으로는 신기하게 여겨 아직 물러나 있으라면서 말했다.

“내일 서로 말을 나누다가 끝에 네 말의 진위를 살피리라.”

날이 저물자, 장원수가 부모와 지난 일을 생각하여 슬픔을 금치 못하고 밤이 깊도록 잠을 이루지 못하였는데, 문득 한 노승이 고리가 여섯 개 달린 지팡이를 짚고서 지휘대에 올라 인사하고 말했다.

“원수가 이제 몸이 귀히 되었거늘 어찌 부모를 생각하지 않으시뇨?”

장원수가 몹시 급히 허둥지둥 일어나 맞으며 말했다.

“존사(尊師)가 나의 부모 계신 곳을 가르쳐주시면, 그 은혜 뼈에 새겨 잊지 않고 갚으리다.”

노승이 웃으며 말했다.

“지극정성이면 하늘이 감동한다 하였나니, 정성이 지극하면 이 성에서 부친을 만날 것이요, 다음으로 모부인을 뵈려니와, 만일 그렇게 하지 못하면 다시는 부모를 찾지 못하리로다.”

그리고는 문득 간데없거늘, 깨니 잠을 자면서 잠깐 꾼 꿈이었다. 심신이 어수선하고 뒤숭숭하여 날이 밝기를 기다렸다가 신절도사를 청하여 꿈 이야기를 일러 주었다.

“절도사는 나를 위하여 나의 부친이 살아계시는지를 찾아다니며 알아주소서.”

신절도사가 말했다.

“꿈으로 보이는 징조가 이러하오니, 오늘 경사가 있사오리다.”

이어서 조용히 물었다.

“원수께옵서 여남(汝南) 북촌 설학동에서 살았나이까?”

장원수가 답하여 말했다.

“그러하이다.”

신절도사가 말했다.

"어려서 고향을 떠나시고도 어찌 지명을 아시나이까?"

장원수가 처량하게 탄식하며 말했다.

"장성한 후에 부친의 유서(遺書)를 보고 아나이다."

신절도사가 또 물었다.

"그러하면 그 유서에 「여남 북촌 설학동 처사 장취의 아들이니, 기사년 십이월 이십육일 해시생이라.」고 쓰여 있더이까?"

장원수가 얼굴빛이 변할 정도로 크게 놀라서 말했다.

"절도사가 우리 부친의 유서 사연을 어찌 아시니까? 빨리 가르치소서."

신절도사가 그제야 장처사의 자초지종을 고하고 즉시 장처사를 청하였다. 장처사가 마침 지휘대 아래에 있어서 절도사 신담이 장원수와 서로 나누는 말을 들었는데, 또 들어오라고 하니 심신이 황홀하여 꿈인지 생시인지 분간치 못하고 있었다. 이때 장원수가 지휘대 아래로 내려가 엎드리고 유서와 모친의 옥가락지를 드리며 목 놓아 통곡하니, 절도사와 여러 장수들이 좋은 말로 위로하며 부자가 상봉한 것을 축하하였다. 장처사가 울음을 그치고는 장원수의 손을 잡고 말했다.

"네 군중(軍中)에서 오래도록 싸우느라 노곤할 터이니, 슬픈 마음일랑 그쳐서 늙은 아비의 걱정하는 마음을 헤아려라."

장원수가 눈물을 거두고 그간 고생했던 일과 과거에 급제하여 입신출세한 일을 고하며 부친의 얼굴을 보니, 귀밑에 희끗희끗한 머리카락이 드리워 지난 날 수려했던 풍채가 거의 없어졌는지라 한편으로는 반기면서도 다른 한편으로는 슬퍼서 말했다.

"천우신조(天佑神助)로 아버님을 뵈었사오나, 또 어느 때에 어머님을 만나리까?"

그리고는 또 눈물을 흘리니, 장처사 또한 기뻐하는 중에 슬퍼하고 서러워하더라.

장원수가 부친의 가슴에 맺힌 원한을 풀기 위하여 표문(表文)을 지어 올리니, 그 표문은 이러하다.

「대사마(大司馬) 대장군(大將軍) 대원수(大元帥) 겸 이부시랑(吏部侍郎) 간의대부(諫議大夫) 문연각(文淵閣) 태학사(太學士) 신(臣) 장경은 삼가 머리가 땅에 닿을 정도로 숙여 백 번 절하옵고 글을 황제폐하께 올리옵나이다. 소신(小臣)이 본디 남쪽 지방의 천박하고 고루한 사람으로 어려서 부모를 잃고 이리저리 떠돌아다니옵다가, 소성운에게 길러져 장성하였나이다. 분수에 넘치게 폐하의 은혜를 입사와 벼슬이 한원(翰苑)에 이르렀사옵기로 밤낮으로 성은(聖恩)을 갚을까 하옵더이다. 이제 폐하의 큰 복과 여러 장수들의 용맹으로 남만(南蠻)과 서융(西戎)을 소멸하옵고, 황하에 이르러 천만다행으로 부자가 상봉하였사오니, 이 또한 한이 없는 성은이로소이다. 신(臣)의 아비 장취는 역적 유간의 난을 만나 피란하옵다가 도적에게 잡힌 바가 되었삽고, 우여곡절 끝에 황하의 관노로 충당되와 죽으려 하였었사오나 능히 뜻을 이루지 못하였으니 성덕 더럽힌 것을 싫어하였나이다. 마침내 황하에서 수고롭게 일하다가 오늘 처음으로 만났사오니, 신의 벼슬을 덜어 아비의 죄를 감히 대신할까 하옵나이다. 엎드려 바라옵건대, 황상께서는 신(臣)의 정성을 어여삐 여기사 신(臣)의 벼슬을 거두심을 이를 데 없이 바라옵나이다.」

황상이 표문을 보고 칭찬하며 여러 신하들을 돌아보아 말했다.

"장경이 한번 출전하여 남만(南蠻)을 소멸하고 서융(西戎)마저 항복을 받은 뒤로 또 부자가 상봉하였다 하니, 심히 아름답고 천고에 드문 일이로다. 장취는 공렬후 장진의 후예로 도적에게 잡힌 바가 되어 황하 절도사(黃河節度使)에게 관노로 삼아졌으나, 이는 어쩔 수 없는 상황 때문에 그렇게 할 수밖에 없었던 것이니 어찌 죄를 다시 의논하리오.

특별히 벼슬을 봉하여 그 아들의 영광과 총애를 빛내리라."

그리고는 장취를 초국공에 봉하니, 사명(使命)이 조서(詔書)를 받자와 황하에 이르렀다. 이때 장원수가 부친을 모시고 잔치를 베풀어 즐겼는데 사명이 이르렀다고 하였다. 사명을 맞이하는데 조서를 받들어 읽으니, 황상의 은혜가 감사하고 영광스러워 황상이 있는 북쪽을 향해 네 번 절한 뒤로 이어서 행군하였다. 장원수의 행군이 지나가는 근처의 고을들은 위엄 있는 차림새를 갖추어 지경에 나와 영접하느라 남녀노소가 길을 가득 메워서 대원수의 행차를 구경하였다.

이때 진어사 부인이 장취 처사의 부인 여씨와 함께 동산에 올라 구경하는데, 장원수의 수많은 병사들이 지나가며 서로 말했다.

"우리 대원수가 어려서 난리 통에 잃었던 부친을 찾아 함께 돌아오시니, 만고에 드문 일이라."

장원수를 기리는 소리가 도로에 떠들썩하였다. 여씨가 이 말을 듣고 문득 장처사와 장경을 생각하여 슬픈 마음을 금치 못해 목소리가 나지 않을 정도로 통곡하니, 진부인과 시비 향낭이 만류하며 위로하였다. 장원수가 부인의 곡소리를 듣고 자연스레 슬픈 마음이 일어나 모친을 생각해 소교(小嬌)를 불러 그 우는 까닭을 알아오라고 하니, 소교가 우는 곳을 찾아가 우는 곡절을 묻고 돌아와 보고하였다.

"그 집은 진어사 댁이요, 우시는 부인은 여남 장처사댁 부인이라 하더이다."

장원수가 이 말을 듣고 매우 의아했지만 심장이 뛰어 중군(中軍)에 명을 내려 길 위에 한동안 진을 지고서 머물러 있게 하고는, 혼자 말을 타고 진어사 집에 찾아가 시비를 불러 물었다.

"아까 우시던 부인이 장처사 댁 부인이라 하니, 뉘시며 무슨 일로 통곡하시느뇨?"

시비 향낭이 답하여 말했다.

“그 부인은 여남 북촌 설학동 장처사 댁 부인 여씨요, 우시는 것은 난리 통에 장처사와 공자를 잃고 의탁할 곳이 없어서 이 댁에 머물러 계시지만 늘 슬픈 마음을 진정치 못하여 우시나이다.”

장원수가 크게 의아해하며 말했다.

“네 들어가 부인께 묻잡되, 아이를 몇 살에 잃었으며 무슨 증거가 될 물건이라도 있는가 알아오너라.”

향낭이 들어가 장원수의 말을 자세히 고하니, 여씨가 괴이하게 여겨 말했다.

“대원수가 군대를 머물게 하고 친히 이렇듯 나의 사정을 물으니, 틀림없이 무슨 까닭이 있도다.”

향낭에게 말했다.

“네 나가 자세히 아뢰되, ‘나의 아들은 일곱 살 때에 잃었고 그때 옷고름에 옥가락지를 채웠으니, 이것이 증거일 물건이라.”

장원수가 그제야 분명코 모친인 줄 알고 크게 통곡하며, 부친의 유서와 옥가락지를 내어 향낭에게 주면서 말했다.

“모친께서 이곳에 계실 줄 어찌 알았으리오? 못난 아들 장경이 왔음을 아뢰라.”

향낭이 몹시 놀라 급히 들어가 이 사연을 고하니, 여씨가 유서와 옥가락지를 보고 크게 통곡하며 급히 나와 장원수를 붙들어 말했다.

“너를 난리 통에 잃고 이때까지 설움을 견디지 못해 매일 죽고자 하였거늘, 지금껏 목숨을 잇고 있다가 오늘 만날 줄 어찌 생각이나 했겠느냐.”

그리고는 통곡하니, 장원수 또한 통곡하다가 눈물을 거두고 좋은 말로 위로하였다.

"소자가 모친을 난리 통에 잃고 이리저리 떠돌아다니다가 은인 소성운과 초운의 도움을 입어 장가를 들었고 또 과거에 급제하여 벼슬이 이부시랑에 이르렀사옵니다. 남만(南蠻)과 서융(西戎)을 평정하고 회군하여 돌아오다가 황하에 이르러 아버님을 만나고 또 오늘 어머님을 뵈었으니, 이제 소자가 죽어도 여한이 없나이다."

그간의 자초지종을 낱낱이 고하니, 여씨가 다 듣고 나서 놀라며 반기어 말했다.

"이는 하늘이 살피심이요, 귀신이 도우심이로다."

진부인과 상하 노복들이 그 모자 상봉함을 못내 기리더라.

이때 초공(楚公: 초국공 장취)이 장원수의 대군(大軍) 뒤에 좇아오다가, 이 소식을 듣고 빨리 진어사 집으로 가서 여씨를 붙들고 반기며 또한 슬퍼하여 통곡하였다. 장원수가 슬픔을 참고 위로하며 말했다.

"지난 일을 일러도 쓸데없사오니 몸을 귀중히 보전하옵소서."

초공이 울음을 그치고 슬픈 마음을 진정하고는 여씨와 함께 지난 일을 이야기하였다. 장원수는 시비로 하여금 진어사 부인께 문안하고 은혜에 감사히 여기니, 진어사 부인이 화답하고 이어서 여씨에게 청하여 말했다.

"우리가 이곳에 머무른 지 십여 년 동안 나눈 정이 친형제 같고, 내 나이 또한 반백(半百)이니 장원수를 서로 보아도 허물되지 않으리니, 부인은 원수를 데리고 들어오시기를 바라나이다."

여씨가 나가 갖추어 말한 후, 장원수와 안채로 들어가 진어사 부인에게 서로 인사하고 자리에 앉았다. 장원수가 환난 중에 모친을 구하고 보살펴준 은혜를 이루 다 말할 수 없이 고마워하였다. 이에 진어사 부인이 겸손하게 말했다.

"환난 중에 사람을 구하는 것은 흔히 있을 수 있는 일이니, 어찌 은혜라 하리오."

그리고는 여씨에게 말했다.

"이제 부인은 부군과 아들을 만나 영화로이 돌아가시거니와, 나는 본디 아들이 없고 외동딸이 있으나 아직 성취를 못하였으니 누구를 의지하리오."

그러고 나서 눈물을 흘리니, 여씨가 위로하여 말했다.

"내가 남편과 아들을 만나 영화와 부귀를 누릴 수 있게 된 것은 다 부인의 은혜이니. 원컨대 나와 함께 황성으로 가서 평생을 형제같이 지내는 것이 어떠하니까?"

진어사 부인이 말했다.

"부인 말씀이 나를 저버리지 아니하실진대, 내게 간절하게 마음에 품은 생각이 있으니 받아들이시리까?"

여씨가 말했다.

"원컨대 듣고자 하나이다."

진어사 부인이 속으로 깊이 생각한 지 오랜 뒤에 말했다.

"저의 팔자가 기구하여 단지 외동딸만 있는데 비록 태임(太姙)과 태사(太姒)의 부덕(婦德)은 없으나 군자의 아내는 됨 직하나이다. 이제 대원수의 직품(職品)에 족히 세 부인을 둘 수 있으리다. 만일 진진(秦晉)처럼 두 집안이 혼인으로 맺어지는 것을 허락하시면 저의 후사를 의탁할 수 있을 것이요, 또한 부인을 좇아 황성으로 가려 하나이다."

여씨가 다 듣고 나서 그 모습을 가엾게 여겨 흔연히 말했다.

"부인의 말씀이 가장 마땅하오니, 비록 장경이 두 아내를 두었으나 우리 일찍 보지 못하였고, 하물며 부인 따님의 재덕은 제가 익히 아는 바이로소이다. 어찌 다시 의심하리오."

초공에게 이 말을 전하니, 초공 또한 그 은덕을 생각하여 기쁜 빛을 띠고 허락하였다. 장원수는 세 부인이 너무 많음을 염려하여 묵묵부답이니, 여씨가 그 마음을 알고 말했다.

"왕씨는 황상(皇上)이 사혼(賜婚)하신 바이요, 소씨는 왕승상이 주혼(主婚)하였으니, 이번은 우리가 혼인을 주관함이 옳고, 하물며 진소저의 재주와 덕행은 내가 아는 바이니라."

장원수를 불러 물으며 의논하니, 장원수가 답하여 말했다.

"세 아내를 두는 것이 좀 과하오나, 어찌 어머님의 명을 받들지 아니하리까."

여씨가 몹시 기뻐하였는데, 즉시 결혼예물로 보내는 비단을 갖추어 혼인 예식을 지냈다. 진소저는 말과 행동이 품위가 있으며 얌전하고 정숙한 요조숙녀요, 눈처럼 피부가 희고 꽃처럼 얼굴이 고우니, 장원수의 기뻐함과 초공 부부의 즐거움이 비할 데가 없었다. 초공이 말했다.

"나는 이제 선산의 조상 산소에 가서 제사를 지내고 좇아갈 것이니, 너는 빨리 행군하여 올라가라."

장원수가 초공의 명을 받들고 먼저 황성으로 향하였다.

이때 초운이 황성에 이미 이르러 왕승상 댁을 찾아 장원수의 서찰과 명첩(名帖: 명함)을 들여보냈는데, 소씨가 초운이 왔음을 듣고 왕씨에게 운주에서 지냈던 일과 초운의 행적을 대강 이르니, 왕씨 크게 기특히 여겨 즉시 불렀다. 초운이 대청 아래에서 두 번 절하자, 대청 위로 오르게 하여 자리를 주고 모두 살펴보니, 귀밑머리가 구름과 같이 탐스럽고 얼굴이 꽃과 같이 아름다운 데다 유순하고 단정하며 얌전하여 진실로 절대미인(絕對美人)이었다. 얌전하고 정숙한 덕이 외모에 나타나니, 왕씨가 초운의 손을 잡고 말했다.

"내 일찍 운낭의 소문과 덕행을 듣고 한번 보고자 하였는데, 오늘 서로 만났으니 어찌 반갑지 않으리오."

초운이 몸을 일으켜 다시 절하고 대답하여 말했다.

"소첩(小妾)은 본디 황성에서 멀리 떨어진 지방의 미천한 사람으로 부인의 훌륭한 덕을 들었사온데, 이같이 친절하게 대해주시니 황공해 마지않나이다."

왕씨는 초운의 말이 유순하고 온화하며 공손함을 더욱 기특히 여기고 별당을 정하고는 시비에게 명하여 초운과 함께 머물게 하였다.

차설(且說)。 장원수가 건주를 떠나 보름 만에 황성에 다다랐다. 황상이 조정의 모든 벼슬아치를 거느리고 영접하였는데, 장원수가 허둥지둥 말에서 내려 탑전(榻前)에 절하고 엎드렸다가 만세를 부르니, 황상이 기뻐하며 반기어 말했다.

"경이 한 번 출정하여 남만(南蠻)과 서융(西戎)을 소멸하고 변방을 어루만져 위로하였고, 또 난리 통에 잃었던 부모를 만났으니 천고에 드문 일일러라. 장차 무엇으로 그 공덕을 나타내리오."

장원수가 고개를 숙이고 엎드려 머리를 조아리며 말했다.

"이는 폐하의 성덕이오니, 어찌 신(臣)의 공이리까?"

그리고는 또 건주에 이르러 모친을 만난 일과 진씨와 혼인한 사연을 아뢰니, 황상이 더욱 기특히 여기어 말했다.

"장경의 효성에 하늘이 감동하신 것이니, 어찌 기쁘고 기특하지 않겠는가."

황상이 즉시 잔치를 크게 베풀고는 삼군(三軍)에게 상을 내리고, 출전했던 여러 장수들의 벼슬을 각각 높였다. 원수에게는 금은과 채단이며 별궁을 내려 주니, 장원수가 황상의 은혜에 감사인사를 하고 집에 돌아왔다. 왕씨와 소씨 두 부인과 초운이 반기며 부모님을 만나게 된 것을 축하하였다. 왕승상과 소절도사가 장원수의 손을 잡고 반겨 말했다.

"그대를 만 리나 되는 전쟁터에 보낸 후 밤낮으로 염려하였는데 크나큰 공을 이루어 세상에 이름을 빛내고, 또 부모를 만나 돌아오니 어찌 기쁘지 않으리오."

술과 안주를 내어 즐기는 것이 헤아릴 수가 없더라.

다음날 장원수가 황상에게 조회하고 아뢰어 말했다.

"군대가 행진해 오는 것이 바빴기에 신(臣)의 부모를 도중에 머물러 있게 하고 급히 돌아왔으니, 바라옵건대 말미를 얻어 부모를 맞아올까 하나이다."

황상이 이를 허락하고는 여씨와 진어사 부인에게 직첩(職牒)을 내리니, 장원수는 황상의 은혜에 감사 인사를 드리고 수레와 말이며 위엄 있는 차림새를 차려 여남으로 향하였다.

이때 초공 장취가 여씨와 진어사 집 일행을 거느려 설학동에 이르러서 제수음식을 갖춰 선산에 제사하고, 이어서 길을 떠나 여러 날 만에 황성 가까이에 이르렀다. 장원수가 멀리 나와 맞으니, 서로 만나 새로이 반기며 본댁으로 나아갔다. 왕승상과 소절도사가 맞아 반기는데, 왕씨와 소씨 두 며느리가 여러 가지 패물로 몸을 꾸미고 시부모에게 인사드렸다. 초공 부부가 보니, 시원한 골격에 귀밑머리가 구름과 같이 탐스럽고 얼굴이 옥같이 맑은 것이 정말로 품위를 갖춘 정숙한 숙녀인지라, 크게 기뻐하여 그 고운 손을 잡고 말했다.

"우리는 일찍 환난 속에 살아남은 목숨으로 이리저리 떠돌다가 황천(皇天)의 도우심을 입어 부자가 상봉하였고, 또 이 같은 어진 며느리들을 보니 이제 죽어도 여한이 없으리로다."

왕씨와 소씨 두 며느리가 그 자리에서 잠시 일어났다가 다시 답하여 말했다.

"시아버님의 얼굴을 뵈옵지 못한 것을 밤낮으로 마음에 새겨 두고 잊지 못하였는데, 오늘 시부모님을 모시고 성대한 가르침을 이렇게 받자오니 황공해 마지못하겠나이다."

초운 또한 몸치장을 단정히 하고 계단 아래에서 머리를 조아리며 인사드리니, 초공 부부가 대청 위로 오르게 하여 자리에 앉게 하고 말했다.

"아들이 장성하고 귀하게 된 것은 다 운낭의 덕일러라. 멀지 아니한 가까운 장래에 만나보기를 밤낮으로 바랐는데, 오늘 이렇게 서로 만났으니 어찌 천행이 아닐 것이며, 하해(河海) 같은 은혜를 갚지 못할까 염려하노라."

초운이 황공하다며 인사하였다. 진씨가 왕씨와 소씨 두 부인에게 절하여 인사치례를 행하니 왕씨와 소씨가 답례하였고, 초운 또한 대청 아래로 내려가 진씨에게 예를 차리자 진씨가 초운의 행적을 익히 들었는지라 공경히 답례하니 초운이 황공해 마지않았다. 이날부터 세 부인이 형제지의를 맺어 서로 화목하여 사랑을 베푸는 마음이 피붙이와 같았다.

며칠이 지난 후에 장원수가 별궁으로 옮겨갔는데, 수많은 집집마다 단청을 곱게 하여 아름답게 꾸민 누각이며 하얗게 꾸민 벽과 깁으로 바른 창들이 허공에 솟아 있어서 상서로운 기운이 영롱하였다. 각각 처소를 정하였으니, 만수각과 천수당은 초공 부부의 처소요, 화심당은 진어사 부인의 처소요, 백화당은 왕씨 처소요, 추화당은 소씨 처소요, 천향각은 진씨 처소요, 화류당은 초운의 처소요, 은향각은 장원수 처소로 정하고, 그 나머지 누각은 각각 시비의 침소로 정하였다.

다음날 장원수가 초공과 함께 황극전(皇極殿)에 조회하니, 황상이 명을 내리며 말했다.

"장경은 충성과 절의를 아울러 갖추고서 나라에 커다란 공이 있으니, 어찌 그 공을 표하지 않으리오."

그리고는 특별히 우승상(右丞相)으로 삼은 뒤, 왕귀를 태사(太師)에 봉하고, 소성운에게 대사마(大司馬) 대장군(大將軍)을 내렸다. 장원수가 굳이 사양하였지만 황상이 윤허하지 않으니 달리 어떻게 할 도리가 없어 공손히 절을 하며 그 은혜에 감사하고 물러나왔다. 낮이면 황상을 도와 나라의 정사를 다스리고, 밤이면 부모를 봉양(奉養)하며 세 부인과 초운으로 함께 즐기더라.

쓴 것이 다하면 단 것이 옴은 고진감래(苦盡甘來)요, 즐거운 일이 다하면 슬픈 일이 닥쳐옴은 흥진비래(興盡悲來)인데, 이는 예나 지금이나 늘 있은 일일러라. 초공 부부가 문득 병에 걸려서 온갖 약을 써도 효험이 없어 세상을 떠나니, 장경 우승상과 세 부인이 몹시 슬퍼하며 목 놓아 울고 관곽 등을 갖추어 상례(喪禮)로써 선산에 안장하였는데, 보는 사람들이 다 동시에 함께 죽은 것을 신기하게 여겼다. 또 왕귀 태사 부부가 잇달아 세상을 떠나니, 장승상이 상례를 극진히 갖추어 삼 년을 지냈다.

세월이 걷잡을 수 없이 흘러가 육칠 년이 되었다. 장승상이 지난 일들을 생각할수록 슬프고 서러운 마음을 금치 못하였다. 이때 황상의 건강이 좋지 않고 날이 갈수록 위중하자, 왕승상을 불러들이도록 하여 말했다.

"짐(朕)이 불행하여 다시 나라의 정사를 보지 못할 것이요, 태자가 나이 어리고 형제 많으니 반드시 후환이 있을 것이로다. 경(卿)은 모름지기 충성을 다하여 사직을 지켜서 보전하라."

그리고는 황상이 세상을 떠나니, 나이가 77세로 재위한 지 29년이었다. 장승상이 모든 문무의 벼슬아치들을 거느려 초상났음을 알리고, 태자를 세워 제위(帝位)에 즉위하니 이때 나이가 14세이었다.

이때 연왕(燕王) 건성은 새 황상의 둘째 형이다. 은밀하게 사람의 도리에 벗어난 마음을 품어 조정의 모든 벼슬아치들을 처결하고 제위(帝位)를 앗고자 하나, 오직 승상 장경을 꺼려 감히 마음을 먹지 못하였다. 한 계교를 생각하고 어느 날 사람을 보내어 장승상을 청하니, 장승상이 매우 괴이하게 여겨 병을 핑계하고 가지 않았다. 이에 연왕 건성이 크게 화를 내어 황상에게 아뢰었다.

"승상 장경을 청하여 나라의 정사를 의논하고자 하오나, 장경이 번번이 신(臣)을 업신여기오니, 폐하는 살피소서."

이렇듯 모함하니, 새 황상이 즉시 장승상을 가까이 불러들여 만나고서 말했다.

"연왕은 선황제의 중신(重臣)이요, 짐의 형이오. 국사를 의논하고자 하거늘, 경이 어찌 가지 않느뇨? 서로 찾아 부디 좋은 뜻을 상하지 마오."

장승상이 심히 불쾌하나 마지못하여 연왕의 저택에 이르니, 연왕 건성이 흔연히 대접하여 말했다.

"요사이 천자가 나이 어리신 데다 조정이 해이한 일이 많기로 승상과 상의하고자 하거늘, 어찌 더디 오시느뇨?"

술과 안주를 내와 은근히 권하거늘, 승상이 마지못하여 두어 잔을 받아 마셨다. 그 술이 독하여 쉬이 취하게 하는 술이니, 이윽고 잔뜩 취하여 인사불성이었다. 연왕 건성이 장승상을 붙들어 옷을 벗기고 선황제의 총첩(寵妾) 비군을 꾀어 금은을 후하게 주고서 장승상 곁에 누웠다가 여차여차(如此如此)하라 하였다. 날이 밝은지라 장승상이 술을 깨어 보니, 몸이 연왕의 저택에 누웠고 곁에 한 계집이 있거늘, 크게 놀라 물었다.

"연왕 전하는 어디 가시느뇨?"

비군이 말했다.

"전하는 안채로 들어가시고 첩(妾)은 선황제를 뫼시던 비군이나이다. 승상의 풍채를 구경하고자 나왔더니 승상이 취중에 겁탈하신 것을 잊으셨나이까?"

장승상이 다 듣고 나서 건성의 꾀인 줄 알고 몹시 놀라 얼굴빛이 하얗게 질려 어떻게 할 줄 몰랐다. 연왕 건성이 모르는 체하고 나오다가 이 거동을 보고 거짓 놀라며, 무사(武士)를 명하여 장승상을 동여매고 들어가 새 황상에게 아뢰었다.

"승상 장경이 선황제의 총첩 비군을 겁탈하려던 일이 발각되었기로 잡아 대령하였나이다."

새 황상이 놀라며 말했다.

"장경은 충성과 효성을 아울러 갖추었으니, 어찌 이런 일을 하였으리오?"

그리고는 풀어 주라고 하니, 모든 종실(宗室: 황제의 친족)과 시신(侍臣: 황제 가까이에서 받드는 신하)들이 한꺼번에 말했다.

"장경이 비록 겉으로는 충성되오나 음탕하고 난잡한 일은 그것으로 헤아리지 못 하옵나니, 폐하는 살피시고 국법을 바르게 하소서."

새 황상이 본디 총명하시나 마지못하여 비군을 잡아들여 조사하니, 비군이 말했다.

"신첩(臣妾)이 연궁(燕宮)에 갔다가 돌아오는 길에 장승상이 술에 취해 불시에 덤벼들어 억지로 겁탈하와 막지 못하고 몸을 더럽혔사오니, 죽고만 싶사옵니다. 무슨 말씀을 아뢰오리까?"

새 황상 또한 달리 어떻게 할 도리가 없어 비군을 내옥(內獄)에 가두고 장경을 정위옥(廷尉獄)에 가두게 하였다. 장승상이 옥중에 나아가는데 분한 마음에 가슴이 답답하지만 어찌할 수가 없었다. 이에 원정(原

情: 호소문)을 지어 올리니, 그 원정은 이러하다.

「소신(小臣) 장경은 본디 남쪽 지방의 미천한 사람으로 분수에 넘치게도 선황제께서 아주 후하게 대우해주신 천자의 은혜를 입어 벼슬이 일품에 이르렀고 삼처일첩을 두었사오니, 어찌 천벌이 없사오리까? 이리하여 밤낮으로 헤아리고 살펴보아 행여 선황제의 은혜를 저버릴까 염려하였사온데, 이제 생각지 않은 죄명이 십악대죄(十惡大罪)를 범했사옵니다. 다만 창천(蒼天)을 부르짖을 따름이요, 달리 변명하여 밝힐 길이 없사오니, 엎드려 바라건대 황상께서는 신(臣)의 머리를 베어 국법을 바르게 하소서.」

새 황상이 그 원정을 보고 애매함을 알았지만 연왕 건성과 종실이며 대신들이 굳게 따지자 멀리 떨어진 외딴 섬으로 유배 보내도록 하니, 법관(法官)이 황토섬으로 정하였다. 이때 세 부인이 이 말을 듣고 갈팡질팡 어쩔 줄 모르며 몹시 급히 문밖에 나와 이별하는데, 장승상이 눈물을 흘리며 말했다.

"내 이제 누명을 쓰고 만 리 떨어진 유배지로 가니, 어느 날 서로 볼 수 있으리오? 부인들은 각각 자녀를 거느려 잘 지내기를 바라노라."

세 부인들이 흐느끼며 말했다.

"상공이야말로 귀한 몸을 조심하시어 누명을 풀어 버리고 멀지 아니한 가까운 장래에 돌아오소서."

또 초운에게 조용히 일렀다.

"진부인은 어질며 또 정이 가장 후하고, 왕부인은 해로울 것도 없지만 이로울 것도 없거니와, 소부인은 천성이 한쪽으로 치우쳐 공평하지 못하니 각별히 조심하라."

초운이 눈물을 흘리며 말했다.

"설마 어떠하겠사옵니까? 아무쪼록 귀한 몸을 조심하소서."

이윽고 장승상은 이별한 후에 황토섬으로 향하였다.

원래 소부인은 초운의 재주와 용모를 장승상이 사랑하고 소중하게 여기는 것을 시기하여 늘 해치고자 하였다. 마침 장승상이 멀리 떨어진 외딴 섬으로 유배가고 없는 이때를 틈타 한 계교를 생각해 내었다. 시비 춘향으로 하여금 초운의 필적을 베껴 가짜서간을 만들도록 하고는, 초운의 사환 손침에게 후히 뇌물을 주고 꾀어 말했다.

"네 이 서간을 가지고 병마총독(兵馬總督) 정사운에게 가 여차여차 하여라."

손침이 허락하고 바로 정사운의 집으로 찾아가니, 정사운은 본디 무과출신으로 운주병마사로 있을 때에 초운을 흠모하고 있었다. 초운으로부터 서간이 왔음을 듣고 크게 기뻐하여 서간을 떼어 보니, 서간은 이러하다.

「초운은 삼가 글월을 정장군 전에 올리옵나이다. 제가 운주에 있을 때 장군이 사랑하시는 마음을 생각하고 늘 모시고자 하옵다가, 마침내 뜻을 이루지 못하였사옵니다. 장승상이 저를 데려오시는 바람에 밤낮으로 사모하는 정을 잊지 못하였는데, 이제 장승상이 멀리 떨어진 외딴섬으로 유배가 돌아올 기약이 없사옵니다. 원컨대 장군은 모월모일에 장승상 집을 약탈하고 저를 데려가소서.」

정사운이 서간을 다 보고 나서 크게 기뻐하여 말했다.

"장경이 한 번 멀리 떨어진 외딴섬으로 유배가면 다시 돌아오지 못할 것이니, 초운이 나를 생각하고 기별한 것이로다."

그리고는 답서를 지어 손침에게 주었다. 손침이 즉시 돌아와 소부인에게 전하니, 소부인이 기뻐하여 춘향에게 주며 말했다.

"네 이 서간을 가지고 은밀히 초운의 침소에 가 책상 밑에 감추어라."
춘향이 즉시 초운의 침소에 가서 그 서간을 넌지시 책상 밑에 넣고 왔다. 이윽고 소부인이 시비를 데리고 초운에게 가니, 초운이 일어나 사례하고 말했다.
"부인이 누추한 곳에 와주시니 황송하고 감격해 마지않나이다."
소부인이 답하여 말했다.
"승상이 유배지로 가신 뒤로 자연 심사가 답답하기로 운낭을 보러 왔노라."
그리고는 서책을 뒤져 펴보는 체하다가 서간 하나를 찾아내어 말했다.
"이 편지는 어디서 왔느뇨?"
초운이 놀라 보니, 겉봉에 '병마총독은 운낭자에게 회답하노라.' 쓰였거늘, 이에 놀라서 얼굴빛이 달라지며 말했다.
"실로 알지 못하나이다."
소부인이 말했다.
"그대 방안에 있는 것을 어찌 모르노라 하느뇨?"
그러고서 떼어 보니, 그 편지는 이러하다.

「정사운 총독은 운낭에게 글월을 회답하노라. 지난날 운주에 있을 때 낭자를 사모하여 한 번 보고자 마음이 평생 간절하였는데, 뜻밖에 낭자가 손수 쓴 편지를 보니 애타는 마음이 녹는 듯했다오. 그 반가운 정은 장차 풀려니와 모월일 기약은 그대로 할 것이니 어기지 말라.」

소부인이 다 읽고 나서 몹시 노하여 시비에게 분부하여 초운을 결박하게 하고 크게 꾸짖어 말했다.
"네 비록 천한 창기이나 이제 재상의 사랑받는 첩이 되었거늘, 잠시

승상이 아니 계시다 하여 이런 행실을 하니, 어찌 통한치 않으리오."

그리고는 즉시 왕부인과 진부인을 청하니, 두 부인이 이 소식을 듣고 화류당에 이르렀다. 초운을 결박하여 꿇렸거늘 크게 놀라 그 까닭을 물으니, 소부인이 서간을 내여 보이며 말했다.

"우리가 저를 극진히 사랑하였거늘, 고요하고 적적한 가운데 이런 음탕하고 난잡한 행실을 할 줄 어찌 생각하였으리오."

왕씨와 진씨 두 부인이 그 곡절을 몰라서 말했다.

"우리는 허둥지둥 정신을 차릴 수가 없어 어찌 처치해야할지 생각지 못하겠으니 부인이 알아 하소서."

소부인이 말했다.

"정사운이 오늘 밤에 오마 하였으니, 음녀(淫女)를 아직 가두어놓고 기다려 보사이다."

두 부인은 각각 침소로 돌아 가니라.

소부인이 모든 하인들에게 분부하여 대비하도록 하고 정사운이 오기를 기다렸는데, 밤이 깊어진 후에 아닌 게 아니라 정말로 정사운이 가정(家丁: 남자 일꾼)을 데리고 바로 문을 깨치고서 들어왔다. 하인들이 일시에 고함을 지르며 뛰어나가 정사운을 결박하고 세 부인들에게 고하였다. 정사운이 뜻밖에 변고를 당하여 초운의 서간을 내어 보이며 애걸하는데, 모두 보니 초운의 필적이었다. 소부인이 말했다.

"정사운은 실로 죄가 없으니 풀어 보내주어라."

이때 진부인이 침소에 돌아와 시비 향낭을 불러 말했다.

"슬프다! 운낭의 빙옥 같은 절개로도 애매히 죽게 되었으니, 어찌 가련치 않으리오. 너는 모름지기 나의 서간과 먹을 것을 가지고 은밀히 옥중에 가 전하라."

향낭 또한 슬피 울며 밤을 기다려 초운이 갇힌 곳에 나아가 시비 취향을 불러 진부인의 서간과 음식을 주었다. 이때 초운이 뜻밖에 망측한 누명을 쓰고 옥중에 갇힌 신세를 생각하고 혼절하였다가, 취향에 의해 구해져 겨우 정신을 차려 진부인의 은혜를 감격하여 서간을 보니, 그 서간은 이러하다.

「우리 전생의 연분으로 함께 승상의 아내가 되어 지내다가 가운이 불행하여 승상이 유배가시고, 또 낭자가 같은 반열의 시기를 입어 빙옥 같은 절개로도 애매히 이 지경에 이르렀으니, 어찌 슬프지 않으리오. 그러하나 하늘의 섭리가 밝고 뚜렷하시니, 원컨대 뱃속의 아이를 돌아보아 몸을 버리지 말고 후일을 잠간 기다리라.」

초운이 다 보고 나서 흐느끼며 향낭에게 말했다.

"더러운 초운을 이렇듯 어루만지며 위로하시니, 황천에 돌아가서라도 부인의 은혜를 갚으리로다."

그리고는 회답을 써 주었다. 향낭이 받아가지고 돌아와 진부인에게 주었는데, 진부인이 받아 보니, 그 회답은 이러하다.

「제가 본디 황성에서 멀리 떨어진 지방의 미천한 사람으로 승상의 은혜와 사랑이며 세 부인의 은혜와 도움을 입어 한 몸이 영화와 부귀를 누렸는데, 조물주가 시기하와 천고의 누명을 입고 이 지경에 이르렀사옵니다. 이제 겨우 부지하고 있는 목숨을 끝내는 것은 아깝지 않으오나 뱃속에 있는 승상의 자식이 함께 목숨을 마치게 되옵니다. 저의 처지와 형편을 생각해보니 다시 부인의 얼굴을 뵈올 날이 없사올지라, 바라건대 부인은 귀하신 몸을 조심하셔서 훗날 승상이 돌아오시거든 첩의 누명을 풀어 주시기 바라나이다.」

진부인이 다 보고 나서 눈물을 흘리며 흐느끼다가, 시비를 데리고 추화당에 나아갔다. 소부인이 왕부인을 청하여 말을 나누다가 진부인을 맞으며 말했다.

"초운의 일을 어찌 처치해야 규문(閨門)의 더러운 치욕을 씻으리까?"

진부인이 문득 한 계교를 생각하고 말했다.

"초운의 죄상이 통분하기 그지없으니, 마땅히 문서를 만들어 내일 법관(法官)에게 고하여 엄형으로 다스리게 함이 좋을까 하나이다."

소부인이 크게 기뻐하여 말했다.

"부인의 말씀이 매우 옳사오니 그리하사이다."

왕부인에게 문서의 초안을 잡게 하고, 진부인이 침소로 돌아와 밤이 깊어지기를 기다려 시비 향낭을 불러 말했다.

"네 은밀히 옥안으로 들어가 초운을 데려오되 남모르게 하라."

향낭이 옥문에 도착하니, 옥문을 지키는 하인이 잠을 깊이 들었는지라 은밀히 옥안으로 들어갔다. 이에 초운이 놀라 물었다.

"무슨 일이 있느냐?"

향낭이 말했다.

"일이 위급하오니 낭자는 빨리 나와 저를 따르소서."

초운이 취향을 데리고 향낭을 좇아 바로 진부인의 침소에 이르니, 진부인이 초운의 손을 잡고 눈물을 흘리며 말했다.

"낭자는 얼음과 옥 같은 순결한 마음이나 간사한 사람의 모함을 입었으니, 이는 아무리 해도 낭자의 액운이 아직 다하지 못한 것일러라. 천지신명이 살피실진대, 놀아가는 형편이 위급하여 날이 밝으면 크나큰 변고가 있으리니, 이제 취향을 데리고서 성문이 열리기를 기다려 양자강(揚子江)을 건너 바로 승상의 적소(謫所: 유배지)로 찾아 가라. 훗날 다시 만나 즐길 날이 있으리로다."

그리고는 은자(銀子) 50냥을 주니, 초운이 진부인의 은덕에 사례하였다. 즉시 취향을 데리고 양자강에 이르러 뱃삯을 후히 주고 배에 올랐다. 강 한복판으로 가는데, 문득 거센 바람이 심하게 몰아쳐서 물결이 배를 몰아가니, 사공이 능히 걷잡을 수는 없었지만 배가 쏜 화살같이 빨리 갔다. 이틀 만에 어떤 곳에 다다라 바람이 잦아들었는데, 사공에게 지명을 물으니 사공도 모른다 하였다. 강 언덕에 올라 길을 찾아 나섰으나, 갈 바를 알지 못하는데다 배가 심히 고파 더 이상 걸을 수가 없었다. 초운과 취향이 서로 붙들고 우는데, 문득 한 여승이 지나다가 물었다.

"두 낭자는 어디에 계시는데 무슨 까닭으로 이곳에 와 우시나이까?"

초운이 반겨 말했다.

"우리는 남방 사람으로서 운주를 차자 가거니와, 존사(尊師)는 어디 계시며 어디로 가시느뇨?"

여승이 답하여 말했다.

"소승(小僧)은 이 산의 동쪽 암자에 있는데, 마침 시골집에 갔다가 돌아오는 길이로소이다."

초운이 말했다.

"존사(尊師)는 우리를 데려가 구해주기 바라나이다."

여승이 매우 불쌍히 여겨 초운과 취향을 데리고 몇 리를 걸어 절로 들어가는 산문(山門)의 어귀에 이르니, 소나무와 잣나무가 푸르고 푸르러 경치가 비할 바가 없이 뛰어났다. 단청을 곱게 하여 화려하게 꾸민 누각들이 하늘로 솟았으니, 아닌 게 아니라 정말로 별천지로 인간 세상이 아닌 듯했다.

모든 승들이 산문 밖에 나와 노승을 맞으며 초운과 취향도 함께 들어가기를 청하였다. 들어가 자리에 앉으니 저녁밥을 들여왔는데, 초운과 취향이 시장기를 면하고 물었다.

"여기서는 황성과 황토섬이 거리가 얼마나 되느뇨?"

여러 승들이 답하여 말했다.

"황성은 7천여 리요, 황토섬은 4천여 리니이다."

초운이 또 물었다.

"황토섬에 가려고 하는데 길이 어떠하나이까?"

노승이 말했다.

"큰 바다가 있어 가기 어렵사외다."

초운이 말했다.

"제 남편이 황토섬의 적소에 가 계셔서 찾아가려는데, 능히 갈 수가 없나이다. 바라건대 승이 되어 존사를 모시며 의지하고자 하나이다."

그리고는 울기를 마지않았다. 노승이 그 모습을 애처롭고 불쌍히 여겨 즉시 머리를 깎았으니, 초운은 이름을 '명현'이라 하여 노승의 상좌(上佐)가 되고, 취향은 이름을 '청원'이라 하여 명현의 상좌가 되었다.

이때 소부인이 관아에 알릴 문서를 가지고 초운을 잡아 오라 하였다. 옥을 지키던 하인이 급히 와서 초운이 도주했고 간 곳을 알지 못한다고 하자, 소부인이 몹시 노하여 사람들을 널리 풀어놓아 사방으로 찾았지만 종적이 없으니 분함을 이기지 못했다.

이때 초운은 매일 부처 앞에 나아가 승상이 멀지 아니한 가까운 장래에 돌아오기를 빌며 세월을 보냈다. 어느 덧 아이를 밴 지 이미 열 달이 다 되었다. 이웃에 있는 집으로 가서 해산하려고 하는데, 상서로운 구름이 집을 둘러싸고 향내가 진동하니 옥동자를 낳았다. 골격이 장승상과 거의 닮아 한편으로는 슬프고 다른 한편으로는 기뻐서 옥동자의 이름을 '희'라 하였다.

각설(却說). 연왕 건성이 승상 장경을 모함하여 내치고는 거리낌 없이 새 황상을 폐위하여 황토섬에 안치하고 황후를 바깥세계와 단절된 궁전에 가두었다. 스스로 제위(帝位)에 올라서 충신들을 살해하며 장경을 죽여 없애려고 즉시 잡으러 보냈다.

새 황상이 지극히 슬퍼하며 유배지로 가면서 장승상을 생각하고 못내 슬퍼 통곡하여 말했다.

"내가 사리에 어두워 승상을 멀리 보내고 이 지경에 이르렀으니, 누구를 원망하리오."

이때 장승상이 황토섬에서 세상 돌아가는 일을 생각하고 한탄하였다. 어느 날 한 노승이 육환장(六環杖)을 짚고 와서 말했다.

"승상은 만고의 영웅이거늘, 이제 하늘과 땅이 뒤집히고 사자(使者)가 승상을 잡으러 오는데, 어찌 앉아 죽기를 기다리느뇨."

문득 깨니, 잠을 자면서 잠깐 꾼 꿈이었다. 장승상은 크게 놀라 생각했다.

'반드시 연왕 건성이 반역을 꾀하고 나를 죽이려는 것이로다.'

그리고는 짐을 꾸려 바로 황하(黃河) 가에 이르러서 사공을 불러 배를 젓도록 하니, 그곳 별장(別將)이 크게 놀라 말했다.

"승상은 나라의 죄인이거늘 마음대로 어디를 가려 하시느뇨?"

또한 군사들을 호령하여 길을 막고서 잡으라고 하니, 장승상이 몹시 노하여 칼을 빼어 들고 말했다.

"내 이 칼로 남만(南蠻)과 서융(西戎)을 쳐부순 뒤, 오랫동안 쓰지 못했으니 다시 시험해보리라."

말을 마치자마자 별장의 머리를 베니, 모든 군사들이 다 달아났다. 사공에게 호령하여 배에 올라 강 한복판으로 가는데, 문득 거센 바람이 심하게 몰아쳐서 배를 끝이 없이 넓고 큰 바다로 몰아 물결에 떠 흘러간 지 며칠 만에 한 곳에 다다랐다. 언덕에 배를 붙이고 사공에게 물었다.

"이곳 지명이 무엇이며, 우리가 얼마나 왔느뇨?"

사공이 답하여 말했다.

"저기 보이는 산이 청운산인가 싶으오니, 짐작건대 4천여 리나 왔나이다."

장승상은 배에서 내려 사공과 이별하고 산속으로 길을 찾아 들어갔다. 산수가 빼어나게 아름다워 경치가 비할 데 없이 좋은 데다 풍경소리가 바람에 따라 은은히 들렸다. 그곳에 틀림없이 절이 있을 것으로 생각하고 몇 리를 더 들어갔다. 이때 취향이 절로 들어가는 산문(山門) 어귀에서 나물을 캐다가 장승상을 보고 반가움을 이기지 못해 큰 소리를 지르고 달려드니, 장승상이 꾸짖어 말했다.

"어떤 승인데 무심중에 사람을 놀라게 하느냐?"

취향이 통곡하며 말했다.

"소비(小婢)는 운낭자의 시비 취향이로소이다."

장승상이 그제야 취향인 줄 알고 급히 물었다.

"너는 무슨 일로 이곳에 있느뇨?"

취향이 말했다.

"낭자도 이곳에서 며칠 전에 아이를 낳으시고 저 이웃집에 계시오니, 들어가시면 곡절을 자연 아르시리이다."

장승상이 놀라 급히 들어가니, 초운이 아이를 안고 있다가 승상을 보고 얼떨떨하여 말을 못하고 눈물만 흘렸다. 장승상 또한 눈물을 흘리며 그 까닭을 물으니, 초운은 소부인이 모함한 일과, 진부인의 은혜로 목숨을 보전하여 이리로 왔음을 대강 말했다. 장승상이 갓난아이를 안고서 탄식하고 한탄해 마지않다가 황토섬에서 지냈던 일을 이르고 난 뒤, 말했다.

"이 또한 정해진 운수이러니 어찌하리오."

그리고는 서로 위로하였다.

차설(且說)。 황토섬에 장경을 잡으러 갔던 사자(使者)가 돌아와 장경이 벌써 별장(別將)을 죽이고 달아났음을 고하였다. 연왕 건성이 크게 놀라서 즉시 장승상의 세 부인과 그 가솔들을 다 달아나지 못하도록 옥중에 엄중하게 가두고 집을 몰수하였으니, 그 모습은 참혹하기가 헤아릴 수 없었다.

이때 폐위된 새 황상이 황토섬에 이르러 장경의 안부를 물으니, 모두가 말했다.

"승상이 모월모일에 별장을 죽이고 물을 건너 달아났나이다."

폐위된 새 황상이 마음속으로 생각했다.

'승상이 달아났으니 반드시 세상을 회복하여 원수를 갚으리니, 내 다시 좋은 임금이 다스리는 세상을 보리로다.'

그리고는 밤낮으로 장경의 소식을 기다렸다.

화설(話說)。 장승상이 청운산에서 몇 달을 머물러 있었다. 어느 날 여승이 황성에서 와 여러 승들에게 말했다.

"우리는 산속에 있어 세상사를 몰랐더니, 연왕이 새 황제를 폐위시켜 황토섬에 유배 보내고 황후마저 내친 뒤, 장승상을 잡아 죽이려 하였다고 한다. 장승상이 벌써 알고서 달아나고 없자, 그 집을 적몰한 뒤 여러 부인과 자손들을 다 관노로 삼았다고 한다. 모든 도(道)에 공문을 보내어 장승상을 잡아 바치는 자는 천금(千金)을 상으로 주고 만호후(萬戶侯)에 봉하리라 하였다 하니, 세상사를 어찌 헤아릴 수 있으리오."

장승상이 이 말을 듣고는 슬퍼하고 분함을 참지 못하여 초운에게 말했다.

"형주자사 신담은 본디 충절이 있고 지모도 아울러 가지고 있으니, 내 이제 형주로 가 여러 곳의 병마를 모아 연왕 건성을 죽이고 새 황제를 모셔 나라의 은혜를 갚으려 하나니라. 운낭은 그 사이 편안히 있으라."

초운이 대답하여 말했다.

"승상께서 이때를 당하여 어찌 천자의 은혜를 갚고 아름다운 이름을 후세에 빛내지 아니하리까? 빨리 대사를 거행하소서."

장승상이 즉시 초운을 이별하고 길을 떠나 여러 날 만에 형주에 이르러 신자사를 만나니, 신자사가 크게 놀라고 기뻐하여 말했다.

"승상이 이곳에 오셨으니 반드시 세상을 회복하고 통한을 씻으리로다."

장승상이 길게 탄식하여 말했다.

"이제 하늘과 땅이 뒤집혔기로 나와 함께 남쪽으로 출전했던 여러 장수들과 회합하여 나라의 은혜를 갚고자 하나니, 공(公)은 군사들을 연습시켜 조그마한 힘이나마 도와줌이 어떠하느뇨?"

신자사가 말했다.

"내 이미 뜻이 있은 지 오래였지만 의논할 이가 없어 밤낮으로 한탄하였는데, 승상의 말씀을 들으니 어찌 즐겁지 않으리까?"

그리고는 술과 안주를 내어 대접하니, 장승상이 술잔을 잡고 말했다.

"내 겨울 11월 보름께 군대를 일으키려 하니, 공은 기약을 어기지 말라."

신자사가 허락하자, 장승상은 곧 떠났다. 즉시 회남도독 설만춘과 양주자사 기심이며 병마절도사 한복 등을 다 찾아보고 그 뜻을 이르니, 모든 장수들이 크게 기뻐하여 화살을 꺾어 맹세하고 빨리 군대 일으키기를 원하였다. 장승상이 크게 기뻐하여 적절한 시기를 정하고는 장차 운주로 향하고자 군산 아래에 다다랐다. 그때 문득 한 장수가 백마를 타고서 손에 철퇴를 들고 오다가 장승상을 보더니 크게 기뻐하며 말했다.

"천자가 각도에 공문서를 보내어 너를 잡으라 하셨도다."

또 말했다.

"나의 원수이로다. 이곳에서 만날 줄 어찌 알았으리오?"

그러고 나서 달려들었는데 소리가 매우 웅장하고 사람됨이 용맹한지라, 장승상이 외쳐 말했다.

"내 그대를 처음 보거늘 어찌 원수라 하느뇨?"

그놈이 대답하지 않고 철퇴를 들어 치려하니, 장승상 또한 칼을 들어 대적하고자 하였다. 그때 문득 북소리가 나며 한 무리의 군마가 있는 곳에서, 한 장수가 방천화극(方天火戟: 여포의 병기로 알려진 창이름)을 들고서 하루에 천리를 달리는 준마를 타고 달려왔는데, 자세히 보니 이는 운주절도사 맹덕이었다. 장승상이 크게 불러 말했다.

"맹장군은 나를 구하라."

맹덕이 장승상인 줄 알고 급히 물었다.

"승상께서 어찌 이곳에 계시느뇨?"

장승상이 미처 대답하지 못하였는데, 그놈이 꾸짖으며 말했다.

"너는 운주절도사로서 도망한 죄인을 이렇듯이 대접하니 또한 역적이로다."

그러고 나서 철퇴로 치니, 맹덕이 몸을 피하고 창으로 그놈의 다리를 찔러 말에서 떨어트려 군사로 하여금 잡아매게 한 뒤에 물었다.

"너는 어떤 놈인데 승상을 해치고자 하느냐?"

그놈이 대답했다.

"나는 전임 운주절도사 마등철의 아들 마방회이다. 장경이 황하로 갈 때 나의 부친을 죽였었다. 이곳에서 장경을 만나 아비의 원수를 갚고자 하였거늘 도리어 잡혔으니, 어찌 통한하지 않으리오."

이렇게 말하고 나서 눈을 부릅뜨고 이를 가니, 맹덕이 꾸짖고 그의 머리를 베었다. 장승상과 함께 운주성 안으로 들어가 지난 일을 일컬으며 말했다.

"소장(小將)이 우연히 성 밖으로 사냥하러 갔다가 방회를 죽이고 승상을 만났으니, 이는 하늘이 도우심인가 하나이다."

장승상이 이윽고 지난날 함께 남쪽으로 출정했던 여러 장수들과 폐위된 새 황제를 회복하려 하는 일을 낱낱이 말하니, 맹덕이 크게 기뻐하여 즉시 군마를 징발하여 형주로 향하였다. 장승상이 맹덕과 헤어지고 바로 황하를 건너 황토섬에 들어가 폐위된 새 황제를 만나고는 땅에 엎드려 통곡하였다. 이때 폐위된 새 황제는 유배지에 있으면서 매일 승상 소식을 듣기도 하고 보기도 하며 살피다가 문득 장승상을 보니 목 놓아 통곡하였다. 장승상이 눈물을 거두고 머리를 조아리며 아뢰었다.

"폐하께서는 옥체를 조심하시어 대사를 도모하소서."

드디어 여러 곳의 병마들을 모아 이번 달의 보름께 군대를 일으키기로 한 것을 말하니, 폐위된 새 황제가 눈물을 흘리며 말했다.

"내 어리석고 못나서 사리에 어두워 경(卿)을 먼 곳으로 내치고 이 지경에 이르렀으니, 무슨 낯으로 경을 다시 보리오."

그리고는 장승상의 손을 잡고 흐느끼니, 장승상이 말했다.

"이제 군대를 일으키기로 한 약속 날짜에 이르렀사오니, 폐하께서는 빨리 형주로 가시어 친히 정벌하시기를 바라나이다."

폐위된 새 황제가 즉시 장승상과 함께 배에 올랐다. 하늘이 폐제(廢帝)를 돕고자 하고 승상의 충성에 감동하니, 순풍을 만나 며칠 만에 형주에 이르렀다. 여러 곳의 병마가 다 모여 있으니, 즉시 대군을 몰아 곧장 황성으로 향하였다. 대군이 지나는 곳마다 감히 막을 자가 없었다.

연왕 건성이 크게 놀라 성문을 굳게 닫고 지켰지만, 신담은 남문을 치고 설만춘은 서문을 치고 기심은 북문을 치고, 승상은 맹덕과 함께 동문을 치는 데다 성안의 백성 또한 연왕 건성을 원망하고 폐위된 새 황제를 생각하고 있었다. 성안의 대장 진악이 은밀히 격서를 써서 화살에 매어 장승상 진중으로 쏘았으니, 그 격서는 이러하다.

「소장(小將) 진악은 삼가 글월을 승상께 올리옵나이다. 승상께서 지난번 황성을 떠나 유배지로 가신 뒤로, 하늘과 땅이 뒤집혀져 연왕 건성이 제위(帝位)를 빼앗으니, 밤낮으로 나라의 은혜와 새 황상을 사모하옵는 마음에 다만 눈물만 흘릴 따름이었소이다. 일을 의논할 수 있는 이가 없어 승상의 소식을 듣기도 하고 보기도 하였더니, 이제 황천(皇天)이 감동하여 대군이 황성 밑에 이르렀사옵니다. 소장이 마땅히 황성 안에서 호응하여 오늘 밤에 동문을 열어 승상을 맞으리니, 기회를 잃지 마르소서.」

장승상이 격서를 다 보고 나서 크게 기뻐하여 여러 장수들과 함께 밤이 깊어지기를 기다렸다. 이경(二更: 밤 9시부터 11시 사이)이 되자 진악이 수문장을 베고 동문을 활짝 여니, 장승상이 장수들과 군졸들을 재촉하여 곧장 대궐로 들어갔다. 이때 건성이 뜻밖에 변을 만나 당황하여 허둥지둥 가까운 신하들을 데리고 북문으로 달아났다. 맹덕이 재빨리 따라가 창으로 건성이 탄 말을 찔러서 쓰러뜨려 건성을 사로잡아 돌아왔고, 그 나머지 신하와 장수들이며 군졸들은 기심과 설만춘 등이 또한 사로잡아왔다. 장승상이 즉시 징을 쳐서 군사들을 거두어들인 후에 방문(榜文)을 붙여 백성들을 어루만져 위로하였다. 황제를 모셔 복위하고 황극전에 오르게 한 뒤로 새로이 시신(侍臣)과 백관(百

官)들을 거느려 조회를 마쳤다. 모든 의론들이 다 건성을 죽이자고 하였지만, 승상이 홀로 아뢰었다.

"그 죄는 죽임직 하오나 선황제의 피붙이이오니 폐하는 살피옵소서."

황상이 옳게 여기어 그때 반역을 꾀했던 신하와 비군은 목을 베어 죽이는 형벌에 처하고, 건성은 바다 가운데 있는 섬으로 유배 보내어 굶주려 죽게 하였다.

황상이 다시 황제 자리에 오르고는 나라 안의 모든 죄인들에게 죄를 용서하여 벌을 면제하거나 줄여주며, 여러 장수들의 공적에 따라 포상도 하였다. 이때 장승상을 연왕에 봉하니, 장승상이 여러 차례 사양하다가 끝내 받들어 집으로 돌아왔다. 세 부인과 모든 자녀들이 맞아 반겼는데, 장승상이 짐짓 초운이 이미 없음을 알고도 물었다.

"운낭은 어디에 있느뇨?"

소부인이 먼저 재빨리 자초지종을 횡설수설하며 고하였다. 연왕 장경은 이미 아는 것이라 아무 말도 않고 못 들은 체하였다. 바로 외당에 나와 죄를 묻기 위한 채비를 갖추고 소부인의 시비들을 다 잡아드려 차례차례 엄하게 심문하였다. 춘향이 먼저 저지른 범죄 사실을 말했다.

"일이 벌써 다 발각되었으니 어찌 속여 넘기리까?"

그리고는 손침과 함께 모의하여 정사운에게 갔다왔다한 전후곡절을 낱낱이 고하자, 연왕 장경이 몹시 노하여 춘향과 함께 관여했던 시비들을 조사하여 모두 가두고 이러한 사연을 새 황상에게 알렸다. 새 황상이 크게 한스럽게 여겨 손침과 춘향 등을 모두 목을 베어 죽이는 형벌에 처하고 소부인은 독약을 내려 스스로 죽게 하라 하였다. 이에 연왕 장경이 다시 아뢰었다.

"소성운의 은혜를 하해(河海)와 같이 입었사오니, 엎드려 바라건대 폐하께서는 신(臣)의 사정을 살피시어 신의 집안일은 신이 처치하게 해주소서."

새 황상이 연왕 장경의 말을 허락하면서 초운을 특별히 정숙왕비로 봉하여 그 절개를 표하였다. 연왕 장경이 천자의 은혜에 감사의 뜻을 나타내고 집으로 돌아왔다. 벌써 연(燕)나라의 신하들이 위엄 있는 차림새를 갖추어 대령하고 있었다.

연왕 장경이 진부인의 아들을 시켜 청운산의 승당(僧堂)에 가서 초운을 맞아오게 하였다. 이때 초운이 매일 장승상이 돌아오기를 기다렸다. 어느 날 무수한 사람과 말들이 절로 들어가는 산문(山門)의 어귀에 야단스럽게 떠들썩하였는데, 어떤 사람이 급히 와서 알렸다.

"연(燕)나라 왕자가 오신다."

점점 가까이 오니, 취향이 공자(公子: 왕자)를 알아보고 반가움을 이기지 못하여 나아가 고하였다.

"공자께서는 소비(小婢)를 알아보시리까?"

공자가 취향인 줄 알고 반기며 말했다.

"낭자는 어디 계시느뇨?"

취향이 답하여 말했다.

"승당에 계시나이다."

공자가 초운에게 왕비 직첩(職牒)과 연왕 장경의 서간을 주고 아울러 진부인의 편지를 주니, 초운이 서찰을 보고 한편으로는 놀라며 다른 한편으로는 반겼다. 공자와 지난 일을 말하며 눈물을 흘렸고, 이어서 노승과 여러 승들과 이별하며 호화롭게 장식한 가마인 금덩에 오르니, 여러 승들이 멀리 나와 전송하며 칭찬하지 않는 이가 없더라.

여러 날 만에 황성의 본댁에 도착하니, 연왕 장경과 왕부인이며 진부인 두 사람이 반기면서 옛일을 말하고 서로 치하하였다. 소부인을 찾아 위로하여 말했다.

"이왕에 지나간 일은 모두 첩의 액운이 다하지 못한 탓이오니, 다시는 생각지 마르소서."

소부인이 머리를 숙이고 부끄러워 대답하지 못하였다.

연왕 장경이 연나라로 돌아갈 때, 소씨는 본집으로 가서 행실을 닦은 후에 연나라로 오라고 하고는, 왕비(王妃: 정숙왕비 초운)와 왕부인이며 진부인 두 사람과 함께 길을 떠났다. 연나라에 가서 조회를 마치고 천추만세를 부르니, 그 부귀와 영광이 헤아릴 수가 없었다. 왕비 초운은 금은과 비단을 내어 청운산의 승당을 수리하는데 쓰게 하고 여러 승들의 은공을 사례하니, 모든 승들이 왕비 초운의 은덕에 오래 살기를 빌면서 탑을 만들어 그 공덕을 표하였다.

이때 나라가 태평하고 백성들이 격양가(擊壤歌)를 부르니, 연왕 장경이 후원에 잔치를 배설하여 즐기다가 난간에 의지하여 졸았다. 꿈인지 생시인지 알 수 없는 어렴풋한 동안에 한 선관(仙官)이 연왕 장경에게 말했다.

"연왕은 인간 세상의 부귀가 어떠하시더뇨? 올해 7월 보름날에 왕비와 함께 천상으로 모이리라."

연왕 장경이 물었다.

"세 부인이 있거늘, 어찌 왕비만 함께 가리라 하시느뇨?"

선관이 답하여 말했다.

"전생에 왕비는 정처(正妻)요, 소씨는 첩으로써 초운에게 투기가 심하였기로 이생에서 그 보복을 받게 함일러라."

그리고는 문득 간데없었다. 깨니 잠을 자면서 잠깐 꾼 꿈이었다.

가장 신기히 여겨 즉시 왕자 '희'를 세자로 봉하고, 사자(使者)를 보내어 소부인을 데려온 뒤, 칠월 보름날에 큰 잔치를 베풀어 즐겼다. 문득 천지가 아득하고 상서로운 구름이 일어나는 가운데 왕과 왕비가 붕(崩)하였다. 세자와 모든 문관이며 무관 벼슬아치들이 머리를 풀고 울어서 초상난 것을 알린 뒤에 왕과 왕비의 무덤을 정하여 안장하였다. 세자 희를 세워 왕위에 오르니, 세자가 학문적 지식과 군사적 책략을 아울러 갖춘 데다 공손하고 검소하여 백성을 애휼하며 사람으로서 마땅히 지켜야 할 도의로 나라를 다스렸다. 대대로 제왕의 벼슬을 이어서 영화롭고 부귀한 것이 천추(千秋)에 비길 데가 없었다.

정수정전

화설(話說). 송나라 태종(太宗) 황제 시절에 병부상서(兵部尙書) 겸 표기장군(驃騎將軍) '정국공'이라는 재상이 있었다. 학문적 지식과 군사적 책략을 아울러 갖추어서 조야(朝野)가 모두 공경히 추앙하여 명망이 한 시대에 떠들썩하였다. 다만 슬하에 자식이 한 명도 없어 슬퍼하였다.

어느 날 정상서가 부인 양씨를 마주하여 말했다.

"우리의 부귀영화는 한 시대에 으뜸이로되, 조상의 제사는 어찌해야 한단 말이오. 내 벼슬이 공작과 후작에 있어서 족히 두 부인을 둠직하오이다. 행여 자식이라도 낳으면 후사(後嗣)를 이을 것이니, 부인의 소견으로는 어떠하오?"

부인 양씨가 탄식하여 말했다.

"첩(妾)이 전생(前生)에 죄가 커서 자식이 한 명도 없사오니, 상공이 장가가서 아내를 들이시는 것을 어찌 슬퍼할 바가 있으리까?"

말을 다하고 나서 얼굴에 두 줄기 눈물이 마구 흘러내리니, 정상서가 이를 보고는 불쌍하고 측은하여 부인 양씨를 위로할 따름이더라.

이날 부인 양씨가 잠을 이루지 못하고서 시중을 드는 하녀를 데리고 추양각에 올라 달빛을 구경하였으니, 이때는 3월 보름날이었다. 부인이 난간에 의지하여 잠깐 졸았는데, 문득 동쪽에 오색구름이 일어나며 두 선녀가 하늘에서 내려와 부인을 보고는 벽련화(碧蓮花) 한 가지를 주며 말했다.

"부인께서는 우리를 아시겠나이까? 상제(上帝)께옵서 우리를 보내어 부인에게 꽃을 드리라고 하시기로, 이 벽련화를 부인께 드리나이다."

부인 양씨 앞에 놓고 갑자기 간데없었다. 부인 양씨가 놀라 깨니, 하나의 꿈이었다. 남쪽 하늘을 향하여 무수히 사례하고 돌아보니 벽련화가 놓여 있었다. 부인 양씨가 괴이하게 여겨 구경하려 하자, 갑자기 거센 바람이 불어 그 꽃을 낱낱이 떨쳐버리고 말았다.

부인 양씨가 추양각에서 내려와 정상서에게 이 일을 전하였다. 정상서가 다 듣고 나서 꿈에 나타난 일을 풀어보니, 이는 반드시 자식을 낳을 징조이어서 매우 기뻐하였다. 아닌 게 아니라 정말로 그달부터 아이를 배어 열 달이 차자, 어느 날 하늘에서 한 쌍의 선녀가 내려와 부인 양씨의 침실 앞에 와서 말했다.

"월궁항아(月宮姮娥)의 명으로 부인께서 아이 낳으시기를 기다리고 있겠나이다."

곧 오색구름이 집을 둘러싸고 향기로운 냄새가 진동하는 가운데, 부인 양씨가 아이를 낳았다. 그러자 선녀가 갓난아이를 향수로 씻겨 누이고 말했다.

"이 아이의 이름은 '수정'이온데, 부부로서의 짝은 황성에 있나니 때를 잃지 마옵소서."

그리고는 문득 온데간데없어 간 바를 알지 못하였다.

이때 정상서가 바삐 들어와 보니, 부인 양씨는 제 몸에 일어난 일조차 모를 만큼 정신을 잃었고 갓난아이가 그 곁에 누워 있었다. 정상서가 한편으로는 부인을 붙들어 구하면서 갓난아이를 보니, 참으로 월궁(月宮)에 산다는 예쁜 선녀 같더라. 정상서가 즉시 생월일시(生月日

時)를 기록하고 이름을 '수정'이라 하였다.

이러저럭 세월이 거침없이 빨리 흘러 정수정의 나이가 다섯 살에 이르자 온갖 자태와 예쁜 모습이 날로 새로우니, 정상서 부부가 손안의 보물 같이 애지중지하였다.

이때 '장운'이란 사람이 있으니, 벼슬이 이부상서(吏部尙書)에 이르렀다. 한 아들을 두었으니, 얼굴은 두목지(杜牧之)요, 행실은 증자(曾子)를 본받았다. 장상서가 조회를 마치고 돌아오다가 정상서를 만났다. 서로 인사를 끝내고 장상서가 말했다.

"현형(賢兄)은 마땅히 소제(小弟)의 집으로 가심이 어떠하시나이까."

정상서가 흔쾌히 허락하고 함께 장상서 집에 갔다. 경풍각에 앉아 이야기를 주고받는데 술과 안주를 내와 대접하자, 정상서가 말했다.

"형은 부귀하거늘 어찌 야박하기 짝이 없게 한 잔의 술을 대접하느뇨?"

장상서도 웃으며 말했다.

"형은 이백(李白)의 후신인지, 술일랑 어지간히 탐하기를 잘하도다."

그리고는 즉시 시녀에게 명하여 술과 안주를 내오게 하였는데, 술에 웬만큼 취하니 정상서가 말했다.

"청컨대 형의 귀한 아들을 한번 직접 보고자 하나이다."

장상서가 즉시 아들을 부르니, 공자(公子)가 부친의 명을 받고 곧바로 왔다. 정상서가 잠깐 보니 정말로 영웅다운 풍채에 호걸다운 재주를 지녔는지라, 한 번 보고도 크게 기뻐하여 말했다.

"내 일찍 딸아이를 하나 두었으니, 나이가 열 살인데 정말로 이 귀한 아들에게 부부로서의 짝이 될 만하노다. 우리 두 사람이 이렇듯 매우 친밀한 가운데 슬하에 있는 자식들이 아기자기하게 지내는 재미를 봄직 하나니, 자식들로 부부로서의 짝을 정하는 것이 어떠하뇨?"

정상서가 칭찬하여 일컫는데, 장상서가 답하여 말했다.

“형이 이에 먼저 혼인하기를 청하시니 황공해 마지않나이다.”

그리고는 장상서가 백옥홀(白玉笏)을 내어다가 정상서에게 주며 말했다.

“이 물건이 비록 대단치 않으나 윗대의 조상으로부터 결혼할 때에 신물(信物: 뒷날의 표적이 되는 물건)을 삼았사오니, 이것으로써 혼인하기로 약속한 것이나이다.”

정상서 또한 쥐었던 푸른 부채[靑扇]를 주며 말했다.

“이것으로써 정표(情表)를 삼으소서.”

이윽고 술자리를 끝내니, 정상서가 집에 돌아와 부인 양씨에게 혼인하기로 정한 사연을 말해주었다.

이때 예부상서(禮部尙書) 진공이라는 사람이 있으니, 황제가 가장 총애하였다. 진공은 뜻을 이룬 듯이 거들먹거리고 남을 업신여기어 건방졌다. 정상서가 일찍 진공이 소인배인줄 알고서 태종에게 어려움을 무릅쓰고 자주 간절히 간하였지만, 태종이 끝내 그렇게 여기지 않았다. 진공이 이 일을 알고 정상서를 해치고자 하였다.

때마침 태종의 생일이 되어서 조정의 모든 벼슬아치가 조회하였는데, 공교롭게도 정상서가 병이 생겨 상소를 하고 참여하지 못하였다. 이에 황상이 벼슬아치들에게 물었다.

“정상서의 병이 어떠하뇨?”

그리고는 사관(辭官: 황명 전달 관료)을 보내려 하니, 진공이 여러 신하 가운데 특별히 혼자 나아와 말했다.

“정국공은 간사하고 악독한 사람으로 그 병세를 신(臣)이 자세히 아나이다. 정국공이 요사이 어전(御前)에 조회하는 것이 평소와 다르옵고, 신이 정국공의 집에 갔는데 정국공의 말이 수상하옵더니, 오늘 조회에 불참했사옵니다. 반드시 사사로운 생각이 있는 줄 아나이다.”

황상이 크게 놀라 특별히 처리해 죽이려 하니, 중관(中官)이 아뢰었다.

"정국공의 죄가 의심할 바 없이 아주 뚜렷하지 않사온데, 어찌 중히 다스리기에 미치오리까."

황상이 놀라고 의아하게 여기어 절강(浙江)에 귀양 보내는 것으로 정하니, 중관(中官)이 황명을 듣고 정국공의 집에 가서 황상의 명을 전하였다. 정상서가 황명을 듣고 통곡하여 말했다.

"내 일찍 나라의 은혜를 갚을까 하였더니, 소인배의 헐뜯는 말 때문에 이제 벼슬 빼앗기고 먼 곳으로 유배 보내지니 어찌 애달프지 않으리오."

그리고는 칼을 빼어 책상을 치며 말했다.

"소인배들을 깨끗이 쓸어 없애지 못하고 도리어 해를 입으니, 뉘를 원망하리오."

눈물을 흘리며 슬피 울기를 마지않으니, 부인 양씨도 애절히 원망하며 몹시 슬퍼하고 친척과 하인들도 모두 서러워하였다. 사관(辭官)이 길 떠나기를 재촉하여 말했다.

"황명이 급하오니 쉬이 떠날 채비를 차리소서."

정국공이 한편으로는 떠날 채비를 차리면서 부인에게 말했다.

"나는 천만뜻밖에도 도성 밖에 있는 변방의 유배객이 되어 가거니와, 부인은 딸아이를 데리고 조상의 제사를 받들어 오래도록 아무 병고가 없이 평안하소서."

정국공은 그날로 유배 길을 떠났는데, 부인 양씨 모녀가 가슴이 답답하고 막혀 아무 말도 못하더라. 정국공이 여러 날 만에 유배지에 도착하니, 절강의 만호(萬戶)가 관리들이 거처하는 가옥을 쓸고 닦아서 정국공으로 하여금 머물게 하였다.

차설(且說)。 정국공이 귀양살이를 한 후로 슬픔을 머금고 세월을 보내더니, 석 달 만에 갑자기 병에 걸려 여러 날 몹시 괴로워하다가 끝내 세상을 영원히 떠나고 말았다. 절강의 만호가 놀라면서 몹시 슬프게 여겨 나라에 장계(狀啓)를 보내고 부인 양씨에게도 기별하였다.

이때 부인 양씨와 정소저가 정상서와 헤어진 뒤 눈물로 세월을 보냈다. 어느 날 문득 계집종이 고하였다.

"절강 사람이 왔나이다."

부인 양씨가 그 사람을 급히 불러 물으니, 그 사람이 말했다.

"나리께서 지난달 보름날에 세상을 떠나셨나이다."

부인 양씨와 정소저가 이 말을 듣고 한마디 소리도 내지 못한 채 까무러치니, 시비 등이 갈팡질팡 어찌할 바를 몰라 하다가 약물로 급히 구하였다. 오랜 후에야 숨을 내쉬며 눈물이 비 오듯 하니, 이때 정소저의 나이가 열한 살이었다. 온 집안이 모두 통곡하고 산천이 다 슬퍼하더라.

이보다 앞서 황상이 정상서의 죽음 소식을 듣고서 측은히 여기어 즉시 명을 내려 품계와 벼슬을 추증하고 제왕과 제후의 예(禮)로 장사 지내도록 하였다.

차설(且說)。이때 부인 양씨와 정소저가 밤낮으로 슬퍼하고 가슴 아파하며 정상서의 영구(靈柩: 관)가 돌아오기를 기다렸다. 갑자기 부인 양씨가 병에 걸려 자리에 누웠는데 병세가 위중하여 거의 죽을 지경에 이르렀다. 정소저가 더욱 슬퍼하면서 자신의 낯을 부인 양씨의 옥 같은 고운 얼굴에 대고 울며 말했다.

"아버님께서 만 리나 되는 아주 멀리 떨어진 귀양지에서 세상을 떠나시고 또 어머님께서 이렇듯 위중하시니, 소녀는 누구를 의지하여 아버님의 영구를 받들어 안장하며, 이 한 목숨을 어찌 보전해야 하리까."

말을 다 마치고 나서 목 놓아 울며 눈물을 흘렸다. 부인 양씨가 정신이 가물가물하여 흐릿한 가운데 딸아이의 통곡하는 소리를 듣고 목이 메어 울며 길게 탄식하여 말했다.

"가군(家君)의 시신을 미처 거두기도 전에 내가 또한 죽기에 이르렀으니 내 죽기는 서럽지 아니하거니와, 네게 닥칠 형편을 생각하면 구천(九泉)을 떠도는 원혼이 되리로다."

슬피 한번 부르짖고는 목숨이 끊어지니, 정소저가 하늘을 부르고 가슴을 치며 울부짖는 모습은 초목금수라도 슬퍼할지라. 부인 양씨의 시체를 놓아두기 위해 부용정에 빈소(殯所)를 차리고 밤낮으로 통곡하는데, 절강의 만호(萬戶)가 정상서의 영구(靈柩: 관)를 운반해왔다. 정소저가 부친의 시신을 붙들고서 소리 내어 슬프게 운 후, 대청(大廳)에 빈소를 차리고 밤낮으로 관을 두드려 통곡하였다. 이렇듯 시간이 흘러 장사지낼 날이 이르자, 예관(禮官)이 황상의 명을 받들어 정상서를 제왕의 예(禮)로 장사지냈다.

이때 장상서가 정상서의 부인 양씨마저 죽었다는 소식을 듣고 정소저의 가엾은 상태를 측은하게 여겨 자주 드나들며 정소저가 잘 지내고 있는지를 탐문하더니, 오래지 않아 장상서 또한 병에 걸려 끝내 세상을 떠났다. 정소저가 이를 듣고 길게 탄식하여 말했다.

"우리 선친이 살아계셨을 때에 굳게 언약하고 서로 신물(信物)을 주고받았으니, 나는 곧 그 집 사람이어라. 내 팔자가 기구하여 장상서 또한 세상을 떠나셨으니, 어찌 살기를 도모하리오."

이렇게 슬퍼하다가 문득 한 계교를 생각하고 유모를 불러 의논하였다. 그 후로 항상 남자 의복으로 갈아입고서 밤이면 병서를 읽고 낮이면 말달리기와 창 쓰기를 익히니, 용맹과 지략이 당대에 짝할 자가 없었다.

차설(且說). 장연이 장상서의 삼년상을 다 마치자, 장상서의 부인 왕씨가 아들에게 말했다.

"네 이미 장성하였으니, 과거공부에 힘쓰거라."

장연이 모친의 명을 받고 밤낮으로 과거공부에 힘썼다. 이때 황상이 인재를 구하려고 예부(禮部)에 명을 내려서 날을 택하여 과거시험을 치르게 하였다. 과거시험 날이 되자, 장연이 과거 시험장에 들어가 시험문제를 살피고는 단숨에 힘차고 시원하게 죽 써 내려 바치고서 배회하였다. 장원에는 장연이라고 이름을 부르니, 장연이 황상 앞에 나아가 네 번 절하였다. 황상이 가까이 불러들여 보고 말했다.

"네 아비가 충성으로 짐(朕)을 섬기더니, 일찍 죽으매 짐(朕)이 늘 그 충직을 아까워하였노라. 네 이제 과거시험에 장원한 것을 다행으로 알겠노라."

이윽고 한림학사를 제수하니, 장연 한림학사가 황상의 은혜에 감사드리고 집으로 돌아왔다.

차설(且說)。 장한림이 3일 동안 거리놀이를 펼친 후로 조상의 산소에 제사하고 나서 한림학사로서의 임무를 수행하였다. 해가 바뀌고서 장한림은 벼슬자리에 결원이 많이 생기자 장한림이 황상에게 글을 올려 임시 과거시험의 시행을 청하니, 황상이 아뢴 대로 하도록 허락하면서 날짜를 정해 과거를 실시하게 하였다. 이때 정수정이 과거가 시행된다는 소식을 듣고 과거시험 도구를 차려 황성에 들어가니 마침 과거시험 날에 다다랐다. 과거시험장에 나아가 글을 지어 바치고 나와 쉬었다. 황상이 글장 하나를 뽑았는데, 글 지은 것이 탁월하여 크게 칭찬하고 남이 보지 못하게 단단히 봉한 비봉(祕封)을 떼니, 정국공의 아들 정수정이라고 적혀 있었다. 즉시 가까이 불러들여서 앞으로 오랬다 뒤로 가랬다 놀리며 축하하고는 말했다.

"정흠(정국공의 본명)이 아들이 없다 하더니, 이 같은 귀한 자식을 두었는지를 몰랐도다."

뜻밖이어서 이상하게 여기는데, 문득 진량(진공의 본명)이 말했다.

"정흠에게 본래 아들이 없음을 신(臣)이 익히 아는 바이나이다. 정수정이 나라를 거짓말로 속이고 정흠의 아들이라 하오니, 폐하께서는 살피소서."

이에 정수정이 제 부친을 해친 자가 진량인줄 알고 분노해 마지않으며 말했다.

"네가 나라를 속이고 대신(大臣)을 해쳤던 진량이냐? 네 무슨 원수가 있어서 우리 부친을 해쳐 만 리나 멀리 떨어진 곳에서 죽게 하고, 이제 나를 또 해치고자 하여 더한층 대우하지 말라고 하니, 천륜이 얼마나 중하거든 인륜을 무시하고 강상을 거스르는 어지러운 말을 폐하 앞에서 하느냐? 이제 너의 간을 씹고자 하노라."

그리고는 눈물이 비 오듯 하니, 황상이 정수정의 말을 듣고서 진량이 간악하고 음흉함을 깨닫게 되어 말했다.

"너 같은 놈이 충성스럽고 선량한 신하를 애매히 죽게 하였으니, 짐(朕)이 사리에 어두웠던 것을 뉘우치노라."

이윽고 법관(法官)에게 명하여 진량의 벼슬을 빼앗고 강서에 귀양을 보내도록 한 뒤, 정수정을 한림학시(翰林學士) 겸 간의대부(諫議大夫)에 제수하였다. 이에 정수정이 황상의 은혜에 감사하고 3일 동안 거리놀이를 펼쳤다. 그 후에 말미를 얻어 조상의 산소에 제사하고 즉시 황성으로 돌아와 황상에게 정숙히 사례하러 나왔다.

장연이 정수정을 보고 서로 안부를 물으며 인사를 한 후에 말했다.

"지난날 우리 부친과 공자(公子)의 부친이 서로 굳은 약속을 하여 소제(小弟)와 공자의 누이동생이 결혼하기로 하였지만 서로가 다 같이 불행하여 상복을 입은 상주였으므로 혼사를 의논치 못하였거니와, 이제 우리 두 사람이 벼슬길에서 만났으니 멀지 않은 가까운 장래에 날짜를 정하여 혼인 예식을 지내고자 하는데 형(兄)의 뜻은 어떠하뇨?"

정수정이 옥처럼 고운 얼굴에 잠깐 근심스러운 기색을 띠여 말했다.

"소제(小弟) 집안의 운수가 불행하와 부모가 모두 세상을 떠나시자, 누이동생이 밤낮으로 소리를 내어 슬피 울다가 병이 생겨 죽었는지라 몸의 반쪽을 베어내는 고통이 날이 갈수록 더하였는데, 오늘 형의 말을 들으니 새로이 슬프도다."

장연이 다 듣고 나서 몹시 놀라 한탄하며 한숨을 쉬고 말했다.

"그러했으면 어찌 진작 부고(訃告)를 보내지 않았느뇨?"

정수정이 말했다.

"그때를 당하여 슬프고 두려워 허둥지둥 남을 생각할 겨를이 없었음이나, 오늘 형이 부고를 보내지 아니한 허물을 들어 꾸짖어도 면하기가 어려우리로다."

차설(且說)。 어느 날 황상이 경풍루에 나와 앉고, 정수정과 장연 두 사람을 불러들이도록 하여 말했다.

"경(卿)들이 시부(詩賦)를 지어 짐(朕)의 적적하고 쓸쓸함을 풀어 후련하게 하라."

두 사람이 황명에 응하여 종이와 붓을 들었는데, 때는 바야흐로 3월 보름날이었다. 시흥(詩興)이 떨치고 일어나자 산호 붓을 들어 단숨에 힘차게 죽 써 내려 동시에 바쳤다. 황상이 보니, 시를 짓는 재능이 재빠르고 날쌘 데다 봄철의 경치가 갖추어져 더할 수 없이 좋고 아름다워 칭찬해 마지않았다. 특별히 장연을 대사도(大司徒)로 삼고 정수정을 자정전 태학사(資政殿太學士)로 삼으니, 간관(諫官)이 말했다.

"장연과 정수정 두 사람의 재주는 비상하오나 나이가 가장 젊으니, 그 직책의 소임에 지나친 것이 아닌가 하나이다."

황상이 진노하여 말했다.

"나이가 많고 적음에 따라 벼슬을 할진대, 재주의 높고 낮음을 의논하지 않음이 옳은 것이더냐?"

그리고는 다시 정수정에게 병부상서(兵部尙書) 겸 표기대장군(驃騎大將軍) 병마도총독(兵馬都總督)을 내리고, 장연에게 이부상서(吏部尙書) 겸 대사도(大司徒)를 내리니, 두 사람이 감당치 못한다며 굳게 사양하였다. 그러나 황상이 끝내 허락하지 않고 침전(寢殿)으로 돌아갔다. 두 사람은 달리 어떻게 할 도리가 없어 황상의 은혜에 감사하고 각각 집으로 돌아왔다. 장연 이부상서의 모부인이 장상서의 손을 잡고 지난 일들을 생각하며 도리어 슬퍼하였다. 장상서가 모부인을 위로하며 이윽고 정수정의 누이 사연을 고하였다. 장상서의 모부인이 슬퍼하고 참담해 하며 말했다.

"그 누이가 이미 죽었으면, 다른 집안의 숙녀를 구하여 아내 자리를 비우지 말게 할지어다."

장상서는 듣기만 할 따름이더라.

각설(却說)。 각로(閣老) 원승상은 대대로 공작과 후작을 지낸 집안의 자손으로서 자기 집안의 운명을 나라의 운명과 같이한 집안으로 부귀가 당대에 으뜸이었으나, 늦게야 외동딸만 두었으니 물고기가 부끄러워서 물속으로 들어가고 기러기가 부끄러워서 땅에 떨어질 정도로 당대의 미인이었다. 원소저가 나이가 열여섯 살임에 부인 강씨가 각로에게 고했다.

"바삐 훌륭한 신랑을 구하여 둘이 같이 노니는 것을 보고, 우리의 후사(後嗣)를 이어 늘그막의 재미를 보는 것이 어찌 아름답지 아니하리까?"

각로가 말했다.

"이부상서 장연이 외모와 마음가짐이며 명성, 인망, 재주, 지혜를 갖추어 이 시대에 추앙받는 바이니 청혼을 해보겠소."

즉시 중매할미를 장상서 집에 보내어 혼인할 뜻을 전하니, 장상서의 모부인 왕씨가 익히 아는 집안이라서 즉시 허락하였다. 각로 집안에서 결혼날짜를 택하여 결혼예물을 보내자 결혼식을 치르게 되었는데, 상서 나이 또한 열여섯이었다. 위엄 있는 차림새를 차려 각로 원승상 집에 나아가 기러기를 전하고 안채에 들어가니, 각로 부부가 즐거워함은 이를 바 없었고 대청에 가득한 귀한 손님들이 칭찬하는 소리가 진동하였다.

이윽고 수십 명의 시녀들이 신부를 둘러싸고 나오는데, 장상서가 잠깐 보니 맑은 용모와 아리따운 자태가 진실로 한 시대에 보기 드문 여자이더라. 두 사람이 결혼하는 예식에서 서로 절하는 맞절까지 마치니, 이미 해가 서산에 지고 있었다. 시녀가 앞장서서 안내하여 장상서가 침실로 들어가 서로 자리에 앉는데, 원소저가 옥처럼 고운 얼굴에 잠깐 부끄러운 기색을 띠고는 고개를 숙이고 단정히 앉았다. 장상서가 마음속으로 기뻐하며 즉시 등불을 끄고 원소저의 고운 손을 잡아 이부자리에 들어가니, 마음속에 굳게 맺혀 잊히지 않을 그 곡진한 사랑은 비할 데가 없더라. 다음날 아침에 장상서가 자신의 집으로 돌아와 사당에 절하고 모부인 왕씨에게 인사하니, 부인 왕씨는 기뻐하는 기색이 얼굴에 넘쳐났다.

각설(却說)。 강서도독 한복이 표문(表文)을 올렸는데, 그 표문은 이러하다.

「북방의 오랑캐가 군사를 일으켜 관북(關北)의 70여 성을 항복받고 여남태수(汝南太守) 장보의 목을 베었으니 군사의 기세가 대단히 크나이다.」

황상이 크게 놀라 문무백관(文武百官)을 모아 의논하는데, 여러 신하들이 말했다.

"정수정이 학문적 지식과 군사적 책략을 아울러 갖추었고 벼슬이 또한 표기장군(驃騎將軍)이오니 적병을 막을 수 있으리이다."

황상이 말했다.

"정수정을 불러들이도록 하라."

이때 정수정 병부상서가 대궐에 들어가 황상을 보니, 황상이 말했다.

"지금 북적(北狄)이 쳐들어와 그 기세가 드높으니 지체할 겨를이 없이 빨리 처리해야 하는데, 조정이 모두 경(卿)을 보내면 근심을 덜리라고 하노라. 경(卿)은 능히 이 소임을 감당할 수 있겠느뇨?

정상서가 고개를 숙이고 엎드려서 말했다.

"신이 비록 재주가 없사오나 신하 된 자로서 이때를 당하여 어찌 피하리까? 간과 뇌가 땅바닥에 으깨어질지라도 도적을 쳐부수어 폐하의 근심을 덜리이다."

황상이 크게 기뻐하여 즉시 정수정에게 평북대원수(平北大元帥) 겸 제도병마도총 대도독(諸道兵馬都總大都督)을 내리고, 인검(印劍)을 주며 말했다.

"제후(諸侯)라도 만일 명령을 어기는 자가 있거든 먼저 처형하고 나중에 아뢰어라."

정원수가 황상의 은혜에 인사하고 황명을 받들며 말했다.

"군대에는 중군(中軍)이 있어야 군정(軍情)을 살필 수 있나니 어찌하리까?"

황상이 말했다.

"그렇다면 경(卿)이 가려 뽑도록 하라."

정원수가 말했다.

"이부상서 장연이 그 소임을 감당하게 할까 하나이다."

황상이 즉시 장연을 부원수로 삼았다. 정원수가 물러나와 진국장군(鎭國將軍) 관영에게 십만 명의 병사를 훈련시키도록 하고는, 이어서 황상에게 하직 인사하고 연병장으로 나아가 명령을 전하여 중군 장연으로 하여금 군진(軍陣) 앞에 대령하도록 하였다. 제장들로부터 군례(軍禮)를 받은 후, 관영을 선봉장(先鋒將)으로 삼고, 양주자사 진시회를 후군장(後軍將)으로 삼고, 대장군 서태를 군량총독관(軍糧總督官)으로 삼았다.

이때 중군의 전령병(傳令兵)이 장상서의 집에 이르렀는데, 장상서의 마음이 매우 좋지 아니하였으나 이미 국가의 흥망과 관련된 큰일이요 군대의 호령이니, 대원수의 명령을 거역하지 못하여 모부인께 하직하고 갑옷과 투구를 갖추어 말에 올라 연병장에 나아갔다. 정원수가 갑옷과 투구를 갖추고 지휘대에 높이 앉아 불러들이니, 장연이 들어와 군례(軍禮)로 꿇어 인사하였다. 정원수가 속마음으로 반갑고 웃음이 터져 나왔지만 겉으로는 엄정히 하면서 말했다.

"지금 도적의 세력이 드세어 지체할 겨를이 없이 빨리 처리해야 하나니, 내일 행군하여 기주로 갈 것이다. 그대는 해가 돋아 밝아올 무렵에 군사를 거느리고 대령하되, 군대에는 사사로운 정이 없나니 늘 생각하도록 하라."

중군(中軍) 장연이 명령을 듣고 물러났다.

차설(且說)。 정원수가 행군하여 기주에 다다르니, 도적의 기세가 대단히 크다 하였다. 다음날 아침에 진영의 형세를 벌이고 적진에 격서를 보내어 싸움을 돋우었다. 오랑캐 장수 마웅이 또한 진영의 문을 열고는 창을 빼어들고서 말을 타고 나오니, 정원수가 채찍을 들어 크게 꾸짖어 말했다.

"무지한 오랑캐가 하늘의 도움이 있는 천시(天時)를 모르고 아무런 까닭도 없이 군사를 일으켜 천자의 땅을 쳐들어왔으니, 황제께서 나로 하여금 너희를 싹 쓸어 없애라 하시었도다. 빨리 목을 늘이어 내 칼을 받으라."

마웅이 크게 노하여 맹돌통에게 대적하라 하니, 맹돌통이 80근 도끼를 휘두르면서 말을 내몰아 나오며 꾸짖어 말했다.

"너 같이 젖비린내가 나는 어린애가 어찌 나를 당할쏘냐?"

진영을 흩어지게 하려는 즈음에, 송나라 군대의 선봉장 관영이 내달려 나아가 서로 맞붙어 싸운 지 10여 합(合)에 이르렀다. 맹돌통이 크게 소리를 지르고 도끼로 관영의 말을 쳐 엎어지게 하니, 관영이 말 아래로 떨어졌다. 정원수가 관영의 위급함을 보고 말에 올라 춤추듯 달리며 말했다.

"적장(賊將)은 나의 선봉을 해치지 말라."

그리고는 달려들어 맹돌통을 맞아 싸워 3합(合)이 미처 못 되었는데도, 정원수의 창이 번득이며 맹돌통을 찔러 말 아래로 떨어뜨리고 그 머리를 베어 말에 달고서 적진을 헤쳐 들어갔다. 마웅이 맹돌통의 죽음을 보고 크게 놀라서 중군에 들어가 나오지 않았다. 정원수가 적진의 선봉대를 헤치며 좌충우돌하여 중군에 이르기까지 막는 자가 없었다. 그때 문득 적장 오평이 정원수가 이리저리 마구 찌르며 무찌르는 것을 보고 방천극(方天戟)을 휘두르며 급히 내달아 나와 싸워 30여 합(合)에 이르렀을 때, 돌연히 적병이 사방에서 급히 돌진해왔다. 정원수가 오평을 버려두고 남쪽을 헤쳐 달아나자, 마웅이 깃발을 휘두르고 북을 울리며 군사를 재촉하여 철통같이 에워쌌다. 정원수가 크게 노하여 왼손에는 장창(長槍)을 들고 오른손에는 보검(寶劍)을 들어 동남쪽을 짓이기니, 적진의 장수와 군졸들의 머리가 가을바람에 떨어지는 나뭇잎 같았다. 적병들이 맞서서 겨루지 못하고 사방으로 흩어지니, 마웅이 이를 보고 노하여 말했다.

"조그마한 아이를 에워도 잡지 못하고 도리어 장수와 군졸만 죽이니, 이는 하늘이 나를 망하게 하심이로다."

그리고는 정신이 아찔하여 까무러쳤다. 강서도독 한복은 당시의 영웅이었다. 정원수가 에워싸임을 보고는 크게 놀라 철기병 오백 명을 거느리고 에워싸인 곳을 헤쳐 정원수를 구하여 나오니, 누가 감히 당하리오. 송나라 진영으로 돌아와 승전고를 울리며 장수와 군졸들의 사기를 돋우었다. 한복과 관영이 정원수에게 사례하여 말했다.

"원수의 용맹은 초패왕(楚霸王: 항우)이라도 미치지 못하리로소이다."

차설(且說)。 마웅이 패잔병을 수습하여 물을 건너 진(陣)을 치고, 오평을 선봉장으로 삼았다. 이때 정원수가 지휘대에 앉고서 여러 장수들을 불러 말했다.

"이제 마웅이 물 건너 진(陣)을 치는 것은 구원병을 청하려 함이니, 마땅히 이때를 엿보아 부수어야 하리라."

한복을 불러 말했다.

"철기병 5천 명을 거느려 흉양에 숨었다가, 적병이 패하면 그리로 갈 것이니 급히 내달려 나와 치라."

기주자사 손경을 불러 말했다.

"정예병 5만 명을 거느려 불로 공격하되 여차여차 하라."

선봉장 관영을 불러 말했다.

"너는 3천 명의 철기병을 거느려 여차여차 하라."

여러 장수들이 정원수의 명령을 듣고 각각 군마를 거느려 가니라.

정원수는 해가 지고 어스름해질 때에 군사들에게 밥을 먹인 후 여러 장수들로 하여금 본진을 지키게 하고 철기병을 몰아 물을 건너 적진으로 행하였는데, 이때 정히 삼경(三更: 밤 11시부터 새벽 1시 사이)이었다. 적진에는 등불이 다 꺼지고 방비함이 전혀 없었는데, 사방을 살펴보니 산천이 험악하고 길이 좁았다. 정원수가 남몰래 마음속으로 기뻐하였는데, 대포소리가 크게 울리자 사방에서 불이 일어나 불길이 높이 솟아 하늘까지 닿는 듯하고 징소리와 북소리가 일제히 울리며 고함을 지르는 소리까지 천지를 진동하였다. 적병이 크게 놀라 진(陣) 밖으로 내달리니, 불길이 높이 솟아 하늘까지 닿는 듯했다. 게다가 젊은 대장이 칼을 들고서 이리저리 마구 찌르고 무찌르니, 마웅이 무심결에 겁이 나서 얼떨떨하여 칼을 휘두르며 불을 무릅쓰고 앞을 헤쳤다. 그 즈음에 등 뒤에서는 손경이 장창(長槍)을 들고 말을 달려 짓치며 다가오고, 앞에서는 정원수가 또 칼을 들고 가는 길을 막으니, 적장이 비록 지혜와 용기가 있으나 이미 계교에 속고 말았다. 다만 죽기로 싸울 줄 모르고 살기만 도모하여 좌우를 헤치고 있는데, 정원수가 급히 마웅에게 달려들어 10여 합에 이르러는 함성이 천지를 진동케 하였다. 마웅이 형세가 위급함을 알고서 왼쪽으로 달아나려는데, 부원수 장연이 길을 막고 활을 쏘았다. 마웅이 몸을 옆으로 기울여 피하며 분연히 부원수를 취하려 하였다. 그때 문득 정원수가 창을 휘두르며 뒤에서 달려들어 마웅을 베니, 오평이 마웅의 죽음을 보고 몹시 놀라서 넋을 잃었다가 겨우 정신을 차려 목숨을 구하기 위해 큰 산을 넘어 흉양을 향해 내달렸다. 그 앞에 함성이 일어나며 한 무리의 강하고 용감한 군마가 내달려나와 오평을 사로잡으니, 이는 위수대장 한복이었다.

이때 정원수가 이리저리 마구 찌르며 무찌르니, 적진의 장수와 군졸이 일시에 항복하는지라 손경을 시켜 그들을 데리고 송나라 본영으로 돌아왔다. 한복 또한 오평을 사로잡아왔다. 정원수가 장대에 높이 앉고 오평을 잡아들여 장대 아래에 꿇리니, 오평이 눈을 부릅뜨고 무수히 꾸짖으며 욕하였다. 정원수가 몹시 노하여 무사에게 명하여 오평을 베었다.

차설(且說)。 정원수가 오랑캐를 멸하고 승전보를 조정에 보낸 후에 대군을 지휘하여 황성으로 향하였다. 이보다 앞서, 황상이 정원수의 소식을 몰라 근심하다가 승전보가 온 것을 보고 크게 기뻐해 마지않았는데, 뒤이어 정원수가 회군하는 소식을 듣고 문무백관을 거느려 도성 밖까지 마중 나와 정원수를 맞으며 손을 잡고서 말했다.

"짐(朕)이 경(卿)을 싸움터에 보내놓고 지극히 염려하였더니, 이제 경(卿)이 도적을 무찌르고 승전가를 부르며 돌아오니 그 공로를 다 어찌 갚으리오."

정원수가 땅에 엎드려 말했다.

"이는 다 폐하의 큰 복이로소이다."

황상이 이루 다 말할 수 없이 칭찬하고 궁궐로 돌아왔다. 다음날 출전했던 여러 장수들에게 작위(爵位)를 내렸는데, 정수정에게 이부상서 겸 도총독 청주후를 내리고, 장연에게 태학사 겸 부도독 기주후를 내리고, 그 나머지 장수에게도 차례로 작위를 내렸다. 정수정과 장연 두 사람은 굳게 사양하였지만 황상이 끝내 허락하지 않으니, 두 사람이 마지못하여 황상의 은혜에 공손히 감사인사하고 각각 자기의 집으로 돌아갔다. 정수정 청주후는 유모와 시비를 마주하여 옛일을 생각하고 슬퍼하고는 사당을 받들어 청주로 갔고, 장연 기주후 또한 사당과 모부인을 받들어 기주로 갔다.

차설(且說)。 청주후는 청주 부임지에 도착하여 두루 살펴본 후, 수성장(守城將)을 불러 말했다.

"내 이제 북적(北狄)을 무찔렀으나, 북적은 본디 강한지라 반드시 군사를 일으켜 중원(中原)을 쳐들어올 것이니, 여러 고을의 병마(兵馬)를 각별히 연습하여 뜻밖에 닥칠 변고를 방비하도록 하라."

그리고는 황상에게 표문(表文)을 올렸으니, 그 표문은 이러하다.

> 「신(臣)이 청주를 살펴보니, 영웅이 군사를 부릴 곳이나이다. 마땅히 지혜와 용기 있는 장수를 얻어 북방 오랑캐의 기운을 억눌러서 꺾고 부러뜨리게 하오리니, 양주자사 진시회와 강서도독 한복이며 호위장군 용봉과 함께 도적을 막고자 하나이다.」

황상이 표문을 보고 크게 기뻐하여 세 사람에게 명하여 청주로 가도록 하였다.

차설(且說)。 이때는 대업을 이어받은 지 29년의 초봄이었다. 황상이 자주 제후들과 모든 문관이며 무관들로부터 조회를 받았는데, 여러 신하들을 돌아보고 말했다.

"청주후 정수정과 기주후 장연을 부마로 삼고자 하나니, 경(卿)들의 뜻이 어떠하느뇨?"

여러 신하들이 일제히 황상의 말이 마땅함을 말하니, 황상이 청주후를 불러들여 보며 말했다.

"짐(朕)에게 한 공주가 있으니, 경(卿)을 부마로 삼으려 하노라."

청주후가 이 말을 듣고 혼비백산하여 땅에 엎드려 말했다.

"신(臣)이 미천한 몸으로 어찌 금지옥엽의 공주와 짝하리까? 전혀 옳지 아니하오니, 폐하께서는 말씀을 거두시어 신(臣)의 마음을 편하게 하소서."

상이 웃으며 말했다.

"고사하는 것은 짐(朕)의 두터운 은혜를 저버림이니, 다시 고집하지 말라."

또 기주후를 불러 말했다.

"짐에게 누이동생이 있는데 꽃다운 나이 열여덟 살이라. 경(卿)이 비록 장가를 들었으나, 벼슬이 족히 두 아내를 둘만 하니 사양치 말라."

기주후 장연이 황공해 하며 황상의 은혜에 감사하고 물러났다. 이윽고 황상이 조회를 끝냈다. 청주후가 기주후와 함께 예부상서 맹동현의 집에 가서 한담을 나누다가 각각 자기 집으로 돌아왔다. 청주후가 집에 도착하자, 유모가 맞으며 말했다.

"군후(君侯)께서는 무슨 마음이 편치 않은 일이 있나이까?"

청주후가 그간의 사연을 이르고는 구슬 같은 눈물이 방울방울 떨어지더니, 문득 생각하였다.

'내 표문(表文)을 올려 본래의 정체를 아뢰리라.'

그리고는 표문을 올렸으니, 그 표문은 이러하다.

> 「이부상서(吏部尙書) 겸 병마도총독(兵馬都總督) 청주후 정수정은 머리가 땅에 닿을 정도로 수없이 절을 하옵고 표문을 올리나이다. 신(臣)의 나이 열한 살 때에 아비가 절강의 적소(謫所)에서 죽사오니, 외로운 홀몸의 여자가 의탁할 곳이 없었나이다. 하여 분수에 지나친 생각으로 하늘의 뜻을 속이고 여자가 남자로 변신하여 과거에 급제한 것은 철천지 원수 진량을 베어 아비의 억울한 넋을 위로하려는 것이었사옵니다. 천만 뜻밖에도 황실의 부마로 삼을 뜻을 두시니, 감히 몰래 감추지 못하여 진정으로 아뢰나이다. 신(臣)이 황상을 속인 죄를 밝히소서. 아비가 살았을 때에 장연과 혼인하기로 정하고 결혼예물까지 보냈지만, 신(臣)이 정체를 감추어서 장연이 이미 원승상 집안에 장가를 들었나이다. 신첩(臣妾)은 이제부터 공규(空閨)에서 늙기를 원하오니, 엎드려 바라건대 황상께서는 살피소서.」

황상이 다 읽고 나서 크게 놀랐고, 조정의 모든 벼슬아치 가운데 놀라지 않은 이가 없었다. 황상이 기주후를 불러들이도록 하여 청주후의 표문을 보이며 말했다.

"경(卿)이 지난날 정수정과 언약이 있었느뇨?"

기주후가 답하여 말했다.

"아비가 살았을 때에 정흠의 여식과 혼인하기로 정하고 결혼예물까지 보냈지만, 정수정에게 물으니 제 누이 있다가 죽었다 하였는지라 신(臣)은 그리 알았을 뿐, 정수정이 여자의 몸이면서 남자로 변신한 것을 몰랐나이다."

황상이 책상을 치며 말했다.

"진실로 이런 여자는 예나 지금이나 보기에 드문 여자로다."

이윽고 표문에 비답(批答: 대답)하였다.

> 「경(卿)의 표문(表文)를 보고 나니, 능히 대답할 말을 생각지 못하리로다. 규중(閨中)의 연약한 여자가 원수를 갚으려는 생각이 있어서 만 리나 떨어진 전쟁터에 출전하여 대공을 이루고 돌아왔거늘, 짐(朕)이 그 재주를 사랑하여 부마로 삼고자 하였도다. 그로 인해 경(卿)이 오늘날 자신의 정체를 드러내니 도리어 국가의 크나큰 불행이로다. 경(卿)의 혼사는 내가 책임지고 모든 직임은 환수할 것이나 청주후는 식읍(食邑)으로 삼아두나니 잘 알도록 하라.」

청주후가 황상의 대답을 보고 또 표문을 올려 굳게 사양하였으나, 황상이 끝내 허락하지 않았다. 청주후는 마지못하여 대궐에 들어와 황상의 은혜에 감사하였다.

차설(且說)。 황상이 예부(禮部)에 명을 내리어 위엄 있는 차림새를 준비하도록 하였고, 또 기주후에게 빨리 기주로 돌아가 혼례를 치르도록 하였다. 기주후가 황상의 은혜에 감사히 여기고 기주로 돌아가 모부인을 만나 청주후의 자초지종을 이야기하면서 황상과 주고받았던 말을 고하고 결혼식을 할 때 필요한 여러 기구들을 차렸다. 이때 황상이 태감(太監)을 청주에 보내어 하나하나의 모든 일을 살펴 주관하도록 하였다.

이럭저럭 시간이 흘러 혼례일이 되었다. 청주후가 남자 의복을 벗고 여자 옷으로 갈아입고서 거울을 마주해 얼굴을 꾸미니, 이전의 대원수가 정숙하고 기품 있는 여자로 변하였다. 이날 기주후 장연 또한 위엄 있는 차림새를 차려 청주로 가니, 그 위엄 있는 차림새가 비할 데 없더라. 태감(太監)이 혼례식을 주관하여 기주후를 맞아 혼례를 치르기 위해 친 장막에 이르니, 허다한 절차가 전고(典故)에 매우 드문 것이었다. 이윽고 태감이 예복을 갖추고 기주후를 인도하여 혼례 치를 자리에 나아가 상 위에 기러기를 전하여 올린 뒤 안채로 들어갔다. 붉은 치마를 입은 시녀가 신부를 둘러싸고 교배석(交拜席)에 나오니, 찬란한 의복의 빛깔과 단정한 얼굴 모양은 사람으로 하여금 정신을 아찔하도록 황홀하였다. 두 사람이 맞절을 마치고 바깥채에 나와 귀한 손님들에게 인사하는데, 맹동현이 기주후에게 웃으며 말했다.

"군후(君侯)가 지난날 각로 원승상의 사랑받는 사위 되어 정수정 청주후에게 보채는 것을 보았거늘, 오늘은 정수정 청주후 집에 깊이 들어와 군후의 아내로 삼을 줄 알았으리오."

이렇게 하루 종일 즐기다가 결혼 잔치를 끝내는 노래를 부르니, 귀한 손님들이 다 헤어졌다. 기주후가 안채에 들어가 저녁밥을 다 먹고 나니, 시비가 붉은 빛을 들인 밀초를 잡고 청주후를 인도하여 들어왔다. 기주후가 바라보니, 신부의 꽃같이 아름다운 얼굴과 옥같이 고운 자태가 지난날 남자 옷을 입었을 때 보던 바와는 전혀 달랐다. 이에 등촉을 끄고는 청주후의 아름다운 손을 이끌고 이부자리에 나아가니,

그 무르녹은 정이 산과 같고 바다와 같았다.

차설(且說)。 기주후가 청주후를 데리고 기주로 돌아오려는데, 청주후가 수성장(守城將)에게 성을 잘 지키라고 하였다. 그리고 위엄 있는 차림새를 갖추어 기주에 이르러는 시어머니에게 인사하는 예를 행하니, 시어머니가 이루 다 말할 수 없이 칭찬해 마지않았다.

이럭저럭 여러 날이 지나자, 기주후가 황상의 명을 좇아 황성에 이르러 대궐에 들어가서 황상의 은혜에 사례하니, 황상이 불러들여 말했다.

"경(卿)이 정수정을 제어하여 도리어 중군을 삼았느니라. 짐(朕)이 경의 소원을 이루어 주었으니, 경도 짐의 소원을 따르도록 하라. 정수정은 여자이니, 공주를 경의 배필로 정하는 것도 마땅하도다."

그리고는 그날로 흠천관(欽天官)에게 혼례일을 정하게 하니, 그달 23일이었다. 황상이 기주후에게 황명을 내려 혼례식을 준비하도록 한 뒤, 예부상서 맹동현을 불러들여 말했다.

"경을 짐의 누이동생 부마로 정하노라."

맹공이 황공하여 감히 사양치 못해 황상의 은혜에 감사 인사하고 물러났다.

이때 혼례일이 다가오자, 기주후가 혼인예복을 갖추어 태감(太監)과 함께 여러 날 만에 황성에 이르렀다. 대궐에 들어가 공손하게 사례하고 공주와 혼례를 치른 후 황상에게 인사하고는 공주방에 들어갔다. 공주의 온갖 아리따운 태도가 사람의 정신을 빼앗아 할 바를 잊어버리게 하였다. 기주후가 마음속으로 남몰래 기뻐하며 사흘을 지난 후에 공주를 거느려 기주로 내려왔다. 그때 붉은 치마를 입은 시녀들이 쌍쌍이 벌이어 섰으며, 궁중음악이 어우러지고 어우러져 하늘에까지 미쳤다. 기주에 이르러 공주가 시어머니에게 결혼예물을 드리고 인사를 한 후에 기주후의 사당에 배알하였다. 날이 저물자, 기주후가 청주후의 침실에 나아가니, 청주후가 맞아서 자리에 앉고는 웃음을 머금고 말했다.

"군후(君侯)는 공주를 부인으로 맞아 궁전 부귀를 누리시니, 재미가 어떠하나이까?"

서로 웃고 즐기면서 이야기할 즈음, 원부인이 공주와 함께 왔다. 청주후가 일어나 맞아 자리에 앉으면서 웃으며 말했다.

"공주께서는 궁궐에서 높고 귀하셨거늘 누추한 곳에 찾아오시니 자못 마음이 편하지 아니하나이다."

공주가 겸손하게 그렇지 않다며 말했다.

"첩(妾)은 재주가 없고 용렬한 사람인데도 황명으로 이에 이르렀음에 이 한 몸의 괴로움과 즐거움은 군자와 원부인께 달렸으니, 어찌 편치 아니하리오. 첩이 궁중에 있을 때 정수정 청주후의 재주와 덕을 사모하였더니만, 금일에 함께 군자를 섬길 줄 어찌 생각이나 했으리오."

청주후 또한 겸손하게 그렇지 않다고 하더라. 이렇듯 서로 이야기를 주고받다가 밤이 깊어진 후에 세 부인이 각각 헤어지니라.

차설(且說)。 이때는 봄철로 좋은 시절이었다. 청주후가 시비를 데리고 후원에 들어가 자연의 경치를 감상하면서 부용각에 이르렀는데, 기주후의 총애를 받는 영춘이 부용각 연못가에 걸터앉아 발을 못에 담그고 무릎 위에 단금(短琴)을 얹어 노랫가락을 연주하면서 청주후를 보고 일어나지도 않았다. 이에 청주후가 몹시 노하여 꾸짖어 말했다.

"공작과 후작이며 장수와 재상이라도 나를 감히 거만스레 업신여기지 못하거든, 너 같은 미천한 여자가 어찌 나를 보고도 일어나지 않느냐?"

그 즉시 돌아와 칠보로 꾸민 여자의 화관(花冠)을 벗고 군복을 갖추어 입고서 진시회를 불러 영춘을 잡아 오도록 하여 지휘대 아래에 꿇린 뒤, 청주후가 꾸짖어 말했다.

"네 군후(君侯)의 총애만 믿고 방자하게도 거리낌이 없이 본부인을 거만스레 업신여기니, 그 죄는 머리를 베어 다른 사람들이 잘못하지 않도록 경계할 수 있을 것이로되, 부군(夫君)의 체면을 보아 정신을 차리도록 약간만 꾸짖노라."

곤장을 20대 치도록 하여 내치고 침실로 돌아왔다. 이때 대부인이 청주후의 거만하고 오만스러움에 마음이 편치 못하고 거북해하던 차에 이를 듣고 몹시 노하여 기주후를 불러 말했다.

"영춘이 비록 죄가 있을지라도 내가 신임하는 계집종이거늘, 정후가 내게 여쭙지 아니하고 제 멋대로 죄를 다스려 벌을 주니, 어찌 집안일을 다스리는 법도라 하겠느뇨."

기주후가 머리가 땅에 닿을 정도로 숙여 사죄하고 사랑채로 나와 청주후의 계집종을 잡아다가 죄를 받으라면서 청주후의 죄를 대신해 맞도록 해 곤장을 치고는 내치니, 청주후가 매우 불쾌히 여기었다.

화설(話說)。 맹동현이 황상의 누이동생 공주와 결혼한 뒤 기주후 장연의 집에 이르렀으니, 기주후가 맞아 반기며 술과 안주를 내와 대접하고 이야기를 나누었다. 밤이 깊어져서 기주후가 안채로 들어가니, 세 부인들이 청주후의 침소에 모여 바둑을 두면서 서로 술을 가져다가 권하며 이야기를 나누고 있었다. 기주후가 곧바로 사랑채로 나왔다.

이때 청주후가 술에 잔뜩 취하여 공주와 원부인을 이끌어 양춘각에 올라 술을 깨고자 하였다. 때마침 영춘이 이미 누각에 올라 있다가 세 부인들이 올라오고 있는 것을 보고도 태연히 난간에 기대어 앉아 경치를 구경하며 조금도 일어날 기색이 없었다. 청주후가 이를 보고 분노해 마지않아 되돌아와 군복으로 갈아입고서 외헌(外軒)에 나와 진시회에게 영춘을 잡아오도록 명하였다. 진시회가 군사로 하여금 영춘을 잡아오게 하여 꿇리니, 청주후가 크게 꾸짖어 말했다.

"지난번에 너를 죽일 것이로되 충분히 용서하였거늘, 네 끝내 일어나 조금도 예를 차림이 없으니 어찌 몹시 원통하지 않으리오. 이제 네 머리를 베어 간사하고 악독하며 교활한 계집종들의 잘못을 경계하리라."

그리고는 무사(武士)에게 영춘을 베라고 호령하니, 이윽고 영춘의 베어진 머리를 올렸다. 청주후가 영춘의 베어진 머리를 좌우로 하여금 궁중에 돌려 보게 하니, 궁중의 상하가 크게 놀라 대부인에게 고하였다. 대부인이 몹시 놀라서 곧장 기주후를 불러 크게 책망하며 말했다.

"네 벼슬이 공후(公侯)로 있으면서 한 여자를 제어하지 못하고 어찌 세상에 처신하겠느뇨. 며느리가 되어 내가 신임하는 계집종을 곤장치는 것도 옳지 않거든, 하물며 머리를 베어 죽이는 지경에 이르렀느니 이는 남들이 알게 해서는 아니 되느니라."

기주후가 관을 벗고서 이마가 땅에 닿도록 절을 하고 물러나왔다. 이에 청주후가 신임하는 계집종을 잡아내어 무수히 매우 꾸짖고 죽이고자 하거늘, 공주와 원부인이 힘써 간하여 그만두게 하였다. 이때 이후로 기주후가 청주후를 대하는 것을 마음이 편치 않게 여겨 푸대접하는 것이 많았다. 그러나 청주후는 조금도 꺼리거나 어려워하지 않았다.

어느 날 청주후가 진시회를 불러 분부하였다.

"내 이제 청주로 가려하나니 군마를 대령하라."

그리고는 안채로 들어가 대부인에게 하직인사를 고하니, 대부인이 발끈 화를 내며 말했다.

"어찌 까닭 없이 가려하느뇨?"

청주후가 답하여 말했다.

"영지(領地)도 중대한 데다 군대에 복무하는 일도 급하기로 돌아가려 하나이다."

공주와 원부인을 이별하고 사랑채에 나와 위엄 있는 차림새를 재촉하였다. 청주에 돌아와 자리를 잡고 앉아 일을 보면서 명령을 전하여 삼군(三軍)에게 음식도 먹이고 상도 주며 무예를 연습하도록 하여 뜻밖에 닥칠 변고를 방비하였다.

차설(且說)。 철통골이 겨우 목숨을 보전하고서 호왕을 보고 패한 까닭을 말하니, 호왕이 큰 소리로 통곡하며 원수 갚지 못한 것을 원통하게 여기어 문관과 무관 모든 벼슬아치들을 모아놓고 의논하였다. 문득 한 장수가 여러 신하들 가운데 혼자 나아와 말했다.

"마웅은 신(臣)의 형이나이다. 원컨대 당당히 형의 원수를 갚고 태종(太宗)의 머리를 베어 대왕의 휘하에 바치리다."

모두 보니, 이는 거기장군(車騎將軍) 마원이었다. 지혜와 용기를 아울러 갖추었으니, 호왕이 크게 기뻐하여 마원을 대원수로 삼고, 철통골을 선봉장으로 삼아 정예병 5만 명을 징발하여 출전하도록 하였다. 몇 달 안에 하북(河北)의 30여 성을 항복받고 양성에 들이닥치려 하였다.

양성태수 범규홍이 몹시 놀라서 표문(表文)을 올려 변란이 일어났음을 고하니, 황상이 크게 놀라 문관과 무관 모든 벼슬아치를 모아놓고 의논하는데, 여러 신하들이 말했다.

"정수정이 아니면 대적할 자가 없나이다."

황상이 말했다.

"지난날에는 수정이 여자의 몸으로서 남자가 된 줄 모르고 전쟁터에 보냈거니와, 이미 여자인줄 알진대 어찌 전쟁터에 보내리오."

여러 신하들이 말했다.

"이 사람은 각별히 하늘이 폐하를 위하여 보내신 사람이오니, 폐하께서는 염려 마옵소서."

황상이 마지못해서 사관(辭官)을 청주에 보내어 청주후를 불러들이도록 해 말했다.

"지금 국운이 불행하여 북적(北狄)이 다시 일어나 여차여차 하였다 하니, 형세가 위급하도다. 경(卿)은 도적을 쳐부수어 짐(朕)의 근심을 덜라."

그리고는 즉시 정수정을 정북대원수(征北大元帥)로 삼고 상방검(尙方劍)을 내리며 명을 어기는 자가 있으면 마음대로 죽이라면서 어주(御酒)를 내렸다. 정원수는 황상에게 인사한 후에 청주로 돌아왔다. 각도(各道)에 명령을 전하여 병장기와 군량을 하북(河北)으로 실어 보내도록 하였다. 그리고 한복을 선봉장으로 삼고, 진시회를 중군장으로 삼고, 용봉을 좌익장으로 삼고, 관영은 청주성을 지키게 하였다. 청주성의 군대 20만 명과 철기병 5만 명을 거느리고 즉일 행군하여 10여 일만에 하북에 이르렀다. 양성태수 범규홍이 대군을 거느려 정원수를 맞아서 합세하고 도적들의 형세를 살폈다. 며칠이 못되어 여러 도(道)의 병마가 모두 모이니 갑옷을 입은 병사들이 60만 명이요, 정예병이 40만 명이었다. 정원수가 적진에 격서를 보내고 군대를 내어 도적의 진과 마주하여 진을 쳤다.

차설(且說)。 적장 마원이 싸움에 이긴 형세를 타고 계속 몰아쳐 황성으로 향하였다. 문득 정원수의 대군을 만나 한번 바라보았거늘 정신이 흐릿하여 분명하지 아니하여 여러 장수들과 의논하였다.

"정수정은 천하의 영웅인 데다 송나라 군진의 세력을 보니 아닌 게 아니라 정말로 얕보고 가벼이 대적하지 못할지라. 오늘 밤에 자객 엄백수를 보내어 정수정의 머리를 벨 수 있어야 하리라."

그리고는 엄백수를 불러 천금을 주며 말했다.

"네 오늘 밤에 송나라의 진영(陣營)에 들어가 정수정의 머리를 베어 오면, 너를 크게 쓸 것이니 부디 정성을 다 기울이도록 하라."

엄백수가 기꺼이 응낙하고는 그날 밤에 비수를 끼고서 몸을 흔들어 바람과 구름을 타고 송나라의 진영으로 들어갔다.

이때 정원수가 한 계교를 생각하고 기주후에게 명령을 전하였다.

"군사에 관한 긴급한 일이 있기로 명령을 전하나니 수일 내로 대령하라. 만일 기한을 어기면 군법으로 다스리라."

책상에서 병서(兵書)를 읽는데, 문득 한바탕 몰아치는 사나운 바람에 의해 등불이 꺼졌다. 마음으로 의심스러워 소매 안에서 한 점괘를 얻으니, 처음에는 흉하고 나중에는 길한지라 이로 인하여 놀랍고 두려워하리라 하였다. 하여 즉시 군대에 명령을 전했다.

"오늘 밤에 장수와 군졸들은 잠자지 말고 도적을 방비하라."

그리고는 홀로 서안에 기대었는데, 이때 엄백수가 칼을 끼고 송나라의 진영에 있는 지휘대에 이르니, 등불이 눈부시게 번쩍였지만 인적이 없어 고요하고 잠잠하였다. 장막의 틈을 열어보니, 정원수가 갑옷과 투구를 갖춘 채 단검을 쥐고 앉았는데, 위풍이 엄숙하고 기상이 매우 뛰어나 사람으로 하여금 마음에 황홀하게 하였다. 엄백수가 생각했다.

'이 사람은 아닌 게 아니라 정말로 천신과 같으니, 만일 해하려다가는 큰 화를 당하리라.'

이렇게 생각하고는 스스로 장막 아래에 내려가 칼을 던지고 땅에 엎드려 자신의 죄에 대해 용서를 비니, 정원수가 놀라서 물었다.

"너는 어떤 사람인데, 이 깊은 밤에 진영 안으로 들어와 까닭 없이 죄에 대해 벌주기를 청하느냐?"

엄백수가 머리를 조아리며 말했다.

"소인은 본디 북방의 사람인데, 적장 마원이 천금(千金)을 주고 나리의 머리를 베러 왔다가 나리의 기상을 보니 온갖 신령스러운 존재들이 호위하고 있었나이다. 하여 감히 가까이 다가가 함부로 건드리지 못하고 죄에 대해 벌주기를 청하나이다."

정원수가 다 듣고 나서 말했다.

“네 이미 아주 많은 값을 받고 위험한 곳에 들어왔다가 그저 돌아가면 반드시 네 목숨이 위태할 것이니, 너는 내 머리를 베어가지고 돌아가 공을 세우도록 하라.”

엄백수가 더욱 황공하여 자신의 죄에 대해 용서해주기를 빌며 말했다.

“소인이 이미 본심을 말씀드렸고 나리께서 이같이 용서하시니, 두터운 덕은 죽어 백골이 된다 하여도 잊을 수 없나이다.”

정원수가 좌우에 있는 사람들에게 술과 안주를 가져다가 정성껏 대접하도록 명하고, 상자 안에서 금을 내어주며 말했다.

“이것을 가지고 고향에 돌아가 살아갈 방도를 찾아 열심히 일을 하고 의롭지 못한 일을 행하지 않는 것이 어떠하느뇨?”

엄백수가 은혜에 고마워해 마지않고 즉시 하직인사하고 돌아갔다.

차설(且說)。 정원수의 전령문이 기주에 도착하였는데, 기주후가 다 읽고 나서 몹시 이상스러워하며 안채로 들어가 이 사유를 고하니, 대부인 또한 몹시 이상스러워하더라. 기주후는 이상스럽다고 생각하였지만 군령(軍令)이라 마지못하여 대부인에게 하직인사하고 하북으로 가면서 군량관을 불러 분부하였다.

“군량(軍糧)을 강으로 운송하여 기한 날짜에 닿게 하라.”

그리고는 이틀에 갈 길을 하루에 가면서 빨리 갔다.

이때에 자객 엄백수가 오랑캐 진영으로 돌아가 마원에게 말했다.

“송나라 진영에 들어가 보니, 좌우에 범 같은 장수가 무수히 있어 감히 직접 사람을 해칠 수가 없었나이다.”

마원이 말했다.

“만일 그러할진대, 내일 다시 성공하라.”

엄백수가 하나의 계책을 생각하고 거짓으로 응낙한 후에 장막 뒤에서 쉬었다. 이때 마원은 밤이 깊어지자 홀로 장막 안에서 잠이 깊이 들었다. 엄백수가 가만히 장막 안으로 들어가서 마원의 머리를 베어 가지고 송나라의 진영에 나아가 원수에게 바쳤다. 정원수가 놀라며 한편으로는 기뻐하여 다시 천금(千金)을 주어 보냈다.

다음날에 군사가 알려왔다.

"기주후 장연이 기주의 군대를 거느려 성 아래에 진(陣)을 쳤으나, 군량은 아직 도착하지 않았나이다."

정원수가 마음속으로는 몹시 기뻐하였으나, 일부러 속이고자 하여 군량이 도착하지 않았음을 책망하여 아직 그 잘못을 적어두라고 하였다. 그리고는 마원의 베어진 머리를 깃발에 높이 매달고서 말했다.

"우리의 장수나 군졸이 하나도 나간 이 없이 적장의 머리가 내 손에 있으니, 여러 장수와 군졸들은 자세히 보라."

온 진영의 장수와 군졸들이 몹시 놀라 얼굴빛이 하얗게 질려서도 아무 곡절을 몰라 의아해하더라.

각설(却說)。 적장 철통골이 장막 안으로 들어가니, 마원이 편안한 모습으로 누웠는데 머리가 간데없고 흘러나온 피가 여기저기 어지러웠다. 몹시 놀라 얼굴빛이 하얗게 질려서 급히 자객을 찾으니, 이미 자취가 없었다. 온 군대가 어찌할 바를 몰라 허둥지둥하자, 철통골이 칼을 들고 외쳐 말했다.

"만일 지레 야단스럽게 구는 자기 있으면 머리를 베리로다."

마원의 시신을 거두어 염습해 관에 넣어 안치하고, 군마를 네 부대로 나누어 진을 치게 하였다. 이 사연을 본국에 보고하여 구인병을 청하였다.

이때 정원수가 각도에서 온 병마(兵馬)들을 통합하여 네 부대로 나누어 배치하고 여러 장수들과 함께 의논하였다.

"이제 적진에는 우두머리 장수가 없으니, 오늘 밤에 기습하면 빼앗을 수 있으리로다."

이날 밤에 정원수가 한 번 북을 쳐서 적진을 쳐부수고 철통골을 사로잡아 본진으로 돌아왔다. 정원수가 지휘에 높이 앉아 철통골을 장막 아래에 꿇리고 크게 꾸짖어 말했다.

"너희들이 아무 까닭 없이 천자의 조정을 침범하고자 하였으니, 그 죄가 무거워 만 번 죽는다 해도 오히려 미치지 못할 것이로다. 너희를 신속히 처단하여 후인들을 경계하리로다."

철통골 등이 머리를 땅에 두드리며 항복하거늘, 정원수가 좌우 사람들에게 맨 것을 끄르게 하고 지휘대에 자리를 주며 술과 안주를 성대히 차리게 하여 정성껏 대접하였다. 오랑캐 장수 등이 정원수의 은덕을 이루 다 말할 수 없이 정말로 감사해하였다. 정원수는 오랑캐 장수 등을 고향으로 돌려 보내니라.

차설(且說)。정원수가 소와 양을 잡아 삼군(三軍)을 실컷 먹였다. 정원수 또한 술을 잇달아 내오도록 하여 취흥이 한껏 솟아오르자, 좌우 사람들에게 호령하였다.

"장연을 잡아 들여라."

무사(武士)가 쇠사슬로 장연의 목을 옭아매어 장막 아래에 이르렀다. 기주후가 무릎을 꿇지 않으니, 정원수가 크게 노하여 말했다.

"지금 도적이 침입해와 노략질을 하니, 황상께서 나에게 도적을 막으라 하시어 내 황명을 받자와 밤낮으로 마음을 쓰거나 걱정하고 있거늘, 그대는 어찌하여 더없이 중대한 군량을 진작 대령하지 않았느뇨? 대원수의 명령을 어긴 것이고 군법은 사사로움이 없나니, 그대는 나를 원망하지 말라."

무사에게 내어 베라고 명하니, 기주후가 몹시 노하고 크게 꾸짖어 말했다.

"내 비록 변변하지 못하나 그대의 남편이거늘, 작고 대수롭지 아니한 혐의로써 군법을 핑계하고 남편을 심하게 모욕하니 어찌 여자의 도리리오."

정원수가 이 말을 듣고 더욱 항복받고자 하여 일부러 꾸짖어 말했다.

"그대는 사리를 모르느뇨? 국가의 무거운 임무를 맡으매 도성문 밖은 내 손아귀 안에 있을뿐더러 그대 이미 군법을 범하였으니, 어찌 부부로서의 도의를 생각하여 군법을 어지럽히려 하는 것이오. 그대가 나를 지푸라기같이 하찮게 여기나, 나 또한 그대 같은 장부는 원하지 아니하노라."

이러면서 무사를 재촉하는 체 하였다. 기주후가 이에 이르러서는 대답할 말이 없으니, 다만 고개를 숙이고 말했다.

"군량을 육로로 실어 나를 수가 없어 강으로 운송하려 하였는데, 순풍을 만나지 못하여 더디고 느려진 것이니, 어찌 오로지 내 죄라고만 하리오."

여러 장수들 또한 형편이 그러한 줄로 굳게 간하니, 정원수가 시간이 꽤 오래도록 지난 뒤에 말했다.

"두루 체면을 보아 용서하나, 아주 전혀 그저 두지 못하리로다."

무사에게 곤장 십여 대를 치도록 명하고는, 다 치고 나자 잡아끌어 내도록 분부하였다. 그리고는 그 날로 회군하여 황성으로 향하는데, 강서 지경에 이르자 한복에게 말했다.

"진량의 유배지가 얼마나 되느뇨?

대답하여 말했다.

"수십 리는 되나이다."

정원수가 분부하였다.

"철기병을 거느려 진량을 결박하여 오라 ."

한복 등이 정원수의 명령을 듣고 나는 듯이 진량의 적소(謫所)에 가 바로 깨치고 내실(內室)로 들어갔다. 진량이 크게 놀라 까닭을 물었지만, 한복이 칼을 들어 사내종들을 베고 군사들에게 명하여 진량을 결박해 본진으로 돌아와 정원수에게 고하였다. 정원수가 이에 진량을 잡아들여 장막 아래에 꿇리고 몹시 성난 기색으로 부친을 모해한 죄상을 문초하니, 진량이 다만 살려달라고만 빌었다. 정원수가 무사에게 빨리 베도록 명하니, 이윽고 진량의 베어진 머리가 들여졌다. 정원수가 제사상을 배설하고 돌아가신 아버지에게 제사를 차려 지냈다. 그 뒤로 나라에 승전보를 보내고는 장연을 기주로 보내고 대군을 지휘하여 황성으로 향하였다. 여러 날 만에 대궐 가까이 이르니, 황상이 모든 벼슬아치들을 거느려 정원수를 맞아 이루 다 말할 수 없이 정말로 감사하다는 뜻을 표하였다. 그리고는 정원수를 좌각로(左閣老) 평북후(平北侯)로 봉하니, 정원수가 황상의 은혜에 감사해하고 청주의 군대를 거느리고 청주로 갔다.

차설(且說)。기주후가 기주에 이르러 대부인에게 인사하고, 그간의 사연을 고하였다. 대부인이 다 듣고 나서 통분하게 여기니, 원부인과 공주가 고하였다.

"정후의 벼슬이 각로(閣老)에 이르렀으니 능히 제어치 못할 것이요, 제 또한 대의(大義)를 알아 삼가 화목할 것이니, 이제는 노여워하시지 마소서."

대부인이 옳게 여겨 심부름할 시녀를 가려서 서간을 주어 청주로 보냈다. 이때 평북후 정수정이 그간의 일을 생각하고 심사가 답답하여 괴로워하였는데, 계집종이 문득 기주에서 심부름 시녀가 왔다고 하였다. 심부름 시녀를 불러들여 서간을 보니, 대부인의 서찰이었다. 마음속으로 기뻐서 즉시 회답하여 보내고, 그 다음날 떠날 채비를 차려 기주로 갔다. 붉은 치마에 푸른 저고리를 입고 봉을 새긴 관에 꿩을 수놓은 붉은 비단옷의 명월패(明月牌)를 차고서 수십 명의 시녀를 거느려 성 밖에 나왔다. 한복이 평북후의 수레와 가마를 옹위하여 기주에 이르러 궁 안으로 들어갔다. 평북후가 대부인에게 예를 갖추어 인사하고, 원부인과 공주 두 부인과도 예를 마치고서 앉았다. 대부인 지난날의 일을 조금도 꺼리고 싫어하는 것이 없으니, 평북후 또한 대부인을 지극정성으로 섬겼다.

이후로 부귀영화를 누리며 슬하에 좋고 선한 즐거움이 가득하였다. 평북후는 이자일녀(二子一女)를 두었으되, 장남으로써 후사를 이으니 기주후를 이어받았고, 차남으로써 정씨의 제사를 받들어 청주후를 이어받게 하였다. 원부인은 사자일녀(四子一女)를 두었고 공주는 이자일녀(二子一女)를 두었으되, 다 부모의 모습을 골고루 닮아 평범하지가 아니하였다.

대부인이 87세에 세상을 떠나니, 기주후와 세 부인이 몹시 슬퍼하는 것이 정도에 지나치도록 하였고, 예를 갖추어 선산에 합장한 후에 삼년상을 지내며 더욱 슬퍼해 마지아니하였다. 이때 대황제 또한 세상을 떠나니, 공주와 평북후이며 기주후의 슬퍼하는 것이 비할 데가 없었다.

이후로 기주후 부부가 아무 탈 없이 태평하게 지내다가 나이 75세에 이르러서 양양 물가의 풍경을 즐겨 구경하였는데, 때는 바야흐로 3월 보름께였다. 아름다운 배를 타고 돌아다니며 즐겼는데, 한 떼의 오색구름이 일어나더니 그 구름에 싸여 두 사람이 대낮에 하늘로 올라가니라. 원부인과 공주도 해를 이어서 죽으니라. 자손들이 번성하여 대대로 벼슬이 끊이지 아니하고 충효열절(忠孝烈節)이 떠나지 아니하매, 기특한 사적을 기록하여 전하노라.

원문과 주석

금방울전
金鈴傳

作者未詳

화셜[1]。 ᄃᆡ원[2] 지졍[3] 말(末)의 장원이라 ᄒᆞ는 ᄌᆡ(者가) 벼술이 한원[4]의 잇더니, 원(元)이 망ᄒᆞ고 ᄃᆡ명[5]이 즁흥ᄒᆞᄆᆡ 시졀롤 피ᄒᆞ여 ᄐᆡ안쥬[6] 이릉산의 숨어 ᄉᆞ더니, 일일은 장공이 일몽(一夢)을 어드ᄆᆡ{얻으매} 남젼산[7] 신녕(神靈)이 불너 니ᄅᆞᄃᆡ,

"시운(時運)이 불니(不利)ᄒᆞ여 조만의[8] ᄃᆡ홰(大禍가) 이슬{있을} 거시니 밧비 ᄯᅥ나라."

ᄒᆞ고 간ᄃᆡ업거ᄂᆞᆯ, 쟝공이 ᄭᆡ어 부인더러 몽ᄉᆞ(夢事)롤 니ᄅᆞ고 즉시 부인을 닛그러 옛길흘 찻더니, 문득 풍위(風雨가) 니러ᄂᆞ며 홍의동지[9] 압히

---

1) 화셜(話說): 고소설에서 이야기를 시작할 때 쓰는 말.

2) ᄃᆡ원(大元): 1271년 몽고족이 중국에 침입하여 세운 원나라를 일컫는 말. 원나라는 1279년 남송을 쳐서 통일 국가를 이루었으나, 1368년 주원장을 중심으로 한 漢민족의 봉기로 망하였다.

3) 지졍(至正): 중국 원나라 順帝 때의 연호(1341~1370). 순제가 1368년 주원장에 의해 쫓기어 북경에서 開平으로 달아났다가 應昌에서 죽을 때까지 사용하던 연호이다. 소위 北元 때도 일정기간 사용되던 연호이다.

4) 한원(翰苑): '한림원'과 '예문관'을 예스럽게 이르던 말.

5) ᄃᆡ명(大明): 1368년 朱元璋이 江南에서 일어나 元을 북쪽으로 몰아내고 세운 명나라를 일컫는 말. 명나라는 1644년 李自成에게 망하였다.

6) ᄐᆡ안쥬(泰安州): 金나라 때 설치한 州. 山東省 중부에 있는 고을 이름이다.

7) 남젼산(藍田山): 중국 陝西省 西安市 藍田縣 동쪽에 있는 산. 美玉의 출산지로 유명하여 玉山이라 불린다.

8) 조만(早晩)의: 앞으로 곧.(早晩間)

와 급히 비러 왈,

"소ᄌᆞ[10]의 명이 경긱의 이스니[11], 부인은 구ᄒᆞ소셔."

부인이 ᄃᆡ경(大驚) 왈,

"션동(仙童)의 급ᄒᆞᆫ 일은 무슴 일이며, 우리 엇지 구ᄒᆞ라 ᄒᆞ나뇨."

동ᄌᆡ(童子가) 발롤 구ᄅᆞ며 왈,

"소ᄌᆞ는 동ᄒᆡ 뇽왕의 졔삼ᄌᆡ라. 남ᄒᆡ왕이 되여 부ᄇᆡ(夫婦가) 친영[12]ᄒᆞ여 오다가 동ᄒᆡ 호샹(湖上)의 남셤진쥬[13] 요괴(妖怪)롤 맛나 뇽녀(龍女)롤 아ᄉᆞ가려 ᄒᆞᄆᆡ, 둘ᄒᆡ 합녁(合力)ᄒᆞ여 ᄊᆞ호다가 뇽녀는 힘이 진(盡)ᄒᆞ여 쥭고, 소ᄌᆡ ᄯᅩᄒᆞᆫ 나ᄒᆡ 어린 고로 신통(神通)을 부리지 못ᄒᆞ여 다라놀시, 밋쳐 슈부[14]로 드지 못ᄒᆞ고 인셰(人世)의 먼니{멀리} 나ᄆᆡ 긔력(氣力)이 진(盡)ᄒᆞ여 다시 다라놀 곳이 업는지라. ᄇᆞ라건ᄃᆡ 부인은 잠간 입을 버리시면{벌리시면} 몸을 피ᄒᆞ고 후셰(後世)의 은혜롤 갑흐리이다{갚으리다}."

ᄒᆞ거놀, 부인이 잠간 입을 버리ᄆᆡ{벌리매}, 뇽ᄌᆡ(龍子가) 몸을 흔드러 붉은 긔운이 되여 들거놀, 부인이 삼키고 보니 홀연(忽然) 텬지 아득ᄒᆞ며 광풍[15]이 니러나고 고이ᄒᆞᆫ 소ᄅᆡ 진동ᄒᆞ는지라. 공의 부ᄇᆡ 급히 돌 틈의 숨엇더니, 니윽고 ᄇᆞ롬이 긋치고 일식(日色)이 명낭(明朗)ᄒᆞ거놀 겨우 길을

---

9) 홍의동ᄌᆡ(紅衣童子가): 붉은 옷을 입은 어린아이라는 뜻으로, '곱게 차려 입은 어린아이'를 일컫는 말.

10) 소ᄌᆞ(小子): 나이 어린 사람이 부모 뻘 되는 사람에 대하여 '자기'를 낮추어 일컫는 말.

11) 명(命)이 경긱[頃刻]의 이스니: 목숨이 아주 짧은 시각에 달려 있다는 뜻으로, '아주 위태로운 상태'를 일컫는 말.(命在頃刻)

12) 친영(親迎): 전통 혼례에서 신랑이 신부 집에 가서 신부를 직접 맞이하는 의식. 奠雁禮 또는 大禮라고도 하며, '지금의 결혼식'을 말한다.

13) 남셤진쥬: '南贍部洲'의 오기인 듯. 수미산을 중심으로 인간세계를 동서남북의 四洲로 구분하는데, 그 남방의 대륙인 '염부제'를 일컫는 말. 그러므로 印度 일대를 가리키던 말이나, 뒤에는 '인간세계 전체'를 일컫는 말이 되었다.

14) 슈부(水府): 물을 맡아 다스린다는 용왕이 있는 곳.

15) 광풍(狂風): 미친 듯이 휩쓸어 일어나는 바람.

ᄎᆞᄌᆞ 굴 밧긔 나오니, 이곳은 틱안(泰安) 고당쥬[16] 졉경(接境)이라.

비록 산협(山峽)이ᄂᆞ 민회(民戶가) 부요[17]ᄒᆞ고 인심이 순후(淳厚)ᄒᆞ더라. 그 즁의 모ᄉᆞ졀ᄉᆞ의[18]ᄒᆞ며 살신셩명(殺身成名)ᄒᆞ는 ᄌᆡ(者가) 만흐니 ᄇᆡᆨ셩들이 의지(依支)업는 ᄉᆞ롬을 붓드러 구휼ᄒᆞ니, 장공의 거지(擧止) 단아ᄒᆞ고 언ᄉᆡ(言辭가) 온공[19]ᄒᆞ믈 보고 ᄋᆡ즁(愛重)ᄒᆞ여 혹 집터도 빌니며 혹 농업을 분작(分作)ᄒᆞ며 ᄌᆞ식 닛는 ᄌᆞ(者)는 닷토아 슈학(受學)ᄒᆞ기롤 원ᄒᆞ니 일노 인ᄒᆞ여 ᄉᆡᆼ계(生計) 유족(有足)ᄒᆞ니 호칭 산인[20]이라 ᄒᆞ더라.

ᄎᆞ셜(且說)。 쳐ᄉᆡ ᄉᆞ속[21] 업스믈 민양 슬허ᄒᆞ더니, 일일흔 일몽(一夢)을 어드ᄆᆡ 텬디 혼흑[22]ᄒᆞ며 구롬속으로셔 쳥뇽(靑龍)이 ᄂᆞ려와 현갑[23]을 벗고 변ᄒᆞ여 션비 되여 압희 나아와 니로ᄃᆡ,

"ᄌᆞ식의 급흔 거슬{것을} 구ᄒᆞ시니 은혜난망(恩惠難忘)이라. 갑흘{갚을} ᄇᆞ롤 아지 못ᄒᆞ더니, 오놀 옥뎨(玉帝) 조회(朝會)롤 ᄇᆞ드시고 텬상텬하(天上天下)의 원굴[24]ᄒᆞᆫ 거슬 숣피실ᄉᆡ, 남ᄒᆡ 뇽왕의 필녀[25]는 나의 며ᄂᆞ리라, 져의 신혼(新婚)ᄒᆞ여 오다가 요귀의게 쥭고 원혼(冤魂)이 옥뎨긔 발원[26]ᄒᆞᆫ ᄃᆡ, 옥뎨 금광으로 ᄒᆞ여곰 '쾌히 보응[27]케 ᄒᆞ라' ᄒᆞ실ᄉᆡ, '뇽ᄌᆞ(龍子)도 인셰(人世)의 닉여 보닉어 미진(未盡)ᄒᆞᆫ 인연(因緣)을 다ᄒᆞ라' ᄒᆞ시니, 내 금

16) 고당쥬(高唐州): 金나라 때 설치한 州. 山東省의 高唐縣.
17) 부요(富饒): 재물이 많아 생활이 넉넉함.(富裕)
18) 모ᄉᆞ졀ᄉᆞ의(慕死節死義): 절개와 의리를 지키기 위해 목숨을 바치고자 함.
19) 온공(溫恭): 온화하고 공손함.
20) 산인(山人): 예전에, 세상을 등지고 산속에 들어가 살던 사람을 이르던 말.(山客)
21) ᄉᆞ속(嗣續): 대를 이을 자식.(後嗣)
22) 혼흑(昏黑): 어두워서 아주 컴컴함.
23) 현갑(玄甲): 검은 껍질.
24) 원굴(冤屈): 까닭 없이 죄를 뒤집어써서 억울하고 원망스러움.
25) 필녀(畢女): 막내딸.
26) 발원(發願): 바라고 원하는 바를 빎.
27) 보응(報應): 착한 일과 악한 일이 그 원인과 결과에 따라 대갚음을 받음.

광의게 청ᄒᆞ여 그ᄃᆡ 집의 졍ᄒᆞ엿ᄂᆞ니라.”

ᄒᆞ고 간ᄃᆡ업거ᄂᆞᆯ, ᄭᆡ여 부뷔 셔로 몽ᄉᆞᄅᆞᆯ 닐너 암희[28] ᄒᆞ더니, 과연 그ᄃᆞᆯ 븟터 ᄐᆡ긔(胎氣) 이셔{있어} 십 삭(十朔)이 ᄎᆞᄆᆡ 일ᄀᆡ 옥동(一介玉童)을 ᄉᆡᆼ(生)ᄒᆞ니, 얼골이 남젼산(藍田山)의셔 보던 션동(仙童) 갓튼지라, 비록 강보(襁褓) 인나 용뫼(容貌가) 웅위[29] ᄒᆞ고 긔질(氣質)이 쥰일[30] ᄒᆞ니, 닐홈을 ᄒᆡ룡이라 ᄒᆞ고 ᄌᆞᄅᆞᆯ 응텬이라 ᄒᆞ다.

호ᄉᆡ다마[31]는 고금상ᄉᆡ라(古今常事이라). 이ᄯᅢ 텬지 슈명어텬[32] ᄒᆞ시나, ᄒᆡᄂᆡ[33] 미졍[34] ᄒᆞ여 혹칭(或稱) 위왕(魏王)ᄒᆞ고 혹칭 조왕(趙王)ᄒᆞ여 남셔(南西)로 노략(擄掠)ᄒᆞ니, 일경[35]이 진동(振動)ᄒᆞ여 피란(避亂)ᄒᆞ는 ᄌᆡ 무슈(無數)ᄒᆞᆫ지라. 장쳐ᄉᆡ 이 즁의 셧겨 피란ᄒᆞᆯᄉᆡ 츄병[36]이 급ᄒᆞᆫ지라, ᄒᆡ룡을 서로 돌녀업고 닷더니[37] 긔력이 진(盡)ᄒᆞᄆᆡ, 부인이 울며 왈,

“이 ᄋᆞᄒᆡᄅᆞᆯ 보젼(保全)ᄒᆞ려 ᄒᆞ면 우리 셰히 다 죽을 거시니, 상공(相公)은 우리 모ᄌᆞ(母子)ᄅᆞᆯ 잠간 ᄇᆞ리고 피ᄒᆞ엿다가 모ᄌᆞ의 ᄒᆡ골(骸骨)이나 거두소셔.”

ᄒᆞ거ᄂᆞᆯ, 쳐ᄉᆡ 참아 ᄇᆞ리지 못ᄒᆞ여 셔로 븟들고 통곡ᄒᆞ더니 도젹이 졈졈 갓가온지라. 쳐ᄉᆡ 울며 ᄒᆡ룡을 ᄇᆞ리고 가ᄌᆞ ᄒᆞ며 ᄌᆡ촉ᄒᆞ거ᄂᆞᆯ, 부인이 ᄒᆞᆯ일업셔 ᄒᆡ룡을 길가의 안치고{앉히고} ᄃᆞᆯᄂᆡ여 왈,

---

28) 암희(暗喜): 남몰래 속으로 기뻐함. 은근히 기뻐함.
29) 웅위(雄偉): 우람하고 훌륭함.
30) 쥰일(俊逸): (재능, 기질 등이) 뛰어남.
31) 호ᄉᆡ다마[好事多魔]: 좋은 일에는 흔히 방해되는 일이 많이 생김.
32) 슈명어텬(受命於天): ‘하늘의 명을 받음’의 뜻으로, ‘왕위에 오름’을 일컬음.
33) ᄒᆡᄂᆡ(海內): 나라 안.
34) 미졍(未定): 아직 평정되지 아니함.
35) 일경(一境): 어떤 곳을 중심으로 한 일부 지역.
36) 츄병(追兵): 추격하는 군사.
37) 닷더니[닫더니]: 빨리 뛰어가더니.

"우리 잠간 단녀올 거시민{다녀올 것이매} 이 실과(實果)를 먹고 안져 스라{앉아 있으라}."

ᄒᆞ니, ᄒᆡ룡이 울며 한가지로 가지라[가리라] ᄒᆞ거ᄂᆞᆯ, 쳐ᄉᆡ 조흔 말노 달ᄂᆡ고 부인을 ᄌᆡ촉ᄒᆞ여 다라ᄂᆞᆯᄉᆡ 거롬마다 도라보니, ᄒᆡ룡이 부모를 부ᄅᆞ며 '슈히 오라' 당부ᄒᆞᄂᆞᆫ지라.

이ᄯᅢ 도적이 오다가 ᄒᆡ룡을 보고 죽이려 ᄒᆞ니, 그 즁 장삼이란 도적이 말녀 왈,

"어린 ᄋᆞᄒᆡ 부모를 닐코{잃고} 우는 거슬 무슴 일 죽이려 ᄒᆞᄂᆞ뇨?"

ᄒᆞ고, 업고 오다가 ᄉᆡᇰ각ᄒᆞ되,

'내 위셰(威勢)의 핍박(逼迫)ᄒᆞ여 군오[38]의 몰입(沒入)ᄒᆞ여스니, 엇지 본심이리오! ᄯᅩ 이 아희 샹(相)을 본즉 귀히 될 긔샹(氣像)이라. 이ᄯᅢ를 타 다라나리라{달아나리라}.'

ᄒᆞ고 짐짓 완완[39]히 가다가 강남 고군[40]으로 다라나니라.

이젹의 쳐ᄉᆞ 부뷔 잠간 피ᄒᆞ엿다가 도뢰(道路가) 요젹[41]ᄒᆞ믈 보고 산의 ᄂᆞ려와 보니 ᄒᆡ룡이 간듸업는지라. 부인이 가슴을 두다려 왈,

"아조{아주} 일흘{잃을} 줄 아더면 무슴 표를 두어 ᄎᆞ즐 ᄯᅢ 보람[42]이 될 거슬 창졸[43]의 ᄉᆡᇰ각지 못ᄒᆞ여스니, 장셩ᄒᆞ여 ᄎᆞ즌들 엇지 알니오."

쳐ᄉᆡ 위로 왈,

"ᄒᆡ룡의 등의 불근{붉은} ᄉᆞ마괴 칠셩[44]으로 응(應)ᄒᆞ여스니, 엇지 몰나

38) 군오(軍伍): 군의 대오. 곧, 군대. 여기서는 도적의 무리를 일컫는다.
39) 완완(緩緩): 동작이 느릿느릿함. 천천함.
40) 고군(故郡): 옛 고을.(故鄕)
41) 요적(寥寂): 쓸쓸하고 고요함.
42) 보람: 잊지 않기 위한 표적.
43) 창졸(倉卒): 미처 어찌할 사이 없이 매우 급작스러움.
44) 칠셩(七星): 북두칠성. 큰곰자리에서 국자 모양을 이루며 가장 뚜렷하게 보이는 7개

보리요."

ᄒᆞ며 두루 도라 찻더니, 조쟝(趙將) 위셰긔의 잡힌 비 되여 장하[45]의 드러가니, 위[46] 쳐ᄉᆞ[47]의 표일[48]ᄒᆞᆫ 긔상을 보고 앗겨 그 민 거슬 글너 장즁[堂中]의 올녀 니힉(理解)로 권유(勸諭)ᄒᆞ니 지긔샹합[49]ᄒᆞᆫ지라. 즉시 참모(參謀)를 ᄒᆞ이엿더니, 참모의 헌칙[50]으로 연경[51] 누쳔니(累千里)를 어드니, 일노 인ᄒᆞ여 남셔의 져근 셩디(城地)를 갈희여[52] 한가히 쉬라 ᄒᆞ니, 쳐식 부인으로 더브러 뇌양현[53]으로 가니, 뇌양현은 셔촉지계(西蜀之界)니 산쳔이 험쥰(險峻)ᄒᆞ미 빅성이 병혁[54]을 모로는지라. 쳐식 도임[55]ᄒᆞᆫ 후 정식(政事가) 공평ᄒᆞ미, 일경(一境)이 안업[56]ᄒᆞ고 낙초의[57] 즐겨ᄒᆞ는 소릐 원근의 들니더라.

이ᄯᅴ 셩남 조계촌의 김삼낭이란 ᄉᆞ롬이 호협방탕[58]ᄒᆞ여 가쳐[59] 막시

의 별.

45) 장하(帳下): 군대에서 장수가 주둔하고 있는 장막 아래. 장수가 거느리는 사람(막하).

46) 위: '위세기'를 일컬음.

47) 쳐ᄉᆞ(處士): 장해룡의 아버지 '장원'을 지칭함.

48) 표일(飄逸): 성품이 세상일에 거리끼지 않고 뛰어나게 훌륭함.

49) 지긔샹합(志氣相合): 두 사람의 의지와 기개가 서로 맞음.

50) 헌칙(獻策): 어떤 일에 대하여 생각하여 올린 방책.

51) 연경(連境): 두 지역이 서로 접한 경계.(接境)

52) 갈희여: (여럿 가운데 하나를) '골라'의 옛말.

53) 뇌양현(耒陽縣): 중국 湖南省 衡陽에 있는 현.

54) 병혁(兵革): 전쟁.

55) 도임(到任): (관리가) 근무지에 도착함.

56) 안업(安業): 편안한 마음으로 업무에 종사함.

57) 낙초의: 未詳. 이 부분은 『구활자본 고소설전집 19』(인천대학교 민족문화연구소, 1984, 435면)에는 "빅셩의"로 되어 있고, 『한국의 여성영웅소설』(정병헌·이유경, 태학사, 2000, 77면)에서는 "각처의"로 읽고 있다.

58) 호협방탕(豪俠放蕩): 남의 사소한 일조차도 간섭하여 갈피를 잡을 수 없으며, 주색을 좋아하고 행실이 좋지 못함.

59) 가쳐(家妻): 아내.

얼골이 곱지 못ᄒᆞ므로 조가 녀ᄌᆞ롤 취(取)ᄒᆞ여 도라오지 아니코 그 ᄯᅡ ᄇᆡᆨ셩이 되니, 막시 조곰도 셜워 ᄒᆞ는 일이 업고 노모롤 봉양(奉養)ᄒᆞᆯ시, 집이 빈한(貧寒)ᄒᆞ므로 남의 고공[60]이 되여 조셕(朝夕)을 난화{나누어} 먹더니, 그 어미 죽으ᄆᆡ 막시 쥬야(晝夜) ᄋᆡ통(哀慟)ᄒᆞ고 장ᄉᆞ(葬事)롤 극진 차려 션산(先山)의 안쟝(安葬)ᄒᆞᆫ 후로, 젼(前)의 초막[61] 짓고 밤이면 수직[62]ᄒᆞ여 십여 년을 한결갓치 ᄒᆞ니, 쳔고의 효뷔(孝婦가) 만흐나 막시의게 밋츠{미칠} 리 업더라.

일일은 초막(草幕)의셔 막시 일몽(一夢)을 어드ᄆᆡ, 몸이 공중의 올나 표탕히[63] 한 곳의 니ᄅᆞ니 산쳔이 졀승[64]ᄒᆞ여 풍경이 소쇄[65]한지라. 막시 ᄇᆞ라본즉 ᄇᆡᆨ발노옹(白髮老翁)이 ᄉᆞ방을 응ᄒᆞ여 안졋거눌 감히 나아가지 못ᄒᆞ고 쥬져ᄒᆞᆯ 즈음의, 동ᄌᆡ(童子가) 나와 닐오ᄃᆡ,

“우리 ᄉᆞ뷔(師父가) 옥뎨(玉帝) 명을 밧ᄌᆞ와 젼ᄒᆞ려 ᄒᆞ시니 밧비 나아가 뵈오라.”

ᄒᆞ거놀, 막시 인ᄒᆞ여 나아가니, 노인이 각각 방위롤 응ᄒᆞ여 안졋다가 막시더러 왈,

“그ᄃᆡ의 ᄃᆡ졀(大節)과 지효(至孝)롤 옥뎨(玉帝) 알으시고 ‘극진이 포장[66]ᄒᆞ라’ ᄒᆞ시ᄆᆡ ᄌᆞ식을 졈지[67]ᄒᆞ려 ᄒᆞ더니, 드ᄅᆞᄆᆡ 그ᄃᆡ의 장뷔[68] 난중의 죽엇다 ᄒᆞ는지라, ᄒᆞᆯ일업셔 옥뎨긔 이 ᄉᆞ연을 쥬(奏)ᄒᆞᆫ즉 옥뎨 ‘조흘 도

60) 고공(雇工): 품삯을 받고 남의 일을 해주는 사람.(품팔이)
61) 초막(草幕): 임시로 사용하기 위하여 풀이나 짚으로 간단하게 꾸민 집. 곧 廬幕이다.
62) 수직(守直): 맡아서 지킴.
63) 표탕(飄蕩)히: 정처 없이 헤매어 떠돌다가.
64) 절승(絕勝): (경치가) 비할 바 없이 훌륭함.
65) 소쇄(瀟灑): 맑고 깨끗함.
66) 포장(褒奬): 칭찬하여 장려함.
67) 점지(點指): 神佛이 사람에게 자식을 갖게 하여 줌.
68) 장뷔(丈夫가): 혼인을 하여 여자의 짝이 된 남자가.

리로 졈지ᄒᆞ라' ᄒᆞ시더니, 남히 뇽녀(龍女)와 동히 뇽ᄌᆞ(龍子가) 조년원ᄉᆞ[69]ᄒᆞ여기로 옥뎨 탑하(榻下)의 보슈[70]ᄒᆞ믈 발원(發願)ᄒᆞᆫ즉, 옥뎨 우리로 ᄒᆞ여곰 '션쳐(善處)ᄒᆞ여 보응(報應)케 ᄒᆞ라' ᄒᆞ신 고로, 명을 밧드러 동히 뇽ᄌᆞ는 맛춤 조흔 곳이 이셔{있어} 구쳐[71]ᄒᆞ여스되 뇽녀의 거쳐(居處)를 졍치 못ᄒᆞ여 이졔 다려와 그ᄃᆡ를 주ᄂᆞ니, 십뉵 년 후의 얼골를 볼 거시니 이졔 보앗다가 후일 ᄎᆞ등(差等) 업게 ᄒᆞ라."

ᄒᆞ고 공중을 향ᄒᆞ여 뇽녀를 부ᄅᆞ니, 니윽고 션녜(仙女가) ᄂᆞ려와 서거ᄂᆞᆯ, 막시 보니 만고졀염[72]이라.

홍의션관(紅衣仙官)이 몬져 니로ᄃᆡ,

"나는 ᄎᆞ지[73]ᄒᆞᆯ 거시{것이} 업스니 널노 ᄒᆞ여곰 츈하츄동(春夏秋冬)을 님의(任意)로 보니게 ᄒᆞ리라."

ᄒᆞ고 ᄉᆞᄆᆡ 안흐로서{안에서} 오식면쥬[74]를 니여주며,

"십뉵 년 후의 ᄎᆞ즐{찾을} ᄯᅢ 이슬{있을} 거시ᄆᆡ 도로 보니라."

ᄒᆞ고, ᄯᅩ 쳥의션관(靑衣仙官)이 부치를 주며 왈,

"이거슬{이것을} 가져스면 쳔 니(千里)를 하로[하루]의 능히 갈 거시니, 쓰고 즉시 젼ᄒᆞ라."

ᄒᆞ고, ᄇᆡᆨ의션관(白衣仙官)이 홍션(紅扇)을 주며 왈,

"ᄇᆞ람과 안ᄀᆡ를 부리ᄂᆞ니 찻는 ᄯᅢ의 젼ᄒᆞ라."

ᄒᆞ고 ᄯᅩ 흑의션관(黑衣仙官)이 우어 왈,

"나는 줄 거시{것이} 업스ᄆᆡ 힘을 빌니노라."

---

69) 조년원ᄉᆞ(早年寃死): 젊은 나이에 원통하게 죽음.
70) 보슈(報讎): 원수를 갚음.(앙갚음)
71) 구쳐(區處): 변통하여 처리함.
72) 만고절염(萬古絶艶): 세상에 견줄 만한 사람이 없을 정도로 아주 예쁨.
73) ᄎᆞ지(遮之): 가리다 또는 보이지 않게 막다는 뜻으로, 몸 가리는 옷가지를 일컫는 듯.
74) 오식면쥬(五色綿紬): 청색, 황색, 백색, 적색, 흑색의 다섯 가지 색깔의 비단.

ᄒᆞ고 거믄{검은} 긔(旗)를 쥬거늘, 션네 다 ᄇᆞ다 가지고 막시를 한 번 도라보며 공즁으로 가려ᄒᆞᆯᄉᆡ, 학(鶴)의 우름소ᄅᆡ 나며 황의션관(黃衣仙官)이 나려와 좌(座)의 안즈며 왈,

"막시 포장(褒奬)을 엇지 ᄒᆞ며, 뇽녀 보응(報應)을 엇지 마련ᄒᆞ뇨?"

졔션(諸仙)이 ᄃᆡ왈(對曰),

"여차여차(如此如此) 졈지[75] ᄒᆞ엿노라."

황의션관이 눈섭을 찡긔여 왈,

"니리ᄒᆞᆫ즉[그리한즉] 닐홈{이름} 업는 ᄌᆞ식이 될 거시니, 효부의 바라는 ᄇᆡ 아니라. 여ᄎᆞ여ᄎᆞ ᄒᆞ면 하ᄂᆞᆯ 뜻을 셰상이 알 거시오[것이요], 모녀는 뉸긔[76] ᄋᆞᆯ 알니라."

ᄒᆞ니, 모다 '올타' ᄒᆞ고 각각 ᄎᆡ운(彩雲)을 ᄐᆞ고 홋터지거늘, 막시 아연히[77] 도라셔셔 ᄉᆞ면(四面)을 ᄇᆞ라보ᄆᆡ, 신션(神仙)의 ᄌᆞ최 운무(雲霧)의 ᄉᆞ라지고 만장폭포[78]의 흐ᄅᆞ는 물 소ᄅᆡ ᄲᅮᆫ이라. 무류[無聊]히[79] 도라올ᄉᆡ 빙ᄋᆡ[80]의 실족(失足)ᄒᆞ여 ᄭᆡ다ᄅᆞ니 남가일몽[81]이라. 몽즁ᄉᆞ를 긔록ᄒᆞᄆᆡ 가부[82]의 죽은 쥴 알고 허위를 비셜ᄒᆞ고[83] 슬허ᄒᆞ믈 마지아니ᄒᆞ더라.

---

75) 졈지: (비유적으로) 무엇이 생기는 것을 미리 지시해 줌.

76) 뉸긔(倫紀): 윤리와 기강.

77) 아연(啞然)히: 너무 놀라서 입을 딱 벌리고 말을 못한 채로.

78) 만장폭포(萬丈瀑布): 만 발이나 되는 높은 데서 떨어지는 폭포.

79) 무류[無聊]히: 흥미 있는 일이 없어 심심하고 지루함. 부끄럽고 열없음.

80) 빙ᄋᆡ(砯厓): 물가의 벼랑. 《廣才物譜》(권1, 地道部)에 "水激山厓"라 풀이하고 있고, 李白의 악부시 〈蜀道難〉에 "砯崖轉石萬壑雷"란 구절이 있다.

81) 남가일몽(南柯一夢): 唐나라 때 淳于棼이 자기 집 남쪽에 있는 늙은 홰나무 밑에서 술에 취하여 자고 있었는데, 꿈에 大槐安國 南柯郡을 다스리어 이십 년 동안이나 부귀를 누리다가 깨었다는 고사. 이는 李公佐의 〈南柯記〉에서 유래한 말로, '한 때의 헛된 부귀와 영화'의 비유로 쓰인다.

82) 가부(家夫): 남에게 '자기 남편'을 이르는 말.

83) 허위(虛位)를 비셜(排設)ᄒᆞ고: 神位없이 제사지냄을 일컬음.

막시 일일은 일만{온갖} 시룸[시름]을 씌여 안졋더니, 홀연 일진음풍[84]이 이러나며 초막 밧긔 한 스룸이 셧거놀, ᄌ셔히 본즉 이 곳{곧} 삼낭이라, 놀나 무ᄅ되,

"쟝뷔(丈夫가) 나롤 ᄇ리고 나간 지 하마[85] 슈십 년이라. 간 곳을 몰나 의려[86]ᄒ더니, 신녕(神靈)이 이ᄅ기롤 '난즁(亂中)의 죽다' ᄒ미, 몽ᄉ(夢事)롤 미들{믿을} 거시{것이} 아니로되 녁녁(歷歷)히 드럿는 고로 녕연[87]을 비셜ᄒ엿더니, 의심컨되 ᄉ라{살아} 셔로 보미나, 엇지 깁흔 밤의 거취(去就가) 분명치 아니ᄒ뇨?"

삼낭이 목이 메여 닐오되,

"과연 그되의 슉녀지의(淑女之義)을 모로고 탕ᄌ(蕩子)의 마음을 것잡지 못ᄒ여 그룻[88] 그되롤 박되(薄待)ᄒᆫ 죄로 텬앙[89]을 ᄇ다 과연 난군(亂軍) 즁의 죽으미, 후천[90]의 가도 ᄯᅩᄒᆫ 죄인이라. 비록 ᄲᅵ다ᄅ나 가히 밋지{미치지} 못홀 비오, 귀신의 뉴(類)의도 참예[91]ᄒ여 셧기지 못ᄒ고 음풍(陰風)이 단니더니, 그되 나롤 위ᄒ여 영향[92]이 지극ᄒ니, 엇지 붓그럽지 아니ᄒ리오. 비록 유명[93]이 현슈[94]ᄒ나 그 감격ᄒ믈 ᄉ례(謝禮)코져 ᄒ노라."

ᄒ고, ᄉᆡᆼ시(生時)와 다롬이 업시 슈작(酬酌)ᄒ다가 도라간 후 ᄌ로{자주} 왕

---

84) 일진음풍(一陣陰風): 한바탕 몰아치는 음산한 바람.
85) 하마: '벌써', '거의'의 방언.
86) 의려(疑慮): 염려함.
87) 녕연(靈筵): 죽은 사람의 혼령을 위해 차려 놓은 영궤와 그에 딸린 모든 물건.(几筵)
88) 그룻: 어떤 일이 사리에 맞지 아니하게.
89) 텬앙(天殃): 하늘이 벌로 내리는 앙화.
90) 후천(後天): 後世. 다음 세상.
91) 참예(參預): 어떤 일에 끼어들어 관계함.
92) 영향(靈香): 향을 사르며 제사지냄.
93) 유명(幽明): 이승과 저승.
94) 현슈(懸殊): 거리가 멀어서 동떨어져 있음.

ᄂᆡ(往來)ᄒᆞ여 몽즁(夢中)의 친밀ᄒᆞ미 잇스니, 막시 졸연[95] 복병(腹病)이 이셔{있어} 맛치 ᄐᆡ샹[96]의 ᄋᆞ히 노 듯ᄒᆞ여 점점 크게 지이거ᄂᆞᆯ[97], 심히 고이 녀겨 힝혀 남이 알가 근심ᄒᆞ더니, 십 삭(十朔)의 밋쳐는 산졈[98]이 이셔 초막의 업듸엿더니 ᄒᆡ복[99]ᄒᆞ고 도라보니, 아ᄒᆡ는 아니오 금방울 갓튼 거시 금광{금빛}이 찬난(燦爛)ᄒᆞ거ᄂᆞᆯ, 막시 ᄃᆡ경(大驚)ᄒᆞ여 고이 녀기며 손으로 누ᄅᆞ되 터지지 아니ᄒᆞ고 돌노 ᄶᅵ쳐도 ᄶᅵ여지지 아니ᄒᆞ거ᄂᆞᆯ, 이의 집어다가 먼니[멀리] ᄇᆞ리고 돌쳐[100] 보니 금방울이 구을너[굴러] ᄯᅡ라 오는지라. 더욱 의심ᄒᆞ여 집어다가 깁흔{깊은} 물의 드리치고 도라오니, 금방울이 물 우희 가ᄇᆡ야히 ᄯᅥ단니다가 막시의 가는 양을 보고 녀젼히 구을너 ᄯᅡ라 오는지라. 막시 혜아리되,

‘나의 팔ᄌᆞ(八字가) 긔구(崎嶇)ᄒᆞ여 이 갓튼 괴물ᄅᆞᆯ 맛나{만나} 타일(他日)의 일노 인ᄒᆞ여 반다시 큰 화근(禍根)이 되리로다.’

ᄒᆞ고 불 ᄯᅡ힐{땔} ᄯᅢ의 아궁긔 드리쳣더니 닷세 후의 헷쳐 본즉, 금방울이 ᄯᅱ여나오되 샹(傷)ᄒᆞ기는〈커녕〉 ᄉᆡ로이 더 빗치 더욱 씩씩ᄒᆞ고{왕성하고} 향ᄂᆡ 진동ᄒᆞ거ᄂᆞᆯ, 막시 ᄒᆞᆯ일업셔 두고 보니, 밤이면 품속의 드러 ᄌᆞ고 낫이면 구을너 다니며 혹 칩더[101] 나는 ᄉᆡ도 잡고 남긔 올나 과실도 ᄯᅡ 가지고 와 압ᄒᆡ 노흐니, 막시 ᄌᆞ세히 본즉 속으로셔{속에서} 실 갓튼 거시{것이} 온갖{온갖} 거슬{것을} 뭇쳐{묻혀} 오되, 그 털이 솔입[솔잎]이 이셔{있어} 무시[102]의는 반반[103]ᄒᆞ고 뵈지 아니ᄒᆞ거ᄂᆞᆯ, 치위[추위]ᄅᆞᆯ 당ᄒᆞ여

---

95) 졸연(猝然): 갑자기. 갑작스레.

96) ᄐᆡ샹(胎上): 아이를 배고 있는 동안.(胎中)

97) 지이거ᄂᆞᆯ: ‘짓게 하다’의 뜻으로, 여기서는 ‘(배가) 불러오나’의 의미.

98) 산졈(産漸): 아이를 낳으려는 기미.(産氣)

99) ᄒᆡ복(解腹): 아이를 낳음.(解産)

100) 돌쳐: ‘돌이켜’의 옛말.

101) 칩더(칩떠): 몸을 힘차게 솟구치어 높이 떠올라.

도 방울이 구을너 품의 들면 조곰도 칩지[춥지] 아니ᄒᆞ여.

엄동셜한(嚴冬雪寒)의 한듸[104]셔 남의 방하[방아]롤 찌여 주고 져녁의 초막으로 도라오니 방울이 구을너 막{초막}으로셔 너다라 반기는 듯 쒸놀거놀, 막시 치위{추위}롤 견듸지 못ᄒᆞ여 막 속으로 드러가니, 그 속이 놀납게 더우며 방울이 빗츨 너여 붉기 낫[낮] 갓거놀, 막시 긔이 녀겨 남이 알가 져허[105]ᄒᆞ여 낫지면[낮이면] 막 속의 두고 밤이면 품 속의 품고 ᄌᆞ더니, 방울이 졈졈 ᄌᆞ라미 산의 오ᄅᆞ기롤 평디(平地)갓치{같이} 다니며 즌{진} 듸와 마른 듸 업시 구을너 단니되 몸의 흙기 뭇지{묻지} 아니ᄒᆞ더라.

니럿틋 오러믹 ᄌᆞ연히 ᄉᆞ롬이 아라 져마다 구경코져 ᄒᆞ여 문이 메여, 집어보미 빗치 찬난(燦爛)ᄒᆞ고 부드러워 향니 옹비[106]ᄒᆞ고, 그 즁 ᄉᆞ나희들이 집어보려 ᄒᆞ면 짜히{땅에} 박혀 써러지지 아닐 쑨 아니라 그 몸이 불쩡이 갓트여 손다힐{손댈} 길히 업스믹 더욱 신통이 너기더라.

동니(洞里)의 목손이란 ᄉᆞ롬이 가셰[107] 부요(富饒)ᄒᆞ되 무지[108]ᄒᆞᆫ 욕심과 불측[109]ᄒᆞᆫ 거동(擧動)이 인뉴[110]의 버셔난{벗어난} 놈이라. 막시의 방울롤 도젹(盜賊)ᄒᆞ려 ᄒᆞ고 막시의 자는 ᄉᆞ이롤 타 가마니{몰래} 방울롤 도젹ᄒᆞ여 가지고 집의 도라가 쳐ᄌᆞ(妻子)의게 ᄌᆞ랑ᄒᆞ며 감초왓더니, 그늘 밤의 난듸업슨 불이 이러나 왼[온] 집을 둘넛는지라. 목손이 놀나 밋쳐 오슬{옷을} 닙지 못ᄒᆞ고 젹신[111]으로 쒸여 너다라 보니, 불쏫치 하늘의 다핫

---

102) 무시(無時): 보통 때.(平素) 일정한 때가 없음.(無常時)

103) 반반: 구김살이나 울퉁불퉁한 데가 없이 고르고 반듯함.

104) 한듸(한데): 사방, 상하를 덮거나 가리지 아니한 곳. 곧 집채의 바깥을 이른다.

105) 져허(저어): 염려하거나 두려워함.

106) 옹비: 문맥상 '觸鼻(냄새 등이 코를 찌름), 郁馥(향기 등이 매우 짙음)'의 잘못인 듯.

107) 가셰(家勢): 집안의 운수나 살림살이 따위의 형세.

108) 무지(無知): 미련하고 우악스러움.

109) 불측(不測): (생각이나 행동이) 괘씸하고 엉큼함.

110) 인뉴(人類): 사람의 무리.

고{닿았고} ᄇᆞ람은 화셰[112]ᄅᆞᆯ 돕는지라. 엇지 ᄒᆞᆯ 길 업셔 그런 ᄌᆡ물(財物)이며 셰간을 다 ᄌᆡᄅᆞᆯ ᄆᆡᆫ들ᄆᆡ, 목손의 부쳬(夫妻가) 실셩통곡[113]ᄒᆞ며, 그 즁의도 그 방울ᄅᆞᆯ 잇지[잊지] 못ᄒᆞ여 불붓튼 터의 가 ᄌᆡᄅᆞᆯ 헤치고 방울ᄅᆞᆯ 찻더니, ᄌᆡ 속으로셔 방울이 쒸여 ᄂᆡ다라 목손의 쳐(妻)의 치마의 ᄊᆞ히거ᄂᆞᆯ 거두쳐[거두어] 가지고 왓더니, 그ᄂᆞᆯ 밤의 목손의 쳬(妻가) 치우믈[추위를] 견듸지 못ᄒᆞ여 ᄒᆞ거ᄂᆞᆯ, 목손 왈,

"이 갓튼 셩열[114]의 엇지 져리 치워[추워]ᄒᆞ는다?"

기쳬(其妻가) 왈,

"이 방울이 젼의는{전에는} 그리 덥더니, 즉금(卽今)은 차기 어름{얼음} 갓ᄐᆞ여 아모리 써히려{떼려} ᄒᆞ여 살희{살에} 박힌 듯ᄒᆞ여 써러지지 아니 ᄒᆞᆫ다."

ᄒᆞ거ᄂᆞᆯ, 목손이 다라드러{달려들어} 잡아 써히려{떼려} ᄒᆞᆫ즉 도로혀 덥기 불 갓ᄐᆞ여 손을 다히지{대지} 못ᄒᆞ는지라 긔 쳐(妻)ᄅᆞᆯ 꾸지져 왈,

"끌는{끓는} 듯ᄒᆞ거ᄂᆞᆯ 엇지 ᄎᆞ다 ᄒᆞᄂᆞ뇨?"

ᄒᆞ고 셔로 닷토니, 이 방울이 텬디조화[115]ᄅᆞᆯ 가졋는지라, 한편은 ᄎᆞ기 어름{얼음} 갓고{같고} ᄒᆞᆫ편은 덥기 불 갓ᄐᆞ여 변홰(變化가) 이러ᄒᆞᆫ 쥴 모로다가 그제야 ᄭᆡ다라 닐오ᄃᆡ,

"우리 무샹[116]ᄒᆞ여 하늘이 ᄂᆡ신 거슬 모로고 도적ᄒᆞ여 왓더니, 도로혀 변을 당ᄒᆞ니 이제ᄂᆞᆫ ᄒᆞᆯ일업스ᄆᆡ 도로 막시의게 가 비러 보리라."

ᄒᆞ고 ᄎᆞ야[117]의 막시 초막의 가니, 이ᄯᅢ 막시 방울ᄅᆞᆯ 일코 울고 안졋더

111) 젹신(赤身): 벌거벗은 알몸뚱이.
112) 화셰(火勢): 불이 타오르는 기세.(불기운)
113) 실셩통곡(失聲痛哭): 목소리가 가라앉아 나오지 않을 정도로 소리를 높여 슬피 욺.
114) 셩열(盛熱): 한더위.
115) 텬디조화(天地造化): 하늘과 땅이 일으키는 여러 가지 신비스러운 조화.
116) 무샹(無狀): 행동을 아무렇게나 하여 버릇이 없음.

니, 목손의 부체(夫妻가) 와 업듸여 익걸ᄒᆞ거늘, 막시 급히 방울롤 부ᄅᆞ니 언미필[118]의 방울이 구울너{굴러} 방으로 들어오는지라. 목손의 쳐는 ᄉᆞ례[謝罪]ᄒᆞ되 목손은 오히려 원심(怨心)을 품어 ᄇᆡ로 고을노 드러가{들어가} 지현[119]긔 금방울의 요괴(妖怪)로오믈 고ᄒᆞ니, 쟝공이 듯고 ᄃᆡ경ᄃᆡ괴(大驚大怪)ᄒᆞ여 즉시 나졸(羅卒)롤 보ᄂᆡ여 방울롤 가져오라 ᄒᆞ엿더니, 니윽고 도라와 고ᄒᆞ되,

"소인 등이 방울롤 잡으려 ᄒᆞᆫ즉 이리 밋근 져리 밋근ᄒᆞ오니 소인 등 직조로는 능히 잡지 못ᄒᆞ깃ᄂᆞ이다."

장공이 ᄃᆡ노(大怒)ᄒᆞ여 나졸롤 보ᄂᆡ여 막시롤 잡ᄋᆞ오니, 그졔야 방울이 구을너{굴러} 나오는지라. 장공이 좌긔(坐起)[120]롤 버리고{벌리고} 방울롤 보니, 금광(金光)이 찬난(燦爛)ᄒᆞ여 ᄉᆞ롬의게 쏘이는지라, 일변 고이히 녀기고 일변 신긔히 녀겨 나졸노 ᄒᆞ여곰,

"철퇴(鐵槌)로 힘뻐 치라."

ᄒᆞ니, 군식[나졸이] 힘을 다ᄒᆞ여 치믹 방울이 짜 속의 드럿다가{들었다가} 도로 쒸여 나거늘, 다시 돌 우희{위에} 노코{놓고} 찍으니 도도라져 커 졈졈 크기 길[121]히 남은지라. 쟝공이 보검(寶劍)을 ᄂᆡ여주며 왈,

"이 보검은 텬하의 무쌍(無雙)이라. ᄉᆞ롬을 셔셔 버히되 피 날의 뭇지{묻지} 아니ᄒᆞ나니, 이 칼노 버히라."

군식[나졸이] 칼롤 드러 한 번 치니 두 조각의 나며 서로 부딋어셔 구을거늘, 연(連)ᄒᆞ여 치니 치는 족족[122] 갑졀식 되어 뜰의 가득ᄒᆞᆫ 거시{것이}

---

117) ᄎᆞ야(此夜): 이날 밤.

118) 언미필(言未畢): 하던 말이 채 끝나기도 전.

119) 지현(知縣): 현의 으뜸 벼슬아치.

120) 좌긔(坐起): 일반적으로 벼슬아치가 출근하여 일을 시작하는 것을 일컬으나, 여기서는 죄를 묻기 위한 채비를 가리킴.

121) 길: 길이의 단위. 한 길은 사람의 키 정도의 길이이다.

다 방울이라. 져마다 놀나고 쟝공이,

"즉시 기름을 가마의 끌이고 너흐라."

ᄒᆞ니, 졔인(諸人)이 청녕(廳令)ᄒᆞ고 기름을 끌이며 방울룰 너ᄒᆞ니, 과연 ᄎᆞᄎᆞ 젹어가거놀, 졔인이 깃거ᄒᆞ더니, 졈졈 젹어 ᄃᆡ초씨만ᄒᆞᆫ 거시 기름 우흐로 동동 써다니다가 가라안거놀, 건지려 ᄒᆞ고 가마 가의 나아가니, 그리 끌던 기름이 엉긔여 쇠갓치 되엿는지라. 이의 그ᄃᆡ로 봉(封)ᄒᆞᆫ 후의 '막시롤 하옥(下獄)ᄒᆞ라.' ᄒᆞ고 ᄂᆡ당(內堂)의 드러가니{들어가니}, 부인이 밧비 무러{물어} 갈오ᄃᆡ,

"오늘 관경[光景]을 보건ᄃᆡ 반다시 하놀이 ᄂᆡ신 거시라, 인녁(人力)으로 가히 업시치 못ᄒᆞᆯ 거시미 막시롤 도로 ᄂᆡ여노코{내어놓고} 나죵{나중}을 보ᄉᆞ이다."

쟝공이 ᄂᆡᆼ소(冷笑) 왈,

"요물(妖物)이 비록 신통(神通)ᄒᆞ나 엇지 져만 거슬 졔어(制御)치 못ᄒᆞ리오."

부인이 ᄌᆡ삼(再三) 말니되 쟝공이 듯지{듣지} 아니ᄒᆞ고 ᄎᆞ야(此夜)의 ᄌᆞ더니, 방울이 가마의 드럿다가{들었다가} 야심(夜深)ᄒᆞᆫ 후 슈졸(守卒)의 잠들믈{잠듦을} 승시[123]ᄒᆞ여 가마롤 뚤고{뚫고} 나와 구을너{굴러} ㅂㅣ로 ᄂᆡ당 상방[124] 아궁긔 드러가더니{들어가더니}, ᄂᆡ옥고 장공이 ᄌᆞ다가 크게 소릐 지ᄅᆞ고 ᄂᆡ러나거놀, 부인이 놀나 붓들고{붙들고} 문왈(問曰),

"상공(相公)이 엇지 놀나시ᄂᆞ뇨?"

쟝공 왈,

"누은 ᄌᆞ리 덥기 불 갓트여 더여{데어} 버셔질 듯ᄒᆞ다."

---

122) 족족: 어떤 일을 하는 하나하나.

123) 승시(乘時): 적당한 때를 엿봄.(乘機)

124) 상방(上房): 한 집에서 바깥주인이 거처하는 방. 윗방.

ᄒᆞ고, 부인 ᄌᆞ리와 밧고와{바꾸어} 누엇더니 ᄯᅩᄒᆞᆫ 젼과 갓치 더운지라. 일시도 견듸지 못ᄒᆞ여 외헌[125]으로 나가니 방즁(房中)이 맛치 불 속의 듬 갓튼지라. ᄯᅩᄒᆞᆫ 견듸지 못ᄒᆞ여 밧그로{밖에서} 방황(彷徨)ᄒᆞ다가 날이 ᄉᆡ는지라.

조반(朝飯)을 올니거ᄂᆞᆯ 먹으려 ᄒᆞ되, 음식이 다 더워 입의 다힐{댈} 길히 업는지라. 아모리 찬 ᄃᆡ 너허 식여도 졈졈 더 더온지라. 종일 힐난[126]ᄒᆞ다가 ᄯᅩ 셕반(夕飯)을 ᄃᆡ(對)ᄒᆞ믹 그졔는 덥지 아니ᄒᆞ고 ᄎᆞ기 어롬{얼음} 갓튼지라. 인ᄒᆞ여 조셕(朝夕)을 궐ᄒᆞ고[127] ᄯᅩ 그 밤을 ᄌᆞ려 ᄒᆞᆫ즉 어졔와 덥기 갓튼지라. 이러하기를 삼ᄉᆞ 일의 밋쳐 먹지 못ᄒᆞ고 ᄌᆞ지 못ᄒᆞ여 거의 죽게 되엇는지라. 분명 방울 조홴쥴(造化인줄) 알고 가마니{가만히} 가마롤 가보니, 가ᄆᆡ(가마가) ᄯᅮ러지고{뚫어지고} 방울이 업는지라. 즉시 ᄉᆞ롬으로 ᄒᆞ여곰,

“옥즁(獄中) 의 가보라.”

ᄒᆞ엿더니, 회보[128]ᄒᆞ되,

“막시 갓친{갇힌} 후로 그 방울이 옥문(獄門) 밋츨{밑을} ᄯᅮᆯ고 츌입ᄒᆞ며 실과(實果)도 물고 드러가기로{들어가기로}, 문틈으로 드리미러{들이밀어} 본즉 오ᄉᆡᆨ치운(五色彩雲)이 옥즁을 둘너 그 속의 ᄉᆞ롬을 몰나 볼너이다.”

ᄒᆞ거ᄂᆞᆯ, 부인이 노흐믈{놓음을} 권ᄒᆞ니, 쟝공이 �센닷고 즉시 막시롤 노흐니, 그ᄂᆞᆯ붓터 침식(寢食)이 여젼ᄒᆞᆫ지라. 쟝공이 막시의 효ᄒᆡᆼ(孝行)을 듯고 크게 뉘웃쳐 초막을 헐고 그 터의 크게 집을 지으며 정문[129]을 세워, 잡

---

125) 외헌(外軒): 한옥에서, 집의 안채와 떨어져 바깥주인이 거처하며 손님을 접대하는 곳. 사랑방.

126) 힐난(詰難): 트집을 잡아서 거북할 만큼 따지고 듦.

127) 궐(闕)ᄒᆞ고: (마땅히 먹어야 할 것을) 먹지 아니하고.

128) 회보(回報): 돌아와서 보고함.

129) 정문(旌門): 충신, 효자, 열녀 등을 표창하기 위하여 그 집 앞이나 마을 앞에 세우던

인을 금ᄒᆞ고, 달마다 월음[130]을 주어 일ᄉᆡᆼ(一生)을 평안케 ᄒᆞ니라.

ᄎᆞ셜(且說)。 쟝공이 뇌양(耒陽)의 온 후로 몸이 평안ᄒᆞ나 쥬야(晝夜) ᄒᆡ룡을 ᄉᆡᆼ각ᄒᆞ고 부인으로 더브러{함께} 슬허ᄒᆞ더니, 부인이 일노 인ᄒᆞ여 침셕(枕席)의 위독ᄒᆞ여 ᄇᆡᆨ약(百藥)이 무효(無效)ᄒᆞᄆᆡ, 공이 쥬야 병측[131]을 ᄯᅥ나지 아니ᄒᆞ더니.

일일은 부인이 공의 손을 잡고 눈물ᄅᆞᆯ 흘녀 왈,

"쳡의 팔ᄌᆞ 긔박[132]ᄒᆞ여 한낫 ᄌᆞ식을 난즁(亂中)의 일코{잃고} 지금 보전ᄒᆞ믄 요ᄒᆡᆼ(僥倖) ᄉᆡᆼ젼(生前)의 맛ᄂᆞ볼가 ᄒᆞ엿더니, 십여 년 존망(存亡)을 모로ᄆᆡ 병입골슈[133]ᄒᆞ여 명(命)이 오늘ᄲᅮᆫ이라. 구텬(九泉)의 도라간들{돌아간들} 엇지 눈을 감으리오? ᄇᆞ라건ᄃᆡ 상공(相公)은 기리{길이} 보즁[134]ᄒᆞ소셔."

ᄒᆞ고 인ᄒᆞ여 명이 진(盡)ᄒᆞ니, 공이 낫ᄎᆞᆯ{낮을} 다히고{대고} ᄋᆡ통(哀痛)ᄒᆞ여 ᄌᆞ로{자주} 긔절(氣絕)ᄒᆞᄆᆡ 좌우(左右가) 붓드러 구호(救護)ᄒᆞ더니, 밧그로셔{밖에서} 방울이 구을너{굴러} 부인 신체(身體) 압흐로{앞으로} 드러가거ᄂᆞᆯ, 모다{모두} 보니, 풀닙{풀잎} 갓튼{같은} 거ᄉᆞᆯ{것을} 무러다가{물어다가} 노코{놓고} 가는지라. 급히 집어보니, 나모닙{나뭇잎} 갓튼 거시로ᄃᆡ 가늘게 써스되, '보은쵸(報恩草이)'라 ᄒᆞ엿거ᄂᆞᆯ, 공이 ᄃᆡ희(大喜) 왈,

"이는 막시 보은(報恩)ᄒᆞᆫ 거시로다{것이로다}!"

ᄒᆞ고 그 풀ᄅᆞᆯ 부인 입의 너흐니{넣으니}, 식경[135] 후의 부인이 몸을 운동

붉은 문.

130) 월음[月銀]: 생활비조로 매달 주는 돈.

131) 병측(病側): 병석의 곁.

132) 긔박(奇薄): 순탄치 못하여 복이 없고 가탈이 많음.

133) 병입골슈(病入骨髓): 병이 뼛속 깊이 스며들 정도로 뿌리가 깊고 중함.

134) 보즁(保重): 귀한 몸을 잘 관리함.

135) 식경(食頃): '한 끼의 밥을 먹을 동안'이라는 뜻으로, '조금 긴 시간'을 일컬음.

(運動)ᄒᆞ여 도라눕거ᄂᆞᆯ, 좌위 우롬을 그치고 슈족(手足)을 쥬무ᄅᆞ니 그졔야 부인이 숨을 길게 쉬는지라. 공이 병을 무른ᄃᆡ, 부인이 ᄌᆞ고 나믜 정신이 씩씩ᄒᆞ므로 ᄃᆡ답ᄒᆞ니, 공이 ᄃᆡ열(大悅)ᄒᆞ여 방울의 슈말(首末)를 다 ᄒᆞ고 못ᄂᆡ 깃거ᄒᆞ더라.

기후(其後)로 부인의 병세 과연 평복[136]ᄒᆞ니, 부인이 친히 막시의 집의 가 ᄌᆡᆼᄉᆡᆼ지은(再生之恩)을 만만ᄉᆞ례(萬萬謝禮)ᄒᆞ고 ᄆᆡᄌᆞ형졔(妹姉兄弟) 되ᄆᆡ, 그 후로는 방울이 구을너{굴러} 부인 압희{앞에} 오거ᄂᆞᆯ, 공의 부쳬(夫妻가) ᄉᆞ랑ᄒᆞ여 손의 놋치 아니ᄒᆞ니, 방울이 아는 다시{아는 듯이} 이리 안기며 져리 품기여 영민(英敏)ᄒᆞ미 ᄉᆞ롬 쓧ᄃᆡ로 ᄒᆞ는지라. 일홈을 금녕(金鈴)이라 ᄒᆞ다.

금녕이 낫{낮}이면 제집의 갓다가 밤이면 드러와 품의 드러 ᄌᆞ니 졍(情)이 골육(骨肉)의 지나더니[137], 일일은 금녕이 무어슬 무러 왓거ᄂᆞᆯ, 공의 부뷔 고이히 녀겨 집어 보니 젹은[작은] 족ᄌᆞ(簇子) 갓거ᄂᆞᆯ, 펴본즉 젹은[작은] ᄋᆞᄒᆡ 길가의 안져 우는ᄃᆡ ᄉᆞ면(四面)의 도젹이 ᄶᅩᄎᆞ오고{쫓아오고} 남녀 냥인(兩人)이 아ᄒᆡ를 ᄇᆞ리고 다라나며{달아나며} 울고 도라보는{돌아보는} 형샹(形像)을 그렷고, ᄯᅩ 한 장쉬가[138] 그 ᄋᆞᄒᆡ를 업고 촌가(村家)로 가는 형샹을 그렷거ᄂᆞᆯ, 공이 눈물를 흘녀 왈,

"이 그림이 분명 우리 ᄒᆡ룡을 ᄇᆞ리고 가던 형샹이로다."

부인이 ᄯᅩᄒᆞᆫ 울며 왈,

"엇지 죽지 아닌 줄 아ᄅᆞ시ᄂᆞ니잇고?"

공 왈,

"ᄉᆞ롬이 업고 촌즁(村中)으로 드러가는 형샹이라, ᄉᆡᆼ각건ᄃᆡ 아모나 길

136) 평복(平復): 병이 나아 건강이 회복됨.
137) 정(情)이 골육(骨肉)의 지나더니: 돈독한 정이 친 혈족보다 더하더니.
138) 장쉬가(將帥가): 문맥상 '도적이' 맞는 듯.

으려[기르려] ᄒᆞ고 업어갈시 젹실[139]ᄒᆞ거니와, 금녕이 신통ᄒᆞ여 우리 셜워ᄒᆞ는 줄 알고 죽지 아닌 쥴만 알게 ᄒᆞ고 그 잇는 곳은 가ᄅᆞ치지 아니ᄒᆞ니 ᄎᆞ역[140] 텬의(天意인)가 ᄒᆞ노라."

ᄒᆞ고 침샹의 족ᄌᆞ롤 걸고 보며 아니 슬허홀 ᄣᅵ 업더라.

그 후의 금녕이 홀연 간ᄃᆡ업거놀, 막시 울며 ᄂᆡ아[141]의 드러와 금녕이 간ᄃᆡ업스믈 니ᄅᆞ니, 공의 부뷔 놀나며 슬허ᄒᆞ믈 마지아니ᄒᆞ더라.

ᄌᆡ셜[142]。 ᄐᆡ조 고황뎨[143] ᄒᆡᄂᆡ(海內)롤 진졍(鎭靜)ᄒᆞ미 치국지셩군(治國之聖君)이라, 부셰[144]롤 감(減)ᄒᆞ며 형벌롤 낫초니{낮추니}, ᄇᆡᆨ셩이 즐겨 격양가[145]롤 화답(和答)ᄒᆞ는지라. 황휘(皇后가) 늙기야 처음으로 공쥬를 탄싱ᄒᆞ시니 ᄉᆡᆨ덕[146]이 구비(具備)ᄒᆞ여 만고무쌍[147]이라. 졈졈 ᄌᆞ라 십 셰의 밋쳐는 효힝이 졀눈[148]ᄒᆞ고 ᄇᆡᆨ텬[149] 요요[150]ᄒᆞ여 지뫼(智謀가) 겸비ᄒᆞᆫ지라. 샹(上)과 휘(后가) 장즁보옥[151] 갓치 ᄋᆡ즁(愛重)ᄒᆞᄉᆞ 궁호(宮號)[152]롤

---

139) 젹실(的實): 틀림없이 확실함.
140) ᄎᆞ역(此亦): 이도 또한.(此亦是)
141) ᄂᆡ아(內衙): 지방 관청에서 안주인이 거처하는 안채.(內東軒)
142) ᄌᆡ셜(再說): 하던 이야기를 그대로 두고 다시 새로운 이야기를 시작함.
143) ᄐᆡ조(太祖) 고황뎨(高皇帝): 명나라 태조 朱元璋(1328~1398)을 가리킴.
144) 부셰(賦稅): 부과된 세금.
145) 격양가(擊壤歌): '의식이 풍족하고 안락하여 부러운 것이 아무 것도 없는 태평세월을 누림'을 비유하는 말. 중국 고대 요임금 때 늙은 농부가 태평한 세월을 즐거워하여 땅을 치면서 부른 노래라고 한다.
146) ᄉᆡᆨ덕(色德): 여자의 고운 얼굴과 아름다운 덕행.
147) 만고무쌍(萬古無雙): 아주 오랜 세월 동안 서로 견줄 만한 것이 없을 정도로 뛰어남.
148) 졀눈(絕倫): 남보다 월등하게 뛰어남.
149) ᄇᆡᆨ텬(百千): 百態千光. 온갖 아름다움을 갖춘 자태.
150) 요요(嫋嫋): 맵시가 있고 날씬함.
151) 장즁보옥(掌中寶玉): '손 안에 쥔 보옥'이란 뜻으로, '매우 사랑하는 자식이나 아끼는 소중한 물건'을 일컫는 말.
152) 궁호(宮號): 조선 왕실에서 여성에게 붙였던 칭호. 주로 왕이 후궁에게 내린 칭호였다.

금션공쥐라 하시다.

ᄎᆞ시(此時)는 츈삼월(春三月) 망간[153]이라. 휘(后가) 공쥬와 시녀롤 다리시고 월식(月色)을 ᄯᅴ여 후원(後苑)의 ᄂᆞ리시니, ᄇᆡᆨ홰(百花가) 만발(滿發)ᄒᆞ고 월식이 만졍[154]ᄒᆞᆫᄃᆡ, 화향(花香)은 습의[155]ᄒᆞ고 슉조는 징명이라[156]. 옥슈[157]롤 잇글고 금연[158]을 옴겨{옮겨} 셔원(西苑)의 올나 두루 구경ᄒᆞ더니, 홀연 셔남(西南) ᄶᅡ히로셔 한ᄯᅦ 거믄{검은} 구롬이 이러나며{일어나며} 광풍(狂風)이 지나는 곳의 고이ᄒᆞᆫ 거시{것이} 입을 버리고{벌리고} 다라들거놀{달라 들거늘}, 모다{모두} 긔졀(氣絕)ᄒᆞ여 업더졋더니{엎어졌더니}, 니윽고 구롬이 것치며{걷히며} 텬지 명낭(明朗)ᄒᆞᆫ지라.

겨우 졍신을 ᄎᆞ려 니러나{일어나} 보니 공쥬와 시녀 둘이 간ᄃᆡ업거놀, ᄃᆡ경(大驚)ᄒᆞ여 두로 ᄎᆞ즈되 형영[159]이 업는지라. 급히 샹긔 쥬(奏)ᄒᆞᆫᄃᆡ 샹이 ᄃᆡ경ᄒᆞᄉᆞ 즉시 어림군[160]을 조발[161]ᄒᆞᄉᆞ 궐즁(闕中)을 ᄊᆞ고 〈ᄎᆞ즈되〉, 어드워{어두워} 종젹(蹤迹)이 업스니, 휘(后가) 통곡(痛哭) 왈,

"텬지간의 이런 일이 어ᄃᆡ 이스리오{있으리오}?"

ᄒᆞ시고 졀곡[162]ᄒᆞᄉᆞ 쥬야 ᄋᆡ통(哀痛)ᄒᆞ시니, 샹이 ᄯᅩᄒᆞᆫ 망조[163]ᄒᆞᄉᆞ 아

153) 망간(望間): 음력 보름께.

154) 만정(滿庭): 뜰에 가득 참.

155) 습의(濕衣): 옷에 스며듦.

156) 숙조(宿鳥)는 징명(爭鳴)이라: 잠자던 새 깨어나서 다투어 우짖는다. 보금자리에 찾은 새들은 고운 소리 뽐내다.

157) 옥슈(玉手): 아름답고 고운 손.

158) 금연(金蓮): 金蓮步. 사뿐사뿐 걷는 미인의 걸음걸이. 중국 南齊의 東昏侯(498~501)가 총애하던 潘妃에게 황금으로 만든 연꽃(金蓮臺) 위를 걷게 한 후, '걸음걸음마다 연꽃이 피어나는구나(金蓮步)'라고 말한 데서 유래한 말이다.(《南史》〈齊紀 下〉)

159) 형영(形影): '형체와 그림자'를 아울러 이르는 말.

160) 어림군(御林軍): 왕이나 궁궐을 호위하는 군대.

161) 조발(調發): (전시 또는 사변의 경우) 사람이나 말, 군수품을 뽑거나 거두어 모음.

162) 절곡(絕穀): 식사를 하지 않음.

모리 홀 쥴 모로시며 방(榜)을 붓쳐,

「만일 공쥬를 ᄎᄌ 드리면 텬하 반(半)을 쥬리라.」

ᄒ시니라.

션시(先時)의 장삼이 히룡을 업고 다라나 여러 날만의 고향의 도라오니, 그 처 변시 반겨 닉다라 왈,

"그ᄃᆡ의 ᄉ싱(死生)을 몰나 쥬야 근심ᄒ더니, 간밤의 ᄭᅮᆷ을 어드ᄆᆡ 그ᄃᆡ 뇽을 타고 드러오니 싱각ᄒᆞᆫ즉 '그ᄃᆡ 불힝ᄒᆞᆫ가' ᄒ엿더니, 오늘 ᄉ라 셔로 볼 쥴 엇지 아라스리오?"

ᄒ고, 그 아히를 가ᄅ쳐{가리켜} 왈,

"져 아히는 어듸셔 어더{얻어} 오뇨?"

쟝삼 왈,

"여ᄎ여ᄎ ᄒ엿노라."

변시 겻ᄎ로{겉으로는} 깃거ᄒ나 심즁(心中)의 불열(不悅)ᄒ여 ᄒ더라. 변시 늣도록 ᄌ식이 업다가 우연히 ᄐᆡ긔 이셔 ᄋ들를 나흐ᄆᆡ, 쟝삼이 ᄃᆡ희ᄒ여 닐홈을 소룡이라 ᄒ다.

칠 세 되ᄆᆡ 약간 ᄌᆡ뫼[164] 이스나, 히룡의 반악[165]의 풍도[166]와 어위친도량[167]을 엇지 밋ᄎ리오. 갓치 글를 ᄇᆡ호ᄆᆡ 히룡은 ᄒᆞᆫ ᄌ(字)를 ᄇᆡ화{배워} 열 ᄌ를 통ᄒ여 일남쳡긔[168]ᄒ여 십 셰 안 문쟝(文章)을 닐윗는지라. 쟝삼

---

163) 망조(罔措): 너무 당황하거나 급하여 갈팡질팡 어찌할 바를 모름.(罔知所措)

164) ᄌᆡ뫼(才貌가): 재주와 얼굴 생김새가.

165) 반악(潘岳): 西晉의 문학가. 자는 安仁. 용모가 준수하여 청년 때 문을 나서면 부녀자들이 연모의 표시로 과일을 던져 주었으며, 그것이 수레를 가득 채울 정도였던 미남의 대명사이다. 후에 趙王 司馬倫에 의해 살해되었다.

166) 풍도(風度): 풍채와 태도.

167) 어위친도량(於爲親度量): 부모를 섬기려는 데서 나온 도량.

168) 일남쳡긔(一覽輒記): 한 번 보면 다 기억한다는 뜻으로, '총명하고 기억력이 좋음'을 이르는 말.

은 어진 ᄉᆞ롬이라 긔츌의셔[169] 더 ᄉᆞ랑ᄒᆞ되, 변시는 ᄆᆡ양{항상} 싀긔(猜忌)ᄒᆞ여 소룡을 장삼 보는 ᄃᆡ는 ᄌᆞ로{자주} 치니{때리니}, 장삼이 그 쳐의 어지지 못ᄒᆞᆷ을 탄(嘆)ᄒᆞ더라.

ᄒᆡ룡이 십삼 셰 되여는 영풍[170] 준ᄆᆡ[171]ᄒᆞᄆᆡ ᄐᆡ양(太陽)이 그 빗츨 일코{잃고}, 헌헌[172]한 도량은 창ᄒᆡ(滄海)를 뒤치는[173] 듯, 말고{맑고} 빗나며 놉고 ᄲᅦ혀나ᄆᆡ{빼어남이} 엇지 범아(凡兒)의게 비기리오. 변시 싀긔ᄒᆞᄆᆡ 날노 더ᄒᆞ여 ᄇᆡᆨ 가지로 모ᄒᆡ(謀害)ᄒᆞ여 ᄂᆡ치려 ᄒᆞ되, 쟝삼이 듯지 아니ᄒᆞ고 더욱 ᄒᆡ룡을 ᄉᆞ랑ᄒᆞ여 일시도 ᄯᅥ나지 못ᄒᆞ게 ᄒᆞ니, ᄂᆡ러ᄒᆞ므로 ᄒᆡ룡이 셩명[174]을 보젼ᄒᆞ나[保全하여] 공순(恭順)ᄒᆞ여 지셩(至誠)으로 셤기니 친쳑(親戚)이 아니 칭찬ᄒᆞᆯ 리[人] 업더라.

영웅이 ᄯᆡ를 맛나지 못ᄒᆞ면 몸이 몬져 곤(困)ᄒᆞᆷ은 쳔고샹ᄉᆞ(千古常事이)라. 쟝삼이 졸연(猝然) 득병(得病)ᄒᆞ여 ᄇᆡᆨ약(百藥)이 무효(無效)ᄒᆞ니 ᄒᆡ룡이 지셩(至誠)으로 구호(救護)ᄒᆞ되 조곰도 ᄎᆞ되(差度가) 업셔 날노 즁ᄒᆞᆫ지라. 장삼이 스ᄉᆞ로 이지{일어나지} 못ᄒᆞᆯ 줄 알고 ᄒᆡ룡의 손을 잡고 낙누(落淚) 왈,

"내 명(命)이 오날ᄲᅮᆫ이라. 엇지 너의 텬뉸[175]을 긔이리오{속이리오}? 내 너를 삼 셰의 난즁(亂中)의 어드ᄆᆡ 긔골(氣骨)이 비샹(非常)ᄒᆞ기로 내 너를 업고 도망ᄒᆞ여 문호(門戶)를 빗ᄂᆡᆯ가 ᄇᆞ라더니, 불ᄒᆡᆼᄒᆞ여 내 이졔 죽으ᄆᆡ 황텬(黃泉)의 간들 엇지 눈을 감으리오? 변시 모ᄌᆞ(母子가) 어지지{어질지}

169) 긔츌(己出)의셔: 자기가 낳은 자식 보다.
170) 영풍(英風): 영민하고 뛰어난 풍채.
171) 준ᄆᆡ(俊邁): 재주와 지혜가 매우 뛰어남.
172) 헌헌(軒軒): 풍채가 당당하여 빼어남.
173) 뒤치는: 엎어진 것을 젖혀 놓거나 자빠진 것을 엎어 놓음.
174) 셩명(性命): '목숨'이나 '생명'을 달리 이르는 말.
175) 텬뉸(天倫): 부모와 자식 간에 하늘의 인연으로 정하여져 있는 사회적 관계.

못ᄒᆞ미 나의 죽은 후 반다시 너를 ᄒᆡ(害)ᄒᆞᆯ 거시니, 보신지ᄎᆡᆨ(保身之策)은 다만 네게 이스니 조심ᄒᆞ되, ᄃᆡ장뷔(大丈夫가) ᄉᆞ소(些少) 혐의(嫌疑)를 두지 아니ᄒᆞᄂᆞ니, 소룡이 비록 불초[176]ᄒᆞ나 나의 골육(骨肉)이라, ᄇᆞ라건ᄃᆡ 거두어 ᄇᆞ리지 말면 디하(地下)의 가도 여한(餘恨)이 업시리로다."

ᄒᆞ고, 변시 모ᄌᆞ를 불너 압ᄒᆡ 안치고{앉히고} 갈오ᄃᆡ,

"내 죽은 후라도 ᄒᆡ룡을 각별무ᄋᆡ[177]ᄒᆞ여 소룡과 다ᄅᆞ미 업게 ᄒᆞ라. 이 ᄋᆞᄒᆡ 타일(他日)의 귀히 될 거시니 기리{길이} 영화를 누리<리>라. 오ᄂᆞᆯ 나의 유언(遺言)을 져ᄇᆞ리지 말나!"

ᄒᆞ고 말를 맛치며 죽으니, ᄒᆡ룡이 ᄋᆡ통(哀痛)ᄒᆞ기를 마지아니ᄒᆞᄆᆡ 보는 ᄉᆞ름이 감탄치 아니{않는} 리 업더라. 샹녜(喪禮)를 극진히 ᄎᆞ려 션산(先山)의 안쟝(安葬)ᄒᆞ고 도라오ᄆᆡ{돌아옴에}, 일신(一身)이 의향[178]ᄒᆞᆯ ᄃᆡ 업셔 쥬야 슬허ᄒᆞ더니, 변시 쟝삼이 죽은 후로 ᄒᆡ룡을 박ᄃᆡ(薄待) ᄐᆡ심[179]ᄒᆞ여, 의복 음식을 ᄯᆡ의 주지 아니ᄒᆞ고 낫이면{낮이면} 밧갈니기와 논ᄆᆡ기와 쇼 먹이며 나무ᄒᆞ기를 한 ᄯᆡ도 놀니지 아니ᄒᆞ고 쥬야로 봇치니{보채니}, ᄒᆡ룡이 더욱 공근[180]ᄒᆞ여 ᄒᆡᄐᆡ[181]ᄒᆞ미 업스ᄆᆡ ᄌᆞ연 용뫼(容貌가) 초최[憔悴]ᄒᆞ여 긔한(飢寒)을 니긔지 못ᄒᆞ더라.

ᄎᆞ시는 융동셜한[182]이라. 변시는 소룡으로 더브러{더불어} 더운 방의셔 ᄌᆞ며 ᄒᆡ룡으로 ᄒᆞ여곰 '방아질ᄒᆞ라' ᄒᆞᄆᆡ, ᄒᆡ룡이 밤드도록{밤 깊어지도록} 방아를 찟ᄐᆞ가{찧다가} 홋것{홑옷} 닙은 아ᄒᆡ{아이가} 엇지 견듸리오. 잠간

---

176) 불초(不肖): 못나고 어리석음.
177) 각별무ᄋᆡ(恪別撫愛): 특별히 귀여워하며 사랑함.
178) 의향(依向): 의지하고 마음을 기울임.
179) ᄐᆡ심(太甚): 매우 심함.
180) 공근(恭勤): 공손하고 부지런함.
181) ᄒᆡᄐᆡ(懈怠): 게으름.
182) 융동셜한(隆冬雪寒): 눈 내리는 깊은 겨울의 심한 추위.(嚴冬雪寒)

졔 방의 드러가{들어가} 쉬려ᄒᆞ미 셜풍[183]은 드리치고{들이치고} 덥흘{덮을} 거시{것이} 업는지라. 곱송그려[184] 업듸엿더니, 잠을 ᄭᆡ여 보니 방안이 밝기 낫{낮} 갓고{같고} 덥기 여롬 갓ᄐᆞ여 일신(一身)의 ᄯᆞᆷ이 나거ᄂᆞᆯ, 놀나 니러나{일어나} 본즉 오히려 동방(東方)이 미ᄀᆡ[185]ᄒᆞ고 ᄇᆡᆨ셜(白雪)이 ᄯᅳᆯ히{뜰에} ᄡᅡ혓거ᄂᆞᆯ, 방아간의 나아가 보니, 밤의 못다 ᄶᅵ엿던{찧었던} 거시{것이} 다 ᄶᅵ여 그르싀{그릇에} 담겨 노혓거ᄂᆞᆯ{놓였거늘}, 크게 고히 너겨 도로 방으로 도라오니{돌아오니} 여젼히 발고{밝고} 더운지라.

크게 의심ᄒᆞ여 두로 ᄉᆞᆲ펴보니 침상(寢牀)의 북만ᄒᆞᆫ 방울 갓튼 거시 노혓거ᄂᆞᆯ, 잡으려 ᄒᆞ면 이리 다라나고 져리 구을너 잡히지 아니ᄒᆞ는지라. 놀나 ᄌᆞ셔히 보니, 금빗치 방즁(房中)의 조요[186]ᄒᆞ고 오ᄉᆡᆨ(五色) 온졈이 잇고 움작일 젹마다 향취(香臭) 옹비[187]ᄒᆞ는지라. ᄒᆡ룡이 ᄉᆡᆼ각ᄒᆞ되,

'이거시 일졍 무심치 아닌 일이로다.'

ᄒᆞ고 심즁(心中)의 암희(暗喜)ᄒᆞ더니, ᄀᆡ한(飢寒)의 골몰ᄒᆞ다가 몸이 칩지{춥지} 아니ᄆᆡ{않음에} 도로 잠을 드러 늣도록 ᄌᆞ더니, 그ᄂᆞᆯ 변시 모지(母子가) 치워{추워} 잠을 닐우지{이루지} 못ᄒᆞ고 ᄯᅥᆯ며 안ᄌᆞ다가 날이 ᄉᆡ거ᄂᆞᆯ 나와 보니, 젹셜(積雪)이 집을 덥헛는ᄃᆡ 한풍(寒風)이 얼골을 ᄶᅵᆨ는 듯ᄒᆞᆫ지라. ᄒᆡ룡을 부ᄅᆞ되 ᄃᆡ답이 업스ᄆᆡ '일졍 어러{얼어} 죽도다.' ᄒᆞ고 눈을 혀치고{헤치고} 나와 문틈으로 여어보니{엿보니}, ᄒᆡ룡이 벌거벗고 잠을 드럿거ᄂᆞᆯ, 놀ᄂᆞ ᄭᆡ오려 ᄒᆞ다가 ᄌᆞ시 보니, 텬샹텬하(天上天下)의 ᄇᆡᆨ셜(白雪)이 가득ᄒᆞ되 오직 외헌(外軒) 집 우희 일 졈 셜(一點雪)이 업고 더운 긔운

183) 셜풍(雪風): 눈보라.

184) 곱송그려: 몸을 잔뜩 움츠려.

185) 미ᄀᆡ(未開): 밝지 아니함.

186) 조요(照耀): 밝게 비치어서 빛남.

187) 옹비[擁鼻]: (향기 등) 코를 진동함. 코를 찌름.

(氣運)이 연긔 갓치 니러나거늘, 놀나 드러와{들어와} 소룡더러 이 말롤 니르며 왈,

"하(何) 이상ᄒᆞ니 ᄒᆞ는 거동을 보ᄌᆞ."

ᄒᆞ더니, ᄒᆡ룡이 놀나 ᄭᆡ여 드러와 변시긔 문후[188] ᄒᆞ고 뷔롤{비를} 잡아 눈을 쓸녀ᄒᆞᆯ시, 홀연 일진광풍(一陣狂風)이 이러나 눈을 시각의[189] 다 쓰러 ᄇᆞ리고 ᄇᆞ람이 것거늘, ᄒᆡ룡은 짐작ᄒᆞ되 변시는 더욱 신통이 녀겨 ᄉᆡᆼ각ᄒᆞ되,

'ᄒᆡ룡이 분명 요술(妖術)롤 부려 ᄉᆞ롬을 속이니, 두엇다가는 ᄃᆡ홰(大禍가) 나리로다.'

ᄒᆞ고, 아모조록 죽일 의ᄉᆞ(意思)롤 ᄂᆡ여 틈을 타되 ᄒᆡ(害)ᄒᆞᆯ 모ᄎᆡᆨ(謀策)이 업셔 ᄒᆞ다가 일계(一計)롤 ᄉᆡᆼ각ᄒᆞ고, ᄒᆡ룡을 불너 닐오ᄃᆡ,

"가군[190]이 도라가ᄆᆡ{돌아감에} 가산(家産)이 탕픠[191]ᄒᆞ믄 네 보는 ᄇᆡ라. 우리 집 전쟝[192]이 구호동의 잇더니, 근ᄂᆡ 호환(虎患)이 ᄌᆞ로{자주} 이셔{있어} ᄉᆞ롬이 샹(傷)ᄒᆞ여 폐쟝[193]이 되연 지 하마{벌써} 슈십 년이라. 그 �흘 다 니ᄅᆞ면[일구면] 너롤 쟝가도 드릴 거시오, 우리도 다 네 덕의 조히[194] 살면 깃블{기쁠} 거시로ᄃᆡ, 위디(危地)의 보ᄂᆡ면 ᄒᆡᆼ혀 후회ᄒᆞᆯ 일이 이슬가{있을까} ᄒᆞ노라."

ᄒᆡ룡이 흔연(欣然)히 허락ᄒᆞ고 장기{쟁기}롤 슈습(收拾)ᄒᆞ여 가려 ᄒᆞ거늘, 변시 거즛{거짓} 말니는 쳬ᄒᆞ니, ᄒᆡ룡이 웃고 왈,

---

188) 문후(問候): 웃어른의 안부를 물음.(問安)
189) 시각(時刻)의: 지체함이 없이 짧은 시간 안에.(삽시간에)
190) 가군(家君): 남에 대하여 '자기 남편'을 가리키는 말.
191) 탕픠(蕩敗): 재물을 다 써서 없앰.(蕩盡)
192) 전쟝(田莊): 개인이 소유한 논밭.
193) 폐쟝(廢庄): 버려둔 채로 있는 논밭.
194) 조히(좋이): 별 탈 없이 잘.

"인명(人命)이 직텬(在天)ᄒᆞ니, 즘싱이 엇지 ᄒᆡ(害)ᄒᆞ리오."
ᄒᆞ고 표연[195]히 갈시, 변시 문밧긔 나와,
"수히 오라."
ᄒᆞ는지라.

희룡이 응ᄃᆡ(應對)ᄒᆞ고 구호동의 드러가니 ᄉᆞ면(四面) 졀벽(絕壁) ᄉᆞ이의 젹은{좁은} 들이 잇고 쵸목(草木)이 무셩(茂盛)ᄒᆞᆫᄃᆡ, 등나[196]를 붓들고{붙들고} 드러가니{들어가니}, 다만 호표싀랑[197]의 ᄌᆞ최ᄲᅮᆫ이오, 인젹(人跡)은 묘연[198]ᄒᆞᆫ지라. 희룡이 조곰도 두려온 긔식(氣色)이 업고 옷슬 벗고 잠간 쉬더니, 날이 셔산(西山)의 지거늘 드러 밧츨{밭을} 두어 니랑을 니ᄅᆞ더니{일구더니}, 홀연 ᄃᆡ풍(大風)이 일며 모릭 놀니더니 산샹(山上)으로셔 니마 흰 갈범[199]이 쥬홍(朱紅) 갓튼 입을 버리고 다라들거놀{달려들거늘}, 희룡이 졍신을 졍ᄒᆞ여 졍히 ᄒᆡ슈[200]코져 ᄒᆞ더니, 또 셔편(西便)으로셔 ᄃᆡ회(大虎가) 소릭롤 벽녁(霹靂) 갓치 지ᄅᆞ고 다라드니{달려드니} 희룡이 졍히 급ᄒᆞ더니, 홀연 등뒤흐로셔 금방울이 ᄂᆡ다라{내달아} 한 번식 ᄇᆞ드니{받으니} 그 범이 소릭롤 지ᄅᆞ고 다라들거놀{달려들거늘}, 방울이 나는 다시 연(連)ᄒᆞ여 바드니{받으니} 두 범이 것구러지는지라{거꾸러지는지라}. 희룡이 다라드러{달려들어} 두 범을 죽이고 본즉, 방울이 번ᄀᆡ 갓치 구을너 반시[201] 못ᄒᆞ여 그 너른{넓은} 밧츨{밭을} 다 가라거놀{갈았거늘}, 희룡이 긔특(奇特)히 녀겨 금녕의게 무슈히 ᄉᆞ례ᄒᆞ고, 죽은 범을 닛글고{이끌고}

---

195) 표연(飄然): 훌쩍 떠나거나 나타나는 모양.
196) 등나(藤蘿): 담쟁이 칡 등 덩굴식물을 통틀어 일컫는 말.
197) 호표싀랑(虎豹豺狼): 호랑이, 표범, 승냥이, 이리.
198) 묘연(杳然): 알 길이 없어 감감함.
199) 갈범: 몸에 칡덩굴 같은 어룽어룽한 줄무늬가 있는 범.(칡범)
200) ᄒᆡ슈(害手): 해치고자 손을 씀.
201) 반시(半時): 아주 짧은 시간.(半點)

산의 나려오며 도라보니 금녕이 간ᄃᆡ업는지라.

이ᄯᆡ 변시 ᄒᆡ룡을 ᄉᆞ디(死地)의 보ᄂᆡ고 쾌히 죽어시리라{죽었으리라} ᄒᆞ여 가쟝 깃거ᄒᆞ더니, 문득 밧긔 들네며[202] ᄉᆞ롬이 지져괴거ᄂᆞᆯ{지껄이거늘}, 변시 급히 나가보니 ᄒᆡ룡이 큰 범 둘흘 잇글고 오는지라. 불승ᄃᆡ경(不勝大驚)ᄒᆞ여 무ᄉᆞ히 다녀오믈 칭찬ᄒᆞ고 큰 범 잡으믈 깃거ᄒᆞ는 쳬ᄒᆞ며 '일즉{일찍} 쉬라.' ᄒᆞ니, ᄒᆡ룡이 불감[203]ᄒᆞ믈 칭ᄒᆞ고 졔 방으로 드러가니{들어가니} 방울니 몬저 왓더라.

ᄎᆞ야(此夜)의 변시 소룡으로 더브러 죽은 범을 가마니{가만히} ᄭᅳ을고{끌고} 관가의 드러가니{들어가니}, 지현(知縣)이 보고 ᄃᆡ경(大驚) 왈,

"네 어ᄃᆡ 가 져런 큰 범을 잡앗다 ᄒᆞᄂᆞ뇨?"

변시 ᄃᆡ왈,

"맛참 호(虎) 덧치{덫에} 치어[치이어] 잇기로 잡아 밧치ᄂᆞ이다."

지현이 칭찬ᄒᆞ고 즉시 돈 십 관[204]을 샹주니, 변시 바다{받아} 가지고 밧비 오며 소룡을 당부ᄒᆞ여,

"니런 말ᄅᆞᆯ 말나."

ᄒᆞ고 ᄲᆞᆯ니 오더니, 동방(東方)이 오히려 미ᄀᆡ(未開)ᄒᆞ엿는지라. 졍히 고ᄀᆡ ᄅᆞᆯ 넘어 오더니, ᄒᆞᆫ ᄯᅦ 강적(强賊)이 ᄂᆡ다라 시비곡직(是非曲直)을 뭇지{묻지} 아니ᄒᆞ고 변시 모ᄌᆞᄅᆞᆯ 동혀 남긔 놉히 달고 가진 것과 의복을 벗겨 가지고 다라나거ᄂᆞᆯ, 변시 벌거벗고 달니여{매달려} 아모리 버셔나려 ᄒᆞᆫ들, 금녕의 신통(神通)으로 ᄆᆡ여시ᄆᆡ 엇지 버셔나리오.

ᄎᆞ시(此時) ᄒᆡ룡이 잠을 ᄭᆡ어 드러와{들어와} 보니 변시와 소룡이 업거ᄂᆞᆯ, 두루 ᄉᆞᆲ피니 잡은 범도 업ᄂᆞᆫ지라. 이의 ᄃᆡ경(大驚)ᄒᆞ여 두로{두루} 찻

---

202) 들네며: 야단스럽게 떠들며.

203) 불감(不敢): 남의 대접을 받아들이기가 어렵고 황송함.

204) 관(貫): 엽전을 묶어 세던 단위. 1관은 엽전 열 냥을 이른다.(쾌)

더니, 왕ᄂᆡ(往來)ᄒᆞ는 ᄉᆞ람이 셔로 말ᄒᆞ며 가되,

"엇던 도적(盜賊)이 ᄉᆞ롬을 남긔 ᄆᆡ고 갓더라."

ᄒᆞ거늘, ᄒᆡ룡이 의ᄋᆞ(疑訝)ᄒᆞ여 밧비 가보니 변시 모ᄌᆡ(母子가) 벌거벗고 남긔 놉히 달녀거늘 급히 올나가 업고 오니라.

금녕의 신통(神通)이 무량(無量)ᄒᆞ여 ᄒᆡ룡이 더워ᄒᆞ면 셔늘ᄒᆞ게 ᄒᆞ고 치워ᄒᆞ면 덥게 ᄒᆞ며 어려온 일ᄅᆞᆯ 업게 ᄒᆞ니, ᄒᆡ룡이 마음을 금녕의게 븟쳐 세월ᄅᆞᆯ 보ᄂᆡ더니, 일일은 소룡이 나가 놀다가 살인(殺人)ᄒᆞ고 드러와{들어와} 니ᄅᆞ거늘, 변시 놀나 아모리ᄒᆞᆯ 줄ᄅᆞᆯ 모로더니 범 갓튼 관ᄎᆡ[205] 다라드러{달려들어} 소룡을 잡아가려 ᄒᆞ는지라. 변시 소룡을 감초고 ᄂᆡ다라[206] ᄒᆡ룡을 가ᄅᆞ쳐 왈,

"네 ᄉᆞ롬을 죽이고 짐짓 모로ᄂᆞᆫ 쳬ᄒᆞ고 어린 ᄋᆞᄒᆡ게 미루고져 ᄒᆞ는다?"

ᄒᆞ며 몸을 부듸이져{부딪어} 발악ᄒᆞ거늘, ᄒᆡ룡이 ᄉᆡᆼ각ᄒᆞ되,

'내 발명[207] 곳 ᄒᆞ면 소룡이 죽을 거시니{것이니}, 져는 앗갑지{아깝지} 아니ᄒᆞ나 공의 후ᄉᆡ(後嗣가) ᄭᅳᆫ쳐질 거시ᄆᆡ 내 참아 엇지 ᄒᆞ리오. ᄎᆞ라리 내 죽어 한나ᄒᆞᆫ{하나는} 그 양휵[208]ᄒᆞ던 은혜ᄅᆞᆯ 갑고, 한나ᄒᆞᆫ 쟝공이 님종(臨終) 유언(遺言)을 져바리지 아니ᄒᆞ리라.'

ᄒᆞ고, ᄂᆡ다라 닐오ᄃᆡ,

"살인ᄒᆞᆫ ᄌᆞ는 곳 내니, 쇼룡은 ᄋᆡᄆᆡ[209]ᄒᆞ니라."

ᄒᆞ니, ᄎᆡᄉᆡ[210] 다시 뭇지{묻지} 아니ᄒᆞ고 ᄒᆡ룡을 잡아다가 관졍(官庭)의 ᄯᅳᆯ니고 '다짐두라[211]' ᄒᆞ니, ᄒᆡ룡이 흔년(欣然)히 다짐두거늘, 문서(文書)를

---

205) 관ᄎᆡ(官差가): 관아에서 파견하던 軍奴.

206) ᄂᆡ다라(내달아): 더 이어서.

207) 발명(發明): (죄나 잘못이 없음을) 변명하여 밝힘.

208) 양휵(養畜): 돌보아 길러 자라게 함.

209) ᄋᆡᄆᆡ(애매): 아무 잘못 없이 꾸중 듣거나 벌을 받아 억울함.

210) ᄎᆡᄉᆡ[差使가]: 고을 원이 죄인을 잡으려고 보내던 관원.

민드러 큰 칼 메워 옥(獄)의 나리울시, 히룡의 일신(一身)의 금광(金光)이 옹위(擁衛)ᄒᆞ여 가거놀, 지현이 보고 고이히{괴히} 녀겨 밤의 ᄉᆞ룸으로 ᄒᆞ여곰,

"옥즁(獄中)의 가보라."

ᄒᆞ니, 니윽고 도라와{돌아와} 보(報)ᄒᆞ되,

"다른 죄인(罪人) 잇는 ᄃᆡ는 어두어 보지 못ᄒᆞ되 히룡이 닛는 ᄃᆡ는 화광(火光) 갓튼{같은} 거시{것이} 빗취엿기로 ᄌᆞ시{자세히} 본즉, 히룡이 비록 칼흔 메어스나{메었으나} 비단 니불롤 덥고{덮고} 누어 ᄌᆞ더이다."

지현이 듯고 신긔히 녀겨 각별 숣피더니, 이 고을 법은 살인 죄인(殺人罪人)을 오 일(五日) 일ᄎᆞ식 즁형(重刑)을 ᄒᆞ여 가도는{가두는} 법이라. 오 일(五日) 만의 모든 죄인을 올녀 각각 즁형ᄒᆞ고 히룡은 나죵{나중} 치려 ᄒᆞ더니, 이ᄯᆡ 지현이 늣긔야{늦게야} 일ᄌᆞ(一子)롤 어더{얻어} 금년(今年)이 삼 셰(三歲)라. 쟝즁보옥(掌中寶玉) 갓치{같이} ᄋᆡ즁(愛重)ᄒᆞ더니, ᄎᆞ일(此日) 지현이 ᄋᆞ히롤 압희{앞에} 안치고{앉히고} 히룡을 치더니, 형장(刑杖)이 나려지는 족족 그 아히 간간히 울며 긔절(氣絕)ᄒᆞ는지라. 지현이 그 곡졀(曲折)롤 몰나 황황[212]ᄒᆞ여,

"형장(刑杖)을 그만 긋치라."

ᄒᆞᆫ즉 그 ᄋᆞ히 여젼(如前)히 노는지라. 지현이 크게 겁(怯)ᄒᆞ여 히룡의 칼롤 벗기고 헐ᄒᆞ게 가도와{가두워} 감히 다시 치지 못ᄒᆞ더니.

니러구러[213] 슈삭(數朔)이 지나 겨울이 되엿는지라. 변시 조셕(朝夕)을 변변이 니우지[214] 아니ᄒᆞ여도, 히룡이 조곰도 어려워 ᄒᆞ는 빗치{빛이} 업

211) 다짐두라: 이미 한 일이 틀림없음을 확인하라.

212) 황황(遑遑): 갈팡질팡 어쩔 줄 모르게 급함.

213) 니러구러: 이럭저럭 시간이 흐르는 모양.

214) 니우지: 감옥으로 음식을 이어 나르지.

더니, 일일은 지현이 부인(夫人)으로 더브러 ᄋᆞ희를 압희{앞에} 누이고 ᄌᆞ다가 문득 ᄭᆡ여 본즉 ᄋᆞ희 간ᄃᆡ업는지라. ᄂᆡ외(內外) 진동[215]ᄒᆞ여 ᄉᆞ면(四面)으로 ᄎᆞ즈되 종젹(蹤迹)이 업거ᄂᆞᆯ, 지현과 부인이 창황망조[216]ᄒᆞ여 텬디(天地)를 부르지져 찻더니, 문득 옥졸(獄卒)이 급히 드러와{들어와} 고왈(告曰),

"옥즁의셔 ᄋᆞ희 우름소릐 나니 가장 고이ᄒᆞ더이다."

ᄒᆞ거ᄂᆞᆯ, 지현이 젼지도지[217]히 옥즁(獄中)의 가보니 ᄋᆞ희 ᄒᆡ룡의 압희{앞에} 안져{앉아} 울거ᄂᆞᆯ, 지현이 급히 다라드러{달려들어} ᄋᆞ희를 안아 오며 ᄒᆞ는 말이,

"요인[218] ᄒᆡ룡이 극히 흉악(凶惡)ᄒᆞ니, 그 놈을 뭇지 말고 쳐 죽이라."

ᄒᆞ니, 형졸(刑卒)이 큰 ᄆᆡ로 힘을 다ᄒᆞ여 치되 부희여토[219] 아니ᄒᆞ고 지현의 ᄋᆞ들이 젼(前) 갓치 긔졀(氣絶)ᄒᆞ는지라. 부인이 실식[220]ᄒᆞ여 외헌(外軒)의 이ᄃᆡ로 고ᄒᆞᆫᄃᆡ, 지현이 놀나,

"ᄒᆡ룡을 나리오라."

ᄒᆞ엿더니, 그ᄂᆞᆯ 밤의 ᄋᆞ희 ᄯᅩ 간ᄃᆡ업거ᄂᆞᆯ, ᄇᆡ로 옥즁(獄中)의 가보니 아희 ᄯᅩ ᄒᆡ룡의게 안기여 희롱(戲弄)ᄒᆞ며 놀거ᄂᆞᆯ 다려왓더니{데려왔더니}, ᄎᆞ후(此後)로붓터 그 ᄋᆞ희 울며 '옥즁으로 가ᄌᆞ' ᄒᆞᄆᆡ, 아모리 달ᄂᆡ여도 쥬야(晝夜) 울고 보치는지라, 견ᄃᆡ지 못ᄒᆞ여 시녀(侍女)로 ᄒᆞ여곰 업고 옥즁으로 가니, 그졔야 웃고 ᄯᅱ놀며 ᄒᆡ룡의게 안기여 일시도{잠시도} ᄯᅥ나

215) 진동: 몹시 갈팡질팡하거나 서두르는 모양.(진동한동)

216) 창황망조(蒼黃罔措): 너무 당황하여 갈팡질팡 어찌할 바를 모름.

217) 젼지도지(顚之倒之): 엎어지고 자빠지며 아주 급히 가는 모양.

218) 요인(妖人): 바른 도리를 어지럽히게 하는 요사스런 사람.

219) 부희여토[附會如土]: 이치에 닿지 않는 사실을 억지로 끌어다 맞추거나, 겁에 질려 얼굴빛이 흙빛과 같음.

220) 실식(失色): 놀라서 얼굴빛이 변함.

지 아니ᄒᆞ거ᄂᆞᆯ, 지현이 ᄒᆞᆯ일업셔 ᄒᆡ룡을 ᄇᆡᆨ방[221]ᄒᆞ여

"ᄋᆞᄒᆡ롤 잘 보라."

ᄒᆞ니, ᄒᆡ룡이 ᄉᆞ례(謝禮)ᄒᆞ고 그ᄂᆞᆯ붓터 별쳐(別處)의 거쳐(居處)ᄒᆞᆯ시 의복과 음식 등졀(等節)롤 극진히 공궤[222]ᄒᆞ더라.

ᄎᆞ시(此時) 변시 ᄒᆡ룡이 ᄃᆡ살[223]은 고ᄉᆞ(固辭)ᄒᆞ고 도로혀 아즁[224]의 신임(信任)ᄒᆞ단 말롤 듯고 놀나 소룡으로 더브러 의논ᄒᆞ되,

"ᄒᆡ룡이 져러틋{저렇듯} 되여스니, 만일 져의 ᄋᆡᄆᆡ히[225] ᄃᆡ살ᄒᆞᆫ 말롤 ᄐᆡ쉬(太守가) 알면 우리 죽을 거시니{것이니} 여ᄎᆞ여ᄎᆞ(如此如此)ᄒᆞ여 후환(後患)을 업시ᄒᆞᆯ만 갓지{같지} 못ᄒᆞ다."

ᄒᆞ고, 즉시 ᄒᆡ룡을 청ᄒᆞ여 갈오ᄃᆡ,

"이졔 외슉(外叔)의 병이 극즁[226]ᄒᆞ다 긔별(奇別)이 왓스ᄆᆡ 아니 가지 못ᄒᆞᆯ지라. 소룡으로 더브러 가리니 오ᄂᆞᆯ은 집의 와 ᄌᆞ고 가라."

ᄒᆞ거ᄂᆞᆯ, ᄒᆡ룡이 응낙(應諾)ᄒᆞ고 외헌(外軒)의셔 혼ᄌᆞ ᄌᆞ더니, 야심(夜深)ᄒᆞᆫ 후 홀연 불이 니러나 ᄉᆞ면(四面)을 둘넌는지라. ᄒᆡ룡이 ᄌᆞ다가 놀나 ᄯᅱ여나와 보니, 화광(火光)이 년텬[227]ᄒᆞ고 연염[228]이 비공[229]ᄒᆞᆫ지라. 난ᄃᆡ업슨 ᄇᆞ람이 화세(火勢)롤 도와 다 ᄉᆞ회되[230] 오직 외헌은 불이 범(犯)치 아니ᄒᆞ엿스ᄆᆡ, ᄒᆡ룡이 앙텬(仰天) 탄왈(歎曰),

---

221) ᄇᆡᆨ방(白放): 죄가 없음이 밝혀져 잡아두었던 사람을 놓아 줌.

222) 공궤(供饋): (음식 등을) 만들어 대접함.

223) ᄃᆡ살(代殺): 죄를 지어 죽어야 할 사람을 대신하여 다른 사람을 죽게 함.

224) 아즁(衙中): 고을의 관아.

225) ᄋᆡᄆᆡ히(애매히): 아무 잘못 없이 꾸중을 듣거나 벌을 받아 억울함.

226) 극즁(極重): (병세가) 매우 위중함.

227) 년텬(連天): 높이 솟아 하늘까지 닿음.

228) 연염(煙焰): 연기 속에서 타오르는 불길.

229) 비공(飛空): 하늘을 남.

230) ᄉᆞ회(死灰)되: 다 태워 재가 되게 하되.

"하늘이 엇지 ᄉᆞ롬을 닉시고 이디도록 곤(困)케 ᄒᆞ시난고?"
ᄒᆞ고, 즉시 드러가{들어가} 벽상(壁上)의 글롤 쓰고 장삼의 분묘(墳墓)의 나아가 일장(一場)을 통곡ᄒᆞ고 이의 몸을 쩔쳐 길롤 나미, 갈 ᄇᆡ롤 아지 못ᄒᆞ여 남(南)을 향ᄒᆞ여 졍쳐(定處)업시 가니라.

이ᄯᆡ 변시 '히룡이 죽어시리라' ᄒᆞ여 도라와{돌아와} 본즉, 다만 히룡이 닛던 방이 아니 타고 벽상(壁上)의 글이 이셔{있어}, ᄒᆞ엿스되,

「하늘이 나롤 닉시미여, 명되[231] 긔구ᄒᆞ도다!
난즁(亂中)의 부모롤 닐흐미여{잃음이여}, 도로의 분쥬(奔走)ᄒᆞ도다!
이 집의 인연(因緣)이 이스미여{있음이여}, 십여 년 양휵(養慉)을 바다도다{받았도다}!
은혜(恩惠)와 졍의(情誼) 깁흐미여{깊음이여}, 유명(幽明)이 슬푸도다!
은혜롤 갑고져{갚고자} ᄒᆞ미여, 몸을 도라보지{돌아보지} 아니ᄒᆞ도다!
죽을 곳의 보닉미여{보냄이여}, 호산(虎山)의 밧출{밭을} 갈고[갈도다].
ᄉᆞ라 도라오미여{돌아옴이여}, 깃거{기뻐하지} 아니ᄒᆞ는도다!
살옥[232]의 너흐미여{넣음이여}, 나의 익회[233] 진(盡)치 아니ᄒᆞ도다!
불롤 노화{놓아} 살오미여{사름이여}, 다힝히 면화(免禍)ᄒᆞ도다!
니별롤 당ᄒᆞ미여, 눈물이 압흘{앞을} 셔는도다!
허물롤 곳치미여{고침이여}, 후일(後日) 다시 보기 어렵도다!
젼일롤 싱각ᄒᆞ미여, 이 길이 의외(意外)로다!」

ᄒᆞ엿거늘, 보기롤 다ᄒᆞᆫ 후 남이 알가 념녀(念慮)ᄒᆞ여 그 글롤 업시ᄒᆞ니라{없이하라}.

---

231) 명되(命途가): 운명.
232) 살옥(殺獄): 살인 사건에 대한 獄事를 이르던 말.
233) 익회(厄會): 재앙으로 닥치는 불행한 고비.

추셜(且說)。 히룡이 변시 집을 써나 남(南)다히로 가더니 한 곳의 다다라는 큰 뫼히{뫼가} 압길흘 막앗거늘 갈 길롤 못추주 쥬져홀 즈음의, 금녕이 구을너{굴러} 길흘 인도ᄒᆞ는지라. 싸라 여러 고기롤 너머{넘어} 갈식 절벽 ᄉᆞ이의 푸른 잔듸와 암셕(巖石)이 져기{적이} 편ᄒᆞ거늘 히룡이 셕샹(石上)의 안져 쉬더니, 문득 벽녁(霹靂) 소릐 진동(震動)ᄒᆞ며 한 고이ᄒᆞᆫ 금터럭 도친{돋친} 즘싱이 쥬홍(朱紅) 갓튼{같은} 입을 버리고{벌리고} 다라드러{달려들어} 히룡을 물녀ᄒᆞ거늘, 히룡이 급히 피ᄒᆞ려 ᄒᆞ더니 금녕이 닉다라{내달아} 막으니, 그거시{그것이} 몸을 흔드러{흔들어} 변ᄒᆞ여 아홉 머리 가진 거시{것이} 되여 금녕을 집어삼키고 골노{골짜기로} 드러가거늘{들어가거늘}, 히룡이 낙담ᄒᆞ여 왈,

"분명코 금녕이 죽도다."

ᄒᆞ고 탄식(歎息)ᄒᆞ여 아모리 ᄒᆞᆯ 줄 모로더니, 홀연 일진광풍(一陣狂風)이 지ᄂᆞ며 구름 속의셔 크게 불너 왈,

"그듸 엇지 금녕을 구(救)치 아니ᄒᆞ고 져리 방황ᄒᆞ는다?"

ᄒᆞ고 간듸업거늘, 히룡이 싱각ᄒᆞ되,

'하ᄂᆞᆯ이 가ᄅᆞ치시니 몸의 촌철[234]이 업스니 엇지 듸젹(對敵)ᄒᆞ리오. 그러나 금녕 곳 아니면 내 엇지 ᄉᆞ라스리오{살았으리오}.'

ᄒᆞ고 장속[235]을 단단히 ᄒᆞ고 쒸여드러가니 지쳑(咫尺)을 분변(分辨)치 못ᄒᆞᆯ너라. 슈리(數里)롤 드러가되{들어가되} 종젹(蹤迹)이 업거늘, 죽을힘을 다ᄒᆞ여 긔여드러가니{기어들어가니} 홀연 텬지(天地) 명낭(明朗)ᄒᆞ고 일월(日月)이 조요(照耀)ᄒᆞᆫ지라. 두로[두루] 삷펴 본즉 돌비[石碑]의 금ᄌᆞ(金字)로 삭여스되 「남젼산(藍田山) 봉닉동이라」 ᄒᆞ엿고, 구룸 갓튼{같은} 셕교(石橋)의 만장폭푀(萬丈瀑布가) 거록ᄒᆞᆫ지라. 다리롤 지나 드러가니{들어가

234) 촌철(寸鐵): 작고 날카로운 쇠붙이나 무기.

235) 장속(裝束): 입고 매고 하여 든든히 갖추어 꾸민 차림새.

니}, 이문[衙門]을 크게 열고 동즁(洞中)의 쥬궁픽궐[236]과 닉셩(內城) 외곽(外郭)이 은은히 뵈거늘, 즈셔히 본즉 문(門) 우희{위에} 금즈(金字)로 크게 쎠시되 「금션슈도뷔(金仙首都府이)라」 ᄒᆞ엿더라. 원닉 금졔[237]는 텬디(天地) 기벽(開闢) 후의 일월졍긔(日月精氣)로 삼겨 득도(得道)ᄒᆞ여 신통(神通)이 무궁ᄒᆞᆫ지라.

희룡이 문 밧긔셔 쥬져ᄒᆞ여 감히 드러가지 못ᄒᆞ더니, 니윽고 안흐로셔 여러 계집이 나오거늘, 희룡이 몸을 급히 방초(芳草) 가의 숨엇더니, 계집들이 피 무든{묻은} 옷슬 가지고 시닉 가의셔 쌜며 셔로 말ᄒᆞ되,

"우리 왕이 오늘 나가시더니 홀연 속을 알아{앓아} 피롤 무슈히 토ᄒᆞ고 긔졀ᄒᆞ니, 그런 신통으로도 이 갓튼 병을 어더시니{얻었으니} 일즉{빨리} 나으면 조으려니와{좋으려니와}, 만일 오릭 낫지 못ᄒᆞ면 우리 등의 괴로오미 되리로다."

ᄒᆞ니, 그 즁의 한 녀직(女子가) 갈오딕,

"우리 공쥬(公主) 낭낭[238]이 간밤의 한 꿈을 꾸니, 하늘노셔 션관(仙官)이 나려와{내려와} 닐오딕, '명일(明日) 오시(午時)의 일위(一位) 슈직[239] 드러와 악귀(惡鬼)롤 잡고 그딕롤 구ᄒᆞ여 고국(故國)으로 도라가게{돌아가게} ᄒᆞᆯ 거시니, 이 ᄉᆞ롬은 동히 뇽왕의 ᄋᆞ들노셔 그딕와 인연(因緣)이 이스니, 그딕 이리됨도 또ᄒᆞᆫ 텬쉬(天數이)라. 부딕 텬명(天命)을 어긔오지 말나' ᄒᆞ더라 ᄒᆞ고, 당부(當付)ᄒᆞ시되 '누셜(漏泄)치 말나' ᄒᆞ시더니, 오시(午時)가 지낫스되 소식이 업스니, 꿈이 허신(虛事인)가 ᄒᆞ노라."

ᄒᆞ며 슬피 탄식ᄒᆞ거늘, 희룡이 이 말를 듯고 즉시 풀롤 헤치고 닉다르니,

236) 쥬궁픽궐(珠宮貝闕): 구슬과 조개로 꾸민 궁궐이란 뜻으로, '호화찬란하게 꾸민 궁궐'을 일컫는 말.

237) 금졔(金猪): 금돼지.

238) 낭낭(娘娘): 왕비나 귀족 아내 등 신분이 높은 여자를 부르던 말.

239) 슈직(秀才): 전날에, '미혼 남자'를 존경하여 붙이던 호칭.

그 계집들이 놀나 다라나려 ᄒᆞ거놀, ᄒᆡ룡이 말뉴(挽留) 왈,

“그ᄃᆡ는 놀나지 말나. 내 악귀(惡鬼)를 ᄎᆞᄌᆞ 여긔 드러왓시니{들어왔으니}, 그 잇는 곳을 ᄌᆞ셰히 가ᄅᆞ치라!”

그 계집들이 이 말를 듯고{듣고} 몽ᄉᆞ(夢事)를 ᄉᆡᆼ각ᄒᆞᄆᆡ 신긔ᄒᆞᆫ지라 나아가 울며 고왈(告曰),

“그ᄃᆡ 덕분의 우리 등이 ᄉᆞ라{살아} 각각 고향으로 도라가게 ᄒᆞ소셔.” ᄒᆞ고 ᄒᆡ룡을 인도(引導)ᄒᆞ여 들어가니, 즁문(中門)은 쳡쳡(疊疊)ᄒᆞ고 젼각(殿閣)은 의의[240] ᄒᆞᆫ 곳의 흉악(凶惡)이 신음(呻吟)ᄒᆞ여 알는{앓는} 소ᄅᆡ 들니는지라. ᄒᆡ룡이 ᄯᅱ여올나가 보니, 그 즘싱이 상[殿上] 우희{우에} 누어{누워} 알타가{앓다가} ᄉᆞ름을 보고 닓더{냅다} 나려ᄒᆞ다가{내려오다가} 도로 잣바지며{자빠지며} 일신(一身)을 뒤트러{뒤틀어} 움작이지 못ᄒᆞ고 입으로 피를 무슈히 토(吐)ᄒᆞ는지라. ᄒᆡ룡이 하슈[241]코져 ᄒᆞ니 손의 촌쳘(寸鐵)이 업더니, 홀연 일위미인(一位美人)이 칠보홍군(七寶紅裙)으로 몸을 가ᄫᆡ야히{가벼이} 거러{걸어} 벽상(壁上)의 걸닌[걸린] 보검(寶劍)을 갓다가{갖다가} ᄒᆡ룡을 주거놀, ᄒᆡ룡이 급히 칼를 들고 다라드러{달려들어} 요괴(妖怪)의 가슴을 무슈히 지ᄅᆞ니, 그 즘싱이 그제야 죽어 느러지는지라{늘어지는지라}. ᄌᆞ셰히 보니 금 터럭 도친{돋친} 암돗치여놀, 가슴을 헤치고 본즉 금녕이 구을너{굴러} 나오ᄆᆡ, ᄒᆡ룡이 크게 반기며 소ᄅᆡ 질너 왈,

“너희 슈십 인(數十人) 계집이 다 요괴(妖怪)로 변화ᄒᆞ여 ᄉᆞ롬을 쇽이미 아니냐?”

모든 녀ᄌᆞ(女子)들이 일시(一時)의 ᄭᅮ러{꿇어} 고왈(告曰),

“우리 등은 다 요괴 아니오 ᄉᆞ롬이라. 그릇{잘못} 요괴의게 잡히여 와 욕(辱)을 참고 ᄉᆞ환[242]ᄒᆞ더니이다. 앗가{아까} 칼 갓다가 주더 니[人]는 다

240) 의의(猗猗): 아름답고 성함.

241) 하슈(下手): 손을 대어 직접 사람을 죽이거나 벌을 줌.

른 ᄉᆞ롬이 아니라 금(今) 텬ᄌᆞ(天子)의 독녀{외동딸} 금션공쥐라."
ᄒᆞ더니, 언미필(言未畢)의 일위 공쥐(一位公主가) 슈식(愁色)을 씌여 나아와 ᄉᆞ례(謝禮) 왈,
"나는 과연 공쥬러니 뉵 년(六年) 젼(前)의 모후(母后) 낭낭(娘娘)을 뫼셔 후원(後苑)의셔 완월[243]ᄒᆞ다가 이 요괴의게 잡혀 와 지금 죽지 못ᄒᆞ믄, 시녀(侍女) 등의 쥬야(晝夜)로 직흰{지킨} 연고(緣故)로 욕(辱)을 참고 ᄉᆞ랏더니, 텬ᄒᆡᆼ(天幸)으로 그ᄃᆡ의 구(救)ᄒᆞ믈 입어 고국의 도라가 부모롤 맛나보고 죽으니 다시 한(恨)이 업슬가{없을까} ᄒᆞ노라."
ᄒᆞ며 ᄉᆞ미{소매}로 낫츨{낯을} 가리고 통곡ᄒᆞ거ᄂᆞᆯ, ᄒᆡ룡이 ᄌᆞ초지종(自初至終)을 듯고{듣고} 슬푸미 교집[244]ᄒᆞ여 갈오ᄃᆡ,
"이졔 옥쥬[245]롤 뫼시고 나가고 시브되{싶으되}, 길히{길이} 험악ᄒᆞ여 발셥[246]ᄒᆞ시기 어려올 거시니{것이니}, 내 잠간 나가 본현(本縣)의 고(告)ᄒᆞ고 위의[247]롤 갓초와{갖추어} 올 거시ᄆᆡ 잠간 기다리소셔."
공쥐 울며 왈,
"그ᄃᆡ 나간 후 ᄯᅩ 무ᄉᆞᆷ 변(變)이 이슬{있을} 줄 어이{어찌} 알니오?"
ᄒᆞ며 ᄯᅡ라가기롤 ᄋᆡ걸(哀乞)ᄒᆞ거ᄂᆞᆯ, ᄒᆡ룡이 위로(慰勞) 왈,
"져 금방울이 텬디조화(天地造化)로 된 거시ᄆᆡ 신통이 가히 업셔 요괴롤 잡고 공쥬롤 구ᄒᆞᆷ도 이 방울의 조홰(造化이)라. 아모리 어려온 일이 이셔도{있어도} 가(可)히 구ᄒᆞ리니, 념녀 마ᄅᆞ시고 잠간 기다리소셔."
ᄒᆞ고, 즉시 골 밧긔 나와 ᄇᆡ로 남셩[南京]으로 드러가더니, 십ᄌᆞ(十字) 거

---

242) ᄉᆞ환(使喚): 종으로서 잔심부름을 함.
243) 완월(玩月): 달을 구경하며 즐김.
244) 교집(交集): 여러 생각이 뒤얽혀 서림.
245) 옥쥬(玉主): 공주의 높임말.
246) 발셥(跋涉): 산을 넘고 물을 건너 길을 감.
247) 위의(威儀): 예법에 맞는 몸가짐이나 차림새.

리의셔 ᄉᆞ롬들이 만히{많이} 모다{모여} 무슴 방(榜)을 보거놀, 히룡이 헤치고 드러가{들어가} 보니, 방문(榜文)의 ᄒᆞ여스되,

「황뎨(皇帝)는 천하(天下)의 반포(頒布)ᄒᆞᄂᆞ니, 짐(朕)이 무덕(無德)ᄒᆞ여 일즉{일찍} 틱ᄌᆡ(太子가) 업고 다만 일녀(一女)롤 두엇더니, 모일(某日) 모야(某夜)의 요괴(妖怪)의게 잡혀갓스니, 만일 ᄎᆞ져 밧치는 ᄌᆡ(者가) 이스면{있으면} 강산(江山)을 난화{나누어} 부귀(富貴)롤 ᄒᆞᆫ가지로{함께} ᄒᆞ리라.」

ᄒᆞ엿거놀, 히룡이 보기롤 다ᄒᆞᆫ 후 즉시 방문(榜文)을 ᄶᅥ히니, 직흰{지키는} 관원(官員)이 놀나 히룡을 잡아 ᄶᅥ히는 곡졀(曲折)롤 뭇거놀, 히룡 왈,

"이곳은 말 못ᄒᆞᆯ 곳이라."

ᄒᆞ고 관원을 다리고 샹관(上官)의 드러가{들어가} 그 ᄉᆞ연(事緣)을 고ᄒᆞᆫᄃᆡ, 그 관원이 ᄃᆡ희(大喜)ᄒᆞ여 히룡을 청상(廳上)의 안치고 하례(賀禮) 왈,

"이는 텬고(千古) 업는{없는} 일이로다."

ᄒᆞ니, 히룡이 젼후슈말(前後首末)롤 다 고(告)ᄒᆞ고 위의(威儀)롤 갓초와{갖추어} 밧비 가물{가기를} 청(請)ᄒᆞ니, ᄌᆞ식(刺史가) 즉시 히룡과 남젼산(藍田山)을 ᄇᆞ라고 가니라. 히룡이 올 ᄯᅢ 무심(無心)히 왓더니 만쳡산즁(萬疊山中)의 드러갈 길흘 닐코{잃고} 경히 방황ᄒᆞ더니, 홀연 금녕이 압셔{앞서} 길롤 인도(引導)ᄒᆞ거놀, ᄌᆞ식(刺史가) 신긔히 녀기며 금녕을 ᄯᅡ라 골노{골짜기로} 드러가니라{들어가니라}.

이ᄯᅢ 공쥐 히룡을 보닌 후로 하놀긔 축슈[248]ᄒᆞ더니, 방울이 구을너{굴러} 오며 그 뒤희{뒤에} 텬병만ᄆᆡ(千兵萬馬가) 드러올ᄉᆡ, ᄌᆞ식(刺史가) 말긔{말에서} 나려 드러와 공쥬긔 문후(問候)ᄒᆞ고 시녀로 ᄒᆞ여곰 공쥬롤 뫼셔 교ᄌᆞ[249]의 올녀 나올ᄉᆡ, 슈십(數十) 녀ᄌᆞ들도 ᄯᅩᄒᆞᆫ 공쥬롤 뫼셔 나온 후,

248) 축슈(祝手): 두 손을 모아 빎.

히룡이 동즁(洞中)의 불롤 지르고 금녕을 다리고{데리고} 골 밧긔{밖으로} 나오니, 모다{모두} 즐기는 소리 산텬(山川)이 옴작이더라{움직이더라}. 즈시 공쥬롤 별당(別堂)의 머므르고 히룡은 긱스(客舍)의 졍돈[250]호 후, 일변 이 스연(事緣)으로 텬즈(天子)긔 쥬문[251]호며 스쳐[252] 공궤지졀[253]이 니로{이루} 측냥(測量)업는지라.

공쥐 금방울롤 일시도 손의 놋치{놓지} 아니호여 쥬야(晝夜)로 안고 길롤 지촉호여 경셩(京城)으로 올나올시, 이십 녀즈들도 짜라오더라. 이쩍 샹(上)과 휘(后가) 공쥬롤 일코{잃고} 쥬야 슬허호스 침식의 〈폐호시고〉, 번뇌호스 금금[254]의 쓰혀 만스(萬事)의 경황(景況)이 업셔 호시다가, 이긔별(奇別)롤 드르시고 도로혀 반신반의(半信半疑)호스 말롤 능히 못호시다가, 즈스(刺史)의 쥬문[255]을 보시고 환텬희디[256]호실시, 만조빅관(滿朝百官)이 오문[257] 밧긔 와 진하[258]롤 청(請)호니, 궁닉(宮內) 궁외(宮外)의 환셩(歡聲)이 물끌틋 호는지라. 샹이 진하(進賀)롤 바드시고{받으시고} 텬안[259]의 희식(喜色)이 가득호스 일변 청쥬즈스의 쥬문을 반포(頒布)호시

249) 교즈(轎子): '平轎子'의 준말. 앞뒤로 두 사람씩 네 사람이 낮게 어깨에 메고 가게 되어 있던 가마로, 옛날 종1품 이상 및 耆老所 당상관이 탔다.

250) 졍돈(停頓): 머물러 쉬게 함.

251) 쥬문(奏聞): 임금에게 아룀.(奏達)

252) 스쳐(사처): 손님이 객지에서 묵고 있거나 묵고 있는 집.

253) 공궤지졀(供饋之節): 윗사람에게 음식을 받들어 올리는 예절.

254) 금금(錦衾): 비단 이불.

255) 쥬문(奏文): 임금에게 아뢴 글.

256) 환텬희디(歡天喜地): 하늘도 즐거워하고 땅도 기뻐한다는 뜻으로, '아주 즐거워하고 기뻐함'을 이르는 말.

257) 오문(午門): 南門.

258) 진하(進賀): 나라에 경사가 있을 때에 벼슬아치들이 조정에 모여 임금에게 축하를 올리던 일.

259) 텬안(天顔): '임금의 얼굴을 높여 이르는 말.(龍顔)

고, 일변 철긔(鐵騎) 삼천(三千)을 조발(調發)ᄒᆞ여 '공쥬 ᄒᆡᆼᄎᆞᄅᆞᆯ 보호ᄒᆞ라' ᄒᆞ시며, 친ᄒᆡᆼ(親行) 영졉(迎接)ᄒᆞ려 ᄒᆞ실ᄉᆡ, 쟝ᄒᆡ룡의 공노(功勞)ᄅᆞᆯ 일시[一世] ᄇᆞᆺ부ᄉᆞ 이의 어필(御筆)노뻐 거긔쟝군(車騎將軍)을 ᄒᆞ이ᄉᆞ{삼아} '공쥬ᄅᆞᆯ ᄇᆡᄒᆡᆼ[260]ᄒᆞ라' ᄒᆞ시니, ᄒᆡ룡이 노샹(路上)의셔 조셔(詔書)ᄅᆞᆯ ᄇᆞᆺ드러 북향ᄉᆞᄇᆡ[261]ᄒᆞ고, 몰만ᄒᆞᆫ ᄃᆡ쟝인[262]을 허리 아ᄅᆡ ᄇᆡᆺ기 ᄎᆞ고 각읍(各邑) 슈령(守令) 등을 거ᄂᆞ려 ᄒᆡᆼᄒᆞ니, 그 위의 범졀(威儀凡節)이 ᄇᆡᆺᄂᆞ고 거록ᄒᆞ더라.

쥬야ᄇᆡ도[263]ᄒᆞ여 황셩(皇城)의 니ᄅᆞ니, 샹이 만조(滿朝)ᄅᆞᆯ 거ᄂᆞ리ᄉᆞ 셩외(城外)의 나아가샤 마ᄌᆞ 들어가실ᄉᆡ, ᄇᆡᆨ셩들이 길히 가득ᄒᆞ여 만셰ᄅᆞᆯ 부ᄅᆞ며 용약무도[264]ᄒᆞ여 환셩(歡聲)이 원근의 등텬[衝天]ᄒᆞ더라.

ᄇᆞ로 ᄃᆡ젼(大殿)의 드ᄅᆞ시니, 황휘(皇后가) 공쥬ᄅᆞᆯ 안고 ᄂᆞᆺ츨{낯을} 다혀{맞대어} 통곡ᄒᆞ시며, 샹이 ᄯᅩᄒᆞᆫ 누슈(淚水)ᄅᆞᆯ 나리오시ᄆᆡ, 공쥐 울기ᄅᆞᆯ 긋치고 요괴의게 잡혀가 고ᄒᆡᆼ(苦行) 격던 ᄉᆞ연(事緣)이며 몽즁(夢中)의 션관(仙官)이 니ᄅᆞ던 셜화[265]와 금녕의 신통(神通)으로 ᄒᆡ룡이 요괴 잡던 슈말(首末)ᄅᆞᆯ 낫낫치{낱낱이} 고ᄒᆞᆫᄃᆡ, 황휘 금녕을 어로만져 왈,

"하놀이 일노뻐 너ᄅᆞᆯ 구(救)ᄒᆞ시미로다."

ᄒᆞ시고, 황극젼[266]의 젼좌[267]ᄒᆞᄉᆞ 문무신뇨(文武臣僚)와 종친외척(宗親外戚)을 다 모ᄒᆞ시고 쟝ᄒᆡ룡을 명초[268]ᄒᆞ시니, ᄒᆡ룡이 드러와 ᄇᆡᆨᄇᆡᄉᆞ은(百拜謝恩)ᄒᆞᆫᄃᆡ, 샹이 보시ᄆᆡ 용뫼 당당ᄒᆞ고 긔위[269] 늠늠ᄒᆞ여 일셰(一世) 긔

260) ᄇᆡᄒᆡᆼ(陪行): 모시고 나옴.
261) 북향ᄉᆞᄇᆡ(北向四拜): (임금이 계신) 북쪽을 향하여 네 번 절함.
262) ᄃᆡ쟝인(大將印): 장수가 갖던 도장.
263) 쥬야ᄇᆡ도(晝夜倍道): 밤낮을 가리지 아니하고 보통 사람 갑절의 길을 걸음.
264) 용약무도(踊躍舞蹈): 좋아서 날뛰고 춤을 춤.
265) 셜화(說話): 이야기.
266) 황극젼(皇極殿): 황제가 정사를 보는 궁전.
267) 젼좌(殿座): 왕이 정사를 처리하거나 신하들의 조회를 받기 위해 옥좌에 나와 앉음.
268) 명초(命招): 임금의 명으로 신하를 부름.

남지[270]라. 셩심[271]의 딕열(大悅)ᄒᆞᄉᆞ 그 손을 잡으시고 갈ᄋᆞᄉᆞ딕,
"경(卿)의 딕공(大功)을 의논(議論)홀진딕, 틱산(泰山)이 낫고 하히(河海) 엿튼지라, 그 갑흘{갚을} 바룰 아지 못ᄒᆞ노라."
ᄒᆞ시고, ᄯᅩ 공쥬의 몽ᄉᆞ(夢事)룰 니ᄅᆞ시며{이르시며} 부마(駙馬)룰 삼으려 ᄒᆞ실ᄉᆡ, 밧비 녜부(禮部)룰 명ᄒᆞᄉᆞ,
"턱일(擇日)ᄒᆞ라."
ᄒᆞ시고, 호부(戶部)의 하교[272]ᄒᆞᄉᆞ,
"쳥화문 밧긔 별궁(別宮)을 짓고 화원(花園)을 버려{벌여} 딕닉[273]로 통노(通路) ᄒᆞ여 츌입(出入)게 ᄒᆞ라."
ᄒᆞ시고, 녜부(禮部)로 ᄒᆞ여곰 혼구(婚具)룰 갓초와, 길일(吉日)룰 당ᄒᆞ믹 희룡이 위의(威儀)룰 갓초와 공쥬룰 마ᄌᆞ 궁(宮)으로 도라오니, 신낭 신뷔 상(床)의 딕좌[274]ᄒᆞ믹 진짓 텬싱빅필(天生配匹)이라.

샹이 황후로 더브러 궁[別宮]으로 오시니, 부마와 공쥐 당(堂)의 나려 마ᄌᆞ 당의 오ᄅᆞ실ᄉᆡ, 부마는 텬ᄌᆞ룰 뫼시고 공쥬는 황후룰 뫼셔스믹, 향연(香煙)은 요요[275]ᄒᆞ고 픽옥(佩玉)은 징징(錚錚)ᄒᆞ여 위의(威儀) 엄연(儼然) ᄒᆞ고 화긔(和氣) 익연[276]ᄒᆞ더라. 공쥐 상긔 쳥ᄒᆞ여 요괴의게 잡히엿던 녀ᄌᆞ 등을 각각 천금(千金)을 주어 졔집으로 도라보닉게{돌려보내게} ᄒᆞ시니, 모다 공쥬의 덕을 닐캇더라.

---

269) 긔위(氣宇가): 기개와 도량을 아울러 이르는 말.
270) 긔남지(奇男子이): 재주와 슬기가 남달리 뛰어난 남자.
271) 셩심(聖心): '임금의 마음'을 높여 이르는 말.
272) 하교(下敎): 윗사람이 아랫사람에게 어떤 일을 지시함. 주로 '임금이 신하에게 명령할 때' 쓰는 말이다.
273) 딕닉(大內): 임금이 거처하는 궁전.(大殿)
274) 딕좌(對坐): 마주 대하여 앉음.
275) 요요(嫋嫋): 간드러짐. 산들거림.
276) 익연(藹然): 어떤 기운이 온화하고 짙은 모양.

ᄎᆞ셜(且說)。 이ᄯᅴ의 북노(北虜) 쳔달이 ᄃᆡ원(大元)을 회복(回復)고져 ᄒᆞ여 ᄃᆡ병(大兵) ᄇᆡᆨ만과 장ᄉᆞ(將士) 쳔 인(千人)을 거ᄂᆞ려, 호각으로 션봉(先鋒)을 삼고 셜만쳘노 구응ᄉᆞ(救應使)를 삼아 황하(黃河)를 건너 니ᄅᆞᄆᆡ, 소과[277] 군현(郡縣)이 망풍귀슌[278]ᄒᆞ여 슌일[279] ᄂᆡ의 삼십뉵 관(三十六關)을 엇고{얻고} 물미듯{물밀듯} 드러오니 북방(北方)이 진동(振動)ᄒᆞᄂᆞᆫ지라.

샹(上)이 이 긔별(奇別)를 드ᄅᆞ시고 ᄃᆡ경ᄒᆞᄉᆞ 만조(滿朝)를 모화{모아} 의논ᄒᆞ실ᄉᆡ 일인(一人)도 ᄃᆡ답ᄒᆞᄂᆞᆫ ᄌᆡ(者가) 업거ᄂᆞᆯ 샹이 탄식(歎息)ᄒᆞ시더니, 문득 부마도위[280] 쟝희룡이 츌반쥬[281] 왈,

"신(臣)이 년소무ᄌᆡ(年少無才)ᄒᆞ오나, 일지병(一支兵)을 빌니시면{빌려주시면} 북노(北虜)를 쓰러바려 셩은(聖恩)을 만분지일(萬分之一)이나 갑흘가{갚을까} ᄒᆞ나이다."

샹이 침음냥구[282]의 갈ᄋᆞᄉᆞᄃᆡ,

"짐(朕)이 경(卿)의 ᄌᆡ조를 알거니와, 흉디(凶地)의 보ᄂᆡ고 짐의 마음이 엇지 편ᄒᆞ며, 황후 낭낭(娘娘)이 즐겨 허(許)ᄒᆞ시리오."

부ᄆᆡ(駙馬가) 부복(俯伏) 쥬왈(奏曰),

"신은 듯ᄉᆞ오니 '국난(國難)의 불고부뫼(不顧父母이)라' ᄒᆞ오니, 니런 ᄯᅢ를 당ᄒᆞ여 구구히 엇지 쳐소[妻子]를 괘렴(掛念)ᄒᆞ여 국가ᄃᆡᄉᆞ(國家大事)를 그릇ᄒᆞ리잇고?"

ᄒᆞ며 언파(言罷)의 긔위[氣宇가] 경경[283]ᄒᆞ거ᄂᆞᆯ, 샹이 그 ᄯᅳᆺ을 막지 못ᄒᆞᄉᆞ

---

277) 소과(所過): 지나는 바.

278) 망풍귀슌(望風歸順): 풍문을 듣고 놀라서 맞서 보려고도 하지 아니하고 스스로 돌아서서 따라오거나 복종함.(望風而靡)

279) 순일(旬日): 열흘 동안.

280) 부마도위(駙馬都尉): 임금의 사위.

281) 츌반쥬(出班奏): 여러 신하 가운데서 혼자 임금에게 나아가 아뢲.

282) 침음냥구(沈吟良久): 속으로 깊이 생각한지 매우 오랜 뒤.

즉시 부마를 비(拜)ᄒᆞ여 진북쟝군(鎭北將軍) 슈군도독(戍軍都督)을 ᄒᆞ이시고, ᄇᆡᆨ모황월[284]과 상방검[285]을 주ᄉᆞ 군위(軍威)를 돕게 ᄒᆞ시니, 원쉬 슈명(受命)ᄒᆞ고 물너와 쟝졸(將卒)를 분비(分排)ᄒᆞ여 ᄒᆡᆼ군(行軍)홀ᄉᆡ, 호령(號令)이 엄슉(嚴肅)ᄒᆞ고 위의 졍졔(整齊)ᄒᆞ더라.

황휘(皇后가) 이 ᄉᆞ연(事緣)을 드ᄅᆞ시고{들으시고} ᄃᆡ경ᄒᆞᄉᆞ 원슈를 ᄀᆡ유[286]ᄒᆞ려 ᄒᆞ시나, 발셔 발ᄒᆡᆼ(發行)케 되미 홀일업셔,

“수히{쉬이} ᄃᆡ공(大功)을 셰우고 ᄀᆡ가[287]를 불너 도라와{돌아와} 짐의 마음을 져ᄇᆞ리지 말나.”

ᄒᆞ시니, 원쉬 호언[288]으로 황후와 공쥬를 위로하고 발ᄒᆡᆼ홀ᄉᆡ, 샹이 만조(滿朝)를 거ᄂᆞ리시고 친히 젼송(餞送)ᄒᆞ실ᄉᆡ, 원슈의 손을 잡고 연연[289]ᄒᆞ여 ᄌᆡ삼(再三) 당부(當付)ᄒᆞ시고 날이 느진 후 환궁ᄒᆞ시니, 원쉬 ᄃᆡ병(大兵)을 휘동[290]ᄒᆞ여 나아갈ᄉᆡ, ᄀᆡ치창검(旗幟槍劍)은 일월(日月)를 가리오고 뇌고함셩[291]은 산쳔(山川)을 옴작이는 고ᄃᆡ{곳에}, 일위(一位) 소년ᄃᆡ쟝(少年大將)이 봉신투구[292]의 황금 쇄ᄌᆞ갑[293]을 닙고{입고} 우슈{右手}의 쌍

---

283) 졍졍(亭亭): 굳세고 건강함.

284) ᄇᆡᆨ모황월(白矛黃鉞): 희게 빛나는 창과 누렇게 빛나는 도끼. 대장의 표식이다.

285) 샹방검(尙方劍): 《漢書》〈朱雲傳〉을 보면, 漢나라 成帝 때 朱雲이 “신에게 尙方 斬馬劍을 내리소서. 한 佞臣의 머리를 베겠습니다”라 아뢴 말이 있는데, 이에서 유래한 구절. 상방은 供御의 기물을 만드는 관청이며, 참마검은 말을 벨 수 있는 날카로운 칼이며, 영신은 張禹를 가리킨다.

286) ᄀᆡ유(開諭): 사실을 하나하나 들춰내어 이를 따져서 타이름.

287) ᄀᆡ가(凱歌): 경기나 싸움에 이겼을 때 부르는 노래나 함성.(凱旋歌)

288) 호언(好言): 친절하고 듣기 좋은 말.

289) 연연(戀戀): 안타까이 애틋해 함.

290) 휘동(麾動): 지휘하여 움직임.

291) 뇌고함셩(擂鼓喊聲): 북을 빨리 치는 소리와 여러 사람의 고함 소리.

292) 봉신투구: 鳳翅盔의 번역어투. 봉의 깃으로 꾸민 투구.

293) 쇄ᄌᆞ갑(鎖子甲): 사방의 두 치 정도 되는 돼지가죽으로 된 미늘을 작은 고리로 꿰어 만든 갑옷.

고검[294]을 잡고 좌슈(左手)의 빅우션[295]을 쥐고 쳔 니(千里) 디완마[296]를 타시니, ᄉᆞ롬은 텬신(天神) 갓고{같고} 말은 비룡(飛龍) 갓트여 호호탕탕(浩浩蕩蕩)히 나아 가니라.

각셜(却說)。 호각이 군을 모라{몰아} 남창의 다다라 원슈의 디진(大陣)을 맛ᄂᆞ 미황녕 아릭 디진[297]ᄒᆞ미, 호각이 오식신우[298]를 모라 진젼(陣前)의 나셔니, 허리는 열 아롬이오 얼골이 슈위{수레} 박회{바퀴} 갓고, 두발(頭髮)이 누ᄅᆞ러 거문{검은} 얼골를 덥허시며{덮었으며}, 손의 장창(長槍)을 들고 나셔니, 좌(左)의는 셜만츈이오 우(右)의는 호달이라. 각각 신쟝(身長)이 구쳑(九尺)이오, 얼골이 흉악(凶惡)ᄒᆞ더라. 명진(明陣) 즁(中)의셔 일셩 포향[299]의 진문(陣門)이 열니는 곳의 일원 디쟝(一員大將)이 문긔[300] 아릭 셧시니, 얼골이 빅옥(白玉) 갓고 곰의 등의 널희{이리} 허리라. 위풍(威風)이 늠늠(凜凜)ᄒᆞ고 긔위(氣宇가) 당당(堂堂)ᄒᆞᆫ지라. 호각이 디호[301] 왈,

"구싱유취[302]의 어린 아히(兒孩) 텬시(天時)를 모로고 망녕도히{망령되이} 전진(戰陣)의 나와 칼 아릭 놀난 혼빅(魂魄)이 되고져 ᄒᆞ는다?"

---

294) 쌍고검(雙股劍): 칼집 머리에 두 갈래로 매듭을 땋아 수술을 드리운 것. 劉備의 무기로서 유비가 의병을 일으킬 때 대장장이를 시켜 벼리게 만든 한쌍의 쌍검이라고도 한다.

295) 빅우션(白羽扇): 새의 흰 깃털을 모아 만든 부채.

296) 쳔 니 디완마(千里大宛馬): 중국 대완 지방에서 나는, 하루에 천 리 달릴 수 있는 좋은 말.

297) 디진(對陣): 적대적인 양쪽의 군사가 서로 마주하여 진을 침.

298) 오식신우(五色神牛): 적진을 돌파하거나 교란하기 위해 사용하던 소. 중국 明代의 소설 〈封神演義〉를 보면, 무성왕 황비호가 전투를 하기 위해 탔던 소로 나온다.

299) 포향(砲響): 대포를 쏠 때 울리는 음향.

300) 문긔(門旗): 군대에서 쓰던 大旗幟의 하나. 빛은 五方에 따라서 남빛, 붉은 빛, 흰 빛, 검은 빛, 누른 빛이며, 각각 둘씩하여 수효는 열이다. 陣門 밖 양편에 세운다.

301) 디호(大呼): 크게 소리 지름.

302) 구싱유취[口尙乳臭]: 입에서 아직도 젖내가 난다는 뜻으로, '하는 짓이 어리고 유치함'을 일컫는 말.

원슈 디로(大怒)ᄒᆞ여 좌우(左右)롤 도라보아{돌아보아} 왈,

"뉘 나롤 위ᄒᆞ여 져 도젹(盜賊)을 잡을고?"

언미필(言未畢)의 한 쟝쉬 닉다ᄅᆞ니, 이는 양춘이라. 칼롤 츔추어 ᄇᆞ로 호각을 취(取)ᄒᆞ니, 호진(胡陣) 즁(中)의셔 셜만츈이 정창츌마[303]ᄒᆞ여 호각을 도와 ᄊᆞ홀ᄉᆡ, 오십여(五十餘) 합(合)의 니ᄅᆞ도록 승뷔(勝負가) 업더니, 문득 셜만츈이 거즛{거짓} 픽(敗)ᄒᆞ여 다라나거놀{달아나거늘}, 양춘이 급히 ᄶᅡ로며 디호(大呼) 왈,

"젹(賊)은 닷지[304] 말고 밧비 닉 칼롤 바드라{받으라}."

ᄒᆞ더니, 만츈이 가마니{가만히} 활롤 달희여{당기어} 쏘니 양춘이 무심(無心) 즁 ᄶᅡ로다가 정히 왼편 엇기{어깨}롤 마ᄌᆞ{맞아} 말긔 ᄶᅥ러지거놀, 명진(明陣) 즁(中)의셔 쟝만이 닉ᄃᆞ라 양춘을 구ᄒᆞ여 도라가니{돌아가니}, 셜만츈이 말롤 두루혀{돌이켜} ᄯᅩ로거놀, 쟝만이 디로(大怒)ᄒᆞ여 셜만츈을 마ᄌᆞ ᄊᆞ화 십여 합의 불분승뷔(不分勝負이)러니, 호달이 닉다라 좌우롤 ᄶᅵ치니, 쟝만이 픽쥬(敗走)ᄒᆞ는지라. 원슈 징 쳐 군(軍)을 거두고 '양춘을 조리[305]ᄒᆞ라' ᄒᆞ더니.

명일(明日)의 호각이 ᄯᅩ 와 도젼(挑戰)ᄒᆞ여 ᄌᆞ웅[306]을 결(決)ᄒᆞᄌᆞ ᄒᆞ거놀, 원슈 디로ᄒᆞ여 정창츌마ᄒᆞ여 바로 호각을 가ᄅᆞ치며{가리키며} 더브러 ᄊᆞ화 빅여 합의 승부롤 결치 못ᄒᆞ미, 냥장(兩將)의 정신(精神)이 졈졈 씩씩ᄒᆞ여{씩씩하여} ᄶᅥ놀 쥴롤 모로더니, 호진 즁의셔 징을 쳐 군을 거두거놀, 호각이 본진(本陣)으로 도라와 졔쟝(諸將)더러 왈,

"명쟝(明將)의 년소(年少)ᄒᆞ믈 업수히 녀겨더니, 이졔 보건디 그 농녁

303) 정창츌마(挺槍出馬): 창을 빼어들고 말을 타고 전쟁터에 나감.

304) 닷지[닫지]: 빨리 달아나지.

305) 조리(調理): 음식·거처·동작 등을 알맞게 하여 몸을 보살피고 병을 다스림.

306) ᄌᆞ웅[雌雄]: 승부, 우열, 강약 따위를 비유적으로 이르는 말.

(勇力)을 당(當)키 어려온지라. 맛당히 게교[計巧]를 뻐 잡으리라."
ᄒᆞ고 슈일(數日)를 나지 아니ᄒᆞ더니, 원쉬 친히 ᄊᆞ홈을 도도니{돋우니},
호각이 진문을 크게 열고 ᄃᆡ호(大呼) 왈,
"오늘은 널노{너로} 더브러 ᄉᆞᄉᆡᆼ(死生)을 결(決)ᄒᆞ리라."
ᄒᆞ고 창을 들너{들어} 다라들거놀, 원쉬 마ᄌᆞ ᄊᆞ화 오십여 합의 니ᄅᆞ러는,
문득 호각이 말를 두루혀{돌리어} 본진(本陣)을 ᄇᆞ리고 산곡(山谷) 즁(中)으
로 닷는지라. 원쉬 말를 노호{놓아} ᄯᆞᆯ로며{따르며} ᄉᆡᆼ각ᄒᆞ되,
'젹의 간계(奸計) 이스나{있으나} 내 엇지 두려ᄒᆞ리오.'
ᄒᆞ고 ᄇᆞ로 즛쳐[307] 냥산곡즁(兩山谷中)으로 드러엇더니{들었더니}, 졍히 잡
고져 홀 ᄉᆞ이의 호각은 보지 못ᄒᆞ고 초인[308]이 무슈히 셧거늘, 원쉬 의심
ᄒᆞ며 말를 두루혀더니{돌리려 하였더니}, 홀연 일셩 포양[一聲砲響]의 두
편, 뫼 우희 불이 니러ᄂᆞ 화광(火光)이 츙텬(沖天)ᄒᆞᆫ 즁, 그런 초인이 다
화약(火藥) 염초(焰硝) 등물(等物)를 ᄊᆞ셔 세운 거시라{것이라}. 나갈 길흘
막아 화셰(火勢) 곡즁(谷中)의 미만[309]ᄒᆞ여 갈 길히 업는지라. 원쉬 앙텬
(仰天) 탄왈,
"젹을 업수히 녀겻다가 오늘놀 이곳의 와셔 죽을 쥴를 엇지 알니오."
ᄒᆞ고 칼를 쎄혀 ᄌᆞ문[310]코져 ᄒᆞ더니, 문득 셔남(西南) 각샹(角上)으로셔 금
빗치 ᄯᅥ드러오며{떠오르며} 금녕이 화광(火光)을 무릅셔 드러와 원슈의 압
히셔 닝풍(冷風)을 지어ᄂᆡ니, 그런 블이 원슈의 압히는 못오고 다른 곳으로
물너가는지라. 원쉬 금녕을 보믜 반가오믈 니긔지 못ᄒᆞ여 어로만져 왈,
"네 젼후(前後)의 술온{큰} 은혜를 엇지 다 갑ᄒᆞ리오."

---

307) 즛쳐[짓쳐]: 함부로 마구 들이쳐.
308) 초인(草人): 짚으로 만든 사람 모양의 물건.
309) 미만(彌滿): 널리 퍼지어 거의 가득 차 그들먹함.
310) ᄌᆞ문(自刎): 스스로 자신의 목을 찔러 죽음.

ᄒᆞ며 못닉 즐겨ᄒᆞ더니, 경각간(頃刻間)의 화셰(火勢) 진멸(盡滅)ᄒᆞ믹 딕희ᄒᆞ여 금녕을 다리고 본진(本陣)으로 도라오니, 제쟝군졸(諸將軍卒)이 황황망조[311]ᄒᆞ여 ᄒᆞ다가 쳔만의외[312] 원슈 도라오믈 보고 용약[313]ᄒᆞ여 환셩(歡聲)이 진동(振動)ᄒᆞ더라.

이의{이에} 원슊 졔쟝(諸將)을 불너 귀의 다혀 '여ᄎᆞ여ᄎᆞ ᄒᆞ라' ᄒᆞ고 이의 약속(約束)을 정ᄒᆞᆫ 후, 원슊 진(陣)을 가마니{가만히} 다른 딕로 옴기니라{옮기니라}. 이ᄯᅢ 호각이 원슈롤 유인(誘引)ᄒᆞ여 산곡(山谷)의 너허노코{넣어놓고} 본진(本陣)으로 도라와{돌아와} 졔쟝더러 왈,

"쟝희룡이 비록 승텬입디[314]ᄒᆞ는 용밍이 잇스나 엇지 오놀놀 죽기롤 능히 면(免)ᄒᆞ리오. 금야(今夜)의 가히 명진(明陣)을 겁칙[315]ᄒᆞ리라."

ᄒᆞ고, 이놀 밤의 군ᄉᆞ롤 모라{몰아} 가마니{가만히} 명진으로 다라드니, 진즁(陣中)의 한 ᄉᆞ롬도 업는지라. 호각이 딕경ᄒᆞ여 급히 군을 믈니더니{물리더니}, 문득 일셩포향[一聲砲響]의 한 쟝슊 길롤 막으며 칼롤 들고 ᄭᅮ지져 왈,

"젹쟝(賊將) 호각은 나롤 아는다?"

호각이 황망즁(慌忙中)의 놀ᄂᆞ 보믹 이 곳 쟝희룡이라. 딕경실식[316]ᄒᆞ여 밋쳐 손을 놀니지 못ᄒᆞ여 원슈의 칼이 빗난{빛난} 곳의 호각의 머리 마하(馬下)의 ᄯᅥ러지는지라. 만쳘·호달 등이 호각의 죽으믈 보고 혼빅(魂魄)이 비월[317]ᄒᆞ여 본진으로 다라나더니{달아나더니}, 본치(本寨)의 명진(明

---

311) 황황망조(遑遑罔措): (마음이 급하여) 허둥지둥하며 어찌할 바를 모름.

312) 천만의외(千萬意外): 전혀 생각지도 않은 뜻밖.

313) 용약(踊躍): 좋아서 뜀.

314) 승텬입디(昇天入地): 하늘로 오르고 땅으로 들어간다는 뜻으로, '자취를 감추고 없어짐'을 이르는 말.

315) 겁칙[劫取]: 협박하여 빼앗음.

316) 딕경실식(大驚失色): 몹시 놀라 얼굴빛이 하얗게 질림.

陣) 긔호(旗號)를 세우고 장만이 닉다라 한 창으로 호달롤 질너{찔러} 죽이고, 셜만츈이 남(南)을 ᄇ라고 닷더니{달더니} 양츈을 맛나{만나} 일 합(一合)의 죽이고, 만병[殘兵]을 다 즛지ᄅ고[318] 도라오니, 원쉬 ᄃ희ᄒ여 ᄃ연(大宴)을 비셜[319]ᄒ여 삼군을 샹ᄉ[320]ᄒᆞᆫ 후, 쳡셔[321]를 조정의 올니고 즉일(卽日) 발힝(發行)홀ᄉ, 소과(所過) 군현(郡縣)이 지영지송[322]의 진동분쥬[323]ᄒ더라.

이ᄯᅵ 천ᄌ 부마(駙馬)를 젼쟝(戰場)의 보닉고 쥬야(晝夜) 념녀(念慮) 무궁(無窮)ᄒ시더니, 밋 쟝희룡의 쳡셔(捷書)를 보시고 불승ᄃ열(不勝大悅)ᄒᄉ, 죠경(朝廷) 진하(進賀)를 ᄇ드시니, 조야(朝野)의 환셩(歡聲)이 진동ᄒ더라.

샹이 ᄉ관[324]을 보닉ᄉ 원슈를 위로ᄒ시고 슈히 '반ᄉ[325]ᄒ라' 직촉ᄒ시더니, 여러 늘 만의 원쉬 갓가이 온다 ᄒ거늘, 샹이 빅관(百官)을 거나려 십니졍[326]의 나아가ᄉ 원슈를 마즐ᄉ, 먼니{멀리} 바라보오니 원슈의 위의(威儀)와 항오(行伍)의 정제(整齊)ᄒ미 진짓 쟝슈의 풍되(風度이)라. 이의 ᄃ희(大喜)ᄒᄉ 만조(滿朝)를 도라보ᄉ 왈,

"년소(年少)ᄃ장이 쥬아보[327]의 긔습[328]이 이니 가위 동냥지직[329]오 주

---

317) 비월(飛越): (정신이나 혼백 등이) 놀라거나 혼란스러워 아득히 달아남.

318) 즛지ᄅ고{짓지르고}: 함부로 마구 무찌르고.

319) 빅셜(排設): (의식이나 연회 등에서) 필요한 여러 가지 제구를 차려 놓음.

320) 샹ᄉ(賞賜): 상으로 하사함.

321) 쳡셔(捷書): 전쟁에서 승리한 것을 왕에게 알리는 편지글.(捷報)

322) 지영지송(祗迎祗送): 관리들이 자기보다 높은 지위의 관리나 그 가족을 맞이하기 위해 사람을 보냄.

323) 진동분쥬(振動奔走): 몹시 바쁘고 수선스러움.

324) ᄉ관(辭官): 임금의 명령을 전달하는 일을 맡아보던 벼슬아치.

325) 반ᄉ(班師): 군사를 이끌고 돌아옴.

326) 십니졍(十里亭): 전송이나 환영할 때 보통 성 밖 10리쯤까지 동행하여 간단한 주연을 베풀던 곳.

셕지신[330]지신이니, 엇지 돌보지 아니리오."

ᄒᆞ시니, 만죄(滿朝가) 만셰를 부르고 국가득인(國家得人)ᄒᆞ믈 하례(賀禮)ᄒᆞ더라. 니윽고 원슈 니르러 상긔 ᄉᆞ은(謝恩)ᄒᆞᆫᄃᆡ, 상이 반기ᄉᆞ 원슈의 손을 잡으시고 등을 어로만져 갈ᄋᆞᄉᆞᄃᆡ,

"경(卿)을 젼진[331]의 보ᄂᆡ고 쥬야 침식(寢食)이 불안(不安)ᄒᆞ더니, 이졔 경이 도젹을 진멸(盡滅)ᄒᆞ고 ᄀᆡ가(凱歌)를 불너 짐의 근심을 덜믜, 쟝냥[332]·공명[333]인들 이의셔{이에서} 더ᄒᆞ며, 무어스로{무엇으로} 경의 공로을 갑흐리오{갚으리오}."

원슈 복지(伏地) ᄃᆡ왈(對曰),

"신의 ᄌᆡ죄(才操가) 능(能)ᄒᆞ미 아니오라 폐하(陛下)의 홍복(洪福)이오, 졔쟝(諸將)의 공녁(功力)이로소이다."

상이 더욱 긔특(奇特)히 녀기ᄉᆞ 즉시 원슈를 다리시고{데리시고} 환궁(還宮)ᄒᆞᄉᆞ 졔신(諸臣)을 모흐시고 원슈의 공노(功勞)를 의논(議論)ᄒᆞ여, 졍북쟝군(征北將軍) 좌승샹(左丞相) 위국공(魏國公)을 봉(封)ᄒᆞ시니, 승샹이 구지{굳이} ᄉᆞ양ᄒᆞ여 밧지{받지} 아니ᄒᆞᆫᄃᆡ 샹이 불윤(不允)ᄒᆞ시믜, 마지 못ᄒᆞ여 ᄉᆞ은ᄒᆞ고 집으로 도라와{돌아와}, ᄂᆡ당(內堂)의 드러가{들어가} 황

327) 쥬아보[周亞夫]: 前漢시대의 인물로, 周勃의 아들. 景帝 때 제후의 세력을 약화시키기 위한 정책을 펴자 吳楚七國이 반란을 일으켰는데, 이를 평정하고 재상이 되었던 인물이다.

328) 긔습(氣習): 집단이나 개인에게서 특징적으로 보이는 기풍이나 습성.

329) 동냥지지(棟梁之材): 한 집안이나 한 나라를 떠받치는 중대한 책임을 떠맡을 만한 인재.

330) 주셕지신(柱石之臣): (집을 지을 때 기둥이나 주춧돌과 같이) 한 나라에 없어서는 아니 될, 가장 중요한 구실을 하는 신하.

331) 젼진(戰陣): 전투를 하기 위하여 벌이어 친 진영.(싸움터)

332) 쟝냥(張良): 前漢 창업의 공신. 蕭何·韓信과 함께 한나라 三傑. 자는 子房. 漢高祖 劉邦의 謀臣이 되어 秦나라를 멸망시키고 楚나라를 평정하여 漢業을 세웠다.

333) 공명(孔明): 삼국시대 蜀漢의 정치가 諸葛亮(181~234)의 字. 劉備의 三顧之禮에 감격, 그를 도와 吳나라와 연합하여 曹操의 魏나라 군사를 대파하고 巴蜀을 얻어 蜀漢國을 세웠다.

후와 공쥬긔 뵈온딕, 휘(后가) 못닉[334] 질겨ᄒᆞ시며, 슬허ᄒᆞᄉᆞ 왈,

"간밤의 금녕이 이거슬{이것을} 두고 간딕업스니 가쟝 고이ᄒᆞ도다."

ᄒᆞ시거늘, 승샹이 놀나 ᄇᆡ다 보니 족ᄌᆞ(簇子)의 어린 ᄋᆞ히(兒孩) 난즁(亂中)의 부모 닐코{잃고} 안져{앉아} 우는 형샹(形象)이오, 그 아릭층의는 한 쟝쉬 그 ᄋᆞ히를 업고 마을 집으로 드러가는 형샹을 그렷는지라. 승샹니 보기를 다ᄒᆞᄆᆡ 문득 ᄭᆡ다라 눈물를 머금고{머금고} ᄌᆞ긔 신셰롤 싱각ᄒᆞᄆᆡ,

'하늘이 주시미로다.'

ᄒᆞ고 족ᄌᆞ를 단단히 간슈(看守)ᄒᆞ고 ᄯᆡᄯᆡ로 보와 슬허ᄒᆞ더라.

이ᄯᆡ 막시 금녕을 닐코{잃고} 쥬야(晝夜) 슬허홀 ᄲᅮᆫ 아니라 쟝 현녕(縣令) 부뷔(夫婦가) ᄯᅩᄒᆞᆫ 슬허ᄒᆞ믈 마지아니ᄒᆞ더니, 일일은 야심(夜深)토록 셔로 말숨홀ᄉᆡ 홀연 금녕이 문을 열고 드러오거늘, 모다{모두} 반가오믈 니긔지 못ᄒᆞ여 다라드러 안고 못닉 반겨ᄒᆞ는 형샹을 니로 측냥(測量)치 못홀너라. ᄎᆞ야(此夜)의 냥 부인(兩夫人)이 일몽(一夢)을 어드ᄆᆡ, 하놀노셔 일위 션관(一位仙官)이 나려와 닐오딕,

"그딕 등의 ᄋᆡᆨ운(厄運)이 다 진(盡)ᄒᆞ여시니, 오릭지 아니ᄒᆞ여 ᄋᆞ들이 이 길노 갈 거시니{것이니} ᄯᆡ롤 닐치{잃지} 말나."

ᄒᆞ고, ᄯᅩ 막시는,

"녀ᄋᆞ(女兒)의 얼골롤 보면 ᄌᆞ연 알니라."

ᄒᆞ고, ᄯᅩ 금녕더러 왈,

"너는 이년[335]이 다 진(盡)ᄒᆞ여스ᄆᆡ 인간(人間) 부귀(富貴) 극(極)홀지라."

ᄒᆞ고 손으로 금녕을 어로만지니, 문득 방울이 터지며 일위 션네(一位仙女가) 나오는지라. 션관(仙官)이 닐오딕,

---

334) 못닉(못내): 이루 다 말할 수 없이.

335) 이년(離緣): 인연을 끊음.

"우리 쥬던 보ᄇᆡ를 도로 달나."

ᄒᆞ거놀, 션녜 다ᄉᆞᆺ 가지를 드리거ᄂᆞᆯ 션관이 ᄇᆞ다{받아} 각각 ᄉᆞᄆᆡ의 너코{넣고} 공중(空中)으로 올나가는지라. ᄭᆡ다ᄅᆞ니 침샹일몽(枕上一夢)이라. 급히 ᄭᆡ여나 방울를 ᄎᆞ즌즉 간ᄃᆡ업거ᄂᆞᆯ, ᄌᆞ시{자세히} �펴보ᄆᆡ 난ᄃᆡ업ᄉᆞᆫ 일위 미인(一位美人)이 겻ᄒᆡ{곁에} 안졋는지라. ᄂᆡ러나{일어나} 보니 과연 ᄭᅮᆷ의 뵈던 션녜(仙女이)니, ᄇᆡᆨ틔천광[336]이 ᄉᆞ롬의 졍신(精神)을 아스니{앗으니} 가위(可謂) 텬향국식[337]이라. 막시 한번 보ᄆᆡ 졍신이 황홀ᄒᆞ여 엇지ᄒᆞᆯ 쥴 몰나 어린다시[338] 금녕만 바라볼 ᄯᆞᄅᆞᆷ이라.

쟝공이 이 말를 듯고 밧비 드러와{들어와} 본즉 왕고ᄂᆡ금[339]의 듯던 바 쳐음이오, 보던 ᄇᆡ 쳐음이라. 희희낙낙(喜喜樂樂)ᄒᆞ여 닐홈을 금녕소졔라 ᄒᆞ고 ᄌᆞ(字)를 션이라 ᄒᆞ여, 젼후ᄉᆞ젹(前後事跡)을 무ᄅᆞ니 능히 긔록지 못ᄒᆞ는지라. 하ᄂᆞᆯ긔 ᄉᆞ례(謝禮)ᄒᆞ고 그 즐겨ᄒᆞ미 비ᄒᆞᆯ ᄃᆡ 업더라.

ᄎᆞ셜(且說)。 금영이 모친(母親)긔 고(告)ᄒᆞ되,

"집으로 도라가ᄉᆞ이다."

ᄒᆞ니, 막시 긔특(奇特)이 녀겨 즉시 금녕을 다리고{데리고} 집으로 도라 올ᄉᆡ, 가부인[340]도 뒤흘 ᄯᆞ라와 일시도 ᄯᅥ나지 아니ᄒᆞ더라.

ᄎᆞ시(此時) 시졀(時節)이 흉황[341]ᄒᆞ여 인심(人心)이 쇼용[342]ᄒᆞ미, 쳐쳐(處處) 도적이 벌니듯{벌이듯} ᄒᆞ여 ᄇᆡᆨ셩을 살ᄒᆡ(殺害)ᄒᆞ며 지물를 노략(擄掠)

336) ᄇᆡᆨ틔천광(百態千光): 온갖 아름다움을 갖춘 자태.

337) 텬향국식(天香國色): 천하에서 제일가는 향기와 빛깔이라는 뜻으로, '가장 아름다운 여자'를 비유적으로 이르는 말.

338) 어린다시: 황홀하게 도취되거나 상심이 되어 얼떨떨하듯이.

339) 왕고ᄂᆡ금(往古來今): 古今. 예전과 지금을 아울러 이르는 말. 예로부터 지금까지.

340) 가부인: 장공으로 일컬어진 장원의 부인이자 장해룡의 모친.

341) 흉황(凶荒): 곡식 농사가 잘 안되어 농사가 결딴남.

342) 쇼용[騷擾]: 여러 사람이 떠들썩하게 들고일어남.

ᄒᆞ되, 쥬현(州縣)이 능히 금(禁)치 못ᄒᆞ거ᄂᆞᆯ, 샹이 근심ᄒᆞ시니, 위왕(魏王)이 복지(伏地) 쥬왈(奏曰),

"신(臣)니 무ᄌᆡ(無才)ᄒᆞ오나 이졔 나아가 인심(人心)을 진졍(鎭定)ᄒᆞ여, 폐하 근심을 덜니이다."

ᄒᆞ거ᄂᆞᆯ, 샹이 ᄃᆡ열(大悅)ᄒᆞᄉᆞ 즉시 순무도찰어ᄉᆞ(巡撫都察御使)를 ᄒᆞ이ᄉᆞ,

"즉일(卽日) 발ᄒᆡᆼ(發行)ᄒᆞ여 쥬현(州縣)을 진무[343]ᄒᆞ라."

ᄒᆞ시니, 어ᄉᆡ ᄉᆞ은슉ᄇᆡ[344]ᄒᆞ고 믈너와{물러나와} 황후긔 하직ᄒᆞ고 공쥬로 작별 후의, 길의 올나 각읍(各邑)을 순찰(巡察)ᄒᆞ여 창고를 여러{열어} ᄇᆡᆨ셩을 진휼[345]ᄒᆞ며, 도적을 인의(仁義)로 효유(曉諭)ᄒᆞ여 상벌(賞罰)이 분명ᄒᆞ니, 지나는 ㅂ 군현(郡縣)이 진동ᄒᆞ고 ᄇᆡᆨ셩이 열복[346]ᄒᆞ여, 불과슈년(不過數年)의 민심이 진졍ᄒᆞ여 도불습유[347]ᄒᆞ고 산무도적[348]ᄒᆞ여 인민이 격양가(擊壤歌)를 화답(和答)ᄒᆞ여, 어ᄉᆞ의 은덕(恩德)을 닐캇더라.

여러 달 만의 남경을 지나더니 쟝삼의 묘하(墓下)를 지나는지라. 셕일ᄉᆞ(昔日事)를 ᄉᆡᆼ각ᄒᆞᄆᆡ 가쟝 감창[349]ᄒᆞᆫ지라. 묘젼(墓前)의 나아가 졔문(祭文) 지어 치졔(致祭)ᄒᆞᆯᄉᆡ 눈물이 옷깃슬 젹시더라. 이의 ᄐᆡ슈(太守)의게 쳥ᄒᆞ되,

"쟝삼의 묘젼의 비(碑)를 셰워 치산[350]ᄒᆞ여 옛날 양휵(良畜)ᄒᆞᆫ 은졍(恩

---

343) 진무(鎭撫): 난리를 진정시키고 백성을 어루만져 달램.

344) ᄉᆞ은슉ᄇᆡ(謝恩肅拜): 임금의 은혜를 감사히 여겨 공손하게 절을 함.

345) 진휼(賑恤): 흉년에 곤궁한 사람을 구원하여 도와줌.

346) 열복(悅服): 기쁜 마음으로 따름.

347) 도불습유(道不拾遺): 길에 물건이 떨어져 있어도 주워가지 않는다는 뜻으로, '나라가 태평하게 잘 다스려짐'을 일컫는 말.

348) 산무도적(山無盜賊): 나라가 태평하여 먹고 살기가 편하므로 백성들이 주거지를 떠나 산에 도적이 없다는 뜻으로, '나라가 태평함'을 비유적으로 이르는 말.

349) 감창(感愴): 사모하는 마음이 일어나 슬픔.

350) 치산(治山): 산소를 잘 만들거나 매만져서 다듬음.

情)을 표(表)ᄒᆞ고져 ᄒᆞ노라.”

ᄒᆞ니, 티쉬 응낙ᄒᆞ고 즉시 공쟝[351)]을 불너 삼 일 니의 치산을 다ᄒᆞ고 필역[352)]ᄒᆞ믈 고ᄒᆞ미, 또 ‘소룡을 불너 오라’ ᄒᆞ니, 이ᄯᅢ 소룡이 형셰(形勢) 빈궁(貧窮)ᄒᆞ여 촌낙(村落)으로 뉴리걸식(遊離乞食)ᄒᆞ는지라. 어시 불승츄연(不勝惆然)ᄒᆞ여 두루 ᄎᆞᄌᆞ오니, 변시 모ᄌᆡ(母子가) 니ᄅᆞ러 감히 우러러 보지 못ᄒᆞ고 다만 부복청죄(俯伏請罪)ᄒᆞ거ᄂᆞᆯ, 어시 친히 나려가{내려가} 변시 모ᄌᆞ롤 붓드러{붙들어} 올녀 안치고{앉히고} 위로ᄒᆞ니, 변시 모ᄌᆡ 황공축쳑[353)]ᄒᆞ여 오직 눈물만 흘니고 말롤 못ᄒᆞ는지라. 어시 조곰도 셕ᄉᆞ(昔事)롤 개의(介意)치 아니ᄒᆞ고 말ᄉᆞᆷ이 화평(和平)ᄒᆞ니, 변시 모ᄌᆡ 불승감격(不勝感激)ᄒᆞ여 ᄌᆞ칙(自責)ᄒᆞᆯ ᄲᅮᆫ이라.

어시 본관[354)]의게 젼문[355)] 만 관(萬貫)과 비단 빅 필(百疋)롤 청득(請得)ᄒᆞ여 변시 모ᄌᆞ롤 주며 왈,

“이거시{이것이} 약소(略少)ᄒᆞ나 십삼 년 양휵ᄒᆞᆫ 은혜롤 갑ᄂᆞ니{갚나니}, 이 ᄯᅡ의셔{땅에서} 살고 ᄆᆡ년(每年) 일ᄎᆞ(一次)식 나롤 와 보라.”

ᄒᆞ고 작별ᄒᆞᆫ 후 길흘 ᄯᅥ나니, 소룡이 먼니 젼송(餞送)ᄒᆞ고 남방(南方) 갑뷔(甲富가) 되ᄆᆡ 인니향당(隣里鄕黨)이 흠양[欽仰] 아니ᄒᆞᆯ 리 업더라.

어시 경ᄉᆞ(京師)로 향ᄒᆞᆯ시 길이 뇌양현(耒陽縣)을 지나는지라. 뇌양현의 니ᄅᆞ러 ᄀᆡᆨᄉᆞ(客舍)의셔 슉소(宿所)ᄒᆞᆯ시, 본관(本官)으로 말ᄉᆞᆷᄒᆞᄆᆡ ᄌᆞ연(自然) 지긔상합[356)]ᄒᆞ여 야심(夜深)토록 담화(談話)ᄒᆞ다가 본관이 도라간 후, 어시 ᄌᆞ연 번뇌(煩惱)ᄒᆞ여 잠을 닐우지{이루지} 못ᄒᆞ다가 잠간 조으더

---

351) 공쟝(工匠): 役軍. 일꾼.

352) 필역(畢役): 맡은 일을 다함.

353) 황공축쳑(惶恐踧踖): 위엄이나 지위 따위에 눌려 조심하고 삼감.

354) 본관(本官): 고을의 수령을 일컫던 말.

355) 젼문(錢文): 돈.

356) 지긔상합(志氣相合): 두 사람 사이의 의지와 기개가 서로 잘 맞음.

니, 빅발노옹(白髮老翁)이 막디롤 드러{들어} 어스롤 가르쳐 왈,

"그디는 쇼년영걸(少年英傑)노셔 명만스힉[357] 흐고 위진텬하[358] 흐되, 부모롤 싱각지 아니흐시ᄂᆞ뇨? 이졔 부모롤 겻히{곁에} 두고 찻지{찾지} 아니시니{않으시니}, 이는 정셩(精誠)이 부족흐미라. 그디롤 위흐여 붓그려흐노라."

흐니, 어시 이 말롤 듯고 다시 뭇고져{묻고자} 흐더니 홀연 씌다르미 남가일몽(南柯一夢)이라. 크게 의혹(疑惑)흐여 다시 즈지 못흐고 본현(本縣)의 드러가니{들어가니}, 본관(本官)이 하당영졉[359] 흐여 동헌(東軒)의 안져{앉아} 말숨홀시, 문득 본즉 벽샹(壁上)의 걸닌 족지(簇子가) 즈긔(自己) 낭즁(囊中)의 잇는 족즈와 갓거놀, 즈셔히 보고 크게 의아(疑訝)흐여 무러{물어} 왈,

"족즈 그림이 무슴 격(格)이니잇고?"

본관이 츄연[360] 왈,

"노뷔(老夫가) 늣기야 일즈(一子)롤 나핫더니{낳았더니} 난즁(亂中)의 닐흔{잃은} 지 십팔 년이라. 스싱존망(死生存亡)을 몰나 쥬야(晝夜) 각골[361]이러니, 맛춤 이인(異人)을 맛나 그 졍니(情理)롤 알고 그림을 그려주기로 거러두고{걸어두고} 보ᄂᆞ이다."

어시 즉시 금낭(錦囊)을 여러{열어} 족즈롤 닉여 걸거놀, 본관이 보미 두 족지 여인일필[362] 흐여 일호츠착[363]이 업거놀, 셔로 이상히 녀겨 의아흐ᄂᆞ, 두렷흔{뚜렷한} 표젹(表迹)이 업셔 발셜(發說)치 못흐고, 〈본관이〉 어스더러 문왈,

357) 명만스히(名滿四海): 이름이 세상에 널리 퍼짐.
358) 위진텬하(威振天下): 위엄이 천하를 진동함.
359) 하당영졉(下堂迎接): 마루에서 내려와 맞이하여 대접함.
360) 츄연(惆然): 처량하고 슬픈 모양.
361) 각골(刻骨): 잊을 수 없을 만큼 뼈에 사무침.
362) 여인일필[如印一板]: 한 板에서 찍어 낸 듯이 서로 조금도 다름이 없음.
363) 일호츠착(一毫差錯): 아주 작은 정도의 잘못이나 어긋남.

"어ᄉᆞ의 족ᄌᆞ는 어듸셔 낫ᄂᆞ뇨? 고이ᄒᆞᆫ 일이 이스니, 긔이지{숨기지} 말고 ᄌᆞ시{자세히} 닐으소셔."

ᄒᆞ거늘, 어ᄉᆡ ᄌᆞ긔(自己) ᄌᆞ초지종(自初至終)을 다ᄒᆞᆫ 후 금녕의 죠화(造化)로 닙신양명(立身揚名)ᄒᆞ여 귀히 된 일과, 나종의 금녕이 갈 ᄯᅢ의 이 족ᄌᆞ롤 주고 가던 ᄉᆞ연을 일일히 고ᄒᆞᆫᄃᆡ, 본관이 이 말롤 듯고 목이 메여 갈오ᄃᆡ,

"나도 금녕의 말이 닛노라."

ᄒᆞ고, 갈오ᄃᆡ,

"이 족ᄌᆞ도 금녕이 무러{물어} 온 거시오{것이오}. 금녕을 여러 ᄒᆡ롤 보지 못ᄒᆞ다가 이졔 다시 와 허물롤 버스니 고금(古今)의 희한(稀罕)ᄒᆞᆫ 졀염(絶艶)이라."

ᄒᆞ고, ᄯᅩ 갈오ᄃᆡ,

"내 ᄋᆞᄒᆡ는 등의 닐곱 ᄉᆞ마긔 잇ᄂᆞ니라."

ᄒᆞ니, 어ᄉᆡ 이 말롤 듯고 실셩통곡(失聲痛哭)ᄒᆞ거늘, 부인이 ᄯᅩᄒᆞᆫ ᄂᆡ다라 어ᄉᆞ롤 안고 삼인(三人)이 일시(一時)의 어우러져 통곡ᄒᆞ니, 일읍(一邑)이 이 소식 듯고 뉘 아니 긔이 녀기리오. 이의 어ᄉᆡ 우롬{울음}을 긋치고 ᄭᅮ러{꿇어} 엿ᄌᆞ오되,

"소지(小子가) 졍셩이 부족ᄒᆞ와 이졔야 부모롤 맛ᄂᆞᄉᆞ오니{만났사오니} 죄 만ᄉᆞ무셕[364]이오나, 하늘이 ᄉᆞᆲ피ᄉᆞ 금녕을 지시ᄒᆞ여 일이 이의 니ᄅᆞ도소이다."

ᄒᆞ고 인(因)ᄒᆞ여 젼후ᄉᆞ연(前後事緣)을 낫낫치{낱낱이} 고(告)ᄒᆞ며 왈,

"이졔 금녕이 환도[365]ᄒᆞ다 ᄒᆞ오니, 한번 보고져 ᄒᆞᄂᆞ이다."

공과 부인이 비로소 졍신을 ᄎᆞ려 갈오ᄃᆡ,

"깃브며 즐거옴과 귀ᄒᆞ며 신긔ᄒᆞ미 쳔만고(千萬古)의 업는 비라. 네 보

---

364) 만ᄉᆞ무셕(萬死無惜): 지은 죄가 많거나 심한 사람을 만 번 죽여도 애석하지 아니함.
365) 환도: 還到. 또는 還貌 곧 본래의 모습으로 돌아왔다는 의미의 오기인 듯.

고져 ᄒᆞ미 고이치 아니ᄒᆞᆫ 일이어니와, 녀ᄌᆞ(女子)의 녜모(禮貌)[366], 소지[너]의 보기ᄅᆞᆯ 원[當]치 아니ᄒᆞ리라."

ᄒᆞ니, 어ᄉᆡ 그러히 알고 글월ᄅᆞᆯ 닷가{지어} 망야[367]ᄒᆞ여 경ᄉᆞ로 보ᄂᆡ엿더니, 텬ᄌᆡ(天子가) 글월ᄅᆞᆯ 보시고 깃거ᄒᆞᄉᆞ 왈,

"위왕(魏王)이 텬하의 두로 도라 부모와 금녕을 ᄎᆞ즈며 금녕이 환도ᄒᆞ다 ᄒᆞ니, 이는 인녁(人力)으로 가히 조작(造作)지 못ᄒᆞᆯ 일이로다."

ᄒᆞ고 ᄂᆡ뎐(內殿)의 드ᄅᆞ시니{들어가시니}, 황후와 공쥬 ᄯᅩᄒᆞᆫ 깃거ᄒᆞ믈 측냥(測量)치 못ᄒᆞ여, 이의 공쥐 갈오ᄃᆡ,

"금녕은 하ᄂᆞᆯ이 ᄂᆡ신 거시라, 이졔 응텬슌인[368]치 아니ᄒᆞ면 ᄇᆡ은(背恩)ᄒᆞᄂᆞᆫ 앙화(殃禍)ᄅᆞᆯ 바들지라{받을지라}. 금녕의 혼인은 셩상과 모휘(母后가) 쥬쟝[369]ᄒᆞᄉᆞ 그 공을 갑흐미{갚음이} 맛당ᄒᆞᆯ가 ᄒᆞᄂᆞ이다."

ᄒᆞ니, 샹이 올히 녀기ᄉᆞ 즉시 궁녀 수ᄇᆡᆨ(數百)과 황문시랑[370]으로 ᄒᆞ여곰 위의(威儀)ᄅᆞᆯ 갓초고 ᄒᆡᆼ쟝(行裝)을 쥰비ᄒᆞ여 가게 ᄒᆞ고, 금영은 황후의 양녀(養女)ᄅᆞᆯ 삼고 친필(親筆)노 직쳡(職牒)을 금녕공쥬라 ᄒᆞ고 즉일(卽日) 발ᄒᆡᆼ(發行)ᄒᆞ게 ᄒᆞ시고, ᄯᅩ 막시ᄅᆞᆯ ᄃᆡ졀지효부인(大節至孝婦人)을 봉(封)ᄒᆞ시고, 쟝공 부부는 '원조(元朝) 츙신(忠臣)으로 벼술를 밧지 아니ᄒᆞ리라' ᄒᆞᄉᆞ, 위왕의게 하교(下敎)ᄒᆞᄉᆞ '그 ᄯᅳᆺ으로 돈유[371]ᄒᆞ라.' ᄒᆞ시다.

황문낭[황문시랑]이 위의(威儀)를 거ᄂᆞ려, 여러 ᄂᆞᆯ만의 ᄂᆡ양(耒陽)의 니ᄅᆞ러 셩지(聖旨)와 직쳡(職牒)을 젼ᄒᆞᆫ 후 ᄇᆡ로 막시 쳐소(處所)의 니ᄅᆞ니,

---

366) 녜모(禮貌): 예절에 맞는 몸가짐.

367) 망야(罔夜): 밤을 새움.(達夜) 속히. 하루속히.

368) 응텬슌인(應天順人): 하늘의 뜻에 순응하고 백성의 뜻을 따름.

369) 쥬쟝(主掌): 책임지고 맡아서 함.

370) 황문시랑(黃門侍郎): 내시 가운데서 두 번째로 높은 자.

371) 돈유(敦諭): 교지를 내려 정승이나 유학자가 노력하도록 권하던 임금의 말. 여기서는 '독려'의 뜻이다.

막시 딕경(大驚)ᄒᆞ여 황황(遑遑)ᄒᆞ거놀, 금녕은 지긔[372]ᄒᆞ고 모친긔 고왈,

"우리집으로 올 거시믹, 경당[373]의 좌(坐)ᄒᆞ시고 각별 삼가 남의 우음{웃음}을 취(取)치 마르소셔{말으소서}."

ᄒᆞ더니, 언미필(言未畢)의 샹궁(尙宮) 시네(侍女가) 몬져 명쳡(名帖)을 드린 후 드러와{들어와} 문안(問安)ᄒᆞ고 공쥬의 직쳡과 부인의 직쳡을 드리거놀, 공쥐 향안[374]을 빅셜ᄒᆞ여 직쳡을 밧고{받고} 북향ᄉᆞ빅(北向四拜)ᄒᆞᆫ 후, 궁네(宮女가) 쌍쌍이 드러와{들어와} 네(禮)ᄒᆞ고 샹궁이 황명(皇命)으로 '공쥬와 부인을 밧비 뫼셔올니라' ᄒᆞ시물 젼(傳)ᄒᆞ니, 부인 모네(母女가) 지쳬(遲滯)치 못ᄒᆞᆯ 줄 알고 모네 금덩[375]의 올나 길 놀식, 도로(道路)의 위의 거록ᄒᆞ미 불가셩언[376]이러라. 장공 부부도 발힝(發行)ᄒᆞᆯ시, 위왕이 빅힝(陪行)ᄒᆞ여 여러 날 만의 경ᄉᆞ(京師)의 드러와 위왕 부ᄌᆞ(父子)는 ᄉᆞ은ᄒᆞ고, 공쥬는 딕닉(大內)로 드러가{들어가} 현알[377]ᄒᆞ온딕, 샹과 휘(后가) 금션공쥬를 다리시고{데리시고} 칭찬ᄒᆞ시믈 마지아니ᄒᆞ시는 즁의, 공쥐 더욱 반겨 그 손을 잡고 탐탐[378]ᄒᆞ여 골육지졍(骨肉之情)이 잇는지라.

샹이 하교(下敎)ᄒᆞᄉᆞ,

"녜부(禮部)로 튁일(擇日)ᄒᆞ고, 호부(戶部)로 잔치를 빅셜(排設)ᄒᆞ라."

ᄒᆞ시고 젼(殿)의 나ᄉᆞ 부마를 영졉(迎接)ᄒᆞ여 진하(進賀)을 ᄇᆞ드시니, 고금(古今)의 이런 영화(榮華)는 희한(稀罕)ᄒᆞ더라.

위왕이 길복[379]을 갓초와 닉젼(內殿)의 드러가{들어가} 금녕공쥬로 더브

---

372) 지긔(知機): 미리 낌새를 알아차림.

373) 경당(正堂): 집 몸채의 대청.

374) 향안(香案): 향로나 향합 따위를 올려 놓는 상.

375) 금(金)덩: 호화롭게 장식한 가마.

376) 불가셩언(不可成言): 이루 말로 형언할 수가 없음.

377) 현알(見謁): 지체가 높은 사람을 만나 뵘.

378) 탐탐(耽耽): 마음에 들어 즐겁고 좋음.

러 교빅[380]를 맛고{마치고} 도라올시, 금션공쥬의 친영[381]도 쏘흔 그 놀이라, 구고[382]긔 몬져{먼저} 납폐[383]흔 후 두 공쥐 빵(雙)으로 드러가 녜(禮)롤 맛고 좌(座)의 안즈니{앉으니}, 그 쎽혀나고 아리싸온 틱되(態度가) 눈의 바이고 만좌(滿座)의 조요(照耀)흔지라. 공의 부부와 막시 흔 번 보믹, 만심환희[384]흐여 죵일(終日) 즐기다가 일모셔산(日暮西山)흐믹, 시익(侍兒가) 촉(燭)을 잡고 왕을 인도흐여 금녕공쥬 방으로 드러가 셕일스(昔日事)를 니르며 야심(夜深)토록 말숨흐다가 촉을 물니고, 옥슈(玉手)를 닛그러{이끌어} 침상(寢牀)의 나아가 견권지정[385]이 여산약히[386]라.

익일(翌日)의 냥(兩) 공쥐 구고(舅姑)긔 신셩[387]흐믹, 그 구고의 익즁(愛重)흐미 비홀 딕 업더라. 이의 쳐소(處所)를 졍홀시, 금션공쥬는 응운각의 닛게{있게} 흐고, 금녕공쥬는 호월각의 닛게 흐고, 샹궁 시녀롤 각각 분비(分排)흐여 쳐소를 졍흔 후, 밤이면 두 공쥬로 더브러 즐기고 낫{낮}이면 부모롤 뫼셔 즐길시, 막부인도 그 즁의 뫼셔 함긔 지닉더라.

니러구러 셰월이 여류(如流)흐여 장공 부부와 막부인이 복녹(福祿)을 누리다가 텬연[388]으로 셰샹을 브리믹, 그 즈녀 등의 익통과례(哀痛過禮)

---

379) 길복(吉服): 혼인 때의 신랑 신부가 입는 옷.

380) 교빅(交拜): (혼인식에서) 신랑 신부가 서로 절을 함.

381) 친영(親迎): 신랑이 신부의 집에 가서 신부를 직접 맞이하는 의식. 여기서는 장해룡과 금선 공주가 이미 친영의 절차를 거쳐 혼례를 올린 후이기 때문에 '처음 시부모를 뵙는 예'를 뜻한다.

382) 구고(舅姑): 시부모.

383) 납폐(納幣): 혼인할 때 신랑 집에서 신부 집으로 청단 홍단의 예단과 예물함을 보내는 의례.(納采, 納聘)

384) 만심환희(滿心歡喜): 마음에 가득하고도 흐뭇한 기쁨.

385) 견권지정(繾綣之情): 마음속에 깊이 서리어서 잊히지 아니하는 정으로, '남녀 간의 곡진한 정'을 일컫는 말.

386) 여산약히(如山若海): 산과 같고 바다와 같다는 뜻으로, '아주 크고 많음'을 일컫는 말.

387) 신셩(晨省): 이른 아침에 부모의 침소에 가서 밤 사이의 안부를 살핌.

ᄒᆞ미 비홀 ᄃᆡ 업더니.

그 후의 금션공쥬는 일남이녀(一男二女)를 두고 금녕공쥬는 이남일녀(二男一女)를 두어스되, 다 부풍모습[389] ᄒᆞ여 ᄀᆡᄀᆡ(個個)히 옥인군ᄌᆡ(玉人君子이)오 슉녀가완(淑女佳婉)이라. 장ᄌᆞ(長子)의 명(名)은 몽진이니 금녕의 소싱(所生)이라 니부샹셔(吏部尙書)로 잇고{있고}, ᄎᆞᄌᆞ(次子) 몽환은 금션공쥬 소싱이니 병마도총도위(兵馬都總都尉)로 잇고, 삼ᄌᆞ(三子)는 몽긔니 금녕공쥬의 소싱이라 한님학ᄉᆞ(翰林學士)를 ᄒᆞ고, 삼ᄀᆡ 녀ᄋᆞ(女兒)는 각각 공문거족[390]의 턱셔[391] ᄒᆞ여, 슉인가랑[392]을 마ᄌᆞ 만분화긔[393]로 ᄐᆡ평안과[394] 홀ᄉᆡ, 여러 ᄌᆞ녜(子女가) 각각 유ᄌᆞ싱녀(有子生女) ᄒᆞ여 ᄌᆞ손(子孫)이 번셩(繁盛) ᄒᆞ고 복록[395]이 진진[396] ᄒᆞ여 그릴 거시 업는지라.

이후 일은 별젼(別傳)이 잇기로 ᄃᆡ강(大綱)만 긔록ᄒᆞ여 고젹(古跡)을 알게 ᄒᆞᄂᆞ니, 후인(後人)은 셕남(釋覽) ᄒᆞ라.

[大英博物館本][397]

---

388) 텬연(天然): 생긴 그대로 조금도 거짓이나 꾸밈이 없고 자연스런 느낌.

389) 부풍모습(父風母習): 부모의 모습을 골고루 닮음.

390) 공문거족(公門巨族): 제후의 집안이나 지체가 높고 번창한 집안.

391) 턱셔(擇壻): 혼인할 딸을 가진 부모가 사윗감을 고름.

392) 슉인가랑(淑人佳郞): 얌전하고 덕 있는 아내와 재주가 있는 훌륭한 신랑.

393) 만분화긔(萬分和氣): 대단한 화목한 기운.

394) ᄐᆡ평안과(太平安過): 마음에 아무 근심 걱정 없이 편안하게 지냄.

395) 복록(福祿): 타고난 복과 나라에서 주는 벼슬아치의 녹.

396) 진진(津津): 풍성하고 많음.

397) 이 대본은 경판 28장본으로 『景印 古小說板刻本全集 4』(김동욱 편)의 35~48면에 수록되어 있다.

빅학션젼
白鶴扇傳

作者未詳

화셜[1]。 딕명(大明) 시절의 남경[2] 싸힉{땅에} 일위(一位) 명환[3]이 이스되, 셩(姓)은 뉴오 명(名)은 틱종이오 별호(別號)는 문셩이니, 오딕츙신(五代忠臣) 즈손으로 공후작녹[4]이 딕딕(代代)로 끈치지{끊이지} 아니ᄒᆞ고 뉴공의 위인(爲人)이 인후공검[5]ᄒᆞᆫ지라. 일즉{일찍} 용문[6]의 올ᄂᆞ 천춍[7]이 늉셩(隆盛)ᄒᆞ여 벼술이 니부샹셔[8]의 이르되, 다만 슬하(膝下)의 즈식이 업스ᄆᆡ 일노{이것으로} 인ᄒᆞ여 쳥운[9]을 하직[10]ᄒᆞ고 고향(故鄕)의 도라와{돌아와} 밧갈기와 고기 낙기를 일숨더니[11].

---

1) 화셜(話說): 고소설에서 이야기를 시작할 때 쓰는 말.

2) 남경(南京): 중국 江蘇省의 省都. 양자강 남쪽(강남)의 정치 군사적 중심지로서 중국 역대 여러 왕조들의 도읍지였다.

3) 명환(名宦): 명성이 높은 벼슬아치. 중요한 자리에 있는 벼슬아치.

4) 공후작녹(公侯爵祿): 높은 벼슬과 봉록. 공후는 다섯 등급으로 나눈 귀족계급 중에 公爵과 侯爵을 아울러 이르는 말이다.

5) 인후공검(仁厚恭儉): (마음이) 어질고 무던하며 공손하고 검소함.

6) 용문(龍門): 중국 황하 중류의 급한 여울목. 잉어가 이곳을 뛰어 오르면 용이 된다는 고사에서, '입신출세에 연결되는 어려운 관문이나 시험'을 비유하여 일컫기도 한다.(登龍門)

7) 천춍(天寵): '임금의 寵愛'를 높이어 일컫는 말.

8) 니부샹셔(吏部尙書): 관리의 임면·포상·처벌 등의 일을 맡아보던 吏部의 長官.

9) 쳥운(靑雲): 푸른 구름이라는 뜻으로, '높은 명예나 벼슬'을 비유하여 일컫는 말.

10) 하직(下直): 무슨 일이 마지막이거나 무슨 일을 그만둠.

11) 밧갈기와 고기 낙기를 일숨더니: 구름 속에 밭을 갈고 달빛 아래서 낚시질한다는 雲耕月釣에서 변형된 것으로, '한가하게 세월을 보냄'을 일컫는 말.

일일은 갈건도복[12]으로 죽장(竹杖)을 집고{짚고} 명산 풍경(名山風景)을 심방(尋訪)ᄒᆞ려 한가히 나아가니, ᄎᆞ시(此時)는 츈삼월(春三月) 호시졀(好時節)이라. ᄇᆡᆨ화(百花)는 만발(滿發)ᄒᆞ고 양뉴[13]는 쳥ᄉᆞ(靑絲)를 드리온 듯, 두견[14]은 슬피 울고 슈셩(水聲)은 잔잔(潺潺)ᄒᆞ미, ᄌᆞ연 ᄉᆞ람의 심회(心懷)를 돕는지라. 즉시 집으로 도라와{돌아와} 부인 진시를 ᄃᆡ(對)ᄒᆞ여 탄식 왈,

"우리 젹악[15]ᄒᆞᆫ 일이 업스되 ᄒᆞᆫ낫{한낱} ᄌᆞ식이 업셔 조션[16] 향화[17]를 ᄭᅳᆫ케 되니, 무슘 면목(面目)으로 디하[地下]의 도라가{돌아가} 조샹(祖上)을 뵈오리오. 유명지간[18]의 죄를 면치 못헐지라. 녯ᄉᆞ람도 일월셩신(日月星辰)계 비러{빌어} 혹 ᄌᆞ식을 보ᄂᆞ 니[人] 잇스미[19], 우리도 졍셩(精誠)을 드려 보ᄉᆞ이다."

ᄒᆞ고, 후원(後園) 집흔{깊은} 곳의 단[20]을 무으고[21] 밤마다 부인으로 더부러 단의 올나 ᄌᆞ식을 긔도ᄒᆞ더니.

일일은 부인이 병풍(屛風)을 지혀{기대어} 잠간 조흘식, 믄득 셔다히[22]

---

12) 갈건도복(葛巾道服): 갈포로 만든 두건과 도사가 입는 겉옷. 거칠고 소박한 옷차림을 이르는 말이다.

13) 양뉴(楊柳): 버드나무.

14) 두견(杜鵑): 두견새. 蜀나라 望帝 杜宇가 그 신하에게 왕위를 빼앗기고 죽어서 된 새로, 이 새는 나라를 잃은 원한으로 피눈물을 흘리며 우는 데서 '蜀魄'이라고도 한다.

15) 젹악(積惡): 못된 짓을 많이 하여 죄를 쌓음.

16) 조션(祖先): 선조. 조상.

17) 향화(香火): 제사에 향을 피운다는 뜻으로, '祭祀'를 달리 일컫는 말.

18) 유명지간(幽明之間): 이승과 저승의 사이.

19) 중국의 성인 孔子를 그의 어머니 安徵在가 尼丘山에 빌어서 낳았다고 하는 것을 염두에 둔 표현.

20) 단(壇): 제사를 지내기 위해 흙이나 돌을 쌓아 만든 터.

21) 무으고: '만들고 또는 쌓고'의 옛말.

22) 셔(西)다히: 서쪽. '다히'는 접미사로, 방향을 가리키는 '쪽' 또는 '편'의 옛말.

로셔 오운(五雲)이 이러나며{일어나며} 옥동ᄌᆡ(玉童子가) ᄇᆡᆨ학(白鶴)을 타고 나려와{내려와} ᄌᆡᄇᆡ(再拜) 왈,

"소ᄌᆞ[23]는 샹계(上界) 동ᄌᆡ(童子이)러니, 죄를 어더{얻어} 갈 바를 몰나 ᄌᆞ져[24]ᄒᆞ다가 북두칠셩[25]이 인도(引導)ᄒᆞ여 이곳으로 왓ᄉᆞ오니, 바라건ᄃᆡ 부인은 어엿비{어여삐} 녀기소셔."

ᄒᆞ고 부인의 품으로 들거ᄂᆞᆯ, 부인이 ᄃᆡ희(大喜)ᄒᆞ여 샹셔(尙書)를 보고져 ᄒᆞ다가 ᄆᆞᆫ득 ᄭᆡ다르니, 남가일몽[26]이라. 즉시 상셔를 청(請)ᄒᆞ여 몽ᄉᆞ(夢事)를 이른ᄃᆡ 샹셰 ᄯᅩᄒᆞᆫ 깃거ᄒᆞ더니, 그달붓터 ᄐᆡ긔(胎氣) 이셔{있어} 십삭(十朔)이 ᄎᆞᄆᆡ, 부인이 혼미(昏迷)ᄒᆞ여 침셕(寢席)의 누엇더니, ᄆᆞᆫ득 ᄒᆞᆫ 쌍 션녀(仙女가) 하ᄂᆞᆯ노셔{하늘에서} 나려와{내려와} 부인을 위로 왈,

"이 아희 ᄇᆡ필(配匹)은 셔남 ᄯᅡ히셔{땅에서} ᄉᆞ는 조시니 인연(因緣)을 일치{잃지} 마르소셔."

ᄒᆞ고 옥호[27]의 향슈(香水)를 기우려{기울여} 아희를 씩겨{씻겨} 누이고 간ᄃᆡ업거ᄂᆞᆯ, 부인이 긔히 녀기며 샹셔를 청ᄒᆞ여 이 일를 고ᄒᆞ니, 샹세(尙書가) 깃거ᄒᆞ여[28] ᄉᆡᆼ년월(生年月)를 긔록(記錄)ᄒᆞ며 일홈을 ᄇᆡᆨ노라 ᄒᆞ고 ᄌᆞ(字)를 연우라 ᄒᆞ다.

세월이 여류[29]ᄒᆞ여 ᄇᆡᆨ노의 시년[30]이 십 셰 되ᄆᆡ, 얼골과 풍ᄎᆡ 셰상의

---

23) 소ᄌᆞ(小子): 아들이 부모에 대해 '자기'를 낮추어 일컫는 말.

24) ᄌᆞ져(趑趄): 머뭇거리며 망설임.(躊躇)

25) 북두칠셩(北斗七星): 큰곰자리에서 가장 뚜렷하게 보이는, 국자모양으로 된 일곱 개의 별. 이 별은 인간의 수명을 관장한다고 한다.

26) 남가일몽(南柯一夢): 唐나라 때 淳于棼이 자기 집 남쪽에 있는 늙은 홰나무 밑에서 술에 취하여 자고 있었는데, 꿈에 大槐安國 南柯郡을 다스리어 이십 년 동안이나 부귀를 누리다가 깨었다는 고사. 이는 李公佐의 〈南柯記〉에서 유래한 말로, '한 때의 헛된 부귀와 영화'의 비유로 쓰인다.

27) 옥호(玉壺): 옥으로 만든 작은 단지.

28) 깃거ᄒᆞ여: '기뻐하여'의 옛말.

29) 여류(如流): 빠름이 흐르는 물과 같음.

쒸여나고 효용[31]이 졀인[32]ᄒᆞ며 효셩(孝誠)이 ᄯᅩᄒᆞᆫ 지극(至極)ᄒᆞ니, 상셔 부부의 ᄉᆞ랑ᄒᆞ미 비헐 ᄃᆡ 업더라.

직셜[33]。셩남(城南) 오리(五里) 부쥬 ᄯᅡ희{땅에} 남져운이란 션싱이 이스되 도학(道學)이 고명[34]ᄒᆞ미, ᄇᆡᆨ뇌(백로가) 학문을 ᄇᆡ호고져{배우고자} ᄒᆞ여 부친긔 고왈(告曰),

"듯ᄉᆞ온즉 '셩남의 고명(高明)ᄒᆞᆫ 션싱이 잇다' ᄒᆞ오니, 나아가 학문을 널니고져{넓히고자} ᄒᆞᄂᆞ이다."

ᄒᆞ거ᄂᆞᆯ, 샹세 말니지{말리지} 못ᄒᆞ여 즉시 ᄒᆡᆼ장[35]을 ᄎᆞ려 쥬며 ᄇᆡᆨ학션[36]을 쥬어 왈,

"이 부치는 션셰(先世)붓터 유젼(遺傳)ᄒᆞ는 보비라, 범연[37]이 알지 말나."

ᄒᆞ니, ᄇᆡᆨ뇌 ᄭᅮ러{꿇어} 밧즙고{받잡고} 인(因)ᄒᆞ여 하직(下直)ᄒᆞ니라.

이ᄯᅢ 조셩노란 ᄉᆞ람이 셰ᄃᆡ(世代) 명문거족[38]으로 ᄌᆡ학(才學)이 유명ᄒᆞ여 벼ᄉᆞᆯ이 샹셔(尙書)의 이르고, 부인 슌시로 더부러 ᄒᆡ로(偕老)ᄒᆞ되 일즉 슬하(膝下)의 골육[39]이 업셔 슬허ᄒᆞ더니, 일일은 부인더러 왈,

"우리 부뷔 명되[40] 긔박[41]ᄒᆞ여 ᄒᆞᆫ낫{한낱} ᄉᆞ속[42]이 업셔 조샹의 큰 죄

---

30) 시년(時年): 그때의 나이.
31) 효용(驍勇): 사납고 날쌤.
32) 절인(絕人): 남보다 아주 뛰어남.
33) 직셜(再說): 하던 이야기를 그대로 두고 다시 새로운 이야기를 시작함.
34) 고명(高明): 빼어남. 출중함. 특출남. 식견이 높고 사물에 밝음.
35) ᄒᆡᆼ장(行裝): 어느 곳으로 떠날 때에 쓰이는 모든 기구.(行李)
36) ᄇᆡᆨ학션(白鶴扇): 하얀 학을 그린 부채.
37) 범연(泛然): 차근차근한 맛이 없이 데면데면함.
38) 명문거족(名門巨族): 뼈대 있는 가문과 크게 번창한 집안.
39) 골육(骨肉): 피붙이.
40) 명되(命途가): 운명.
41) 긔박(奇薄): 순탄치 못하여 복이 없고 가탈이 많음.
42) ᄉᆞ속(嗣續): 대를 이을 자식.(後嗣)

를 면치 못ᄒᆞ니, 엇지 슬푸지 아니ᄒᆞ리오."

부인 왈,

"쳡(妾)의 죄악(罪惡)이 관영[43]ᄒᆞ여 일졈 혈육(一點血肉)이 업ᄉᆞ오나, 상공(相公)의 셩덕[44]으로 엇지 후ᄉᆞ(後嗣)를 근심ᄒᆞ리오? '불효삼쳔의 무휘위ᄃᆡ라[45]' ᄒᆞ오니, 어진 슉녀(淑女)를 ᄐᆡᆨ(擇)ᄒᆞ여 ᄌᆞ손(子孫)을 보소셔."

조공이 탄왈(歎曰),

"도시[46] 팔ᄌᆞ소관(八字所關)이니, ᄂᆡ 엇지 부인을 져바리고 다른 ᄯᅳᆺ을 두어 집을 요란(擾亂)케 ᄒᆞ리오? ᄉᆞ찰도관[47]의 졍셩(精誠)을 드려 ᄌᆞ식을 어드미{얻음이} 왕왕(往往)히 잇ᄂᆞ니, 우리도 시험(試驗)ᄒᆞ여 보ᄉᆞ이다." ᄒᆞ고, 도관을 두루 ᄎᆞᄌᆞ 도츅[48]ᄒᆞ더니, 일일은 부인이 곤뇌[49]ᄒᆞ여 잠간 조을싀, 오운(五雲)이 남방(南方)으로 이러나며{일어나며} 풍악(風樂)소ᄅᆡ 들니거놀, 순시 귀경코져{구경하고자} ᄒᆞ여 사창[50]을 열고 바라본즉, 여러 션녀(仙女가) 금덩[51]을 옹위(擁圍)ᄒᆞ여 순시 압희{앞에} 이르러 ᄌᆡᄇᆡ(再拜) 왈,

"우리는 상졔(上帝) 시녀(侍女이)러니 칠월칠셕(七月七夕)의 은하슈(銀河水) 오작교[52]를 그ᄅᆞᆺ{그릇} 노흔{놓은} 죄로 인간의 ᄂᆡ치시ᄆᆡ, 일월셩신(日

---

43) 관영(貫盈): 가득 참.

44) 셩덕(盛德): 크고 훌륭한 덕.

45) 불효삼천(不孝三千)의 무휘(無後가) 위ᄃᆡ(爲大)라: 많고도 많은 불효 가운데 대를 이을 후손 없는 것이 가장 크다.

46) 도시(都是): 이러니저러니 할 것 없이.

47) ᄉᆞ찰도관(寺刹道觀): 불교의 절과 도교의 사원.

48) 도츅(禱祝): 소원을 빎.(祈願)

49) 곤뇌(困惱): (기도하러 다니느라) 고달픔.

50) 사창(紗窓): 깁으로 바른 창. 부잣집이나 격식 있는 집안에서는 창 위에 이것을 덧붙인다.

51) 금(金)덩: 호화롭게 장식한 가마.

52) 오작교(烏鵲橋): 칠월칠석날에 견우와 직녀가 서로 만날 수 있도록 까막까치가 은하수에 놓는다는 전설상의 다리.

月星辰)이 이리로 지시ᄒᆞ여 이르러스니, 부인은 어엿비{어여삐} 여기소셔. 이 낭ᄌᆞ(娘子)의 빅필(配匹)은 남경(南京) 짜{땅} 뉴시오니, 천졍빅우[53]를 일치{잃지} 말나."

ᄒᆞ고 말를 맛치며 낭ᄌᆡ(娘子가) 방즁(房中)으로 드려가거늘, 부인이 감격ᄒᆞ여 방즁을 쇄소[54]코져 ᄒᆞ다가 믄득 ᄭᆡ다르니 침상일몽[55]이라. 조공을 청ᄒᆞ여 몽ᄉᆞ(夢事)를 이르니, 조공이 ᄃᆡ희(大喜) 왈,

"창쳔[56]이 우리 지셩(至誠)을 감동ᄒᆞᄉᆞ 귀녀(貴女)를 졈지ᄒᆞ시도다."

ᄒᆞ더니, 그 달붓터 잉ᄐᆡ(孕胎)ᄒᆞ여 십 삭(十朔)이 차ᄆᆡ, 방즁(房中)의 향긔(香氣) ᄌᆞ욱ᄒᆞ며 부인이 순산(順産)헐ᄉᆡ, ᄒᆞᆫ 쌍 션녜(仙女가) 나려와{내려와} 아희[아이]를 바다{받아} 누이고 향슈(香水)의 씩긴{씻긴} 후 믄득 간ᄃᆡ 업스니, 공이 크게 깃거ᄒᆞ여 일홈을 은희라 ᄒᆞ여, 그 녀ᄌᆡ믈 혐의[57]치 아니ᄒᆞ고 만금보옥[58] 갓치{같이} ᄉᆞ랑ᄒᆞ더라.

광음(光陰)이 훌훌[59]ᄒᆞ여 은하의 나히 십 셰 되ᄆᆡ, 그 ᄌᆞᄐᆡ(姿態)와 지질(才質)이 긔이ᄒᆞᆫ지라. 맛참[마침] 유뫼(乳母가) 낭ᄌᆞ(娘子)를 업고 외가(外家)의 갓다가 오는 길의 유ᄌᆞ(柚子)를 싸 가지고 오다가 길가의셔 쉬더니, ᄎᆞ시(此時) 뉴빅뇌 ᄒᆡᆼ니(行李)를 ᄎᆞ려 셩남으로 향헐ᄉᆡ ᄒᆞᆫ 곳의 이르ᄆᆡ, ᄒᆡᆼ인(行人)은 업고{없고} ᄒᆞᆫ 노랑[60]이 아소져[61]를 다리고{데리고} 안졋거늘{앉았거늘}, 눈을 잠간 드러본즉 나히 비록 어리나 화용월ᄐᆡ[62]는 고금

53) 천졍빅우(天定配偶): 하늘이 미리 맺어준 짝.
54) 쇄소(灑掃): 쓸고 닦음.(修掃)
55) 침상일몽(枕上一夢): 잘 때 꾸는 꿈 하나.
56) 창쳔(蒼天): 四天의 하나로, 봄의 하늘. 푸른 하늘로 희망이 있다는 뜻이기도 하다.
57) 혐의(嫌疑): 꺼리고 싫어함.
58) 만금보옥(萬金寶玉): 매우 많은 값이 나가는 보배로운 구슬.
59) 훌훌: (시간 등이) 거침없이 빠르게 흘러감.
60) 노랑(老娘): '나이 많은 여자'에 대한 호칭.
61) 아소져(兒小姐): 어린 아가씨란 뜻으로, '어린 여자'를 대접하여 일컫는 말.

(古今)의 졔일이라. ᄒᆞᆫ 번 보ᄆᆡ 마음이 황홀(恍惚)ᄒᆞ여 여취여광[63]ᄒᆞᆫ지라. 그윽이 말를 붓처{붙여} 그 뜻을 시험(試驗)코져 ᄒᆞ여 이의 나아가 유ᄌᆞ를 구ᄒᆞ니, 조낭ᄌᆡ 흔연(欣然)이 유랑[64]으로 ᄒᆞ여곰 두어 ᄀᆡ 유ᄌᆞ를 보ᄂᆡ거ᄂᆞᆯ, ᄇᆡᆨ뇌 마음의 고혹[65]ᄒᆞ믈 마지아니ᄒᆞ고 유ᄌᆞ를 먹은 후의 ᄇᆡᆨ학션(白鶴扇)을 ᄂᆡ여 졍표[66]ᄒᆞ는 글 두어 귀[句]를 써 쥬며 마음의 ᄇᆡᆨ년가긔[67]를 졍ᄒᆞ고, 길를 ᄯᅥ나 남져운을 ᄎᆞᄌᆞ 슈학(修學)ᄒᆞᆫ 지 삼 년의 문장(文章)이 거록ᄒᆞᆫ지라.

ᄇᆡᆨ뇌 ᄉᆞ친지심[68]이 간졀(懇切)ᄒᆞᄆᆡ 션ᄉᆡᆼ을 하직(下直)ᄒᆞ고 도라와{돌아와} 부모긔 뵈온ᄃᆡ, 부뫼 크게 반겨 손을 잡고 졍회[69]를 이르며 학업(學業)이 ᄃᆡ진(大進)ᄒᆞ믈 칭찬ᄒᆞ여 더욱 귀즁(貴重)ᄒᆞ믈 이긔지 못ᄒᆞ더니, 일일은 ᄇᆡᆨ노더러 ‘ᄇᆡᆨ학션을 가져오라’ ᄒᆞ거ᄂᆞᆯ, ᄇᆡᆨ뇌 왈,

“우연이 노즁(路中)의셔 유실(流失)ᄒᆞ엿ᄉᆞᆸ기 감히 드리지 못ᄒᆞᄂᆞ이다.”

샹셰(尙書가) ᄃᆡ로(大怒) 왈,

“셰젼지물[70]를 네게 이르러 일허스니{잃었으니}, 엇지 불초ᄌᆞ[71]를 면(免)ᄒᆞ리오.”

ᄒᆞ고, ᄎᆞ탄(嗟歎)ᄒᆞ믈 마지아니ᄒᆞ더라.

---

62) 화용월ᄐᆡ(花容月態): 꽃 같은 얼굴과 달 같은 자태라는 뜻으로, ‘아름다운 여인의 얼굴과 맵시’를 일컫는 말.

63) 여취여광(如醉如狂): 몹시 기뻐서 취한 듯, 미친 듯함.

64) 유랑(乳娘): 남의 아이에게 그 어머니 대신 젖을 먹여 주는 여자.(乳母)

65) 고혹(蠱惑): 마음이 흐려 자제심을 잃게 됨.

66) 졍표(情表): 간곡한 정을 드러내어 보임.

67) ᄇᆡᆨ년가긔(百年佳期): 젊은 남녀가 결혼하여 한평생을 함께 지내자는 아름다운 언약.

68) ᄉᆞ친지심(思親之心): 어버이를 그리워하며 생각하는 마음.

69) 졍회(情懷): 생각한 마음.

70) 셰젼지물(世傳之物): 대대로 전하여 내려오는 물건.

71) 불초ᄌᆞ(不肖子): 어리석고 못난 아들. 아들이 부모에게 ‘자기’를 겸손하게 일컫는 말이나, 여기서는 후손이 조상에게 ‘자기’를 겸손하게 일컫는 말로 쓰였다.

ᄎᆞ셜(且說)。이ᄯᅴ 병부상셔[72] 평진이 뉴상셔를 보라{보러} 왓다가 ᄉᆡᆼ의 위인(爲人)을 보고 가장 아름다이 여겨 ᄉᆞ회{사위} 삼기를 쳥ᄒᆞ거ᄂᆞᆯ, 상셰 쳥파[73]의 허혼(許婚)코져 ᄒᆞᆫᄃᆡ, ᄉᆡᆼ이 간왈(諫曰),

"소ᄌᆞ(小子)의 마음의 작정(作定)ᄒᆞ옵기를 타일(他日) 입신양명[74]ᄒᆞ온 후 가긔(佳期)를 정(定)코져 ᄒᆞ오니, 바라건ᄃᆡ 부친은 소ᄌᆞ의 정심(定心)을 일우게{이루게} ᄒᆞ소셔."

ᄒᆞ니, 샹세 이 말를 듯고 긔특이 녀겨 허혼치 아니ᄒᆞ니라. ᄎᆞ시(此時) 뉴ᄉᆡᆼ이 나히{나이} 십칠 셰라. 문장이 ᄲᅧ여나고 풍치[75] 헌앙[76]ᄒᆞᄆᆡ, 보는 ᄉᆞ람이 뉘 아니 칭찬ᄒᆞ리오.

이젹의[이때에] 쳔ᄌᆡ(天子가) 별과[77]를 뵈실ᄉᆡ, ᄉᆡᆼ이 이 소식을 듯고{듣고} 장즁[78]의 드러가{들어가} 시지[79]를 펼쳐 붓슬 ᄒᆞᆫ 번 두루ᄆᆡ[80] 문불가졈[81]이라. 젼상[82]의 바치고 기다리더니, 이윽고 젼두관[83]이 호명(呼名)헐ᄉᆡ,

"금방[84] 장원(壯元)은 젼임(前任) 니부상셔 뉴틱종의 아들 ᄇᆡᆨ뇌라."

---

72) 병부상셔(兵部尙書): 군사에 관한 일을 맡아보던 관청의 책임 관리.

73) 쳥파(聽罷): 듣기를 마침.

74) 입신양명(立身揚名): 출세하여 자기의 이름을 세상에 드날림.

75) 풍치(風采): 드러나 보이는 사람의 겉모양.(風神)

76) 헌앙(軒昂): 풍채가 좋고 의기가 당당하며 너그러워 인색하지 않음.(軒擧)

77) 별과(別科): 벼슬자리에 缺員이 생기거나 나라에 경사가 있을 때, 또는 丙年마다 보이던 文武의 과거. 별과에는 국가에 큰 경사가 있을 때 하는 增廣試, 작은 경사가 있을 때 하는 別試, 국왕이 문묘에 참배한 뒤 명륜당에서 개설한 謁聖試 등이 있다.

78) 장즁(場中): 과거 시험을 보는 장소 안.

79) 시지(試紙): 과거 시험에 쓰던 종이.(名紙)

80) 두루ᄆᆡ[두름에]: 마음대로 다룸.

81) 문불가졈(文不加點): 문장이 썩 잘 되어서 점 하나도 더 찍을 곳이 없음.

82) 젼상(銓相): 銓曹의 재상이라는 말로 곧 吏曹判書를 뜻함. 銓은 저울대[衡]와 저울추[錘]의 총칭으로서, 공평한 마음으로 인물의 賢否를 저울질하여 관직을 제수해야 한다는 의미을 담고 있다.

83) 젼두관(銓頭官): 인재를 가려 등용하는 벼슬아치.

부르거늘, 싱이 크게 깃거 인힉즁[85]을 헤치고 옥폐[86]의 츄진[87]ᄒᆞ니, 상이 보시고 칭찬ᄒᆞᄉᆞ 어쥬[88]를 ᄉᆞ급[89]ᄒᆞᄉᆞ 왈,

"네 션셰(先世)붓터 국가의 유공(有功)ᄒᆞᆫ 신히(臣下이)라. 너도 쥬셕지신[90]이 되리니, 엇지 깃부지{기쁘지} 아니ᄒᆞ리오."

ᄒᆞ시고, 즉시 뉴빅노로 한님학ᄉᆞ[91]를 ᄒᆞ이시고 뉴틱종으로 긔쥬ᄌᆞᄉᆞ(冀州刺史)를 ᄒᆞ이ᄉᆞ 밧비{바삐} 명초[92]ᄒᆞ시니, ᄎᆞ시(此時) 뉴틱종이 집의 이셔{있어} 이 소식을 듯고 깃거ᄒᆞ여 즉시 상경(上京)ᄒᆞ여 한님을 보고 못닉 깃거ᄒᆞ고, 궐ᄒᆞ[93]의 슉ᄉᆞ[94]ᄒᆞᆫ 후 긔쥬로 도임[95]ᄒᆞ니라.

한님이 ᄯᅩᄒᆞᆫ 표[96]를 올녀 션산(先山)의 소분[97]ᄒᆞᆫ 후 모친을 뵈옵고 도라와 궐ᄒᆞ(闕下)의 슉ᄉᆞᄒᆞᆫᄃᆡ, 상이 인견[98]ᄒᆞᄉᆞ 왈,

"경으로 슌남슌무어ᄉᆞ[99]를 ᄒᆞ이ᄂᆞ니{내리나니} 민간질고(民間疾苦)와 슈

84) 금방(今榜): 이번 방목. 이번 합격자.

85) 인히즁(人海中): 수없이 많이 모인 사람들의 속.

86) 옥폐(玉陛): 임금이 공식 행사 때 앉는 의자.

87) 츄진(趨進): 빨리 나아감.

88) 어쥬(御酒): 임금이 신하에게 내리는 술.

89) ᄉᆞ급(賜給): 나라나 관청, 윗사람 등이 물품을 내려줌.(賜與)

90) 쥬셕지신(柱石之臣): (집을 지을 때 기둥이나 주춧돌과 같이) 한 나라에 없어서는 아니 될, 가장 중요한 구실을 하는 신하.

91) 한님학ᄉᆞ(翰林學士): 임금의 조서를 짓는 일을 맡던 翰林院, 혹은 學士院의 정4품 벼슬.

92) 명초(命招): 임금의 명으로 신하를 부름.

93) 궐ᄒᆞ(闕下): 大闕 殿閣 아래라는 뜻으로, 임금 앞을 이르는 말.

94) 슉ᄉᆞ(肅謝): 은혜에 정중히 사례함.

95) 도임(到任): (관리가) 근무지에 도착함.

96) 표(表): 마음에 품은 생각을 기록하여 임금에게 올리는 글.

97) 소분(掃墳): (경사로운 일이 있을 때) 조상의 산소를 찾아가 돌보고 제사 지내는 일.

98) 인견(引見): (아랫사람을) 가까이 불러들여 만나 봄.

99) 슌남슌무어ᄉᆞ(巡南巡撫御史): '순무어사'는 나라 안에 난리가 일어나거나 자연재해가 있을 때 백성들을 무마하여 안착시키려는 목적으로 임시로 내보내는 벼슬아치. '순남순무어사'는 남쪽 지방을 순행하여 그곳에 사는 백성의 疾苦와 지방관의 잘잘못을 살펴 달래

령션악(守令善惡)을 숣펴 짐의 밋는{믿는} 바를 져바리지 말나."

ᄒᆞ시니, 어ᄉᆡ 즉시 하직ᄒᆞ고 물너나와 혜오ᄃᆡ,

'이졔 남방순무어ᄉᆞ를 ᄒᆞ엿스믹, 젼일 소상쥭님[100]의셔 ᄇᆡᆨ학션(白鶴扇) 쥰 녀ᄌᆞ를 ᄎᆞᄌᆞ 평ᄉᆡᆼ원(平生願)을 일우리라.'

ᄒᆞ더라.

차셜(且說)。 이ᄯᅢ 조낭ᄌᆞ의 츈광[101]이 십외(十五이)라. 요요[102]ᄒᆞᆫ ᄐᆡ도[態度]와 긔긔[103]ᄒᆞᆫ 긔질[104]이 진짓[105] 졀ᄃᆡ가인[106]이라. 이왕(已往) 소상쥭님(瀟湘竹林)의셔 일위 소년(一位少年)을 맛나{만나} 우연이 유ᄌᆞ(柚子)를 쥬고 ᄇᆡᆨ학션을 바다{받아} 도라왓더니{돌아왔더니}, 졈졈 장셩(長成)ᄒᆞ믹 ᄇᆡᆨ학션을 ᄂᆡ여본즉 「요조슉녀 군ᄌᆞ호구라」[107] 쓰고, 그 아ᄅᆡ ᄉᆞ쥬(四柱)를 긔록(記錄)ᄒᆞ엿거늘, 심즁(心中)의 놀나오나, ᄎᆞ역(此亦) 천졍연분(天定緣分)이라 엇지헐 길 업스믹, 마음의 긔록ᄒᆞ고 말를 ᄂᆡ지 아니ᄒᆞ더라.

ᄎᆞ시(此時) 남방 남촌의셔 ᄉᆞᄂᆞᆫ 상셔(尙書) 벼술 최국냥은 당금(當今)의 상춍[108]이 읏듬이오, 셔ᄌᆞ(庶子) ᄒᆞᆫ나히{하나가} 이스되{있으되} 인물과 ᄌᆡ학(才學)이 ᄲᅱ여낫스믹{뛰어났으매}, 명ᄉᆞᄌᆡ상(名士宰相)의 ᄯᆞᆯ 둔 ᄌᆡ(者가)

고 위로하는 직임을 맡은 어사이다.

100) 소상쥭님(瀟湘竹林): 중국 湖南省에 있는 洞庭湖에 합류하여 들어가는 瀟水와 湘水를 함께 일컫는 곳의 대나무 숲.

101) 츈광(春光): 봄철의 풍광을 뜻하나, 여기서는 '젊은 사람의 나이'를 일컬음.

102) 요요(嫋嫋): 맵시가 있고 날씬함.

103) 긔긔[奇雅]: 뛰어나고 고아함.

104) 긔질(器質): 기량과 타고난 성질.

105) 진짓: '참으로'의 옛말.

106) 졀ᄃᆡ가인(絕代佳人): 당대에 견줄 만한 사람이 없을 정도로 아름다운 여자.

107) 요조슉녀(窈窕淑女) 군ᄌᆞ호구(君子好逑)라: 정숙하고 기품 있는 여자는 군자의 좋은 배우자라. 《詩經》〈國風·周南·關雎〉의 "關關雎鳩, 在河之洲, 窈窕淑女, 君子好逑" 구절에서 인용한 표현이다.

108) 상춍(上寵): 임금의 총애.

구혼ᄒᆞ 리[人] 무슈(無數)ᄒᆞ나, 맛ᄎᆞᆷᄂᆡ 허(許)치 아니ᄒᆞ고 조셩노의 녀ᄌᆡ(女子가) 쳔ᄒᆞ 경국지ᄉᆡᆨ[109]이란 말를 듯고{듣고} ᄆᆡ파[110]를 보ᄂᆡ여 구혼(求婚)ᄒᆞᆫᄃᆡ, 조공이 즉시 허락ᄒᆞᆫ지라. 낭ᄌᆡ(娘子)가 이 말를 듯고{듣고} 크게 놀나 이날노붓터 식음(食飮)을 젼폐(全廢)ᄒᆞ고 ᄌᆞ리의 누어 이지{일어나지} 못ᄒᆞᄆᆡ 명ᄌᆡ경각[111]이라. 부뫼(父母가) ᄃᆡ경(大驚)ᄒᆞ고 의아(疑訝)ᄒᆞ여 녀아(女兒)의 침쇼(寢所)의 나아가 종용(從容)이 문왈(問曰),

“우리 늣ᄀᆡ야{늦게야} 너를 어더{얻어} 깃분 마음이 측냥(測量)업스ᄆᆡ, 쥬야(晝夜)로 기다리는 바는 어진 ᄇᆡ필(配匹)를 어더 원앙(鴛鴦)의 쌍유[112]ᄒᆞ는 ᄌᆞ미{재미}를 볼가 ᄒᆞ더니, 이졔 무슴 연고(緣故)로 네 식음(食飮)을 젼폐ᄒᆞ고 죽기를 ᄌᆞ취[113]ᄒᆞᄂᆞ뇨? 그 곡졀[114]를 듯고져{듣고자} ᄒᆞ노라.”

낭ᄌᆡ(娘子가) 쥬져(躊躇)ᄒᆞ다가 날회여[115] 눈물를 흘녀 왈,

“소녀(少女) 갓튼{같은} 인ᄉᆡᆼ[116]이 세상의 ᄉᆞ라{살아} 무익(無益)ᄒᆞᆫ 고로 죽어 모로고져 ᄒᆞ옵ᄂᆞ니, 바라건ᄃᆡ 부모는 ᄉᆞᆲ피소셔. 소녜(少女가) 십 세의 외가(外家)의 갓다가 오는 길의 유ᄌᆞ(柚子)를 어더{얻어} 가지고 오다가 소상죽님(瀟湘竹林)의셔 잠간 쉬더니, ᄒᆞᆫ 소년 션ᄇᆡ 지나다가 유ᄌᆞ를 구ᄒᆞ기로 두어 ᄀᆡ를 쥰즉 바다{받아} 먹은 후 회ᄉᆞ[117]로 ᄇᆡᆨ학션(白鶴扇)을 쥬옵거놀, 어린 마음의 아롬다이 녀겨 바다 두엇ᄉᆞᆸ더니, 요ᄉᆞ이 보온즉 그

---

109) 경국지ᄉᆡᆨ(傾國之色): 나라를 위태롭게 할 만한 미인이란 뜻으로, ‘한 나라를 좌지우지 할 만한 빼어난 미인’을 일컫는 말.

110) ᄆᆡ파(媒婆): 혼인을 중매하는 할멈.(媒媪)

111) 명ᄌᆡ경각(命在頃刻): 거의 죽게 되어 숨이 곧 넘어갈 지경에 이름.

112) 쌍유(雙游): 쌍으로 다정하게 노닒.

113) ᄌᆞ취(自取): 제 스스로 만들어서 그렇게 됨.

114) 곡졀(曲折): 순조롭지 아니하게 얽힌 이런저런 복잡한 까닭.

115) 날회여: ‘천천히’의 옛말. 어순상으로는 ‘눈물을 흘리면서 천천히 말하기를’이라야 한다.

116) 인ᄉᆡᆼ(人生): 어떤 사람과 그의 삶 모두를 낮잡아 이르는 말.

117) 회ᄉᆞ(回謝): 사례하는 뜻을 나타냄.

부치의 글이 빅년가긔(百年佳期)를 유의[118]ᄒᆞᆫ지라, 그ᄯᅴ의 무심(無心)이 바든{받은} 거시{것이} 뉘웃츠나 ᄎᆞ역(此亦) 천정연분(天定緣分)이 분명ᄒᆞ옵고, 또ᄒᆞᆫ 그 션비를 보온즉 심상[119]ᄒᆞᆫ ᄉᆞ람이 아니오라, 소녜 이미 그 ᄉᆞ람의 신물[120]를 바닷ᄉᆞ오니 맛당이 그 집 ᄉᆞ람이라, 엇지 다른 가문(家門)의 유의(有意)ᄒᆞ리잇고? 만일 ᄉᆡᆼ젼(生前)의 빅학션 님ᄌᆞ를 맛나지 못ᄒᆞ오면 쥭기로써 빅학션을 직희올지라{지키올지라}."

ᄒᆞ고, 인(因)ᄒᆞ여 부치를 ᄂᆡ여 왈,

"만일 그 ᄉᆞ람을 맛나지{만나지} 못ᄒᆞ면 소녀(少女)는 쥭어 혼빅(魂魄)이라도 뉴가의 드러가{들어가} 빅학션(白鶴扇)을 젼(傳)코져 ᄒᆞ옵ᄂᆞ니, 원컨ᄃᆡ 부모는 소녀의 박명(薄命)을 가련이 녀기시고, 쥭은 후라도 만일 뉴ᄉᆡᆼ이 소녀를 ᄎᆞᄌᆞ 오거든 소녀의 조고만 경셩(精誠)을 갓초{갖추어} 젼ᄒᆞ여 소녀로 ᄒᆞ여곰 소상야우[121]의 고혼[122]이 되지 아니케 ᄒᆞ소셔."

ᄒᆞ고 언필[123]의 눈물이 비 오듯 ᄒᆞ니, 조공 부뷔 또ᄒᆞᆫ 늣겨 왈,

"네 이 갓튼{같은} ᄉᆞ졍(事情)이 이스면{있으면} 엇지 발셔{벌써} 이르지 아니ᄒᆞ뇨? 너는 일단(一旦) 그 신물(信物)를 직희여{지키어} 쥭기로 졍ᄒᆞ거니와 져의 ᄯᅳᆺ을 엇지 알며, 일시(一時) 노즁(路中)의셔 우연이 맛나{만나} 쥬고 간 부치를 ᄎᆞ즈라 오기 쉬울소냐? 그러ᄒᆞ나 네 ᄯᅳᆺ이 이믜{이미} 이러헐진ᄃᆡ, ᄂᆡ 그 션비를 찻고져 ᄒᆞ나 다만 거쥬(居住)와 셩(姓)을 빙ᄌᆞ[124]

---

118) 유의(留意): 마음에 둠.

119) 심상(尋常): 대수롭지 않음.

120) 신물(信物): 뒷날에 보고 표적이 되게 하기 위하여 서로 주고받는 물건.

121) 소상야우(瀟湘夜雨): 중국 호남성 소상강 지역의 밤에 비오는 풍경이라는 말로, '소상강을 늦도록 비를 맞으며 헤매인다'는 의미.

122) 고혼(孤魂): 의지할 곳이 없이 외롭게 떠다니는 넋.

123) 언필(言畢): 말하기를 마침.

124) 빙ᄌᆞ(憑藉): 말막음으로 내세우는 핑계.

ᄒᆞ고 쳔 니(千里) 원정(遠程)의 어ᄃᆡ를 지향(指向)ᄒᆞ여 ᄎᆞ즈리오. 일이 하 ᄆᆡᆼ낭(孟浪)ᄒᆞ미 가장 난쳐(難處)ᄒᆞ도다."

낭ᄌᆡ ᄃᆡ왈(對日),

"'츙신은 불ᄉᆞ이군이오 녈녀는 불경이뷔라'[125] ᄒᆞ오니, 소녀는 결단코 타문(他門)을 섬기지 아니 헐 거시오. ᄒᆞ물며 그 ᄉᆞ람을 잠간 보아도 신의(信義)를 가진 군ᄌᆡ(君子이)니 무신(無信)헐 니 업슬{없을} 거시오. ᄯᅩᄒᆞᆫ ᄇᆡᆨ학션(白鶴扇)은 세샹 긔뵈(奇寶이)라, 무단[126]이 남을 쥬지 아니헐가 ᄒᆞᄂᆞ이다."

ᄒᆞ거ᄂᆞᆯ, 조공이 드르ᄆᆡ 그 철셕(鐵石) 갓튼{같은} 마음을 억제(抑制)치 못 헐 쥴 알고 헐일업셔 이 ᄯᅳᆺ으로 최국냥의게 젼(傳)ᄒᆞᆫᄃᆡ, 최국냥이 불승분노[127]ᄒᆞ여 장찻 ᄒᆡ(害)헐 ᄯᅳᆺ을 두더라.

ᄎᆞ셜(且說)。이ᄯᅢ 가달이 강셩(强盛)ᄒᆞ여 ᄌᆞ로{자주} 즁원[128]을 침범(侵犯)ᄒᆞ거ᄂᆞᆯ, 샹이 최국냥으로 우승샹(右丞相)을 ᄒᆞ이ᄉᆞ '도적(盜賊)을 파(破)ᄒᆞ라' 하조[129]ᄒᆞ시니, 최승샹이 황명(皇命)을 밧ᄌᆞ와{받자와} 경셩(京城)으로 올나갈ᄉᆡ, 형쥬ᄌᆞᄉᆞ 니관현을 보고 가마니{가만히} 부탁ᄒᆞ여 왈,

"ᄂᆡ 아ᄌᆞ[130]로 조셩노의 녀아(女兒)와 정혼(定婚)ᄒᆞ엿더니, 졔 무단(無斷)이 퇴혼(退婚)ᄒᆞ니 그런 무신(無信)ᄒᆞᆫ 필뷔(匹夫가) 어ᄃᆡ 이스리오{있으리

---

125) 츙신(忠臣)은 불ᄉᆞ이군(不事二君)이오 녈녀(烈女)는 불경이뷔(不敬二夫이)라: 충성스런 신하는 두 임금을 섬기지 아니하고 정조를 지키는 여자는 두 지아비를 섬기지 아니함. 『史記』〈田單傳〉의 "忠臣不事二君, 貞女不更二夫, 吾與其生而無義, 固不如烹."에서 인용한 것이다.

126) 무단(無斷): 까닭 없이. 사유를 말함이 없이.

127) 불승분노(不勝憤怒): 분하여 성이 나는 것을 이기지 못함.

128) 즁원(中原): 漢族의 발상지인 황하 일대. 변경에 대하여 '천하의 중앙'을 의미하는 것으로 일컫는 말이다.

129) 하조(下詔): 임금이 신하에게 알리거나 명령함.

130) 아ᄌᆞ(兒子): 자식. 아이. '자신의 아들'을 낮추어서 일컫는 말이다.

오ᄂᆡ? 조고만 일기(一介) 미관[131]으로 감히 ᄃᆡ신(大臣)을 희롱(戲弄)ᄒᆞ미니, ᄂᆡ 맛당이 져의 일문(一門)을 살히(殺害)헐 거시로ᄃᆡ{것이로되} 국ᄉᆞ(國事)로 올나가미, 그ᄃᆡ는 조셩노의 일가(一家)를 잡아다가 엄형즁치[132]ᄒᆞ여 만일 허락ᄒᆞ거든 용셔ᄒᆞ고, 듯지 아니ᄒᆞ거든 ᄃᆡ신을 속인 죄로 엄치즉ᄉᆞ[133]ᄒᆞ게 ᄒᆞ고, 그 ᄯᆞᆯ은 음ᄒᆡᆼ(淫行)으로 다ᄉᆞ려 관비(官婢)의 졍속[134]ᄒᆞ라."

ᄒᆞ고, 경ᄉᆞ(京師)로 가니라. ᄌᆞ식 즉시 하향현의 발관[135]ᄒᆞ여,

「조셩노의 일가(一家)를 셩화(星火)갓치 잡아 올니라.」

ᄒᆞ니, 하향 현녕(縣令) 젼홍뇌 관ᄌᆞ[136]를 보고 관치[137]를 보ᄂᆡ여 '조셩노를 잡아 오라' 한ᄃᆡ, 관치 조부{조공의 집}의 이르러 이 ᄉᆞ연(事緣)을 젼ᄒᆞ고 아즁[138]으로 가믈 지촉ᄒᆞ거늘, 공이 짐작ᄒᆞ고 관치를 ᄯᆞ라 관부[139]의 이르니, 현녕이 문왈(問曰),

"그ᄃᆡ는 이 일를 아는다?"

공이 혜오ᄃᆡ, 이 반다시 최국낭의 작얼[140]인 쥴 알고 젼후곡졀(前後曲折)를 ᄌᆞ시{자세히} 고ᄒᆞ니, 현녕이 듯기를 다ᄒᆞ미 가련이 녀겨 왈,

"관문(關文)ᄃᆡ로 잡혀 보ᄂᆡ면 쥭기를 면치 못ᄒᆞ리니, ᄂᆡ 일시(一時) 관원(官員)으로 왓다가 ᄋᆡᄆᆡᄒᆞᆫ ᄉᆞ람을 ᄉᆞ지(死地)의 보ᄂᆡ믄 의(義) 아니라.

---

131) 미관(微官): 낮은 벼슬자리에 있는 하찮은 관리.
132) 엄형중치(嚴刑重治): 죄인을 엄한 형벌로 다스리거나 처벌함.
133) 엄치즉ᄉᆞ(嚴治卽死): 죄인을 엄중히 처벌하여 곧바로 죽임.
134) 정속(定屬): 죄인을 奴婢로 삼음.
135) 발관(發關): 상급 관청에서 하급 관청으로 공문을 내려보냄.
136) 관ᄌᆞ(關子): 上官이 下官에게, 또는 상급 관청이 하급 관청에게 보내는 공문서.(關文)
137) 관치(官差가): 관아에서 파견하던 軍奴.
138) 아즁(衙中): 고을의 관아.
139) 관부(官府): 관원이 모여 나랏일을 처리하던 관청.
140) 작얼(作孼): 만든 禍. 《孟子》〈公孫丑章句 上〉의 "天作孽猶可違, 自作孽不可活.(하늘이 만든 화는 피할 수 있으나 스스로 만든 화는 피할 수 없느니라.)"에 그 예가 있다.

ᄒᆞ물며 ᄌᆞᄉᆞ(刺史)도 최국냥의 부촉[141]을 듯고 인정(人情)을 도라보지{돌아보지} 아니헐 거시미, 그ᄃᆡ는 밧비 도라가 경보[142]를 품고 밤으로 도쥬(逃走)ᄒᆞ여 ᄌᆞ최를 멀니 감초라."

ᄒᆞ고 즉시 회답(回答)ᄒᆞ되, 년젼(年前)의 조셩뇌 도쥬(逃走)ᄒᆞ여 업는 쥴노 탈보[143]ᄒᆞ고 조공을 노화{놓아} 보ᄂᆡ니, 조공이 현녕(縣令)의 은덕(恩德)을 못ᄂᆡ ᄉᆞ례(謝禮)ᄒᆞ고, 급히 집의 도라가{돌아가} 황금 삼ᄇᆡᆨ 냥을 가지고 녀아(女兒)를 더부러 뉴싱을 ᄎᆞᄌᆞ려 ᄒᆞ고 도도발셥[144]ᄒᆞ여 남경(南京)으로 향ᄒᆞ니라.

ᄎᆞ셜(且說)。 션시(先時)의 뉴어ᄉᆡ 우연이 소상강(瀟湘江)을 지ᄂᆞ다가 녀랑(女娘)을 맛ᄂᆞ{만나} ᄇᆡᆨ학션(白鶴扇)을 쥬고 ᄇᆡᆨ년가긔(百年佳期)를 붓친{붙인} 후, 일편단심[145]이 어ᄂᆡ ᄯᅢ 잇지{잊지} 못ᄒᆞ여 ᄉᆞ모ᄒᆞᄂᆞᆫ 마음이 간졀ᄒᆞ나, 감히 이런 ᄉᆞ연(事緣)을 부모긔도 고(告)치 못ᄒᆞ고 무졍세월[146]를 보ᄂᆡ며 혜아리되,

'그 녀지(女子가) 장셩(長成)ᄒᆞ여 가취[147]헐 ᄯᅢ 되엿는지라.'

그 녀ᄌᆞ를 ᄎᆞᄌᆞ 평ᄉᆡᆼ원(平生願)을 일우고져{이루고자} ᄒᆞᄂᆞ 부모 명(命) 업시 ᄯᅥ나기 어렵고, ᄯᅩᄒᆞᆫ 몸이 벼술의 ᄆᆡ이여 츄신[148]ᄒᆞ기 극난(極難)ᄒᆞ미 다만 장우단탄[149]으로 츄월츈풍[150]을 허송ᄒᆞ더니, 이ᄯᅢ를 당ᄒᆞ여 천지

---

141) 부촉(咐囑): 일을 남에게 부탁함.
142) 경보(輕寶): 가볍고 몸에 지니기 쉬운 값나가는 보물.
143) 탈보(頉報): 上司에게 특별한 사정이 있음을 말하여 책임의 면제를 청함.
144) 도도발셥(滔滔跋涉): 산을 넘고 물을 건너 길을 찾아감.
145) 일편단심(一片丹心): 한 조각 붉은 마음이라는 뜻으로, '변치 않는 참된 마음'을 일컫는 말.
146) 무졍세월(無情歲月): 덧없이 흘러가는 세월.
147) 가취(嫁娶): 여자가 시집감.
148) 츄신(抽身): 바쁜 중에 몸을 빼어 떠남.
149) 장우단탄(長吁短歎): 긴 한숨과 짧은 탄식이란 뜻으로, '탄식하여 마지아니함'을 의미.

(天子가) 특별이 슌무ᄉ(巡撫史)를 ᄒ이ᄉ '밧비 발힝[151] ᄒ라' ᄒ시믹, 즉시 하직(下直)ᄒ고 쳥쥬로 향헐ᄉᆡ, 위연[152] 탄왈,

"오놀놀 이 길를 당(當)ᄒ니 졍(正)히 닉 원을 맛칠{마칠} ᄯᅵ로딕, 다만 그 녀ᄌᆞ의 거쥬(居住)를 아지 못ᄒ믹 장찻 엇지ᄒ리오."

ᄒ고, 쳥쥬의 드러가 민졍(民情)을 숣피며 방방곡곡(坊坊曲曲)이 유의(留意)ᄒ여 심방[153] ᄒ되, 맛참닉 종젹(蹤迹)을 알 길이 업셔 낙막[154] ᄒᆫ 심ᄉ(心事)를 이긔지 못ᄒ여 침식(寢食)이 불감(不甘)ᄒ여 오믹ᄉ복[155] ᄒ더니, 이러구러 ᄌ연 병(病)이 되여 힉음업시[156] 침즁[157] ᄒ믹 말긔{말에게} 실녀{실려} 하향현의 도라오니, 현녕 젼홍노는 어ᄉ의 외슉(外叔)이라. 어ᄉ의 병셰(病勢) 예ᄉ롭지 아니ᄒᆷ믈 보고 어ᄉ더러 왈,

"네 일즉{일찍} 등과(登科)ᄒ여 쳥운(靑雲)의 올나 물망[158]이 극진(極盡)ᄒ고, ᄒ물며 쌍친(雙親)이 지당[159] ᄒ니 이만 즐거오미 업거놀, 이졔 네 병셰를 숣핀즉 반다시 ᄉ람을 오믹ᄉ복ᄒ여 일념[160]의 믯쳐{맺혀} 잇지{잊지} 못ᄒ는 병이니, 심즁(心中)의 걸닌 말를 일호[161]도 긔이지{속이지} 말고 ᄌ시{자세히} 이르라."

ᄒ거놀, 어ᄉ 슉부(叔父)의 말를 드르믹 ᄌ긔(自己) 병증(病症)을 짐작ᄒ는

---

150) 츄월츈풍(秋月春風): 가을 달과 봄바람이라는 뜻으로, 흘러가는 세월을 이르는 말.
151) 발힝(發行): 길을 떠남.
152) 위연(喟然): 한숨 쉬며 탄식하는 모양.
153) 심방(尋訪): 방문하여 찾아봄.
154) 낙막(落寞): (마음이) 쓸쓸함.
155) 오믹ᄉ복(寤寐思服): 자나깨나 생각하여 마음속에 둠.
156) 힉음업시: 자신의 의지와는 상관없이 계속되어.(하염없이)
157) 침즁(沈重): 병세가 매우 중하고 깊음.
158) 물망(物望): 여러 사람이 우러러보는 명망.
159) 지당(在堂): 집에 계심.
160) 일념(一念): 오직 한 가지 생각.
161) 일호(一毫): 하나의 터럭이란 뜻으로, '아주 작은 정도'를 비유하여 일컫는 말.

쥴 알고 긔이지{속이지} 못ᄒᆞ여 ᄌᆞ쵸지종[162]을 고(告)ᄒᆞᆫᄃᆡ, 현녕(縣令)이 듯고 ᄃᆡ경(大驚) 왈,

"이러ᄒᆞᆫ 줄이야 엇지 아랏스리오{알았으리오}. 과연 년젼(年前)의 형쥬 ᄌᆞ식 ᄂᆡ게 발관(發關)ᄒᆞ여 '시긱[163]으로 조셩노의 삼 모녀를 잡아올니라' ᄒᆞ엿기로, 고히 너겨 조셩노을 불너 그 연고(緣故)를 무른즉, 네 말과 갓치{같이} 여ᄎᆞ여ᄎᆞ(如此如此)ᄒᆞ기로 그 경상(情狀)을 불상이{불쌍히} 너겨 가마니{가만히} 도망ᄒᆞ게 ᄒᆞ엿더니, 그 후 탐지[164]ᄒᆞ여 드른즉 '빅학션(白鶴扇) 님ᄌᆞ를 ᄎᆞ즈라 남경(南京)으로 갓다' ᄒᆞ더라."

ᄒᆞ거ᄂᆞᆯ, 어ᄉᆡ 이 말를 듯고 심ᄉᆡ 더욱 산난(散亂)ᄒᆞ여 간장(肝腸)을 바ᄋᆡ는[165] 듯ᄒᆞ는지라. 밧비 남경으로 가고져 ᄒᆞ나 국가 즁임(國家重任)을 폐(廢)치 못헐지라. 장찻 표(表)를 올녀 득병(得病)ᄒᆞ믈 쥬달[166]ᄒᆞ고, 바로 남경으로 나아가 그 녀랑(女娘)을 ᄎᆞ즐가{찾을까} ᄒᆞ고 계교[167]ᄒᆞ더라.

익셜。조셩뇌{조성노가} 부인과 녀아(女兒)를 다리고{데리고} 남경으로 나아갈ᄉᆡ, 녀아는 남복(男服)을 입혀 길를 힝ᄒᆞ여 슈삭(數朔) 만의 긔쥬 지경(冀州地境)의 이르러는 조공 부뷔 홀연(忽然) 독질[168]를 어더{얻어} 긔동[169]헐 길 업고, 젼도[170]는 오히려 쳔여 리(千餘里)라. 낭지 쳔만의외[171]이 지경(地境)을 당(當)ᄒᆞ미 망극(罔極)ᄒᆞ물 이기지 못ᄒᆞ여, 다만 쳔디[天

162) ᄌᆞ쵸지종(自初至終): 처음부터 끝까지의 동안이나 과정.
163) 시긱[時刻]: 지체함이 없이 짧은 시간 안.(바삐)
164) 탐지(探知): 더듬어 살펴 알아냄.
165) 바ᄋᆡ는: '바수어지는'의 뜻으로, '지극한 아픔'을 나타내는 말.
166) 쥬달(奏達): 임금에게 아룀.
167) 계교(計巧): 여러 모로 빈틈없이 생각하여 낸 꾀.
168) 독질(毒疾): 심한 병.
169) 긔동(起動): 일어나 움직임.
170) 젼도(前途): 앞으로 나아갈 길.
171) 쳔만의외(千萬意外): 전혀 생각지도 않은 뜻밖.

地]긔 표빅[172]ᄒᆞ며 신녕(神靈)긔 암츅[173]ᄒᆞ여 지셩(至誠)으로 구호(救護)ᄒᆞ여 셰월를 보닉더니, 슬푸다! 마ᄎᆞᆷ닉 창쳔(蒼天)이 무심(無心)ᄒᆞᄉᆞ 빅약(百藥)이 무효(無效)ᄒᆞ여 조공 부뷔 일시(一時) 구몰[174]ᄒᆞᆫ지라.

소졔(小姐가) 망극지통[175]을 당ᄒᆞ여 하놀를 부르며 싸흘{땅을} 두다려 통곡(痛哭)ᄒᆞ믹 산쳔초목이 다 슬허ᄒᆞ는 듯ᄒᆞ니, 딕져(大抵) 뉘 아니 부모상(父母喪)을 맛나리오마는, 혈혈단신[176]이 만니(萬里) 타향의셔 이 지경을 당ᄒᆞ여 도라{돌아} 의논헐 곳이 업고, 장찻 향(向)헐 바를 아지 못ᄒᆞ니, 홍안박명[177]이라 ᄒᆞᆫ들 엇지 하놀이 조낭ᄌᆞ 갓튼 졍녀(貞女)의게 이갓치 앙화[178]를 나리시리오. 그 참담ᄒᆞᆫ 형상(形狀)은 목셕간장[179]이라도 ᄯᅩᄒᆞᆫ 슬풀지라. 유모(乳母) 츈낭 등이 망극(罔極) 즁의 낭지(娘子가) 과도(過度)ᄒᆞ물 민망(憫惘)이 녀겨 만단위로[180]ᄒᆞ여 권됴[181]로 장ᄉᆞ(葬事)를 지닉믹, 그곳의 오릭 머므지 못ᄒᆞᆯ지라 손을 셔로 잇그러 길를 ᄯᅥ나려 ᄒᆞ더니, 믄득 시비(侍婢) 옥미이 밧그로 드러와{들어와} 고(告)ᄒᆞ되,

"요ᄉᆞ이 '가달이 남경을 처 파(破)ᄒᆞ고 웅거[182]ᄒᆞ엿다' ᄒᆞ오니, 이를 엇지ᄒᆞ리오?"

---

172) 표빅[表白]: 생각 등을 드러내어 밝힘.
173) 암츅(暗祝): 신에게 마음속으로 축원함.
174) 구몰(俱沒): (부모가) 모두 함께 세상을 떠남.
175) 망극지통(罔極之痛): 한이 없는 슬픔. '임금이나 어버이의 喪事'에 쓰는 말이다.
176) 혈혈단신(孑孑單身): 의지할 곳 없이 외롭게 혼자 된 몸.
177) 홍안박명(紅顔薄命): '여자가 용모와 재주는 빼어나면서도 운명이 기박할 때' 쓰는 말.
178) 앙화(殃禍): 어떤 일로 생기는 온갖 재앙.
179) 목셕간장(木石肝腸): 나무나 돌과 같이 아무런 감정이 없는 마음씨.
180) 만단위로(萬端慰勞): 여러 가지 말로 괴로움을 어루만져 잊게 함.
181) 권됴(權道): 수단은 옳지 않지만 목적은 정도에 두고 일을 처리하는 방식. 여기서는 부모상을 치르는 데 있어서 여러 격식을 갖추어야 하지만, 타향에서 갑작스럽게 겪는 일인지라 사정에 맞추어 간소하게 치름을 일컫는다.
182) 웅거(雄據): 어떤 지역에 자리 잡고 굳게 막아 지킴.

ᄒᆞ거ᄂᆞᆯ, 낭ᄌᆡ{낭자가} 드르ᄆᆡ 심신(心身)이 아득ᄒᆞ여 속졀업시 눈물만 흘녀 엇지헐 쥴 몰나, 그곳의 명복[183]을 ᄎᆞᄌᆞ 황금 십 냥을 쥬고 길흉(吉凶)를 무르니, 복ᄌᆡ(卜者가) 척젼[184]ᄒᆞ여 괘(卦)를 엇고{얻고} 이로ᄃᆡ,

"밧비{바삐} 고향으로 도라가면{돌아가면} 고목(枯木)이 봄을 맛ᄂᆞ고{만나고} 찬 ᄌᆡ[灰] 다시 더운 격(格)이니, 만일 맛나고져{만나고자} ᄒᆞᄂᆞᆫ ᄉᆞ람을 십뉵 세의 맛ᄂᆞ지 못ᄒᆞ면 이십 셰의 맛날지라. 이 괘(卦) 그를{글을} ᄒᆡ득[185]ᄒᆞᆫ즉 'ᄀᆞᄃᆡ가 녀ᄌᆞ(女子)로 군ᄌᆞ(君子) ᄎᆞᄌᆞ려 ᄒᆞᄂᆞᆫ 괘라' ᄒᆞ여거니와, 연즉[然則] 더욱 본토[186]로 도라가야{돌아가야} 조흔{좋은} 일이 이스되{있으되}, 만일 금년(今年)을 실슈(失手)ᄒᆞ면 반다시 임슐년(壬戌年) 츄팔월(秋八月) 초오일(初五日)의야 비로소 맛나리라{만나리라}."

ᄒᆞ거ᄂᆞᆯ, 낭ᄌᆡ(娘子가) 이 말를 드르ᄆᆡ 일희일비[187]ᄒᆞ여 즉시 쥬인[188]의게 도라와{돌아와} ᄒᆡᆼ장(行裝)을 ᄎᆞ려 본토(本土)로 도라가고져 ᄒᆞ더니, 쳔만의외(千萬意外) 십여 명 ᄎᆡ시[差使가] 다라드러{달려들어} 낭ᄌᆞ를 결박(結縛)ᄒᆞ여 관졍(官庭)의 잡아드리니{잡아들이니}, 낭ᄌᆡ 불의지환(不意之患)을 당ᄒᆞ여 혼ᄇᆡᆨ(魂魄)이 비월[189]ᄒᆞ고 정신이 아득ᄒᆞ여 아모란 쥴 모로고 관졍의 굴복(屈伏)ᄒᆞᆫᄃᆡ, ᄌᆞᄉᆡ(刺史가) 문왈(問曰),

"ᄂᆡ 드르니 '네게 ᄇᆡᆨ학션이 잇다' ᄒᆞ니, 만일 은휘[190]ᄒᆞ면 장하[191]의 쥭으리라."

---

183) 명복(名卜): 이름난 점쟁이.
184) 척전(擲錢): 드러나는 면에 따라 길흉을 점치기 위해 동전을 던짐.
185) ᄒᆡ득(解得): 뜻을 깨쳐 앎.
186) 본토(本土): 자기가 사는 고장.
187) 일희일비(一喜一悲): 한편으로는 기쁘고 한편으로는 슬픔.
188) 쥬인(主人): 잠시 머물러 잘 수 있는 집. '주인(을) 잡다'의 예에서 볼 수 있다.
189) 비월(飛越): (정신이나 혼백 등이) 놀라거나 혼란스러워 아득히 달아남.
190) 은휘(隱諱): 꺼리어 숨기거나 감춤.
191) 장하(杖下): 杖刑을 받는 그 자리.

ᄒᆞ거늘, 낭ᄌᆡ 인ᄉᆞ[192]를 ᄎᆞ려 ᄃᆡ왈(對曰),

"소ᄉᆡᆼ(小生)의게 과연 ᄇᆡᆨ학션이 이스되, 션셰(先世)로붓터 젼ᄂᆡ지물[193] 이여늘, 무슴 연고(緣故)로 무르시나잇고{물의시나잇고}?"

ᄌᆞ시 ᄃᆡ로(大怒) 왈,

"그 ᄇᆡᆨ학션은 본ᄃᆡ ᄂᆡ 집 긔물(奇物)이라. 우연이 닐헛더니{잃었더니} 너 가지물{가짐을} 드럿거늘{들었거늘} 엇지 네 집 젼ᄂᆡ지물이라 ᄒᆞᄂᆞ냐? 그 부ᄎᆡ는 범상(凡常)ᄒᆞᆫ 긔물이 아니라 농궁(龍宮) 보물(寶物)이ᄆᆡ, ᄉᆞ람마다 가지지 못ᄒᆞ고 다만 녈졀(烈節) 잇는[있는] 슉녀(淑女)야 가지ᄂᆞ니, 네게는 당(當)치 아니ᄒᆞᆫ지라. 이졔 그 부ᄎᆡ을 드리면 도로혀 쳔금(千金)을 쥬려니와, 불연즉(不然則) 네 이곳셔 쥭으물 면치 못ᄒᆞ리라."

ᄒᆞ니, 낭ᄌᆡ ᄂᆡ렴(內念)의 혀오ᄃᆡ,

'이 부ᄎᆡ가 보물이ᄆᆡ 위력[194]으로 아스려 ᄒᆞ미로다.'

ᄒᆞ고 ᄃᆡ왈,

"소ᄉᆡᆼ의 조부(祖父)가 죵계 현령으로셔 룡왕(龍王)이 현몽[195]ᄒᆞ고 엇ᄉᆞ와 소ᄉᆡᆼ의게 젼ᄒᆞᆫ 긔물(奇物)이라, 비록 쳔금(千金)이 즁(重)ᄒᆞᆫ들 엇지 ᄌᆞ손의 도리(道理)의 파라{팔아} 업시ᄒᆞ고, 구쳔(九泉) 타일(他日)의 무슴 면목(面目)으로 조션(祖先)긔 뵈오리오?"

ᄌᆞ시 왈,

"네 말이 가장 간ᄉᆞ(奸邪)ᄒᆞ도다! 나의 오ᄃᆡ조(五代祖)로붓터 나려오는 거슬 우연이 일코{잃고} 찻지{찾지} 못ᄒᆞ엿거늘, 네 감히 이갓치{이같이} 말를 ᄭᅮ며 발악[196]ᄒᆞ니, 이는 살지무셕[197]이로다."

---

192) 인ᄉᆞ(人事): 사람들 사이에 지켜야 할 예의.

193) 젼ᄂᆡ지물(傳來之物): (예로부터) 전해 내려오는 물건.

194) 위력(威力): 상대를 압도할 만큼 강대한 힘이나 권력.

195) 현몽(現夢): (죽은 사람이나 신령이) 꿈에 나타남.

낭지 딕왈,

"소싱의 조션(祖先) 긔(奇物)물이 아니면 엇지 이럿틋 항거ᄒᆞ리잇고? ᄌᆞ시 굿ᄒᆞ여{구태여} 가지려 ᄒᆞ시거든 소싱을 쥭이고 탈취(奪取)ᄒᆞ소셔. 소싱이 몸을 바리고 일는{잃는} 거슨{것은} ᄂᆡ 죄(罪) 아니오니, 현마{설마} 엇지 ᄒᆞ리잇고?"

ᄒᆞ거놀, ᄌᆞ식 더욱 분노(憤怒)ᄒᆞ여 '착가엄슈[198]ᄒᆞ라' ᄒᆞ니, 슬푸다! 낭지 슈천 니(數千里) 타향의 와셔 일시(一時)의 부모를 여희고{여의고} 망극(罔極)ᄒᆞᆫ 가온ᄃᆡ ᄯᅩᄒᆞᆫ 쳔만몽외지변(千萬夢外之變)을 맛나니{만나니}, 그 명되(命途가) 긔험[199]ᄒᆞ물 엇지 측냥(測量)ᄒᆞ리오. 츈낭·옥연 등을 불너 가마니{가만히} 당부ᄒᆞ여 왈,

"ᄂᆡ 빅학션을 쥭기로[200]써 쥬지 아니ᄒᆞ면 응당 겁탈[201]헐 거시니, 부ᄃᆡ ᄌᆞ최를 모로게 깁히 간슈(看守)ᄒᆞ고, 만일 너의[너희]를 잡아드려 '부치를 ᄎᆞᄌᆞ 드리라' ᄒᆞ고 엄형(嚴刑)헐지라도 반다시[반드시] ᄂᆡ게 미루고 쥭기로 허(許)치 말나. 만일 그거슬{그것을} 일흔즉{잃은즉} ᄂᆡ 몸은 쥭을 거시니{것이니}, 부ᄃᆡ 마음을 굿게{굳게} 잡아 깁히 간슈ᄒᆞ라."

츈낭 등이 낙종[202]ᄒᆞ고 옥중 조셕(獄中朝夕)을 정셩(精誠)으로 공궤[203]ᄒᆞ더라.

셰월(歲月)이 여류(如流)ᄒᆞ여 옥중(獄中)의 든 지 이믜 슈년(數年)이 되

---

196) 발악(發惡): 사리를 가리지 않고 온갖 짓을 다 하며 버둥거리거나 악을 씀.
197) 살지무셕(殺之無惜): 죽여도 아깝지 않다는 뜻으로, '지은 죄가 매우 중함'을 일컫는 말.
198) 착가엄슈(着枷嚴囚): 죄인에게 칼을 씌워 단단히 가둠.
199) 긔험(崎險): (살아가면서 부딪치게 되는 일들이) 힘들고 어려움.
200) 쥭기로(죽기로): 죽음을 무릅쓰고 있는 힘을 다하여.
201) 겁탈(劫奪): 남의 것을 강제로 빼앗음.
202) 낙종(諾從): 분부에 응하여 기꺼이 순종함.
203) 공궤(供饋): (음식을) 만들어 대접함.

엇는지라. 낭진(娘子가) 일변(一邊) 부모를 싱각ᄒᆞ며 일변(一邊) 빅학션 일졀[一切]를 혜아리미, 닉두ᄉᆞ[204]가 엇지 될지 몰나, 이럿틋 ᄉᆞ상[205]ᄒᆞ미 ᄌᆞ연 용뫼(容貌가) 초췌[206]ᄒᆞ고 긔골[207]이 젼픽[208]ᄒᆞ니, 그 형상(形狀)이 참담(慘憺)ᄒᆞ믈 이로 긔록(記錄)지 못헐지라. 츈낭 등이 낭ᄌᆞ의 형용을 보고 눈물를 흘녀 왈,

"소졔(小姐가) 엇지 귀ᄒᆞᆫ 몸을 도라보지{돌아보지} 아니ᄒᆞ시ᄂᆞ뇨? 심녀(心慮)를 허비(虛憊)치 말고, 일신(一身)을 보젼ᄒᆞᆫ 후의 낭군을 맛ᄂᆞ볼{만나볼} 거시오니{것이오니}, 속졀업시 빅학션으로 말미아마 만일 옥즁(獄中)의셔 불힝(不幸)헐진ᄃᆡ, 혼빅인들 어ᄃᆡ 가 용납(容納)ᄒᆞ시며, 소비(小婢) 등도 어ᄃᆡ 가 의지ᄒᆞ리잇고? 바라건ᄃᆡ 소져는 널니 싱각ᄒᆞᄉᆞ 후일를 기다리소셔."

낭진 ᄯᅩᄒᆞᆫ 울며 왈,

"너의[너희]도 쥬인(主人)을 위ᄒᆞ는 경셩도 ᄂᆡ 감탄(感歎)ᄒᆞ거니와, ᄂᆡ 부뫼(父母가) 아니 계시고 다만 하놀이 유의(有意)ᄒᆞ신 빅학션을 의지ᄒᆞ여 신(信)을 삼을지니, ᄂᆡ 싱ᄉᆞ간(生死間)의 잇지{잊지} 못헐지라. 만일 하놀이 뮈이{밉게} 녀기ᄉᆞ 낭군을 찻지{찾지} 못ᄒᆞ고 ᄂᆡ 쥭을지라도, 부ᄃᆡ 부치를 ᄂᆡ 몸의 너허{넣어} 부모 겻히{곁에} 무더{묻어} 쥬고, 너의는 고향의 도라가{돌아가} 조히[209] 이셔{있어} 살라."

ᄒᆞ며, 슬셩통곡[210]ᄒᆞ다가 인ᄒᆞ여 긔절ᄒᆞ더니, 믄득 향ᄂᆡ 진동ᄒᆞ고 픽

---

204) 닉두ᄉᆞ(來頭事): 앞으로 닥칠 일.
205) ᄉᆞ상(思想): 깊이 생각함.
206) 초췌[憔悴]: 고생이나 병으로 몸이 파리하고 해쓱함.
207) 긔골(氣骨): 기백과 골격을 아울러 일컫는 말이나, 여기서는 '기백'의 의미로 쓰임.
208) 젼픽(顚沛): 꺾임. 좌절.
209) 조히(좋이): 별 탈 없이 잘.
210) 슬셩통곡[失聲痛哭]: 목소리가 가라앉아 나오지 않을 정도로 소리를 높여 슬피 욺.

옥[211]이 징징(琤琤) 흐며 쳥의션녜(靑衣仙女가) 흔 쌍 녀동(女童)을 다리고 {데리고} 낭즈 압희{앞에} 나아와 일오되,

"우리 낭낭[212]의 명(命)을 밧즈와{받자와} 낭즈을 쳥(請)흐느이다."

흐거놀, 낭직 급히 니러{일어나} 스례 왈,

"낭낭은 뉘시며, 어듸 계시뇨?"

션녜 딕왈,

"가시면 즈연 알니이다."

흐니, 낭직 고이 녀기며 션녀를 짜라 흔 곳의 이른즉, 셔긔(瑞氣) 영농(玲瓏)흔디 쥬궁픽궐[213]이 가장 엄슉흐고, 치의[214] 입은 션녀 등이 규문[215]으로 분분(紛紛)이 츌입(出入)흐는지라. 녀동(女童)이 왈,

"아직 녜츠[216]를 졍(定)치 못흐여스니, 낭즈는 잠간 머므르소셔."

흐고 인도(引導)흐여 동편(東便) 헐소[217]의 안치고{앉히고} 드러가거놀{들어가거늘}, 낭직 유유[218] 흐고 안져{앉아} 쉴식, 문틈으로 여허본즉{엿본즉} 농봉긔치(龍鳳旗幟)는 좌우의 버럿고{벌여 있고} 슈십(數十) 관원(官員)이 동셔로 비립[219]흐고, 부인 슉비[220]를 인도[221]흐여 옥계[222]의셔 힝녜(行禮)

211) 픽옥(佩玉): 몸에 차는 구슬.
212) 낭낭(娘娘): '왕후나 공주 같은 귀한 집 여자'를 높여 부르는 말.
213) 쥬궁픽궐(珠宮貝闕): 구슬과 조개로 꾸민 궁궐이란 뜻으로, '호화찬란하게 꾸민 궁궐'을 일컫는 말.
214) 치의(彩衣): 선녀들이 입는다는 채색 옷.
215) 규문(閨門): 부녀자가 거처하는 곳.
216) 녜츠(禮次): 인사나 의식의 절차.
217) 헐소(歇所): 높은 관리를 뵈러 온 사람이 잠깐 들어앉아 쉬는 방.(허수청)
218) 유유(唯唯): 시키는 대로 순종함.
219) 비립(排立): 줄을 지어 죽 늘어섬.
220) 슉비(肅拜): 백성들이 왕이나 왕족에게 절을 하던 일.
221) 인도(引導): 이끌어 지도함.
222) 옥계(玉階): '대궐 안의 섬돌'을 아름답게 이르는 말.

ᄒᆞᆫ 후, 젼상(殿上)의 올녀 좌우 반녈[223]를 정졔[224]ᄒᆞ고 크계 풍악(風樂)을 ᄌᆞ약히[225] 울니거ᄂᆞᆯ, 낭ᄌᆞ 녀동(女童)더러 무러{물어} 갈오ᄃᆡ,

"오ᄂᆞᆯ이 무슴 날이며, 무슴 녜ᄎᆞ(禮次)를 져리 ᄒᆞᄂᆞ뇨?"

녀동이 답왈,

"오ᄂᆞᆯ이 망일[226]인 고로 모든 부인이 망하례[227]ᄒᆞ는 졀치(節次이)라." ᄒᆞ더니, 이윽고 녜관[228]이 나와 낭ᄌᆞ를 인도ᄒᆞ여 옥계(玉階)의 나아가 빅례(拜禮)ᄒᆞᆫ 후, 즉시 젼상의 올녀 좌ᄎᆞ[229]를 졍ᄒᆞ거ᄂᆞᆯ, 낭ᄌᆞ 잠간 눈을 드러 ᄉᆞᆲ펴본즉 냥위(兩位) 낭낭이 머리의 뇽봉관[230]을 쓰고 몸의 푸른 나삼[231]을 입으며 손의 옥홀[232]를 쥐고 황금교의[233]의 놉히{높이} 안고[앉고] 좌우의 시비(侍婢) 뫼셔스니, 그 위의[234]와 녜뫼[235] 가장 단아졍슉[236]ᄒᆞᆫ지라. 낭ᄌᆞ 황공(惶恐)ᄒᆞ여 말셕(末席)의 안잣더니, 이의 낭낭이 무러{물어} 갈오ᄃᆡ,

"조낭ᄌᆞ 우리를 아라볼소냐?"

낭ᄌᆞ ᄃᆡ왈,

---

223) 반녈(班列): 품계·신분·등급의 차례.
224) 졍졔(整齊): 정돈하여 가지런히 함.
225) ᄌᆞ약(自若)히: 평상시와 다름없이 태연하게.
226) 망일(望日): 음력 보름.
227) 망하례(望賀禮): 경사스러운 날에 고을의 원에서 왕이 있는 곳을 향하여 절하던 예식.
228) 녜관(禮官): 임금의 명령을 받아 심부름을 하는 관리.
229) 좌ᄎᆞ(座次): 앉는 자리의 차례.
230) 뇽봉관(龍鳳冠): 용과 봉황을 새긴 관. 임금이 주로 쓰는 관이다.
231) 나삼(羅衫): 비단 저고리.
232) 옥홀(玉笏): 옥으로 만든 홀.
233) 황금교의(黃金交椅): 황금을 입힌 의자.
234) 위의(威儀): 위엄이 있는 몸가짐이나 차림새.
235) 녜뫼(禮貌가): 예절에 맞는 모양.
236) 단아졍슉(端雅貞淑): 단정하고 얌전함.

"소녀(小女)는 인간 미쳔(微賤)혼 계집이오라, 엇지 션계(仙界) 낭낭을 알니잇고?"

낭낭이 츄연[237] 탄왈(歎曰),

"낭지 일즉 고셔(古書)를 통달[通覽]ᄒᆞ여스ᄆᆡ, 우리 ᄌᆞᄆᆡ(姉妹) ᄉᆞ젹[238]을 알 거시여늘{것이어늘} 엇지 모론다 ᄒᆞᄂᆞ뇨? 우리는 과연 요[239]의 ᄯᆞᆯ이오 슌[240]의 쳐(妻)이니, 《ᄉᆞ긔(史記)》의 이른바 아황·녀영[241]이오 상군부인[242]이라."

ᄒᆞ거늘, 낭지 그졔야 ᄶᅢ닷고 고두ᄉᆞ례[243] 왈,

"소네 고셔를 보옵고 항상 셩덕 졍널(盛德貞烈)를 ᄉᆞ모(思慕)ᄒᆞ옵더니, 오놀놀 뵈오ᄆᆡ 죽어도 여한(餘恨)이 업슬가{없을까} ᄒᆞᄂᆞ이다."

낭낭이 위로ᄒᆞ여 갈오ᄃᆡ,

"가련ᄒᆞ도다, 낭ᄌᆞ여! 그ᄃᆡ의 쳥덕(淸德)과 렬졀(烈節)이 구천[244]의 ᄉᆞ못기로{사무치기로} ᄒᆞᆫ 번 보고져 ᄒᆞ여 쳥(請)ᄒᆞ엿거니와, 그ᄃᆡ 부ᄃᆡ 이졔 고

237) 츄연(惆然): 처량하고 슬픈 모양.

238) ᄉᆞ젹(事蹟): 일의 흔적이나 자취.

239) 요(堯): 黃帝의 후예인 陶唐氏 부락의 추장이었던 데서 도당씨라고도 일컬음. 어진 정치를 펼쳐 전쟁을 없앴고, 羲氏와 和氏에게 명하여 曆象을 살피도록 했으며, 鯤에게 명하여 물을 관리하도록 했다. 만년에 왕위를 아들 丹朱에게 물려주지 않고 어진 신하인 舜에게 넘겨줌으로써 禪讓이라는 미풍을 남겨, 이상적인 聖君으로 추앙받는다.

240) 순(舜): 堯임금의 禪讓을 받아서 된 임금. 처음 虞(지금의 산서성 평륙현)에서 나라를 세웠으므로 有虞氏라고도 불리운다. 禹에게 치수를 맡기고, 契에게 백성에 관한 일을, 益에게 山澤을, 皐陶(고요)에게 형벌을 맡겨 초보적인 통치국가의 기틀을 다졌던 왕으로서 堯임금과 함께 성군으로 받들어진다.

241) 아황녀영(娥皇女英): 중국 堯임금의 딸. 둘은 함께 舜임금에게 시집가서 아황은 后, 여영은 妃가 되었다. 그런데 순임금이 蒼梧山에서 죽자 슬피 울다가 湘江에 빠져 죽어 아황은 湘君이 되고, 여영은 湘夫人이 되었다.

242) 상군부인(湘君夫人): 湘水의 神인 아황과 여영. 堯임금의 딸이었던 그들은 舜임금의 아내가 되었다가 순이 죽자 상수에 빠져 죽어 神이 되었다고 한다.

243) 고두ᄉᆞ례(叩頭謝禮): 머리를 조아리며 감사함을 표시함.

244) 구천(九天): 하늘의 높은 곳.

힝(苦行)을 한(恨)치 말고 일 년만 기다리면 ᄌᆞ연 낭군(郎君)을 ᄎᆞᄌᆞ 맛나리라{만나리라}. 우리ᄂᆞᆫ 디슌(大舜)으로 더부러 니별(離別)ᄒᆞ고 창오산[245]과 소상강(瀟湘江)으로 두루 다녀 ᄎᆞ즈려 ᄒᆞ다가 히음업시{하염없이} 혈누(血淚)를 ᄲᅮ려 디[竹]의 졈졈(點點)이 드럿ᄂᆞᆫ{들었는} 고로 셰샹 ᄉᆞ람이 이르기를 소상반쥭[246]이라 ᄒᆞ거니와, 그디는 불구(不久)의 ᄉᆞ모ᄒᆞ던 낭군을 맛ᄂᆞ{만나} 히로(偕老)ᄒᆞ리니 엇지 우리 형상(形狀) 갓트리오{같으리오}.”

ᄒᆞ고, 좌우의 안즌{앉은} 부인들를 가르쳐 갈오디,

“이 부인들도 고금(古今)의 읏듬{으뜸} 졀부졀녀(節婦節女)로 ᄒᆞᆫ 번식 고힝(苦行)을 경녁[247]ᄒᆞᆫ지라, 옥황상졔게셔 우리 형졔 졀의(節義)를 포장[248]ᄒᆞᄉᆞ 특별이 봉(封)ᄒᆞ여 이 ᄯᅡ 녀군(女君)을 삼으시고 ‘쳔하 녈부(烈婦)를 가음알나[249]’ ᄒᆞ시미, 동편(東便) 좌상(座上)의는 경녁(經歷) 놉흔{높은} 쥬틱ᄉᆞ[250]오, 버거[251]는 초왕[252]의 ᄯᆞᆯ 반쳡여[253]오, 셔편(西便) 좌상(座上)의는 위(衛)나라 장강[254]이오, 버거는 양쳐ᄉᆞ(梁處士)의 쳐(妻) 밍광[255]이오,

---

245) 창오산(蒼梧山): 중국의 湖南省 동남에 있는, 舜임금이 죽은 산. 일명 九疑山이라 한다.

246) 소상반쥭(瀟湘斑竹): 일명 二女竹. 堯임금의 딸들인 아황과 여영이 舜임금이 죽자 그를 따라 湘江에 빠져 죽으며 흘린 눈물 때문에 부근의 대나무가 얼룩졌다는 고사.

247) 경녁(經歷): 일들을 겪음.

248) 포장(褒奬): 칭찬하여 추켜올림.

249) 가음알나: ‘담당하여 보호하라’의 옛말.

250) 쥬틱ᄉᆞ(周太姒): 周 文王의 왕후이자 武王의 어머니로서, 婦德의 명성이 높은 인물.

251) 버거: 다음으로.

252) 초왕(楚王): 班況의 오기. 중국 前漢 때의 문신. 班彪의 할아버지이자, 成帝 때의 후궁 반첩여의 아버지로, 校尉를 지낸 인물.

253) 반첩여(班倢伃): 漢代 班況의 딸로, 어질고 시가에 능한 여류시인이자 궁녀. 첩여란 호칭은 成帝 때 궁중으로 들어가 임금의 총애를 받아 倢伃의 관직에 봉해졌기 때문이다. 후에 성제가 趙飛燕을 총애하면서 그녀의 시기를 받아 황제의 조모가 거처하는 長信宮에 퇴거하게 되자, 영락한 신세를 〈自悼賦〉, 〈搗素賦〉, 〈怨歌行〉 세편을 통해 읊었는데 그 말이 매우 슬펐다고 한다. 그녀의 이야기는 《漢書》〈外戚傳〉에 전한다.

254) 장강(莊姜): 衛나라 莊公의 처. 덕이 있고 아름다웠으나 자식이 없었다.

그 남아{나머지} 부인들도 다 고금 녈네(古今烈女이)라. 미양 삭망[256]이면 이곳의 모혀{모여} 즐기ᄂᆞ니, ᄉᆞ람이 일시(一時) 고힝이 일장츈몽[257] 갓트미{같음에} 엇지 깁히{깊이} 근심ᄒᆞ리오."

낭지 이 말를 듯고{듣고} 즉시 좌우 부인긔 빅ᄉᆞ[258] 왈,

"소네(小女가) 고젹(古籍)을 보아 ᄌᆞ고이릭(自古以來) 허다(許多) 렬졀지힝(烈節之行)을 미양 흠션[259]ᄒᆞ옵더니, 금일 열녀부인을 뵈오미 그 즐거오믈 측냥(測量)치 못ᄒᆞ리로소이다."

ᄒᆞ니, 모든 부인이 팔를 드러{들어} 답녜(答禮)ᄒᆞ고 못닉 겸손ᄒᆞ더라. 낭낭이 갈오딕,

"낭ᄌᆞ도 후일(後日)의 이곳의 모히려니와, 낭지 십 세의 뉴ᄌᆞ를 가지고 이곳을 지ᄂᆞ다가 빅학션 쥬던 뉴한님이 글를 지어 우리를 위로(慰勞)ᄒᆞ미, 그 뜻이 가장 감ᄉᆞᄒᆞᆫ 고로 그딕를 청(請)ᄒᆞ여 반기ᄂᆞ니, 그딕는 가히 도라가{돌아가} 뉴한님긔 이 ᄉᆞ연을 젼ᄒᆞ라."

낭지 왈,

"맛당이 교명[260]을 젼ᄒᆞ려니와, 뉴한님은 뉘니잇고?"

낭낭이 우어{웃으며} 왈,

"그딕 낭군이 연젼(年前)의 장원급제(壯元及第)로 즉시 한님학ᄉᆞ(翰林學士)를 ᄒᆞ고, 즉금(卽今) 쳥쥬순무어ᄉᆞ(靑州巡撫御史)[261]로 나려와{내려와}

---

255) 밍광(孟光): 後漢 梁鴻의 아내. 자는 德曜. 그녀는 남편을 극진히 섬겨 '擧案齊眉'라는 고사를 남긴 인물이다.

256) 삭망(朔望): 음력 초하루와 보름날.

257) 일장춘몽(一場春夢): 한바탕의 봄꿈이라는 뜻으로, '헛된 榮華나 덧없는 일'을 비유하여 일컫는 말.

258) 빅ᄉᆞ(拜謝): (웃어른에게) 삼가 사례함.

259) 흠션(欽羨): 우러러 공경하고 부러워함.

260) 교명(敎命): 王后의 명령.

261) 청쥬순무어ᄉᆞ: 앞에서는 '巡南巡撫御史'로 되어 있어, 이에 따름. 이하 동일하다.

두로[두루] 다니며 그ᄃᆡ를 ᄎᆞᄌᆞ되 종적(蹤迹)을 모르는 고로 일노 인ᄒᆞ여 병이 즁(重)ᄒᆞ엿ᄂᆞ니 밧비 ᄎᆞᄌᆞ되, 만일 금년(今年)의 맛ᄂᆞ지 못ᄒᆞ면 임슐 팔월 초오일의는 반다시 상봉(相逢)헐 거시니{것이니} 그리 아라{알아} 긔회(機會)를 일치{잃지} 말고, ᄯᅩᄒᆞᆫ 그ᄃᆡ의게 용력[262]을 졈지ᄒᆞ여 어려온 ᄯᅦ 부리게 ᄒᆞᄂᆞ니 삼가 ᄒᆡᆼ(行)ᄒᆞ라."

ᄒᆞ니, 낭지 이 말슴을 듯고 일희일비(一喜一悲)ᄒᆞ여 즉시 하직(下直)ᄒᆞ고, 옥계(玉階)의 나리다가{내려오다가} 실족(失足)ᄒᆞ여 놀나 ᄭᆡ다르니 남가일몽(南柯一夢)이라. 이ᄯᅢ 옥연 등이 낭ᄌᆞ를 븟들고{붙들고} 통곡(慟哭)ᄒᆞ다가 소졔(小姐가) 도로 회싱(回生)ᄒᆞᆷ을 보고 ᄃᆡ희(大喜)ᄒᆞ여 ᄒᆞ더라.

화셜(話說)。긔쥬ᄌᆞ식[263] ᄇᆡᆨ학션을 ᄎᆞᄌᆞ려 ᄒᆞ여 낭ᄌᆞ를 옥즁(獄中)의 가도고{가두고} ᄉᆞ람으로 ᄒᆞ여곰 혹 우루져히며[264] 혹 천금(千金)으로 달ᄂᆡ되, 구든{굳은} 마음을 두루칠[265] 길이 업는지라. ᄌᆞ식(刺史가) 혜오ᄃᆡ,

'ᄇᆡᆨ학션은 뇽궁(龍宮)의 지극ᄒᆞᆫ 보ᄇᆡ니 ᄉᆞ람마다 가질 ᄇᆡ 아니여늘, 천만의외(千萬意外) 그 ᄉᆞ람이 가져스니, 이는 하ᄂᆞᆯ이 임ᄌᆞ의게 젼ᄒᆞ신 비미, 인역[人力]으로 찻지 못ᄒᆞ리라.'

ᄒᆞ고, 드듸여 '낭ᄌᆞ를 방송[266]ᄒᆞ라' ᄒᆞ니, 낭지 ᄃᆡ희(大喜)ᄒᆞ여 쥬육(酒肉)을 갓초와{갖추어} 옥졸(獄卒) 등을 ᄃᆡ졉(待接)ᄒᆞ고, 슈일(數日)를 쉬여 ᄒᆡᆼ장(行裝)을 수습(收拾)ᄒᆞ여 옥연 등을 다리고{데리고} 뉴싱을 ᄎᆞᄌᆞ려 ᄒᆞ여 청쥬로 향헐시, 불과(不過) ᄇᆡᆨ여 리(百餘里)를 지나 몸이 곤핍[267]ᄒᆞ고 발이 앏파{아파} 긔동(起動)헐 긔약(期約)이 업셔{없어} 셔로 븟들고{붙들고} 노방

---

262) 용력(勇力): 뛰어난 역량.

263) 긔쥬ᄌᆞ식: 유백로의 아버지 유태종을 가리킴.

264) 우루져히며: '우려내며'의 옛말. 위협하여 물건을 얻고자 하며.

265) 두루칠: '두루혀다'의 변형인 듯. '돌이킬'의 옛말.

266) 방송(放送): (죄인을) 풀어 줌. 놓아 줌.(釋放)

267) 곤핍(困乏): (무엇을 할 기력도 없을 정도로) 피로에 지침.(困憊)

(路傍)의 안ᄌᆞ{앉아} 요더니{울더니}, 마참 청쥬로셔 오는 ᄉᆞ람이 잇거ᄂᆞᆯ{있거늘} 낭ᄌᆡ(娘子가) 우연이 그 ᄉᆞ람을 ᄃᆡᄒᆞ여 청쥬슌무어ᄉᆞ의 쇼식을 탐문(探問)ᄒᆞᆫ즉, 기인(其人) 왈,

"젼 어ᄉᆞ(前御史) 뉴한님은 신병(身病)으로 ᄉᆞ직(辭職) 상소(上疏)ᄒᆞ여 갈녀{바뀌어} 가고, ᄉᆡ로{새로} 황한검이 어ᄉᆞ로 나려{내려} 왓다."

ᄒᆞ거ᄂᆞᆯ, 낭ᄌᆡ 듯고 다시 문왈,

"그ᄃᆡ 엇지 ᄌᆞ시{자세히} 아ᄂᆞ뇨?"

기인(其人) 왈,

"우리는 청쥬 관인(官人)으로 뉴한님을 뫼셔 보ᄂᆡ고 오는 길이라."

ᄒᆞ니, 낭ᄌᆡ 이 말를 듯고{듣고} 방황(彷徨)ᄒᆞ다가 바로 경셩(京城)으로 ᄒᆡᆼ(行)ᄒᆞ더라.

각셜(却說)。뉴한님이 그 외슉부(外叔父)의게 조낭ᄌᆞ의 ᄉᆞ연(事緣)을 드른{들은} 후로 심신(心身)이 산난(散亂)ᄒᆞ여 병세(病勢) 더욱 침즁(沈重)ᄒᆞ믹, 안찰ᄉᆞ(按察使) 문셔(文書)를 닥고[268] 병셰 침즁ᄒᆞ므로 ᄉᆞ직(辭職) 상소(上疏)를 올닌ᄃᆡ, 상이 상소를 보ᄉᆞ 왈,

"뉴빅노의 병세(病勢) 이 갓트믹{같음에} 원방즁임[269]을 감당(勘當)치 못ᄒᆞ리니 어ᄉᆞ(御史)를 갈ᄋᆞ{갈아} ᄂᆡ직[270]으로 ᄃᆡᄉᆞ도[271]를 ᄒᆞ엿ᄂᆞ니, 밧비{바삐} 상ᄂᆡ(上來)ᄒᆞ라."

ᄒᆞ시고, ᄀᆡ쥬ᄌᆞᄉᆞ 뉴ᄐᆡ종으로 녜부샹셔(禮部尙書)를 ᄒᆞ이시니, ᄉᆞ도(司徒) 부ᄌᆞ(父子)의 물망(物望)이 조야(朝野)의 혁혁(赫赫)ᄒᆞ더라. ᄉᆞ되 황명(皇命)을 밧ᄌᆞ와{받자와} 북향ᄉᆞ빅[272]ᄒᆞ고 ᄒᆡᆼ공[273]치 못ᄒᆞ므로 슈ᄎᆞ(數次) 상

---

268) 닥고: '닦다'의 활용형. 글을 지어 다듬고.

269) 원방즁임(遠方重任): 먼 지방을 다스리는 중대한 소임.

270) ᄂᆡ직(內職): 중앙 관서의 벼슬자리.

271) ᄃᆡᄉᆞ도(大司徒): 중국 周나라 때 教化에 관한 일을 맡았던 지방관의 으뜸 벼슬.

소(上疏)ᄒᆞ되, 마참ᄂᆡ 윤허(允許)치 아니ᄒᆞ시믜 마지못ᄒᆞ여 즉시 상경(上京)ᄒᆞ여 궐하(闕下)의 나아가 ᄉᆞ은슉ᄇᆡ[274]ᄒᆞᆫᄃᆡ, 상이 인견(引見)ᄒᆞᄉᆞ ᄉᆞ또의 병셰 비경(非輕)ᄒᆞ믈 보시고 ᄃᆡ경(大驚)ᄒᆞᄉᆞ,

"치료ᄒᆞ라."

ᄒᆞ시니, ᄉᆞ되 즉시 퇴조[275]ᄒᆞ여 집의 도라오믜{돌아옴에} 일일{날마다} 조정(朝廷)이 문병(問病)ᄒᆞ며 어의(御醫) 도로(道路)의 연속(連續)ᄒᆞ여스되, 오직 ᄉᆞ도는 ᄇᆡ필(配匹)를 찻지 못ᄒᆞ여 오ᄆᆡ간[276] 일념(一念)의 ᄆᆡ친{맺힌} 심ᄉᆞ(心思)를 억졔(抑制)치 못ᄒᆞ믜, 벼술을 원치 아니ᄒᆞ여 셰상 만ᄉᆡ(萬事가) 부운[277] 갓치{같이} 녀기더라.

ᄎᆞ셜(且說)。이ᄯᅥ 뉴상셔와 젼ᄐᆡ쉬 ᄒᆞᆫᄃᆡ{한데} 모혀{모여} 별회[278]를 이르며 담화(談話)ᄒᆞ다가, 상셰(尙書가) ᄐᆡ슈(太守)더러 왈,

"아희{아이} 혼ᄉᆞ(婚事)를 발셔{벌써} ᄒᆞ염즉ᄒᆞ되, 졔 소원(所願)이 '입신양명(立身揚名)ᄒᆞᆫ 후 취실(娶室)ᄒᆞ렷노라.' ᄒᆞ더니, 졔 이졔 이믜{이미} 공업(功業)을 일워스믜{이루었음에} 속히 셩친[279]코져 ᄒᆞ노라."

ᄐᆡ쉬 왈,

"ᄉᆞ도의 혼ᄉᆡ(婚事가) 느져스나, 아직 ᄂᆡ두[280]를 보아 쳐치(處置)하미 조흘가{좋을까} ᄒᆞᄂᆞ이다."

상셰 문왈(問日),

---

272) 북향ᄉᆞᄇᆡ(北向四拜): (임금이 계신) 북쪽을 향하여 네 번 절함.

273) ᄒᆡᆼ공(行公): 공무를 집행함.

274) ᄉᆞ은슉ᄇᆡ(謝恩肅拜): 임금의 은혜를 감사히 여겨 공손하게 절을 함.

275) 퇴조(退朝): 退闕. 대궐에서 물러 나옴.

276) 오ᄆᆡ간(寤寐間): 자나 깨나 간에.

277) 부운(浮雲): 뜬구름이란 뜻으로, '덧없는 인생이나 세상'을 비유하여 일컫는 말.

278) 별회(別懷): 이별을 당하여 품은 슬픈 감정.

279) 셩친(成親): 친척을 이룬다는 뜻으로, '결혼'을 달리 일컫는 말.

280) ᄂᆡ두(來頭): 지금부터 다가오게 될 미래.

"이 엇진[어인] 말인고?"

틱슈 왈,

"년젼(年前)의 소졔(小弟) 하향현 틱슈[281]로 이슬{있을} 쩌 여차여차(如此如此)ᄒᆞᆫ 일이 잇기로 이리이리 ᄒᆞ엿노라."

ᄒᆞ고, 인ᄒᆞ여 ᄉᆞ되(司徒가) 빅학션을 ᄎᆞ즈려 ᄒᆞ던 일를 고(告)ᄒᆞᆫᄃᆡ, 상셔 ᄃᆡ경 왈,

"이런 ᄉᆞ정(事情)이 이스면{있으면} 엇지 나를 지금가지 속엿ᄂᆞ뇨? ᄂᆡ 긔쥬 가실 졔, 노ᄌᆞ(奴子) ᄃᆡ종이 알외되 '빅학션을 엇던 ᄒᆡᆼ인(行人)이 가져더라{가졌더라}.' ᄒᆞᄆᆡ, '밧비 그 ᄉᆞ람을 잡아오라' ᄒᆞ여 위엄[282]으로 '드리라' ᄒᆞᆫ즉, 그 ᄉᆞ람이 알외ᄃᆡ '져의 셰젼지물(世傳之物)이라' ᄒᆞ여 쥭기로 써 거졀ᄒᆞ기로, 하마[283] 쥭이고 아스려{앗으려} ᄒᆞ다가, 다시 ᄉᆡᆼ각ᄒᆞᆫ즉 인명(人命)니 귀즁(貴重)ᄒᆞᄆᆡ, 옥즁(獄中)의 가도고{가두고} 말 잘ᄒᆞ는 ᄉᆞ람으로 ᄒᆞ여곰 쳔금(千金)을 쥬어 달ᄂᆡ되, 종시[284] 듯지 아니ᄒᆞ고 갓치인{갇힌}지 슈년(數年)이로ᄃᆡ 칼를 벗지 안니ᄒᆞ고 다만 ᄌᆞ쳐[285]ᄒᆞ려 ᄒᆞ거놀, ᄂᆡ ᄉᆡᆼ각ᄒᆞᄆᆡ '이는 반다시 하놀이 그 ᄉᆞ람을 쥬신 ᄇᆡ라' ᄒᆞ고 방송(放送)ᄒᆞ엿거니와, 그ᄯᅢ 그 ᄉᆞ람의 용모(容貌)와 셩음(聲音)을 숣핀즉 계집의 ᄐᆡ되(態度가) 이스ᄇᆡ[이스ᄆᆡ] 가장 의심(疑心)이 이스되, 미셩(未成)ᄒᆞᆫ 아희미 그러히 녀기고, ᄯᅩᄒᆞᆫ 그 ᄯᅳᆺ이 강강[286]ᄒᆞ기로 의심치 아니ᄒᆞ고 노앗는지라{놓았는지라}. 지금 헤아리건ᄃᆡ, 그 녀ᄌᆡ(女子가) 남복(男服)ᄒᆞ고 남경(南京)으로 ᄎᆞᄌᆞ 가던 길이로다."

---

281) 틱슈(太守): 앞에서는 현령으로 일컬었기 때문에, 이에 따름.

282) 위엄(威嚴): 위협의 오기인 듯.

283) 하마: 행여나 어찌하면.

284) 종시(終是): 나중까지 끝내.

285) ᄌᆞ쳐(自處): 스스로 목숨을 끊음.(自決)

286) 강강(剛剛): (성정이나 기력이) 굽힘이 없이 꼿꼿함.

ᄒᆞ고, ᄉᆞ도를 칙(責)ᄒᆞ여 왈,

“네 엇지 이런 일를 부ᄌᆞ지간(父子之間)의 이르지 아니ᄒᆞ엿ᄂᆞ뇨? 나도 병이 되엿거니와, 그 녀ᄌᆞ 정상(情狀)이 엇지 가련치 아니ᄒᆞ리오. 너를 ᄎᆞ즈려 ᄒᆞ여 싱ᄉᆞ를 도라보지{돌아보지} 아니ᄒᆞ고 남경을 향ᄒᆞ여 갈 거시니{것이니}, 이졔 가달이 남경의 웅거(雄據)ᄒᆞ엿는지라. 만일 그 녀ᄌᆡ(女子가) 그 곡절(曲折)를 모로고 젹혈[287]의 드러갓시면{들어갔으면} 반다시 쥭엇슬 거시니, 엇지 가련치 아니ᄒᆞ리오. 고언(古言)의 일너스되 ‘일부함원의 오월비상이라’[288] ᄒᆞ여스니, 우리 집의 엇지 ᄃᆡ홰(大禍가) 업스리오.”

ᄒᆞ거놀, ᄉᆞ되(司徒가) 이 말삼을 드르ᄆᆡ 일변(一邊) 황송ᄒᆞ어 일변(一邊) 낙누(落淚)ᄒᆞ는지라. ᄐᆡ쉬 위로 왈,

“ᄂᆡ 혜아리건ᄃᆡ, 그 녀ᄌᆡ 졀힝(節行)이 거록ᄒᆞᄆᆡ 반다시 하놀이 무심(無心)치 아니헐 거시니, 너는 모로미 심녀(心慮)치 말나.”

ᄒᆞ거놀, ᄉᆞ되 왈,

“녀ᄌᆡ 나를 위ᄒᆞ여 졀힝이 여ᄎᆞ(如此)ᄒᆞ니, ᄂᆡ 엇지 쥭기로 힘써 찻지{찾지} 아니ᄒᆞ리오.”

ᄒᆞ고 마음을 졍ᄒᆞ니라.

화셜(話說)。 일일은 뉴ᄉᆞ되 최국냥을 ᄎᆞᄌᆞ 보고 갈오ᄃᆡ,

“이졔 가달이 남경(南京)의 웅거(雄據)ᄒᆞ엿거놀, 승상은 엇지 장슈를 보ᄂᆡ여 파멸(破滅)치 아니ᄒᆞᄂᆞ뇨? ᄂᆡ 비록 ᄌᆡ죄(才操가) 업스나 ᄒᆞᆫ번 나아가 도젹을 물니쳐 나라 근심을 덜고져 ᄒᆞᄂᆞ이다.”

ᄒᆞ니, 최국냥이 심즁(心中)의 음희[289]코져 ᄒᆞ여 ᄃᆡ희(大喜) 왈,

---

287) 젹혈(賊穴): 도둑의 소굴.

288) 일부함원(一婦含怨)의 오월비상(五月飛霜)이라: 여자가 원한을 품게 되면, 그 마음은 더운 오월에도 서릿발이 칠만큼 매섭고 독하다.

289) 음희(陰害): 음흉한 방법으로 남을 해침.

"나도 쥬야(晝夜) 근심ᄒᆞ되 가합[290]ᄒᆞᆫ ᄉᆞ람을 엇지 못ᄒᆞ더니, 그ᄃᆡ ᄌᆞ원츌젼(自願出戰)ᄒᆞ믜 이는 국가의 다ᄒᆡᆼ(多幸)ᄒᆞ도다."

ᄒᆞ고 즉시 탑젼[291]의 알외니{아뢰니}, 황졔 ᄃᆡ희ᄒᆞᄉᆞ 즉시 뉴빅노로 병부상셔(兵部尙書) 겸 졍남ᄃᆡ장군(征南大將軍)을 ᄒᆞ이시고 졍병(精兵) 삼만(三萬)을 조발[292]ᄒᆞ여 쥬시니, 이ᄂᆞᆯ 뉴장군이 ᄉᆞ은슉ᄉᆞ(謝恩肅謝)ᄒᆞ고 부즁[293]의 도라와 ᄌᆞ모(慈母)긔 하직(下直)ᄒᆞ고 ᄃᆡ군(大軍)을 휘동[294]ᄒᆞ여 남경으로 향ᄒᆞ니라.

ᄎᆞ셜(且說)。 장군이 ᄒᆡᆼ군(行軍)ᄒᆞ여 서쥬를 지ᄂᆞᆯ식, ᄃᆡ로변(大路邊)의 큰 바회{바위} 잇거ᄂᆞᆯ, 장군이 셕슈[295]로 ᄒᆞ여곰 그 바회의 삭이되{새기되},

「신유(辛酉) 팔월의 병부상셔 겸 졍남ᄃᆡ장군 뉴빅노는 황천후토[296]의 비ᄂᆞ니, 이졔 황명(皇命)을 밧ᄌᆞ와{받자와} ᄃᆡ군(大軍)을 거ᄂᆞ려 젹진(敵陣)으로 향ᄒᆞ믜 병가(兵家)의 승부는 예탁[297]지 못ᄒᆞ거니와, 다만 셩남 하향현 조낭ᄌᆞ를 셔로 맛ᄂᆞ물{만남을} 원ᄒᆞᄂᆞ니 황천후토(皇天后土)는 ᅀᅳᆲ피소셔.」

ᄒᆞ엿더라.

인(因)ᄒᆞ여 ᄒᆡᆼ군(行軍)ᄒᆞ여 삼 삭(三朔) 만의 남경의 득달[298]ᄒᆞ여 위슈를 격ᄒᆞ여 진을 치고, 가달노 더부러 상지[299]ᄒᆞ연 지 장근반년(將近半年)의 마참닉 승부(勝負)를 결(決)치 못ᄒᆞ엿더니, 최국낭이 황졔긔 참소(讒訴)ᄒᆞ

---

290) 가합(可合): 적당함.
291) 탑젼(榻前): 임금의 자리 앞.
292) 조발(調發): (전시 또는 사변의 경우) 사람이나 말, 군수품을 뽑거나 거두어 모음.
293) 부즁(府中): 높은 벼슬아치의 집안.
294) 휘동(麾動): 지휘하여 움직임.
295) 셕슈(石手): 물건을 만들기 위해 돌을 다루는 사람.
296) 황천후토(皇天后土): 하늘의 신과 땅의 신. 곧, 천지의 신령.
297) 예탁(豫度): 앞으로의 일을 미리 짐작함.(豫測)
298) 득달(得達): 목적한 곳에 이름.
299) 상지[相峙]: 서로 마주하여 버팀.

여 '밧비 ᄊᆞ화 승부를 결(決)ᄒᆞ라' 지촉ᄒᆞ며, 겸ᄒᆞ여 군즁(軍中)의 냥최[300] 핍진[301]ᄒᆞ여 긔갈(飢渴)이 심ᄒᆞᄆᆡ 엇지 능히 ᄊᆞ호리오.

이러구러 임슐연(壬戌年)이 되엿ᄂᆞᆫ지라. 장군이 회군(回軍)코져 ᄒᆞ나 나라의셔 ᄊᆞ홈을 지촉ᄒᆞ시ᄆᆡ, 뉴장군이 헐일업셔{하릴없어} 칼를 ᄲᅦ혀 ᄯᅡ흘{땅을} 쳐 갈오ᄃᆡ,

"흉적(凶賊) 최국냥이 국권(國權)을 잡아 ᄉᆞ람을 이럿틋 모ᄒᆡ(謀害)ᄒᆞ고, ᄂᆡ 시졀(時節)를 맛나지 못ᄒᆞ여스니 누를 원(怨)ᄒᆞ며 한(恨)ᄒᆞ리오."

ᄒᆞ고 통곡(慟哭)ᄒᆞ더니, 잇ᄯᅥ 가달이 명진(明陣)의 냥최(糧草가) 진(盡)ᄒᆞ믈 알고 ᄉᆞ면(四面) 요히처[302]의 철통(鐵桶)갓치 직희여스니{지켰으니}, 진퇴유곡[303]이라. 삼군(三軍)이 긔갈(飢渴)를 견듸지 못ᄒᆞ여 셔로 붓들고 통곡 왈,

"ᄋᆡᄆᆡᄒᆞᆫ 삼만(三萬) 병(兵)이 간신(奸臣) 최국냥의 간교(奸巧)를 인ᄒᆞ여 만니젼장[304]의 원혼(冤魂)이 되니 유유창쳔[305]은 아르소셔."

ᄒᆞ고, ᄌᆞ슈[306]ᄒᆞ여 죽는 ᄌᆡ(者가) 부지기슈(不知其數)오. 남은 장졸(將卒)의 명(命)이 ᄯᅩᄒᆞᆫ 조셕(朝夕)의 잇더라.

가달이 군ᄉᆞ를 모라{몰아} ᄉᆞ면(四面)으로 즛쳐[307] 드러오니{들어오니}, 엇지 능히 ᄃᆡ적(對敵)ᄒᆞ리오. 뉴장군이 진녁[308]ᄒᆞ여 도적을 막다가 당(當)치 못ᄒᆞ여 말긔 ᄯᅥ러지니, 적장(賊將)이 다라드러{달려들어} ᄉᆞ로잡아 가

---

300) 냥최(糧草가): 군대가 먹을 양식과 말을 먹일 꼴.
301) 핍진(乏盡): 죄다 없어져 바닥이 남.
302) 요히처(要害處): 지세가 아주 험준한 곳.
303) 진퇴유곡(進退維谷): 나아갈 수도 물러설 수도 없어 궁지에 몰려 있음.
304) 만니젼장(萬里戰場): 아주 멀리 떨어진 전쟁터.
305) 유유창쳔(悠悠蒼天): 한없이 멀고 푸른 하늘. 원한을 표현할 때 쓰는 말이다.
306) ᄌᆞ슈(自手): 자기의 손으로 목을 매거나 베어서 죽음.
307) 즛쳐[짓쳐]: 함부로 마구 들이쳐.
308) 진녁(盡力): 있는 힘을 다함.

달의게 들인ᄃᆡ, 가달이 ᄭᅮ지져 왈,

"너는 셸니 항복ᄒᆞ여 살기를 도모(圖謀)ᄒᆞ라."

ᄒᆞ거ᄂᆞᆯ, 뉴장군이 눈을 감고 갈오ᄃᆡ,

"ᄂᆡ 불ᄒᆡᆼᄒᆞ여 네게 잡혀스나{잡혔으나}, 엇지 ᄀᆡ 갓튼{같은} 오랑ᄏᆡ게 항복ᄒᆞ리오? 속히 죽여 츙신(忠臣)의 뜻을 표(表)ᄒᆞ라."

ᄒᆞ니, 가달이 ᄃᆡ로(大怒)ᄒᆞ여 무ᄉᆞ(武士)를 호령(號令)ᄒᆞ여,

"ᄂᆡ여 버히라."

ᄒᆞ거ᄂᆞᆯ, 상장[309] 마ᄃᆡ영이 간왈(諫曰),

"명장(明將)의 긔골(奇骨)를 본즉 츙의지심(忠義之心)이 초일[310]ᄒᆞ오니, 남의 나라 츙신을 죽이믄 불의(不義)라, 아직 살녀두어 ᄂᆡ두(來頭)를 보ᄉᆞ이다."

가달이 이 말를 조ᄎᆞ{좇아} 죽이지 아니ᄒᆞ고 옥(獄)의 가두니라.

익셜。조낭ᄌᆡ 옥연 등을 다리고 경ᄉᆞ(京師)로 올ᄂᆞ올ᄉᆡ, 일일은 각녁[311]이 쇠진[312]ᄒᆞ고 일세(日勢)는 느져시ᄆᆡ{늦었음에} 졈막[313]을 ᄎᆞ즈되 마ᄎᆞᆷᄂᆡ 업는지라. 노쥐(奴主가) 셔로 슬허ᄒᆞ며 길의셔 방황헐 즈음, 믄득 동편(東便)을 바라본즉 슈간초옥[314]의 등촉(燈燭)이 휘황(輝煌)ᄒᆞ거ᄂᆞᆯ, 조낭ᄌᆡ 나아가 본즉 일위(一位) 노인이 셔안(書案)을 지혀{짚어} 글를 보ᄂᆞᆫ지라. 낭ᄌᆡ(娘子가) ᄌᆡ젼[315]의 ᄇᆡ(拜)ᄒᆞᆫᄃᆡ, 노인이 ᄎᆡᆨ을 놋코{놓고} ᄋᆡᆨ이{익히} 보다가 갈오ᄃᆡ,

---

309) 상장(上將): 上將軍. 각 군영의 정3품 으뜸장수.

310) 추일(超逸): 어떤 한계나 표준을 뛰어넘음.

311) 각녁(脚力): 걸을 힘. 다리의 힘.

312) 쇠진(衰盡): 점점 쇠하여 바닥이 남.

313) 졈막(店幕): 음식을 팔고 나그네를 재우는 것을 업으로 하는 집.

314) 슈간초옥(數間草屋): 몇 칸 안 되는 오두막집.(數間茅屋)

315) ᄌᆡ젼(在前): 앞에 있는 사람.(在前者)

"그딕 아니 조낭직냐? 그딕의 일홈{이름}을 드런{들은} 지 오릭더니, 오놀 맛누미{만남에} 반갑도다."

낭직 왈,

"싱은 과연 일기(一介) 셔싱(書生)이여놀 낭즈(娘子) 지칭(指稱)은 무숨 일이오며, 엇지 싱의 소근[316]을 알으시누니잇고?"

노인이 우어 왈,

"그딕 비록 나를 속이고져 흐나, 나는 이믜{이미} 알고 기다린 지 오릭도다."

흐고, 두어 낫{낱} 환약[317]을 쥬어 왈,

"그딕 지금 낭군(郎君)을 추즈러 가는 길이미, 기간(其間) 소단[318]이 만흘지라{많을지라}. 이 약(藥)을 먹은즉 빅호지{배우지} 아니흔 병법(兵法)과 익이지{익히지} 아니흔 검술(劍術)를 즈연 알 거시오{것이오}, 용녁(勇力)이 쏘흔 빅증(倍增)흐리니 부딕 삼가 낭군을 구(救)흐라."

흐거놀, 낭직 그 약(藥)을 바다{받아} 먹은즉 과연 정신(精神)이 쇄락[319]흐고 긔운(氣運)이 승승[320]흐여 협틱산 초북히[321]헐 마음이 잇는지라. 이의 이러{일어} 직빅(再拜)흐고 닉두 길흉(來頭吉凶)을 무른딕, 노인 왈,

"천긔[322]를 누셜(漏泄)치 못흐리라."

흐고, '이곳셔 쉬고 명일(明日) 써나라' 흐며 안흐로{안으로} 드러가거놀

---

316) 소근(事根): 일의 근본.

317) 환약(丸藥): 약재를 가루로 만들어 반죽하여 작고 둥근 모양으로 빚은 약.

318) 소단(事端): 사건이나 사고, 탈.

319) 쇄락(灑落): (기분이나 몸이) 상쾌하고 깨끗함.

320) 승승(乘勝): 어떤 뻗치는 형세를 탐.

321) 협틱산 초북히(挾泰山 超北海): '태산을 끼고 북해를 뛰어넘는다'는 뜻으로, '勇力이 매우 장대함'을 비유하는 말.

322) 천긔(天機): 중대한 기밀.

{들어가거늘}, 낭ᄌᆞ의 노쥐 잠을 잠간 드럿더니 동방(東方)이 이믜{이미} 밝아스믹 이러나{일어나} 숣펴본즉 집은 간딕업고 솔[松] 아릭 바회{바위} 밋치어늘{밑이어늘}, 낭지 그 산신(山神)의 조홰(造化인) 쥴 알고 무슈ᄉᆞ례(無數謝禮)ᄒᆞᆫ 후 힝(行)ᄒᆞ여 한슈[323]의 이르러 쥬인[324]을 ᄎᆞᄌᆞ 쉬더니, 쥬인 왈,

"공ᄌᆞ[325]는 어듸 계시관딕 이럿틋 초초[326]ᄒᆞ시뇨?"

낭지 왈,

"나는 하향현 ᄉᆞ람이라. 경셩(京城) 친구를 ᄎᆞ즈라 가노라."

쥬인 왈,

"엇던 ᄉᆞ람을 ᄎᆞ즈라 가는지 모로거니와, 힝식[327]이 가장 가긍[328]ᄒᆞ도다. 닉 약간 음양(陰陽)을 알믹 그딕를 위ᄒᆞ여 길흉(吉凶)을 졈복[329]ᄒᆞ리라."

ᄒᆞ고, 즉시 뉵효[330]를 버러{벌여} 이윽히{한참토록} 보다가 딕경(大驚) 왈,

"이 졈괘(占卦)는 실노 고이ᄒᆞ도다. 녯날 ᄌᆞ란[331]이 니경[332]을 ᄎᆞ즈러 가는 격(格)이니, 아마도 그딕 녀화위남(女化爲男)ᄒᆞ여 낭군을 위ᄒᆞ미어니와, 보건딕 피ᄎᆞ(彼此) 언약(言約)이 금셕(金石) 갓기로{같기로} 이에 찻고져 ᄒᆞ나, 그딕 낭군이 벼술ᄒᆞ여시면 금번(今番) 젼장(戰場)의 군병(軍兵)을 다 쥭이고 몸조ᄎᆞ 타국(他國) 귀신(鬼神)이 될 쉬(數이)니 실노 어렵도

---

323) 한슈(漢水): 중국 楊子江의 大支流.
324) 쥬인(主人): 잠시 머물러 잘 수 있는 집.
325) 공ᄌᆞ(公子): 귀한 가문의 어린 자제.
326) 초초(草草): 갖출 것을 다 갖추지 못해 초라함.
327) 힝식(行色): 길을 떠나기 위하여 차리고 나선 모양.
328) 가긍(可矜): 가련하고 불쌍함.
329) 졈복(占卜): 점을 쳐서 길흉화복을 미리 알아봄.
330) 뉵효(六爻): 점괘에 나오는 여섯 가지 획수.
331) ᄌᆞ란: 未詳.
332) 니경: 未詳.

다. 그러ᄒᆞ나 운난이 쌍비ᄒᆞ고 봉황이 귀승타[333] ᄒᆞ니, 만일 쳔션[334] 갓튼{같은} ᄉᆞ람이 구ᄒᆞ면 요힝(僥倖) 살가 ᄒᆞ노라."

낭ᄌᆡ 이 말를 듯고 신긔(神奇)히 녀겨 왈,

"션ᄉᆡᆼ(先生)의 졈괘(占卦) 그르도다. ᄂᆡ 엇지 녀ᄌᆡ(女子가) 남ᄌᆡ(男子가) 되리오?"

션ᄉᆡᆼ 왈,

"그ᄃᆡ 쳔디귀신(天地鬼神)은 속이려니와, 엇지 나를 긔이리오{속이리오}? 졈셔(占書)의 일너스되, ᄂᆡ졍이 젹진(敵陣)의 ᄊᆞ혀{싸여} 위ᄐᆡ(危殆)헐 ᄯᅢ ᄌᆞ란이 구ᄒᆞ여 득공(得功)ᄒᆞᆫ 괘니, 그ᄃᆡ 진졍(眞情)으로 구ᄒᆞ면 살 거시니{것이니} 그ᄃᆡ는 의심치 말고 ᄂᆡ당(內堂)의 드러가{들어가} 쉬고 밧비 가라. 이졔 오일(五日)이면 그ᄃᆡ 낭군의 소식을 드르리라{들으리라}."

ᄒᆞᆫᄃᆡ, 낭ᄌᆡ 드르ᄆᆡ 간담이 셔늘ᄒᆞ여[335] 왈,

"션ᄉᆡᆼ은 실노 신인(神人)이로다. 존셩ᄃᆡ명(尊姓大名)을 듯고져{듣고자} ᄒᆞᄂᆞ이다."

션ᄉᆡᆼ 왈,

"ᄂᆡ 셩명(姓名)은 한북이오, 별호(別號)는 ᄐᆡ양션ᄉᆡᆼ이라. ᄂᆡ 일즉 벼술

---

333) 운난(雲鸞)이 쌍비(雙飛)ᄒᆞ고 봉황(鳳凰)이 귀승타: 李白의 〈古風 27〉에 "어이하면 헌헌장부 짝이 되어서, 날아가는 난새를 함께 타보나.(焉得偶君子, 共乘雙飛鸞.)"라는 구절이 참고가 됨. 《列仙傳》에 의하면, 秦나라 穆公 때 蕭史가 피리를 잘 불어 공작이나 백학을 뜰로 불러들일 수 있었다. 목공의 딸 弄玉이 그를 좋아하여 그에게 시집을 보냈다. 소사는 매일 농옥에게 봉황새 우는 소리가 나도록 피리를 가르쳤는데, 몇 년이 지나자 소리가 비슷해졌다. 봉황이 날아와 그의 지붕에 머무르니 목공을 그들을 위해 鳳臺를 지어 주었다. 부부는 그곳에 올라가 몇 년 동안 내려오지 않더니, 어느 날 함께 봉황을 타고 날아 가버렸다고 한다. 한편, 귀승타는 '共乘하다'의 오기인 듯하다.

334) 천션(天仙): 하늘 위에 산다는 신선. 작품의 뒷부분을 보면 조은하가 유백로를 찾기 위해 자원 출정하고자 하면서 태양선생의 점괘를 생각하는 장면이 있는데, 그곳에서는 '천션'이 아니라 '쳐ᄌᆞ간'으로 되어 있으며, 구활자본 『고소설전집 20』(인천대학교 민족문화연구소, 1984)의 〈백학선〉 534면에는 '천신'으로 되어 있다.

335) 간담(肝膽)이 셔늘ᄒᆞ여: 몹시 놀라서 섬뜩하여.

를 하직(下直)ᄒᆞ고 이곳의 와 풍월(風月)를 벗삼아 한유[336]ᄒᆞ더니, 오늘놀 우연이 그ᄃᆡ를 맛나도다."

ᄒᆞ고, 인ᄒᆞ여 낭ᄌᆞ를 다리고 ᄂᆡ당(內堂)의 드러가{들어가}, 부인 양시더러 그 말를 이르고 '모녀지의(母女之義)를 졍ᄒᆞ라' ᄒᆞ니, 양시 그 경상[337]을 가련이 녀기고 드듸여 슈양녀(收養女)를 삼으니라.

낭지 슈일(數日)를 머물너 하직(下直)헐시 결연[338]ᄒᆞ믈 금(禁)치 못ᄒᆞ여 후일(後日) 다시 맛나믈{만남을} 긔약(期約)ᄒᆞ고, 길를 힝ᄒᆞ여 셔쥬의 이르러는 길가의 ᄒᆞᆫ 비석(碑石)이 잇거놀 나아가 본즉 뉴원슈의 필적(筆跡)이라. 드듸여 실셩통곡(失聲慟哭)ᄒᆞ다가 긔결(氣絕)ᄒᆞ거놀, 츈낭 등이 구호(救護)ᄒᆞ여 이윽고 졍신을 ᄎᆞ리는지라. 츈낭 왈,

"소져(小姐)는 너모{너무} 상회[339]치 마로시고 이 압희{앞에} ᄀᆡᆨ졈[340]이 이스니{있으니} 오놀 밤을 지ᄂᆡ고, 계양으로 가 그곳은 슈로(水路)로 통ᄒᆞᆫ ᄃᆡ뢰(大路이)니 뉴원슈의 소식을 탐쳥[341]ᄒᆞᄉᆞ이다."

ᄒᆞ거놀, 소졔(小姐가) 그 말를 조ᄎᆞ{좇아} 쥬졈(酒店)을 ᄎᆞᄌᆞ 밤을 지ᄂᆡ더니, 믄득 셩즁(城中)이 요란(擾亂)ᄒᆞ거놀, 소졔 놀나 그 연고(緣故)를 무르니{물으니}, 쥬인(主人)이 밧긔{밖에} 나가 알고 드러오며{들어오며} 통곡 왈,

"'뉴장군이 삼만 군(三萬軍)을 위슈[342]의 함몰(陷沒)ᄒᆞ고 ᄉᆞ로잡혀 가시다' ᄒᆞ니, 그 ᄉᆞᄉᆡᆼ(死生)을 엇지 알니오?"

---

336) 한유(閒遊): 한가히 놂.

337) 경상(景狀): 좋지 못한 몰골이나 광경.

338) 결연(缺然): 서운함.

339) 상회(傷懷): 애태움.(傷心)

340) ᄀᆡᆨ졈(客店): 나그네를 받아 음식을 팔고 잠자리를 제공하는 집.

341) 탐청(探聽): 더듬어 살펴 알아내어 들음.

342) 위슈(渭水): 甘肅省 渭源縣에서 發源하여 陝西省을 거쳐 黃海로 들어가는 강. 姜太公이 은거했던 곳이기도 하다.

ᄒᆞ는지라. 소제 청파(聽罷)의 ᄃᆡ경 문왈,

"그 일이 졍녕[343]ᄒᆞ며, 그ᄃᆡ ᄯᅩᄒᆞᆫ 무ᄉᆞᆷ 연고로 져리 슬허ᄒᆞᄂᆞ뇨?"

쥬인 왈,

"나는 뉴장군덕 노ᄌᆞ(奴子)로셔 이곳의 와 ᄉᆞ옵더니, 이런 망극(罔極)ᄒᆞᆫ 일를 당ᄒᆞ믹 엇지 슬푸지 아니ᄒᆞ리오?"

ᄒᆞ거놀, 소제 ᄯᅩᄒᆞᆫ 낙누(落淚)ᄒᆞᆫᄃᆡ, 쥬인이 고히 녀겨 문왈(問曰),

"노신[344]은 노쥬지간(奴主之間)인 고로 슬허ᄒᆞ거니와, 그ᄃᆡ는 무ᄉᆞᆷ 연고로 져럿틋 ᄒᆞᄂᆞ뇨?"

ᄒᆞ니, 소제 그윽ᄒᆞᆫ 곳으로 드러가 슈말(首末)를 ᄌᆞ셔히 이른ᄃᆡ, 쥬인 부뷔(夫婦가) 이 말를 듯고{듣고} ᄯᅡ히{땅에} 나려 졀ᄒᆞ여 왈,

"엇지 ᄉᆞ괴[345] 이갓틀 쥴 아라스리잇고?"

ᄒᆞ며 소져를 뫼셔 ᄂᆡ실(內室)의 드러가{들어가} 위로ᄒᆞ니, 소제 오열(嗚咽) 왈,

"ᄂᆡ 젹년구치[346]ᄒᆞ여 뉴원슈를 찻지 못ᄒᆞ고 도로혀 이런 소식을 드르믹{들음에}, 엇지 망극(罔極)지 아니ᄒᆞ리오. 그러나 금일(今日) 노옹(老翁)을 맛나믄{만남은} 진실노 하늘이 지시(指示)ᄒᆞ시미로다. 원슈는 이믜{이미} ᄉᆡᆼ젼(生前)의 맛ᄂᆞ보기 망연[347]ᄒᆞ믹, ᄂᆡ ᄒᆞᆫ번 구문[348]의 나아가 구고[349]긔 뵈옵고 이런 졍원[350]을 고ᄒᆞ고져 ᄒᆞᄂᆞ니, 노옹은 나를 위ᄒᆞ여 인도(引

---

343) 졍녕(丁寧): 정말로 틀림없음.

344) 노신(老身): 나이 든 늙은 사람이 '자신'을 일컫는 말.

345) ᄉᆞ괴(事故가): 뜻밖에 일어난 불행한 일.

346) 젹년구치(積年驅馳): 여러 해 동안 어떤 일을 하기 위하여 분주하게 돌아다님.

347) 망연(茫然): 까마득함.

348) 구문(舅門): 여자가 시집온 남편의 집.

349) 구고(舅姑): 시부모.

350) 졍원(情原): 하소연할 사정.

導)ᄒᆞ라.”

ᄒᆞ고 일봉셔간(一封書簡)을 닷가{지어} 쥬거놀, 노옹(老翁)이 응낙(應諾)ᄒᆞ고 즉시 ᄶᅥ나 경ᄉᆞ(京師)의 득달(得達)ᄒᆞ여 뉴부의 이른즉, ‘션시(先是)의 뉴원슈 픽군(敗軍)ᄒᆞᆫ 죄(罪)로 샹셔 부뷔 황옥죄슈[351] 되엿다’ ᄒᆞ는지라. 노옹이 바로 황옥(皇獄)으로 나아가 옥졸(獄卒)의게 뇌물(賂物)를 쥬고 옥즁(獄中)의 드러가{들어가} 공의 압히{앞에} 부복(俯伏)ᄒᆞ여 슬허ᄒᆞ거놀, 공이 놀나 문왈,

“너는 엇던 ᄉᆞ람이완ᄃᆡ, 즁디[352]의 드러와{들어와} 이럿틋 슬허ᄒᆞ는다?”

노옹이 ᄌᆡ빅(再拜) 왈,

“소인은 고향 창두[353] 츙복이옵더니, 남경 츌젼(出戰)ᄒᆞ신 소상공(小相公) 소식을 고(告)ᄒᆞ러 왓ᄂᆞ이다.”

공이 비로소 ᄭᆡ다라 불승비감[354]ᄒᆞ며 아ᄌᆞ(兒子)의 소식을 무르니{물으니}, 츙복이 셔간(書簡)을 드리며 소져(小姐)의 ᄉᆞ연(事緣)을 ᄌᆞ셔히 고ᄒᆞᆫᄃᆡ, 공의 부뷔 셔간을 보고 더욱 ᄎᆞ악[355] 왈,

“가셕(可惜)다! 져의 졀힝(節行)이 이럿틋{이렇듯} 지극(至極)ᄒᆞ거놀 창쳔(蒼天)도 무심(無心)ᄒᆞ시도다. 아ᄌᆞ(兒子)는 호디(胡地)의 잡혀가고 우리는 죄슈(罪囚가) 되여스니, 제 아모리 상경(上京)ᄒᆞᆫ들 누를 의지ᄒᆞ리오. 그러ᄒᆞ나 졔 소원(所願)을 본즉 싱ᄉᆞ(生死)를 우리와 갓치헐{같이할} 의향(意向)이미 바려두지 못ᄒᆞ리라.”

ᄒᆞ고, 즉시 글월를 닷가{지어} 젼홍노의게 긔별(寄別)ᄒᆞ여 ‘친히 가 소져

---

351) 황옥죄슈(皇獄罪囚): 황제의 감옥에 갇힌 죄인.

352) 즁디(重地): 매우 위험한 곳.

353) 창두(蒼頭): 남의 집 남자 하인.

354) 불승비감(不勝悲感): 슬픈 감회를 이기지 못함.

355) ᄎᆞ악(嗟愕): 탄식하여 몹시 놀람.

(小姐)를 다려오라' ᄒᆞ니, 젼홍뇌 듯고{듣고} 즉시 힝장(行裝)을 출혀{차려} 셔쥬로 가 소져를 호힝[356]ᄒᆞ여 상셔(尙書) 부즁(府中)으로 도라오니라{돌아오니라}.

이ᄯᅢ는 임슐(壬戌) 칠월(七月) 망간[357]이라. 소졔 이의{이에} 이르러스나{이르렀으나} 구고(舅姑)를 뵈올 길 업고 원슈의 존망(存亡)을 몰나 쥬야(晝夜) 초젼[358]ᄒᆞ다가 홀연 ᄉᆡᆼ각ᄒᆞ되,

'ᄐᆡ양션ᄉᆡᆼ이 이르기를 쳐ᄌᆞ간(妻子間) 갓튼{같은} ᄉᆞ람이 구(救)ᄒᆞ면 요힝(僥倖) 살니라 ᄒᆞ여스ᄆᆡ, ᄂᆡ 쾌히 ᄌᆞ원츌졍(自願出征)ᄒᆞ여 가군[359]의 ᄉᆡᆼᄉᆞ(生死)를 아라{알아} 다힝이 ᄉᆞ라스면{살았으면} 구ᄒᆞ여 도라오고{돌아오고}, 만일 불힝(不幸)ᄒᆞ여스면 ᄒᆡ골(骸骨)이나 거두어 션영(先塋)의 안장(安葬)ᄒᆞ고 그 뒤흘{뒤를} 조ᄎᆞ리니{좇으리니}, ᄂᆡ 엇지 속졀업시 심ᄉᆞ(心思)를 술오리오.'

ᄒᆞ고 이날 밤의 표(表)를 지어 명일(明日) 농젼[360]의 올니니, 갈와쓰되,

「ᄑᆡ군장(敗軍將) 뉴ᄇᆡᆨ노의 쳐(妻) 조은하는 돈슈ᄇᆡᆨᄇᆡ[361]ᄒᆞ고 황졔(皇帝) 농탑하[362]의 올니나니, ᄃᆡ기 삼강(三綱)의 읏듬{으뜸}은 ᄌᆞ식이 부모긔 효도(孝道)를 극진히 ᄒᆞ고, 그 둘은 신하{臣下가} 님군긔 츙셩(忠誠)을 다ᄒᆞ미오, 셰흔{셋은} 계집이 지아비게 졀(節)를 온젼(穩全)케 ᄒᆞ미오니, 이러므로 사람마다 두고져 ᄒᆞ나 어렵고, ᄒᆡᆼ코져 ᄒᆞ나 ᄯᅩᄒᆞᆫ 어려온지라. ᄆᆡ양 효ᄌᆞ(孝子)와 츙신(忠臣)의 문(門)의 츙효녈졀(忠孝烈節)이 나옵는 고로 '봉이 닭을

356) 호힝(護行): 데리고 옴.
357) 망간(望間): 음력 보름께.
358) 초젼(焦煎): 마음을 애태우며 졸임.
359) 가군(家君): 남에 대하여 '자기 남편'을 가리키는 말.
360) 농젼(龍前): 임금의 앞.
361) 돈슈ᄇᆡᆨᄇᆡ(頓首百拜): 머리가 땅에 닿을 정도로 숙여 백 번 절함.
362) 농탑하(龍榻下): 임금이 앉는 자리. '임금'을 가리킨다.

낫치{낳지} 아니ᄒᆞ옵고 범의 삿기{새끼} ᄀᆡ{개} 되지 아니ᄒᆞᆫ다' ᄒᆞ오니, 신쳡[363]의 지아비는 ᄃᆡᄃᆡ(代代)로 츙효가(忠孝家) ᄌᆞ손(子孫)이라. 엇지 홀노 폐하(陛下)긔 다다라 츙셩치 아니ᄒᆞ리잇고? 지아비 황명(皇命)을 밧ᄌᆞ와{받자와} 삼만 군을 통솔(統率)ᄒᆞ여 만니호디(萬里胡地)의 나아가 강젹(强賊)을 막기의 다다라는 세궁녁진[364]ᄒᆞ미 일 년을 상치(相峙)ᄒᆞ여 물너나지 아니ᄒᆞ오니, 그 졀제(節制)ᄒᆞ믈 가히 아올지라. 조졍(朝廷)의 츙냥지신[365]이 업셔 군냥(軍糧)을 운젼[366]치 아니ᄒᆞ고 응변지도[367]를 아니ᄒᆞᆫ 연고로, 군졸(軍卒)이 쥬린 귀것[368]시 되고 뉴빅뇌 긔진(氣盡)ᄒᆞ여 도젹의게 싱금[369]ᄒᆞᆫ ᄇᆡ 되오나 이 엇지 원억[370]지 아니ᄒᆞ오며, 져 비록 도젹의게 잡혀스나 웅당 굴슬[371]치 아니ᄒᆞ여ᄉᆞ오리니 엇지 졍츙ᄃᆡ졀[372]이 아니리잇고? 바라건ᄃᆡ 폐하는 져의 ᄑᆡ군(敗軍)ᄒᆞᆫ 죄를 이니 용셔(容恕)ᄒᆞ시고 만민(萬民)의 소원(所願)을 찰납[373]ᄒᆞ소셔. 신쳡(臣妾)이 비록 규즁녀ᄌᆡ[374]오ᄂᆞ 이런 ᄯᅢ를 당ᄒᆞ와 분ᄀᆡ(憤慨)ᄒᆞ온 마음이 업지 못ᄒᆞ오며, ᄒᆞ물며 지아비 ᄉᆡᆼᄉᆞ(生死)를 ᄉᆡᆼ각ᄒᆞ옵건ᄃᆡ 엇지 슬푸지 아니ᄒᆞ오며, 국가 ᄃᆡᄉᆡ(大事가) ᄯᅩᄒᆞᆫ 그릇되올지라 신쳡이 비록 녀ᄌᆡ(女子이)오나 ᄯᅩᄒᆞᆫ 폐하의 신ᄌᆡ(臣子이)오니, 원컨ᄃᆡ 삼쳔 쳘긔[375]를 빌니시면 가달를 멸(滅)ᄒᆞ여 우흐로{위로} 황상

---

363) 신쳡(臣妾): 여자가 임금에 대하여 '스스로'를 일컫던 말.
364) 세궁녁진(勢窮力盡): 기세가 꺾이고 힘이 다 빠져 꼼짝할 수 없게 됨.
365) 츙냥지신(忠良之臣): 충성과 신의가 있는 신하.
366) 운젼(運轉): (말이나 수레 따위를 이용하여) 물건을 옮김.
367) 응변지도(應變之道): 그때그때의 형편에 따라 일을 알맞게 처리하는 방법.
368) 귀것: 귀신이나 그와 유사한 것.
369) 싱금(生擒): 산 채로 잡음.
370) 원억(冤抑): 까닭없이 죄를 뒤집어써서 억울하고 원망스러움.(寃屈)
371) 굴슬(屈膝): 무릎을 꿇음.
372) 졍츙ᄃᆡ졀(貞忠大節): 절개가 곧고 충성스럽고 크게 빛나는 절조.
373) 찰납(察納): 자세히 살펴서 받아들임.
374) 규즁녀ᄌᆡ(閨中女子이): 집안에서 곱게 자란 여자.
375) 쳘긔(鐵騎): 철갑으로 무장하고 말을 탄 군사.

근심을 더옵고{덜고} 아릭로 지아비를 구ᄒᆞ오리니, 만일 그르미 잇거든 지아비와 ᄒᆞᆫ가지로{마찬가지로} 군법(軍法)을 당(當)ᄒᆞ여지이다.」

ᄒᆞ엿거ᄂᆞᆯ, 상이 의외(意外) 상소를 보시고 밋지{믿지} 아니ᄒᆞ시나 그 ᄯᅳᆺ이 상쾌(爽快)ᄒᆞ믈 긔특(奇特)이 녀기ᄉᆞ, 즉시 명초(命招)ᄒᆞ시니 소졔(小姐가) 궐하(闕下)의 나아간ᄃᆡ, 상이 갓가이{가까이} 좌(座)를 쥬시고 그 표표[376] ᄒᆞᆫ 긔상(氣像)을 칭찬ᄒᆞᄉᆞ 왈,

"네 지아비는 장부(丈夫)로ᄃᆡ 삼만 군을 일조[377] 함몰(咸沒)ᄒᆞ고 필경(畢竟) 술오잡힌{사로잡힌} ᄇᆡ 되엿거ᄂᆞᆯ, 너는 아녀ᄌᆞ(兒女子)로 무ᄉᆞᆷ 지략(智略)이 잇관ᄃᆡ 망령(妄靈)도이 조졍(朝廷)을 희롱(戱弄)ᄒᆞ여 외람(猥濫)ᄒᆞ고 긔군(欺君)ᄒᆞ는 죄(罪)를 당(當)코져 ᄒᆞᄂᆞ뇨? 녀ᄌᆡ 지아비를 위ᄒᆞ여 죽으믄 녈졀(烈節)이라 ᄒᆞ려니와, 츌젼(出戰)ᄒᆞᆫ다 말은 실노 짐(朕)을 희롱ᄒᆞ미로다."

소졔(小姐가) 부복(俯伏) 쥬왈(奏曰),

"하괴(下敎가) 지당(至當)ᄒᆞ옵거니와, ᄌᆞ식이 아비를 속이면 불효(不孝)오, 신히 님군을 소기면{속이면} 불츙(不忠)이오니, 신쳡(臣妾)이 감히 혯[헛] 말ᄉᆞᆷ으로 쳔위[378]를 희롱ᄒᆞ리잇고? '져울노 다라{달아} 본 연후(然後)의 경즁(輕重)을 알고, ᄌᆞ로 지아{재어} 본 연후의 장단(長短)을 안다' ᄒᆞ오니, 폐하는 밋지{믿지} 아니ᄒᆞ시거든 무ᄉᆞᆷ ᄌᆡ조(才調)를 시험(試驗)ᄒᆞᄉᆞ 허실(虛實)를 ᄉᆞᆲ피소셔."

상이 좌우를 도라보ᄉᆞ{돌아보아} 왈,

"쳔하의 엇지 이런 긔이(奇異)ᄒᆞᆫ 녀ᄌᆡ{女子가} 이실{있을} ᄌᆞᆯ 알니오?"

---

376) 표표(表表): 눈에 띄게 두드러짐.

377) 일조(一朝): 하루 아침이란 뜻으로, '짧은 시간'을 일컫는 말.

378) 천위(天威): 임금의 위엄.

ᄒᆞ시니, 좌위{左右가} 그 츙렬(忠烈)과 장긔[379]를 흠탄[380]ᄒᆞ나, 감히 가부(可否)를 알외지{아뢰지} 못ᄒᆞᆫᄃᆡ, 상 왈,

"하ᄂᆞᆯ이 ᄎᆞ인(此人)을 ᄂᆡ여 짐(朕)을 돕게 ᄒᆞ시미가 ᄒᆞᄂᆞ니, 맛당이{마땅히} ᄃᆡ원슈(大元帥)를 봉(封)ᄒᆞ여 츌졍(出征)케 ᄒᆞ리라."

ᄒᆞ신ᄃᆡ, 승상(丞相) 최국냥이 이의 다다라는 츌반쥬[381] 왈,

"져 녀ᄌᆡ(女子가) 일졍[382] 나라흘 망(亡)헐지라. 그 지아비 ᄌᆞ원(自願)ᄒᆞ여 삼만 군을 함몰(咸沒)ᄒᆞ고 도젹의 ᄉᆞᆯ오잡혀{사로잡혀} 쳔위(天威)를 최찰[383]ᄒᆞ엿거ᄂᆞᆯ, ᄎᆞ녜(此女)는 ᄌᆞ원ᄒᆞ니 이는 나라흘 비방(誹謗)ᄒᆞ고 조졍을 능모[384]ᄒᆞ미니, 그 죄를 다ᄉᆞ려 민심(民心)을 진졍(鎮靜)ᄒᆞ소셔."

상이 미쳐 답지 못ᄒᆞ여셔, 소졔(小姐가) 분연[385] 왈,

"간신(奸臣)이 엇지 나를 망국(亡國)ᄒᆞ리라 ᄒᆞᄂᆞ뇨? 승상(丞相)이 만인지상[386]의 거ᄒᆞ여 갈츙보국[387]ᄒᆞ기를 ᄉᆡᆼ각지 아니ᄒᆞ고, 소소(小小) 혐의(嫌疑)를 젼쥬[388]ᄒᆞ여 뉴ᄇᆡᆨ노로 ᄒᆞ여곰 젹슈(敵手)의 ᄉᆞᆯ오잡히게 ᄒᆞ니, 이는 가위(可謂) 망국(亡國)헐지라. 쳔ᄒᆡ(天下가) 승상의 불츙(不忠)을 졀치[389]ᄒᆞᄂᆞ니, 불구(不久)의 앙홰(殃禍가) 이스리라{있으리라}."

ᄒᆞ거ᄂᆞᆯ, 상이 국냥을 ᄎᆡᆨ(責)ᄒᆞᄉᆞ 왈,

---

379) 장긔(將器): 장수가 될 만한 기량.
380) 흠탄(欽歎): 존경하여 찬탄함.
381) 츌반쥬(出班奏): 여러 신하 가운데서 혼자 임금에게 나아가 아룀.
382) 일졍(一定): 틀림없이. 분명히.
383) 최찰: 기운이나 기세가 꺾임.(摧折)
384) 능모(凌冒): 업신여기고 욕되게 함.
385) 분연(憤然): 벌컥 성을 냄.
386) 만인지상(萬人之上): 신하로서 최고의 지위.
387) 갈츙보국(竭忠報國): 충성을 다하여 나라의 은혜에 보답함.(盡忠報國)
388) 젼쥬(傳奏): 다른 사람을 거쳐서 임금에게 말씀을 아룀.
389) 졀치(切齒): 몹시 분하여 이를 갊.

"ᄉᆞ람의 ᄌᆡ조(才調)를 측냥(測量)치 못ᄒᆞᄂᆞ니, 엇지 져의 예긔[390]를 썩거[꺾어] ᄎᆡᆨ언[391]을 ᄌᆞ취(自取)ᄒᆞᄂᆞ뇨? 이졔 져의 ᄌᆡ조를 시험ᄒᆞ여 말과 갓틀진ᄃᆡ{같을진대} 국지다ᄒᆡᆼ(國之多幸)이니, 엇지 남녀(男女)를 혐의(嫌疑)헐 ᄇᆡ리오."

ᄒᆞ시고, 즉시 손오병셔[392]를 ᄂᆡ여 의논(議論)ᄒᆞ시니, 소져의 문답(問答)이 여류[393]ᄒᆞ여 도쳐(到處)의 무불통지[394]ᄒᆞ믜, 상이 깃거 칭찬ᄒᆞ시고 다시 용ᄆᆡᆼ(勇猛)을 보고져 ᄒᆞ시니, 소졔 쥬왈(奏曰),

"폐하(陛下)의 차신 칼를 쥬소셔."

ᄒᆞ거놀, 상이 즉시 칼를 글너{끌러} 쥬신ᄃᆡ, 소졔 바다{받아} 들고 옥계(玉階) 아릭셔 칼를 둘너 츔을 츄며 공즁(空中)의 소소와{솟아}오르니, ᄉᆞ람은 아니 뵈고 다만 이홰(梨花가) 어즈러이 ᄡᅥ러지는지라{떨어지는지라}. 이윽고 몸을 감초아 나려올 즈음의, 맛참 황국젼[395] 들보 우희{위에} 져비{제비} 안져{앉아} 즈져괴거놀 소졔 몸을 날녀 져비를 두 조각의 ᄂᆡ여 ᄡᅥ르치니 만죄(滿朝가) 실ᄉᆡᆨ(失色)ᄒᆞ고 상이 ᄃᆡ희(大喜)ᄒᆞ시더니, 소졔 다시 ᄯᅳᆯ의 나려 망쥬셕[396]을 들고 바로 국냥을 ᄒᆡ(害)헐 듯 ᄒᆞ다가 도로 노코{놓고} 젼폐[397]의 부복(俯伏)ᄒᆞ니, 원ᄂᆡ{원래} 이 망쥬셕은 젼후(前後)의 드는 ᄌᆡ(者가) 업던 ᄇᆡ라. 상이 제신(諸臣)을 도라보사{돌아보사} 왈,

---

390) 예긔[銳氣]: 날카롭고 굳세며 적극적인 기세. 또는 膂氣로 보아, 남에게 굽히지 않는 굳세고 억척스러운 기운으로도 볼 수 있다.

391) ᄎᆡᆨ언(責言): 나무라는 말.

392) 손오병셔(孫吳兵書): 전국시대 孫武와 吳起의 병법을 기술한 책. 손무는 춘추시대의 軍略家로 〈孫子兵法〉을 지었고, 오기는 전국시대의 군사가로 〈吳子〉를 지었다.

393) 여류(如流): 많은 식견을 가지고 있어 물 흐르듯 막힘이 없음.

394) 무불통지(無不通知): 무엇이든지 환히 통하여 모르는 것이 없음.

395) 황국젼: 황제가 정사를 보는 궁전.(皇極殿)

396) 망쥬셕(望柱石): 무덤 앞에 세우는, 여덟 모로 깎은 한 쌍의 돌기둥.

397) 젼폐[殿陛]: 궁전이나 누각 따위의 섬돌.

“이는 반다시 신녀(神女)로다. 이런 ᄌᆡ용(才勇)으로 엇지 가달를 근심ᄒᆞ리오.”

ᄒᆞ시고, 즉시 조은하로 ᄃᆡ도독[398] 겸 ᄃᆡ원슈[399]를 ᄒᆞ이시고 황금부월(黃金斧鉞)과 인검[400]을 쥬시며 ‘졍병(精兵) 삼만(三萬)을 조발(調發)ᄒᆞ여 츌졍(出征)ᄒᆞ라’ ᄒᆞ시고, 최국냥을 파직(罷職)ᄒᆞ여 하옥(下獄)ᄒᆞ여 조은하의 승쳡[401]ᄒᆞᆫ 후 쳐치(處置)를 기다리게 ᄒᆞ시니라.

ᄎᆞ셜(且說)。조원쉬 슉ᄉᆞ(肅謝)ᄒᆞ고 다시 쥬왈,

“이졔 신쳡(臣妾)이 츌ᄉᆞ[402]ᄒᆞ오ᄆᆡ 구고(舅姑)를 잠간 보아 니별(離別)코져 ᄒᆞ오니, 폐하(陛下)는 ᄉᆞᆲ피시믈 바라ᄂᆞ이다.”

상이 윤허[403]ᄒᆞ시고 ‘특별(特別)이 방송(放送)ᄒᆞ고 환본직[404]ᄒᆞ라’ ᄒᆞ시니, 원쉬 즉시 물너나와 구고(舅姑)긔 ᄇᆡ알(拜謁)ᄒᆞᆫᄃᆡ, 공의 부뷔(夫婦가) 일희일비(一喜一悲)ᄒᆞ여 원슈의 옥슈[405]를 잡고 통곡ᄒᆞ거ᄂᆞᆯ, 원쉬 온화ᄒᆞᆫ 말ᄉᆞᆷ으로 위로ᄒᆞ고 츌젼(出戰)ᄒᆞ는 ᄉᆞ연(事緣)을 고(告)ᄒᆞ여 하직(下直)ᄒᆞ고, 다시 궐하(闕下)의 나아가 하직 슉ᄇᆡ(下直肅拜)헐ᄉᆡ, 칠쳑(七尺) 아녀ᄌᆡ(兒女子가) 변ᄒᆞ여 당당ᄒᆞᆫ ᄃᆡ장뷔(大丈夫가) 되여 늉복[406]을 갓초와스니 그 늠늠(凜凜)ᄒᆞᆫ 긔셰(氣勢)는 녀ᄌᆞ(女子)로 아라보 리 업스ᄆᆡ, 좌우 졔신(左右諸臣)이 암암(暗暗)이 칭찬ᄒᆞ며 상이 ᄯᅩᄒᆞᆫ 치경[407]ᄒᆞᄉᆞ 왈,

---

398) ᄃᆡ도독(大都督): 전쟁에서 큰 군대를 지휘하는 장수.

399) ᄃᆡ원슈(大元帥): 全軍을 통솔하는 군의 최고 통솔자.

400) 인검(印劍): 임금이 군사를 통솔하는 장수에게 주던 칼. 이 검을 가진 장수는 명령을 어긴 자를 보고하지 않고 죽이는 권한이 주어졌다.

401) 승쳡(勝捷): 싸움에 이김.(勝戰)

402) 츌ᄉᆞ(出師): 장수가 군대를 이끌고 전쟁터로 나감.

403) 윤허(允許): 임금이 아랫사람에게 어떤 일을 하도록 허락함.

404) 환본직(還本職): 본디의 직임에 돌아옴.

405) 옥슈(玉手): 아름답고 고운 손.

406) 늉복(戎服): 철릭과 朱笠으로 된 옛날 군복의 한 가지.

"경(卿)이 녀ᄌᆞ의 몸으로 국가를 위ᄒᆞ여 ᄉᆡ외[408]의 츌졍(出征)ᄒᆞ니 고금(古今)의 희한(稀罕)ᄒᆞᆫ 일이ᄆᆡ, 부듸 셩공ᄒᆞ여 짐(朕)의 근심을 덜게 ᄒᆞ라."

ᄒᆞ시고, 궐문(闕門)의 젼송(餞送)ᄒᆞ시니라.

원슈 졔문(祭文)을 지어 남단(南壇)의 올나 졔(祭)ᄒᆞ니, 졔문의 갈와ᄉᆞ되,

「모년(某年) 월일(月日)의 졍남ᄃᆡ원슈(征南大元帥) 조은하는 삼가 쳔디(天地)긔 졔(祭)ᄒᆞᄂᆞ니, 이번 츌젼(出戰)ᄒᆞᄆᆡ ᄒᆞᆫ북(漢北)의 가달를 멸(滅)ᄒᆞ여 일변(一邊) 국가 근심을 덜고 일변(一邊) 가군(家君)을 구ᄒᆞ려 ᄒᆞ옵ᄂᆞ니, 황쳔후토(皇天后土)는 조은하의 졍셩(精誠)을 도라보사{돌아보사} 좌우로 도으시믈 비ᄂᆞ이다.」

ᄒᆞ엿더라. 읽기를 다ᄒᆞ고 창두(蒼頭) 츙복을 불너 즁상[409]ᄒᆞ여 '비셕(碑石)을 잘 슈직[410]ᄒᆞ라' ᄒᆞ고, ᄃᆡ군(大軍)를 휘동(麾動)ᄒᆞ여 여러 날 만의 위슈(渭水) 가의 다다르니, 이곳은 뉴원슈의 ᄑᆡ(敗)ᄒᆞ엿던 곳이라. 비풍[411]이 소슬[412]ᄒᆞ고 슈셩(水聲)이 참담(慘憺)ᄒᆞ여 ᄉᆞ람의 심회(心懷)를 산난(散亂)케 ᄒᆞᄆᆡ, 원슈 ᄉᆡᆼ각ᄒᆞ되,

'이 반다시 삼만 군(三萬軍)의 원혼(冤魂)이라.'

ᄒᆞ고, 군즁(軍中)의 분부(分付)ᄒᆞ여 우양(牛羊)을 잡아 졔(祭)ᄒᆞ여 원혼을 위로(慰勞)ᄒᆞᆫ 후, 즉시 상표(上表) 왈,

---

407) 치경(致敬): 경의를 표함.
408) ᄉᆡ외(塞外): 성채의 밖. 중국의 국경 바깥.
409) 즁상(重賞): 상을 후하게 줌.
410) 슈직(守直): 맡아서 지킴.
411) 비풍(悲風): 쓸쓸하고 구슬픈 느낌을 주는 바람. '늦가을의 쓸쓸한 바람'을 일컫는다.
412) 소슬(蕭瑟): 가을 바람이 으스스하고 쓸쓸함.

「신쳡(臣妾)이 힝군(行軍)ᄒᆞ여 위슈(渭水)의 이르온즉, 뉴빅노의 삼만(三萬) 장졸(將卒)이 원혼(冤魂)이 되여 물가의 어릐여{어리어} 침노[413]ᄒᆞ오니, 최국냥의 머리를 버혀 졔(祭)ᄒᆞ여야 무ᄉᆞ(無事)헐가 ᄒᆞᄂᆞ이다.」

ᄒᆞ엿더라.

ᄎᆞ셜(且說)。이ᄯᅢ 상이 조은하를 보ᄂᆡ시고 민간 시비(民間是非)를 염탐(廉探)코져 ᄒᆞᄉᆞ 친히 미복[414]으로 순힝[415]ᄒᆞ실ᄉᆡ, 동외(童謠가) 잇셔 갈오ᄃᆡ,

"'천작얼(天作孽)은 유가위(猶可違)여니와 ᄌᆞ작얼(自作孽)은 불가활(不可活)이라' ᄒᆞ니, 져 최국냥이 엇지 무ᄉᆞ(無事)ᄒᆞ리오? 뉴원슈의 픽군(敗軍)홈과 삼만 병의 원ᄉᆞ[416]ᄒᆞ미 도시(都是) 국냥의 군냥(軍糧)을 운젼(運轉)치 아니ᄒᆞ고 응변(應變)을 아니ᄒᆞᆫ 타시로다."

ᄒᆞ거ᄂᆞᆯ, 상이 드르시고 그졔야 국냥의 작죄[417]로 그리 되믈 알으시고 국냥을 츄문졍법[418]ᄒᆞ시려 ᄒᆞ더니, 조원슈의 표(表)를 보시고 비답[419] 왈,

「짐(朕)이 불명(不明)ᄒᆞ여 목하[420]의 역신(逆臣)을 두고 ᄉᆞᆲ피지 못ᄒᆞ여스니, 엇지 붓그럽지{부끄럽지} 아니ᄒᆞ리오. 국냥은 ᄂᆡ 친히 다ᄉᆞ릴 거시니 경(卿)은 안심(安心)ᄒᆞ라.」

ᄒᆞ다.

ᄎᆞ시 국냥의 셔지(庶子가) 옥즁(獄中)의 갓치엿더니{갇히었더니}, 원슈의

---

413) 침노(侵擄): 성가시게 달라붙어 손해를 끼치거나 해침.

414) 미복(微服): 지위가 높은 사람이 무엇을 몰래 살피러 다닐 때, 남의 눈에 띄지 않도록 입는 남루한 옷.

415) 순힝(巡行): 여러 곳으로 돌아다님.

416) 원ᄉᆞ(寃死): 원통하게 죽음. 원한을 품고 죽음.

417) 작죄(作罪): 지은 죄.

418) 츄문졍법(推問定法): 사실을 심문하여 법대로 죄를 정함.

419) 비답(批答): 신하의 上疏에 대한 임금의 下答.

420) 목하(目下): 눈 앞. 바로 지금.

젼녕[421]이 왓거놀 군무亽(軍務事)를 어긔오지{거스르지} 못ᄒᆞ여 무亽(武士)를 명(命)ᄒᆞ여 '셩화압송[422]ᄒᆞ라.' ᄒᆞ시니, 무시 명을 바다{받아} 최싱을 함거[423]의 시러{실어} 위슈(渭水)의 이르니, 원쉬 '죄인(罪人)을 아직 군즁(軍中)의 가도라{가두라}.' ᄒᆞ고 ᄉᆞᄌᆞ(使者)를 관졉[424]헐식, 믄득 흑운(黑雲)이 침침[425]ᄒᆞ며 구즌{궂은} 비 몽몽[426]ᄒᆞ여 쳔디(天地)를 분변(分辨)치 못ᄒᆞ더니, 일모(日暮)ᄒᆞ민 무슈(無數)ᄒᆞᆫ 원귀[427] 진즁(陣中)을 둘너ᄡᅳ고 공즁(空中)의셔 지져괴되{지저귀되},

"조원슈는 ᄉᆞᆯ니 젹ᄌᆞ[428]를 버혀{베어} 우리 원억(冤抑)ᄒᆞ믈 위로ᄒᆞ소셔."

ᄒᆞ거놀, 원쉬 즉시 최싱을 버히고 졔뎐[429]을 갓초와 졔(祭)ᄒᆞ니, 이윽고 안ᄀᆡ 거치며 쳔긔(天機) 명낭[430]ᄒᆞᆫ지라. 원쉬 ᄉᆞᄌᆞ(使者)를 젼송(餞送)ᄒᆞ고 신긔[431] 곤비[432]ᄒᆞ여 잠간 조으더니, 공즁(空中)의셔 일위 노옹(一位老翁)이 일오딕,

"소져(小姐)는 지체(遲滯)치 말고 밧비 ᄒᆡᆼ군(行軍)ᄒᆞ라."

ᄒᆞ거놀, 놀나 ᄭᆡ여 군ᄉᆞ(軍士)를 지촉ᄒᆞ여 위슈(渭水)를 건너 젹진(敵陣) 오십 니(五十里)를 격(隔)ᄒᆞ여 결진(結陣)ᄒᆞ니라.

ᄎᆞ시(此時) 가달이 몽고(蒙古)와 화친[433]ᄒᆞ여쓰니 파(破)ᄒᆞ기 어렵고 뉴

421) 젼녕(傳令): 부대와 부대 사이에 오가는 명령을 전달하는 사람.
422) 셩화압송(星火押送): 몹시 급하게 붙잡아 보냄.
423) 함거(檻車): 수레 위에 판자나 난간 같은 것을 둘러싸 맹수나 죄인을 호송하는 수레.
424) 관졉(款接): 후하게 대접함.
425) 침침(沈沈): 어둡거나 흐림.
426) 몽몽(濛濛): 안개나 구름 등이 자욱함.
427) 원귀(寃鬼): 원통하게 죽은 사람의 귀신.
428) 젹ᄌᆞ(賊子): 불충한 사람.
429) 졔뎐(祭奠): 제사에 차리는 제수 용품.
430) 명낭(明朗): 맑고 밝음.
431) 신긔(身氣): 몸의 氣力.
432) 곤비(困憊): 몹시 지치고 고단함.

원슈의 존망(存亡)을 모로는지라. 어시(於是)의 가달이 뉴원슈을 싱금(生擒)ᄒᆞ고 군령(軍令)이 히틱[434]ᄒᆞᆫ지라. 죠원쉬 젹세(賊勢)를 탐지(探知)ᄒᆞᆫ 후 냑쇽(約束)을 정졔(整齊)ᄒᆞ고 격셔[435]을 젹진의 젼ᄒᆞ니라.

각셜(却說)。가달이 격셔(檄書)을 보고 ᄃᆡ로(大怒)ᄒᆞ여 제쟝(諸將)을 분발[436]ᄒᆞᆯ식, 마ᄃᆡ영으로 션봉(先鋒)을 삼고 스ᄉᆞ로 후군(後軍)이 되여 정병(精兵) 십만(十萬)을 죠발(調發)ᄒᆞ여 ᄃᆡ젼(對戰)ᄒᆞ려 ᄒᆞ더라. ᄎᆞ시(此時) 됴원쉬 됴영으로 셩봉[先鋒]을 삼고 황흔으로 후군(後軍)을 삼고 스ᄉᆞ로 즁군(中軍)이 되여 정병 십만[삼만]을 거느려 나ᄋᆞ갈식, 단(壇)을 무으고{쌓고} ᄒᆞ날긔 졔(祭)ᄒᆞᆫ 후, 믄득 공즁(空中)으로셔 션녜(仙女가) ᄂᆞ려와 일르되,

"소져는 근심 마르쇼셔. 소져의 ᄀᆞ진 ᄇᆡ 빅학션(白鶴扇)은 난즁(亂中)의 쓰는 보ᄇᆡ라. 진언[437]을 여ᄎᆞ여ᄎᆞ(如此如此) 념[438]ᄒᆞ고 ᄉᆞ면(四面)으로 부치면 ᄌᆞ연 풍우죠홰[439] 무궁(無窮)ᄒᆞ오니 부ᄃᆡ 잇지{잊지} 마르쇼셔."

ᄒᆞ고 간ᄃᆡ업거늘, 원쉬 ᄃᆡ희(大喜)ᄒᆞ여 이튿날 군ᄉᆞ을 빅불니 먹이고 졉젼(接戰)할식, 션봉(先鋒) 됴영이 ᄂᆡᄃᆞ라 ᄊᆞ지져 왈,

"무도(無道)ᄒᆞᆫ 가달은 ᄂᆡ 칼을 ᄇᆞ드라."

ᄒᆞᆫᄃᆡ, 가달이 분노(憤怒)ᄒᆞ여 마ᄃᆡ영으로 'ᄂᆞ가 ᄊᆞ호라' ᄒᆞ니, 마ᄃᆡ영이 정창츌마[440]ᄒᆞ여 교봉[441] 칠십여 합(合)의 불분승뷔(不分勝負이)려니, 됴영의 창법(槍法)이 졈졈 솬난(散亂)ᄒᆞᆫ지라 됴원쉬 ᄂᆡ다라 협공(挾攻)ᄒᆞ니, 젹

433) 화친(和親): 나라와 나라 사이에 좋은 교분을 맺음.
434) 히틱(懈怠): 게으르고 느슨함.
435) 격셔(檄書): 널리 세상 사람에게 알려 선동하거나 의분을 고취시키려 쓰는 글.
436) 분발(分發): 나누어 출발시킴.
437) 진언(眞言): 陰陽家나 術家 등이 술법을 부릴 때 외는 글귀.(呪文)
438) 념(念): (佛經·眞言 등) 조용히 외움.
439) 풍우죠홰(風雨造化가): 바람과 비가 일으키는 변화.
440) 정창츌마(挺槍出馬): 창을 빼어들고 말을 타고 전쟁터에 나감.
441) 교봉(交鋒): 무기를 가지고 서로 힘을 겨룸.(交戰)

진 즁으로 가달이 닉드라 쏘훈 협공훈는지라. 스쟝(四將)이 어우려져 쌋화 스십여 합(合)의 가달의 용밍(勇猛)을 둥(當)키 어려운지라. 원쉬 말게 느려 앙텬비례(仰天拜禮)훈고 진언(眞言)을 념(念)훈며 빅흑션을 스면(四面)으로 부치미, 텬지(天地) 오득훈고 뇌정벽녁[442]이 진동(震動)훈며 무슈(無數)훈 신쟝[443]이 느려와 돕는지라. 져 가달이 아모리 용밍훈들 엇지 당훈리요. 황겁[444]훈여 일시(一時)의 말게 느려 항복(降服)훈는지라.

원쉬 가달과 마딕영을 당훈[445]의 꿀니고{꿇리고} 딕미(大罵) 왈,

"네 뉴원슈을 지금 모셔 와냐{와야} 목숨을 용셔(容恕)훈려니와, 불련즉[不然則] 군법(軍法)을 시힝(施行)훈리라."

훈딕, 가달이 급히 마딕영을 명훈여 '뉴원슈을 모셔오라' 훈거늘, 마딕영이 급히 달녀 뉴원슈의 곳의 느아가 고왈,

"원쉬 쇼쟝(小將)이 구(救)훈미 아니런들 발셔{벌써} 위틱(危殆)훈실 터이오니, 소쟝의 공(功)을 잇지{잊지} 므르소셔."

훈고, 슈릭{수레}의 싯고{싣고} 모라가거늘, 원쉬 아모란 쥴 모르고 당하(帳下)의 다다르니, 일위(一位) 쇼년 딕쟝(少年大將)이 마즈 왈,

"쟝군(將軍)이 누딕명신[446]으로 이러틋{이렇듯} 곤(困)훈미 도시(都是) 명(命)이라, 안심(安心)훈여 긔회[447]치 마르쇼셔."

훈거늘, 뉴원쉬 눈을 드러{들어} 본즉, 이는 쇼미평싱[448]이라 거슈칭

---

442) 뇌정벽녁(雷霆霹靂): 격렬한 천둥과 벼락.
443) 신쟝(神將): 神兵을 거느리는 장수.
444) 황겁(惶怯): 두렵고 겁이 남.
445) 당훈(帳下): 군대에서 장수가 주둔하고 있는 장막 아래.
446) 누딕명신(累代名臣): 여러 임금을 모신 이름난 신하.
447) 긔회(介懷): 어떤 일을 마음에 두어 거리낌.
448) 쇼미평싱(素昧平生): 견문이 없고 세상 형편에 깜깜한 채 지내는 한평생. 평소 서로 만난 일이 없음.

ᄉᆞ[449] 왈,

"뉘신지는 모르건이와, 뜻밧게 죽어ᄀᆞ는 ᄉᆞ람을 살녀 본국(本國) 귀신(鬼神)이 되게 ᄒᆞ시니 빅골난망[450]이오나, 이졔 픽군지쟝(敗軍之將)이 되여 군부[451]을 욕(辱)되게 ᄒᆞ오니 하면목(何面目)으로 군부(君父)을 뵈오리요. ᄎᆞᄒᆞ리{차라리} 이곳의셔 죽어 죄을 쇽(贖)홀ᄀᆞ ᄒᆞ나이다."

원쉬 ᄌᆡ삼(再三) 위로(慰勞) 왈,

"쟝슈(將帥)되여 일승일픽(一勝一敗)는 병가샹식(兵家常事이)오니, 과히 번뇌(煩惱)치 ᄆᆞ르소셔."

뉴원쉬 ᄉᆞᄉᆞ[452]ᄒᆞ더라.

가달과 마ᄃᆡ영을 함거(檻車)의 싯고{싣고} 회군(回軍)할ᄉᆡ, 몬져[먼저] 승젼(勝戰)ᄒᆞᆫ 쳡셔[453]을 올니고 승젼고(勝戰鼓)을 울니며 ᄒᆡᆼ(行)헐ᄉᆡ, 뉴원쉬 슈ᄉᆡᆨ[454]이 만안(滿顔)허믈 보고 됴원쉬 문왈(問曰),

"쟝군이 이졔 ᄉᆞ디(死地)을 버셔ᄂᆞ{벗어나} 고국(故國)으로 도라오시니{돌아오시니} 만ᄒᆡᆼ(萬幸)이어늘, 엇지 이러틋 슈쳑(瘦瘠)ᄒᆞ신뇨?"

원쉬 ᄎᆞ탄(嗟歎) 왈,

"소쟝(小將)이 불튱불효(不忠不孝)ᄒᆞᆫ 죄(罪)을 짓고 도라오나[돌아오니], 무어시{무엇이} 질거오리요. 원쉬 이러틋{이렇듯} 유렴(留念)ᄒᆞ시니 황공불안(惶恐不安)ᄒᆞ여이다."

됴원쉬 짐줏{일부러} 문왈,

---

449) 거슈칭ᄉᆞ(擧手稱辭): 손을 들어 환영의 뜻을 표하면서 칭찬하는 말.

450) 빅골난망(白骨難忘): 죽어 백골이 된다 하여도 잊을 수 없음. 큰 은혜나 덕을 입었을 때 감사의 뜻으로 하는 말이다.

451) 군부(君父): 임금은 백성의 어버이라는 뜻으로, '임금'을 일컬음.

452) ᄉᆞᄉᆞ(謝辭): 고마움을 나타냄.

453) 쳡셔(捷書): 전쟁에서 승리한 것을 왕에게 알리는 편지글.(捷報)

454) 슈ᄉᆡᆨ(愁色): 근심스러운 빛.

"듯ᄌᆞ온즉 '원쉬 일ᄀᆡ(一介) 녀ᄌᆞ(女子)을 위ᄒᆞ여 ᄌᆞ원츌젼(自願出戰)ᄒᆞ시다' ᄒᆞ오니, 이 말이 올흐니잇ᄀᆞ?"

뉴원쉬 슈괴[455] 무언(無言)이어늘, 됴원쉬 ᄯᅩ ᄀᆞᆯ오되,

"쟝군이 임의{이미} 노즁(路中)의셔 일ᄀᆡ(一介) 녀ᄌᆞ(女子)를 맛ᄂᆞ{만나} ᄇᆡᆨ혹션의 글을 써쥬엇든 그 녀ᄌᆡ(女子가) 쟝셩(長成)ᄒᆞ미 ᄇᆡᆨ년(百年)을 긔냑[期約]ᄒᆞ나 임ᄌᆞ을 맛ᄂᆞ지{만나지} 못ᄒᆞ미, 'ᄉᆞ면(四面)으로 ᄎᆞᄌᆞ{찾아} 셔쥬의 이르러 쟝군(將軍)의 비문(碑文)을 보고 긔졀(氣絕)ᄒᆞ여 쥭다' ᄒᆞ니, 엇지 ᄀᆞ셕(可惜)지 아니리요{않으리오}."

뉴원쉬 청파(聽罷)의 춤졀[456]ᄒᆞ여 탄식(歎息) 왈,

"쇼쟝(小將)이 군부(君父)의게 욕(辱)을 ᄭᅵ치고 ᄯᅩ 녀ᄌᆞ(女子)의게 젹원[457]ᄒᆞ오니, 출ᄒᆞ리{차라리} 쥭어 모로고져 ᄒᆞ나이다."

원쉬 미쇼(微笑)ᄒᆞ고 ᄇᆡᆨ혹션을 ᄂᆡ여 부치거늘, 뉴원쉬 이으기{이윽히} 보ᄃᆞ가 문왈,

"원쉬 그 부칙을 어ᄃᆡ셔 어드시니잇고{얻으시니까}?"

원쉬 갈오ᄃᆡ,

"소쟝(小將)의 죠뷔(祖父가) 상강현령(湘江縣令)으로 계실 ᄯᅢ의 뇽왕(龍王)을 현몽(現夢)ᄒᆞ고 어드신{얻으신} 거시니이다."

뉴원쉬 다시 뭇지{묻지} 아니ᄒᆞ고 ᄂᆡ심(內心)의 혜오되,

'셰상의 ᄀᆞᆺ흔{같은} 부치도 잇도다.'

ᄒᆞ고 ᄌᆡ삼(再三) 보거늘, 원쉬 이을{이를} 보고 참지 못ᄒᆞ여 왈,

"쟝군이 경신(精神)이 소삭[458]ᄒᆞ여 친히 쓴 글시[글씨]을 몰나보시는도다."

455) 슈괴(羞愧): 부끄럽고 창피함.(羞恥)

456) 춤졀(慘絕): 끔찍하기가 이를 데 없음.

457) 젹원(積怨): 원한을 오랫동안 쌓고 또 쌓게 함.

458) 소삭(消索): 점점 줄어들어 다 없어짐.

ᄒᆞ고 부치을 뉴원슈의 압희{앞에} 노흐니{놓으니}, 뉴원쉬 비로쇼 됴쇼졘 쥴 알고 비회[459]을 이기지 못ᄒᆞ여 나ᄋᆞᄀᆞ 그 옥슈(玉手)을 잡고 왈,

"이거시{이것이} 쑴인지 상신[生時인]지 씨닷지 못ᄒᆞ리로다. ᄉᆡᆼ(生)은 쟝부(丈夫)로ᄃᆡ 불튱불효(不忠不孝)을 범(犯)ᄒᆞ고 몸이 쥭을 곳의 ᄲᅢ지되, 그ᄃᆡ는 규즁녀ᄌᆞ(閨中女子)로 츌젼닙공[460]ᄒᆞ고 쥭은 ᄉᆞ롬을 살니이[살리니] 가위(可謂) 뉴즁호걸[461]이로다."

ᄒᆞ며 여취여광(如醉如狂)ᄒᆞ거늘, 됴쇼졔 ᄯᅩᄒᆞᆫ 비회(悲懷) 교집[462]ᄒᆞ나 군즁(軍中)이라 말숨ᄒᆞᆯ 곳지{곳이} 아니뇨, 황상(皇上)이 기ᄃᆞ리시믈 ᄉᆡᆼ각ᄒᆞ고 ᄒᆡᆼ군(行軍)을 직쵹헐ᄉᆡ, 위슈(渭水)의 이르러 뇽신(龍神)게 졔(祭)ᄒᆞ고 삼만 군(三萬軍) 혼ᄇᆡᆨ(魂魄)을 위로(慰勞)ᄒᆞᆫ 후 묘당(廟堂)을 지어 ᄉᆞ젹(事跡)을 긔록(記錄)ᄒᆞᆫ고, 젼결[463]을 획급[464]ᄒᆞ여 ᄉᆞ시(四時)로 졔향(祭享)을 밧들고, 쟝졸(將卒)을 노노ᄒᆞ{나누어} 보ᄂᆡ여 왈,

"도라가{돌아가} 부모 쳐ᄌᆞ(父母妻子)을 반기라."

ᄒᆞ고, 여간[465] 나믄{남은} 군졸(軍卒)을 거늘려[거느려] ᄒᆡᆼ(行)ᄒᆞ여 아미산(峨眉山)의 이르러, 뉴원슈[466]의 친산[467]의 쇼분(掃墳)ᄒᆞ고 셕일(昔日) 쥬인(主人)과 인니(隣里)을 모화{모아} 즐기고 옥졸(獄卒)을 후(厚)히 상급(賞給)ᄒᆞ고, 쇼상듁님(瀟湘竹林)의 이르러 황능묘[468]을 슈리(修理)ᄒᆞᆫ 후 하향 고

---

459) 비회(悲懷): 슬픈 생각이나 마음.
460) 츌젼닙공(出戰立功): 싸움에 나가 공을 세움.
461) 뉴즁호걸[閨中豪傑]: 여자 중에 뛰어난 사람.
462) 교집(交集): 서로 다른 감정이 한데 뒤얽히어 서림.
463) 젼결(田結): 논밭에 대하여 물리던 세금이란 뜻이나, 여기서는 '논밭'을 의미함.
464) 획급(劃給): 갈라 줌.
465) 여간(如干): 약간. 얼마.
466) 뉴원슈: 조원수의 오기. 조은하의 부모가 죽은 곳이기 때문이다
467) 친산(親山): 부모의 산소.
468) 황능묘(黃陵廟): 중국 고대 堯임금의 두 딸이며 舜임금의 부인이었던 娥黃과 女英을

토[469]의 ᄃᆞᄃᆞ라 인니 노쇼(老少)을 모화 셕ᄉᆞ(昔事)을 이르며 금은(金銀)을 흐터{흩어} 쥬고 틱양션싱을 ᄎᆞᄌᆞ 젼일(前日) 덕틱(德澤)을 ᄉᆞ례(謝禮)ᄒᆞᆫ 후, 노창두(老蒼頭) 튱복을 ᄎᆞᄌᆞ 쳔금(千金)을 상ᄉᆞ[470]ᄒᆞᆫ 후 경ᄉᆞ(京師)로 향ᄒᆞ니라.

션시(先時)의 됴원슈 표(表)을 올녀 갈와스되,

「경남디원슈(征南大元帥) 됴은하는 돈슈빅비(頓首百拜)ᄒᆞ옵고 룡탑하(龍榻下)의 올니옵나니, 신쳡(臣妾)이 폐ᄒᆞ(陛下)의 특은(特恩)을 닙ᄉᆞ와 한번 북쳐 호젹(胡狄)을 소멸(掃滅)ᄒᆞ옵고 뉴원슈을 구(救)ᄒᆞ오니, 신쳡(臣妾)의 외람(猥濫)ᄒᆞᆫ온 죄(罪)을 거의 쇽(贖)ᄒᆞ올지라, 탑하(榻下)의 봉명(奉命)ᄒᆞ오미 밧브오나{바쁘오나} 분묘(墳墓)을 슈리(修理)ᄒᆞ고 디죄(待罪)ᄒᆞ리이다.」

ᄒᆞ엿더라. 상이 남필[471]의 디찬(大讚) 왈,

"긔특(奇特)ᄒᆞᄃᆞ, 됴은하여! 규즁녀ᄌᆞ(閨中女子)로 츌뎐닙공(出戰立功)ᄒᆞ믄 고금(古今)의 희한(稀罕)ᄒᆞᆫ 일리로다."

ᄒᆞ시고 '최국냥을 요참[472]ᄒᆞ라' ᄒᆞ시며 '그 가쇽[473]을 원찬[474]ᄒᆞ라' ᄒᆞ시다.

원슈이 션문이[先鋒이] 이르미 상이 빅뇨(百僚)을 거ᄂᆞ리시고 십 니(十里) 밧게 마즈실시, 됴원쉬 뉴원슈로 더브러 복지(伏地)ᄒᆞ온디, 상이 반기ᄉᆞ 원노구치[475]을 위로(慰勞)ᄒᆞ시고 뉴원슈의 운익[476]ᄒᆞ믈 ᄎᆞ탄(嗟歎)ᄒᆞ

모신 사당.

469) 고토(故土): 고향 땅.

470) 상ᄉᆞ(賞賜): 상으로 하사함.

471) 남필(覽畢): 읽기를 마침.

472) 요참(腰斬): 중죄인의 허리를 잘라 죽임.

473) 가쇽(家屬): 한 가장에게 딸린 식구.

474) 원찬(遠竄): 먼 고장으로 귀양살이를 보냄.

475) 원노구치(遠路驅馳): 먼 길에 말을 몰았다는 뜻으로, '먼 길을 남의 일로 분주히 옴'을

시고, 인ᄒᆞ여 냥(兩) 원슈(元帥)로 시위[477]ᄒᆞ여 환궁(還宮)ᄒᆞᄉᆞ 젼교[478]ᄒᆞᄉᆞ딕,

"가달과 마딕영을 참(斬)ᄒᆞ라."

ᄒᆞ시니, 냥(兩) 원쉬(元帥가) 불가(不可)ᄒᆞ믈 쥬(奏)ᄒᆞᆫ딕, 상이 죠ᄎᆞᄉᆞ 은위(恩威)을 베퍼{베풀어} 위유[479]ᄒᆞ시고 ᄉᆞ(赦)ᄒᆞ시니, 가달이 빅빅고두[480]ᄒᆞ고 도라가{돌아가} 셩상(聖上)의 덕턱(德澤)과 냥 원슈의 은덕(恩德)을 탄복(歎服)ᄒᆞ더라.

츌뎐졔쟝(出戰諸將)을 작상[481]ᄒᆞ실 ᄉᆡ, 됴은하로 튱녈(忠烈) 왕비을 봉(封)ᄒᆞ시고 뉴빅노로 연왕(燕王)을 봉ᄒᆞ시며, 뉴상셔로 틱상왕(太上王)을 봉ᄒᆞ시고 순시[진씨]로 조국부인을 봉ᄒᆞ시며, 황금 만 냥과 치단(綵緞) 삼쳔 필과 젼답(田畓) 노비(奴婢)를 사급(賜給)ᄒᆞ신 후 친히 쥬혼[482]ᄒᆞ실ᄉᆡ, 튱녈의 부뫼 업다 ᄒᆞᄉᆞ 딕닉[483]에셔 쥬쟝[484]ᄒᆞ게 ᄒᆞ시고, 턱일(擇日)ᄒᆞᆫ즉 불과(不過) 일슌(一旬)이 격(隔)ᄒᆞᆫ지라, 녜부(禮部)의 젼지[485]ᄒᆞᄉᆞ '졀ᄎᆞ(節次)을 거힝(擧行)ᄒᆞ라' ᄒᆞ시ᄃᆞ.

어언지간(於焉之間)의 길일(吉日)이 ᄃᆞᄃᆞ르ᄆᆡ 연왕(燕王)이 위의(威儀)을 ᄎᆞ려 신부(新婦)을 마즐ᄉᆡ, 합환교빅[486]을 맛치ᄆᆡ, 연왕이 눈을 드러{들어}

일컫는 말.

476) 운익(運厄): 운수와 액화를 아울러 이르는 말.

477) 시위(侍衛): (임금을) 곁에서 모시고 호위함.

478) 젼교(傳敎): 임금이 명령을 내림.

479) 위유(慰諭): 위로하고 타일러 달램.

480) 빅빅고두(百拜叩頭): 여러 번 절을 하며 머리를 조아림.

481) 작상(爵賞): 벼슬을 새로 주거나 높여 주어 표창함.

482) 쥬혼(主婚): 혼사를 맡아 주관함.

483) 딕닉(大內): 임금이 거처하는 궁궐.

484) 쥬쟝(主掌): 어떤 일을 책임지고 맡아서 함.

485) 젼지(傳旨): 임금의 뜻을 담당 관아나 관리에게 전함.

486) 합환교빅(合歡交拜): 혼인 때에 새색시와 새서방이 서로 절을 하는 예.

보고 젼일(前日) 군즁(軍中)의 원융디쟝[487]이 지금 신부되믈 도로혀 어히 업셔 ᄒᆞ더라. 일모(日暮)ᄒᆞ미 시네(侍女가) 촉(燭)을 ᄌᆞ바{잡아} 인도(引導)ᄒᆞ여 신방(新房)의 이르러 신부로 상디(相對)ᄒᆞ여 젼일을 이르며 침셕(寢席)의 나ᄋᆞ가니, 무순낙픠[488]라도 이에셔 지나지 못ᄒᆞᆯ네라. 명일(明日)의 부뷔(夫婦가) 티상왕(太上王)게 문안(問安)ᄒᆞᆫ디, 티상왕이 두굿기믈{즐거워함을} 마지아니ᄒᆞ더라.

셰월(歲月)이 여류(如流)ᄒᆞ여 틈녈이 연(連)ᄒᆞ여 이ᄌᆞ일녀(二子一女)을 싱(生)ᄒᆞ니, 장ᄌᆞ(長子)의 명(名)은 농윤이요 ᄎᆞᄌᆞ(次子)의 명은 봉윤이니, 다 왕후거족(王侯巨族)의 셩취[489]ᄒᆞ고, 일녀(一女)의 명은 혜경이니 티ᄌᆞ비(太子妃) 되엿더라.

ᄎᆞ셜(且說)。 티상왕이 쳔년[490]으로 셰상을 바리미 션산(先山)의 안쟝(安葬)ᄒᆞ고 삼상[491]을 맛친 후, 농윤·봉윤이 다 싱산(生産)ᄒᆞ미 ᄌᆞ손(子孫)이 만당(滿堂)ᄒᆞ여 곽분냥[492]의 비길네라.

일일은 연왕(燕王)이 비(妃)로 더브러 모든 ᄌᆞ숀을 거느려 완월누(玩月樓)의 올나 잔치ᄒᆞ며 즐기든니, 홀련{홀연} 오운(五雲)이 영농(玲瓏)ᄒᆞ며 션악[493]이 졔명[494]ᄒᆞᆫ 가온디 션동(仙童)·션네(仙女가) 나려와 왕게 고왈,

---

487) 원융디쟝(元戎大將): 우두머리 대장.

488) 무순낙픠(巫山洛浦이): 巫山神女와 洛浦宓妃를 함께 일컫는 말. 무산신녀는 구름과 비로 변하여 초회왕과 놀았던 선녀이고, 복비는 낙수 가에 살던 하백의 아내로서 영웅 羿와 사랑을 했다는 여신이다.

489) 셩취(成娶): 장가를 듦.

490) 쳔년(天年): 타고난 수명.

491) 삼상(三喪): 初喪, 小喪, 大祥의 三年喪.

492) 곽분냥(郭汾陽): 唐 중기의 정치가 郭子儀. 安祿山의 난 때 史思明의 군대를 격파하였고, 肅宗 때 司徒 代國公에 이어 汾陽王으로 봉해졌으며, 代宗 때 吐蕃의 침략을 물리쳐 공을 세웠다. 五福을 겸비한 팔자를 곽분양의 八字라 한다.

493) 션악(仙樂): 신선의 음악.

494) 졔명(齊鳴): 여러 가지 소리가 동시에 울림.

"우리는 옥뎨(玉帝) 명(命)을 밧ᄌᆞ와 왕과 왕비을 뫼시라 왓ᄉᆞ온니, 밧비{바삐} 치교[495]의 오르시고 더려지{떨어지지} 마르쇼셔."

ᄒᆞ거늘, 왕과 비 망죠[496]ᄒᆞ나 홀일업셔 ᄌᆞ숀 등을 불너 경계(警戒) 왈,

"닉 이졔 셰연(世緣)이 진(盡)ᄒᆞᆫ지라 여등(汝等)을 이별(離別)ᄒᆞ믹 그으기 창연[497]ᄒᆞ도다. 연(然)이ᄂᆞ 여등은 진튱갈녁[498]ᄒᆞ여 국은(國恩)을 갑흐라."

ᄒᆞ고 왕과 비 치교(彩轎)의 오르믹, 션동(仙童)이 옹위(擁衛)ᄒᆞ여 공즁(空中)으로 올나가거늘, ᄌᆞ손 등이 쳥텬(靑天)을 앙망(仰望)ᄒᆞ다가 홀일업셔 션산(先山)의 허쟝[499]ᄒᆞ고, 농윤이 연왕을 승습[500]ᄒᆞ여 ᄌᆞ손이 계계승승[501]ᄒᆞ여 누쳔년(累千年)을 누리더라.

[金東旭所藏本][502]

495) 치교(彩轎): 채색한 가마.

496) 망죠(罔措): 너무 당황하거나 급하여 갈팡질팡 어찌할 바를 모름.(罔知所措)

497) 창연(愴然): 몹시 슬픔.

498) 진튱갈녁(盡忠竭力): 충성을 다하고 힘을 다함.

499) 허쟝(虛葬): 종적이 없는 사람을 죽었다 하여 그가 입던 의복 혹은 유물 따위로 시체를 대신하여 장사함.

500) 승습(承襲): 爵位 따위를 이어받음.

501) 계계승승(繼繼承承): 자손이 대대로 대를 이어감.

502) 이 대본은 경판 24장본으로『景印 古小說板刻本全集 1』(김동욱 편)의 399~410면에 수록되어 있다.

쌍쥬긔연
雙珠奇緣

作者未詳

딕명(大明) 셩화[1] 년간(年間)의 소쥐[2] 화계촌의 일위(一位) 명환(名宦)이 잇스니, 셩(姓)은 셔오 명(名)은 경이오 즈(字)는 경옥이니, 딕딕(代代) 명문거족[3]이라. 위국공(魏國公) 셔달[4]의 휘(後이)오, 문연각 틱학스[5] 문형의 직(子이)라. 위인(爲人)이 공검인후[6]ᄒ고 문쟝(文章)이 당셰(當世)에 독보[7]ᄒ며 쇼년의 등과ᄒ여[8] 벼술이 니부샹셔[9] 참지정스[10]의 니르니, 부귀영춍(富貴榮寵)이 일셰[11]에 혁혁(赫赫)ᄒ더라.

부인 니시(李氏)는 간의틱우[12] 니츈의 녀(女)오, 한국공 션쟝[13]의 휘(後

---

1) 셩화(成化): 명나라 제8대 황제인 憲宗 때의 연호.(1465~1487)

2) 소쥐[蘇州]: 江蘇省의 양자강 남쪽에 있는 지명.

3) 명문거족(名門巨族): 뼈대 있는 가문과 크게 번창한 집안.

4) 셔달(徐達, 1332~1385): 중국 명나라의 건국 공신. 朱元璋의 부하로 統軍元帥, 江南行樞密院事, 左相國 등을 지냈고 元軍 토벌에서는 25만의 군세를 총지휘했으며 주원장이 즉위하자 武官 제일의 자리를 차지했다. 1370년 魏國公에 봉해졌다.

5) 문연각 틱학스(文淵閣太學士): 중국 명나라 때에, 북경 紫禁城 남동쪽 구석에 있던 궁중 藏書의 殿閣에 소속된 관직. 太學士는 大學士로도 쓰인다.

6) 공검인후(恭儉仁厚): (마음이) 공손하고 검소하며 어질고 무던함.

7) 독보(獨步): 남이 감히 따를 수 없을 만큼 혼자 앞서 나감.

8) 쇼년(少年)의 등과(登科)ᄒ여: 젊은 나이에 과거에 합격하여.

9) 니부샹셔(吏部尙書): 관리의 임면·포상·처벌 등의 일을 맡아보던 吏部의 長官.

10) 참지정스(參知政事): 중국의 벼슬 이름으로, 재상의 다음가는 벼슬.

11) 일셰(一世): 온 세상.

12) 간의틱우[諫議太夫]: 정치상 또는 천자의 언동에 대하여 간언을 담당하는 관리.(諫議大夫)

이)라. 화용월틱[14]와 뇨됴슉덕[15]이 겸비(兼備)ᄒᆞ나, 슬하(膝下)의 남녀간 일졈혈육(一點血肉)이 업셔 미양 슬허ᄒᆞ더니.

일일은 ᄒᆞᆫ 녀승(女僧)이 손의 뉵환쟝[16] 집고{짚고} 목의 빅팔념쥬(百八念珠)를 걸고 닉당(內堂)으로 드러와{들어와} 계하(階下)의 합쟝비례(合掌拜禮) 왈,

"빈승[17]은 틱원 망월ᄉᆞ의 잇는 혜영이라 ᄒᆞ는 즁이옵더니, 졀이 가난ᄒᆞ여 불당(佛堂)이 퇴락(頹落)ᄒᆞ미 부쳬{부처가} 풍우(風雨)를 피(避)치 못ᄒᆞ는 고로, 불원쳔니[18]ᄒᆞ고 공문귀틱(公門貴宅)의 시쥬(施主)ᄒᆞ여 졀을 즁슈[19]코져 왓나이다."

ᄒᆞ거늘, 공(公)과 부인이 보미, 나히{나이} 반빅(半百)은 ᄒᆞ고 얼골[얼굴]이 빙셜(氷雪) 갓고{같고} 동지[20] 안샹[21]ᄒᆞ여 범상(凡常)ᄒᆞᆫ 니고[22]와 다른지라. 공(公) 왈,

"현ᄉᆞ[23]의 지셩(至誠)을 가히 알지라. 부쳐를 위ᄒᆞ여 쳘 니(千里)를 발셥[24]ᄒᆞ여 왓시니{왔으니}, 엇지 아름답지 아니리오{않으리오}! 닉 본디 집

13) 한국공(韓國公) 션쟝(善長): 李善長(1314~1390). 중국 명나라의 개국공신. 朱元璋의 참모가 되어 큰 공을 세웠다. 參議 右相國, 光祿大夫, 左柱國, 太師, 中書左丞相 등을 역임하고, 宣國公, 韓國公으로 봉해졌다. 만년에 胡惟庸이 北元과 왜국과 내통했다는 죄명을 씌워 본인은 물론이고 처자식과 조카까지 70여 명이 처형당했다.

14) 화용월틱(花容月態): 꽃 같은 얼굴과 달 같은 자태라는 뜻으로, '아름다운 여인의 얼굴과 맵시'를 일컫는 말.

15) 뇨됴슉덕(窈窕淑德): 정숙하고 단아한 여자의 미덕.

16) 뉵환쟝(六環杖): 중이 짚는, 고리가 6개 달린 지팡이.

17) 빈승(貧僧): 덕이 적은 중이란 뜻으로, 중이 '자기'를 낮추어서 일컫는 말.(貧道)

18) 불원쳔니(不遠千里): 천리 길을 멀다 하지 않음.

19) 즁슈(重修): 낡고 헌 것을 다시 손대어 고침.

20) 동지(動止): 행동거지.

21) 안샹(安詳): 성질이나 행동 등이 찬찬하며 꼼꼼하고 세심함.

22) 니고(尼姑): '비구니'를 낮잡아 이르는 말.

23) 현ᄉᆞ(賢師): '중'을 높여서 이르는 말.

이 가난치 아니ᄒᆞ나 ᄌᆞ식(子息)이 업ᄂᆞᆫ 고로 우리 부뷔{부부가} ᄉᆡᆼ젼(生前)의 젹션(積善)이나 ᄒᆞ고져 ᄒᆞᄂᆞ니, 무ᄉᆞᆷ 어려오미 잇스리오."

시ᄌᆞ(侍者)를 명ᄒᆞ여 황금 ᄇᆡᆨ 냥과 ᄎᆡ단(綵緞) 슈십 필(疋)을 쥬니, 그 녀승이 밧고 ᄉᆞ례(謝禮) 왈,

"모를 바ᄂᆞᆫ 텬되[25]라. 이러ᄒᆞᆫ 인덕(仁德)으로 엇지 무ᄌᆞ(無子)ᄒᆞ시리오. 빈승(貧僧)의 말ᄉᆞᆷ이 오활[26]ᄒᆞ나 셕가세존(釋迦世尊)게 츅원(祝願)ᄒᆞ여 귀ᄌᆞ(貴子)를 졈지[27]ᄒᆞ오리다."

공이 소왈(笑曰),

"불되[28] 비록 령(靈)ᄒᆞ거니와, 업ᄂᆞᆫ ᄌᆞ식을 엇지 졈지ᄒᆞ리오!"

부인이 ᄯᅩᄒᆞᆫ 웃고 왈,

"노(魯)ᄂᆞ라 공부ᄌᆞ[29]ᄂᆞᆫ 니구산[30]의 비러{빌어} 나 계시니, 지셩(至誠)이면 감응(感應)ᄒᆞ미 잇ᄂᆞ니, 현ᄉᆞ(賢師)ᄂᆞᆫ 부쳐게 지셩으로 츅원(祝願)ᄒᆞ여 달나."

ᄒᆞ고, 머리의 금ᄎᆞ[31]를 ᄲᆡ혀{빼어} 쥬고 ᄯᅩ ᄇᆡᆨ능[32]을 ᄂᆡ여 츅ᄉᆞ(祝辭)를 지어 쥬니, 혀영[혜영]이 바다{받아} 가지고 하직(下直) 왈,

"빈승{貧僧}의 잇ᄂᆞᆫ{있는} 곳이 머오나 후일(後日) 혹 다시 ᄇᆡ알[33]ᄒᆞᆯ가

---

24) 발셥(跋涉): 산을 넘고 물을 건너 길을 감.

25) 텬되(天道이): 하늘의 섭리.

26) 오활(迂闊): 사리에 어둡고 세상 물정을 잘 모름.

27) 졈지(點指): 神佛이 사람에게 자식을 갖게 하여 줌.

28) 불되(佛道가): 불교. 부처의 가르침.

29) 공부ᄌᆞ(孔夫子): '공자'를 높이어 일컫는 말. 魯나라 사람으로 여러 나라를 주유하면서 仁을 정치와 윤리의 이상으로 하는 도덕주의를 설파하여 덕치 정치를 강조하였다.

30) 니구산(尼丘山): 중국 東省 曲阜縣 동남에 있는 산. 중국의 성인 공자를 낳을 때 그의 부모가 빌었다고 하는 산이다.

31) 금ᄎᆞ(金釵): 금비녀.

32) ᄇᆡᆨ능(白綾): 흰빛의 얇은 비단.

33) ᄇᆡ알(拜謁): 지체 높은 분을 만나 뵘.

바라옵느니 만슈무강(萬壽無疆)ᄒᆞ소셔!"

ᄒᆞ고, 언필[34]의 표연[35]이 가더라.

ᄎᆞ셜(且說)。 샹세(尙書가) 벼술이 마음의 업셔{없어} 표[36]를 올여{올려} 벼술을 갈고{바꾸고} 고향(故鄕)으로 갈싀, 약간 비복(婢僕)을 머무러{머물게 해} 집을 직히오고{지키고}, 가묘[37]를 모시고 여러 날 만의 고턱(故宅)의 일으러{이르러}, 공이 날마다 갈건야복[38]으로 산의 올나 음풍영월[39]ᄒᆞ고 물을 님(臨)ᄒᆞ여 고기 낙가{낚아} 세월(歲月)을 보닉더니, 명년(明年) 츈삼월(春三月) 긔망[40]의 샹세 부인과 죵일(終日) 화류(花柳)를 완상(玩賞)ᄒᆞ고 닉당(內堂)으로 도라와{돌아와} 부인이 몸이 곤(困)ᄒᆞ여 침셕(寢席)의 의지(依支)ᄒᆞ엿더니, 홀연(忽然) 일위(一位) 동지(童子가) 공즁(空中)으로 ᄂᆞ리와{내려와} 졀ᄒᆞ고 왈,

"쇼ᄌᆞ[41]는 틱을셩[42]이옵더니 득죄(得罪)ᄒᆞ여 인간(人間)의 젹강[43]홀시 의탁(依托)홀 곳을 모로옵더니, 망월ᄉᆞ 부쳬{부처가} 이리로 지시(指示)ᄒᆞ옵기로 왓ᄉᆞ오니 어엿비 너기쇼셔. 이 구술{구슬}은 옥뎨(玉帝)긔 잇는 ᄌᆞ웅쥐(雌

34) 언필(言畢): 말하기를 마침.

35) 표연(飄然): 훌쩍 떠나거나 나타나는 모양.

36) 표(表): 마음에 품은 생각을 기록하여 임금에게 올리는 글.

37) 가묘(家廟): 한 집안의 祠堂. 그렇지만 안채 대청이나 사랑채 사랑대청 벽 상부에 壁龕을 두어 가묘로 삼기도 하였다.

38) 갈건야복(葛巾野服): 葛布로 만든 두건과 베옷이라는 뜻으로, '處士나 隱士의 거칠고 소박한 의관'을 일컬음

39) 음풍영월(吟風咏月): 맑은 바람과 밝은 달을 대하여 시를 지어 읊으며 즐김.(吟風弄月)

40) 긔망(旣望): 음력으로 매달 열엿샛날.

41) 쇼ᄌᆞ(小子): 나이 어린 사람이 부모뻘 되는 사람에 대하여 '자기'를 낮추어 일컫는 말.

42) 틱을셩(太乙星): 음양가에서, 북쪽 하늘에 있으면서 병란·재화·생사 따위를 맡아 다스린다고 하는 신령한 별. 北斗星의 북쪽에 있는 성좌로 天帝가 거처하는 곳인 紫微垣 閶闔門 안에 있는 이 별이 팔방으로 움직이는 위치에 따라서 길흉을 점치기도 한다.

43) 젹강(謫降): 천상 세계의 존재가 하늘에서 죄를 지어 그 벌로 인간 세상에 내려와 사람으로 태어남.

雄珠이)라. 암ᄌᆞᄍᆞ[雌字] 쓴 구술은 월궁션익[44] 가지고 다른 집으로 가고, 슈웅ᄍᆞ[雄字] 쓴 것슨 이 구술이오니, 심심쟝지[45]ᄒᆞ엿다가 후일(後日) 가연[46]을 일우쇼셔{이루소서}."

ᄒᆞ고, 변(變)ᄒᆞ여 말 만ᄒᆞᆫ 별이 되여 부인 품으로 드러오거ᄂᆞᆯ{들어오거늘}, 부인이 놀나 쇼ᄅᆡ를 크게 ᄒᆞ고 ᄭᆡ다르니, 샹셰 놀나 연고(緣故)를 무른ᄃᆡ{물으니}, 부인이 몽ᄉᆞ(夢事)를 갓쵸{갖추} 고(告)ᄒᆞ니 공의 몽시 ᄯᅩ ᄒᆞᆫ가지라.

홀연 방즁(房中)의 명광(明光)이 죠요[47]ᄒᆞ거ᄂᆞᆯ 술펴보니 그 구술이 겻ᄐᆡ{곁에} 노엿ᄂᆞᆫ지라{놓였는지라}. 공과 부인이 신긔(神奇)히 너겨 ᄌᆞ시{자세히} 보니 몽즁(夢中)의 션동(仙童)이 쥬든 ᄇᆡ라. 공이 희불ᄌᆞ승[48]ᄒᆞ여 왈,

"우리 무ᄌᆞ(無子)ᄒᆞᆷ믈 하ᄂᆞᆯ이 불상이 너기샤, 필연(必然) 귀ᄌᆞ(貴子)를 졈지ᄒᆞ시미로다. 엇지 다힝치 아니리오."

부인이 희동안식[49]ᄒᆞ여 그 구술을 심쟝(深藏)ᄒᆞ더니, 그 달븟터 ᄐᆡ긔(胎氣) 잇셔 십 삭(十朔)이 ᄎᆞᄆᆡ, 일일(一日)은 한 쥴 무지개 공즁(空中)으로붓터 부인 침쇼(寢所)의 들니며[들며], 부인이 일지긔남[一世奇男]을 나흐니{낳으니}, 시비(侍婢) 황망(慌忙)이 상셔긔 고ᄒᆞᆫᄃᆡ, 샹셰 급히 드러와{들어와} 보니 부인 겻ᄐᆡ{곁에} ᄒᆞᆫ 옥동ᄌᆡ(玉童子가) 누어스니, 봉목융쥰[50]의 강산졍긔(江山精氣) 슈려(秀麗)ᄒᆞ여 웅쟝(雄壯)ᄒᆞᆫ 쇼ᄅᆡ 비범(非凡)ᄒᆞᆫ지

---

44) 월궁션익(月宮仙娥가): 달 속의 궁전에 산다는 전설의 선녀. 본디 인간으로 羿의 아내였는데, 남편이 西王母에게 얻은 仙藥을 몰래 훔쳐 먹고 신선이 되어 월궁으로 달아났다고 한다. 흔히 '절세의 미인'에 비유된다.

45) 심심쟝지(深深藏之): 물건을 깊숙이 감추어 둠.

46) 가연(佳緣): 부부 관계나 연인 관계를 맺게 될 연분.

47) 죠요(照耀): 밝게 비치어서 빛남.

48) 희불ᄌᆞ승[喜不自勝]: 어찌할 바를 모를 만큼 매우 기쁨. 기뻐서 어찌할 바를 모름.

49) 희동안식(喜動顔色): 기쁜 빛이 얼굴에 드러남.

50) 봉목융쥰(鳳目隆準): 봉의 눈같이 가늘고 길며 눈초리가 위로 째지고 붉은 기운이 있는 눈과 우뚝한 코. 이러한 눈과 코는 貴相으로 여긴다.

라. 만심환희[51]ᄒᆞ여 일홈{이름}을 '텬홍'이라 ᄒᆞ고, ᄌᆞ(字)를 '일션'이라 ᄒᆞ다. 졈졈 ᄌᆞ라ᄆᆡ 옥골션풍[52]이 부풍모습[53]ᄒᆞ여 문일지십[54]ᄒᆞ니, 공의 부뷔 ᄉᆞ랑ᄒᆞᄆᆡ 비ᄒᆞᆯ ᄃᆡ 업더라. 광음(光陰)이 여류[55]ᄒᆞ여 텬홍 공ᄌᆡ(公子가) 뉵 셰 되ᄆᆡ ᄇᆡᆨ가셔(百家書)를 무불통지[56]ᄒᆞ고 여력[57]이 과인[58]ᄒᆞ니, 공이 너모{너무} 슉셩(夙成)ᄒᆞᄆᆞᆯ 념녀(念慮)ᄒᆞ더라.

이ᄯᆡ의 ᄉᆞ방(四方)이 ᄐᆡ평(太平)ᄒᆞᄆᆡ ᄇᆡᆨ셩이 격양가[59]를 부르더니, 홀연 운남졀도ᄉᆡ(雲南節度使가) 표(表)을 올엿거ᄂᆞᆯ, 텬ᄌᆡ(天子가) 문무(文武)를 모흐시고 표를 보시니, '남만(南蠻)이 반(叛)ᄒᆞ여 운남을 침노[60]ᄒᆞᆫ다' ᄒᆞ엿거ᄂᆞᆯ, 텬ᄌᆡ ᄃᆡ경(大驚)ᄒᆞ샤 졔신(諸臣)의게 방ᄎᆡᆨ(方策)을 무르실ᄉᆡ, 좌승샹(左丞相) 유명이 쥬왈(奏曰),

"남만은 왕화(王化)를 모르ᄂᆞᆫ 오랑ᄏᆡ라. 문무겸젼[61]ᄒᆞᆫ ᄉᆞᄅᆞᆷ을 갈희여[62] ᄉᆞ신(使臣)으로 보ᄂᆡᄉᆞ, 남만을 ᄂᆡ희(理解)로 다릐여{달래어} 귀순(歸順)케 ᄒᆞ고, 만일 듯지{듣지} 아니ᄒᆞ거든 남방(南方) 근쳐(近處) 군ᄉᆞ(軍士)를 발(發)ᄒᆞ여 졍벌[征伐]ᄒᆞ쇼셔."

---

51) 만심환히(滿心歡喜): 마음에 가득하고도 흐뭇한 기쁨.
52) 옥골션풍(玉骨仙風): 살빛이 희고 고결하여 신선과 같은 풍채.
53) 부풍모습(父風母習): 모습이나 언행이 부모를 골고루 닮음.
54) 문일지십(聞一知十): 하나를 들으면 열을 미루어 안다는 뜻으로, '재능이나 학문이 매우 뛰어난 사람'을 일컫는 말.
55) 광음(光陰)이 여류(如流): 시간의 빠름이 흐르는 물과 같음.
56) 무불통지(無不通知): 무엇이든지 환히 통하여 모르는 것이 없음.
57) 여력(膂力): 육체적으로 상대방을 억누르는 힘.
58) 과인(過人): 남보다 뛰어남.
59) 격양가(擊壤歌): '의식이 풍족하고 안락하여 부러운 것이 아무 것도 없는 태평세월을 누림'을 비유하는 말. 중국 고대 堯임금 때 늙은 농부가 태평한 세월을 즐거워하여 땅을 치면서 부른 노래라고 한다.
60) 침노(侵擄): 침략하여 노략질함.
61) 문무겸젼(文武兼全): 일반 학식과 군사적 책략을 완벽하게 갖춤.
62) 갈희여: (여럿 가운데 하나를) '골라'의 옛말.

상이 올히{옳게} 너기샤 갈ᄋᆞ샤ᄃᆡ,

"ᄉᆞ신(使臣)을 눌노{누구로} 졍ᄒᆞ여 보닐고?"

유승샹이 우(又) 쥬왈(奏曰),

"젼님(前任) 니부샹셔(吏部尙書) 셔경이 치ᄉᆞ[63]ᄒᆞ고 고향(故鄕)의 갓ᄉᆞ오나, 이 ᄉᆞ롬 곳 아니면 니 쇼임(所任) 당홀 지(者가) 업ᄉᆞ옵ᄂᆞ이다."

샹이 ᄭᆡ다르샤 즉시 ᄉᆞ관[64]을 쇼쥬(蘇州)로 보니여 '승일상ᄂᆡ[65]ᄒᆞ라' ᄒᆞ시니라.

이ᄯᆡ의 샹셰(尙書가) 외당(外堂)의셔 공ᄌᆞ(公子)로 더브러 학문을 의논ᄒᆞ더니, 홀련 경ᄉᆞ(京師)의셔 ᄉᆞ관(辭官)이 됴셔[66]를 밧드러{받들어} 오믈{옴을} 듯고{듣고}, 급히 관복[67]을 졍졔[68]ᄒᆞ고 됴셔를 밧ᄌᆞ와 보니, 갈와시되,

「짐(朕)이 경(卿)의 금옥[69] 갓튼 의논(議論)과 화열[70]ᄒᆞᆫ 긔상(氣像)을 여러히 보지 못ᄒᆞ니, 현현[71]ᄒᆞᆫ ᄆᆞ옴을 엇지 층양[稱量]ᄒᆞ리오. 이졔 남만(南蠻)이 강셩(强盛)ᄒᆞ여 남(南)을 ᄌᆞ로{자주} 침노(侵擄)ᄒᆞ니, 짐이 심히 민울[72]ᄒᆞᆫ지라. 남만을 니ᄒᆡ(理解)로 효유[73]ᄒᆞ고져 ᄒᆞ여, 특별이 경으로 ᄒᆞ여금 남만안무ᄉᆞ(南蠻按撫使)를 삼아 남만을 다릐고져{달래고자} ᄒᆞᄂᆞ니, 쥬야빅도[74]

63) 치ᄉᆞ(致仕): 나이가 많아 벼슬을 사양하고 물러남.
64) ᄉᆞ관(辭官): 임금의 명령을 전달하는 일을 맡아보던 벼슬아치.
65) 승일상ᄂᆡ(乘馹上來): 임금의 명령으로 인해, 역마를 주어 지방의 벼슬아치를 부름.
66) 됴셔(詔書): 임금의 명령을 적은 문서.
67) 관복(冠服): 갓과 의복을 아울러 이르는 말.
68) 졍졔(整齊): 정돈하여 가지런히 함.
69) 금옥(金玉): 아주 귀중한 것을 비유적으로 이르는 말.
70) 화열(和悅): 마음이 화평하여 기쁨.
71) 현현(懸懸): 아득하고 멂. 걸리는 바가 있음.
72) 민울(悶鬱): 민망스러운 걱정으로 가슴이 답답함.
73) 효유(曉諭): 깨달아 알도록 타이름.
74) 쥬야빅도(晝夜倍道): 밤낮을 가리지 아니하고 보통 사람 갑절의 길을 걸음.

ᄒᆞ라.」

ᄒᆞ엿더라. 샹셰 됴셔(詔書)를 독필[75]의 ᄃᆡ경(大驚)ᄒᆞ여 ᄉᆞ관(辭官)을 관ᄃᆡ[76]ᄒᆞ고, ᄂᆡ당(內堂)의 드러가{들어가} 부인을 ᄃᆡ(對)ᄒᆞ여 이 말을 젼ᄒᆞ고 왈,

"이 길은 ᄉᆞ지(死地)라, ᄉᆡᆼ환(生還)ᄒᆞ기 엇지 바라리오. 부인은 텬홍을 잘 길너 셔시[徐氏] 종ᄉᆞ[77]를 보젼ᄒᆞ게 ᄒᆞ쇼셔. 일문(一門) 흥망(興亡)이 부인과 텬홍의게 잇시니, 부ᄃᆡ 명심(銘心)ᄒᆞ여 멀니{멀리} 가는 ᄉᆞ롬을 져바리지 마로쇼셔."

부인이 톄읍[78] 왈,

"신ᄌᆡ(臣子가) 되여 난셰(亂世)의 시셕[79]을 무릅써 ᄇᆡᆨ셩을 도탄[80]의 건지고 일홈{이름}을 쥭ᄇᆡᆨ[81]의 드리미 신ᄌᆞ의 직분(職分)이라. 샹공(相公)은 귀톄(貴體)를 보즁[82]ᄒᆞ샤 슈이 환귀(還歸)ᄒᆞ시고, 쳡(妾)의 모ᄌᆞ(母子)는 념녀(念慮) 마르쇼셔."

공(公)이 공ᄌᆞ[83]를 어로만져 왈,

"너는 학문(學問)을 힘써 아비 ᄉᆡᆼ환(生還)ᄒᆞ기를 기다리라."

공ᄌᆡ 쳬읍(涕泣) ᄃᆡ왈(對曰),

---

75) 독필(讀畢): 읽기를 마침.

76) 관ᄃᆡ(款待): 친절하게 대하거나 정성껏 대접함.

77) 종ᄉᆞ(宗嗣): 종가 계통의 후손.

78) 톄읍[涕泣]: 눈물을 흘리며 슬피 욺.

79) 시셕(矢石): 옛날에, 전쟁에 쓰던 화살과 돌.

80) 도탄(塗炭): 진흙 구덩이나 숯불에 빠졌다는 뜻으로, '생활이 몹시 곤궁하거나 비참한 형편'을 일컫는 말.

81) 쥭ᄇᆡᆨ(竹帛): 중국 고대에 종이가 발명되기 전에 대쪽이나 명주에 글을 적던 데서, '책이나 歷史書'를 일컫는 말.

82) 보즁(保重): 귀한 몸을 잘 관리함.

83) 공ᄌᆞ(公子): 귀한 가문의 어린 자제.

"복원[84] ᄃᆡ인[85]은 쳔만보즁(千萬保重)ᄒᆞ샤, 쇼ᄌᆞ(小子)의 바라ᄂᆞᆫ ᄆᆞ음을 위로ᄒᆞ쇼셔."

공이 황명(皇命)이 밧브신지라{받으신지라}, 가묘(家廟)의 하직(下直)ᄒᆞ고 ᄉᆞ관(辭官)으로 더브러 발ᄒᆡᆼ(發行)ᄒᆞ여 황셩(皇城)의 니르러 예궐슉ᄉᆞ[86]ᄒᆞ온ᄃᆡ, 샹이 ᄀᆞ로사ᄃᆡ,

"지금 남만(南蠻)의 침범(侵犯)ᄒᆞ미 젹지 아닌{않은} 근심이라. 경(卿)은 �쌜니 ᄒᆡᆼ(行)ᄒᆞ여 경의 셩직츙효[87]ᄒᆞᆫ 말노 니ᄒᆡ(理解)를 일으고{이르고} 남방(南方)을 안무(按撫)ᄒᆞ고, 만일 남만이 슌죵(順從)치 아니ᄒᆞ거든 근쳐(近處) 군ᄉᆞ(軍士)를 발(發)ᄒᆞ여 정벌(征伐)ᄒᆞ라."

ᄒᆞ시고 샹방검[88]을 쥬시니, 샹셰 하직(下直)고 쥬야ᄇᆡ도(晝夜倍道)ᄒᆞ여 운남 디경(雲南地境)의 니르니, 졀도ᄉᆡ(節度使가) 영졉(迎接)ᄒᆞ거ᄂᆞᆯ, 샹셰 젹셰[89]를 무르니{물으니}, 졀되(節度가) 왈,

"도젹(盜賊)의 셰(勢) 강셩(强盛)ᄒᆞ여 ᄃᆡ쇼 군현(大小郡縣)의 노략(擄掠)ᄒᆞ기를 무란이[無斷히] ᄒᆞᄆᆡ, ᄇᆡᆨ셩이 농ᄉᆞ를 젼폐[全廢]ᄒᆞᄂᆞᆫ지라. 명공(名公)은 엇지 방ᄎᆡᆨ(方策)ᄒᆞ시려 ᄒᆞ시나이잇고?"

샹셰 왈,

"복[90]은 황명(皇命)을 바다{받아} '남만의 드러가{들어가} 효유(曉諭)ᄒᆞ라'

---

84) 복원(伏願): 웃어른에게 엎드려 공손히 원함.

85) ᄃᆡ인(大人): 원래 '남의 아버지'를 높여 이르는 말이나, 문어체에서 '아버지'을 높여 이르는 말로도 쓰임.

86) 예궐슉ᄉᆞ(詣闕肅謝): 대궐에 들어가 임금의 은혜에 사례함.

87) 셩직츙효(誠直忠孝): 참되고 올바른 충성과 효성.

88) 샹방검(尙方劍): 《漢書》〈朱雲傳〉을 보면, 漢나라 成帝 때 朱雲이 "신에게 尙方 斬馬劍을 내리소서. 한 佞臣의 머리를 베겠습니다."라고 아뢴 말이 있는데, 이에서 유래한 구절. 상방은 供御의 기물을 만드는 관청이며, 참마검은 말을 벨 수 있는 날카로운 칼이며, 영신은 張禹를 가리킨다.

89) 젹셰(賊勢): 역도나 역적의 세력이나 형세.

90) 복(僕): 말하는 이가 그다지 가깝지 아니한 사람을 상대하여 자기를 낮추어 가리키는

ᄒᆞ시니, 아모커나{아무쪼록} 가셔 인의(仁義)로 니르고져 ᄒᆞ노라."
ᄒᆞ고, 어시(於是)에 힝장(行裝)을 찰혀{차려} 남만국의 니르러 황명을 젼ᄒᆞ고 글을 보ᄂᆡ여 몬져[먼저] 효유ᄒᆞ니, 남만왕이 군신(群臣)을 모흐고 글을 ᄯᅥ혀보니, ᄒᆞ여시되,

「ᄃᆡ명(大明) 병부샹셔(兵部尙書) 겸 남방안무ᄉᆞ(南方按撫使) 셔공(徐公)은 만왕(蠻王)의게 글을 부치노라. ᄃᆡ명이 텬명(天命)을 밧드러{받들어} 텬하(天下)를 통일ᄒᆞ시ᄆᆡ, ᄒᆡᄂᆡ(海內) 만국(萬國)이 승순(承順)ᄒᆞ여 됴공[91]치 아니ᄒᆞ리 업ᄂᆞᆫ지라. 남만(南蠻)도 여러 ᄃᆡ(代)를 텬됴(天朝)를 셤기ᄆᆡ 텬ᄃᆈ(天朝가) 후ᄃᆡ(厚待)ᄒᆞ엿거늘, 왕은 엇지ᄒᆞ여 변방(邊方)을 침노(侵擄)ᄒᆞ여 무죄(無罪)ᄒᆞᆫ ᄇᆡᆨ셩을 무슈(無數)이 죽이니 이ᄂᆞᆫ 인(仁)이 아니오, 죠션(祖先) ᄒᆞ든 바를 져바리니 이ᄂᆞᆫ 의(義) 아니요, 쳔됴(天朝) 은덕(恩德)을 모로고 됴공(朝貢)을 ᄑᆡ(廢)ᄒᆞ니 이ᄂᆞᆫ 녜(禮) 아니오, 텬의(天意)를 모르고 텬병(天兵)을 항거(抗拒)ᄒᆞ니 이ᄂᆞᆫ 지혜(知慧) 아니오, 화친(和親)ᄒᆞᆫ 언약(言約)을 ᄇᆡ반(背叛)ᄒᆞ니 이ᄂᆞᆫ 신(信)이 아니라. 이 다ᄉᆞᆺ 가지를 모로니 엇지 인뉴(人類)에 참녜(參預)ᄒᆞ리오. 텬ᄌᆡ(天子가) 인덕(仁德)으로 졍벌(征伐)을 아니 ᄒᆞ시고 날노 ᄒᆞ여 '문ᄌᆈ(問罪)ᄒᆞ라' ᄒᆞ시니, 왕은 니ᄒᆡ(理解)를 깁히 ᄉᆡᆼ각ᄒᆞ라.」

ᄒᆞ엿더라. 만왕(蠻王)이 ᄂᆞᆷ필(覽畢)에 ᄃᆡ로(大怒)ᄒᆞ여 글을 더지고{던지고}, '명ᄉᆞ(明使)를 ᄌᆞ바 죽이라' ᄒᆞ거늘, 승샹(丞相) 곡신이 쥬왈(奏曰),

"명뎨(明帝) ᄉᆞ신(使臣)을 보ᄂᆡᄆᆡ 문무겸젼(文武兼全)ᄒᆞᆫ 인ᄌᆡ(人才)를 보ᄂᆡ실지라. 져를 불너 보고 동졍(動靜)을 보온 후 졍벌[懲罰]ᄒᆞ미 죠흘가{좋을까} ᄒᆞᄂᆞ이다."

왕이 '가(可)타' ᄒᆞ고 곡신으로셔 샹셔(尙書)를 마ᄌᆞ오게 ᄒᆞ니, 신{곡신}

'저'를 문어적으로 이르는 말.

91) 됴공(朝貢): 속국이 종주국에게 때마다 예물을 바침.

이 나와 영졉(迎接)홀식, 상셔의 긔상(氣像)과 위풍(威風)이 늠늠(凜凜)ᄒᆞᆷ을 보고 마음의 황겁(惶怯)ᄒᆞᄂᆞᆫ지라. 곡신이 녜필(禮畢) 후 국왕(國王)의 말노 영졉ᄒᆞ여 ᄒᆞᆫ가지{함께} 만국(蠻國)을 향ᄒᆞ여 셩즁(城中)의 니르니, 만왕이 나와 맛지 아니ᄂᆞᆫ지라{아니 하는지라}. 샹셰 곡신을 ᄭᅮ지져 왈,

"ᄂᆡ 황명(皇命)을 밧드럿거ᄂᆞᆯ{받들었거늘}, 국왕(國王)이 맛지 아니ᄒᆞ니 ᄂᆡ 드러가지{들어가지} 못ᄒᆞ리라."

ᄒᆞ고 고금 ᄉᆞ젹(古今事跡)과 셩현 교훈(聖賢教訓)과 흥망셩쇠지ᄉᆞ(興亡盛衰之事)를 갓쵸{갖추} 일으며 ᄭᅮ짓고 입셩(入城)을 아니커ᄂᆞᆯ, 곡신이 만단ᄀᆡ유[92]ᄒᆞ나 송ᄇᆡᆨ(松柏) 갓튼 졀ᄀᆡ(節槪)를 엇지 변(變)케 ᄒᆞ리오. 홀일업시 만왕의게 셔 상셔(徐尙書)의 언어 풍치(言語風采)의 말을 갓초 고(告)ᄒᆞᆫᄃᆡ, 만왕이 희왈(喜曰),

"ᄎᆞ인(此人)을 잘 달ᄂᆡ여{달래어} 귀순(歸順)ᄒᆞ여 아국(我國) ᄉᆞ롬을 ᄆᆡᆫ들면 나라의 복(福)이 될 거시오. 만일 죵시[93] 듯지 아니ᄒᆞ면 쥭일지라."

다시 곡신을 보ᄂᆡ여 왈,

"'과인(寡人)이 병드러{병들어} 못 ᄂᆞ온다' ᄒᆞ고 조ᄒᆞᆫ{좋은} 말노 달ᄂᆡ여 슌죵(順從)케 ᄒᆞ라."

ᄒᆞᆫᄃᆡ, 곡신이 즉시 관(館)의 나와 만왕이 병드러 못 나온 말과 무슈ᄒᆞᆫ 말노 달ᄂᆡ여도 죵시(終是) 듯지{듣지} 아니ᄒᆞ고 니셰[94]에 당ᄒᆞᆫ 말노 ᄭᅮ지즈니, 곡신이 이 ᄯᅳᆺ슬 낫낫치{낱낱이} 밀쥬(密奏)ᄒᆞ니, 왕이 죵시(終始) 샹셔의 인ᄌᆡ(人材)를 흠탄(欽歎)ᄒᆞ여 ᄎᆞᆷ아{차마} 쥭일 마음이 업셔 미녀 옥ᄇᆡᆨ(美女玉帛)을 ᄂᆡ여 보ᄂᆡ여 요동(搖動)케 ᄒᆞ나 쇼불동념[95]이라. 왕이 홀일업셔

92) 만단ᄀᆡ유(萬端改諭): 온갖 방법을 다 써서 잘 타이름.

93) 죵시(終是): 나중까지 끝내.

94) 니셰(理勢): 사리와 형세를 아울러 이르는 말.

95) 쇼불동념(少不動念): 조금도 마음을 움직이지 아니함.

죽이기로 작졍(作定)ᄒᆞ니라.

이ᄯᅢ 왕의 ᄐᆡᄌᆡ(太子가) 잇스니 나히{나이} 십오 세라. 위인(爲人)이 춍명 인후(聰明仁厚)ᄒᆞ여 글을 죠와ᄒᆞ고{좋아하고} 어진 ᄉᆞᄅᆞᆷ을 보면 ᄃᆡ졉(待接)을 극진(極盡)이 ᄒᆞᄂᆞᆫ지라. 샹셔의 풍치(風采)와 문쟝(文章)이 즁국(中國)의 독보(獨步)ᄒᆞᆫ단 말을 듯고 ᄒᆞᆫ 번 보기를 원ᄒᆞ나 볼 슈 업ᄂᆞᆫ지라. 미복[96]으로 관(館)의 나아가 곡신을 보고 왈,

"ᄂᆡ 죵젹(蹤迹)을 감쵸고 '경(卿)의 일개(一家이)라' ᄒᆞ고, 드러가셔{들어가서} 샹셔를 보고져 ᄒᆞ노라."

곡신이 허락(許諾)ᄒᆞ고, ᄐᆡᄌᆞ(太子)를 다리고[데리고] 샹셔 잇ᄂᆞᆫ ᄃᆡ 드러가{들어가} 왈,

"ᄎᆞ인(此人)은 복(僕)의 지친(至親)이라. 명공(名公)게 ᄒᆞᆫ 번 비알(拜謁)ᄒᆞ믈 원ᄒᆞ기로 ᄃᆞ려왓ᄂᆞ이다."

ᄐᆡᄌᆡ 인ᄒᆞ여 ᄌᆡᄇᆡ(再拜) 왈,

"쳔(賤)ᄒᆞᆫ 아ᄒᆡ 존공(尊公)게 ᄇᆡ알ᄒᆞ오니 당돌(唐突)ᄒᆞ믈 용셔ᄒᆞ쇼셔."

공이 ᄐᆡᄌᆞ를 보니 용뫼(容貌가) 슈려(秀麗)ᄒᆞ고 미우[97]의 쳔승[98] 군왕(君王)의 긔상(氣像)이 잇ᄂᆞᆫ지라. 고이히 녀겨 왈,

"그ᄃᆡ 날 갓튼{같은} ᄉᆞᄅᆞᆷ을 보와 무엇ᄒᆞ려 ᄒᆞᄂᆞ뇨?"

ᄐᆡᄌᆡ 왈,

"쇼ᄌᆞ(小子)ᄂᆞᆫ 곡승샹의 일개(一家이)옵더니 텬죠(天朝) ᄃᆡ신(大臣)의 존광[99]을 승졉[100]ᄒᆞ와 히의[101]의 뭇친{묻힌} 눈을 씻고 교훈(敎訓)을 드러{들

---

96) 미복(微服): 지위가 높은 사람이 무엇을 몰래 살피러 다닐 때, 남의 눈에 띄지 않도록 입는 남루한 옷.

97) 미우(眉宇): 이마와 눈썹 언저리.

98) 천승(千乘): 君王이 다스릴 수 있는 나라의 크기.

99) 존광(尊光): 謙尊而光의 줄임말. 높은 풍채. 높은 지위에 있는 자가 겸손하면 그 덕이 더욱 빛남을 이른다. 《周易》〈謙卦 彖〉에 "겸은 높은 분은 빛나고 낮은 사람도 넘을 수가

어} 흉금(胸襟)을 열고져 ᄒᆞ옵ᄂᆞ니, 발키{밝혀} 가라치쇼셔."

공이 심즁(心中)의 혜오ᄃᆡ,

'이ᄂᆞᆫ 반ᄃᆞ시 만왕(蠻王)의 ᄐᆡᄌᆞ(太子)로 나를 보미로다{봄이로다}.'

ᄒᆞ고, 즘짓[짐짓] 더브러 말ᄒᆞᆯ시 셩현(聖賢)의 말솜과 치국평텬하(治國平天下)ᄒᆞᄂᆞᆫ 일이며 고금역ᄃᆡ(古今歷代) 흥망셩쇠지ᄉᆞ(興亡盛衰之事)를 갓쵸 말ᄒᆞᆫᄃᆡ, ᄐᆡ지 듯고{듣고} 심즁(心中)의 흠앙[102] ᄒᆞ여 밤 든 후의 하직(下直)고 가니라.

잇ᄯᅢ ᄐᆡ지 셔상셔를 죽기란[죽이란] 말을 듯고 ᄃᆡ경(大驚) 쥬왈,

"명ᄉᆞ(明使)ᄂᆞᆫ 츙효군지(忠孝君子이)오니, 이를 죽이면 후셰(後世)의 누명(陋名)을 면치 못ᄒᆞ리니 멀니 가도고{가두고} 달ᄂᆡ여 귀슌(歸順)ᄒᆞ게 ᄒᆞ미 조흘가{좋을까} ᄒᆞᄂᆞ이다."

왕이 올히 너겨 남(南)으로 슈쳔 니(數千里) 도즁(島中)의 위리안치[103] ᄒᆞ니, 샹셰 ᄒᆞᆯ일업시 도즁(島中)으로 가니라.

화셜(話說)。 니(李)부인이 공을 니별(離別)ᄒᆞᆫ 후, 놀노 죠민[104] ᄒᆞ여 슈이 환귀(還歸)ᄒᆞ믈 츅원(祝願)ᄒᆞ여 셰월을 보ᄂᆡᆯ시, 몽즁(夢中)의 어든{얻은} 구슬을 ᄂᆡ여 금낭(錦囊)의 너허{넣어} 공ᄌᆞ(公子)를 ᄎᆡ오고{채우고} 몽즁셜화(夢中說話)를 ᄌᆞ셰이 니르며 왈,

---

없으니, 군자의 종이다.(謙, 尊而光, 卑而不可踰, 君子之終也.)"라고 보이는데 朱子의 《本義》에 "사람이 능히 겸손하면 높은 지위에 있는 자는 그 덕이 더욱 빛나고, 낮은 지위에 있는 자도 사람들이 또한 능히 넘을 수가 없으니, 이는 군자가 유종의 아름다움이 있는 것이다.(人能謙則其居尊者, 其德愈光, 其居卑者, 人亦莫能過, 此君子所以有終也.)"라고 풀이하였다.

100) 승졉(承接): 얼굴을 마주 대함.

101) ᄒᆡ의(害意): 해치려는 마음.

102) 흠앙(欽仰): 공경하여 우러러 사모함.

103) 위리안치(圍籬安置): 죄인이 귀양지에서 달아나지 못하도록 집 둘레에 가시로 울타리를 치고 그 안에 가두어 놓음.

104) 죠민(躁悶): 마음이 조급하여 가슴이 답답하고 괴로움.

"이것슨 업시치{없애지} 못홀 보빅오, 타인(他人)의 안목(眼目)에 뵈여야 암ᄌᆞ쪼[雌字] 쓴 구슬 잇ᄂᆞᆫ 곳을 어더{얻어} 가연(佳緣)을 일오리니{이루리니}, 착실이 간슈(看守)ᄒᆞ라."

ᄒᆞ니, 공ᄌᆡ(公子가) 슈명(受命)ᄒᆞ니라.

광음(光陰)이 훌훌[105]ᄒᆞ여 명츈(明春)이 되여ᄂᆞᆫ지라. 남방(南方) 긔별(奇別)을 본현(本縣)의셔 젼ᄒᆞᄂᆞᆫ 말을 드른즉, '샹셰(尙書가) 남만국(南蠻國) 도즁(島中)의 갓쳐다{갇혔다}.' ᄒᆞ거ᄂᆞᆯ, 부인 공ᄌᆡ 하ᄂᆞᆯ을 부르지져{부르짖으며} 통곡(慟哭)ᄒᆞᄂᆞᆫ지라. 시비(侍婢) 등이 위로ᄒᆞ여 겨오{겨우} 식음(食飮)은 ᄒᆞ나 ᄆᆡ일 슬프믈 이긔지 못ᄒᆞ더니.

ᄯᅩ 쳔만의외[106]의 남계현 셔산(西山)의 한 무리 강되(强盜가) 잇셔 근읍(近邑)으로 단기며{다니며} 부녀(婦女)와 ᄌᆡ물(財物)을 노략(擄掠)ᄒᆞ니 열읍(列邑)이 긔포[107]ᄒᆞ되 줍지 못ᄒᆞᄂᆞᆫ지라. 이 도젹들이 셔샹셰 남만(南蠻)의 갓치고{갇히고} 부인 공ᄌᆞ만 잇스며 은금보홰(銀金寶貨가) 누거만[108]이 잇ᄂᆞᆫ 쥴 알고 노략(擄掠)홀ᄉᆡ, 밤즁의 인가(隣家)의 불을 노코{놓고} 일시(一時)의 셔샹셔 부즁(府中)의 드러와{들어와} 비복(婢僕)을 다 동이고 창고(倉庫)를 여러{열어} 금빅(金帛)을 임의로 슈탐[109]ᄒᆞ며, ᄯᅩ ᄂᆡ당(內堂)의 드러와 작난[장난]ᄒᆞ니, 이ᄯᅵ 부인 공ᄌᆡ 잠이 깁허다가{깊었다가} 불의지변(不意之變)을 당(當)ᄒᆞᄆᆡ ᄃᆡ경실식[110]ᄒᆞ여 창황(倉惶) 즁 공ᄌᆞ를 업고 피(避)코져 ᄒᆞ더니.

젹뉴(賊類)의 두목 오이랑은 본ᄃᆡ 탐식(探色)ᄒᆞᄂᆞᆫ 무리라. 화광(火光)

---

105) 훌훌. (시간 등이) 거침없이 빠르게 흘러감.

106) 천만의외(千萬意外): 전혀 생각지도 않은 뜻밖.

107) 긔포(譏捕): 강도나 절도를 탐색하여 체포하던 일.

108) 누거만(累巨萬): 매우 많음.

109) 슈탐(搜探): 무엇을 알아내거나 찾기 위하여 엿봄.

110) ᄃᆡ경실식(大驚失色): 몹시 놀라 얼굴빛이 하얗게 질림.

즁 부인의 화용미틔(花容美態)를 보고 불측지심[111]을 닉여 교ᄌ(轎子)의 부인을 담고 급급히 다라나니{달아나니}, 이ᄯ 공지 부인을 줍고 놋치{놓지} 아니ᄒ눈지라. 니랑{오이랑}이 공ᄌ를 후루쳐{후려쳐} 업고 문밧그로{문밖으로} 닉다르니, 부인이 교ᄌ(轎子)의 실니여{실려} 창황망극[112] 즁 ᄌ결(自決)코져 ᄒ되, 슈죡(手足)을 동혀시니 엇지 임의(任意)로 ᄒ리오. 니랑이 공ᄌ를 갓다가 슈삼십 니(里) 물가의 ᄇ리고, 교ᄌ만 거ᄂ리고 졔집으로 ᄂ려노코{내려놓고} 졔 계집을 불너 왈,

"이 부인을 착실이 즉히라{지켜라}. 닉 동뉴(同類)를 졉응[113]ᄒ여 산치[114]의 보닉고 오리라."

ᄒ고 나갈식, 그 계집이 부인을 보니 진즛[115] 경국식[116]이라 문왈(問曰),

"부인은 엇던 ᄉ룸이완딕 이 환(患)을 당ᄒ시니잇고?"

부인이 눈을 감고 답(答)지 아니ᄒ고 공ᄌ만 부루며 슬피 우눈지라. 그 계집이 싱각ᄒ되,

'니랑이 필연 취(娶)ᄒ리니, 닉 신세 ᄌ연 헌신쪽이 되리라.'

ᄒ고, 부인의 믹 거슬{것을} 풀고 왈,

"부인이 필경(畢竟) 욕(辱)을 당홀 거시니{것이니}, 나를 ᄯ라오면 적혈[117]을 버셔나리니다{벗어나리이다}."

ᄒ고, ᄒᆞᆫ가지{함께} 나가 갈 길을 ᄌ셰이 가르친딕, 부인이 무슈(無數)이

---

111) 불측지심(不測之心): 괘씸하고 엉큼한 마음.
112) 창황망극(蒼黃罔極): 매우 급하여 어찌할 수가 없음.
113) 졉응(接應): 맞아들임.
114) 산치(山寨): 산적의 소굴.
115) 진즛[진짓]: '참으로'의 옛말.
116) 경국식(傾國色): 傾國之色. 나라를 위태롭게 할 만한 미인이란 뜻으로, '한 나라를 좌지우지할 만한 빼어난 미인'을 일컫는 말.
117) 적혈(賊穴): 도둑의 소굴.

치하(致賀)ᄒᆞ고 밧비 ᄒᆡᆼ(行)ᄒᆞ여 날리{날이} 식미, 발병이 나 촌보[118]를 ᄒᆡᆼ치 못ᄒᆞ고 길가희 쉬여 통곡(慟哭)ᄒᆞ더니, ᄒᆞᆫ 녀승(女僧)이 와 합쟝비례(合掌拜禮) 왈,

"이 엇지ᄒᆞᆫ 일이요! 셰ᄉᆞ(世事)를 불가측(不可測)이라, 부인이 이곳의 이ᄃᆡ지 곤경(困境)을 당ᄒᆞ시ᄂᆞ니잇고?"

부인이 ᄌᆞ세히 보니 망월ᄉᆞ 잇다 ᄒᆞ던 혜영이라, 반기며 통곡 왈,

"현ᄉᆡ(賢師가) 엇지 이곳의 와 죽어가는 ᄉᆞ름을 구(救)ᄒᆞ시ᄂᆞ니잇고?"

혜영 왈,

"머지{멀지} 아닌{않은} ᄃᆡ 죠용ᄒᆞᆫ 집이 잇ᄉᆞ오니 그곳으로 가ᄉᆞ이다."

ᄒᆞ고, 부인을 인도(引導)ᄒᆞ여 ᄒᆞᆫ 곳을 가니, 슈간정ᄉᆡ(數間亭舍가) 잇거늘 드러가{들어가} 좌정(坐定) 후, 혜영 왈,

"년젼(年前) 부인게 시쥬(施主)ᄒᆞ여 가지고 졀을 즁슈(重修)ᄒᆞ고, 놀노{날마다} 부인 양위(兩位) ᄉᆡᆼᄌᆞ(生子)ᄒᆞ시믈 지셩(至誠)으로 축원(祝願)ᄒᆞ여삽더니, 모일(某日) 야(夜)의 셰죤(世尊)이 현몽(現夢)ᄒᆞ샤 왈, '네 명일(明日) 남계현 오십 니(里) 가셔 은벽[119]ᄒᆞᆫ 집을 어더{얻어} 두고 모일 효두[120]에 길의 나가 잇스면, 셔샹셔의 부인이 ᄋᆡᆨ(厄)을 당ᄒᆞ고 갈 바를 아지 못ᄒᆞᆯ 거시니{것이니}, 네 모셔다가 편이{편히} 계시게 ᄒᆞ라.' ᄒᆞ시옵기로 이곳의 와 기ᄃᆞ리옵더니, 부인을 만나오니 부쳐 령(靈)ᄒᆞ시미 이 ᄀᆞᆺ소이다{같소이다}. 부인은 무슨 연고(緣故)로 이러틋 환난(患難)을 당ᄒᆞ시니잇고?"

부인이 쳥필[121]의 부쳐의 은덕(恩德)을 감츅(感祝)ᄒᆞ고 신긔(神奇)히 너기며, 그 ᄉᆞ이 ᄐᆡᆫ홍 나흘{낳을} 졔 몽ᄉᆞ(夢事)와 상셰 남만국(南蠻國)의 갓

---

118) 촌보(寸步): 몇 발짝 안 되는 걸음.
119) 은벽(隱僻): 사람의 왕래가 드물고 구석짐.
120) 효두(曉頭): 먼동이 트기 전의 이른 새벽.
121) 쳥필(聽畢): 듣기를 마침.

치인{갇힌} 말과 도젹의게 봉변(逢變)ᄒᆞ여 모ᄌᆡ{母子가} 상실(相失)ᄒᆞᆫ 말을 갓쵸 일오니, 혜영이 비쳑[122]ᄒᆞ믈 마지아니ᄒᆞ고 인ᄒᆞ여 교ᄌᆞ(轎子)를 어더{얻어} 부인을 틱이고{태우고} 망월ᄉᆞ로 가니라.

ᄎᆞ셜(且說)。 텬홍 공ᄌᆡ(公子가) 오니랑의 바린{버린} 후로 혼야(昏夜)의 동셔(東西)를 분변(分辨)치 못ᄒᆞ고 모친을 부르고 무슈(無數)이 통곡ᄒᆞ더니, 이ᄯᅴ 틱쥬현 왕어ᄉᆞ의 챵두(蒼頭) 장삼이 마참 쥬인(主人)의 곡식(穀食)을 빅의 싯고{싣고} 밤의 지나다가, 안샹(岸上)의 공ᄌᆞ의 우름소릭를 듯고 고이히 너겨 불을 혀[켜] 가지고 ᄎᆞᄌᆞ와 본즉 상한(常漢)의 ᄌᆞ식이 아니라, 문왈,

"공ᄌᆞ는 엇더ᄒᆞᆫ ᄉᆞ롬의 ᄌᆞ졔(子弟이)완ᄃᆡ, 이 심야(深夜)의 혼ᄌᆞ 우ᄂᆞ뇨?"

공ᄌᆡ ᄉᆞ롬을 보고 반겨 왈,

"나는 모ᄌᆡ(母子가) 잇다가 도젹의게 불의지변(不意之變)을 당ᄒᆞ여 이곳의 왓ᄂᆞ이다."

ᄒᆞᆫᄃᆡ, 장삼이 본ᄃᆡ 위인(爲人)이 츙후[123]ᄒᆞ고 ᄯᅩᄒᆞᆫ ᄌᆞ식이 업ᄂᆞᆫ지라, 공ᄌᆞ를 업고 빅의 올나 죠흔{좋은} 말노 위로ᄒᆞ고 밤을 지난 후, 왕샹셔[왕어사] 딕(宅)의 곡식(穀食)을 밧치고{바치고} 공ᄌᆞ를 다리고 졔집의 도라가{돌아가} 제 노파[124] 셕낭을 뵈니, 셕낭이 ᄯᅩᄒᆞᆫ ᄋᆡ즁(愛重)ᄒᆞ며 위로ᄒᆞ고 셩명(姓名)과 거쥬(居住)를 무르니{물으니}, 공ᄌᆡ 왈,

"나는 소쥬 화계촌 셔샹셔의 ᄌᆡ(子이)니, 부친(父親)은 년젼(年前)의 남만국(南蠻國) ᄉᆞ신(使臣) 갓다가 잡히여 죤망(存亡)을 모로고, 모친(母親)은 도젹(盜賊)의 불의지변(不意之變)을 만나 어듸 겨신{계신} 쥬를 모로오니, 바라건ᄃᆡ 모친 쇼식을 아라쥬쇼셔."

---

122) 비쳑(悲慽): 슬프고 근심스러움.

123) 츙후(忠厚): 충직하고 온순하며 인정이 두터움.

124) 노파(老婆): 늙은 여자. 여기서는 마누라를 일컫는 말로 쓰였다.

장삼이 더욱 관딕(款待)ᄒᆞ고 두로 광문[125]ᄒᆞ더라.

각셜(却說)。 왕어ᄉᆞ의 명(名)은 셰니[선이니] 딕딕 명문거족(名門巨族)이라. 일즉{일찍} 벼술이 우부도어ᄉᆞ(右副都御史)의 니로럿더니{이르렀더니} 불힝(不幸) 기셰[126]ᄒᆞ고, 부인 뉴시ᄂᆞᆫ 좌승샹 뉴명의 믹ᄌᆡ[妹弟]라. 일ᄌᆞ일녀(一子一女)를 두어시니, 공ᄌᆞ(公子)의 명(名)은 희명[희평]이오 ᄌᆞ(字)ᄂᆞᆫ 문취라. 옥모영풍[127]이 당셰(當世)의 영걸(英傑)이라. 부인 우시ᄂᆞᆫ 즁셔ᄉᆞ인(中書舍人) 우영의 녀ᄌᆡ(女子이)요 병부샹셔 우겸의 손예(孫女이)라, 용모(容貌) ᄌᆡ덕(才德)이 겸비(兼備)ᄒᆞ고, 쇼져(小姐)의 명(名)은 혜란이니 싱시(生時)의 공과 부인이 일몽(一夢)을 어드니{얻으니}, ᄒᆞᆫ 션녀(仙女가) 공즁(空中)으로 나려와{내려와} ᄌᆡ빅(再拜) 왈,

"쇼녀(小女)ᄂᆞᆫ 틱을셩(太乙星)을 위ᄒᆞ여 옥졔[玉帝] 명(命)으로 셰샹의 나옵ᄂᆞ니, 이 구슬은 ᄌᆞ웅(雌雄)이 잇ᄂᆞᆫ 거시라{것이라}. 슈웅ᄶᆞ[雄字] 구슬은 틱을셩이 가져스니, ᄂᆡ두[128] 이 구슬노 텬연[129]을 ᄎᆞᄌᆞ소셔. 샹데(上帝) 명(命)ᄒᆞ신 빈니 깁히{깊이} 감쵸쇼셔."

언필(言畢)의 부인의 품의 드니 부인이 경각[130]ᄒᆞ여 공과 몽ᄉᆞ(夢事)를 의논(議論)홀식, 홀연(忽然) 침변(枕邊)의 ᄂᆞᆫ딕업ᄂᆞᆫ 명쥬(明珠) 일 ᄀᆡ(一個) 노혓시니{놓였으니} 암ᄌᆞᄶᆞ[雌字] 씨엿거ᄂᆞᆯ, 부인이 깁히 간슈(看守)ᄒᆞ엿더니, 그 달부터 잉틱(孕胎)ᄒᆞ여 십 삭(朔) 만의 쇼져(小姐)를 나흐니{낳으니} 졈졈 ᄌᆞ라미 화용옥틱(花容玉態)가 진즛 경국지식(傾國之色)이오 인효유한[131]ᄒᆞ여 임ᄉᆞ[132]의 덕이 겸비ᄒᆞ니, 공의 부뷔{夫婦가} 장즁보옥[133]갓

125) 광문(廣問): 널리 여러 사람에게 물음.

126) 기셰(棄世): 세상을 버린다는 뜻으로, '웃어른의 죽음'을 완곡하게 일컫는 말.(下世)

127) 옥모영풍(玉貌英風): 옥과 같이 아름다운 얼굴 모습과 영웅다운 풍채.

128) ᄂᆡ두(來頭): 지금부터 다가오게 될 미래.

129) 텬연(天緣): 하늘이 맺어 주어 저절로 정하여져 있는 인연.

130) 경각(警覺): 정신을 차려 잠에서 깸.

치 너기더라.

가운(家運)이 불힝(不幸)ᄒᆞ여 공이 님죵(臨終)의 혜란을 잇지{잊지} 못ᄒᆞ여 '졔 텬연(天緣)을 일치{잃지} 말나.' ᄒᆞ고 인ᄒᆞ여 졸(卒)ᄒᆞ니, 부인과 공ᄌᆞ 호텬망극[134]ᄒᆞ여 삼샹(三喪) 후, 공ᄌᆞ 날노{날마다} 학문(學問)을 힘쓰고, 쇼져(小姐)의 방년(芳年)이 칠 셰라 쇄락[135]ᄒᆞᆫ 용광[136]이 날노 더ᄒᆞ니 부인이 심즁(心中)의 몽ᄉᆞ(夢事)을 ᄉᆡᆼ각ᄒᆞ고 슈웅ᄌᆞ[雄字] 구슬 잇ᄂᆞᆫ 곳을 듯보더라[137].

노챵두[138] 장삼은 공의 신임(信任)ᄒᆞ든 노ᄌᆡ(奴子이)라. 공ᄌᆞ 당가[139]ᄒᆞᆫ 후로 겻히{곁에} 집을 ᄉᆞ셔 ᄯᅡ로 살게 ᄒᆞ고 ᄃᆡ소ᄉᆞ(大小事)를 가음알게[140] ᄒᆞᄂᆞᆫ 고로, 이ᄯᅢ ᄇᆡ로 곡식(穀食)을 운젼[141]ᄒᆞ여 왓더라. 장삼이 공ᄌᆞ의 모친(母親) ᄉᆡᆼ각ᄒᆞ믈 측연[142]ᄒᆞ여 셕파의 오라비로 ᄒᆞ여금 쇼쥬현 화계촌의 셔샹셔의 부즁(府中)을 ᄎᆞᄌᆞ 쇼식(消息)을 탐지(探知)ᄒᆞᆫ즉, 다만 노챵뒤 잇셔 가묘(家廟)만 직희고{지키고} 부인의 쇼식을 모로ᄂᆞᆫ지라 도라와{돌아와} 이 ᄯᅳᆺ을 젼(傳)ᄒᆞ니, 공ᄌᆞ 더욱 슬허ᄒᆞ더라.

---

131) 인효유한(仁孝幽閑): 어질고 효성스러움이 조용하며 그윽함.

132) 임ᄉᆞ(姙姒): 모두 婦德이 높은 인물인, 周文王의 어머니 太姙과 周武王의 어머니 太姒.

133) 장즁보옥(掌中寶玉): '손 안에 쥔 보옥'이란 뜻으로, '매우 사랑하는 자식이나 아끼는 소중한 물건'을 일컫는 말.

134) 호텬망극(昊天罔極): 끝이 없고 다함이 없는 하늘과 같이 '어버이의 은혜가 크다는 것'을 일컫는 말.

135) 쇄락(灑落): (기분이나 몸이) 상쾌하고 깨끗함.

136) 용광(容光): 빛나는 얼굴. 또는 상대방의 얼굴을 높여 이르는 말로도 쓰인다.

137) 듯보더라: 듣기도 하고 보기도 하며 알아보거나 살피더라.

138) 노챵두(老蒼頭): 남의 집 늙은 남자 하인.

139) 당가(當家): 집안일을 주관하여 맡음.

140) 가음알게: '담당하여 보호하게'의 옛말.

141) 운젼(運轉): (말이나 수레 따위를 이용하여) 물건을 옮김.

142) 측연(惻然): 보기에 가엾고 불쌍함.

텬홍 공지 장삼의게 잇션 지 칠 지(七載)라. 글을 힘쓰며 활쏘기와 창 쓰기를 익이며[익히며] 뉵도삼약[143]과 손오병셔[144]를 잠심[145]ᄒᆞ니, 장삼이 문왈,

"공지 무슴 일노 무예(武藝)를 힘쓰시ᄂᆞᆫ뇨?"

공지 쳬읍(涕泣) 왈,

"ᄂᆡ 부친(父親)이 남만(南蠻)의 갓치신{갇히신} 지 팔 지(八載)라. 힘을 다ᄒᆞ여 남만을 쇼멸[146]ᄒᆞ고 부친의 원(怨)을 씻고 부지(父子가) 상봉(相逢) ᄒᆞ리라."

ᄒᆞᆫᄃᆡ, 장삼이 그 긔상(氣像)을 보고 비로소 비범(非凡)ᄒᆞᆫ 쥴 알더라.

잇ᄯᆡᄂᆞᆫ 츈삼월(春三月)이라. 쳐쳐(處處) 도리홰(桃李花가) 만발(滿發)ᄒᆞ엿거ᄂᆞᆯ, 셕픠 공ᄌᆞ을 위로 왈,

"우리 왕어ᄉᆞ 덕 후원(後園)의 ᄭᅩᆺ구경이나 ᄒᆞ미 엇더ᄒᆞ뇨?"

ᄒᆞ고, 공ᄌᆞ의 손을 ᄭᅳ을고{끌고} 후원(後園)의 가 ᄭᅩᆺ슬 완상(玩賞)ᄒᆞ더니, ᄎᆞ시(此時) 뉴부인이 우쇼져[147]와 혜란쇼져와 시비(侍婢) 등을 다리고{데리고} 영화정의 올나 풍물(風物)을 구경ᄒᆞ다가 후원의 올나 보니, 도화(桃花) 아리 일위 션동(一位仙童)이 잇스니{있으니}, 용뫼(容貌가) 표일[148]ᄒᆞ여 비록 나히{나이} 어리나 긔샹(氣像)이 늠늠(凜凜)ᄒᆞᆫ지라. 기젼(其前) 노복(奴僕) 등 왕ᄂᆡ(往來)ᄒᆞᆯ 제 층찬(稱讚)ᄒᆞ믈 드럿든 비라, 이날 셔공ᄌᆞ를 보미 ᄎᆞ탄(嗟歎)ᄒᆞ믈 마지아니ᄒᆞ고 심즁(心中)의 싱각ᄒᆞ되,

---

143) 뉵도삼약(六韜三略): 중국 병법의 고전. 《六韜》는 太公望의 撰이라 하며, 《三略》은 黃石公의 撰이라고 한다.

144) 손오병셔(孫吳兵書): 전국시대 孫武와 吳起의 병법을 기술한 책. 손무는 춘추시대의 軍略家로 〈孫子兵法〉을 지었고, 오기는 전국시대의 군사가로 〈吳子〉를 지었다.

145) 잠심(潛心): 어떤 일에 마음을 두어 깊이 생각함.

146) 쇼멸(掃滅): 싹 쓸어서 없앰.

147) 우쇼져: 아들 왕희평의 부인, 곧 며느리.

148) 표일(飄逸): 뛰어나게 훌륭함.

'어듸 가 이 갓튼 가랑[149]을 어더{얻어} 녀ᄋᆞ(女兒)의 가랑을 어들ᄭᅩ{얻을꼬}?'

ᄒᆞ고 근심ᄒᆞ더라.

부인이 인ᄒᆞ여 ᄂᆡ당(內堂)의 도라가{돌아가} ᄉᆡᆼ(生)을 불너 왈,

"장삼의게 잇ᄂᆞᆫ ᄋᆞ희{아이} 비범(非凡)ᄒᆞ니, 장삼을 불너 그 ᄋᆞ희 근본(根本)을 무러{물어} 보라."

ᄒᆞᆫᄃᆡ, ᄉᆡᆼ(生)이 외당(外堂)의 나와 장삼을 불너 무르니, 장삼이 공ᄌᆞ(公子)의 근본(根本)과 젼후ᄉᆞ(前後事)를 ᄌᆞ셰히 고(告)ᄒᆞ니, ᄉᆡᆼ(生)이 듯고 ᄃᆡ경(大驚) 왈,

"셔샹셔ᄂᆞᆫ 션노야[150]의 죽마고위(竹馬故友이)라. 평일(平日)의 일커로시되 'ᄂᆡ ᄉᆞ롬은 나라의 쥬셕지신[151]이라' ᄒᆞ시더니, '년젼(年前)의 남만(南蠻)의 변(變)을 당ᄒᆞ엿다' ᄒᆞ기로 비감[152]ᄒᆞ믈 마지아니ᄒᆞ엿더니, 쳔만의외(千萬意外)의 그 부인과 공ᄌᆡ ᄯᅩ 이런 환난(患難)을 당ᄒᆞ엿도다! 네 엇지ᄒᆞ여 이러ᄒᆞᆫ 말을 즉시 아니ᄒᆞ고 칠팔 년을 잠잠(潛潛)ᄒᆞ엿든뇨?"

ᄒᆞ고, ᄂᆡ당(內堂)의 드러가{들어가} 이 말을 고(告)ᄒᆞᆫᄃᆡ, 부인이 이 말을 듯고{듣고} 비감(悲感)이 너겨 왈,

"너ᄂᆞᆫ 셔ᄉᆡᆼ을 불너 보고, 졔 부모 상봉(相逢)ᄒᆞ기 젼(前)의ᄂᆞᆫ 너와 ᄒᆞᆫ가지{함께} 잇셔 학업(學業)을 힘쓰게 ᄒᆞ라."

ᄒᆞ니, ᄉᆡᆼ(生)이 슈명(受命)ᄒᆞ고 장삼으로 공ᄌᆞ(公子)를 쳥(請)ᄒᆞ니, 공ᄌᆡ 장삼을 ᄯᆞ라 왕부(王府)의 와 왕ᄉᆡᆼ을 녜필(禮畢) 후, 왕ᄉᆡᆼ 즘간 눈을 드러

---

149) 가랑(佳郎): 재주가 있는 훌륭한 신랑.

150) 션노야(先老爺): 지체가 낮은 사람이 '죽은 윗사람'을 일컬을 때 쓰는 말이나, '자신의 돌아가신 아버지'를 일컫는 말로 쓰임.

151) 쥬셕지신(柱石之臣): (집을 지을 때 기둥이나 주춧돌과 같이) 한 나라에 없어서는 아니 될, 가장 중요한 구실을 하는 신하.

152) 비감(悲感): 슬프게 느껴짐.

{들어}보니 현앙[153] 흔 풍치(風采)와 늠늠(凜凜)흔 긔상(氣像)이 비범츌뉴[154] 흔지라. 왕싱 왈,

"장삼으로 인흐여 존문[155] 익회[156] 환난(患難)을 다 드르니{들으니} 모골이 송연흐온지라[157]. 형(兄)이 지쳑간(咫尺間) 여러 히 잇셔도 젼혀 몰나스니 불민(不敏)흐믈 참괴[158] 흐노라."

공지 손샤[159] 왈,

"싱(生)의 죄악(罪惡)이 심즁(深重)흐여 부모를 칠 셰의 실니[160] 흐고 부평쵸[161] 갓튼 몸이 구학(溝壑)의 구을{구를} 거슬{것을}, 노옹(老翁)을 만나 은혜(恩惠)를 입스와 칠팔 년을 편이{편히} 잇스오니 박복(薄福)흔 인싱(人生)이 과분(過分)흐거눌, 오날 쏘 션싱(先生)을 맛나{만나} 이갓치{이같이} 관곡후디[162] 흐시믈 입으리오. 불승황감(不勝惶感)흐이다."

왕싱 왈,

"쇼졔(小弟)의 명(名)은 희평이오 즈(字)는 문취오 나흔{나이는} 십팔 셰라. 형(兄)의 죤명[163]이 무어시니잇고?"

공지 디왈(對曰),

"싱(生)의 명(名)은 텬흥이오 즈(字)는 일션이오나, 셰상 아란{안} 지 십

153) 현앙[軒昻]: 풍채가 좋고 의기가 당당하며 너그러워 인색하지 않음.(軒擧)
154) 비범츌뉴(非凡出類): 평범하지 않고 뭇사람 가운데에서 뛰어남.
155) 존문(尊門): '남의 가문이나 집'을 높여 이르는 말.
156) 익회(厄會): 재앙으로 닥치는 불행한 고비. 나쁜 운수.
157) 모골(毛骨)이 송연(悚然)흐온지라: 끔찍스러워서 몸이 으쓱하고 털끝이 쭈뼛해지는지라.
158) 참괴(慙愧): 매우 부끄러워함.
159) 손샤(遜辭): 겸손한 말. 공손한 말.
160) 실니(失離): 죽이시 이별함.(死別)
161) 부평쵸(浮萍草): '물 위에 떠 있는 풀'이라는 뜻으로, 정처 없이 떠돌아다니는 신세를 이르는 말.
162) 관곡후디(款曲厚待): 매우 정답고 친절하게 대접을 받음.
163) 죤명(尊名): '상대방의 이름'을 높여 이르는 말.

삼 츈(春)이로쇼이다."

왕싱이 장삼ᄃᆞ려 왈,

"오늘브터 셔공지 부즁(府中)의 머무시ᄂᆞ니, 너ᄂᆞᆫ 그리 알나."

ᄒᆞᆫᄃᆡ, 장삼이 공ᄌᆞ게 고왈,

"우리 부쳬(夫妻가) 일시(一時) ᄯᅥ나기 어려오나, 집이 머지{멀지} 아니ᄒᆞ니 삼시(三時)로 뵈올지라. ᄯᅩ 니곳의 유(留)ᄒᆞ시면 학업(學業)의 유익(有益)ᄒᆞ시리니 편이{편히} 머무쇼셔."

ᄯᅩ 왕싱이 ᄌᆡ삼(再三) 권(勸)ᄒᆞ니, 이늘부터 왕싱과 ᄒᆞᆫ가지로{함께} 학문을 의논(議論)ᄒᆞ며 졍의(情誼) 골륙(骨肉)갓더라.

광음(光陰)이 여류(如流)ᄒᆞ여 ᄯᅩ 삼 년이 지ᄂᆡ니, 셔싱이 부모 싱각이 더옥 간졀(懇切)ᄒᆞ여, 모친(母親) 죵젹(蹤迹)을 ᄎᆞᆺ고 부친(父親) 쇼식(消息)을 남방(南方)의 가 ᄌᆞ셔이 듯고져{듣고자} ᄒᆞ여 발셥(跋涉)코져 ᄒᆞ거놀, 왕싱이 말여[말려] 왈,

"형은 다만 공부를 힘써 입신(立身)ᄒᆞ면 ᄌᆞ연(自然) 알 거시니, 엇지 지향[164] 업시 세월(歲月)을 허송(虛送)ᄒᆞ리오."

ᄒᆞ고 권유(勸諭)ᄒᆞ여 못ᄒᆞ게 ᄒᆞ믈 인ᄒᆞ여 잇더라.

이ᄯᅢ 공ᄌᆞ의 구슬 너흔{넣은} 금낭(錦囊)이 ᄒᆡ여젓ᄂᆞᆫ지라[해어졌는지라]. 셕파를 보고 금낭을 쥬며 '이ᄀᆞᆺ치 ᄒᆞ나흘{하나를} 지어 달나.' ᄒᆞ니, 셕픠 왈,

"이거ᄉᆞᆫ 지어 무엇 ᄒᆞ시랴 ᄒᆞᄂᆞᆫ뇨?"

싱이 낙누(落淚)ᄒᆞ고 구슬 본ᄉᆞ[165]를 말ᄒᆞ니, 셕픠 ᄯᅩᄒᆞᆫ 왕쇼져의 구슬 일ᄉᆞ[166]를 아ᄂᆞᆫ지라 경왈(警曰),

---

164) 지향(指向): 작정하여 나아가려는 방향. 작정하거나 지정한 방향으로 나아감.

165) 본ᄉᆞ(本事): 관련 내력.

166) 일ᄉᆞ(一事): 한 사건. 한 가지의 일.

"그 구슬을 죠곰 구경ᄒᆞᄉᆞ이다."

ᄉᆡᆼ이 구슬을 ᄂᆡ여 뵈니, 명광(明光)이 찬연[167]ᄒᆞ고 웅ᄶᆡ(雄字가) 완연(宛然)ᄒᆞ거ᄂᆞᆯ, 인ᄒᆞ여 가지고 ᄂᆡ당(內堂)의 드러가{들어가} ᄐᆡ부인게 이 곡졀(曲折)을 고(告)ᄒᆞ니, 이ᄣᆡ ᄐᆡ부인이 쇼져(小姐)의 나히{나이} 졈졈 장셩(長成)ᄒᆞ고 구슬 잇ᄂᆞᆫ 곳을 몰나 쥬야(晝夜) 우려(憂慮)ᄒᆞ든 ᄎᆞ(次)의 셕파의 말을 듯고 경희[168]ᄒᆞ여 바다보니{받아보니}, 웅ᄶᆞ(雄字)도 완연(宛然)이 잇고 쇼져의 구슬과 신통이[神通히] 갓튼지라{같은지라}. 부인이 왕ᄉᆡᆼ을 불너 이 연유(緣由)를 일으니{이르니}, ᄉᆡᆼ이 보고 무장ᄃᆡ소(撫掌大笑) 왈,

"엇지 이러ᄒᆞᆫ 신통(神通)ᄒᆞᆫ 일이 고금(古今)의 ᄯᅩ 잇스리잇가?"

부인이 만심환희(滿心歡喜) 왈,

"이 구슬 ᄌᆞ웅(雌雄)을 가지고 ᄉᆡᆼ을 ᄃᆡ(對)ᄒᆞ여 이 말을 니르고 졍혼(定婚)ᄒᆞ여 슈이 셩네(成禮)ᄒᆞ게 ᄒᆞ라."

ᄉᆡᆼ이 ᄌᆞ웅쥬(雌雄珠)를 가지고 외당(外堂)의 나아가 셔ᄉᆡᆼ을 향ᄒᆞ여 왈,

"일션이 만일 ᄌᆞᄶᆞ(雌字) 쓴 구슬이 잇스면 그곳의 졍혼(定婚)ᄒᆞ랴 ᄒᆞᄂᆞᆫ냐?"

ᄉᆡᆼ이 엇지ᄒᆞᆫ 곡졀(曲折) 모르고 쇼왈(笑曰),

"형은 과이{지나치게} 죠롱(嘲弄) 말나. 쇼제(小弟)도 허탄(虛誕)ᄒᆞᆫ 일인 쥴 아되, 부뫼 쥬신 ᄇᆡ라 바리지 못ᄒᆞᆯ 거신{것인} 고로 몸의 지녀 두엇더니, 너흔{넣은} 금낭(錦囊)이 ᄒᆡ야졋기로{해어졌기로} 셕파ᄃᆞ려 곳쳐{고쳐} 달나 ᄒᆞ엿더니, 실업슨{실없는} 셕픠 젼파(傳播)ᄒᆞ여 형의게 죠롱을 바드미로다{받음이로다}."

앙ᄉᆡᆼ이 구슬 ᄌᆞ웅(雌雄)ᄋᆞᆯ ᄂᆡ여노코{내어놓고} 왈,

"다름 아니라, 쇼제(小弟)의게 일ᄆᆡ(一妹) 잇스ᄆᆡ 나히{나이} 십오 셰라.

167) 찬연(燦然): 눈부시게 밝음.

168) 경희(驚喜): 뜻밖의 좋은 일에 몹시 놀라며 기뻐함.

싱시(生時)의 몽식(夢事가) 이샹ᄒᆞ여 ᄌᆞᄶᆞ(雌字) 쓴 구슬을 어덧기로{얻었기로} 지금ᄭᆞ지 웅ᄶᆞ(雄字) 쓴 구슬 잇는 곳을 구ᄒᆞ기로 졍혼(定婚)치 못ᄒᆞ엿더니, 뉘 능히 형의게 이 구슬 이실{있을} 쥴 ᄯᅳᆺᄒᆞ여시리오. 쇼믹(小妹) 비록 빈혼{배운} 거시{것이} 업스나 위인(爲人)이 영혜[169] ᄒᆞ여 군ᄌᆞ(君子)의 건즐[170]을 감당(勘當)ᄒᆞᆯ 거시니{것이니}, 형은 쾌히 허락ᄒᆞ라."

셔싱이 ᄯᅩᄒᆞᆫ 신긔(神奇)히 너계{여겨} ᄉᆞ례[171] 왈,

"형의 은혜(恩惠)를 여러 ᄒᆡ 입엇고 ᄯᅩ 아롬다온 슉녀(淑女)로 용우[172] ᄒᆞᆫ 사름의 빅우(配偶)를 졍ᄒᆞ여 진진의[173]를 밋고져{맺고자} ᄒᆞ시니 엇지 ᄉᆞ양ᄒᆞ리오마는, 쇼졔(小弟)는 텬지간(天地間) 죄인(罪人)이라. 부모의 죤망(存亡)을 모로고, 다만 실가지심[174]을 싱각ᄒᆞ리오. 구슬은 쇼졔 ᄯᅩᄒᆞᆫ 부모게 슈명(受命)ᄒᆞᆫ 빈라 신긔(神奇)ᄒᆞ오나, 부모 쇼식 듯기 젼의는{前에는} 실가(室家)를 아니 두리니, 형은 다시 말을 말으쇼셔."

왕싱 왈,

"형의 말이 그르다. 녕죤당[175] 쇼식을 모로니 실노 인ᄌᆞ(人子)의 극통(極痛)ᄒᆞᆫ 일이나, 형이 취실[176]을 아니ᄒᆞ면 누딕(累代) 죵ᄉᆞ(宗嗣)를 엇지ᄒᆞ리오. 맛당이 밧비 셩취(成娶)ᄒᆞᆫ 후라도 부모 쇼식을 듯보미 올코, ᄯᅩ 조션(祖先) 죄인 되믈 면(免)ᄒᆞᆯ지니 직삼(再三) 싱각ᄒᆞ라."

셔싱 왈,

169) 영혜(英慧): 영민하고 지혜로움.

170) 건즐(巾櫛): '아내나 첩이 됨'을 겸손하게 일컫는 말.

171) ᄉᆞ례(사례): 언행이나 선물 따위로 상대에게 고마운 뜻을 나타냄.

172) 용우(庸愚): 용렬하고 어리석음.

173) 진진의(秦晉義): 춘추시대 때 秦나라와 晉나라 두 나라가 대대로 혼인한 것을 말함. 혼인을 한, 두 집 사이의 아주 가까운 情誼를 말한다.

174) 실가지심(室家之心): 혼인하려는 마음.

175) 녕죤당(令尊堂): '남의 어머니'를 높여 이르는 말.

176) 취실(娶室): 장가를 듦. 아내를 맞거나 소실을 얻음.

"형의 당당훈 말숨이 올흐니{옳으니} 명(命)디로 ᄒᆞ려니와, 아직 녕미(令妹)의 년긔(年紀) 고인(古人)의 가취(嫁娶)홀 ᄯᅢ 머러시니{멀었으니} 쇼졔(小弟)의 입신(立身)ᄒᆞ기를 기다려 셩혼(成婚)ᄒᆞ미 죠흘가{좋을까} ᄒᆞ노라."

왕싱이 디희(大喜)ᄒᆞ여 닉당희{내당에} 드러가{들어가} 틱부인[大夫人]게 이 뜻을 고(告)훈디, 부인이 안심환희(安心歡喜)ᄒᆞ더라.

이ᄯᅢ 천지(天子가) 남만(南蠻)이 셔경을 가둔 후 십 년을 무상[177] 왕닉(往來)ᄒᆞ여 변방(邊方) 침노(侵擄)ᄒᆞ미 심ᄒᆞ믈 근심ᄒᆞ샤, '과거(科擧)를 베프러 문무겸젼지진(文武兼全之才)를 턱취(擇取)훈다' ᄒᆞ거놀, 왕싱이 이 쇼식을 듯고 셔싱과 홈긔 과힝[178]을 ᄎᆞ려 장삼을 ᄃᆞ리고 누일(累日) 만의 황셩(皇城)의 득달(得達)ᄒᆞ여 왕어ᄉᆞ 부즁(府中)의 가 안졉[179]ᄒᆞ고, 셔싱이 장삼을 ᄃᆞ리고 옛집을 ᄎᆞ자 가니 문회(門戶가) 황낙[180]ᄒᆞ엿눈지라. 다만 늘근{늙은} 비복이 잇셔 맛거놀{맞거늘}, 싱이 ᄌᆞ셔훈 말을 니르니 비복들이 그제야 알고 셔로 싱을 붓들고 슬피 통곡ᄒᆞ믈 마지아니ᄒᆞ더라.

과일(科日)이 당ᄒᆞ미 왕(王)·셔(徐) 양인(兩人)이 쟝즁(場中)의 드러가{들어가} 보니, 동(東)의는 문과(文科)를 빅셜(排設)ᄒᆞ고 셔(西)의는 무과(武科)를 빅셜ᄒᆞ엿거놀, 싱이 셕 장 글을 밧치고{바치고} ᄯᅩ 무쟝(武場)으로 향ᄒᆞ여 과규[181]를 무른즉{물은즉}, 빅 근으로부터 칠십 근 무게 갑옷과 팔십 근으로부터 오십 근 무게 철퇴(鐵槌)를 가지고 삼빅 보(步)를 열 번 왕닉(往來)ᄒᆞ고, 삼지창(三枝槍)을 셰워 살 ᄃᆞ숫[다섯] 디의 삼지(三枝)를 맛치거나{맞추거나} 뉵도삼약(六韜三略)을 달통(達通)ᄒᆞ면 춤방[182]ᄒᆞ게 ᄒᆞ엿

177) 무상(無狀): 아무렇게나 함부로 행동하여 버릇이 없음.
178) 과행(科行): 과거를 보러 가는 일.
179) 안접(安接): 편안히 마음을 먹고 머묾.
180) 황낙(荒落): 황량하고 쓸쓸함.
181) 과규(科規): 과거시험의 형식과 규칙.
182) 참방(參榜): 과거에 급제하여 이름이 榜目에 오르던 일.

거놀, 싱이 심즁(心中)의 닝쇼(冷笑)ᄒᆞ고 드러가 힘을 다ᄒᆞ여 과규(科規)에 오히려 지나니 좌우(左右) 관광지(觀光者가) 우불[183] 층찬[稱讚]ᄒᆞ더라. 텬ᄌᆞ 보시고 ᄃᆡ희ᄒᆞ시더니, 또 문시관(文試官)이 글 ᄒᆞᆫ장을 드리거놀 상(上)이 보시고 졔신(諸臣)을 도라보샤 왈,

"이러ᄒᆞᆫ 문쟝은 당금(當今) 졔일이라. 녯날 니두[184]라도 이의셔{이에서} 지나지 못ᄒᆞ리로다."

ᄒᆞ시고 비봉[185]을 ᄯᅥ여 보시니,

「쇼쥬인 셔텬홍의 년(年)이 십칠이오, 부(父)는 젼임 병부샹셔 ᄐᆡ학ᄉᆞ 남방안무ᄉᆞ 경이라.」

텬ᄌᆞ와 졔신(諸臣)이 면면상고[186] 왈,

"셔경의 아들이 이럿틋 ᄒᆞ도다."

ᄒᆞ고 호명(呼名)을 놉히 ᄒᆞᆫᄃᆡ, 셔싱이 무쟝[文場]으로 드러오니, 졔신이 보믹 무쟝(武場)의셔 졔일노 칭찬ᄒᆞ던 ᄉᆞ람이라 막불경아[187]ᄒᆞᄂᆞᆫ지라. 상이 갓가이{가까이} 보시니 긔상(氣像)이 늠늠(凜凜)ᄒᆞᆫ 영웅호걸이라. 상이 ᄀᆞ로샤ᄃᆡ,

"셔경이 남만(南蠻)의 간 지 십여 년이라, ᄉᆞ싱죤망(死生存亡)을 모르믹

---

183) 우불(吁咈): 간함. 都俞吁咈에서 나온 말로, 도는 찬미하는 말이고, 유는 동의하는 말이고, 우는 동의하지 않는 말이고, 불은 반대하는 말이다. 임금과 신하가 태평성대를 이루기 위하여 조정에서 서로 의견을 교환하는 가운데, 좋은 말은 찬성하고 부당한 말은 반대하는 소리를 말한다. 그러나 '우불층찬ᄒᆞ더라'는 '우불층찬[尤不稱讚]없더라'의 오기로 보아야 할 듯하다.

184) 니두(李杜): 李白과 杜甫를 통틀어 일컫는 말.

185) 비봉(祕封): 남이 보지 못하게 단단히 봉한 답안지.

186) 면면샹고(面面相顧): 아무 말도 없이 서로 얼굴만 물끄러미 바라봄.

187) 막불경아(莫不驚訝): 놀라 의아해 마지않음.

쥬야(晝夜)로 그 츙셩(忠誠)을 탄복(歎服)ᄒᆞ더니, 오ᄂᆞᆯ 그 ᄋᆞ들이 문무(文武) 장원(壯元)을 ᄒᆞ니 이는 하ᄂᆞᆯ이 짐(朕)으로 ᄒᆞ여금 이런 인ᄌᆡ를 어더 남만을 쇼멸(掃滅)케 ᄒᆞ시미로다."

ᄒᆞ시고 또 방안[188]을 부르니,

「티쥐 왕희평의 년(年)이 이십이니, 부(父)는 우부도어ᄉᆞ 션이라.」

상이 또ᄒᆞᆫ 깃거ᄒᆞ샤 왈,

"왕션의 ᄋᆞ지(兒子가) 이 갓ᄒᆞ니{같으니} 엇지 아름답지 아니리오."

ᄒᆞ시고, 셔텬흥으로 한님학ᄉᆞ(翰林學士) 어림도위(御臨都尉)를 ᄒᆞ이시고 왕희평으로 한님학ᄉᆞ를 ᄒᆞ이시니, 냥인(兩人)이 셩은(聖恩)을 슉ᄉᆞ[189]ᄒᆞ고 나아와, 왕한님은 삼 일 유과[190]ᄒᆞ고 셔도위는 고턱(故宅)의 가 쥬야(晝夜)로 엄면톄읍[191]ᄒᆞ니, 장삼과 비복(婢僕)드리 만단ᄀᆡ유(萬端改諭)ᄒᆞ여 위로ᄒᆞ더라.

삼 일 후 양인(兩人)이 찰직[192]ᄒᆞᆫ 후 각각 표(表)을 올녀 쇼분[193]을 청ᄒᆞ고 셔로 길흘 난화{나누어} 가니라. 왕한님은 티쥐로 향ᄒᆞ고, 셔학ᄉᆞ는 쇼쥬의 니르러 고턱(故宅)을 ᄎᆞᄌᆞ 분묘(墳墓)의 비알(拜謁)ᄒᆞ미 일쟝통곡(一場慟哭)ᄒᆞ믈 마지아니ᄒᆞ더라. 여러 날 머므러{머물러} 부인 거쳐를 날노{날마다} 탐지(探知)ᄒᆞ되 죵시(終是) 쇼식이 묘연ᄒᆞᆫ지라. 슈유[194] 당한[195]ᄒᆞ

188) 방안(榜眼): 殿試의 甲科에 둘째로 급제한 사람. '방'은 榜目, '안'은 貳의 은어로서 이루어진 말이다.

189) 슉ᄉᆞ(肅謝): 은혜에 정중히 사례함.

190) 유과[遊街]: 과거 급세사가 광대를 데리고 풍악을 잡히면서 거리를 돌며 座主·先進者·친척 등을 찾아보던 일. 보통 사흘 동안 행하였다.

191) 엄면톄읍(掩面涕泣): 낯을 가리고 울.

192) 찰직(察職): 직무를 두루 살핌.

193) 쇼분(掃墳): (경사로운 일이 있을 때) 조상의 산소를 찾아가 돌보고 제사 지내는 일.

미 가묘(家廟)를 모시고 상경ᄒᆞ여 예궐숙ᄉᆞ(詣闕肅謝)ᄒᆞ고 집의 도라가 부모를 ᄉᆡᆼ각ᄒᆞ고 쳬읍(涕泣)으로 지ᄂᆡ더라. 오ᄅᆡ지 아냐{않아} 왕한님 일ᄒᆡᆼ(一行)이 무고이[196] 상경ᄒᆞ니, 학ᄉᆡ 왕부(王府)의 나아가 한님을 보고 시비를 불너 ᄐᆡ부인긔 문후(問候)ᄒᆞ니, ᄐᆡ부인이 ᄯᅩᄒᆞᆫ 학ᄉᆞ의 입신(立身)ᄒᆞ믈 못ᄂᆡ 일컷더라.

화셜(話說)。 텬ᄌᆡ 삼ᄌᆞ(三子)를 두어시니, ᄐᆡᄌᆞ(太子)와 죠왕(趙王)은 황후(皇后) 낭낭[197]의 탄ᄉᆡᆼᄒᆞ신 ᄇᆡ오, 졔왕(齊王)은 귀비(貴妃) 위시 쇼ᄉᆡᆼ(所生)이니, 귀비ᄂᆞᆫ 샹셔 위영의 ᄆᆡᄌᆡ(妹子이)라. 졔왕의 위인이 호ᄉᆡᆨ방탕(好色放蕩)ᄒᆞ여, 날마다 쥬ᄉᆡᆨ(酒色)으로 셰월을 보ᄂᆡ고 민간(民間) 미ᄉᆡᆨ(美色)을 구ᄒᆞᄂᆞᆫ지라. 왕비 병드러 훙(薨)ᄒᆞ니, 왕이 ᄌᆡ취(再娶)를 구ᄒᆞᄃᆡ 경국지ᄉᆡᆨ(傾國之色)을 취코져 ᄒᆞ더니, 왕의 유랑[198] 졍파[199]ᄂᆞᆫ 뉴승샹 비ᄌᆞ(婢子)와 형졔라. 뉴랑(乳娘)이 졔 형을 보라 갓다가 왕쇼져를 보고 도라와 왕게 고ᄒᆞ니, 왕이 ᄃᆡ희(大喜)ᄒᆞ여 일계(一計)를 ᄉᆡᆼ각고, 유랑ᄃᆞ려 '뉴승샹 부(府)의 가 졍파를 불너오라.' ᄒᆞ여, 금ᄇᆡᆨ(金帛)을 만히{많이} 쥬고 왈,

"ᄂᆡ 왕쇼져를 보고 졍혼(定婚)코져 ᄒᆞᄂᆞ니, 너ᄂᆞᆫ 날을 ᄃᆞ리고 가 네 일개(一家이)로라 ᄒᆞ고 왕쇼져를 보게 ᄒᆞ라."

졍픠 응낙ᄒᆞ거늘, 왕이 즉시 녀복(女服)으로 졍파를 ᄯᆞ라 뉴부의 가 왕쇼져를 보ᄆᆡ 뎡신(精神)이 황홀ᄒᆞ여 여취여광(如醉如狂)ᄒᆞᄂᆞᆫ지라. 도라와 귀비(貴妃)의게 왕쇼져의 ᄌᆞᄉᆡᆨ(姿色)을 고ᄒᆞ니, 귀비 위상셔를 청ᄒᆞ여 뉴부[부인 유씨 집]의 가 통혼(通婚)ᄒᆞ니, 뉴공도 셔 학ᄉᆞ와 졍혼ᄒᆞᆫ 줄 아ᄂᆞᆫ지

---

194) 슈유(受由): (일에 매인 사람이) 다른 일로 얻는 말미.
195) 당한(當限): 기한이 닥쳐옴.
196) 무고이[無故히]: 사고 없이 평안히.
197) 낭낭(娘娘): 왕비나 귀족의 아내를 높여 이르는 말.
198) 유랑(乳娘): 유모.
199) 졍파: 어순의 착오이니, '뉴 승샹 비ᄌᆞ 졍파와'로 되어야 함.

라 이 뜻을 갓쵸 일으니, 위 샹셰 도라와 귀비의게 고혼디, 왕이 또훈 듯고 귀비의게 고왈,

"쇼직 왕쇼져 곳 아니면 다시 직취(再娶)치 아니리니, 모친은 황야(皇爺)긔 쥬(奏)ᄒᆞ고 ᄉᆞ혼[200] ᄒᆞ게 ᄒᆞ쇼셔."

귀비 입궐ᄒᆞ여 텬ᄌᆞ긔 쥬달(奏達)훈디, 텬지 희평을 명쵸[201] ᄒᆞ샤 ᄀᆞ로샤디,

"뎨왕(齊王)이 상비(喪妃)ᄒᆞ엿더니, 경(卿)의 ᄆᆡ지(妹子가) 현숙(賢淑)다 ᄒᆞ니 왕비(王妃)로 졍혼ᄒᆞ노라."

한님이 쥬왈,

"신ᄆᆡ(臣妹) 년젼(年前)의 한님학ᄉᆞ 셔텬흥과 졍혼ᄒᆞ옵기는 이샹ᄒᆞ온 일노 말ᄆᆡ야마숩ᄂᆡ다."

ᄒᆞ고 젼후ᄉᆞ(前後事)를 낫낫치{낱낱이} 알왼디, 샹이 신긔히 너기샤 ᄀᆞ로샤디,

"이는 쳔고(千古)의 업슨 일이로다. 그러ᄒᆞ면 엇지 이ᄯᅢ가지 셩혼(成婚)을 아니ᄒᆞ엿는뇨?"

디왈(對曰),

"셔텬흥이 부모 쇼식을 아온 후 셩녜(成禮)ᄒᆞ랴 ᄒᆞ노이다."

상왈,

"불연(不然)ᄒᆞ다. 졔 부모 쇼식을 십 년 후 알면 엇지 ᄒᆞ리오. 짐(朕)이 권(勸)ᄒᆞ리라."

ᄒᆞ시고, 셔학ᄉᆞ를 픽쵸[202] ᄒᆞ샤 일졀[203]을 무르시니, 왕한님이 쥬(奏)훈 말

---

200) ᄉᆞ혼(賜婚): 임금이 혼인을 허락함.

201) 명쵸(命招): 임금의 명으로 신하를 부름.

202) 픽쵸(牌招): 임금이 승지를 시켜 신하를 부르던 일. '命' 자를 쓴 나무패에 신하의 이름을 써서 院隷를 시켜 보냈다.

203) 일졀[一切]: 왕한림이 한 말을 가리킴.

숨과 갓흔지라. 샹이 학소드려 왈,

"군뷔(君父는) 일쳬(一體)라. 짐(朕)이 쥬혼(主婚)ᄒᆞᄂᆞ니 속히 셩혼ᄒᆞ라."

ᄒᆞ시고 혼슈(婚需)를 ᄉᆞ숑(賜送)ᄒᆞ시니, 한님이 슈명이퇴(受命而退)ᄒᆞ여 불일[204] ᄒᆡᆼ녜(行禮)ᄒᆞ미, 신낭의 늠늠(凜凜)ᄒᆞᆫ 풍치와 신부의 뇨조(窈窕)ᄒᆞᆫ ᄐᆡ되 뉘 아니 칭찬ᄒᆞ리요. 왕쇼졔 셔부(徐府)의 쳐(處)ᄒᆞ여 가ᄉᆞ(家事)를 다ᄉᆞ리미, 비복을 은위(恩威)로 부리며, 학ᄉᆞ로 더브러 금슬죵고지낙(琴瑟鐘鼓之樂)과 임ᄉᆞ지덕(姙姒之德)이 겸비ᄒᆞ엿더라.

ᄎᆞ셜(且說)。 텬ᄌᆞ 한님 왕희평을 양쥬 ᄌᆞᄉᆞ(刺史)를 특졔(特除)ᄒᆞ샤 왈,

"양쥐 여러 ᄒᆡ 흉년의 도젹이 쳐쳐(處處)의 일고 민폐(民弊) 만타{많다} ᄒᆞ니, 경(卿)이 가셔 안무(按撫)ᄒᆞ라."

ᄒᆞ신ᄃᆡ, 한님이 ᄉᆞ은(謝恩)ᄒᆞ고 집의 도라와 치ᄒᆡᆼ[205]ᄒᆞᆯᄉᆡ, ᄐᆡ부인을 모시고 발ᄒᆡᆼ(發行)ᄒᆞ니라.

ᄎᆞ셜(且說)。 남만이 졈졈 강셩ᄒᆞ여 ᄯᅩ 남방 칠읍(七邑)을 항복 밧으미, 군현(郡縣)이 망풍도명[206]ᄒᆞᄂᆞᆫ지라. 운남 졀도ᄉᆡ 급피[급히] 표(表)을 올니거ᄂᆞᆯ, 텬ᄌᆞ ᄃᆡ경ᄒᆞ샤 문무를 모흐시고 의논ᄒᆞᆯᄉᆡ, 홀연 반부(班府) 즁으로 일위(一位) 쇼년이 츌반쥬[207] 왈,

"신(臣)이 년쇼(年少)ᄒᆞ오나 일즉 병셔(兵書)와 쟝약[208]을 아옵ᄂᆞ니, 일지병[209]을 쥬옵시면 남만을 쇼멸ᄒᆞ여 우흐로{위로} 폐하의 근심을 덜고 아ᄅᆡ로 신부(臣父)를 ᄎᆞ지의 구ᄒᆞ여 부ᄌᆡ(父子가) 상봉(相逢)ᄒᆞᆯ가 ᄒᆞ옵ᄂᆞ니, 엇지 죠고마ᄒᆞᆫ 남만을 긔탄[210]ᄒᆞ오잇가?"

---

204) 불일(不日): 며칠 걸리지 아니하는 동안.

205) 치ᄒᆡᆼ(治行): 길 떠날 채비를 함.

206) 망풍도명(望風逃命): 미리 소문만 듣고서 목숨을 구하러 도망감.

207) 츌반쥬(出班奏): 여러 신하 가운데서 혼자 임금에게 나아가 아룀.

208) 쟝약(將略): 장수로서의 지략.

209) 일지병(一支兵): 한 무리의 병사. 한 떼의 병사.

쥬파(奏罷)의 모다{모두} 보니, 이는 한님학ᄉᆞ 어림도위 셔텬홍이라. 텬지 ᄃᆡ희ᄒᆞ샤 뎨신(諸臣)을 도라보와 ᄀᆞ로ᄉᆞᄃᆡ,

"셔텬홍의 직죠는 짐이 임의{이미} 본 ᄇᆡ라. ᄯᅩ 아비를 구코져 ᄒᆞ니 졔 힘을 다홀지라."

ᄒᆞ시고, 텬홍을 ᄇᆡᄒᆞ여[211] 병부샹셔(兵部尙書) ᄃᆡᄉᆞ마(大司馬) ᄃᆡ도독(大都督) 평만ᄃᆡ원슈(平蠻大元帥)를 ᄒᆞ이시고{내리시고}, 졍병(精兵) ᄉᆞ만(四萬)과 ᄆᆡᆼ쟝(猛將) 쳔여 원(千餘員)을 쥬시고, 지휘사(指揮使) 님춍으로 부원슈를 삼고 '츌뎡(出征)ᄒᆞ라' ᄒᆞ시니, 원쉬 ᄉᆞ은ᄒᆞ고 교쟝(敎場)의 나아가 뎨쟝(諸將)의 군녜(軍禮)를 바든{받은} 후 각각 쇼임(所任)을 졍ᄒᆞᆫ 후, 집의와 쇼져(小姐)를 ᄃᆡᄒᆞ여 츌젼ᄒᆞᆷ을 니르고 왈,

"이는 복(僕)이 칠 셰부터 원ᄒᆞ던 ᄇᆡ라. 오늘날이야 쇼원을 맛춤이니{맡았으니} 죽어도 한이 업슬지라. 부인은 비복(婢僕)을 거ᄂᆞ려 셕파 부쳐(夫妻)를 의지ᄒᆞ여 복이 ᄉᆡᆼ환(生還)ᄒᆞ기를 기다리쇼셔."

쇼졔 이 말을 듯고 ᄃᆡ경실ᄉᆡᆨ(大驚失色)ᄒᆞ여 심회(心懷)를 졍(定)치 못ᄒᆞ는 즁, 원슈의 비회(悲懷)를 덜게 ᄒᆞ여 ᄃᆡ왈,

"츌쟝입상[212]은 ᄃᆡ쟝부의 쾌ᄉᆡ[213]라. 군ᄌᆞ의 ᄎᆞᄒᆡᆼ(此行)이 우흐로{위로} 님군을 위ᄒᆞ고 아ᄅᆡ로 존구[214]를 구ᄒᆞ시리니, 무삼 비챵(悲愴)ᄒᆞ시미 이시며{있으며} ᄯᅩ 엇지 쳐ᄌᆞ(妻子)를 권념[215]ᄒᆞ시리오. 쳡(妾)이 용우(庸愚)ᄒᆞ오나 가ᄉᆞ(家事)를 살피오리니, 군ᄌᆞ는 쳔만보즁(千萬保重)ᄒᆞ샤 존구(尊

---

210) 긔탄(忌憚): 어렵게 여겨 꺼림.

211) ᄇᆡ(拜)ᄒᆞ여: 조정에서 벼슬을 주어 임명해

212) 츌쟝입상(出將入相): 나아가서는 장수가 되고, 들어오면 재상이 된다는 뜻. 문무를 다 갖추어 장수와 재생의 벼슬을 모두 지낸다는 것을 이르는 말이다.

213) 쾌ᄉᆡ(快事이): 통쾌하고 기쁜 일.

214) 존구(尊舅): 부인네들이 시아버지를 높여 이르는 말.

215) 권념(眷念): 돌보며 생각함.

舅)를 상봉ᄒᆞ여 쳘텬지환[216]을 푸시고 개가[217]를 불너 슈이{쉬이} 환귀(還歸)ᄒᆞ쇼셔."

원쉬 왈,

"요ᄉᆞ이 부인의 면모(面貌)의 톄긔(滯氣) 심ᄒᆞ오니 무슨 환익[218]이 잇슬가 ᄒᆞᄂᆞ니 부디 죠심ᄒᆞ쇼셔. 복(僕)이 비록 아는 거시{것이} 업스나 져기 화복길흉(禍福吉凶)을 짐작ᄒᆞᄂᆞ니 허슈이 아르시지{아시지} 마오쇼셔."

쇼졔 다만 "유유(唯唯)." ᄒᆞ더라.

원쉬 즉시 예궐하직(詣闕下直)ᄒᆞ고 발힝(發行)ᄒᆞ여, 여러 날 만의 운남의 니르니, 졀도ᄉᆡ 군녜(軍禮)로 현알[219]ᄒᆞ거늘, 도젹의 형셰를 뭇고 쏘셔 샹셔의 소식을 무른즉, 졀도ᄉᆡ 왈,

"도쳥도셜[220]ᄒᆞ와 진젹[221]을 ᄌᆞ시{자세히} 모로ᄂᆞ이다."

ᄒᆞ거늘, 원쉬 군(軍)을 령(令)ᄒᆞ여 남만 둔취[222]ᄒᆞᆫ ᄃᆡ{곳에} 하ᄎᆡ[223]ᄒᆞ고 격셔(檄書)를 젼ᄒᆞ니, ᄀᆞᆯ와시되,

「ᄃᆡ명(大明) 병부샹셔(兵部尙書) 평만ᄃᆡ원슈(平蠻大元帥) 셔공(徐公: 서천홍)은 남만왕(南蠻王)의게 격셔를 젼ᄒᆞ노라. 너의 무리 텬됴(天朝)를 비반ᄒᆞ여 변방을 침노ᄒᆞ며 텬ᄉᆞ(天使)을 가두고 싱녕(生靈)을 살히ᄒᆞ여 방ᄌᆞ(放恣)이 웅거(雄據)ᄒᆞ니, 네 엇지 텬쥬(天誅)를 면ᄒᆞ리오. 너희는 ᄲᆞᆯ니 항(降)ᄒᆞ여

---

216) 쳘텬지환(徹天之恨): 하늘에 사무치는 크나큰 한.

217) 개가(凱歌): 경기나 싸움에 이겼을 때 부르는 노래나 함성.(凱旋歌)

218) 환익(患厄): 우환과 재난. 예기치 못한 재앙.

219) 현알(見謁): 지체가 높고 귀한 사람을 찾아가 뵘.

220) 도쳥도셜(道聽塗說): 길에서 듣고 길에서 말한다는 뜻. 길거리에 퍼져 돌아다니는 뜬 소문을 이르는 말이다.

221) 진젹(陳迹): 지난날의 묵은 자취.

222) 둔취(屯聚): 여러 사람이 한곳에 모여 있음.

223) 하ᄎᆡ(下寨): 군대가 막사를 치고 진지를 구축하여 주둔함. 임시 주둔지를 세움.

명(命)을 보젼(保全)ᄒᆞ라.」

ᄒᆞ엿더라. 만왕(蠻王)이 보고 ᄃᆡ로(大怒)ᄒᆞ여 ᄌᆞ웅(雌雄)을 결(決)코져 ᄒᆞ거놀, 원쉬 ᄯᅩᄒᆞᆫ 제장(諸將)을 약속ᄒᆞ고 ᄃᆡ진(對陣)ᄒᆞᄆᆡ, 만왕이 진문(陣門)을 열고 졔쟝을 거나려 졍창츌마[224]ᄒᆞ여 무예(武藝)를 비양[225]ᄒᆞ며 명진(明陣)을 바라보니, 진문 열니는 곳의 일위(一位) 쇼년ᄃᆡ쟝(少年大將)이 머리의 황금투고를 쓰고 몸의 엄신갑(掩身甲)을 닙고 쳔 니 ᄃᆡ원마[226]를 타고 상방검[227]을 빗기드러시니{비껴들었으니}, 얼골이 ᄇᆡᆨ옥 갓고{같고} 형용은 츈풍(春風) 화려(華麗)ᄒᆞ여 엄숙ᄒᆞᆫ 긔상이 ᄐᆡ산고악(泰山高嶽)이 셜니(雪裏)의 놉흔{높은} 듯ᄒᆞ니 진짓{짐짓} 영웅이라. 만왕이 ᄃᆡ경 왈,

"명국(明國) 인지 만토다! 이는 셔경과 비ᄒᆞ면 ᄇᆡ승[228]ᄒᆞᆫ ᄉᆞ롬이라."

ᄒᆞ며, 심즁(心中)의 ᄌᆞ겁[229]이 잇스되 ᄃᆡ답으로[230] 원슈를 향ᄒᆞ여 왈,

"명국의 ᄉᆞ롬 업스믈 가히 알지라. 그ᄃᆡ 갓흔{같은} ᄇᆡᆨ면셔싱[231] 어린 ᄋᆞᄒᆡ로 삼군(三軍) ᄃᆡ쟝을 숨아 보ᄂᆡ니, 그ᄃᆡ 무숨 ᄌᆡ죄(才操가) 잇는뇨?"

원쉬 즐왈[叱曰],

"ᄂᆡ 비록 나히 어리나 너의 씨를 남기지 말고 쇼탕(掃蕩)ᄒᆞ리라."

---

224) 졍창츌마(挺槍出馬): 창을 빼어들고 말을 타고 전쟁터에 나감.

225) 비양(飛揚): 잘난 체하며 거드럭거림.

226) 쳔 니 ᄃᆡ원마(千里大宛馬): 중국 대완 지방에서 나는, 하루에 천 리 달릴 수 있는 좋은 말.

227) 상방검(尙方劍): 《漢書》〈朱雲傳〉을 보면, 漢나라 成帝 때 朱雲이 "신에게 尙方 斬馬劍을 내리소서. 한 佞臣의 머리를 베겠습니다"라 아뢴 말이 있는데, 이에서 유래한 구절. 상방은 供御의 기물을 만드는 관청이며, 참마검은 말을 벨 수 있는 날카로운 칼이며, 영신은 張禹를 가리킨다.

228) ᄇᆡ승(倍勝): 갑절이나 더 나음.

229) ᄌᆞ겁(自怯): 제풀에 겁을 냄.

230) ᄃᆡ답으로: 문맥상 불필요한 말임.

231) ᄇᆡᆨ면셔싱(白面書生): 한갓 글만 읽고 세상일에는 전혀 경험이 없는 사람.

ᄒᆞ고, 즉시 좌션봉 쥬영과 우션봉 녀ᄌᆞ춘을 츌젼ᄒᆞ라 ᄒᆞ니, 양쟝(兩將)이 츌마(出馬)ᄒᆞ여 바로 만왕을 취ᄒᆞ니, 만쟝(蠻將) 션봉 강달과 우익장[右翼將] 길협이 ᄂᆡ다라 셔로 삼십여 합(合)을 싸호되 불분승뷔(不分勝負이)러니, 쥬영은 창(槍)을 바리고 다만 철퇴(鐵槌)만 가졋ᄂᆞᆫ지라 길협이 창 업스믈 바라보고 다라들거ᄂᆞᆯ{달려들거늘}, 쥬영이 철퇴로 길협을 치니 협이 마하(馬下)의 나려지거ᄂᆞᆯ{떨어지거늘}, 쥬영이 협을 ᄉᆡᆼ금(生擒)ᄒᆞ여 본진(本陣)의 밧치니, 원슈 협을 쟝하(帳下)의 ᄭᅮᆯ니고 왈,

"ᄂᆡ 문ᄂᆞᆫ{묻는} 말을 진졍(眞情)으로 고ᄒᆞ면 네 목숨을 살니려니와, 일호(一毫) 긔망[232]ᄒᆞ면 참(斬)ᄒᆞ리니, 텬죠(天朝) ᄉᆞ신 셔공(徐公: 서경)이 어ᄃᆡ 겨시뇨?"

협 왈,

"쳐음의 도즁(島中)의 갓치여{갇히어} 겨시더니, 만왕의 ᄐᆡᄌᆡ(太子가) 셔공의 문쟝도학(文章道學)을 흠앙(欽仰)ᄒᆞ여 지금은 셩ᄂᆡ(城內) 별궁의 쳐ᄒᆞ시게 ᄒᆞ고 극진(極盡) 후ᄃᆡ(厚待)ᄒᆞᄂᆞ이다."

원슈 이 말을 듯고 쵸쵸ᄒᆞᆫ 마음이 젹이[233] 노이ᄂᆞᆫ지라{놓이는지라}. 인ᄒᆞ여 노화{놓아} 보ᄂᆡ니라.

이ᄯᅢ 만왕(蠻王)이 ᄑᆡ(敗)ᄒᆞ여 다시 셜치[234]ᄒᆞ기를 의논ᄒᆞ더니, 길협이 ᄉᆡᆼ환(生還)ᄒᆞ믈 보고 ᄃᆡ희ᄒᆞ여 ᄉᆞ라온 연고(緣故)를 무른ᄃᆡ, 협 왈,

"명국(明國) 원쉬(元帥가) 셔경의 ᄉᆞᄉᆡᆼ(死生)을 뭇기로{묻기로} 바로 니르온즉 노화{놓아} 보ᄂᆡ옵기로 나오다가, 군ᄉᆞᄃᆞ려 뭇ᄉᆞ온즉 '원슈ᄂᆞᆫ 곳 셔경의 아ᄃᆞᆯ이라' ᄒᆞ더이다."

만왕이 ᄃᆡ경 왈,

---

232) 긔망(欺罔): 남을 거짓말로 속임.

233) 젹이[적이]: 꽤 어지간한 정도로.

234) 셜치(雪恥): 부끄러움을 씻음.

"셔경의 아돌이 쏘흔 이곳치 영걸(英傑)이로다. 셔경을 잡아다가 텬흥을 뵈고 항복지 아니커든, 셔경을 죽이랴 ᄒᆞ면 졔 엇지 귀순(歸順)치 아니리오."

즉시 틱ᄌᆞ의게 긔별(奇別)ᄒᆞ여 '셔경을 잡아 보닉라' ᄒᆞ더라.

각셜(却說)。셔상셰 도즁(島中)의 가 셰월을 보닉더니, 미양 고국을 바라보니 운산(雲山)이 첩첩ᄒᆞ여[235] 싱환(生還)홀 긔약이 묘연(杳然)훈지라 비회(悲懷)를 억졔치 못ᄒᆞ더니, 일일은 홀연 ᄉᆞ지(使者가) 와 국도(國都)로 ᄃᆞ려가거늘{데려가거늘}, 상셰 싱각ᄒᆞ딕,

'이번은 죽으리라.'

ᄒᆞ엿더니, 만국(蠻國) 셩즁(城中) 그으훈 별당의 두거늘, 이윽고 훈 사람이 위의(威儀)를 갓쵸고 드러와 공을 보고 직비훈딕 ᄌᆞ시{자세히} 보니, 이는 당쵸 관(館)의셔 곡신의 일기(一家이)라 ᄒᆞ고 와 보던 쇼년이라. 이날 보니 과연 틱지라. 공이 문왈,

"그딕 엇지ᄒᆞ여 날을 와 보ᄂᆞ뇨?"

틱지 국궁(鞠躬) 왈,

"쇼ᄌᆞ(小子)는 만왕의 틱지(太子이)라. 향ᄌᆞ[236] 곡신을 인ᄒᆞ여 죤공[237]의 도학문쟝(道學文章)을 듯고져 ᄒᆞ여 죵적(蹤迹)을 긔(欺)이고 뵈온 후 ᄉᆞ모지심(思慕之心)이 간졀ᄒᆞ기로 부왕긔 쥬(奏)ᄒᆞ여 이곳으로 ᄋᆞ시게 ᄒᆞ여ᄉᆞ오니, 아직 머무시면 쥬달(奏達)ᄒᆞ여 고국으로 속히 환귀(還歸)ᄒᆞ시게 ᄒᆞ올 거시니 죠곰도 심녀(心慮) 마르쇼셔."

공이 만왕이 부도무례[238]ᄒᆞ믈 분노ᄒᆞ나 틱ᄌᆞ의 지극훈 경셩과 현철(賢

235) 첩첩(疊疊)ᄒᆞ여: 여러 겹으로 겹쳐 있어.
236) 향ᄌᆞ(向者): 지난 지 얼마 되지 않은 과거의 그때. 이전.
237) 죤공(尊公): 지위가 높은 사람을 높여 이르는 말.
238) 부도무례(不道無禮): 도리에 어긋나고 예의가 없음.

哲)훈 위인(爲人)을 ᄉᆞ랑ᄒᆞ여 경겨[239] 왈,

"그ᄃᆡ는 진실노 연혈[熱血]훈 ᄉᆞ롬이라, 군부(君父)의 그른 일을 간(諫)ᄒᆞ여 후셰(後世)의 악명(惡名)을 면케 ᄒᆞ라."

인ᄒᆞ여 고금 션악과 흥망을 갓쵸 일너 흉금이 상활[240]케 ᄒᆞ니, ᄐᆡ직 경복[241]ᄒᆞ여 지극 후ᄃᆡᄒᆞ여 십이 츈(春)이 밧고이니{바뀌니}, 공이 ᄆᆡ양 임군{임금} ᄉᆡᆼ각과 쳐ᄌᆞ(妻子) 권연[242]ᄒᆞ는 회포로 셰월을 보ᄂᆡ더니,

일일은 ᄐᆡ직 슈심(愁心)이 만면(滿面)ᄒᆞ여 왈,

"그 ᄉᆞ이 부왕(父王)이 ᄃᆡ국(大國)과 졉젼(接戰)ᄒᆞ시다가 우리 쟝슈를 죽이고 군ᄉᆞ 죽으미{죽음이} 또훈 불가승쉬[243]라. 드른즉 명장(明將) 도원슈(都元帥)는 공의 영윤[244]이란 말이 잇는 고로, 부왕이 'ᄃᆡ인(大人)을 군즁(軍中)의 모셔가 볼모[245] ᄒᆞ고 영윤으로 귀순케 ᄒᆞ랴.' ᄒᆞ시고 쇼ᄌᆞ(小子)의게 하교(下敎)ᄒᆞ여 겨시니{계시니}, 아모리 군부(君父)의 명이라도 쇼직(小子가) 이는 ᄎᆞ마 힝치 못ᄒᆞ올지라. 쇼직 심복인[246]으로 ᄒᆞ여금 쳔니마(千里馬) 두 필(匹)을 쥰비ᄒᆞ여ᄉᆞ오니, 산곡(山谷) 쇼로(小路)로 가마니 명진(明陣)으로 가오신 후, 부왕의 명을 구ᄒᆞ여 만국(蠻國)이 아죠{아주} 망케 마르쇼셔."

공이 위로 왈,

"ᄂᆡ 엇지 그ᄃᆡ 은졍(恩情)을 이즈리오{잊으리오}."

---

239) 경겨[警戒]: 옳지 않은 일이나 잘못된 일들을 하지 않도록 타일러서 주의하게 함.
240) 상활(爽闊): 시원하고 산뜻함. 썩 시원하고 유쾌함.
241) 경복(敬服): 존경하여 감복함.
242) 권연(眷然): 그리워하며 아쉬워함.
243) 불가승쉬(不可勝數이): 不知其數. 너무 많아서 이루 셀 수가 없음.
244) 영윤(令胤): 令息. 윗사람의 아들을 높여 이르는 말.
245) 볼모: 약속 이행의 담보로 상대편에 잡혀두던 유력한 사람.
246) 심복인(心腹人): 마음 놓고 부리거나 일을 맡길 수 있는 사람.

ᄒᆞ고 작별ᄒᆞᆫ 후, 즉시 쳔니마를 타고 죵ᄌᆞ(從者)로 더브러 ᄃᆡ진(大陣)을 향ᄒᆞ니라.

이ᄯᅢ 원슈 길협을 보니고 ᄯᅩ 츌젼ᄒᆞ여 적장 슈십 인을 죽이고 승승장구(乘勝長驅)ᄒᆞ여 일허던{잃었던} 군현(郡縣)을 회복ᄒᆞ고 만군(蠻軍) 슈만을 죽이니, 위엄이 만국(蠻國)의 ᄃᆡ진(大振)ᄒᆞ더라. 만왕(蠻王)이 진문(陣門)을 닷고 셔상셔 좁아오기를 기다리ᄂᆞᆫ지라.

원슈 여러 날 싸호믈{싸움을} 도도되{돋우되} 죵시(終是) 견벽불출[247]ᄒᆞ니, 홀일업셔 승젼(勝戰) 표(表)를 텬ᄌᆞ긔 올니고 졔장으로 더브러 묘칙(妙策)을 의논ᄒᆞ더니, 홀연 비밀 ᄉᆡ(士가) 입고(入告) 왈(曰),

"원문[248] 밧게 아국(我國) ᄉᆞ롬 ᄒᆞ나와 만국(蠻國) ᄉᆞ롬 ᄒᆞ나히 와 '일봉셔간(一封書簡)을 드려 달나{들여 달라}.' ᄒᆞ옵기로 밧치옵니다."

ᄒᆞ거ᄂᆞᆯ, 원슈 ᄯᅥ여 보니, ᄒᆞ여시되,

「나ᄂᆞᆫ 달르 니{다른 이} 아니라 군명(君命)으로 십여 년 만국(蠻國)의셔 욕(辱)을 감슈(甘受)ᄒᆞ던 남방 안무어ᄉᆞ(南方按撫御史) 셔셩[서경]이라. 구ᄒᆞᄂᆞᆫ ᄉᆞ람이 이셔{있어} 도명(逃命)ᄒᆞ여 왓ᄂᆞ니, 오신 원슈ᄂᆞᆫ 뉘신지 밧비 상봉ᄒᆞ믈 바라노라.」

ᄒᆞ엿더라. 원슈 남필(覽畢)의 마음이 ᄯᅥᆯ니고 정신이 아득ᄒᆞ여 밧비 진문(陣門)의 나아가 마즈니{맞으니}, 셔공의 모발(毛髮)이 진ᄇᆡᆨ(盡白)ᄒᆞ고 용뫼 슈쳑ᄒᆞ여시나 완연ᄒᆞᆫ 부친이라. 원슈 부친을 ᄒᆞᆫ번 부르고 ᄋᆡ통혼졀(哀痛昏絕)ᄒᆞ니, 상셰 원슈를 보나 ᄯᅥ날 ᄯᅢ의ᄂᆞᆫ 늑 셰 쇼ᄋᆡ(小兒이)러니 지금은

247) 견벽불출(堅壁不出): 굳건한 벽으로 둘러싸인 곳에서 나오지 않음. 안전한 곳에 들어앉아서 남의 침범으로부터 몸을 지키고 있다는 말이다.

248) 원문(轅門): 戰陣을 베풀 때에 수레로써 우리처럼 만들고, 그 드나드는 곳에는 수레를 뒤집어 놓아 서로 향하게 하여 만든 바깥문.

엄연ᄒᆞᆫ ᄃᆡ쟝이라 엇지 아라보리오마ᄂᆞᆫ, 원슈 야야(爺爺) 부르ᄂᆞᆫ 쇼ᄅᆡ를 좃ᄎᆞ 역시 통곡ᄒᆞ고, 원슈를 안고 보니 긔식(氣塞)ᄒᆞ엿ᄂᆞᆫ지라 ᄃᆡ경(大驚)ᄒᆞ여 쥬무르니, 이윽ᄒᆞ여 원슈 눈을 ᄯᅥ 보니, 공이 어로만져{어루만져} 위로 왈,

"ᄉᆞ라셔 상봉(相逢)ᄒᆞ니 깃분지라, 무익(無益)ᄒᆞᆫ 비회(悲懷)를 ᄂᆡ지 말나."

제쟝(諸將)이 ᄯᅩᄒᆞᆫ 위로ᄒᆞ며 치하(致賀가) 분분(紛紛)ᄒᆞ더라. 원슈 죠용이{조용히} 부친을 뫼셔 셔로 그 ᄉᆞ이 환난(患難)을 말슴ᄒᆞᆯᄉᆡ, 부인이 도젹의게 봉변(逢變)ᄒᆞᆷ을 듯고 공이 비쳑[249]ᄒᆞ여 왈,

"부인이 필연 ᄌᆞ쳐(自處)ᄒᆞ여실지라. 엇지 욕(辱)을 감심(甘心)ᄒᆞ리오."

ᄒᆞᆫᄃᆡ, 원슈 비통(悲痛)즁 만국 ᄐᆡᄌᆞ의 후ᄃᆡ(厚待)ᄒᆞᆷ과 부친 탈신(脫身)ᄒᆞ여 보ᄂᆡᆷ을 듯고 감은(感恩)ᄒᆞᆷ을 마지아니ᄒᆞ더라. 원슈 왕쇼져를 구술노{구슬로} 인연(因緣)ᄒᆞ여 취(娶)ᄒᆞ물 갓초[갖추] 고ᄒᆞ니, 공이 ᄃᆡ희ᄒᆞ니라.

이ᄯᅢ의 만왕이 여러 번 ᄑᆡ(敗)ᄒᆞᆷ을 분한(憤恨)ᄒᆞ여 셔샹셔 오거든 원슈를 달ᄂᆡ여 항(降)케 ᄒᆞ려 ᄒᆞ더니, ᄐᆡᄌᆞ의 회셔(回書)의 「셔샹셰 텬니마(千里馬)를 도젹ᄒᆞ여 타고 도망ᄒᆞ엿ᄂᆞ이다.」ᄒᆞ엿거ᄂᆞᆯ, ᄃᆡ경ᄒᆞ여 모칙(謀策)을 다시 의논ᄒᆞᆯᄉᆡ, 만쟝(蠻將) 호달이 쥬왈,

"ᄌᆞᄀᆡᆨ(刺客)을 명진(明陣)의 보ᄂᆡ여 셔텬홍을 죽이미 죠흘가 ᄒᆞᄂᆞ이다."

왕이 ᄃᆡ희ᄒᆞ여 계향산의 잇ᄂᆞᆫ 검슐 신통ᄒᆞᆫ ᄉᆞᄅᆞᆷ을 쳥ᄒᆞ여 ᄌᆞᄀᆡᆨ으로 졍송[250]ᄒᆞ다.

이ᄯᅢ 원슈 심야(深夜)의 쵹(燭)을 ᄇᆞᆰ히고 잠간{잠깐} 죠으더니{졸더니}, 홀연 ᄒᆞᆫ ᄉᆞᄅᆞᆷ이 슈건으로 칼을 묵거{묶어} 가지고 바로 셔안(書案)을 향ᄒᆞ여 오거ᄂᆞᆯ 놀나 ᄭᆡᄃᆞ르니 남가일몽(南柯一夢)이라. 고이ᄒᆞ여{괴이하여} ᄒᆡ몽(解夢)ᄒᆞ여 본즉, 칼을 묵커시니{묶었으니} 지를{찌를} ᄌᆞᄍᆞ(刺字)요, 모

249) 비쳑(悲慽): 슬프고 근심스러움.

250) 졍송(定送): 취할 방도나 대책들을 결정하여 보냄.

로는 ᄉᆞ롬이니 숀 ᄀᆡᆨ ᄌᆞ(客字)요, 밧그로 안을 향ᄒᆞ여 오니 들 입ᄌᆞ(入字)요, 긴 슈건은 쟝막 쟝ᄍᆞ(帳字)라, ᄌᆞᄀᆡᆨ이 입쟝(入帳)ᄒᆞ리로다 ᄒᆞ고, ᄯᅩ 졈괘(占卦)를 어드니{얻으니} 지텬티[251] 괘라, 션흉후길(先凶後吉)ᄒᆞᆫ지라. 심즁(心中)의 혜오ᄃᆡ,

'만왕이 필연 날을 ᄒᆡ(害)코져 ᄒᆞ여 ᄌᆞᄀᆡᆨ을 보ᄂᆡ리로다.'

ᄒᆞ고 쳘퇴(鐵槌)를 압히 노코{놓고} 동졍(動靜)을 기ᄃᆞ리더니, 군즁(軍中)이 죠용ᄒᆞᆫ 후 쟝(帳)을 헷치며 ᄒᆞᆫ ᄉᆞ롬이 비슈를 들고 다라들거ᄂᆞᆯ, 원슈 몸을 피ᄒᆞ여 쳘퇴를 드러 치ᄂᆞᆫ 칼을 마죠치니[마주치니] ᄉᆡᆼ연[252] ᄒᆞᄂᆞᆫ 쇼ᄅᆡ 나며 칼이 두 조각의 나니, 기인(其人)이 ᄃᆡ경ᄒᆞ여 도쥬ᄒᆞᆯ ᄌᆞ음의 원슈 쳘퇴로 쳐 것구러지ᄂᆞᆫ지라{거꾸러지는지라}. 슈직(守直) 졔쟝(諸將)이 일시의 드러와 보고 실ᄉᆡᆨ(失色) 아니 리 업더라. 원슈 몽ᄉᆞ(夢事)를 ᄌᆞ시{자세히} 니르니, 부원슈 왈,

"원슈 미리 아르시고 방비(防備)치 아니ᄒᆞ여 겨시니잇고?"

원슈 왈,

"죠고만 ᄌᆞᄀᆡᆨ을 방비ᄒᆞ미, 엇지 졔쟝을 경동[253] ᄒᆞ리오."

ᄒᆞᆫᄃᆡ, 졔쟝이 칭ᄉᆞ(稱辭)ᄒᆞ더라.

날이 밝으미, ᄌᆞᄀᆡᆨ을 잡아드려 국문(鞫問)ᄒᆞ니 만왕이 보ᄂᆡ미라. 원문(轅門) 밧긔 ᄂᆡ여 베히고 긔(旗)에 놉히 달아 젹진(敵陣)의 뵈게 ᄒᆞ엿더니, 이윽고 군시 ᄒᆞᆫ 쇼년 셔ᄉᆡᆼ(少年書生)을 잡아 드러오거ᄂᆞᆯ 연고(緣故)를 무르니, 군시 쥬왈(奏曰),

"이놈이 ᄌᆞᄀᆡᆨ의 신체(身體)를 븟들고{붙들고} 통곡ᄒᆞ옵기로 잡아왓ᄂᆞ이다."

251) 지텬티(地天泰): 하늘이 땅을 살피고 땅이 하늘을 섬기어 모든 것이 형통한다는 괘.
252) ᄉᆡᆼ연[錚然]: 쇠붙이가 부딪쳐 울리는 것같이 소리가 날카로움.
253) 경동(警動): 놀라서 움직임.

원쉬 그 쇼년을 보니, 얼골이 관옥[254] 갓고 단슌호치[255] 연연[256] ᄒᆞ여 녀ᄌᆞ의 틱되(態度가) 만흔지라{많은지라}. 원쉬 심즁의 싱각ᄒᆞ되,

‘남ᄌᆞ의 이러ᄒᆞᆫ 일식[257]이 잇스리오.’

올녀 안치고{앉히고} 문왈,

“그ᄃᆡ는 엇더ᄒᆞᆫ ᄉᆞ룸이완ᄃᆡ 감히 죄인 신쳬를 위ᄒᆞ여 우ᄂᆞᆫ요?”

쇼년이 부복(俯伏) ᄃᆡ왈,

“쇼젹(小賊)은 ᄌᆞ긱의 졔ᄌᆞ 양신쳥이옵더니, 근본 즁국 ᄉᆞ룸으로 부모 원슈를 갑고져{갚고자} ᄒᆞ여 검술을 ᄇᆡ와 ᄉᆞ졔지분(師弟之分)이 잇ᄂᆞᆫ지라. ᄎᆞ마 시쳬(屍體)를 오작(烏鵲)의 밥을 ᄉᆞᆷ을 기리{길이} 업습기로 쥭기를 무릅셔 왓ᄉᆞ오니, 복원(伏願) 노야(老爺)ᄂᆞᆫ 시쳬를 ᄂᆡ여 쥬시면 엄토[258] ᄒᆞ온 후, 방ᄌᆞ(放恣)ᄒᆞᆫ 죄를 당ᄒᆞ여 명(命)을 밧치오리다.”

ᄒᆞᆫᄃᆡ, 원쉬 침음양구[259]에 왈,

“네 의긔(義氣)가 긔특(奇特)ᄒᆞ기로 신쳬를 쥬ᄂᆞ니, 엄토ᄒᆞᆫ 후 다시 오라.”

쇼년이 고두ᄉᆞ례[260]ᄒᆞ고 ᄌᆞ긱의 시쳬를 가지고 갓더니, 슈일 후 원문 밧긔 와 청죄(請罪)ᄒᆞ거ᄂᆞᆯ, 원쉬 불너 드리고 왈,

“네 장하[城下]의 ᄉᆞ후[261]ᄒᆞ다가 회군ᄒᆞᆯ ᄢᅵ의 날을{나를} ᄯᆞ라 고향으로 가면, 네 원슈ᄂᆞᆫ ᄌᆞ연 갑흘{갚을} ᄢᅵ 이시리라{있으리라}.”

신텽이 ᄇᆡᆨᄇᆡᄉᆞ례(百拜謝禮)ᄒᆞ더라.

---

254) 관옥(冠玉): ‘남자의 아름다운 얼굴’을 비유적으로 일컫는 말.
255) 단슌호치(丹脣皓齒): 붉은 입술과 하얀 치아라는 뜻으로, 아름다운 여자를 이르는 말.
256) 연연(연연): 아름답고 어여쁨.
257) 일식(一色): 뛰어난 미인.
258) 엄토(掩土): 겨우 흙이나 덮어서 간신히 장사를 지냄.
259) 침음양구(沈吟良久): 속으로 깊이 생각한 지 오랜 뒤.
260) 고두ᄉᆞ례(叩頭謝禮): 머리를 조아리며 감사함을 표시함.
261) ᄉᆞ후(伺候): 웃어른의 분부를 기다리는 일.

만왕이 여러 번 픽(敗)ᄒᆞ고 ᄯᅩ ᄌᆞ킥을 보너여 셩공치 못ᄒᆞ고 도로혀 죽으믈 보고 견벽불츌(堅壁不出)ᄒᆞᄂᆞᆫ지라. 원쉬 제쟝ᄃᆞ려 왈,

"만젹(蠻賊) 파(破)ᄒᆞ기를 엇지 광일지구[262]ᄒᆞ리오."

부원슈 님춍을 불너 왈,

"그ᄃᆡᄂᆞᆫ 오쳔 병을 거ᄂᆞ려, 가친(家親)을 모시고 온 만국(蠻國) ᄉᆞ름이 이시니{있으니}, 다리고{데리고} 산곡(山谷) 쇼로(小路)로 가 만진(蠻陣)을 지너여{지나쳐} 믹복(埋伏)ᄒᆞ여다가, 만젹(蠻賊)이 픽귀(敗歸)ᄒᆞ거든 길을 막으라."

ᄒᆞ고, 좌션봉 쥬영과 우션봉 녀ᄌᆞ츈을 불너 왈,

"그ᄃᆡᄂᆞᆫ 각각 삼쳔 군을 거ᄂᆞ려 여ᄎᆞ여ᄎᆞ(如此如此) ᄒᆞ라."

ᄒᆞ고, 원쉬 픵시·한틍으로 더부러 삼쳔 군을 거ᄂᆞ리고 겁칰[劫寨]ᄒᆞᆯ시, 후응ᄉᆞ 쥬셩으로 쟝졸을 거ᄂᆞ려 ᄃᆡ칙(大寨)를 직히게{지키게} ᄒᆞ고, 삼경(三更) 후 함픽[263]ᄒᆞ여 젹진 근쳐의 다다라 동졍을 살피니 군ᄉᆡ 다 좀이 깁헛고{깊었고} 고요ᄒᆞᆫ지라. 원쉬 쟝졸을 셩 밧긔 머므르고{머무르게 하고} 칼을 들고 몸을 쇼쇼와{솟구쳐} 셩의 올으니{오르니}, 제쟝이 원슈의 효용(驍勇)ᄒᆞ믈 갈치(喝采)ᄒᆞ더라. 원쉬 슈셩(守城) 쟝졸을 죽이고 문을 녀니, 픵·한 이쟝(二將)이 급히 솔군(率軍) 입셩(入城)ᄒᆞᆫ지라. 원쉬 친이 상방검(尙方劍)을 들고 ᄃᆡ칙(大寨)로 당션[264]ᄒᆞ여 드러가니{들어가니}, 이ᄯᅥᆡ 만왕이 좀이 깁헛ᄂᆞᆫ지라. 일셩포항(一聲砲響)의 군ᄉᆡ 물미듯{물밀듯} 드러오니{들어오니}, 만왕이 ᄃᆡ경ᄒᆞ여 의갑(衣甲)을 못 입고 겨유{겨우} 말을 타고 남문을 열고 다라나니{달아나니}, 만진(蠻陣) 제쟝이 능히 슈족(手足)을 놀

---

262) 광일지구(曠日持久): 헛되이 세월을 보내며 날짜만 끎. 하는 일 없이 오랫동안 세월만 헛되이 보낸다는 말이다.

263) 함픽[銜枚]: 행진할 때에 군사의 입에 떠들지 못하도록 하무를 물리던 일.

264) 당션(當先): 남보다 앞섬.

니지 못ᄒᆞ여 ᄌᆞ상천답[265]ᄒᆞ여 죽는 ᄌᆡ 부지기쉬(不知其數이)라. 만왕이 다라나다가{달아나다가} 겨오{겨우} 슈십 니(里) 가셔, 홀연 산곡(山谷)으로셔 일셩포향(一聲砲響)의 일원(一員) ᄃᆡ쟝이 가는 길을 막으니, 이는 부원슈 임총이라. 만왕이 ᄃᆡ경ᄒᆞ여 셔편을 향ᄒᆞ고 닷거놀{빨리 달리거늘}, 원쉬 ᄃᆡ경[266] 즐왈(叱曰),

"만젹(蠻賊)은 ᄲᆞᆯ니 항복ᄒᆞ라."

쇼ᄅᆡ 웅쟝ᄒᆞ여 노룡(老龍)이 창ᄒᆡ(蒼海)의셔 우는 듯, ᄆᆡᆼ회(猛虎가) 공산(空山)의셔 소ᄅᆡ 지르는 듯, 뎡신(精神)이 황홀[267]ᄒᆞ여 능히 닷지{달리지} 못ᄒᆞ는지라. 원쉬 말을 모라 크게 ᄒᆞᆫ 쇼ᄅᆡ를 지르고 원비[268]를 늘희여 만왕을 ᄉᆡᆼ금(生擒)ᄒᆞ여 말긔{말에서} 나리치니{떨어뜨리니}, 군ᄉᆡ 일시의 달녀드러{달려들어} 결박ᄒᆞ는지라.

이ᄯᆡ 쥬·녀 양장(兩將)이 셩외(城外) ᄆᆡ복(埋伏)ᄒᆞ엿다가 일시의 ᄃᆡ군을 졉응(接應)ᄒᆞ고, ᄑᆡᆼ·한 이쟝(二將)이 ᄯᅩᄒᆞᆫ 원슈의 뒤흘 좃ᄎᆞ ᄒᆞᆫ 곳의 모혓더라. 원쉬 셩의 드러가{들어가} ᄇᆡᆨ셩을 안무(按撫)ᄒᆞ고 군ᄉᆞ를 샹ᄉᆞ(賞賜)ᄒᆞ니, 젹쟝의 슈급(首級)이 이쳔여 인이오 군ᄉᆞ는 부지기쉬(不知其數이)라. 원쉬 만왕을 잡아드려 계하의 ᄭᅮᆯ니고 슈죄(數罪) 왈,

"ᄃᆡ국(大國)이 너희를 지극히 후ᄃᆡ(厚待)ᄒᆞ시거놀, 네 무숨 연고로 변방을 침노ᄒᆞ여 무죄ᄒᆞᆫ ᄉᆡᆼ영(生靈)을 살ᄒᆡᄒᆞ는뇨? 텬지 너희 죄를 ᄉᆞ(赦)ᄒᆞ시고 ᄃᆡ신을 보ᄂᆡ여 니ᄒᆡ(理解)로 효유(曉諭)ᄒᆞ시거놀, 네 방ᄌᆞᄒᆞ여 십여 년을 보ᄂᆡ지 아니ᄒᆞ니, 네 죄악이 관연[269]ᄒᆞᆫ지라. 너를 죽여 분을 풀고

---

265) ᄌᆞ상천답(自相踐踏): 자기들끼리 서로 밟고 밟힘.
266) ᄃᆡ경: 문맥상 불필요한 말.
267) 황홀(恍惚): 흐리멍덩함. 얼떨함.
268) 원비(猿臂): 원숭이같이 긴 팔. 팔이 길고 힘 있음을 이르는 말이다.
269) 관연[廣衍]: 널리 퍼짐.

다른 오랑키를 징계(懲戒)ᄒᆞ리라."

만왕이 부복ᄉᆞ죄(俯伏謝罪) 왈,

"이 본ᄃᆡ ᄂᆡ 마음이 아니라. 간흉(奸凶)ᄒᆞᆫ 신하 잇셔 권ᄒᆞ기로 마지못ᄒᆞ미니, 복원(伏願) 호싱지덕[270]을 드리워 술니시면 ᄎᆞ후(此後)는 지셩ᄉᆞᄃᆡ(至誠事大)호올리다."

원슈 즐왈[叱曰],

"범을 줍아 공산(空山)의 노흐면{놓으면} 엇지 후환(後患)이 업스리오."

후군쟝 뉴셩을 불너 '만왕(蠻王)을 함거[271]의 너허{넣어} 가두고 간슈(看守)ᄒᆞ라' ᄒᆞ고, 잇튼날 만국(蠻國)을 향ᄒᆞ니라.

이ᄯᆡ 만틱ᄌᆞ(蠻太子가) 셔공을 보니고 승샹 옥진으로 의논 왈,

"아모 ᄯᆡ라도 아군(我軍)이 반ᄃᆞ시 픽(敗)ᄒᆞ리라. 셔원슈는 지모쟝약(智謀將略)이 숀오(孫吳)·뎨갈(諸葛)의 버금이라. 우리 오합지졸(烏合之卒)노 엇지 당ᄒᆞ리오. 이런 고로 셔공을 보니여 은혜를 씻쳐, ᄃᆡ왕이 만일 변을 당ᄒᆞ실지라도 셔공은 인후장ᄌᆞ(仁厚長者)요 셔원슈는 츙효군ᄌᆞ(忠孝君子이)라 필연 구ᄒᆞ여 쥬리니, 경(卿)과 ᄒᆞᆫ가지{함께} 나아가 부왕(父王)긔 귀순(歸順)ᄒᆞ시믈 간(諫)ᄒᆞ리라."

ᄒᆞ고, ᄃᆡ진(大陣)을 바라고 힝ᄒᆞ더니 픽잔군(敗殘軍)을 만나 왕의 줍히믈 듯고 틱ᄌᆞ 방셩ᄃᆡ곡(放聲大哭) 왈,

"부왕이 ᄂᆡ 말을 듯지 아니시더니, 이 환(患)을 당ᄒᆞ시니 국운(國運)이 불힝ᄒᆞ미로다."

ᄒᆞ고 급히 명진(明陣)을 향ᄒᆞ여 다다르미, 뉵단부형[272]ᄒᆞ고 숀가락을 ᄭᅵ

---

270) 호싱지덕(好生之德): 사형에 처할 죄인을 특사하여 살려 주는 제왕의 덕.

271) 함거(檻車): 수레 위에 판자나 난간 같은 것을 둘러싸 맹수나 죄인을 호송하는 수레.

272) 뉵단부형(肉袒負荊): 윗옷 한쪽을 벗고 등에 형장을 지고 감. 이 형장으로 매를 맞고 사죄하겠다는 뜻을 이르는 말이다.

무러{깨물어} 항셔(降書)를 써 가지고 통곡ᄒᆞ니, 뎐군(前軍)이 좁아 즁군(中軍)의 알외니, 원슈 영(令)을 나려 '틱ᄌᆞ를 진즁(陣中)으로 드리라{들이라}.' ᄒᆞᆫᄃᆡ, 틱지 슬힝포복[273]ᄒᆞ여 항셔를 올니거ᄂᆞᆯ, 원슈 항셔를 밧고 틱ᄌᆞ의 부친 후ᄃᆡᄒᆞ던 은혜를 싱각ᄒᆞ미 엇지 감격지 아니리오. 군ᄉᆞ를 명ᄒᆞ여 가싀[274]를 앗고 장즁(帳中)으로 불너 올니니, 틱지 ᄌᆡ비(再拜) 왈,

"부왕(父王)의 죄는 당당이 면치 못ᄒᆞ려니와 이 본심이 아니라 간신의 틍동(衝動)ᄒᆞ믈 닙으미니, 원슈는 ᄌᆡᄉᆡᆼ지은(再生之恩)을 나리와 텬ᄌᆞ긔 쥬달(奏達)ᄒᆞ여 부왕의 명을 살녀 쥬시면, ᄃᆡᄃᆡ로 황은(皇恩)을 감츅(感祝)ᄒᆞ고 원슈의 덕을 닛지{잊지} 아니리이다{않으리다}."

ᄒᆞ고 누싊(淚水가) 만면(滿面)ᄒᆞᆫ지라. 원싊 보미, 언식(言辭가) 뉴화(柔和)ᄒᆞᆷ과 긔샹이 활달(豁達)ᄒᆞ여 진짓 텬승국왕(千乘國王)의 모양이 외모의 낫타나ᄂᆞᆫ지라, 쳔연(天然) 왈,

"왕의 죄악은 텬쥬(天誅)를 면키 어렵고 ᄂᆡ 쏘ᄒᆞᆫ 남만(南蠻)을 혈유[275]를 남기지 마라{말아} 후셰 ᄉᆞ롬의 근심을 업시 ᄒᆞ쟈 ᄒᆞ엿더니, 군(君)을 보니 하ᄂᆞᆯ이 오히려 남만의게 복조(福祚)를 쥬시미로다. ᄂᆡ 엇지 텬의(天意)을 거역ᄒᆞ며, 가군[276]이 십여 년 그ᄃᆡ의 은혜를 만히{많이} 입어 계시니, 당연이 텬ᄌᆞ긔 쥬문[277]ᄒᆞ여 왕의 명(命)을 구ᄒᆞ고 즉시 회군(回軍)ᄒᆞ리니, 군은 어진 ᄉᆞ롬을 어더{얻어} 남만(南蠻) ᄇᆡᆨ셩을 안무(按撫)ᄒᆞ고 다른 근심이 업게 ᄒᆞᆯ지어다."

틱지 ᄇᆡᆨ비ᄉᆞ례(百拜謝禮)ᄒᆞ고 심즁(心中)의 칭찬 왈,

---

273) 슬힝포복(膝行匍匐): 엉금엉금 가면서 코를 땅에 대고 무릎으로 감.

274) 가싀[劍璽]: 큰칼과 옥새. 옥새는 국권의 상징으로 국가적 문서에 사용하던 임금의 도장을 가리킨다. 제왕이나 황제의 자리를 비유적으로 이르는 말이다.

275) 혈유(孑遺): 오직 하나만이 남아 있는 것.

276) 가군(家君): 남에게 자기 아버지를 높여 이르는 말.

277) 쥬문(奏聞): 奏達. 임금에게 아뢰던 일.

'니 셔공이 당금(當今)의 졔일노 아랏더니, 그 ᄋᆞ돌은 쇼년 풍치(風采) 빈승(倍勝)ᄒᆞ다.'
ᄒᆞ더라.

원쉬 표(表)를 올녀 만왕(蠻王)을 ᄉᆡᆼ금(生擒)ᄒᆞ고, 왕ᄌᆞ의 귀순(歸順)홈과 왕ᄌᆡ 인효(仁孝)ᄒᆞ여 가히 남만(南蠻)의 군쟝(君長)이 되염즉 ᄒᆞ고, 만왕은 용우(庸愚)ᄒᆞ니 비록 죄는 ᄉᆞ(赦)홀지연졍 다시 국ᄉᆞ(國事)를 가으아지[278] 못ᄒᆞ오리니, 왕ᄌᆞ를 봉(封)ᄒᆞ여 ᄃᆡᄃᆡ로 쳔은(天恩)을 감축ᄒᆞ게 ᄒᆞ믈 쥬(奏)ᄒᆞ고, 본부(本府)와 장삼 부쳐(夫妻)의게 글을 보ᄂᆡ여 부ᄌᆡ 상봉ᄒᆞ고, 남만(南蠻) 평졍ᄒᆞ믈 긔별(奇別)ᄒᆞ고 황명(皇命)을 기ᄃᆞ리더라.

화셜(話說)。 졔왕(齊王)이 귀비(貴妃)를 권ᄒᆞ여 왕쇼져의게 ᄉᆞ혼(賜婚)ᄒᆞ믈 텬ᄌᆞ긔 쥬(奏)ᄒᆞ엿더니, 텬ᄌᆡ 불청(不聽)ᄒᆞ시고 도로혀 셔학ᄉᆞ의게 ᄉᆞ혼ᄒᆞ시믜, 분긔(憤氣)를 참지 못ᄒᆞ여 쥬야(晝夜) 왕쇼져의 용모를 ᄉᆡᆼ각ᄒᆞ고 거위{거의} ᄉᆡᆼ병(成病)ᄒᆞ기의 닐으러더니{이르렀더니}, 셔원쉬 츌젼(出戰)ᄒᆞ고 왕ᄌᆞ시 부임(赴任)ᄒᆞ믜, 쇼졔 다만 비복만 다리고{데리고} 잇시믈 알고 불측(不測)ᄒᆞᆫ 계교(計巧)를 ᄂᆡ여, 일일은 왕궁의 잇ᄂᆞᆫ 환ᄌᆞ(宦者)로 ᄒᆞ여금 거즛[거짓] 황명을 일컷고 셔부(徐府)의 나아가 ᄎᆡ단(綵緞) 십 필(十疋)은 쇼져의게 ᄉᆞ송(賜送)ᄒᆞ고 홀노 잇스믈 위로ᄒᆞ고, 독쥬(毒酒) 십 병(十甁)은 노복들을 불너 친이{친히} 권ᄒᆞ여 ᄃᆡ취(大醉)케 ᄒᆞᆫ 후, 건장ᄒᆞᆫ 궁노(宮奴)로 교ᄌᆞ(轎子)를 가지고 후원 문의 기ᄃᆞ리라 ᄒᆞ고, 무뢰빈(無賴輩) 슈삼 인을 금빅(金帛)을 후이 쥬어 야심(夜深) 후 ᄂᆡ당(內堂)의 드러가{들어가} 쇼져를 도젹ᄒᆞ여 궁노의 교ᄌᆞ ᄐᆡ와 오라 ᄒᆞ니, 뎨인(諸人)이 슈명(受命)ᄒᆞ여 셔부(徐府)의 오니, 쇼졔 ᄎᆡ단을 밧고 황은(皇恩)을 감축(感祝)ᄒᆞ고 환관(宦官)을 후ᄃᆡ(厚待)ᄒᆞ여 보ᄂᆡ려 ᄒᆞ더니, 환ᄌᆡ(宦者가) 친히 노복(奴

---

278) 가으아지(가음알지): 맡아 다루지. '가음알다'의 활용형. 가음알다는 주관하다의 뜻이다.

僕)을 슐을 권ᄒᆞ믈 듯고 의혹ᄒᆞ다가, 홀련 ᄭᆡ닷고 시비 월향·쵸셤[츄셤]을 불너 왈,

"상공(相公)이 임힝시(臨行時)의 ᄂᆡ가 환ᄋᆡᆨ(患厄)이 이시리라{있으리라} ᄒᆞ시기로 날노 ᄉᆞ렴[279] ᄒᆞ더니, 지금 환ᄌᆞ(宦者)의 노복(奴僕) 술 권ᄒᆞ믈 보니 필연 그 가온ᄃᆡ 연괴(緣故가) 잇도다. 명일(明日)도 날이여든 엇지 승혼(乘昏)ᄒᆞ여 ᄉᆞ숑(賜送)ᄒᆞ시며, 마다ᄒᆞᄂᆞᆫ 슐은 무ᄉᆞᆷ 곡졀(曲折)노 억지로 먹이니 엇지 의심 업스리오. 향ᄌᆞ(向者) 졔왕(齊王)이 통혼(通婚)ᄒᆞᆯ ᄯᆡ의 졔왕 뉴랑(乳娘)이 졔 형 경파를 뉴 승상 부즁(府中)으로 보라왓다가 날을 보고 갓더니, 그날 올 ᄯᆡ의 졔 일ᄀᆡ(一家이)로라 ᄒᆞ고 모로ᄂᆞᆫ 녀ᄌᆞ를 ᄃᆞ리고 와셔 나 잇ᄂᆞᆫ 곳으로 ᄎᆞᄌᆞ와시되{찾아왔으되}, 그 녀ᄌᆞ의 모양을 잠간 보니 완증[280] ᄒᆞ여 녀ᄐᆡ(女態가) 업고 ᄯᅩ 날을 뉴심(有心)ᄒᆞ여 보기로 고이히{괴이} 너계{여겨} ᄂᆡ 몸을 피ᄒᆞ엿더니, 즉시 위상셔 뉴부(劉府)로 와 통혼ᄒᆞ고 ᄯᅩ 황샹(皇上)긔 ᄉᆞ혼(賜婚)을 청ᄒᆞ여 정혼(定婚)ᄒᆞ엿다 ᄒᆞ되 그여히{기어이} 엇혼[281] ᄒᆞ랴더니, 졔왕(齊王)이 본ᄂᆡ 방탕ᄒᆞ여 뉴랑(乳娘)의게 ᄂᆡ 말을 듯고 녀복(女服)을 닙고 와 날을 규시(窺視)ᄒᆞ미라. 오날 이 일리 정녕[282] ᄒᆞᆫ 졔왕의 흉계(凶計)라. 미리 방비(防備)ᄒᆞ여 욕(辱)을 면ᄒᆞ미 올타."

ᄒᆞ고, 월향을 불너 왈,

"네 능히 ᄀᆡ신[283]의 츙(忠)을 효측(效則)ᄒᆞ랴. 졔왕(齊王)은 탐ᄉᆡᆨ지인(貪

---

279) ᄉᆞ렴(思念): 근심하고 염려하는 따위의 여러 가지 생각.

280) 완증(頑憎): 성질이 억세게 고집스럽고 모질어 밉살스러움. 완고하여 모질고 미움.

281) 엇혼[抑婚]: 당사자의 의견과 상관없이 억지로 결혼함.

282) 정녕(丁寧): 조금도 틀림없이 꼭. 더 이를 데 없이 정말로.

283) ᄀᆡ신(紀信): 漢高祖 때의 무장. 漢高祖 劉邦을 섬겨, 고조가 滎陽에서 項羽 군사에게 포위되었을 때 자청하여 고조로 가장하고 수레를 타고 잡힘으로써 유방을 탈출시켰다. 분노한 항우가 불태워 죽였다.

色之人)이라, 너의 ᄌᆞ식(姿色)을 보면 필연 혹(惑)ᄒᆞ여 죽이든{죽이진} 아니 ᄒᆞ리라."

월향 왈,

"쇼져(小姐)의 말숨은 부탕도홰[284]라도 ᄒᆞ오리니 명(命)ᄃᆡ로 ᄒᆞ오리다. 쇼져ᄂᆞᆫ 밧비 양쥐로 ᄒᆡᆼ(行)ᄒᆞ쇼셔."

쇼제(小姐가) 츄셤과 ᄒᆞᆷ긔 남복(男服)을 ᄀᆡ착(改着)ᄒᆞ고 일 필(一匹) 청녀(靑驢)를 타고 장삼을 다리고{데리고} 죠용ᄒᆞᆫ ᄀᆡᆨ졈(客店)을 어더{얻어} 머무러{머물러} 이 밤을 지ᄂᆡ고, 월향과 셕파를 정당(正堂)의 머므러 동졍(動靜)을 아라{알아} 통(通)ᄒᆞ게 ᄒᆞ니라.

이ᄯᆡ 환ᄌᆡ(宦者가) 셔부(徐府) 노복 등을 ᄃᆡ취(大醉)케 ᄒᆞ여 불경인ᄉᆞ[不省人事]ᄒᆞ게 ᄒᆞ고 왕게 고ᄒᆞ니, 왕이 무뢰지ᄇᆡ(無賴之輩)를 보ᄂᆡ여 가 쇼져·월향을 억탈(抑奪)ᄒᆞ여 가니라. 셕픠 이 광경을 보고 쇼져긔 통ᄒᆞ니, 쇼제 통ᄒᆞᆫ(痛恨)이 너겨 양쥬를 향ᄒᆞ다가 한 곳의 니르니, 날이 져물고 ᄀᆡᆨ졈이 업ᄂᆞᆫ지라.

홀연 길의 ᄒᆞᆫ 무리 도적(盜賊)이 ᄂᆡ다라{내달아} 쇼져와 츈셤을 ᄌᆞᆸ고 장삼은 늙어 쓸ᄃᆡ업다{쓸데없다} ᄒᆞ고 남게{나무에} 동혀{동여} 달고, 청녀(靑驢)와 ᄒᆡᆼ장(行裝)을 탈취(奪取)ᄒᆞ여 풍우(風雨)갓치 가니, 쇼져와 츄셤이 불의지변(不意之變)을 당ᄒᆞ미 혼비ᄇᆡᆨ산(魂飛魄散)ᄒᆞ여 ᄌᆞᆸ혀가 ᄒᆞᆫ 곳의 다다르니, 노쥬(奴主) 이 인(二人)을 나려노코{내려놓고} 왈,

"인물은 남즁일ᄉᆡᆨ[285]이로다. 이러ᄒᆞᆫ 녀ᄌᆞ를 어더스면{얻었으면} 죽어도 한이 업ᄉᆞ리로다."

ᄒᆞ고 뷔{빈} 고집{곳집} 속의 가두고 ᄯᅩ 어ᄃᆡ로 가고 업ᄂᆞᆫ지라. 쇼져와 츄

---

284) 부탕도홰(赴湯蹈火이): 끓는 물에 뛰어들고 불을 밟음. 위험을 피하지 않음을 비유적으로 이르는 말이다.

285) 남즁일ᄉᆡᆨ(男中一色): 남자의 얼굴이 썩 뛰어나게 잘생김.

셤이 셔로 썰며 욕(辱)볼가 ᄒᆞ여 ᄌᆞ쳐(自處)코져 ᄒᆞ더니, 홀연 문을 열며 ᄒᆞᆫ 쇼년 녀ᄌᆡ(少年女子가) 쵹(燭)을 발키고{밝히고} 드러와{들어와} 쇼릐를 나즉이{나직이} ᄒᆞ여 왈,

"상공(相公)이 이곳의셔 죽기를 면치 못ᄒᆞ리니, 날을{나를} ᄯᆞ라 오쇼셔."

ᄒᆞ거놀, 노쥬(奴主) 양인(兩人)이 그 녀ᄌᆞ를 ᄯᅡ라 ᄒᆞᆫ 곳의 가니 슈간쵸옥(數間草屋)이 잇셔 ᄒᆞᆷ긔{함께} 드러가{들어가} 좌졍(坐定)ᄒᆞᆫ 후, 녀ᄌᆡ 왈,

"이놈드리 인육(人肉) 먹는 도젹놈이라. 오날 상공(相公) 노쥬(奴主)의 잡히여 옴을 보ᄆᆡ 참 불인견(不忍見)인 고로 이리 모셔오나, 이곳도 오릐 머무지 못ᄒᆞ리니, 좀간 피신ᄒᆞ엿거니와 쳡의 고뫼{고모가} ᄉᆞᄂᆞᆫ 곳으로 가사이다."

ᄒᆞ거놀, 쇼졔 놀난 중의 문왈,

"그ᄃᆡᄂᆞᆫ 엇던 ᄉᆞᄅᆞᆷ이뇨?"

그 녀ᄌᆡ 왈,

"쳡의 팔ᄌᆡ(八字가) 긔험[286]ᄒᆞ여 남의 ᄭᅬ이ᄂᆞᆫ{꾀이는} 말을 듯고 흉(凶)ᄒᆞᆫ 도젹의 계집이 되여 ᄆᆡ양 슬허ᄒᆞ든 ᄎᆞ의 상공을 보오ᄆᆡ 쳡(妾)의 몸을 의탁고져 ᄒᆞ오니, 상공의 ᄠᅳᆺ은 엇더ᄒᆞ오잇가?"

쇼졔 심중의 슬프며 ᄯᅩᄒᆞᆫ 우스지라, 답왈,

"낭ᄌᆡ 그릇[287] ᄉᆡᆼ각ᄒᆞ엿도다. ᄂᆡ 본ᄃᆡ 동셔(東西)로 유리(流離)ᄒᆞᄂᆞᆫ ᄉᆞᄅᆞᆷ이라, 엇지 낭ᄌᆞ를 거ᄂᆞ리리오."

녀ᄌᆡ 뉴쳬(流涕) 왈,

"쳡이 비록 쳔ᄒᆞᆫ 계집이나 노류장홰[288] 아니라. 상공을 구ᄒᆞᆯ ᄯᆡ의 허신

---

286) 긔험(崎險): (살아가면서 부딪치게 되는 일들이) 힘들고 어려움.

287) 그릇: 어떤 일이 사리에 맞지 아니하게.

288) 노류장홰(路柳墻花가): 아무나 쉽게 꺾을 수 있는 길가의 버들과 담 밑의 꽃이라는 뜻으로, 창녀나 기생을 비유적으로 이르는 말.

(許身)ᄒᆞ고져 ᄒᆞ엿ᄂᆞ니, 만일 샹공이 허(許)치 아니시면 출하리 삭발위승(削髮爲僧)코져 ᄒᆞ옵ᄂᆞ니, 바라건ᄃᆡ 샹공은 살피쇼셔."

츄셤이 그 녀ᄌᆞ의 용모동지(容貌動止)를 보니 심이{심히} 어진지라, 쇼져긔 고왈,

"낭ᄌᆞ의 경지[289] 가긍(可矜)ᄒᆞ온지라, 노상(路上)의셔 엇지 쟝황이(張皇히) 말숨ᄒᆞ오리잇고? 낭ᄌᆞ 고모의 집의 아직 머무러{머물러} 양쥬로 ᄉᆞ롬을 보니여 긔별(奇別)ᄒᆞ미 올흘가{옳을까} ᄒᆞᄂᆞ이다."

쇼졔 무언(無言)이여늘, 그 녀지 양인(兩人)을 머무르고 졔 고모의 집으로 먼져 가ᄂᆞᆫ지라. 쇼졔 츄셤ᄃᆞ려 쇼왈,

"아직은 그 녀ᄌᆞ의 덕으로 욕(辱)을 면ᄒᆞ엿거니와, 제 ᄂᆡ게 허신(許身)ᄒᆞ니 장ᄎᆞᆺ 엇지 ᄒᆞ리오."

츄셤이 역쇼왈(亦笑曰),

"양쥬의 긔별ᄒᆞ신 후 뫼시러온 ᄉᆞ롬이 잇슬 거시니, 그졔야 본샹(本像)이 탈노(綻露)ᄒᆞ오리니 졘들{저인들} 엇지 ᄒᆞ리오. 그ᄯᅢ의 다려가{데려가} 착실ᄒᆞᆫ ᄉᆞ롬을 어더{얻어} 쥬미 올흘가 ᄒᆞᄂᆞ이다."

쇼졔 쇼왈,

"그ᄂᆞᆫ 그리ᄒᆞ려니와 이곳 잇실 ᄯᅢ 동침(同寢)ᄒᆞ쟈 ᄒᆞ면 쟝ᄎᆞᆺ 엇지 ᄒᆞ리오."

말ᄒᆞᆯ 식이에 그 녀지 도라와 두 노쥬(奴主)를 ᄃᆞ리고{데리고} 졔 고모의 집의 가 졍(靜)ᄒᆞᆫ 방을 슈쇄[掃灑]ᄒᆞ고 드리ᄂᆞᆫ지라{들이는지라}. 쇼졔 좌졍 후 ᄒᆞᆫ 노괴(老姑가) 나와 쇼져긔 치하(致賀)ᄒᆞ고 왈,

"쳡(妾)은 져 녀ᄌᆞ의 고뫼라. 일즉 과거(寡居)ᄒᆞ고 ᄌᆞ식도 업셔 이곳의 혼ᄌᆞ ᄉᆞ옵더니, 질녀(姪女)의 말을 드른즉 샹공이 ᄉᆞ지(死地)의 ᄂᆞ러 계시다가 질녀의 구ᄒᆞ므로 이곳의 오시고, ᄯᅩ 질네 샹공을 셤기려 ᄒᆞ니 다힝

---

289) 경지(情地): 딱한 사정에 있는 처지.

ᄒᆞ온지라. 집이 누츄(陋醜)ᄒᆞ오나 이곳의 뉴(留)ᄒᆞ쇼셔."

쇼졔 ᄉᆞᄉᆞ(謝辭) 왈,

"노파(老婆)의 질녀 곳 아니면, 엇지 ᄉᆞ지(死地)를 면ᄒᆞ여시리오. 은혜 감격ᄒᆞᆫ 중 ᄯᅩ 노픽 관ᄃᆡ(款待)ᄒᆞ니 불감[290]ᄒᆞ여라."

이윽고 죠반(朝飯)을 드리니{들이니} 심이{심히} 정결ᄒᆞ고, 그 녀직 ᄯᅩᄒᆞᆫ 아미를 다ᄉᆞ리고[291] 샹 겻히{곁에} 안ᄌᆞ시니{앉았으니} 더옥 우습더라. 쇼졔 그 녀ᄌᆞ ᄃᆞ려 왈,

"ᄉᆞ롬을 어더{얻어} 양쥬로 보ᄂᆡ려 ᄒᆞ니, 파랑(婆娘)과 의논ᄒᆞ라."

그 녀직 왈,

"셔간(書簡)을 써 쥬쇼셔."

ᄒᆞᆫᄃᆡ, 쇼졔 모부인긔 셔간을 닷가{닦아} 노코{놓고} 기ᄃᆞ리더니, 이윽고 노파의 녀셔(女壻)를 다려{데려}왓거늘, 쇼졔 문왈,

"양쥐가 몃 니(里)나 ᄒᆞ뇨?"

기인(其人)이 ᄃᆡ왈(對曰),

"삼ᄇᆡᆨ여(三百餘) 리(里)로쇼이다."

쇼졔 셔간을 쥬어 보ᄂᆡ니라.

밤이 되믹, 기녜(其女가) 나가지 아니ᄒᆞ고 노픽 드러와 츄셤을 다른 방으로 보ᄂᆡ거늘, 쇼졔 민망ᄒᆞ여 츄셤을 보니, 츄셤 왈,

"공직(公子가) 여러 날 길히{길에} 곤(困)ᄒᆞ시고 작야(昨夜) 놀나신 마음을 진정(鎭靜)치 못ᄒᆞ시니, 슈일(數日) 편히 쉬시미 죠흘가 ᄒᆞᄂᆞ이다. ᄇᆡᆨ년긔약[百年佳約]이 잇스믹 엇지 밧부미 잇시리오."

쇼졔 졈두[292]ᄒᆞ니, 그 녀직 홍광(紅光)이 만면(滿面)ᄒᆞ여 노파ᄃᆞ려 왈,

---

290) 불감(不敢): 남의 대접을 받아들이기가 어렵고 황송함.

291) 아미(蛾眉)를 다ᄉᆞ리고: 여자가 머리를 다소곳이 숙이고.

292) 졈두(點頭): 승낙하거나 옳다는 뜻으로 머리를 약간 끄덕임.

“숙모[고모]ᄂᆞᆫ 나가쇼셔. 상공 노쥬(奴主)와 ᄒᆞᆫ가지로{함께} 이 방의셔 머물미{머묾이} 무방ᄒᆞ니이다.”

노ᄌᆡ ‘올타’ ᄒᆞ고 나아가니라. 쇼졔 그 녀ᄌᆞ로 더브러 슈작(酬酌)ᄒᆞ여 밤 ᄉᆡ기를 기다릴ᄉᆡ 문왈,

“낭ᄌᆞ의 셩은 무어시뇨?”

ᄃᆡ왈,

“구개(구가이)로소이다.”

말홀 ᄉᆡ이의 밤이 깁헛ᄂᆞᆫ지라. 구녜(구녀가) 왈,

“그만 취침(就寢)ᄒᆞ쇼셔.”

ᄒᆞ고, 져도 쇼져 겻ᄒᆡ{곁에} 누어 잠든 쳬ᄒᆞ거ᄂᆞᆯ, 쇼졔 일변(一邊) 민망ᄒᆞ고 일변(一邊) 우슴을 ᄎᆞᆷ더라. 이러틋 슈일을 지ᄂᆡ미, 구녜(구녀가) 죠곰도 ᄉᆞᄉᆡᆨ(辭色)이 업고 지셩으로 밧드니, 쇼졔 측은ᄒᆞ믈 마지아니ᄒᆞ고 ᄉᆞ랑ᄒᆞ더라.

ᄎᆞ셜(且說)。 뉴부인이 임쇼(任所)로 간 후 녀ᄋᆞ(女兒)를 날노 그리ᄆᆡ 침식(寢食)이 불평ᄒᆞᆫ 즁, 셔랑(壻郎)이 츌젼ᄒᆞᆫ 소식을 듯고 더욱 념녀 무궁ᄒᆞ더니, ᄌᆞᄉᆡ(刺史가) 밧비 드러와 ᄐᆡ부인긔 셔간(書簡)을 드리거ᄂᆞᆯ, 바다보니 녀ᄋᆞ의 서간이라. ᄣᅦ여보니, ᄒᆞ여시되,

「여러 달 긔후(氣候)를 모로오니[모르오나], 현모[賢母] ᄇᆡ결[293] ᄒᆞ온 즁 의외(意外)의 셔군[294]이 만리(萬里) 젼장(戰場)의 나가ᄆᆡ, 모일(某日) 모야(暮夜)의 강되(强盜가) 드러와{들어와} 환(患)을 당ᄒᆞ여 남복(男服)으로 탈신(脫身)ᄒᆞ여 양쥐로 향ᄒᆞ옵다가, 노즁(路中)의셔 ᄯᅩ 인육졈(人肉店) 도적을 만나 장삼을 남긔{나무에} 달고 쇼녀와 츄셤이 잡히여 거위 죽을 지경의 니르러삽더니,

293) ᄇᆡ결(拜訣): 절하고 떠나옴.

294) 셔군(壻君): 壻郎의 방언.

구ᄒᆞᄂᆞᆫ ᄉᆞ롬이 잇셔 이곳의 잇ᄉᆞ오니 밧비 인마(人馬)를 보ᄂᆡ쇼셔.」

ᄒᆞ엿더라. 부인이 남필(覽畢)의 모골(毛骨)이 숑연(悚然)ᄒᆞ여 어린[295] 듯ᄒᆞᆫ 지라. ᄌᆞ식(刺史가) 급히 거마(車馬)를 거ᄂᆞ려 발힝(發行)ᄒᆞ여 쇼져 잇ᄂᆞᆫ 곳의 니르니, 쇼졔 ᄃᆡ희ᄒᆞ여 마죠{마주} 나와 영졉(迎接)ᄒᆞ여, 녜필(禮畢) 좌졍 후 모부인(母夫人) 긔후(氣候) 뭇즙고{묻잡고}, 그 ᄉᆞ이 회포를 펴고 환난 격근 젼후 말ᄉᆞᆷ을 ᄌᆞ셰히 고ᄒᆞᆫᄃᆡ, ᄌᆞ식 놀나고 ᄯᅩ 우셔 왈,

“그 녀ᄌᆞᆯ 너를 보고 허신(許身)ᄒᆞ미 잇ᄯᅩ다. 셰상의 엇지 너 갓튼{같은} 남ᄌᆞ 잇스리오.”

쇼졔 ᄯᅩᄒᆞᆫ 웃ᄂᆞᆫ지라. 구녀를 부르니, 이ᄯᅢ 구녜(구녀가) ᄌᆞᄉᆞ 힝ᄎᆞ 니로믈{이름을} 보고 경황[296]ᄒᆞ여 피신(避身)ᄒᆞ엿더니, 부르믈 듯고 계하(階下)의 ᄌᆡᄇᆡ(再拜)ᄒᆞ고 감히 머리를 드러{들어} 보지 못ᄒᆞᄂᆞᆫ지라. ᄌᆞ식 쇼왈(笑曰),

“나ᄂᆞᆫ 곳 왕샹공의 가형(家兄)이라. 네 임의{이미} 샹공의게 허신(許身)ᄒᆞ여시면, 날 보기 무ᄉᆞᆷ 슈괴(羞愧)ᄒᆞ미 이시리오{있으리오}.”

인ᄒᆞ여 그 도젹의 죵젹(蹤迹)을 뭇고 본관(本官)의 긔별(奇別)ᄒᆞ여 발포[297]ᄒᆞ게 ᄒᆞ고, 직촉ᄒᆞ여 발행(發行)ᄒᆞᆯᄉᆡ, 쇼졔 ᄀᆡ복(改服)ᄒᆞ고 구녀를 부르니, 구녜(구녀가) 드러가{들어가} 본즉 왕싱은 간ᄃᆡ업고 월궁션녜(月宮仙女가) 잇ᄂᆞᆫ지라, 졍신이 황홀ᄒᆞ여 어린 듯ᄒᆞ거ᄂᆞᆯ, 쇼졔 쇼왈,

“네 날을{나를} 아ᄂᆞᆫ야.”

ᄌᆞ식 왈,

“이 쇼져도 너와 갓치 왕 샹공의 풍치를 흠모ᄒᆞ여 ᄯᅡ라왓시니 ᄌᆞ셔히 보라.”

---

295) 어린: 상심이 되어 얼떨떨함.

296) 경황(驚惶): 놀라고 두려워 허둥지둥함.

297) 발포(發捕): 죄인이나 도둑을 잡으려고 포교를 보내던 일.

구네(구녀가) 정신을 출혀{차려} 즈시{자세히} 보니, 곳 왕싱이 녀복(女服)ᄒᆞ엿ᄂᆞᆫ지라. 그졔야 녀직 환복(還服)ᄒᆞᆫ 쥴 알고 무류[298] ᄒᆞ고 어이업셔, 모로고 말숨을 광픽(狂悖)이 ᄒᆞ믈 ᄉᆞ죄(謝罪)ᄒᆞ니, 쇼졔 쇼왈,

"네 은혜ᄂᆞᆫ 엇지 일시 잇즈리오."

ᄒᆞ고 동힝(同行)ᄒᆞ니라.

이곳슨 틱원 ᄯᅡ히라{땅이라}. 지현(知縣)이 나아와 ᄌᆞᄉᆞ의게 현알(見謁)ᄒᆞᆫᄃᆡ, ᄌᆞ시 도적 잡으믈 당부ᄒᆞ고 발힝(發行)ᄒᆞᆯ시, 힝ᄒᆞ여 월봉산의 이르러 밤을 지닉다가 쇼졔(小姐가) 문득 망월ᄉᆞ를 싱각ᄒᆞ고 ᄌᆞᄉᆞ의게 문왈,

"젼의{전에} 셔군(壻君)의게 드르니 틱원 월봉산 망월ᄉᆞ 녀승(女僧) 혜영의게 크게 시쥬(施主)ᄒᆞ샤 셔군(壻君)을 나앗다 ᄒᆞ더니, 이곳이 틱원 월봉산이오니 망월ᄉᆞ의 가 부쳐의게 셔군(壻君)이 부진(父子가) 상봉ᄒᆞ여 슈이[쉬이] 환귀(還歸)ᄒᆞ믈 빌고져 ᄒᆞ옵ᄂᆞ니, 거거[299]ᄂᆞᆫ 하로{하루} 더 머무쇼셔."

ᄌᆞ시 허(許)ᄒᆞ고 함긔{함께} 졀을 향ᄒᆞ여 다다르니, 풍물(風物)리 졀승(絕勝)ᄒᆞ고, 봉만(峯巒)이 쳡쳡(疊疊)ᄒᆞᆫ 가온ᄃᆡ, ᄃᆡ웅젼(大雄殿)이 운쇼[300]의 소ᄉᆞ시니{솟았으니}, 좌우의 풍경(風磬) 쇼릭 바룸을 좃ᄎᆞ 징연(錚然)ᄒᆞ니 ᄉᆞ롬의 귀를 맑히ᄂᆞᆫ지라. 동구(洞口)의 드러 바라보니 금ᄌᆞ(金字)로 써시되 「월봉 망월ᄉᆡ」라 ᄒᆞ엿더라.

쇼졔 시비의게 븟들녀{붙들려} ᄌᆞᄉᆞ와 문(門)의 드니, 뎨승(諸僧)이 영졉ᄒᆞ여 정(淨)ᄒᆞᆫ 방으로 모셔 좌정ᄒᆞ고 쇼졔 문왈(問曰),

"이 졀의 혜영이라 ᄒᆞᄂᆞᆫ 승이 잇ᄂᆞ냐?"

뎨승이 답왈,

"잇ᄉᆞ오되 일뎐(日前)부터 병드러 못나오ᄂᆞ이다."

---

298) 무류[無聊]: 부끄럽고 열없음.

299) 거거(哥哥): 오빠 또는 형.

300) 운쇼(雲霄): 구름이 있는 하늘.

쇼계 인ᄒᆞ여 뎨승(諸僧)을 ᄃᆞ리고 불젼(佛殿)의 쇼원을 빌고 부쳐의 엽흘{옆을} 보니 ᄇᆡᆨ능(白綾) 족ᄌᆞ(簇子가) 걸녀시니, 써시되{썼으되},

「니부상셔 티학ᄉᆞ 셔경의 쳐 니씨는 ᄉᆞᆷ가 튝원(祝願)ᄒᆞ옵ᄂᆞ니, 년긔(年紀) ᄉᆞ십의 ᄌᆞ식이 업ᄉᆞ오니, 복원(伏願) 셰죤(世尊)은 ᄌᆞ비지심(慈悲之心)을 나리와{내리어} ᄌᆞ식을 졈지ᄒᆞ쇼셔.」

ᄒᆞ고, ᄯᅩ 그 아릐 써시되{썼으되},

「모년 월일의 니씨는 ᄯᅩ 튝원(祝願)ᄒᆞ옵ᄂᆞ니, 임의{이미} ᄃᆡ은(大恩)을 닙어 텬ᄒᆡᆼ(天幸)으로 ᄌᆞ식을 나앗더니, 쳡(妾)의 가군(家君)이 말 니(萬里) 남만(南蠻)의 가온 후 ᄉᆞᄉᆡᆼ(死生)을 모로고, 늒 셰 유아(幼兒)를 실니(失離)ᄒᆞ여ᄉᆞ오니, 다시 가부[301]와 아ᄌᆞ(兒子)를 상봉ᄒᆞ게 ᄒᆞ옵쇼셔.」

ᄒᆞ엿더라. 쇼졔 견필(見畢)의 ᄃᆡ경 왈,

"이 튝ᄉᆞ(祝辭)는 존고(尊姑)의 지으신 비라. 쳣 튝ᄉᆞ(祝辭)는 상공 비러 나으신 거시오, 후 튝ᄉᆞ(祝辭)는 도젹의게 봉변(逢變)ᄒᆞ신 후의 지으신 거시니 심히 고이ᄒᆞ도다. 혹 존괴(尊姑가) ᄉᆞ지(死地)를 버셔{벗어나} 이곳의 와 계시던가. 보면 ᄌᆞ연 알니라."

ᄒᆞ고 뎨승ᄃᆞ려 왈,

"혜영이 잇는 방을 가르치라."

ᄒᆞ고 ᄎᆞ자{찾아}가니라.

ᄎᆞ시(此時) 니부인이 혜영의 구ᄒᆞᆷ을 입어 망월ᄉᆞ의 머무를식, 날마다 가군(家君)과 공ᄌᆞ를 ᄉᆡᆼ각ᄒᆞ고 눈물노 셰월을 보ᄂᆡ더니, 홀연 드르니 양

301) 가부(家夫): 남에게 자기 남편을 이르는 말.

쥬ᄌᆞᄉᆞ 행치(行次가) 닐으럿다{이르렀다} ᄒᆞ더니, 이윽ᄒᆞ여 ᄒᆞᆫ 녀ᄌᆡ 드러오거놀, 살펴보니 시비(侍婢)의 모양이라. 부인이 문왈,

"양쥐 ᄌᆞᄉᆞ는 뉘시뇨?"

그 녀ᄌᆡ 답왈,

"ᄌᆞᄉᆞ는 왕한님 노애(老爺이)시오, 부인은 ᄌᆞᄉᆞ 노야(老爺)의 ᄆᆡᄌᆡ(妹子이)시니 평만 ᄃᆡ원슈(平蠻大元帥) 노야의 부인이라. 노애 남만(南蠻)의 츌젼ᄒᆞ시고 홀노 계시기 요젹[302] ᄒᆞ여 양쥐로 가시ᄂᆞ이다."

ᄒᆞ고 문답ᄒᆞ더니, 혜영의 졔ᄌᆡ(弟子가) 급히 드러와 부인긔 고왈,

"니상ᄒᆞᆫ 일리 잇더이다. 밧긔 오신 부인이 불젼(佛殿)의 츅원ᄒᆞ시기를 '가뷔(家夫가) 승젼(勝戰)ᄒᆞ고 부ᄌᆡ(父子가) 상봉ᄒᆞ게 ᄒᆞ쇼셔.' ᄒᆞ며 셔텬홍의 안히라{아내라} ᄒᆞ더이다."

부인이 쳥필(聽畢)의 ᄃᆡ경 왈,

"이 엇진 말고? 텬홍이 비록 ᄉᆞ라시나{살았으나} 엇지 귀히 되어, 십칠셰 쇼ᄋᆡ(小兒가) 엇지 ᄃᆡ원슈 되리오."

의ᄋᆞᄒᆞ더니, 일위(一位) 쇼년 부인(少年婦人)이 문을 녈고{열고} 드러오거놀{들어오거늘}, 보니 본관(本官) 치복(綵服)으로 표연[303] ᄒᆞᆫ 션녀(仙女이)라. 혜영이 연망이[304] 나와 합장ᄇᆡ례(合掌拜禮) 왈,

"빈승(貧僧)이 병이 이셔{있어} 멀니{멀리} 맛지{맞지} 못ᄒᆞ오니 황공이로소이다."

쇼졔 답녜(答禮) 왈,

"현ᄉᆞ(賢師)의 ᄃᆡ명(大名)을 드런{들은} 지 오럴 ᄲᅮᆫ 아냐[아니라], 죤ᄉᆞ(尊師)는 곳 쳡의 집 은인이라. 이러무로 ᄒᆞᆫ 번 보기를 원ᄒᆞ던 ᄇᆡ로라."

---

302) 요젹(寥寂): 쓸쓸하고 고요함.

303) 표연(飄然): 훌쩍 떠나거나 나타나는 모양.

304) 연망(連忙)이: 얼른. 급히. 재빨리. 서둘러.

ᄒᆞ고 부인을 보니, 년긔(年紀) 오십이 너머시되 빙셜(氷雪) ᄀᆞᆺᄒᆞᆫ 용모와 쇄락(灑落)ᄒᆞᆫ 긔질(氣質)리 요요뎡뎡[305]ᄒᆞᆫ지라. ᄌᆞ시{자세히} 본즉 은은히 고은 ᄐᆡ되 원슈와 방불(彷佛)ᄒᆞ고 반가온 ᄆᆞ암이 깁흔지라. 혜영이 문왈,

"은인이라 ᄒᆞ시나 ᄭᆡ닷지 못ᄒᆞ옵ᄂᆞ니, ᄇᆞᆰ히 니르쇼셔."

쇼졔 왈,

"쳡은 평만ᄃᆡ원슈(平蠻大元帥) 셔공의 안히{아내}라. 존고[306]ᄂᆞᆫ 곳 남만국(南蠻國) ᄉᆞ신(使臣) 가 계시다가 줍히여 못오신 셔샹셰라."

ᄒᆞ니, 이ᄯᅢ 부인이 이 말을 듯고 방셩ᄃᆡ곡(放聲大哭)ᄒᆞ니, 혜영이 급히 문왈,

"원슈 샹공의 명ᄶᆞ(名字가) 텬흥이시며, 쇼쥬 화계촌의 ᄉᆞ로시ᄂᆞ닛가?"

쇼졔 왈,

"셔샹공은 곳 현ᄉᆡ(賢師가) 비러{빌어} 나오시미라{낳으심이라}."

혜영 왈,

"져 부인이 텬흥 샹공 모친이오, 안무ᄉᆞ(按撫使) 노야(老爺)의 부인이시니이다."

ᄒᆞ거놀, 쇼졔 ᄎᆞᆺ던 바 ᄌᆞ웅쥬(雌雄珠)를 드려 왈,

"이거슬{이것을} 아르시ᄂᆞ잇가?"

부인 왈,

"웅ᄶᆞ(雄字) 쓰인 거슨 텬흥이 잇실 젹 ᄭᅮᆷ의 어든 것시니, 엇지 모로리오."

부인과 쇼졔 그졔야 의혹(疑惑)ᄒᆞᆯ ᄇᆡ 업ᄂᆞᆫ지라. 쇼졔 몸을 니러{일으켜} 졀ᄒᆞᆫᄃᆡ, 부인이 쇼져를 안고 통곡 왈,

"셰샹의 엇지 이 갓ᄒᆞᆫ{같은} 일이 이시리오{있으리오}. ᄂᆡ가 ᄭᅮᆷ을 ᄭᆡ지 못ᄒᆞᆫ 일인가 보다."

쇼졔 ᄯᅩᄒᆞᆫ 옥뉘(玉淚가) 방방[307]ᄒᆞ여 쇼경ᄉᆞ[308]를 ᄎᆞ리로 고ᄒᆞ니, 부인

305) 요요뎡뎡(夭夭貞靜): 나이가 젊고 용모가 아름다우며 마음이 올바르고 침착함.
306) 존고[尊舅]: 시아버지를 높여 이르는 말.

이 ᄯᅩᄒᆞᆫ 아ᄌᆞ(兒子) 실니(失離)ᄒᆞ고 혜영을 맛나{만나} 이곳의 온 말을 갓쵸{갖추} 이르고, 쇼져를 안고 노치{놓지} 아니ᄒᆞ니, 뎨승(諸僧)이 이 경상(景狀)을 보고 신긔히 너겨 치하(致賀가) 분분ᄒᆞᆫ지라.

ᄌᆞ시 이 말을 듯고 ᄎᆞ경ᄎᆞ희(且驚且喜)ᄒᆞ여 즉시 ᄐᆡ부인[309]긔 쇼져의 고식[310]이 샹봉ᄒᆞ여 니부인으로 ᄒᆞᆫ가지로{함께} 가믈{감을} 긔별(奇別)ᄒᆞ고, 츄셤을 불너 부인긔 그 ᄉᆞ이 고ᄒᆡᆼ(苦行)ᄒᆞ시믈 치위(致慰)ᄒᆞ고 아직 양쥐로 가셧다가 원쉬 회군(回軍)ᄒᆞᆫ 후 올나 가시믈 고ᄒᆞ니, 부인이 ᄯᅩᄒᆞᆫ 젼갈(傳喝)노 뎐후ᄉᆞ상(前後事狀)을 ᄃᆡ강 화답ᄒᆞᆫᄃᆡ, ᄌᆞ시 즉시 길을 직촉홀ᄉᆡ, 부인이 혜영을 작별ᄒᆞ미 무슈이 칭ᄉᆞ(稱謝)ᄒᆞ고, 불젼(佛殿)의 가 은덕을 ᄉᆞ례ᄒᆞ고, 양쥐로 향ᄒᆞ니라.

이ᄯᅢ 뉴부인이 쇼져 고식(姑媳)이 샹봉ᄒᆞ여 ᄒᆞᆫ가지로{함께} 온단 말을 듯고 ᄃᆡ희ᄒᆞ여 기ᄃᆞ리더니, ᄌᆞᄉᆞ 일ᄒᆡᆼ(一行)이 아즁(衙中)의 니르니 왕쇼졔 존고(尊姑)를 뫼셔 별당의 안돈[311]ᄒᆞ고, 쇼졔 모부인(母夫人)긔 ᄇᆡ알(拜謁)ᄒᆞ니, 부인이 쇼져의 ᄉᆞᆫ을 잡고 체읍(涕泣) 왈,

"하마 다시 샹봉치 못홀 번 ᄒᆞ엿도다."

쇼졔 ᄯᅩᄒᆞᆫ 옥뉘(玉淚가) 만면(滿面) ᄃᆡ왈(對日),

"긔왕[312]이라 비쳑(悲慽)ᄒᆞ미 무익(無益)도쇼이다."

ᄒᆞ고, 그 ᄉᆞ이 환난과 원슈의 원뎡(遠征)홈과 고식(姑息) 샹봉ᄒᆞ믈 셰셰(細細)히 셜파(說破)ᄒᆞ미, ᄐᆡ부인[大夫人]이 양 쇼져를 ᄃᆞ리고{데리고} 별당의 가니, 부인으로 셔로 볼ᄉᆡ, 니부인이 ᄋᆞᄌᆞ(兒子)를 거두어 셩혼(成婚)ᄒᆞ믈

307) 방방(滂滂): (눈물이) 방울방울 떨어짐. 눈물 니오는 것이 비 오듯 함.

308) 쇼경ᄉᆞ(所經事): 겪어 지내 온 일.

309) ᄐᆡ부인[大夫人]: 남의 어머니를 높여 이르는 말.

310) 고식(姑媳): 시어머니와 며느리를 아울러 이르는 말.

311) 안돈(安頓): 편안히 머무르게 함.

312) 긔왕(旣往): 이미 지나간 일. 이미 그렇게 된 바에.

ᄉᆞ례ᄒᆞ니, 뉴부인이 불감(不敢)ᄒᆞᆷ을 닐컷고 구녀(丘女)를 불너 쇼져 구ᄒᆞᆷ을 치샤(致謝)ᄒᆞ고 후ᄃᆡ(厚待)ᄒᆞ더라.

이ᄯᅢ 틱원 지뷔[313] 인육졈(人肉店) 도젹을 잡아 양쥬로 보ᄂᆡ니, ᄌᆞ식 위엄을 베풀고 뎨젹(諸賊)을 잡아드려 엄형문죄(嚴刑問罪)홀ᄉᆡ, 이ᄯᅢ 구녜(丘女가) 외헌(外軒)의셔 본즉 다르 니{다른 이} 아니라, 곳 가부(家夫) 고션의 무리라, ᄃᆡ경 왈,

“졔 이졔 죽기의 니르믄{이름은} 도시[314] ᄂᆡ 탓시라. 아무리 쳔ᄒᆞᆫ 계집이나 지아비를 간(諫)ᄒᆞ여 ᄀᆡ과(改過)치 못ᄒᆞ고 다만 불힝ᄒᆞᆷ을 한(恨)ᄒᆞ여 두 ᄆᆞ음을 먹어, 졔 손으로 졔 지ᄋᆞ비를 죽이고 비록 ᄉᆞ라 잇스나 엇지 하늘이 무심ᄒᆞ리오. 후원 년못시{연못에} ᄲᅡ져 죽을만 ᄀᆞᆺ지 못ᄒᆞ다.”
ᄒᆞ고, 못가의 가 몸을 소소와{솟구쳐} 슈즁(水中)의 ᄲᅡ지니, 이ᄯᅢ 츄셤이 구녜(丘女가) 업스믈 보고 ᄎᆞᄌᆞ{찾으러} 오다가 멀니셔 구녜(丘女가) 익슈(溺水)ᄒᆞᆷ을 보고 급히 쇼져의게 고ᄒᆞᆫᄃᆡ, 쇼졔 놀나 급히 ᄌᆞᄉᆞ긔 고ᄒᆞ니, ᄌᆞ식 ᄯᅩᄒᆞᆫ ᄃᆡ경ᄒᆞ여 아역[315]을 명(命)ᄒᆞ여 건지ᄆᆡ, 물을 토ᄒᆞ고 회싱(回生)ᄒᆞ니, 쇼졔 그 곡졀(曲折)을 무른ᄃᆡ, 구녜(丘女가) 울며 곡졀을 고ᄒᆞ니, 쇼졔 위로ᄒᆞ더니, ᄌᆞ식 좌긔[316]를 파(罷)ᄒᆞ고 ᄂᆡ당의 드러와 구녀의 익슈ᄒᆞᆫ 연고을 듯고, 잇튼날 도젹을 ᄃᆞ시 국문(鞫問)홀ᄉᆡ 고션을 불너 보니, 나히 이십은 ᄒᆞ고 ᄉᆞ룸이 영민(英敏)ᄒᆞᆫ지라, 문왈,

“네 나히 어린 놈으로 무ᄉᆞᆫ ᄉᆡᆼ업(生業)을 못ᄒᆞ여 도젹의 뉴(類)에 드럿ᄂᆞ뇨?”

고션이 ᄃᆡ왈,

---

313) 지뷔(知府가): 명나라 때 州와 縣을 맡아 다스리는 관직.
314) 도시(都是): 아무리 해도. 이러니저러니 할 것 없이 아주.
315) 아역(衙役): 수령이 지방 관아에서 사사롭게 부리던 사내종.
316) 좌긔(坐起): 죄를 묻기 위한 채비.

"쇼젹(小賊)이 죠상부모(早喪父母)ᄒᆞ고 뉴리ᄀᆡ걸(流離丐乞)ᄒᆞ옵다가 젹뉴(賊類)의 잡히여 ᄒᆞᆯ일업셔 ᄒᆞᆫ가지로{함께} 닷엿ᄂᆞ이다{다녔나이다}."

ᄌᆞ식 왈,

"네 지어미 잇ᄂᆞ냐?"

ᄃᆡ왈,

"년젼(年前)의 ᄒᆞ나ᄒᆞᆯ 어더ᄉᆞᆸ더니, 십여 일 젼의 도쥬ᄒᆞ엿ᄂᆞ이다."

ᄌᆞ식 왈,

"ᄂᆡ 너를 살닐 거시니, 네 능히 ᄀᆡ과천션(改過遷善)ᄒᆞᆯ다."

고션이 복복ᄉᆞ죄(俯伏謝罪)ᄒᆞ니, ᄌᆞ식 구녀를 불너 고션을 뵈이고 왈,

"고션이 ᄀᆡ과(改過)ᄒᆞ마 ᄒᆞ니 네 죽지 말고 ᄒᆞᆫ가지로{함께} 살되, 네 고션을 권ᄒᆞ여 어진 ᄃᆡ 나아가게 ᄒᆞ라."

구녜 무슈ᄉᆞ례(無數謝禮)ᄒᆞᄂᆞᆫ지라. ᄌᆞ식 뎨젹(諸賊)을 죄지경즁(罪之輕重)ᄃᆡ로 쳐치ᄒᆞ고, 구녀의 부부를 불너 ᄉᆞ환(使喚) ᄒᆞ게 ᄒᆞ니, 쇼졔 ᄯᅩᄒᆞᆫ 깃거ᄒᆞ니라.

ᄎᆞ셜(且說)。 장삼이 남긔{나무에} 달니여{달리어} 도젹드리 쇼져 노쥬(奴主)를 좁아 가믈 보고 통곡ᄒᆞ더니, ᄒᆡᆼᄀᆡᆨ(行客)이 글너 노흐믈{끌러놓음을} 닙어 사라나믹{살아나매}, 쇼져의 죵젹을 차즈되{찾되} 알 기리{길이} 업ᄂᆞᆫ지라. 할일업시 양쥐로 가 이 변괴[317]를 고ᄒᆞ고 도젹을 긔포(譏捕)ᄒᆞ여 쇼져를 ᄎᆞ즈미{찾음이} 올타 ᄒᆞ고, 여러 날 만의 양쥬의 득달(得達)ᄒᆞ여 통(通)ᄒᆞ니, ᄌᆞ식 장삼이 ᄉᆡᆼ환(生還)ᄒᆞ믈 듯고 ᄃᆡ희ᄒᆞ여 즉시 불너 드리니(들이니), 장삼이 드러와 쇼져를 보고 ᄎᆞ경ᄎᆞ희(且驚且喜)ᄒᆞᄂᆞᆫ지라. 쇼졔 ᄉᆡᆼ환ᄒᆞᆫ 곡졀(曲折) 무른 후 부인 샹봉ᄒᆞ믈 니르니, 삼이 희열(喜悅)ᄒᆞ믈 마지아니터라.

---

317) 변괴(變怪): 이상야릇한 일이나 재변.

일일은 경ᄉᆞ(京師)의 쇼식을 드른즉, 원슈 남만(南蠻)을 승젼(勝戰)ᄒᆞ여 일허든{잃었던} 군현(郡縣)을 회복ᄒᆞᆫ 쥬문(奏文)이 왓다 ᄒᆞ거ᄂᆞᆯ, 이부인이 환희ᄒᆞ며, ᄌᆞ시 ᄯᅩᄒᆞᆫ 칭찬ᄒᆞ더라.

ᄎᆞ셜(且說)。 졔왕(齊王)이 무뢰빈를 보ᄂᆡ여 왕쇼져를 다려다가 후원 깁흔 별당의 드리고 희희낙낙(喜喜樂樂)ᄒᆞ여 드러가{들어가} 쇼져를 보니, 향ᄌᆞ(向者) 녀복(女服)으로 뉴부의 드리가 보던 왕쇼졔 아니라, ᄃᆡ경(大驚) 문왈,

"그ᄃᆡᄂᆞᆫ 엇던 ᄉᆞ롬이뇨?"

월향이 도젹의 잡혀 이곳의 니른 후 졔왕을 보ᄆᆡ 분긔(憤氣) 격발(激發)ᄒᆞ여 바로 칼을 드러{들어} 두 죠각의 ᄂᆡ고져 ᄒᆞ되 십분강잉[318]ᄒᆞ여 고셩(高聲) 왈,

"나ᄂᆞᆫ 왕부인 시비 월향이라. 우리 부인이 비록 녀ᄌᆞ(女子이)시나, 범ᄉᆞ(凡事) 헤아리시미 귀신 갓흐신지라. 환ᄌᆞ(宦者가) 친히 와 노복(奴僕) 등 술 먹이믈 보고 기야(其夜)의 변(變)이 이실 쥴 짐작ᄒᆞ시고, 날노{나로} ᄃᆡ신ᄒᆞ여 두시고 쇼져ᄂᆞᆫ 몸을 피ᄒᆞ여 계신지라. 그러나 ᄃᆡ왕[제왕]은 당당ᄒᆞᆫ 만승텬ᄌᆞ(萬乘天子)의 금지옥엽[319]이오 텬승군왕(千乘君王)이라, 엇지 ᄎᆞ마 이 갓튼 불인불의(不仁不義)ᄒᆞᆫ 힝사(行事)를 ᄒᆞ시ᄂᆞ뇨? 녀념(閭閻) 범샹(凡常)ᄒᆞᆫ 녀ᄌᆞ라도 그러치 못ᄒᆞ려든, 군부(君父)의 명(命)을 쥬작[320]ᄒᆞ여 불측지심(不測之心)을 발ᄒᆞ여 감히 공부[321] 경상가(卿相家) 부인을 ᄇᆡᆨ쥬(白晝)의 도젹고져 ᄒᆞ니 엇지 법이 업ᄉᆞ리오. 죄ᄂᆞᆫ ᄉᆞ졍(私情)이 업ᄂᆞ니, 녯 진(秦)나라 상앙[322]은 ᄐᆡᄌᆞ(太子가) 법의 범ᄒᆞᄆᆡ 그 스승을 형벌(刑

318) 십분강잉(十分强仍): 매우 억지로 참음. 정말 마지못하여 그대로 함.

319) 금지옥엽(金枝玉葉): 금으로 된 가지와 옥으로 된 잎이라는 뜻으로, 임금의 가족을 높여 이르는 말.

320) 쥬작(做作): 없는 사실을 꾸며 만듦.

321) 공부(公府): 임금이 政事를 보던 곳.

罰)ᄒᆞ엿ᄂᆞ니, ᄃᆡ왕[제왕]은 엇지 몸을 보젼(保全)ᄒᆞ리오."

언필(言畢)의 옥셩(玉聲)이 강ᄀᆡ(慷慨)ᄒᆞ여 긔운이 츄상(秋霜) ᄀᆞᆺᄒᆞᆫ지라. 왕이 일변(一邊) 왕쇼져 니르물{잃음을} 분한(憤恨)ᄒᆞ고 일변(一邊) 월향의 ᄉᆞ지ᄌᆞ믈 ᄃᆡ로(大怒)ᄒᆞ여, 궁노(宮奴)를 명ᄒᆞ여 월향을 ᄌᆞᆸ아ᄆᆡ여[잡아매어] 죽이고져 ᄒᆞ되, 월향이 죠곰도 겁지{겁내지} 아니ᄒᆞ고 왈,

"나ᄂᆞᆫ 쥬인을 위ᄒᆞ여 죽으려 ᄒᆞᄂᆞ니 ᄲᆞᆯ니 죽이쇼셔."

왕이 월향의 ᄭᅩᆺ{꽃} ᄀᆞᆺᄒᆞᆫ{같은} 얼골과 눈 ᄀᆞᆺᄒᆞᆫ 긔부(肌膚)를 보니 ᄯᅩᄒᆞᆫ 졀ᄃᆡ가인(絕代佳人)이라. 탐식(貪色)ᄒᆞᄂᆞᆫ 졔왕(齊王)이 엇지 ᄆᆞ음이 동(動)치 아니리오. 분(憤)이 ᄌᆞ연 풀니고 욕홰[323] ᄃᆡ발(大發)ᄒᆞ여, 그 말을 드른즉 ᄌᆞ연 붓그려온지라 ᄆᆡᆫ 거술 그르고{끄르고} 쳥상(廳上)의 올으라{올리라} ᄒᆞ니, 월향이 ᄃᆡ호(大呼) 왈,

"죽이려 ᄒᆞ거든 죽일 거시여ᄂᆞᆯ, 무ᄉᆞᆷ 일노 오르라 ᄒᆞᄂᆞ뇨?"

왕이 쇼왈,

"네 능히 쥬인을 위ᄒᆞ여 긔신(紀信)의 튱(忠)을 효측(效則)고져 ᄒᆞ니, ᄂᆡ 평일 항우[324]의 긔신(紀信) 죽이믈 한탄(恨歎)ᄒᆞ던 비라. 네 임의{이미} 왕쇼져를 ᄃᆡ신ᄒᆞ여 ᄂᆡ게 왓시니, ᄂᆡ ᄯᅩᄒᆞᆫ 너를 왕쇼져 ᄃᆡ신으로 ᄇᆡᆨ년동낙(百年同樂)ᄒᆞ여 너의 아롬다온 튱셩(忠誠)을 빗ᄂᆡ리라."

월향이 분긔ᄃᆡ발(憤氣大發)ᄒᆞ여 녀셩(厲聲) 왈,

---

322) 상앙(商鞅): 중국 戰國時代 秦나라의 정치가. 衛鞅 또는 公孫鞅이라고도 한다. 秦 孝公에게 채용되어 부국강병의 계책을 세워 여러 방면에 걸친 대 개혁을 단행해 후일 秦제국 성립의 기반을 세웠다. 10년간 진나라의 재상을 지내며 엄격한 법치주의 정치를 폈다.

323) 욕홰(慾火가): 음욕의 열정을 불에 비유하여 이르는 말.

324) 항우(項羽): 楚나라의 대장군 項燕의 손자로 이름은 項籍, 자는 羽. 秦나라에 대항해 군사를 일으킨 군웅들 중 項梁 휘하에서 군사를 지휘했으며, 훗날 漢나라를 세운 劉邦과 패권 다툼을 했다. 기원전 206년 咸陽을 함락하고 西楚霸王의 자리에 올라 유방과 대치했으나, 韓信에게 포위되어 烏江浦에서 자결했다.

"닉 비록 쳔흔 녀지나 엇지 뎍왕[제왕] 갓흔 무도불의지인(無道不義之人)의게 허신(許身)ᄒᆞ여 누명(陋名)을 드르리오. 왕이 날을 죽이지 아니ᄒᆞ고 이갓치 곤욕(困辱)ᄒᆞ시니, 닉 당당이 뎍왕[제왕]의 면젼(面前)의셔 죽어 욕(辱)을 보지 아니리라."

ᄒᆞ고 품으로 칼을 닉여 ᄌᆞ문(自刎)코져 ᄒᆞ니, 왕이 뎍경(大驚)ᄒᆞ여 칼을 앗고 싱각ᄒᆞ뎍,

'ᄎᆞ녜(此女가) 강녈(剛烈)ᄒᆞ니, 만일 억탁[325]으로 졔어(制御)ᄒᆞ면 필연 죽기를 즁히 아니 너기리라{여기리라}.'

ᄒᆞ고 시로(侍奴)를 명ᄒᆞ여 별당의 두고, 유랑(乳娘) 경파를 불너 왈,

"월향을 만단기유(萬端改諭)ᄒᆞ여 슌죵케 ᄒᆞ라."

ᄒᆞᆫ뎍, 뉴랑 경픽 무슈ᄒᆞᆫ 감언니셜(甘言利說)노 달닉되 죵불청시(終不聽是)러라.

일일은 경파 등 잠든 식이의 도망ᄒᆞ여 젼후ᄉᆞ단(前後事端)과 졔왕 불의픽힝(不義悖行)을 갓쵸아 원뎡[326]을 지어 가지고 어ᄉᆞ부즁(御使府中)의 드러가{들어가} 밧치니, 어싀 남필(覽畢)의 셔로 도라보아 묵묵ᄒᆞ더니, 좌어ᄉᆞ 뉴셰걸은 뉴승상의 장지(長子이)라, 졔어ᄉᆞ(諸御使)ᄃᆞ려 왈,

"왕부인은 곳 쇼졔(小弟)의 표믹[327]라, 이 욕(辱)을 당ᄒᆞ엿도다. 졔왕(齊王)이 아무리 왕지나 여ᄎᆞ지ᄉᆞ(如此之事)를 힝ᄒᆞ니, 그져 두지 못ᄒᆞᆯ지라. 황상(皇上)긔 쥬달(奏達)ᄒᆞ리라."

졔어싀(諸御使가) 응낙(應諾)ᄒᆞ니라. 뉴어싀 부즁(府中)의 도라와{돌아와} 승샹긔 고ᄒᆞ니, 승샹이 뎍경ᄒᆞ고 '그져{그저} 잇지 못ᄒᆞᆯ지라.' ᄒᆞ고, 명일(明日) 죠회(朝會)의 졔어싀(諸御使가) 이 뜻을 갓쵸{갖추어} 알왼뎍,

---

325) 억탁(臆度): 이치나 조건에 맞지 아니하게 생각함.

326) 원뎡(原情): 사정을 하소연함.

327) 표믹(表妹): 고종사촌.

텬지 그 원졍(原情)을 보시고 분긔(憤氣가) 용안(龍顔)의 가득ᄒᆞ샤 왈,

"경등을 볼 낫치 업고, 후일 텬흥을 엇지 보리오."

즉시 금의위[328]에 하죠(下詔)ᄒᆞ샤 졔왕(齊王)을 가도고{가두고}, 셔원슈 부즁(府中)의 갓던 환ᄌᆞ(宦者)와 궁노(宮奴) 등을 극변원찬[329]ᄒᆞ고, 졔왕작(齊王爵)을 삭탈(削奪)ᄒᆞ신ᄃᆡ, 뉴승샹이 쥬왈,

"졔왕(齊王)의 죄는 젹지 아니ᄒᆞ오나, 금의위(錦衣衛) 취죄(取調)ᄒᆞ오미 불가ᄒᆞ온 쥴노 알외ᄂᆞ이다[330]."

알왼ᄃᆡ, 상이 졔왕(齊王)의게 하죠(下詔)ᄒᆞ샤 ᄃᆡ질(大叱)ᄒᆞ시고, 뎨궁(齊宮)의 가도와{가두어} ᄉᆞ명(赦命) 젼외(前外)는 츌입 못ᄒᆞ게 ᄒᆞ시고, 귀비(貴妃)를 엄칙(嚴責)ᄒᆞ시고, 월향은 후이 샹ᄉᆞ(賞賜)ᄒᆞ시니라.

ᄎᆞ셜(且說)。 텬지 셔원슈를 남만의 보ᄂᆡ시고 쥬야(晝夜) 우려ᄒᆞ시더니, 고을을 회복ᄒᆞ고 군ᄉᆞ(軍士)를 나아가는 표(表)를 보시고 ᄃᆡ열(大悅)ᄒᆞ시나 심입불모[331]ᄒᆞ믈 념녀(念慮)ᄒᆞ시더니, 원슈 부ᄌᆡ(父子가) 샹봉ᄒᆞ고 남만을 항복밧고 회군코져 ᄒᆞ는 표문(表文)을 보시고 ᄃᆡ희ᄒᆞ샤, 만왕(蠻王)을 ᄉᆞ(赦)ᄒᆞ시고 '왕ᄌᆞ로 왕을 봉(封)ᄒᆞ고 ᄉᆞ쇽(斯速)히 회군ᄒᆞ라.' ᄒᆞ시니라.

이ᄯᅢ 장삼이 양쥐 잇다가 올나와 본부(本府)의 잇더니, 원슈의 셔간이 오거늘 장삼이 ᄯᅩ 셔간을 가지고 양쥐로 갈ᄉᆡ, 일변(一邊)으로 장삼이 원슈의게 글월을 올녀 쇼져의 환난과 ᄐᆡ부인(大夫人) 맛남{만남}과 월향이 원졍(原情)ᄒᆞᆫ 일을 ᄌᆞ시 고ᄒᆞ고, 양쥬의 니르러 셔간을 올니고 승젼ᄒᆞᆷ과 샹셔 상봉ᄒᆞ믈 고ᄒᆞ니, 일좌(一座가) ᄃᆡ열(大悅)ᄒᆞ고 니부인과 쇼져의 환열(歡悅)ᄒᆞ믄 니로 층양치 못ᄒᆞᆯ너라. 쇼졔 셔간을 보니, 원슈의 회군이

328) 금의위(錦衣衛): 明나라에서 천자를 호위하고 궁성을 수비하던 군대.

329) 극변원찬(極邊遠竄): 아주 먼 지방으로 귀양을 보냄.

330) 알외ᄂᆞ이다: 첨가한 문구임.

331) 심입불모(深入不毛): 불모의 땅으로 깊이 들어섰음.

오리지 아니ᄒᆞ올지라. 쇼졔 모부인과 치힝(治行)ᄒᆞ더라. 텬직 '왕ᄌᆞᄉᆞ의 치뎡(治政)이 텬하의 웃듬이라.' ᄒᆞ사 '왕희평으로 니부상셔[이부시랑]를 솜아 환죠[332]ᄒᆞ라.' ᄒᆞ신ᄃᆡ, 왕시랑이 즉시 올나와 예궐ᄉᆞ은(詣闕謝恩)ᄒᆞ니라.

ᄌᆡ셜(再說)。 셔원쉬 샹표(上表)ᄒᆞ고 죠셔(詔書)를 기ᄃᆞ리더니, ᄉᆞ관[333]이 죠셔를 밧드러 왓거ᄂᆞᆯ, 죠셔(詔書)에 왈,

「미진(美者이)라. 경(卿)의 츙효(忠孝)여. 남방(南方)을 평졍ᄒᆞ여 임군의 근심을 덜고 십여 년 ᄉᆞ지(死地)의 드럿던{들었던} ᄋᆞ비를 구ᄒᆞ여 부지(父子가) 상봉ᄒᆞ니, 신ᄌᆞ(臣子)의 쾌ᄉᆡ(快事이)로다. 장ᄌᆡ(壯者이)라. 경(卿)의 쟝냑(將略)이여. 십칠 셰 쇼ᄋᆡ(小兒가) 능히 상쟝(上將)이 되여 강셩(强盛)ᄒᆞᆫ 남만(南蠻)을 항복 바드니, 경은 ᄉᆞ직지신[334]이오 짐의 고굉[335]이라. 경부(卿父)ᄂᆞᆫ 졀ᄉᆡ(節死)의 풍상고쵸[336]를 감심(甘心)ᄒᆞ여 십여 년을 지니다가 도라오니, 쇼무[337] 후 일인(一人)이라, 엇지 아름답지 아니리오. 만왕(蠻王)의 죄ᄂᆞᆫ 사(赦)치 못ᄒᆞᆯ 거시로되, 기ᄌᆡ(其子가) 현쳘(賢哲)ᄒᆞ다 ᄒᆞ니 만왕을 삼고, 기부(其父)ᄂᆞᆫ 죄를 ᄉᆞ(赦)ᄒᆞ여 ᄐᆡ샹왕(太上王)을 삼고, 무릇 ᄃᆡ쇼ᄉᆞ(大小事)ᄂᆞᆫ 경이 아라{알아} ᄒᆞ고 쥬문(奏文)은 다시 말지여다. 경부(卿父)로

332) 환죠(還朝): 조정으로 돌아가거나 돌아옴.

333) ᄉᆞ관(辭官): 임금의 명령을 전달하는 일을 맡아보던 벼슬아치.

334) ᄉᆞ직지신(社稷之臣): 나라의 안위를 맡은 重臣.

335) 고굉(股肱): 다리와 팔이라는 뜻. 임금이 가장 신임하는 重臣을 일컫는 말로 쓰인다. 《書經》〈益稷〉의 "신하들은 짐의 팔과 다리요, 눈과 귀가 되어야 하오. 내가 백성들을 보살피려 하면 그대는 (날개가 되어)옆에서 도와주고, 내가 사방을 위해 노력하면 그대가 함께해 주시오.(臣作朕股肱耳目, 予欲左右有民汝翼, 予欲宣力四方汝爲.)"에서 나오는 말이다.

336) 풍샹고쵸(風霜苦楚): 찬바람과 찬 서리를 맞는 괴로움과 아픔이라는 뜻으로, 온갖 고난과 시련을 비유적으로 이르는 말.

337) 쇼무(蘇武): 漢나라 武帝 때의 충신. 匈奴에 사절로 갔다가 항복을 강요당하고, 거절하며 19년 동안 옥고를 치르면서도 절개를 지켰다.

위국공(魏國公)을 봉ᄒᆞ고, 경을 츙널빅(忠烈伯)을 봉ᄒᆞ고 우승샹을 시기ᄂᆞ니 썔니 회군ᄒᆞ라.」

ᄒᆞ엿더라. 원쉬 독필(讀畢)의 상셔와 텬은(天恩)을 감츅(感祝)ᄒᆞ고, 가셔(家書)를 보니 다만 장삼의 글월ᄲᅮᆫ이라. 원쉬 놀나 ᄣᅥ여보니, 모친이 왕쇼져를 만나 양쥬로 가시며, 그 ᄉᆞ이 쇼졔 졔왕(齊王)의 변(變) 당ᄒᆞ믈 보고 ᄎᆞ경ᄎᆞ희(且警且喜)ᄒᆞ여, 십여 년 일심(一心)에 및쳐던 한(恨)이 츈셜(春雪)갓치 ᄉᆞ라지니 부운(浮雲)을 헷치고 쳥텬(靑天)의 오름 갓고, 샹셔 부지(父子가) 깃부믈 층양치 못ᄒᆞᆯ너라. 원쉬 죠셔를 인ᄒᆞ여, 남만왕(南蠻王)을 틱상왕(太上王)을 봉ᄒᆞ고 왕ᄌᆞ로 남만왕을 숨으니, 만왕(蠻王) 부지(父子가) 황은(皇恩)을 감츅ᄒᆞ고 본국으로 도라가니라.

위공이 원슈ᄃᆞ려 왈,

"너는 사힝(師行)이 더듸리니{더디리니}, 나는 먼져 올나가 녜궐숙ᄉᆞ(詣闕肅謝)ᄒᆞ리라."

ᄒᆞ고 즉시 힝(行)ᄒᆞ여 경ᄉᆞ(京師)의 니르니, 만죠빅관(滿朝百官)이 나와 영졉ᄒᆞ고 여러 ᄒᆡ 고쵸(苦楚)ᄒᆞᆷ과 원슈의 셩공ᄒᆞ믈 치하ᄒᆞᆯ식, 뉴승상이 위공의 손을 ᄌᆞᆸ고 젼후셜화(前後說話) 말솜ᄒᆞ더니, 왕시랑이 드러와{들어와} 뵈거ᄂᆞᆯ, 뉴승샹 왈,

"이는 왕어ᄉᆞ ᄋᆞ들 희평이니, 곳 형(兄)의 ᄌᆞ부(子婦)의 형남(兄男)이로다."

위공이 그졔야 알고 거슈층ᄉᆞ[338] 왈,

"복(僕)이 션ᄃᆡ인[339]과 지긔지우[340]러니 기셰(棄世)ᄒᆞ신 후 미양 비창(悲愴)ᄒᆞ더니, 의외(意外)에 군(君)의 은혜로 돈ᄋᆞ[341]를 거두어, 슉녀(淑女)로

---

338) 거슈층ᄉᆞ[擧袖稱謝]: 고마움을 표시하기 위해 소매를 올려 답례하는 인사.

339) 션ᄃᆡ인(先大人): 돌아가신 남의 아버지를 높여 이르는 말.

340) 지긔지우(知己之友): 자기의 속마음을 참되게 알아주는 친구.

허(許)ᄒᆞ여 ᄇᆡ우(配偶)를 삼으니, 부ᄌᆞ(父子) 부쳬(夫妻가) 상봉ᄒᆞ미 다 군의 은혜라. 엇지 갑기를{갚기를} 바라리오."

시랑이 숀ᄉᆞ(遜辭)ᄒᆞ고, 십여 년 만국(蠻國)의 ᄉᆡᆼ환(生還)ᄒᆞ믈 불승환희(不勝歡喜)ᄒᆞ더라. 위공이 녜궐숙ᄉᆞ(詣闕肅謝)ᄒᆞ온ᄃᆡ, 상왈,

"경(卿)을 만방(蠻方)의 보ᄂᆡᆫ 후 쥬야(晝夜) 념녀(念慮)ᄒᆞ더니, 텬홍의 츙효로 군신(君臣)이 다시 보니 엇지 깃부지 아니리오."

위공이 쥬왈,

"신이 무상[342]ᄒᆞ여 폐하의 우례(憂慮)ᄒᆞ시물 끼치오니 죄ᄉᆞ무셕(罪死無惜)이여늘, 도로혀 벼술을 쥬시오니 더옥 황공ᄒᆞ온지라."

구지{굳이} ᄉᆞ면[343]ᄒᆞ되 하교(下教) 간절ᄒᆞ시니, 위공이 고두슈명이퇴(叩頭受命而退)ᄒᆞ여 집으로 도라와{돌아와}, ᄂᆡ당(內堂)으로 드러오니{들어오니}, 부인이 공을 ᄃᆡᄒᆞ여 무한ᄒᆞᆫ 눈물이 흘너 목이 메여 말을 닐우지 못ᄒᆞᄂᆞᆫ지라. 공이 츄연(惆然)ᄒᆞ여 위로 왈,

"금일 셔로 맛나 보고 ᄋᆞᄌᆞ(兒子)의 영귀(榮貴)ᄒᆞ미 극(極)ᄒᆞ니, 다시 여감[344]이 업ᄂᆞᆫ지라, 무익(無益)ᄒᆞᆫ 지ᄂᆞᆫ{지난} 비회(悲懷)를 ᄂᆡ여 무엇ᄒᆞ리잇가?"

왕쇼졔 나아와 ᄉᆞᄇᆡ(四拜)ᄒᆞ니, 공이 왈,

"ᄋᆞᄌᆞ(兒子)의 영귀(榮貴)ᄒᆞ무로 부ᄌᆞ(父子) 부뷔(夫婦가) 샹봉ᄒᆞ미 다 현부(賢婦)의 은(恩)이라. 엇지 감은(感恩)치 아니리오."

쇼졔 숀ᄉᆞ(遜謝)ᄒᆞ여 불감(不敢)ᄒᆞ믈 고ᄒᆞ더라.

ᄎᆞ셜(且說)。원쉬 양신쳥을 진즁(陣中)의 다리고{데리고} ᄒᆡᆼ군(行軍)ᄒᆞ미, 운남의 니르니 졀도ᄉᆡ 영졉(迎接)ᄒᆞ여 ᄃᆡ연(大宴)을 ᄇᆡ셜(排設)ᄒᆞ여 삼군(三

---

341) 돈ᄋᆞ(豚兒): 남에게 자기의 아들을 낮추어 이르는 말.

342) 무상(無狀): 보잘것없음. 내세울 만한 선행이나 공적이 없음.

343) ᄉᆞ면(辭免): 맡아보던 일자리를 그만두고 물러남.

344) 여감(餘憾): 마음에 차지 아니하여 섭섭하거나 불만스럽게 남아 있는 느낌.

軍)을 호궤[345]홀시, 원쉬 평싱 한(恨)ᄒᆞ던 바를 풀미 의긔양양(意氣揚揚)ᄒᆞᆫ지라 권ᄒᆞᄂᆞᆫ 술을 통음[346]ᄒᆞ고, 쟝즁(帳中)의 도라와{돌아와} 신쳥의게 몸을 의지ᄒᆞ고 쵹(燭)을 밝혀, 몽농ᄒᆞᆫ 취안(醉眼)으로 신쳥의 셰락[灑落]ᄒᆞᆫ 용모를 보니, 진짓 졀ᄃᆡ가인(絕代佳人)이라 신쳥의 소미를 잡고 쇼왈,

"너 갓ᄒᆞᆫ 녀ᄌᆡ 이시면{있으면}, 뉘 아니 혹(惑)ᄒᆞ리오."

ᄒᆞ고 팔을 어로만지다가{어루만지다가} 일졍(一定) 홍광(紅光)이 비샹의[347] 찬연(燦然)ᄒᆞᆫ지라, 원쉬 은근이{은근히} 문왈,

"ᄂᆡ 너를 본 후로 심즁(心中)의 의혹(疑惑)이 잇더니, 네 비홈[348]을 보니 졍영(丁寧)ᄒᆞᆫ 녀ᄌᆡ라 실진무은[349]ᄒᆞ라."

신쳥이 춤괴(慙愧)ᄒᆞ믈 참아 염용[350] 유체(流涕) 왈,

"죵젹(蹤迹)이 발각(發覺)ᄒᆞ여 노야(老爺)의 힐문(詰問)ᄒᆞ시믈 당ᄒᆞ오니, 엇지 긔망(欺罔)ᄒᆞ오릿가? 쳡(妾)은 본ᄃᆡ 남계현의셔 ᄉᆞᄂᆞᆫ 양평의 녀ᄌᆡ(女子이)라. 부뫼 무ᄌᆞ(無子)ᄒᆞ여 다만 쳡(妾)ᄲᅮᆫ이라. 본읍(本邑) 셔산의 잇ᄂᆞᆫ 오이랑이라 ᄒᆞᄂᆞᆫ 도젹이 동뉴(同流)를 ᄃᆞ리고 쳡의 모(母)를 겁취[351]ᄒᆞ랴 ᄒᆞ고 아비를 죽이오니, 어미ᄂᆞᆫ 홀일업ᄉᆞ와 그 압{앞} 강물의 익ᄉᆞ(溺死)ᄒᆞ고, 쳡은 그ᄯᅢ 나히 늬 셰라. 일가(一家) 집이 길니여{길러 내어} 나히{나이} 졈졈 ᄌᆞ라미, 보슈(報讎)ᄒᆞ올 마ᄋᆞᆷ이 간졀ᄒᆞ여 남복(男服)을 ᄒᆞ고 검술ᄒᆞᄂᆞᆫ 스승을 맛나{만나} 검술을 ᄇᆡ옵더니, 스승이 죽ᄉᆞ오미 시쳬를 거두어

---

345) 호궤(犒饋): 군사들에게 음식을 베풀어 위로함.

346) 통음(痛飮): 술을 매우 많이 마심.

347) 비샹의[臂上에]: 팔위에. 남복을 한 여자인지라 玉臂라 하지 않는 것이다. 玉臂는 여자의 고운 팔을 이른다.

348) 비홈[臂紅]: 여성의 순결성을 확인하는 징표. 이는 우리나라 소설에서만 나타난다고 한다.

349) 실진무은(悉陳無隱): 숨김없이 모두 이야기함.

350) 염용(斂容): 몸가짐을 조심하고 용모를 단정히 함.

351) 겁취(劫取): 劫奪. 위협하거나 폭력을 써서 빼앗음.

엄토(掩土)코자 ᄒᆞ옵다가 원슈의 틱산 갓흔 은혜를 닙ᄉᆞ와 장즁(帳中)의 모시고 잇숩더니, 금일 본형(本形)이 탈노(綻露)ᄒᆞ여ᄉᆞ오니, 복원(伏願) 노야는 부모의 원슈를 갑하{갚아} 쥬옵시고 긔망(欺罔)ᄒᆞᆫ 죄를 다ᄉᆞ리옵쇼셔."

원쉬 왈,

"니 힘써 보슈(報讎)ᄒᆞ여 쥬리니, 념녀 말나."

ᄒᆞ고 옥슈(玉手)를 다시 쥐고 보니, 쇼년 남ᄌᆞ(少年男子)의 호탕풍뉴지심(豪宕風流之心)을 억졔치 못ᄒᆞᆯ지라. 부모 실니(失離)ᄒᆞᆫ ᄯᅴ의는 일편지심(一片之心)이 부모 상봉ᄒᆞ기 젼의는 왕쇼져 갓튼 졀념[352]으로도 오히려 관관[353]ᄒᆞᆫ 낙(樂)을 모로더니, 부모 샹봉ᄒᆞ고 몸이 후빅[354]의 거(居)ᄒᆞ미 경국가인(傾國佳人)을 딗ᄒᆞ여 엇지 츈흥(春興)을 금(禁)ᄒᆞ리오. 이ᄯᅴ 밤이 깁헛는지라 쵹(燭)을 물니고 금니(衾裏)의 나아가니 원앙(鴛鴦)이 녹슈(綠水)의 놀고 비취(翡翠) 연니지[355]의 깃드림{깃들음} 갓더라. 날이 식믜, 원쉬 쇼왈,

"죠운모우[356]는 잇거니와, 밤이면 녀ᄌᆞ요 낫이면{낮이면} 남ᄌᆞ는 엇진 일고?"

신청이 ᄯᅩᄒᆞᆫ 미쇼ᄒᆞ더라.

인군(引軍)ᄒᆞ여 황셩(皇城)의 니ᄅᆞ니{이르니}, 텬지 뎨신(諸臣) 거ᄂᆞ리시고 마ᄌᆞ실ᄉᆡ, 원쉬 졔장(諸將)을 거ᄂᆞ리고 산호만셰[357]ᄒᆞ오니, 상이 삼 년만의

---

352) 졀념(絕艷): 비할 데 없을 정도로 아주 예쁨.

353) 관관(關關): 새 소리의 의성어. 암수의 새가 서로 응하는 소리의 형용이다.

354) 후빅(侯伯): 제후나 높은 귀족을 이르는 말.

355) 연니지(連理枝): 두 나무의 가지가 서로 맞닿아서 결이 서로 통한 것. 화목한 부부나 남녀 사이를 비유적으로 이르는 말로 쓰인다.

356) 죠운모우(朝雲暮雨): 아침에는 구름이 되고 저녁에는 비가 된다는 뜻. 남녀의 언약이 굳은 것, 또는 남녀의 情交를 이르는 말이다.

357) 산호만셰(山呼萬歲): 나라의 큰 의식이 있을 때, 임금의 祝壽를 표하기 위하여 신하들

원슈를 보시니 풍치 더옥 늠늠ᄒᆞᆫ지라, 용안(龍顔)이 희열(喜悅)ᄒᆞ샤 왈,

"경(卿)이 십칠 셰 쇼년(少年)으로 삼군(三軍)의 상장(上將)이 되여 강적(強賊)을 파ᄒᆞ고 부ᄌᆡ 상봉ᄒᆞ고 ᄀᆡ가(凱歌)를 불너 도라오니{돌아오니}, 엇지 아름답지 아니리요. 짐(朕)이 오날부터 ᄌᆞ히[358]를 근심치 아니ᄒᆞ노라."

원쉬 고두(叩頭) ᄉᆞ왈(謝曰),

"신(臣)이 무ᄉᆞᆷ 공이 잇ᄉᆞ오릿가? 이ᄂᆞᆫ 다 폐하(陛下)의 홍복(洪福)이오, 뎨장(諸將)의 힘이로쇼이다."

인ᄒᆞ여 ᄉᆞ은(謝恩)ᄒᆞ고 위공(魏公)을 모시고 본부(本府)로 도라와{돌아와} 급히 ᄂᆡ당의 드러가{들어가} 모부인(母夫人)긔 절ᄒᆞ고 오열비읍(嗚咽悲泣)ᄒᆞ니, ᄐᆡ부인이 원슈의 숀을 잡고 누쉬(淚水가) 여우(如雨)ᄒᆞ여 능히 말을 닐우지{이루지} 못ᄒᆞ니, 보ᄂᆞᆫ ᄌᆡ 비창(悲愴) 아니 리{아닌 이} 업더라. ᄐᆡ부인(大夫人)이 원슈의 등을 어루만져 왈,

"네 이갓치 장셩(長成)ᄒᆞ여시니, 기간(其間) 나의 ᄉᆡᆼ각ᄒᆞ던 마ᄋᆞᆷ이 엇더ᄒᆞ리오."

ᄒᆞ며 왕부인은 녜(禮)ᄒᆞ고 부모 상봉ᄒᆞᆷ과 셩공ᄒᆞ믈 치위(致慰)ᄒᆞ니, 원쉬 답읍(答揖)ᄒᆞ여 기간(其間) 환ᄋᆡᆨ(患厄) 지ᄂᆡ믈 치위ᄒᆞ고 외헌(外軒)의 나아가니, 거ᄆᆡ(車馬가) 문이 메고 치하ᄒᆞᄂᆞᆫ 빈ᄀᆡᆨ(賓客)이 부지기쉬(不知其數이)더라. 이날 텬ᄌᆡ 직첩(職牒)을 나리와{내리어} ᄂᆡ부인은 뎡녈부인[貞烈夫人]을 봉ᄒᆞ시고 왕부인은 효녈부인(孝烈夫人)을 봉ᄒᆞ시며 ᄎᆡ단 금빅(綵緞金帛)을 상ᄉᆞ(賞賜)ᄒᆞ시니, 텬은(天恩)이 더옥 감격ᄒᆞ더라.

일일은 승샹이 왕시랑으로 더브러 통음(痛飮)ᄒᆞ고 즐길ᄉᆡ, 양신쳥의 일을 셜파(說破)ᄒᆞ니 시랑이 ᄃᆡ쇼(大笑) 왈,

"구녀(丘女)ᄂᆞᆫ ᄆᆡ제(妹弟)를 남ᄌᆞ로 알고 ᄯᆞ라왓다가 실망ᄒᆞ엿더니, 일

이 두 손을 치켜들고 부르던 만세.

358) ᄌᆞ히(自解): 애쓰지 아니하여도 일이 저절로 해결됨.

션[359]은 신청을 남ᄌᆞ로 알고 두엇다가 춍희(寵姬)를 삼아스니, 너의 부부의게는 이샹ᄒᆞᆫ 일 만토다{많도다}."

ᄒᆞ고 희롱ᄒᆞ더라.

이ᄯᅢ 샹이 졔왕(齊王)의 불쵸(不肖)ᄒᆞ믈 근심ᄒᆞ샤, 위공(魏公)을 틱ᄌᆞ틱부(太子太傅)를 삼으시고 졔왕을 교훈케 ᄒᆞ신대, 위공이 슈명(受命)ᄒᆞ고 졔왕궁(齊王宮)의 드러가{들어가} 셩현지도(聖賢之道)를 교훈ᄒᆞ온대, 졔왕(齊王)이 ᄀᆡ과쳔션(改過遷善)ᄒᆞ미, 젼후(前後) 무도ᄉᆞ(無道事)를 다시 ᄉᆡᆼ각ᄒᆞ고 쥬야(晝夜) 우탄[360]ᄒᆞ고 졍도(正道)를 ᄒᆡᆼᄒᆞ니, 위공의 인덕(仁德)을 가히 알너라.

션시(先時)의 고션이 왕샹셔[왕시랑]의 ᄌᆡᄉᆡᆼ지은(再生之恩)을 닙고 구녀(丘女)로 더브러 낙창지검[361]이 부합(符合)ᄒᆞ여 ᄀᆡ과쳔션ᄒᆞ고 어진 ᄃᆡ 나아가믈 왕부인이 긔특이 너겨 ᄌᆡ물을 후히 쥬어 졔곳[제곳]으로 보ᄂᆡ니, 고션이 착ᄒᆞᆫ ᄉᆞ롬이 되여 일읍(一邑)의 유명ᄒᆞ니라.

일일은 승샹이 월향·츄셤을 불너 왈,

"너의 츙셩이 젹지 아니ᄒᆞ니, 너의 쇼원ᄃᆡ로 말을 다ᄒᆞ라."

냥녜(兩女가) 참괴(慙愧)ᄒᆞ여 답(答)지 아니ᄒᆞ거늘, 왕부인이 냥녀(兩女)

---

359) 일션: 서천홍의 字.

360) 우탄(憂歎): 근심하여 탄식함.

361) 낙창지검[樂昌之鏡]: 唐나라 孟棨가 지은 《本事詩》〈情感〉편에 나오는 고사이다. 옛날 중국 陳나라가 隋나라에게 망할 즈음의 일이다. 진나라의 관리였던 徐德言이 태자의 누이 樂昌公主를 아내로 맞았는데, 헤어지게 될 그의 아내에게 두 쪽으로 깨뜨린 거울의 한 쪽을 주며 말했다. "수나라가 쳐들어오면 우린 필시 헤어지게 될 터이니 우리 서로 이 깨진 거울을 증표로 가집시다. 내년 정월 대보름에 장안의 길거리에 내다 팔면 기필코 내가 그대를 만나러 가리다." 이듬해 정월 대보름날 서덕언은 장안에서 어떤 노파가 깨진 거울을 팔고 있는 것을 보았다. 서덕언이 품에 품고 있는 거울 반쪽을 맞춰보니 딱 들어맞았다. 그는 깨진 거울의 뒷면에 자신의 심경을 시로 적어 그 노파 편에 보냈다. 이 무렵 그의 아내는 수나라 楊素의 노예가 되어 성 밖으로 나올 수가 없었다. 이 애틋한 소식을 들은 수나라의 楊素가 이 여인을 풀어주어 두 사람은 마침내 재결합을 하게 되었다는 고사이다.

의 심ᄂᆡ(心內)를 알 쌴더러 일시(一時)라도 샹니(相離)치 못ᄒᆞᆯ지라, 겻ᄐᆡ{곁에} 잇다가 왈,

"ᄎᆞ(此) 냥녀(兩女)ᄂᆞᆫ 희쳡(姬妾)으로 경ᄒᆞ시면 방ᄒᆡ로올 ᄇᆡ 업ᄉᆞ오니, 졔의{저희}와 비록 노쥬지간(奴主之間)이나 뎡의(情誼)ᄂᆞᆫ 형뎨 갓ᄉᆞ오니, 샹공은 물니치지 마ᄅᆞ쇼셔."

승샹이 ᄃᆡ쇼 왈,

"이ᄂᆞᆫ 부인이 아라{알아} ᄒᆞ쇼셔."

부인이 깃거ᄒᆞ더라. ᄎᆞ후로 각각 별당(別堂)을 지워 쳐(處)ᄒᆞ게 ᄒᆞ니, 월·츄·양 삼낭(三娘)이 부인의 은덕(恩德)을 감츅(感祝)ᄒᆞ여 ᄒᆞ더라.

승샹이 남계현의 관문(官文)을 보ᄂᆡ여 오이랑의 무리를 잡아 올여 국문(鞫問)ᄒᆞᆫ즉, ᄀᆡᄀᆡ(箇箇) 즉쵸[362]ᄒᆞ니, 이 ᄯᅩᄒᆞᆫ ᄃᆡ부인 겁탈(劫奪)ᄒᆞ랴던 놈이라. 다시 취죠(取調)ᄒᆞᆯ 것 업시 져ᄌᆡ의 쳐참[363]ᄒᆞ니라. 승샹이 장삼 부부의 은공을 ᄉᆡᆼ각ᄒᆞ고 쇽냥[364]ᄒᆞ고 슈만 금(數萬金)을 쥬니, 장삼이 ᄯᅩᄒᆞᆫ 거부(巨富)가 되니라.

셰월이 여류(如流)ᄒᆞ여 위공(魏公)이 팔십오 셰의 기셰(棄世)ᄒᆞ고, ᄃᆡ부인(大夫人)은 팔십삼 셰의 기셰ᄒᆞ니라.

[巴里東洋語學校本][365]

362) 즉쵸(卽招): 그 자리에서 당장 문초함.

363) 쳐참(處斬): 목을 베어 죽이는 형벌에 처함.

364) 쇽냥(贖良): 노비의 신분을 풀어주어서 양민이 되게 함.

365) 이 대본은 경판 32장본으로 『景印 古小說板刻本全集 4』(김동욱 편)의 521~537면에 수록되어 있다.

댱경젼
張景傳

作者未詳

화셜[1]。 송(宋)시절의 여람[汝南] 북촌 셜학동의 ᄒᆞᆫ 쳐ᄉᆡ(處士가) 잇스니, 셩은 당이오 명은 취오 별호ᄂᆞᆫ ᄉᆞ운션ᄉᆡᆼ이니, 공녈후[2] 당진[3]의 후예라.

ᄌᆡ학(才學)과 도덕이 놉흐나{높으나} 집이 간난ᄒᆞ여{가난하여} ᄂᆞ히{나이} 만토록 취쳐[4]를 못ᄒᆞ엿더니, 방쥐 셔촌의 녀공이라 ᄒᆞᄂᆞᆫ 사ᄅᆞᆷ이 ᄒᆞᆫ ᄯᆞᆯ을 두고 ᄉᆞ회{사위}를 널니 갈희다가[5] 당취의 어질믈{어짊을} 듯고 ᄆᆡᄑᆞ[6]를 보ᄂᆡ여 구혼ᄒᆞ니, 당취 허락ᄒᆞ나 납ᄎᆡ[7]ᄒᆞᆯ 형셰(形勢) 업셔 듀야(晝夜) 민망(憫惘)ᄒᆞ여 ᄒᆞ더니, 혼긔(婚期) 밋츠ᄆᆡ 가쟝[8]을 뒤여 보니 모친 ᄉᆡᆼ시(生時)의 가져 겨시든 옥지환(玉指環) ᄒᆞᆫ 쌍이 잇거ᄂᆞᆯ, 글노뼈{그것으로써} 예단(禮緞)을 ᄉᆞᆷ아 보ᄂᆡᆫᄃᆡ, 녀공의 부인이 납ᄎᆡ(納采)를 보고 탄식 왈,

"납ᄎᆡ를 보니 그 빈한(貧寒)ᄒᆞ믈 가히 알지라. 우리 늣게야 ᄒᆞᆫ ᄯᆞᆯ을 나하{낳아} 장즁보옥[9]갓치 ᄉᆞ랑ᄒᆞ다가, 이갓치 빈ᄒᆞᆫᄒᆞᆫ 집의 보ᄂᆡ여 일ᄉᆡᆼ을

---

1) 화셜(話說): 소설에서 이야기를 시작할 때 쓰는 말.

2) 공녈후(功烈侯): 뛰어난 공적을 세워서 봉해진 제후의 호.

3) 당진(蔣晉): 송나라 때 汝南太守를 지낸 인물. 제목의 한자 재고해야 할 듯.

4) 취쳐(娶妻): 아내를 맞아들임.(娶室)

5) 갈희다가: (여럿 가운데 하나를) '고르다가'의 옛말.

6) ᄆᆡᄑᆞ(媒婆): 혼인을 중매하는 할멈.(媒嫗)

7) 납ᄎᆡ(納采): (혼례 절차 중) 신랑집에서 신부집으로 혼인을 청하는 의례로, 신랑집에서 신부집으로 청단 홍단의 예단과 예물을 보내는 일.

8) 가쟝(家藏): 제집에 보관하여 둔 물건.

9) 장즁보옥(掌中寶玉): 손 안에 쥔 보옥이란 뜻으로, '매우 사랑하는 자식이나 아끼는 소중

곤(困)케 ᄒᆞ여시니, 지하의 도라가도{돌아가도} 눈을 감지 못ᄒᆞ리로다."

녀공 왈,

"혼인의 직물(財物)을 의논ᄒᆞ믄 이젹(夷狄)의 풍속이라, 엇지 일시 빈ᄒᆞᆫᄒᆞ믈 혐의[10]ᄒᆞ리오?"

ᄒᆞ고, 혼구[11]를 극진(極盡)이 ᄎᆞ려 신낭을 ᄆᆞ즐ᄉᆡ, 댱싱이 비록 의복이 남누(襤褸)ᄒᆞ나 인물과 긔상이 비범ᄒᆞ여 군ᄌᆞ의 픔되[風度가] 잇스니, 보ᄂᆞᆫ ᄌᆡ 칭찬 아니 리[人] 업더라.

이러구러[12] 여러 ᄒᆡ 되ᄆᆡ, 녀공 부뷔 홀련(忽然) 득병(得病)ᄒᆞ여 ᄇᆡᆨ약(百藥)이 무효(無效)ᄒᆞ고 맛ᄎᆞᆷᄂᆡ 셰상을 니별ᄒᆞ니, 댱싱이 녜(禮)로써 션산(先山)의 안쟝ᄒᆞ고 ᄃᆞᆯ 아릐 고기 낙기와 구름 속의 밧갈기를 일삼아[13] 셰월를 보ᄂᆡ더니, 일일은 쳐싀 녀시ᄃᆞ려 왈,

"우리 팔ᄌᆡ 긔박[14]ᄒᆞ여 집이 간난ᄒᆞ고 슬하(膝下)의 ᄌᆞ식이 업스니, 엇지 슬프지 아니ᄒᆞ리오?"

녀시 ᄃᆡ왈,

"'불효숨쳔의 무ᄌᆞ식ᄒᆞ미 졔일 크다'[15] ᄒᆞ엿ᄂᆞ니 이는 다 쳡의 죄오나, 그윽이 드르니 '틱힝산[16] 쳔축ᄉᆞ의 오관ᄃᆡ싀 도덕이 긔특[17]ᄒᆞ여 ᄌᆞ식 업

한 물건'을 일컫는 말.

10) 혐의(嫌疑): 꺼리고 싫어함.

11) 혼구(婚具): 혼인 때 쓰는 여러 가지 제구.

12) 이러구러: 이럭저럭 시간이 흐르는 모양.

13) ᄃᆞᆯ 아릐 고기 낙기와 구름 속의 밧갈기를 일숨아: 구름 속에 밭을 갈고 달빛 아래서 낚시질한다는 雲耕月釣에서 변형된 것으로, '한가하게 세월을 보냄'을 일컫는 말.

14) 긔박(奇薄): 순탄치 못하여 복이 없고 가탈이 많음.

15) 불효숨쳔(不孝三千)의 무무ᄌᆞ식ᄒᆞ미 졔일 크다: 많고도 많은 불효 가운데 대를 이을 후손 없는 것이 가장 크다.

16) ᄐᆡ힝산(太行山): 중국 華北, 山西省과 河北省 사이를 남북으로 뻗은 산.

17) 긔특(奇特): 다른 것보다 뛰어나게 신통함.

슨 사룸이 게{거기} 가 불젼(佛前)의 공양ᄒᆞ고 정셩을 드리면 혹 ᄌᆞ식을 본다' ᄒᆞ니, 우리도 비러보미 엇더ᄒᆞ니잇고?"

쳐시 왈,

"ᄌᆞ식을 비러{빌어} ᄂᆞ흐면 셰상의 엇지 무ᄌᆞ식ᄒᆞ 리 잇스리오? 그러나 '지셩이면 감텬(感天)이라' ᄒᆞ니, 부인 말숨ᄃᆡ로 비러 보리라."

하고 잇튼날 쳐식 목욕ᄌᆞ계[18]ᄒᆞ고, 녜단(禮緞)과 향촉(香燭)을 갓초아 텬츅ᄉᆞ의 니르러, 일쥬야(一晝夜)를 극진이 공양(供養)ᄒᆞ고 도라왓더니, 이늘 녀시 ᄒᆞᆫ 숨을 어드니 텬츅ᄉᆞ 부쳬 와 니로되,

"그ᄃᆡ 부부의 정셩(精誠)이 지극ᄒᆞᄆᆡ 셰존[19]이 감동ᄒᆞ샤 귀ᄌᆞ(貴子)를 졈지하시니, 귀히 길너 문호(門戶)를 빗ᄂᆡ라."

ᄒᆞ거늘, 녀시 처ᄉᆞᄃᆞ려 몽ᄉᆞ(夢事)를 니로고 깃거ᄒᆞ더니, 과연 그달부터 틱긔(胎氣) 잇셔 십삭(十朔) 만의 일ᄀᆡ 옥동(玉童)을 나흐니, 얼골이 관옥[20]갓고 소릭 웅장ᄒᆞ여 진즛[21] 긔남지[22]라. 쳐식 ᄃᆡ희ᄒᆞ여 일홈을 경이라 ᄒᆞ고 ᄌᆞ를 각이라 ᄒᆞ니라.

경이 졈졈 ᄌᆞ라ᄆᆡ, 칠 셰의 시셔(詩書)를 통(通)ᄒᆞ고 무예를 조화ᄒᆞ니{좋아하니}, 부뫼 과히[가히] ᄉᆞ랑ᄒᆞ며 그 너무 숙셩(夙成)ᄒᆞ믈 써리더니.

일일은 ᄒᆞᆫ 도ᄉᆡ 지나다가 경을 보고 왈,

"이 ᄋᆞ히 일홈이 ᄉᆞ히(四海)의 진동(振動)ᄒᆞ고 부귀공명을 ᄊᆞ로 이 업거니와, 초분[23]이 불길(不吉)ᄒᆞ여 십 셰의 부모를 니별ᄒᆞ고 일신(一身)이 표

18) 목욕ᄌᆞ계[沐浴齋戒]: (신성한 일 따위를 할 때) 목욕하여 몸을 깨끗이 하고 不淨을 피하여 마음을 가다듬음.

19) 셰존(世尊): '釋迦世尊'의 준말.

20) 관옥(冠玉): '남자의 아름다운 얼굴'을 비유적으로 일컫는 말.

21) 진즛[진짓]: '참으로'의 옛말.

22) 긔남지(奇男子이): 재주와 슬기가 남달리 뛰어난 남자.

23) 초분(初分): 사람의 평생을 셋으로 나눈 것의 처음 부분. 젊은 때의 운수나 처지를 일컫는 말이다.

박[24] 호리라."
호거놀, 쳐시 가장 의심호여 부인드려 도사의 말을 니르고 싱월싱시와 셩명을 써 옷깃식 감초니라.

잇쩌 텬히 티평호고 스방이 무스호더니, 홀연 셔량티수(西涼太守) 한북이 표[25]을 올여시되,

「예쥬즈스(豫州刺史) 뉴간이 반[26]호여 낙양[27]을 침범호니, 형세 가장 강셩(强盛)호다 .」

호엿거놀, 상이 디경호샤, 즉시 표긔쟝군[28] 소경운[29]으로 디장을 숨고 셜만츈으로 부쟝을 숨아 셩병[精兵] 십만을 거느려 '뉴간을 치라' 호신디, 소경운이 셩지[30]를 밧즈와 바로 예쥐의 니르러 뉴간과 디진(對陣)홀식, 뉴간이 관군(官軍)을 능히 디적(對敵)지 못호여, 예쥐셩을 바리고 녀람으로 드러가 인민을 노략(擄掠)호미, 빅셩이 다 종남산[31]으로 피란호는지라. 뉴간이 종남산을 둘너싸고 빅셩을 겁칙[32]호여 군스를 숨으니, 당쳐식 쏘호 잡혀가는지라, 녀시 쓰라오며 통곡호거놀, 쳐식 위로 왈,

---

24) 표박(瓢泊): 고향을 떠나 정처 없이 떠돌아다님.
25) 표(表): 마음에 품은 생각을 기록하여 임금에게 올리는 글.
26) 반(叛): 나라를 배반하여 군사를 일으킴.
27) 낙양(洛陽): 중국 河南省에 있는 도시로서, 周·後漢·晉·隋·後唐의 도읍지였음. 북쪽에 邙山이 있고 남쪽에 洛水가 있어 경치가 좋으며 명승고적이 많은 곳이다.
28) 표긔쟝군(豹騎將軍): 장군의 칭호. '표기'는 기병으로서 용맹함이 표범과 같음을 일컫는 말이다.
29) 소경운: 뒷부분에는 '소성운'으로 되어 있음. 현대어역문에는 소성운으로 표기함. 이하 동일하다.
30) 셩지(聖旨): 임금의 뜻.(御旨)
31) 남산(終南山): 중국 감숙성에서 섬서성에 걸쳐 있는 산.
32) 겁칙(劫飭): 협박하여 빼앗음.

"닉 이제 흔 번 가미 다시 도라오기{돌아오기} 어려오니, 부인은 경을 잘 길너 후스(後嗣)를 니으면 구천(九泉)의 도라가도 은혜를 갑흐리라." 흐고, 경을 안고 늣기다가[33] 뉴간의 진(陣)으로 드러가니, 뉴간이 당싱의 슈러[秀麗]흐믈 보고 쟝슈를 숨으믹, 쳐시 믹지 못흐여 군즁의 머무니라.

이씨 남은 도적이 진물을 노략흐며 부녀를 겁칙[34]흐니 사룸마다 목숨을 도망홀식, 당경이 우는가 줌을 깁히 들거놀 ★[35] 무음 의의[36] 황황[37]흐여 닙어던{입었던} 오스로{옷으로} 경을 덥고{덮고} 모든 스룸과 한가지로{함께} 피란흐니라. 당경이 도적의 함셩(喊聲)이 요란(擾亂)흐믈 듯고 줌을 씨여 보니 모친은 간디업고, 모친의 옷과 고롬[고름]의 옥지환이 치여거날, 옷슬 붓들고 우는가 날이 져물믹 정쳐 업시 무을 집을 츳즈 가니라.

이적의 녀시 피란흐엿드가 도적이 물너간 후 도라와 당경을 츳즈니 둉적(蹤迹)이 업거날 디경흐여 통곡 왈,

"우리 늣게야 경을 나흐{낳아} 보옥갓치 너기더니, 니제 난듕(亂中)의 일허시니 언의{무슨} 면목으로 가군[38]을 보리요?"

흐고, 집의 도라와{돌아와} 문득 즈결(自決)코져 흐더니, 한 계집이 느으와 절흐며 왈,

"소인(小人)은 진어스덕 츳환[39]으로, 부인을 뫼셔 둉남산(終南山)의 피란흐엿숩드가 도라가옵는 길의 분부흐시되, '우리 상공(相公)과 당쳐스와 형졔 갓트시더니, 우리 상공이 불힝흐여 몬져 기셰[40]흐여 겨시나 그 덕

---

33) 늣기다가: 어떤 느낌이 마음에 북받치다가.

34) 겁칙[劫측]: 폭행이나 협박을 하여 강제로 부녀자와 성 관계를 갖는 일.(劫奪)

35) 이 부분에는 문맥상 '모친이', 또는 '여씨가'란 말이 있어야 함.

36) 의의(依依): 섭섭해 하는 모양.

37) 황황(遑遑): 마음이 몹시 급하여 허둥지둥하는 모양.

38) 가군(家君): 남에 대하여 '자기 남편'을 가리키는 말.

39) 츳환(叉鬟): 주인 가까이서 잔심부름을 하는, 머리를 얹은 젊은 여자 종.

의 가 안부을 ᄋᆞ라{알아} 오라' ᄒᆞ옵시기로 왓나이다."

녀시 슬프믈 ᄎᆞᆷ고 젼후슈말(前後首末)을 니로니, ᄎᆞ환니 ᄲᆞᆯ니 도라가 부인긔 고(告)한ᄃᆡ, 부인니 ᄃᆡ경(大驚)ᄒᆞ여 즉시 향낭으로 '교ᄌᆞ[41]을 가져 뫼셔 오라' ᄒᆞ니, ᄎᆞ환이 즉시 나ᄋᆞ가 진어ᄉᆞ 부인의 말ᄉᆞᆷ을 엿ᄌᆞᆸ고 '교ᄌᆞ을 ᄐᆞ소셔' ᄒᆞ니, 녀시 망극(罔極)한 듕의 ᄯᅩ한 의지할 곳지{곳이} 업ᄂᆞᆫ지라, 즉시 교ᄌᆞ을 ᄐᆞ고 향낭을 ᄯᆞ라가이, 어ᄉᆞ부인이 ᄆᆞᄌᆞ 슬허ᄒᆞ며 위로 왈,

"이졔 난듕(亂中)의 쳐ᄉᆡ 도적의게 ᄌᆞᆸ혀 가시고 ᄯᅩ 아ᄌᆞ(兒子)을 일허ᄃᆞ{잃었다} ᄒᆞ오니, 그 ᄎᆞᆷ혹(慘酷)ᄒᆞᆫ 말ᄉᆞᆷ은 다시 일거을{일컬을} ᄇᆡ 업ᄉᆞᆸ난지라. 부인은 몸을 보듕(保重)ᄒᆞ여 후일을 기ᄃᆞ리시미 올ᄉᆞ오니, 날과 ᄒᆞᆫ가지로{함께} 가ᄉᆞ이다."
ᄒᆞ고 은근이 쳥(請)ᄒᆞ거날, 녀시 그 후ᄃᆡ(厚待)ᄒᆞ믈 감격ᄒᆞ여 슬픈 ᄆᆞ음을 진졍ᄒᆞ여 ᄉᆞ례ᄒᆞ고 진어ᄉᆞ 부인을 좃ᄎᆞ 건쥐(建州)로 가니라.

ᄎᆞ셜(且說)。 소셩운이 뉴간의 뒤흘 ᄯᆞ라 도적을 쳐 ᄑᆞᄒᆞ고 뉴간을 ᄉᆡᆼ금[42]ᄒᆞ여 경ᄉᆞ(京師)로 보ᄂᆡ니, 쳔ᄌᆡ ᄃᆡ열(大悅)ᄒᆞᄉᆞ 뉴간을 쳐ᄎᆞᆷ(處斬)ᄒᆞ시며, ᄂᆞ문{남은} 쟝슈을 운남졀도(雲南絕島)의 관노(官奴)을 ᄆᆡᆫ드시고, 쇼셩운의 벼슬을 도도와{돋우어} 운쥐 졀도ᄉᆞ[43]을 ᄒᆞ이시니{내리시니}, 쳐ᄉᆡ ᄯᅩ한 졀도(絕島)의 졍속[44]한 ᄇᆡ 되야 붓그럽고 괴로오믈 견ᄃᆡ지 못ᄒᆞ여 듁고져{죽고자} ᄒᆞᄃᆞ가, 부인과 경을 ᄉᆡᆼ각ᄒᆞ고 ᄉᆞ롬을 어더 여람 셜학동의 보ᄂᆡ여 소식을 통ᄒᆞ엿더니, 도라와 니로되,

---

40) 기셰(棄世): 세상을 버린다는 뜻으로, '웃어른의 죽음'을 완곡하게 일컫는 말.(下世)
41) 교ᄌᆞ(轎子): '平轎子'의 준말. 옛날 종1품 이상 및 耆老所 당상관이 타던 가마.
42) ᄉᆡᆼ금(生擒): 산 채로 잡음.
43) 졀도ᄉᆞ(節度使): 兵馬節度使. 각 지방에 두어 병마를 지휘하던 종2품의 무관.
44) 졍속(定屬): 죄인을 노비로 삼음.

"셜학동의 ᄉᆞ롬은커니와 인기(人家가) 다 불트고 쑥밧치 되엿더라."

ᄒᆞ거날, 쳐싀 이 말을 듯고 크게 통곡ᄒᆞᄃᆞ가 긔졀ᄒᆞ미 동관[45]의 구ᄒᆞ믈 닙어, 듀야톄읍(晝夜涕泣)ᄒᆞ며 셰월을 보ᄂᆡ더라.

잇ᄯᅵ 댱경이 모친을 일코 동셔로 ᄇᆞᄌᆞ니며[46] 셰월이 가난 쥴을 모로고, 젼젼걸식[47]ᄒᆞ여 운쥐셩의 니로니, 광음(光陰)이 훌훌[48]ᄒᆞ여 ᄂᆞ히 십숨 셰 되엿낫지라. 운쥐 괄노[官奴] ᄎᆞ영이라 ᄒᆞ난 ᄉᆞ롬이 댱경을 보고 문왈,

"네 거동을 보니 ᄉᆞᆼ한(常漢)의 ᄌᆞ식이 안인가{아닌가} 시부니{싶으니}, 셩명은 무어시며 어ᄂᆡ 곳의 잇난뇨?"

경이 답왈,

"셩명은 댱경이요. 여람 북촣[北村]의셔 ᄉᆞ던이ᄃᆞ."

ᄎᆞ영 왈,

"ᄂᆞ도 너 갓튼 ᄌᆞ식이 잇스무로 너을 보니 가긍(可矜)한지라. ᄂᆡ 집의 잇셔 ᄉᆞ환[49]이ᄂᆞ ᄒᆞ미 엇더ᄒᆞ뇨?"

댱경이 가쟝 깃거 왈,

"부모을 일코 경쳐엽ᄉᆞ오니 시기시난{시키시는} ᄃᆡ로 ᄒᆞ리이ᄃᆞ."

ᄎᆞ영이 깃거 집의 머무로고 ᄉᆞ환을 시기니〈라〉. 이 ᄉᆞ롬은 본ᄃᆡ ᄌᆡ물이 만코{많고} 형셰 유어[50]ᄒᆞ무로 댱경을 다리여 졔 ᄌᆞ식의 방ᄌᆞ[51] 구실[52]

45) 동관(同官): 동료.
46) ᄇᆞᄌᆞ니며: '부질없이 거리를 오락가락하며'의 옛말.
47) 젼젼걸식(轉轉乞食): 정처없이 여기저기로 떠돌아다니며 구걸함.
48) 훌훌: (시간 등이) 거침없이 빠르게 흘러감.
49) ᄉᆞ환(使喚): 잔심부름을 하는 종.
50) 유어[裕餘]: 넉넉하고도 남음.
51) 방ᄌᆞ(房子): 조선시대 지방 관청에서 심부름하던 남자 하인.
52) 구실: 제가 응당 하여야 할 일.

을 밧고라{바꾸려} ᄒᆞ여, ᄉᆞᄒᆞ의 인졍[53]을 후이 쓰고 당경을 방ᄌᆞ의 ᄎᆞᆼ슈[54]ᄒᆞ여 졔 ᄋᆞ들과 ᄉᆞᆼ환[55]ᄒᆞ니, 당경이 ᄉᆞ양치 ᄋᆞ니코 그날부터 관가[官奴] 구실이며 슈쳥[56]을 잘 ᄒᆞ난지라 관속(官屬)이 다 긔특이 너기되, ᄎᆞ영이 무ᄉᆞᆼ[57]ᄒᆞ여 머리도 아니 빗기고 옷도 지어 닙피지 ᄋᆞ니ᄒᆞ니 의복이 남누ᄒᆞ여 형용이 더러오미, 동뇨(同僚) 방ᄌᆞ드리 욕ᄒᆞ며 브치니{붙이니}, 그 경ᄉᆞᆼ[58]을 참아 보지 못할너라.

일일은 부모와 신셰을 ᄉᆡᆼ각ᄒᆞ고 헌옷슬 버셔 니[虱]을 ᄌᆞ부며 슬허ᄒᆞ더니, 옷깃 속의 금낭[59]이 잇거날 ᄯᅥ혀보니,

「여람(汝南) 북촌(北村) 셜학동 당취의 ᄋᆞ들 당경이니, 긔ᄉᆞ년(己巳年) 십이월(十二月) 이십뉵일(二十六日) ᄒᆡ시ᄉᆡᆼ(亥時生)이라.」

ᄒᆞ엿거날, 부친의 필젹(筆跡)인 쥴 알고 즉시 모친의 옥지환(玉指環)과 ᄒᆞᆫ듸 ᄊᆞ 감촌이라{감추니라}.

그 고을의 창기(娼妓) 잇ᄉᆞ되, 일홈은 초운이요, 시년(時年)이 십숨 셰라. 당경의 잔잉[60]ᄒᆞ믈 보고 ᄆᆡ일 관가(官家) 졔반[61]도 어더{얻어} 먹이며 머리도 빗겨 듀고, 혹 당경이 울면 졔도 ᄯᅩᄒᆞᆫ 슬허 우이, 보난 ᄉᆞ롬이

53) 인졍(人情): 벼슬아치들에게 은근히 주던 선물이나 뇌물 따위를 일컫던 말.
54) ᄎᆞᆼ슈(充數): 어떤 집단에 남을 대신하여 들어가게 함.
55) ᄉᆞᆼ환(相換): 서로 바꿈.
56) 슈쳥(守廳): 높은 벼슬아치 밑에서 시키는 대로 따름.
57) 무ᄉᆞᆼ(無狀): 행동을 아무렇게나 하여 예의가 없음.
58) 경ᄉᆞᆼ(景狀): 좋지 못한 몰골이나 광경.
59) 금낭(錦囊): 비단으로 만든 주머니.
60) 잔잉: 딱하고 불쌍함.
61) 졔반(除飯): 穀神에게 감사의 뜻을 표하기 위해, 끼니때마다 밥 먹기 전에 조금 떠낸 밥.

다 고이히 너기더라.

십칠 셰의 니로미, 운밍화안[62]이 당셰(當世) ★[63]

"비록 쳔(賤)ᄒᆞ나 쳔금을 귀히 너기지[여기지] 아니ᄒᆞᄂᆞ니, ᄂᆞ의 ᄯᅳ슬 막지 ᄆᆞ로소셔[마르소서]. 댱경이 비록 헌옷식 ᄊᆞ혀시니[싸였으나] 형산빅옥[64]이 진토(塵土)의 무침 갓흔지라. 오릐지 아니ᄒᆞ여 ᄃᆡ쟝(大將) 인수[65]를 찰 거시니{것이니} 쳔만금은 쉽거니와, 이런 사ᄅᆞᆷ은 엇기[얻기] 어려오니 이 ᄆᆞ음을 어긔지[66] 마로소셔."

부뫼 악연[67]ᄒᆞ여 다만 댱경을 크게 원망ᄒᆞ더라.

ᄎᆞ설(且說)。소셩운이 운쥬셩의 도임[68]ᄒᆞᆫ 후 삼번관속[69]을 졈고[70]홀ᄉᆡ, 댱경의 의복이 남누(襤褸)ᄒᆞ믈 보고 졔 주인의게 분부ᄒᆞ여 '옷슬 지어 닙피라{입히라}' ᄒᆞᆫᄃᆡ, ᄎᆞ영이 마지못ᄒᆞ여 날근{낡은} 옷 ᄒᆞᆫ 벌를 지어 닙히니, 형용(形容)이 져기{적이} ᄂᆞ흔지라. 칙방[71]의 두고 ᄉᆞ환을 식이믹

62) 운밍화안[雲鬢花顔]: '머리가 탐스럽고 얼굴이 아름다운 여자의 모습'을 일컫는 말.

63) 이 부분은 누락된 부분인데, 다음과 같은 내용이 경판 25장본에는 있다.
〈ᄉᆡᆼ혀ᄂᆞ니 져마다 쳔금을 드려 구ᄒᆞ되 초운이 허치 아니ᄒᆞ고 댱경만 잇지 못ᄒᆞ여 ᄒᆞ거놀, 초운의 부뫼 ᄭᅮ지져 왈,
"우리 너를 길너 장셩ᄒᆞᄆᆡ 맛당히 쳔만금을 어더 부모를 효양ᄒᆞ려든, 걸인 댱경을 ᄉᆞ로니 엇진 연괴뇨?"
초운 왈,〉

64) 형산빅옥(荊山白玉): 중국 형산에서 나는 흰 옥이라는 뜻으로, '어질고 착한 사람'을 일컫는 말.

65) 인수(印綬): (병조판서나 군문의 대장 등) 병권을 가진 관원이 병부 주머니를 차던, 사슴 가죽으로 된 끈.(인끈)

66) 어긔지: 에지. 마음을 몹시 아프게 함.

67) 악연(愕然): 너무 놀라워서 정신이 아찔함.

68) 도임(到任): (관리가) 근무지에 도착함.

69) 삼번관속[三班官屬]: 지방 각 府郡의 衙前·將校·官奴·使令. 삼반은 중국 제도에서 유래한 말로 지방관아의 探索을 맡은 快班, 搜捕를 맡은 壯班, 看獄과 拷杖을 맡은 皂班이다.

70) 졈고(點考): 일일이 점을 찍어 가며 사람의 수효를 헤아림.

ᄇᆡᆨᄉᆞ(百事)의 ᄇᆡᆨ녕ᄇᆡᆨ니[72]ᄒᆞᆯ 분더러.

일일은 소목ᄉᆞ의 아들 ᄉᆞᆷ형졔 풍월(風月)을 지어 화답(和答)ᄒᆞ거ᄂᆞᆯ, 댱경이 문득 일수(一首) 시를 지어 을프니{읊으니}, 소ᄉᆡᆼ 등이 ᄃᆡ경ᄒᆞ여 ᄯᅩ 서ᄎᆡᆨ을 쥬며 글을 일키니, 경이 강셩[73]을 놉피ᄒᆞ여 을프니, 셩음(聲音)이 쇄락[74]ᄒᆞ여 봉황(鳳凰)이 구소[75]의셔 우는 듯ᄒᆞᆫ지라. 이ᄯᆡ 소목ᄉᆡ[76] 동헌(東軒)의셔 글소ᄅᆡ를 듯고 문왈,

"이 글소ᄅᆡ 뉘 글소ᄅᆡ뇨?"

좌위(左右가) ᄃᆡ왈,

"ᄎᆡᆨ방의 방ᄌᆞ 댱경이 글을 외ᄂᆞ이다."

목ᄉᆡ(牧使가) ᄎᆡᆨ방의 나아가 댱경의 지은 글을 보고 ᄃᆡᄎᆞᆫ(大讚) 왈,

"진즛{참으로} 텬하의 긔남ᄌᆡ(奇男子이)라."

ᄒᆞ고, 그후부터 구실을 시키지 아니코 학업을 힘쓰게 ᄒᆞ니, ᄂᆞᆯ노 셩취(成就)ᄒᆞ여 문쟝과 필법이 당셰의 읏듬이라.

셰월이 여류ᄒᆞ여 목ᄉᆡ 과만[77]ᄒᆞ고 경ᄉᆞ로 도라올ᄉᆡ 댱경을 ᄃᆞ려가니, 초운이 비록 댱경과 잇션 지 오ᄅᆡ되 셩네(成禮)ᄂᆞᆫ 못ᄒᆞ여시나 쥬야 ᄯᆞ로다가 니별을 당ᄒᆞᄆᆡ, 경의 ᄉᆞᄆᆡ를 ᄌᆞᆸ고 슬피 울며 왈,

"ᄂᆡ 비록 창기나 ᄯᅳᆺ인즉 빙옥[78] ᄀᆞᆺ튼지라. 평ᄉᆡᆼ을 수ᄌᆡ[79]의게 의탁(依

71) ᄎᆡᆨ방(冊房): 고을 원의 책과 문서를 보관하던 곳.

72) ᄇᆡᆨ녕ᄇᆡᆨ니(百伶百俐): 여러 가지 일에 똑똑하고 민첩함.

73) 강셩(講聲): 글을 외는 소리.

74) 쇄락(灑落): (기분이나 몸이) 상쾌하고 깨끗함.

75) 구소(九韶): 순임금의 공덕을 찬양하는 노래. 이를 연주할 때면 거문고 선율에 따라 봉황이 날아와 빙빙 돌며 함께 춤을 추었다고 한다. 鳳凰來儀가 이에서 나왔다.

76) 소목ᄉᆡ: 목사란 호칭은 소성운이 반란을 일으킨 뉴간을 사로잡은 공으로 운주절도사가 된 것에 연유한 것으로 보임. 그러나 절도사는 종2품의 무관이고, 목사는 정3품의 외직 문관임을 고려하면 적확한 호칭은 아니다.

77) 과만(瓜滿): 벼슬의 임기가 다 됨.

託)ᄒᆞ려 ᄒᆞ엿더니, 이졔 셔로 니별(離別)이 되니 쳡의 일신을 쟝ᄎᆞ 엇지ᄒᆞ리오. 일후(日後)의 쳡의 외로온 졍회[80]를 잇지 마로소셔."

ᄒᆞ고 월귀탄[81] ᄒᆞᆫ 짝을 쥬거ᄂᆞᆯ, 댱경이 ᄯᅩᄒᆞᆫ 눈물을 흘니며 초운의 손을 잡고 왈,

"운낭[82]의 깁흔(깊은) 은혜를 엇지 만분지일(萬分之一)이나 갑흐리오?"

ᄒᆞ며 일수(一首) 시를 지어 신물[83]을 숨으니, 그 글의 왈,

칠년을 운낭의게 의탁ᄒᆞ미여,	七年托身雲娘子
그 은혜 오히려 틱산이 가비압도다.	其恩猶輕泰山高
오늘ᄂᆞᆯ 손을 셔로 난호미며,	今日握手相別離
눈물리 양인의 ᄂᆞ숨을 젹시ᄂᆞᆫ도다.	玉淚沾濕兩羅衫
아지 못게라, 어ᄂᆡ 날 댱경의 그림지	未知何日張景影
다시 운쥬의 니르러 운낭을 반길고.	更到運州訪雲娘

ᄒᆞ엿더라. 초운이 글을 바다 품의 품고 눈물 흘니니, 보ᄂᆞᆫ 직 ᄯᅩᄒᆞᆫ 슬허ᄒᆞ더라.

댱경이 소목ᄉᆞ를 좃ᄎᆞ 경셩의 니로러 학업을 힘쓰더니, 일일은 졀되[84] 숌ᄌᆞ를 불너 왈,

"댱경은 수즁긔린(獸中麒麟)이오 인즁호걸(人中豪傑)이라. 오리지 아니

---

78) 빙옥(氷玉): 얼음과 옥이란 뜻으로, '깨끗하여 아무 티가 없음'을 일컫는 말.

79) 수직(秀才): '미혼 남자'를 존경하여 붙이던 호칭.

80) 졍회(情懷): 마음속에 품고 있는 정.

81) 월귀탄[月環]: 여자의 귀고리.

82) 운낭: '초운'을 일컫는 말.

83) 신물(信物): 뒷날에 보고 표적이 되게 하기 위하여 서로 주고받는 물건.

84) 졀되(節度가): '쇼셩운'을 호칭하는 말. 앞서 유간을 파한 공으로 운주절도사가 되었던 데서 연유한다.

ᄒᆞ여 일홈{이름}이 ᄉᆞ힋(四海)의 진동ᄒᆞ리니, ᄉᆞ회{사위}를 숨고져 ᄒᆞᄂᆞ니, 너희 소견(所見)이 엇더ᄒᆞ뇨?"

숌지 ᄃᆡ경 왈,

"댱경이 비록 영민(英敏)ᄒᆞ고 문필(文筆)이 졀셰[85]ᄒᆞ오나, 그 근본(根本)을 모로고, ᄯᅩ 문하[86]의 ᄉᆞ환ᄒᆞ던 쳔인(賤人)을 엇지 이런 말숨을 ᄒᆞ시ᄂᆞ니잇고?"

졀되 탄식 왈,

"너희 등이 지인지감[87]이 업셔 ᄒᆞᆫ낫 근본만 싱각ᄒᆞ니 왕후쟝상(王侯將相)이 엇지 씨 잇스리오. 이후 ᄭᆡᄃᆞ롬이 잇ᄉᆞ리라."

ᄒᆞ더라.

이젹의 우승상(右丞相) 왕귀는 공후거족[88]으로 소년등과[89]ᄒᆞ여 부귀공명이 지극ᄒᆞ나, 일즉 슬하(膝下)의 남ᄌᆡ{아들이} 업고 ᄒᆞᆫ ᄯᆞᆯ이 잇스니 일홈은 월영이라. 옥모화용[90]과 녜모지질[91]이 일셰의 ᄲᅥ혀나미, 승상부뷔 턱셔[92]ᄒᆞ기를 널니 ᄒᆞ더니, 일일은 승상이 우음을 먹음고 부인과 소졔[小姐]를 ᄃᆡᄒᆞ여 왈,

"소졀도의 집의 잇는 댱경이라 ᄒᆞᄂᆞᆫ ᄋᆞ희 문쟝 필법이 졀세ᄒᆞ다 ᄒᆞ미 구혼코져 ᄒᆞ니, 부인의 ᄯᅳᆺ의 엇더ᄒᆞ니잇고?"

부인 왈,

---

85) 졀셰(絕世): 세상에 비길 것이 없을 만큼 썩 빼어남.

86) 문하(門下): 권세 있는 집이란 뜻이나, 여기서는 '재물이 많던 관노 차영의 집'을 일컫고 있음.

87) 지인지감(知人之鑑): 사람을 잘 알아보는 식견.

88) 공후거족(公侯巨族): 높은 벼슬을 지낸 세력이 큰 집안.

89) 소년등과(少年登科): 젊은 나이에 과거에 합격함.

90) 옥모화용(玉貌花容): 옥과 꽃같이 아름다운 여자의 얼굴.

91) 녜모지질(禮貌才質): 예절에 맞는 모양과 재주 있는 자질.

92) 턱셔(擇壻): 혼인할 딸을 가진 부모가 사윗감을 고름.

"규중(閨中)의 알 비 아니오니, 션불션(善不善)을 아라 그리 ᄒᆞ옵소셔."
ᄒᆞ거ᄂᆞᆯ, 즉시 소졀도의게 긔별(奇別)ᄒᆞ여 댱경이를 ᄒᆞᆫ 번 보기를 청ᄒᆞᆫᄃᆡ, 졀되 댱경을 불너 보ᄂᆡ니, 댱경이 승상부(丞相府)의 니르미, 승상이 ᄆᆞᄌᆞ 좌(座)를 졍ᄒᆞ고 ᄎᆞ(次)를 ᄑᆞ(罷)ᄒᆞᆫ 후 승상 왈,

"수ᄌᆡ[秀才]의 문쟝 필법을 ᄒᆞᆫ 번 귀경코져 ᄒᆞ노라."

댱경이 공순(恭順) ᄃᆡ왈,

"소ᄌᆡ[93] 본ᄃᆡ 학업이 업ᄉᆞ오나 엇지 존명[94]을 봉ᄒᆡᆼ[95]치 아니리잇고? 운ᄌᆞ(韻字)를 부르오시면 지어 보올이다."
ᄒᆞ거ᄂᆞᆯ, 승상이 강운(江韻) 삼십 ᄌᆞ(三十字)를 부르니, 잠간 ᄉᆡᆨ이의 일필휘지[96]ᄒᆞ니 용ᄉᆡ비등[97]ᄒᆞ고 삼십 수 시를 지어거ᄂᆞᆯ, 승상이 보고 ᄃᆡ찬(大讚) 왈,

"ᄂᆡ 일즉 텬하문쟝(天下文章)을 만히 보와시되, 이런 문쟝 필법은 금시초견[98]이라. 엇지 ᄋᆞ롬답지 아니리오."

승상이 시비(侍婢)를 명ᄒᆞ여 쥬찬(酒饌)을 ᄂᆡ와 권ᄒᆞ고 문왈,

"수ᄌᆡ 본향(本鄕)이 어듸며, 년긔[99] 얼마ᄂᆞ ᄒᆞ며, 무슴 일노 쇼졀도의 집의 유(留)ᄒᆞᄂᆞ뇨?"

댱경이 ᄃᆡ왈,

"본ᄃᆡ 여람(汝南) 북촌(北村) 셔학동[셜학동]의셔 ᄉᆞ옵더니, 난중의 부모를 일습고{잃고} 동셔ᄀᆡ걸[100]ᄒᆞ옵더니, 졀도의 ᄋᆡ휼[101]ᄒᆞ시물 닙어 머무

93) 소ᄌᆡ(小者는): 예전에, 윗사람에게 대하여 '자기'를 낮추어 이르던 말.(小人)
94) 존명(尊命): 상관이나 윗사람의 '명령'을 높여 일컫는 말.
95) 봉ᄒᆡᆼ(奉行): (웃어른이 시키는 대로) 받들어 삼가 거행함.
96) 일필휘지(一筆揮之): 글씨를 단숨에 힘차고 시원하게 죽 써 내림.
97) 용ᄉᆡ비등(龍蛇飛騰): '용이 움직이는 것 같이 아주 활기 있는 필력'을 일컫는 말.
98) 금시초견(今時初見): 지금에야 비로소 처음 봄.
99) 년긔(年紀): 대강의 나이.

옵고, ᄂᆞ흔{나이는} 니십 셰로소이다.”

승상이 우(又) 문왈,

“부형[102]의 명ᄶᆞ(名字)ᄂᆞᆫ 무슨 ᄌᆞ며, 무어슬 ᄒᆞ시더뇨?”

경이 ᄃᆡ왈,

“부형의 함ᄌᆞ(銜字)ᄂᆞᆫ 취요. 상희[103] 글을 됴화ᄒᆞ시기로 남이 부르기를 쳐ᄉᆡ라 ᄒᆞ더이다.”

승상 왈,

“이 아니 ᄉᆞ운션ᄉᆡᆼ이신야?”

경이 ᄃᆡ왈,

“어려셔 부모를 일허ᄉᆞ오니 ᄌᆞ셰이 모로ᄂᆞ이다.”

ᄒᆞ고 인ᄒᆞ여 하직을 고ᄒᆞᆫᄃᆡ, 승상이 그 손을 ᄌᆞᆸ고 왈[104], 이후 다시 ᄎᆞ즈믈 당부ᄒᆞ여 보ᄂᆡ니라.

ᄎᆞ시(此時) 텬히 ᄐᆡ평ᄒᆞ고 ᄉᆞ방이 풍등[105]ᄒᆞ무로 텬ᄌᆡ 경과[106]를 뵈실시, 소졀되 ᄉᆞᆷᄌᆞ와 댱경을 쟝즁졔구(場中諸具)를 ᄎᆞ려 과거를 뵈게 ᄒᆞᆫᄃᆡ, 댱경이 소ᄉᆡᆼ으로 과장의 드러가니, 텬ᄌᆡ 친님(親臨)ᄒᆞ샤, 텬하 션ᄇᆡ 구ᄅᆞᆷ 못듯{모이듯} ᄒᆞ엿ᄂᆞᆫᄃᆡ 글제를 거러거ᄂᆞᆯ{걸었거늘}, 경이 글을 지어 션쟝[107]의 밧치니, 상이 글을 친이 ᄭᅩ노시다가[108] 댱경의 글을 보시고 ᄃᆡ열ᄒᆞ샤 왈,

---

100) 동셔ᄀᆡ걸(東西丐乞): 동쪽 서쪽 사방으로 돌아다니며 구걸함.

101) ᄋᆡ휼(愛恤): 불쌍하게 여기어 은혜를 베풂.

102) 부형(父兄): 집안 어른이란 뜻으로, ‘아버지’를 일컫는 말.

103) 상(常)히: 평소 또는 항상.

104) 왈: 이 글자는 경판 25장본을 참고해 보더라도 불필요한 글자임.

105) 풍등(豐登): 농사지은 것이 아주 잘 됨.

106) 경과(慶科): 나라에 경사스러운 일이 있을 때, 이를 기념하고자 보게 하던 과거.

107) 션쟝(先場): 과거 때 文科 場中에서 시험지를 가장 먼저 써서 내던 곳.

108) ᄭᅩ노시다가: ‘우열을 평가하시다가’의 옛말.

"이러훈 문장 필법은 쳐음 본 빅라."
후시고 피봉[祕封]을 써혀 보시니, 「여람(汝南) 당경의 년(年)이 니십 세라.」 후엿거놀, 상이 장원을 후이시고 신릭[109]를 지촉후시니, 당경이 즉시 탑젼[110]의 복지훈딕, 텬직 당경을 보시니 긔상이 쏘훈 영웅준걸[111]이라 젼교[112]후사 왈,
"수십 년 젼의 두우셩(斗牛星)이 여람의 빗최여 '긔특훈 스룸이 나리라' 후더니, 이 스룸의게 응후도다."
후시고 한님학스(翰林學士)를 후이시니{내리시니}, 당경이 텬은(天恩)을 슉스[113]후고 궐문(闕門)을 나미, 쌍기[114]는 반공(半空)의 버럿고{벌이었고} 니원풍뉴[115] 진동후여 바로 소졀도 집으로 향훈딕, 소졀도 딕희후여 신릭를 진퇴[116]후고 삼일 유과[117] 후 닉당(內堂)의 드러가 부인과 의논후여 혼스을 뇌졍[118]후니라.
잇튼놀 당학시 왕승상딕의 나아가 뵈올식, 승상이 크게 스랑후여 신릭(新來) 진퇴(進退)시기미, 부인이 쏘훈 누각(樓閣)의 올나 귀경후여 승상의

---

109) 신릭(新來): 과거에 새로 급제한 사람.
110) 탑젼(榻前): 임금의 자리 앞.
111) 영웅준걸(英雄俊傑): 담력·武勇과 재주·슬기가 뛰어난 사람.
112) 젼교(傳敎): 임금이 명령을 내림.
113) 슉스(肅謝): 은혜에 정중히 사례함.
114) 쌍기(雙蓋): 가마나 상여 등에 양쪽에서 늘어뜨린 덮개. 양쪽으로 받는 햇빛을 가리는 것이다.
115) 니원풍뉴(梨園風流가): 궁중에서 벌이는 잔치 놀이. 梨園은 중국 唐나라 玄宗이 스스로 배우의 기술을 가르치던 곳인데, 뜻이 바뀌어 배우 집단이나 연예계를 일컫게 되었다.
116) 진퇴(進退): 新來를 축하하는 뜻에서, 앞으로 나오라 뒤로 물러가라 하며 시달리게 하는 일.
117) 유과[遊街]: 과거 급제자가 광대를 데리고 풍악을 잡히면서 거리를 돌며 座主·先進者·친척 등을 찾아보던 일. 보통 사흘 동안 행하였다.
118) 뇌졍(牢定): 확실하게 정함.

지인지감을 못닉 탄복ᄒᆞ더라. 승상이 한님의 손을 줍고 왈,

"그딕 소년등과(少年登科)ᄒᆞ여 용문[119]의 올으니{오르니} 가히 치하(致賀)ᄒᆞ거니와, 각별이 ᄒᆞᆯ 말이 잇스니 능히 용납(容納)ᄒᆞ시랴?"

한님이 공수[120] 딕왈,

"무숨 말숨이온지 가로치소셔{가르치소서}."

승상이 우으며 왈,

"노뷔[121] ᄋᆞ들이 업고 늣게 이 ᄒᆞᆫ 쏠을 두어, 비록 임ᄉᆞ[122]의 덕이 업스나, 족히 군ᄌᆞ의 건즐[123]를 밧드렴즉 ᄒᆞᆫ지라. 그딕로 ᄒᆞ여금 혼인을 졍코져 ᄒᆞᄂᆞ니, 쾌이(快히) 허락ᄒᆞ여 노부의 무류[124]ᄒᆞ믈 면케 ᄒᆞᆯ소냐?"

한님이 ᄉᆞ례 왈,

"소직(小子가) 텬은(天恩)을 닙ᄉᆞ와 비록 몸이 귀히 되여ᄉᆞ오나, 일즉 부모를 일습고{잃고} 빅혼{배운} 것시 업습거놀 거두어 슬하(膝下)의 두고ᄌᆞ ᄒᆞ시니 불승황감[125]ᄒᆞ여이다."

승상이 딕희ᄒᆞ여 한님을 보닌 후, 문연각[126] 틱학ᄉᆞ[127] 원교로 ᄒᆞ여금 통혼(通婚)ᄒᆞ니, 소졀되 회답ᄒᆞ되,

"당한님은 운줘셔부터 불초[128]ᄒᆞᆫ 녀ᄋᆞ와 님의{이미} 졍혼(定婚)ᄒᆞ엿기

---

119) 용문(龍門): 중국 황하 중류의 급한 여울목. 잉어가 이곳을 뛰어 오르면 용이 된다는 고사에서, '입신출세에 연결되는 어려운 관문이나 시험'을 비유하여 일컫기도 한다.

120) 공수(拱手): (공경의 예를 표하기 위하여) 왼손을 오른손 위에 놓고 두 손을 마주 잡음.

121) 노뷔(老夫가): 늙은 남자가 '자신'을 일컬을 때 쓰는 말.

122) 임ᄉᆞ(妊姒): 모두 婦德이 높은 인물인, 周文王의 어머니 太妊과 周武王의 어머니 太姒.

123) 건즐(巾櫛): '아내나 첩이 됨'을 겸손하게 일컫는 말.

124) 무류(無聊): 부끄럽고 열없음.

125) 불승황감(不勝惶感): 황송하고 감격스러움을 이기지 못함.

126) 문연각(文淵閣): 중국 명나라 때에, 북경에 있던 궁중 藏書의 殿閣.

127) 틱학ᄉᆞ(太學士): 弘文館 大提學의 별칭.

128) 불초(不肖): 못나고 어리석음.

로 다른 곳의 허락지 못ᄒᆞ노라."

ᄒᆞ거늘, 원학시 도라와 승상긔 고ᄒᆞᆫᄃᆡ, 승상이 ᄃᆡ로(大怒) 왈,

"ᄂᆡ 발셔 한님과 혼ᄉᆞ 말을 의논ᄒᆞᆯ 졔{적에} 이런 ᄉᆞᄉᆡᆨ이 업더니[129], 소졀되 엇지 ᄂᆞᄆᆡ ᄃᆡᄉᆞ(大事)의 져희[130]ᄒᆞ리오."

잇튼날 조회(朝會)의 이 ᄉᆞ연을 텬ᄌᆞ긔 알왼ᄃᆡ, 상이 소졀도를 도라보아 왈,

"'승상이 임의 당경과 정혼(定婚)ᄒᆞ엿다' ᄒᆞ거늘, 경(卿)이 거졀ᄒᆞ믄 엇지뇨?"

소셩운이 ᄃᆡ왈,

"신(臣)이 운쉬셔부터 당경을 거두어 양휵[131]ᄒᆞ여 거위{거의} 오륙 년이 되여ᄉᆞ오니, 이졔 용문(龍門)의 올나 텬은(天恩)을 닙ᄉᆞ옴도 ᄯᅩᄒᆞᆫ 신(臣)의 교훈ᄒᆞᆫ 비오. 신(臣)이 일즉 삼ᄌᆞ(三子)ᄂᆞᆫ 셩취[132]ᄒᆞ옵고 아직 녀식(女息)을 당경과 정혼ᄒᆞ여 밋쳐[미처] 뉵녜[133]를 베프지 못ᄒᆞ여ᄉᆞᆸᄂᆞᆫᄃᆡ, 의외(意外)의 즁ᄆᆡ(仲媒)를 보ᄂᆡ여ᄉᆞᆸ기로 신(臣)의 ᄯᅳᆺ을 통(通)ᄒᆞ엿ᄂᆞ니다."

왕승상이 ᄯᅩ 쥬왈,

"소셩운은 삼ᄌᆞ일녀(三子一女)를 두어ᄉᆞ오니 후ᄉᆞ(後嗣)를 잇ᄉᆞ올연이와, 신(臣)은 다만 ᄒᆞᆫ ᄯᆞᆯᄲᅮᆫ이오니 당경을 어더 후ᄉᆞ를 잇고져 ᄒᆞᄂᆞ이다."

상이 가로ᄉᆞᄃᆡ,

"소셩운은 삼ᄌᆞ일녀(三子一女)를 두엇고, 승상 왕귀ᄂᆞᆫ 다만 일녀(一女)를 두어 후ᄉᆞ를 의탁(依託)고져 ᄒᆞ니 그 경상(景狀)이 가긍(可矜)ᄒᆞᆫ지라.

---

129) ᄉᆞᄉᆡᆨ(辭色)이 업더니: 태연하여 말과 얼굴빛에 변함이 없더니. 사색은 말과 얼굴빛을 아울러 이르는 말이다.

130) 져희(沮戱): 남을 지근덕거려 방해함.

131) 양휵(養畜): 돌보아 길러 자라게 함.

132) 셩취(成娶): 장가를 듦.

133) 뉵녜(六禮): 혼인의 대례. 곧, 納采·問名·納吉·納幣·請期·親迎의 총칭이다.

다시 둣토지 말나."

ᄒᆞ시고 승상의게 ᄉᆞ혼[134]ᄒᆞ시니, 소졀되 홀일업셔 부복ᄒᆞ고 물너나거ᄂᆞᆯ, 상이 ᄯᅩ 하교[135]ᄒᆞ시되,

"댱경이 부모 업스니 짐이 쥬혼[136]ᄒᆞ리라."

ᄒᆞ시고 녜부(禮部)의 젼지[137]ᄒᆞ샤 녜단(禮緞)과 혼구(婚具)를 ᄎᆞ려 쥬시니, 길일(吉日)이 다다로ᄆᆡ{다다르니} 한님이 위의(威儀)를 갓초와 승상부(丞相府)의 니로러 기러기를 젼ᄒᆞ고 신부로 더브러 교빅[138]홀ᄉᆡ, 한님의 션풍옥골[139]과 소져의 셜부화용[140]이 진실노 ᄒᆞᆫ빵 명월이오 [141]일ᄃᆡ가위[142]라. 만좌빈ᄀᆡᆨ(滿座賓客)의 칭찬홈과 승상부부의 질기미 층양[測量]치 못홀너라.

ᄂᆞᆯ이 져물ᄆᆡ, 한님이 신방[143]의 나아가 촉(燭)을 밝히고 소져를 보니, 일지홍년[144]이 벽ᄑᆞ(碧波)의 ᄉᆡ혀나며, ᄎᆞᆼ명(聰明)과 덕ᄒᆡᆼ(德行)이 외모의 소ᄉᆞ나고, 쇄락(灑落)ᄒᆞᆫ 용뫼 진즛 졀ᄃᆡ가인[145]이라. 촉(燭)을 물니고 금금[146]의 나ᄋᆞ가ᄆᆡ, 원앙(鴛鴦)이 녹수(綠水)의 놀며 비취(翡翠) 연이지[147]의

134) ᄉᆞ혼(賜婚): 임금이 혼인을 허락함.

135) 하교(下敎): 윗사람이 아랫사람에게 어떤 일을 지시함. 주로 '임금이 신하에게 명령할 때' 쓰는 말이다.

136) 쥬혼(主婚): 혼사를 맡아 주관함.

137) 젼지(傳旨): 임금의 뜻을 담당 관아나 관리에게 전함.

138) 교빅(交拜): (혼인식에서) 신랑 신부가 서로 절을 함.

139) 션풍옥골(仙風玉骨): 살빛이 희고 고결하여 신선과 같은 풍채.

140) 셜부화용(雪膚花容): 눈같이 흰 살결과 아름다운 얼굴이라는 뜻으로, '미인의 용모'를 일컫는 말.

141) ᄒᆞᆫ빵 명월이오: 문맥상 불필요한 衍文.

142) 일ᄃᆡ가위(一對佳偶이): 한 쌍의 아름다운 짝.

143) 신방(新房): 신랑 신부가 첫날밤을 치르도록 새로 꾸민 방.

144) 일지홍년(一枝紅蓮): 한 가지의 붉은 연꽃.

145) 졀ᄃᆡ가인(絕代佳人): 당대에 견줄 만한 사람이 없을 정도로 아름다운 여자.

146) 금금(錦衾): 비단 이부자리.

147) 연이지(連理枝): 두 나무의 가지가 맞닿아서 결이 서로 통한 것.

길드림{깃드림} 갓더라.

졔숨일 만의 조회(朝會)의 입시[148] ᄉᆞ은(謝恩)ᄒᆞᆫ딕, 상이 ᄋᆞ룸다히 너기샤 볘술을 도도와{돋우어} 니부시랑[149] 겸 간의딕부[150]을 ᄒᆞ이시니{내리시니}, 소년 명망(名望)이 일셰의 진동ᄒᆞ더라.

이젹의 소졀되 숨ᄌᆞ를 불너 ᄭᅮ지져 왈,

"당초의 너희 등의 막음곳[151] 아니련들, 엇지 당경 갓튼 신낭을 왕승상긔 ᄋᆞ이리오{빼앗기리오}?"

ᄃᆞ른 듸의{데에} 혼(婚)ᄒᆞ랴 ᄒᆞ더니, 소졔(小姐가) 듯고 나아와 고왈,

"이 일이 규즁(閨中) 쳐녀의 간셥ᄒᆞᆯ 빅 아니로되, 임의{이미} 당한님과 통혼(通婚)ᄒᆞ시고 이졔 ᄯᅩ 타인의게 구혼(求婚)코져 ᄒᆞ시니, 이ᄂᆞᆫ 규즁 ᄒᆡᆼ실(行實)의 가(可)치 아니ᄒᆞ온지라. 옛날 초(楚) 공쥬 오셰 젹 일를 져바리지 아니ᄒᆞ와 동문 밧 빅셩의 하가[152]ᄒᆞ엿ᄉᆞ오니, 소녀ᄂᆞᆫ 찰하리 규즁의셔 청츈(青春)을 보닐지언졍 결단코 ᄐᆞ인은 좃지 못ᄒᆞ리로소이다."

ᄒᆞ거ᄂᆞᆯ, 졀되 민망ᄒᆞ여 침음(沈吟)ᄒᆞ다가 문득 ᄒᆞᆫ 일을 ᄉᆡᆼ각ᄒᆞ여 왈,

"당경의 벼술이 니부시랑의 거ᄒᆞ엿시니 족히 두 부인을 두련이와{두려니와}, 왕녀[153]의 버금되미[154] 붓그럽지 아니ᄒᆞ리오?"

소졔 딕왈,

"녀ᄌᆞ의 ᄒᆡᆼ실(行實)를 직히려 ᄒᆞᆯ진딕, 엇지 그 둘지되믈 혐의(嫌疑)ᄒᆞ올

148) 입시(入侍): 대궐에 들어가 임금을 알현함.

149) 니부시랑(吏部侍郎): 吏部의 次官.

150) 간의딕부[諫議大夫]: 정치상 또는 천자의 언동에 대하여 간언을 담당하는 관리.

151) 곳(곧): (예스러운 표현으로) 앞말을 강조하는 뜻을 나타내는 보조사.

152) 하가(下嫁): 지체가 낮은 곳으로 시집간다는 뜻으로, '공주나 옹주가 귀족이나 신하에게로 시집감'을 일컬음.

153) 왕녀(王女): 승상 왕귀의 딸 '월영'을 지칭함.

154) 버금되미: 으뜸의 바로 아래 지위에 있는 사람이 됨.(소실)

잇가?"

절되 그러히 너겨 잇튼늘 원학ᄉ를 청ᄒ여 이 ᄉ연을 이르고 다시 즁미(仲媒)ᄒ믈 젼ᄒᆫ딕, 학ᄉ 응낙ᄒ고 즉시 왕승상 부즁(府中)의 이르러 당한님을 보고 소졀도의 통혼ᄒ던 말솜을 ᄌ셔히 고ᄒ니, 한님이 침음(沈吟)ᄒ다가 왈,

"줌간 머물나."

ᄒ고, ᄂ당(內堂)의 드러가 왕시를 딕ᄒ여 왈,

"복[155]이 팔ᄌ(八字가) 긔박(奇薄)ᄒ여 ᄉ 셰의 부모를 일코{잃고} 동셔로 유리(流離)ᄒ다가, 쳔힝(天幸)으로 소졀도를 만나 거두어 양휵(養慉)ᄒ시믈 입어 일홈이 용문(龍門)의 오르고 벼술이 진상(宰相)의 이르니, 그 은혜 바다히 좁고 틱산이 가뵈얍거놀, 이제 졀되 통혼ᄒ엿시ᄂ 존공[156]의 즐거오미 족(足)ᄒ무로 시힝(施行)치 못ᄒ고 거졀ᄒ엿시니, ᄆ옴이 심히 불평(不平)ᄒ온지라. 부인의 뜻의는 엇더ᄒ니잇고?"

왕시 흔연(欣然) 왈,

"이는 상공(相公)이 진취(再娶)를 구ᄒ미 아니라 형셰(形勢) 마지못ᄒ미니, 쾌히 허락하여 소졀도의 은혜를 잇지 마르소서."

시랑(侍郎)이 왕시의 뜻슬 보려ᄒ여 짐즛 거졀ᄒ는 체 ᄒ엿더니, 왕시의 흔연ᄒᆫ 긔식(氣色)과 은근ᄒᆫ 말솜을 드르미 딕희ᄒ여 원학ᄉ를 나와 보고 허혼ᄒ어 보ᄂ고 승상긔 이 일을 ᄌ시 고ᄒ니, 승상이 녀ᄋ을 긔특이 너기며 쏘ᄒᆫ 깃거 왈,

"이 혼인은 ᄂ 맛당이 쥬쟝[157]ᄒ리라."

ᄒ고 길일(吉日)을 턱(擇)ᄒ여 납치(納采)ᄒ고, 잇튼늘 시랑이 소졀도 부

---

155) 복(僕): 말하는 이가 '자신'을 낮추어 일컫는 말.

156) 존공(尊公): 지위가 높은 사람을 높여 이르는 말인데, 여기서는 '우승상 왕귀'를 지칭함.

157) 쥬쟝(主掌): 책임지고 맡아서 함.

중(府中)의 나아가 젼안교비[158] ᄒᆞ여 밤을 지닉고, 잇튼늘 시랑이 졀도 부뷔ᄀᆡ 뵌ᄃᆡ 싀로이 즐거워ᄒᆞ미 층양업더라.

슈일를 머문 후 승상부(丞相府)의 도라와{돌아와} 왕시를 보니, 왕시 신인(新人) 어드믈 치하(致賀)ᄒᆞ고 만면희식(滿面喜色)이요 조곰도 언쯧는{언짢은} 긔식(氣色)이 업ᄂᆞᆫ지라. 이후 소시로 더브러 화목(和睦)ᄒᆞ여 졍의 골육 갓트니[159], 시랑(侍郎)과 상하 노복(奴僕)이 다 왕시의 덕을 칭찬ᄒᆞ더라.

ᄎᆞ시(此時) 울남[雲南] 졀도ᄉᆞ 쟝계[160] 표(表)를 올여시되,

「션우[161] ᄆᆞ갈이 셔융왕 흘육 등으로 더브러 셩병[精兵] 슴십 만을 일위혀{일으켜} 각쳐 고을을 쳐 ᄑᆞᄒᆞ고 울남을 향ᄒᆞᄂᆞ다.」

ᄒᆞ엿거놀, 텬지 ᄃᆡ경(大驚)ᄒᆞ샤 문무ᄇᆡᆨ관(文武百官)을 모흐시고 도원수[大元帥]을 틱흘ᄉᆡ, ᄃᆡ신(大臣)이 쥬왈(奏曰),

"즉금 젹셰 방강ᄒᆞ와[162] 경젹[163]지 못ᄒᆞ오리니, 니부시랑(吏部侍郎) 당경이 문무겸젼[164]ᄒᆞ옵고 지략(智略)이 졔갈무후[165]의 지나오니 당경으로 ᄃᆡ원슈를 숨아지이다."

---

158) 젼안교비(奠雁交拜): 전통 혼례식에서 신랑이 신부집에 기러기를 가지고 가서 상위에 놓고 신랑과 신부가 서로 절하는 일.

159) 졍의(情誼) 골육(骨肉) 갓트니: 사귀어 두터워진 정이 친형제 같으니.

160) 쟝계: 뒷부분에는 '쟝졔'로 되어 있음. 현대어번역문에는 장계로 표기함.

161) 션우(單于): 흉노의 황제를 가리키는 말. 중국의 천자 또는 황제에 해당하는 흉노제국의 대군주다.

162) 방강[莫强]ᄒᆞ와: 더할 수 없이 강하여. 참고로 경판 25장본에는 '창궐ᄒᆞ믹'로 되어 있다.

163) 경젹(輕敵): (적 등을) 얕보아 가벼이 대적함.

164) 문무겸젼(文武兼全): 일반 학식과 군사적 책략을 완벽하게 갖춤.

165) 졔갈무후(諸葛武侯): '제갈량'을 시호로 부르는 말. 삼국시대 蜀漢의 정치가. 劉備의 三顧之禮에 감격, 그를 도와 吳나라와 연합하여 曹操의 魏나라 군사를 대파하고 巴蜀을 얻어 蜀漢國을 세웠다.

ᄒᆞ거늘, 상이 ᄃᆡ열ᄒᆞ샤 니부시랑 댱경을 명초[166]ᄒᆞ샤 왈,

"짐이 경의 츙셩과 웅ᄌᆡᄃᆡ략[167]을 아ᄂᆞ니, 엇지 남만(南蠻)을 근심ᄒᆞ리오."

ᄒᆞ신ᄃᆡ, 댱경이 쥬왈,

"신이 ᄒᆞ방쳔인[168]으로 텬은을 닙ᄉᆞ와 촌공[169]이 업ᄉᆞ오니, 이ᄣᅢ를 당ᄒᆞ여 셩은[170]을 만분지일(萬分之一)이나 갑ᄉᆞ올가 ᄒᆞᄂᆞ니다."

ᄒᆞ거늘, 상이 즉시 댱경으로 ᄃᆡᄉᆞ마[171] ᄃᆡ원슈를 ᄒᆞ이시고 졍병(精兵) ᄉᆞ십만을 쥬신ᄃᆡ, 원슈 ᄉᆞ은(謝恩)ᄒᆞ고 집의 도라와(돌아와) 승상부부와 졀도부부긔 하직(下直)ᄒᆞ고 왕시와 소시를 니별ᄒᆞᆯ제, 멀니 ᄯᅥ나믈 연연(戀戀)ᄒᆞ여 ᄒᆞ거늘, 왕시 위로 왈,

"ᄃᆡ장뷔 셰상의 처ᄒᆞ미 시졀이 ᄐᆡ평ᄒᆞ면 텬ᄌᆞ를 도와 치국안민(治國安民)ᄒᆞ고, 난시(亂時)를 당ᄒᆞ면 도적을 쳐 파ᄒᆞ고 공명을 쥭빅[172]의 드리오미 덧덧ᄒᆞ거늘, 엇지 아녀ᄌᆞ와 일시 니별을 앗기리잇고?"

원슈 부인의 통달(通達)ᄒᆞ믈 ᄉᆞ례ᄒᆞ고 인ᄒᆞ여 교쟝[173]의 나아가 쟝졸을 졈고(點考)한 후 쟝수를 ᄃᆞ섯 ᄃᆡ(隊)의 분비ᄒᆞ니, 졔일노ᄂᆞᆫ 좌션봉 뉴도요 우션봉은 양쳘이요, 졔이로ᄂᆞᆫ 좌쟝군 빅운과 우쟝군 진양이요, 졔삼노ᄂᆞᆫ 원슈 ᄉᆞᄉᆞ로 표긔쟝군 밍덕과 진남쟝군 설만츈으로 병(兵)을 총독[174]ᄒᆞ

166) 명초(命招): 임금의 명으로 신하를 부름.

167) 웅ᄌᆡᄃᆡ략(雄才大略): 빼어난 재능과 원대한 지략.

168) ᄒᆞ방쳔인(下方賤人): 지방에서 미천하게 태어난 사람. '자신'에 대한 겸양의 뜻으로 쓰이는 말이다.

169) 촌공(寸功): 아주 작은 공로.

170) 셩은(聖恩): 임금의 은혜.

171) ᄃᆡᄉᆞ마(大司馬): 병조판서에 해당하는 직임을 다르게 일컫는 말.

172) 쥭빅(竹帛): 중국 고대에 종이가 발명되기 전에 대쪽이나 명주에 글을 적던 데서, '책이나 歷史書'를 일컫는 말.

173) 교쟝(敎場): (군대에서) 훈련하는 장소.

고, 졔ᄉᆞ로ᄂᆞᆫ 거긔쟝군 긔신[175]과 호위쟝군 한북이요, 졔오로ᄂᆞᆫ 졍남쟝군 ᄉᆞᄆᆞ령과 졍셔쟝군 진무양이 각각 늒만 병을 거ᄂᆞ러시니, 금고(金鼓) 소릐ᄂᆞᆫ 산천이 진동ᄒᆞ고 검극(劍戟)은 일월(日月)을 가리왓더라.

원슈 머리의 일월용봉(日月龍鳳) 투고[176]를 쓰고, 몸의 황금 쇄ᄌᆞ갑[177]을 닙고, 손의 각쳐 병ᄆᆞᄉᆞ(兵馬使) 영긔[178]를 쥐고, 철니(千里) 토산ᄆᆞ(土産馬)를 ᄐᆞ시니, 위풍이 늠늠(凜凜)ᄒᆞ고 진셰(陣勢) 엄슉ᄒᆞ더라. 텬ᄌᆞ 친히 교쟝(敎場)의 나아가샤 원슈의 ᄒᆡᆼ군(行軍)ᄒᆞ시믈 보시고 칭찬ᄒᆞ시며 친히 잔을 드러{들어} 젼송(餞送)ᄒᆞ시니라.

ᄒᆡᆼ군(行軍)ᄒᆞ연 지 수월 만의 울남셩[雲南城]의 이르니, ᄐᆡ수(太守) 쟝졔[장계] 멀니 나와 ᄆᆞᄌᆞ 군예(軍禮)를 맛고{마치고} 좌를 졍ᄒᆞᄆᆡ, 원슈 냥진(兩陣) 승픿를 뭇고 즉시 울남[雲南] 지도를 취(取)ᄒᆞ여 지세(地勢)를 살핀 후의 신긔(神奇)ᄒᆞᆫ 묘칰[謀策]을 각각 쟝수의게 약속(約束)ᄒᆞ니, 졔쟝(諸將)이 청녕(聽令)ᄒᆞ고 물너ᄂᆞ니라.

ᄎᆞ셜(且說)。 남만왕 마갈이 원슈의 ᄃᆡ군이 이르믈 듯고 원슈와 ᄃᆡ진ᄒᆞᆯ ᄉᆡ, 젹진 즁으로 ᄒᆞᆫ 쟝쉬 진젼(陣前)의 나와 크게 위여{외쳐} 왈,

"송진(宋陣)의 날을 ᄃᆡ젹(對敵)ᄒᆞᆯ 쟝쉬 잇거든 섈니 나와 ᄌᆞ웅[179]을 결ᄒᆞ라."

ᄒᆞ거ᄂᆞᆯ, 원쉬 금안ᄇᆡᆨ마[180]로 문긔 압희{앞에} 나셔며 크게 ᄭᅮ지져 왈,

---

174) 춍독(總督): 전체를 감독하거나 지휘함.

175) 긔신: 뒷부분에는 '긔심'으로 되어 있음. 현대어번역문에는 '기심'으로 표기함. 이하 동일하다.

176) 투고: 옛날 군인이 전쟁할 때에 갑옷과 함께 갖추어 머리에 쓰던 쇠모자.(투구)

177) 쇄ᄌᆞ갑(鎖子甲): 사방 두 치 정도 되는 돼지가죽으로 만든 미늘을, 작은 쇠고리로 꿰어서 만든 갑옷.

178) 영긔(令旗): 軍中에서 軍令을 전하러 가는 사람이 들고 가던 기. 푸른 비단 바탕에 붉게 '令'자를 오려 붙였다.

179) ᄌᆞ웅(雌雄): 승부, 우열, 강약 따위를 비유적으로 이르는 말.

"무지(無知)훈 오랑킈 강표[强暴]를 밋고 쳔병[181]을 항거ᄒᆞ니, 네 머리를 버혀{베어} 위션(爲先) 위엄을 뵈리라."

ᄒᆞ고, 졔쟝(諸將)을 도라보아{돌아보아} 왈,

"뉘 몬져 이 도젹을 줍을고?"

말이 맛지 못ᄒᆞ여 ᄋᆞ문쟝군 왕균이 창을 빗기고 말을 달녀 나오며 바로 ᄆᆞ갈를 취(取)ᄒᆞ니, 호진(胡陣) 즁으로셔 션봉쟝(先鋒將) 공길이 창을 들너 ᄆᆞᄌᆞ 쏘화 슈합(數合)이 못ᄒᆞ여 왕균의 창□ □□는 곳의 공길을 질너 쥭인ᄃᆡ, 그 부쟝(副將) 굴통이 칼을 두로고 나오거ᄂᆞᆯ 왕균이 소왈,

"일홈 업ᄂᆞᆫ 오랑킈 감히 날을 ᄃᆡ젹ᄒᆞᆯ소냐?"

ᄒᆞ고 ᄆᆞᄌᆞ 쏘화 슈합(數合)이 못되여 왕균이 창을 드러 글통을 질너 쥭이니, ᄆᆞ갈이 연(連)ᄒᆞ여 두 쟝슈 쥭으믈 보고 진문(陣門)을 구지{굳게} 닷고{닫고} 다시 나오지 아니커ᄂᆞᆯ, 원쉬 ᄒᆞᆫ 계교(計巧)를 ᄂᆡ여 일모(日暮)ᄒᆞ기를 기ᄃᆞ려 초경(初更)의 밥 먹고 이경(二更)의 ᄃᆡ군(大軍)을 모라 바로 젹진 압희{앞에} 이로러 크게 호통ᄒᆞ고 젹병을 즛치니[182], 호병(胡兵)이 불의지변(不意之變)을 당ᄒᆞ엿ᄂᆞᆫ지라,. ᄆᆞ갈이 황황급급[183]ᄒᆞ여 필마단긔[184]로 싼 ᄃᆡ[185]를 헷치고 ᄃᆞ라ᄂᆞ더니, 운슈탄의 임의 복병(伏兵)을 두엇ᄂᆞᆫ지라. ᄆᆞ갈이 운슈탄으로 다라날시, 문득 방포일셩[186]의 복병이 ᄂᆡ다라 젼후로 겁칙[掩殺]ᄒᆞᆫᄃᆡ, ᄆᆞ갈이 능히 버셔나지{벗어나지} 못ᄒᆞ고 난군[187] 즁의 살

---

180) 금안빅마(金鞍白馬): 금으로 장식한 안장을 한 흰 말.
181) 천병(天兵): 고대 중국의 제후국에서, '황제의 군사'를 일컫던 말.
182) 즛치니[짓치니]: 함부로 마구 치니.
183) 황황급급(遑遑急急): 몹시 급함.
184) 필마단긔(匹馬單騎): 혼자서 한 필의 말을 타고 감.
185) 싼 ᄃᆡ(隊): 포위된 군대.
186) 방포일셩(放砲一聲): 軍中의 호령으로 空砲를 놓아 내는 소리.
187) 난군(亂軍): 쫓기어서 규율이 흐트러진 군대.

흘{화살을} 맛고{맞고} 몸을 번듯쳐[188] 말게{말에서} 써러지거늘, 진무양이 그 머리을 버혀 딕진의 밧친딕, 원슈 제장의 공을 포(褒)ᄒᆞ고 슴군을 상ᄉᆞ(賞賜)ᄒᆞ고 쳡셔[189]를 닷가[190] 경ᄉᆞ(京師)로 보닉니.

이ᄯᅢ 텬지 쳡셔를 보시고 딕희ᄒᆞ샤 그 소년 지조를 칭찬ᄒᆞ시고 왕시로 정널부인(貞烈夫人)을 봉ᄒᆞ시고 소시로 공널부인(功烈夫人)을 봉ᄒᆞ샤, 그 영총[191]을 빗닉게 ᄒᆞ시니라.

ᄎᆞ셜(且說)。원슈 울남[雲南]을 평정(平定)ᄒᆞ고 황히[黃河] 셔융의 진으로 힝군홀ᄉᆡ, 길히{길이} 운쥐 지ᄂᆞᆫ지라. 운쥐셩의 이르믹 졀도ᄉᆞ(節度使) ᄆᆞ등철이 칭병[192]ᄒᆞ고 군녜(軍禮)를 힝치 아니커늘, 원슈 딕로 왈,

"군법(軍法)은 ᄉᆞ졍(私情)이 업ᄂᆞ니 엇지 용셔ᄒᆞ리오?"

그리고는 등철을 버혀{베어} 원문[193] 밧긔 회시[194]ᄒᆞ니, 일쥐(一州가) 진경[195]ᄒᆞ더라. 하인을 불너 문왈,

"이 고을의 초운이라 ᄒᆞᄂᆞᆫ 기싱(妓生)이 잇ᄂᆞ냐?"

하인이 딕왈,

"초운이 잇ᄉᆞ오나 히포병[196] 드러{들어} 지금 쥭게 되여ᄉᆞᆸᄂᆞ이다."

원슈 왈,

"닉 일즉 초운의 일흠을 드러더니, 비록 병이 즁ᄒᆞᄂᆞ ᄒᆞᆫ번 보고져 ᄒᆞ

---

188) 번듯쳐(번드쳐): 뒤집혀.

189) 쳡셔(捷書): 전쟁에서 승리한 것을 왕에게 알리는 편지글.(捷報)

190) 닷가: '닦다'의 활용형. (글월 등을) 지어.

191) 영총(榮寵): 임금의 특별한 사랑.

192) 칭병(稱病): 병이 있다고 핑계함.

193) 원문(轅門): 戰陣을 베풀 때에 수레로써 우리처럼 만들고, 그 드나드는 곳에는 수레를 뒤집어 놓아 서로 향하게 하여 만든 바깥문.

194) 회시(回示): 죄인을 끌고 다니며 뭇사람들에게 보임.(조리돌림)

195) 진경(震驚): 두려워 놀람.

196) 히포병(懷抱病): 그리워하다가 걸린 병.(상사병)

노라."

관속(官屬)이 급히 초운의 집의 이르러 녕(令)을 젼흔디, 이쎠 초운이 당슈직(秀才)를 니별흐고 쥬야(晝夜) 싱각흐다가 병이 되여 쥭기의 이로러더니, 이 말을 듯고 디경(大驚) 왈,

"니 병이 더흐니 엇지 일신을 긔동(起動)흐리오."

관속이 발을 구로며 왈,

"졀도스 상공이 쥭으믈 듯지 못흐여느냐? 만일 더듸면 목숨을 보젼치 못흐리라."

흐고 직촉흔디, 초운이 므지못흐여 사름의게 붓들여{붙들려} 관문(官門) 밧긔{밖에} 디령(待令)흐고 거릭[197]흔디, 원쉬 즛시 불너드리미, 초운이 계하(階下)의 빅복[198]흐거늘, 원쉬 명흐여 '당상(堂上)의 오르라' 흐고, 젼일을 싱각흐미 슬픈 므음이 간졀흐나 짐즛{일부러} 무러{물어} 가로디,

"네 일홈{이름}이 남방(南方)의 유명(有名)흐기로 흔번 보고즈 흐여더니, 병셰(病勢) 이 갓트니, 온갓 병이 다 근본(根本)이 잇스니, 무슴 일노 언제부터 병을 어더느뇨?"

초운이 눈물을 흘니며 디왈,

"당돌이 알외옵기 황공흐오되, 병든 근본(根本)을 뭇즈옵시니 감히 긔망[199]치 못흐와 실경(實情)으로 알외오니, 죄를 용셔(容恕)흐옵소셔."

흐고 늣기며{흐느끼며} 고왈,

"젼(前)의 이 고을의 댱경이라 흐는 사름과 언약(言約)이 즁(重)흐옵더니, 구관[200] 노애[201] 드려가시미 니별 슴 년의 연연[202]흔 므음을 금(禁)치

---

197) 거릭(去來): 예전에, 아랫사람이 윗사람이나 관아에 가서 알리던 일.
198) 빅복(拜伏): (공경하는 마음으로) 절하여 엎드림.
199) 긔망(欺罔): 남을 거짓말로 속임.
200) 구관(舊官): 먼젓번에 재임하였던 벼슬아치.

못ᄒᆞ와 ᄌᆞ연 병(病)이 되여ᄉᆞ오니, 소인[하인]의 일이라도 억졔치 못ᄒᆞ여 돗ᄂᆞᆫ ᄒᆡ와 지는 달의 다만 슬픈 눈물만 흘니고 쥭을 ᄯᆡ만 기ᄃᆞ릴 ᄯᆞ름이로소이다.”

말를 맛치며 쌍뉘(雙淚가) 종횡[203] ᄒᆞ거ᄂᆞᆯ, 원싊 그 경상(景狀)을 보ᄆᆡ ᄆᆞ음이 감동ᄒᆞ여 녹난 듯 ᄒᆞ나 ᄉᆞᄉᆡᆨ(辭色)지 아니코 왈,

“네 말이 ᄀᆞ장 헛된 말이로다. 구관 졀도(節度)와 일ᄀᆡ(一家가) 되무로 그 집일을 익히 아ᄂᆞ니, 당슈ᄌᆡ란 말은 금시초문[204]이라. 필연(必然) ᄃᆞ른 연괴(緣故가) 잇도다.”

초운이 놀나며 왈,

“만일 ᄃᆡ상공(大相公) 노야(老爺)의 분부 갓ᄉᆞ올진ᄃᆡ, 졀도 상공이 즁노(中路)의셔 ᄇᆞ려 겨옵시거나 그러치 아니면 반ᄃᆞ시 쥭엇도소이다.” ᄒᆞ며 길히 늣기거ᄂᆞᆯ, 원싊 능히 ᄎᆞᆷ지 못ᄒᆞ여 눈물 흐르믈 ᄭᆡ닷지 못ᄒᆞ여 왈,

“그 병 곳칠{고칠} 약이 ᄂᆡ게 잇노라.”
ᄒᆞ고, 낭즁(囊中)으로 월긔ᄐᆞᆫ을 ᄂᆡ여 초운을 쥬며 그 손을 ᄌᆞᆸ고 왈,

“운낭이 날노{나로} 인ᄒᆞ여 병이 낫시면{났으면} 칠 년을 동고(同苦)ᄒᆞ던 댱경을 알소냐?”

초운이 이 말을 듯고 눈을 드러 원슈를 보고 반가온 즁 슬프믈 니긔지 못ᄒᆞ여 어린 듯시 말을 못ᄒᆞ고 늣기다가 긔졀ᄒᆞ더니, 이윽고 졍신을 졍ᄒᆞ여 원슈의 ᄉᆞᄆᆡ를 ᄌᆞᆸ고 옥뉘(玉淚가) 종횡[縱橫]ᄒᆞᄂᆞᆫ지라. 원싊 그 손을 ᄌᆞᆸ고 위로 왈,

---

201) 노애(老爺가): 지체가 낮은 사람이 ‘윗사람’을 일컬을 때 쓰는 말.
202) 연연(戀戀): 잊히지 않고 안타깝게 그리워 함.
203) 종횡(縱橫): 거침없이 마구 흘러내림.
204) 금시초문(今始初聞): 지금에야 비로소 처음 들음.

"운낭이 날을 위ᄒᆞ여 이럿트시 괴로오믈 감심[205]ᄒᆞ니, 엇지 감격지 아니ᄒᆞ리오? ᄎᆞ후(此後) ᄇᆡᆨ 년을 ᄒᆡ로(偕老)ᄒᆞ리니 ᄆᆞ음을 도로혀[206] 졍신을 상ᄒᆡ(傷害)오지 말나."

초운이 눈물을 거두고 ᄃᆡ왈,

"소쳡(小妾)이 죽지 안코 잔명[207]이 부지[208]ᄒᆞ엿다가 오늘놀 ᄃᆡ원슈의 ᄒᆡᆼᄎᆞ(行次)를 만날 줄을 엇지 뜻ᄒᆞ여시리잇고?"

ᄒᆞ며, 무근{묵은} 병이 졈졈 풀니여 슈일(數日) ᄂᆡ의 셜부화용(雪膚花容)이 완연(宛然)이 졀ᄃᆡ가인(絕代佳人)이 되니, 운쥐 일읍이 비로소 ᄃᆡ원쉬 젼일 방ᄌᆞ 구실ᄒᆞ던 당경인 줄 알고 놀나며 칭찬 아니ᄒᆞ 리 업더라.

원쉬 ᄎᆞ영의 부쳐(夫妻)와 관속(官屬)을 불너 금은 ᄎᆡ단(金銀綵緞)을 난하쥬어{나누어주어} 옛놀 졍(情)을 표ᄒᆞ고, 초운의 부모를 불너 금은 ᄒᆞᆫ 슈ᄅᆡ{수레}를 쥬니 그 부뫼 일변(一邊) 붓그리며 고두ᄉᆞ례[209]ᄒᆞ더라. 인ᄒᆞ여 초운ᄃᆞ려 왈,

"ᄂᆡ 이졔 셔융(西戎)을 치러 황ᄒᆡ[黃河]로 가니, 너는 모르미{모름지기} 경ᄉᆞ로 먼져 가라."

ᄒᆞ고, 심복[210] ᄉᆞ롬으로 초운을 호송(護送)ᄒᆞᆫ 후 ᄒᆡᆼ군(行軍)ᄒᆞ여 황하의 이르니, 졀도ᄉᆞ 신담이 영졉(迎接)ᄒᆞ여 군예(軍禮)를 ᄒᆡᆼᄒᆞᆫ 후 승픠(勝敗)를 알외거늘, 원쉬 소왈,

"조고만 셔융을 엇지 근심ᄒᆞ리오?"

셔융이 ᄃᆡ강(大江)의 결션[211]ᄒᆞ고 만왕(蠻王)의 승픠(勝敗) 소식을 기ᄃᆞ

---

205) 감심(甘心): (고통이나 책망을) 달게 여김.
206) 도로혀: '회복하여'의 옛말.
207) 잔명(殘命): 죽음이 얼마 남지 않은 쇠잔한 목숨.
208) 부지(扶支): 상당히 어렵게 보존하거나 유지하여 나감.
209) 고두ᄉᆞ례(叩頭謝禮): 머리를 조아리며 감사함을 표시함.
210) 심복(心腹): 마음 놓고 믿을 수 있는 부하.(心腹之人)

리ᄂᆞᆫ지라. 원쉬 절도ᄉᆞ를 명ᄒᆞ여 화공제구(火攻諸具)를 쥰비ᄒᆞᆫ 후 격셔[212]를 전ᄒᆞ니, 셔융이 쟝수 쳑발귀로 '수군(水軍)을 거ᄂᆞ려 막으라' ᄒᆞᆫᄃᆡ, 쳑발귀 군ᄉᆞ를 지촉ᄒᆞ여 전션[213]을 버리고 크게 ᄡᅩ홀ᄉᆡ, 원쉬 바람을 좃ᄎᆞ 화션[214]을 노흐니{놓으니} 화광(火光)이 츙천[215]ᄒᆞ여 젹션(敵船)의 다다르ᄆᆡ, 젹병이 불의 ᄐᆞ 죽ᄂᆞᆫ 지 부지귀쉬(不知其數이)라. 쳑발귀 능히 ᄃᆡ젹(對敵)지 못ᄒᆞ여 ᄌᆞᆫ군(殘軍)을 거ᄂᆞ리고 본진(本陣)으로 향ᄒᆞ거ᄂᆞᆯ, 원쉬 승승쟝구(乘勝長驅)ᄒᆞ여 급히 ᄯᆞ로며 바로 젹진을 엄살[216]ᄒᆞ니, 셔융이 황황ᄃᆡ경[217]ᄒᆞ여 졔장(諸將)으로 더브러 의논(議論) 왈,

"우리 남만왕(南蠻王)의 다릐믈[218] 닙어 이곳의 이르러더니, 이졔 남만왕이 발셔 죽고 허다(許多) 쟝졸(將卒)을 다 망ᄒᆞ여스니, 우리 엇지 홀노 천병(天兵)을 ᄃᆡ젹(對敵)ᄒᆞ리오? 일즉 항복ᄒᆞ여 목숨을 보젼(保全)ᄒᆞ리라."

ᄒᆞ고 항셔(降書)를 ᄡᅧ 올니며 손을 묵거{묶어} 항복ᄒᆞ거ᄂᆞᆯ, 원쉬 쟝ᄃᆡ[219]의 놉히 안고 셔늉을 불너 수죄[220] 왈,

"텬지 셩신문무[221]ᄒᆞ샤 너희를 저바리시미 업거ᄂᆞᆯ, 엇지 망녕되히 군ᄉᆞ를 일위혀{일으켜} ᄇᆡᆨ셩을 살히ᄒᆞ며 됴졍(朝廷)을 비반(背叛)ᄒᆞᄂᆞ뇨? 소당(所當) 국법(國法)으로 ᄃᆞᄉᆞ릴 거시로되 아직 용셔ᄒᆞᄂᆞ니, ᄎᆞ후는 싱

---

211) 결션(結船): 여러 배를 한데 잇달아 맴.
212) 격셔(檄書): 널리 세상 사람에게 알려 선동하거나 의분을 고취시키려 쓰는 글.
213) 전선(戰線): 전시에 敵前에 배치한 전투 부대의 배치선.(최전선)
214) 화션(火船): 水戰에서 장작, 짚 등을 싣고 불을 질러 바람을 이용하여 敵船에 불을 옮기는 데에 쓰는 배.
215) 츙천(衝天): 하늘을 찌를 듯이 공중으로 높이 솟아오름.
216) 엄살(掩殺): 뜻하지 않은 때에 갑자기 습격하여 죽임.
217) 황황ᄃᆡ경(遑遑大驚): 마음이 급하여 어찌할 줄 모르며 크게 놀람.
218) 다릐믈: '당김'의 옛말. 끌어들임.
219) 쟝ᄃᆡ(將臺): (장수 등이 올라서서) 명령·지휘하는 대.
220) 수죄(數罪): 죄상을 낱낱이 들추어 밝힘.
221) 셩신문무(聖神文武): 문과 무에 신명한 재능을 지님. '임금의 덕'을 기릴 때 쓰는 말이다.

심[222]도 부도(不道)의 ᄆᆞ음을 두지 말나."

ᄒᆞ고 ᄉᆞ로잡은 쟝졸(將卒)과 군긔(軍器) 마필(馬匹)을 쥬어 본국(本國)으로 도라[돌려] 보ᄂᆡ니, 셔융이 ᄇᆡᆨᄇᆡ고두(百拜叩頭)ᄒᆞ고 물너가거놀, 원쉬 ᄇᆡᆨ셩을 안무[223]ᄒᆞ고 쳡셔(捷書)를 닷가 쥬문[224]ᄒᆞ니, 텬ᄌᆞ 쳡셔를 보시고 ᄃᆡ희(大喜)ᄒᆞ샤 원슈의 회군(回軍)ᄒᆞ기를 기ᄃᆞ리시더라.

ᄎᆞ시(此時) 원쉬 회군(回軍)ᄒᆞ여 황하(黃河)의 이로러 ᄉᆞ오 일을 머물며 군ᄉᆞ를 쉬오더니, 일일은 졀도ᄉᆞ 신담이 원슈를 뫼셔 죵용이 말숨ᄒᆞ다가, 그 옥모녕풍[225]을 흠모(欽慕)ᄒᆞ여 문왈(問曰),

"원쉬 어ᄃᆡ셔 ᄉᆞ로시며, 부뫼 구죤[226]ᄒᆞ신이잇가?"

원쉬 눈물을 흘니며 왈,

"학싱[227]이 팔ᄌᆞ(八字가) 긔박(奇薄)ᄒᆞ여 일즉 부모를 일숩고 유리표박[228]ᄒᆞ다가 외람이 텬은(天恩)을 닙어 벼술이 ᄃᆡ원슈(大元帥)의 이로러ᄉᆞ오나, 북당의 치부ᄒᆞ믈 효측치 못ᄒᆞ니[229] 텬지(天地)를 모로ᄂᆞᆫ 죄인(罪人)이로쇼이다."

졀되 쏘ᄒᆞᆫ 슬허ᄒᆞ며 ᄉᆞ례 왈,

"우연이 ᄒᆞ온 말숨이 도로혀 비챵[230]ᄒᆞ믈 동ᄒᆞ시니 심히 불안(不安)ᄒᆞ

222) 싱심(生心): (무슨 일 따위를) 하려는 마음을 먹음.

223) 안무(按撫): (백성의 사정을 살펴서) 어루만져 위로함.

224) 쥬문(奏文): 아래 관리가 임금에게 글을 올림.

225) 옥모녕풍(玉貌英風): 옥과 같이 아름다운 얼굴 모습과 영웅다운 풍채.

226) 구죤(俱存): 양친이 모두 생존해 있음.

227) 학싱(學生): 후배가 선배에 대해 자기를 이르는 말.

228) 유리표박(流離漂泊): 일정한 집과 직업이 없이 이곳저곳으로 정처 없이 떠돌아다니며 지냄.

229) 북당(北堂)의 치부[綵服]ᄒᆞ믈 효측[效則]치 못ᄒᆞ니: 北堂은 남의 어머니를 높여 일컫는 말이기는 하나, 여기서는 자신의 부모를 일컫는 것으로 보임. 綵服은 옛날 老萊子가 70세에 이르도록 양친이 살아 있어 효도로 봉양할 때 어린 아이처럼 색동옷을 입고 그 앞에서 재롱을 피웠다 한데서 나온 말이다.

옵거니와, 존당[231]이 구몰[232]ᄒᆞ시잇가?"

원쉬 답왈,

"학싱이 십 셰의 셔쥐[233] 뉴간의 난의 부모를 일습고, 운쥐 졀도ᄉᆞ 소 셩운을 만나 거두어 양휵ᄒᆞ시믈 닙어 일신이 부지ᄒᆞ여습기로, ᄉᆞ싱존망(死生存亡)을 모로ᄂᆞ이다."

ᄒᆞ며 누쉬(淚水) 종횡(縱橫)ᄒᆞ여 나삼[234]을 젹시거ᄂᆞᆯ, 졀되 ᄯᅩᄒᆞᆫ 감동ᄒᆞ여 낙누(落淚)ᄒᆞ더니, 잇ᄯᅢ 당쳐ᄉᆡ 관뢰(官奴가) 되여시무로 졀도을 좃ᄎᆞ 원슈(元帥)의 막ᄎᆞ[235]의 왓다가 이 슈작[236]ᄒᆞᄂᆞᆫ 말을 드르ᄆᆡ 분명(分明)이 당경 갓트되, 어려셔 일러시무로{잃었으므로} 그 얼골을 분변(分辨)치 못ᄒᆞ고 위풍(威風)이 엄엄[237]ᄒᆞ니 감히 ᄀᆡ구[238]치 못ᄒᆞ고 눈물만 흘니다가, 졀도의 나오기를 기ᄃᆞ려 종용이 ᄒᆞᆫᄯᅢ를 ᄐᆞ고 왈,

"상공(相公)이 당원슈와 슈작(酬酌)ᄒᆞ시ᄂᆞᆫ 말숨 듯ᄉᆞ오니, 반ᄃᆞ시 소인의 일흔{잃은} ᄋᆞ달 갓ᄉᆞ오되 위엄(威嚴)이 ᄒᆞ엄엄(何嚴嚴)ᄒᆞ옵기로 감히 ᄀᆡ구(開口)치 못ᄒᆞ여습거니와, 소인은 본ᄃᆡ 공녈후(功烈侯) 당진의 후예로 여람(汝南) 북촌(北村) 셜학동의셔 ᄉᆞ옵고, 글을 조하{좋아}ᄒᆞ기로 남이 쳐ᄉᆡ(處士이)라 일커롭더니 늣게야{늦게야} ᄋᆞ들을 나흐ᄆᆡ, ᄒᆞᆫ 도ᄉᆡ(道士) 지나다가 일오되 '이 ᄋᆞ희 십 셰의 부모를 니별(離別)ᄒᆞ고 젼젼뉴리(轉轉流離)ᄒᆞ다가 소년등과(少年登科)ᄒᆞ여 부귀공명이 텬하(天下)의 읏듬이 되

---

230) 비창(悲愴): (마음이) 몹시 슬퍼짐.

231) 존당(尊堂): '부모'를 높여 일컫는 말.

232) 구몰(俱沒): (부모가) 모두 세상을 떠남.

233) 셔쥐: 앞부분에서는 '예쥬ᄌᆞᄉᆞ'로 되어 있음.

234) 나삼(羅衫): 비단 저고리.

235) 막ᄎᆞ(幕次): (임금이나 장수 등이 거동 때) 장막을 치고 임시로 머무르던 곳.

236) 슈작(酬酌): (말을) 주고받음.

237) 엄엄(嚴嚴): (기운이나 위풍 등이) 매우 엄함.

238) ᄀᆡ구(開口): 입을 열어 말을 함.

리라' ᄒᆞ기로, 뉴셔(遺書)를 「여람(汝南) 북촌(北村) 셜학동 쳐ᄉᆞ 당취의 ᄋᆞ들 당경이니 긔ᄉᆞ년(己巳年) 십이월(十二月) 이십구일[239] ᄒᆡ시ᄉᆡᆼ(亥時生)이라」 써 옷깃 속의 감초와솝더니, 뉴간의 난을 만나 종남산(終南山)의 피란(避亂)ᄒᆞ여솝다가 쳐ᄌᆞ(妻子)를 난즁(亂中)의 니별ᄒᆞ고 도젹의게 잡혀 맛ᄎᆞᆷᄂᆡ 본쥐 관뢰(官奴가) 되여ᄉᆞ오니, 바라건ᄃᆡ 상공은 소인을 위ᄒᆞ여 명일(明日) 뭇ᄌᆞ와 보옵소셔."

졀되 청필[240]의 일변(一邊) 고이히 너기며 일변 신긔히 너겨 아직 물너시라 ᄒᆞ고, '명일 슈작(酬酌) ᄉᆞᆺ히 진위(眞僞)를 술피리라' ᄒᆞ더라.

ᄂᆞᆯ이 져믈ᄆᆡ, 원쉬 부모와 지난 일을 ᄉᆡᆼ각ᄒᆞ고 슬프믈 금치 못ᄒᆞ여 밤이 깁도록 좀을 니로지 못ᄒᆞ더니, 홀연 ᄒᆞᆫ 노승(老僧)이 뉵환장[241]을 집고 쟝ᄃᆡ(將臺)의 올나 읍(揖)ᄒᆞ여 왈,

"원쉬 이졔 몸이 귀히 되여시나 엇지 부모를 ᄉᆡᆼ각지 아니ᄒᆞ시ᄂᆞᆫ요?"

원쉬 황망(慌忙)이 니러{일어나} ᄆᆞᄌᆞ며 왈,

"존ᄉᆞ(尊師)ᄂᆞᆫ 나의 부모 겨신 곳슬 가로치시면{가르쳐주시면} 은혜 뼈의 ᄉᆡᆨ여{새겨} 갑ᄉᆞ오리다{갚으리다}."

노승이 웃고 왈,

"'지셩(至誠)이면 감천(感天)이라' ᄒᆞ니, 졍셩(精誠)이 지극(至極)ᄒᆞ면 이 셩즁(城中)의셔 부친을 만날 거시오, 버금[242] ᄃᆡ부인(大夫人)을 뵈오련이와, 그러치 못ᄒᆞ면 ᄃᆞ시 부모를 찻지 못ᄒᆞ리이다."

ᄒᆞ고 문득 간ᄃᆡ업거ᄂᆞᆯ, ᄭᆡᄃᆞᄅᆞ니 남가일몽[243]이라. 심신(心神)이 살난(散

---

239) 이십구일: 앞부분에서는 '이십뉵일'로 되어 있음.

240) 청필(聽畢): 듣기를 마침.

241) 뉵환장(六環杖): 중이 짚는, 고리가 6개 달린 지팡이.

242) 버금: 다음으로.

243) 남가일몽(南柯一夢): 唐나라 때 淳于棼이 자기 집 남쪽에 있는 늙은 홰나무 밑에서 술에 취하여 자고 있었는데, 꿈에 大槐安國 南柯郡을 다스리어 이십 년 동안이나 부귀를

亂)ᄒᆞ여 발기{밝기}를 기ᄃᆞ려 졀도를 쳥ᄒᆞ여 몽ᄉᆞ(夢事)를 일너 왈,
"졀도ᄂᆞᆫ 날을 위ᄒᆞ여 ᄂᆞ의 부친 거취(去就)를 방문ᄒᆞ여 쥬소셔."
ᄒᆞ거ᄂᆞᆯ, 신담 왈,
"몽죄[244] 이러ᄒᆞ오니, 금일 조흔{좋은} 경ᄉᆡ(慶事가) 잇ᄉᆞ오리다."
ᄒᆞ고 인ᄒᆞ여 종용이 문왈,
"원쉬 여람(汝南) 북촌 셜학동의셔 ᄉᆞ로신잇가?"
원쉬 답왈,
"올흐니이다."
신담 왈,
"어려셔 본향(本鄕)을 ᄯᅥ나시고 엇지 지명(地名)을 아로시잇가?"
원쉬 츄연[245] 탄왈,
"쟝셩(長成)한 후 부친 뉴셔(遺書)를 보옵고 아ᄂᆞ이다."
졀되 우(又) 문왈,
"그리면 뉴셔(遺書)의 '여람 북촌 셜학동 쳐ᄉᆞ 댱쥐의 ᄋᆞ들 댱경이니 긔ᄉᆞ년 십이월 이십구일 ᄒᆡ시ᄉᆡᆼ이라' ᄒᆞ엿던잇가?"
원쉬 실ᄉᆡᆨ되경[246] 왈,
"졀되 우리 부친 뉴셔를 엇지 아로시ᄂᆞᆫ잇고? ᄲᆞᆯ니 가르치소셔."
신담이 그졔야 댱쳐ᄉᆞ의 젼후수말(前後首末)을 고ᄒᆞ고 즉시 쳐ᄉᆞ를 쳥(請)ᄒᆞ니, 쳐ᄉᆡ 맛참 ᄃᆡ하(臺下)의 잇셔 이 슈작(酬酌)ᄒᆞᄂᆞᆫ 말을 듯다가 ᄯᅩ 쳥ᄒᆞ믈 보고 심신(心神)이 황홀(恍惚)ᄒᆞ여 ᄭᅮᆷ인지 ᄉᆡᆼ신[生時인]지 분간(分揀)치 못ᄒᆞᆯ 즈음의, 원쉬 ᄃᆡ하(臺下)의 ᄂᆞ려 업ᄃᆡ여 뉴셔(遺書)와 모친의

누리다가 깨었다는 고사. 이는 李公佐의 〈南柯記〉에서 유래한 말로, '한때의 헛된 부귀와 영화'의 비유로 쓰인다.

244) 몽죄(夢兆가): 꿈으로 보이는 징조. 어떤 징조를 알리는 꿈.

245) 츄연(惆然): 처량하고 슬픈 모양.

246) 실ᄉᆡᆨ되경(失色大驚): 얼굴빛이 변할 정도로 크게 놀람.

옥지환(玉指環)을 드리며 크게 통곡ᄒᆞ거ᄂᆞᆯ, 졀도와 졔장이 조ᄒᆞᆫ{좋은} 말노 위로ᄒᆞ며 부ᄌᆞ 상봉(相逢)ᄒᆞ믈 치하(致賀)ᄒᆞ니, 쳐ᄉᆡ 우름{울음}을 ᄀᆞᆺ치고[그치고] 원슈의 손을 ᄌᆞᆸ고 왈,

"군즁(軍中)의 오ᄅᆡ 근노(勤勞)ᄒᆞ여시니, 슬픈 ᄆᆞᄋᆞᆷ을 억졔ᄒᆞ여 노부(老父)의 ᄆᆞᄋᆞᆷ을 위로ᄒᆞ라."

원쉬 눈물을 거두고 젼후(前後) 고ᄉᆡᆼᄒᆞ던 일리며 용문(龍門)의 올나 귀히 된 말ᄉᆞᆷ을 고ᄒᆞ며 부친의 얼골 뵈오ᄆᆡ, 귀 밋히 반ᄇᆡᆨ[247]이 드리워 젼일 슈려(秀麗)ᄒᆞ던 풍ᄎᆡ(風采)의 ᄒᆡ(稀)ᄒᆞᆫ지라, 일변(一邊) 반기며 일변 슬허ᄒᆞ여 왈,

"텬신(天神)이 도으샤 부친(父親)을 뵈ᄋᆞᆸᄉᆞ오나, ᄯᅩ 어ᄂᆡ ᄯᅢ 모친(母親)을 만나리잇고?"

ᄒᆞ며 ᄯᅩ 낙누(落淚)ᄒᆞ니, 쳐ᄉᆡ ᄯᅩᄒᆞᆫ 깃분 즁 비창(悲愴)ᄒᆞ더라.

원쉬 부친 신원[248]ᄒᆞ믈 위ᄒᆞ여 표(表)를 닷가 쥬문(奏聞)ᄒᆞ니, ᄀᆞᆯ와시되,

「ᄃᆡᄉᆞᄆᆞ(大司馬) ᄃᆡ장군(大將軍) ᄃᆡ원슈(大元帥) 겸 ᄂᆡ부시랑(吏部侍郎) 간의ᄐᆡ우[諫議大夫] 문연각(文淵閣) ᄐᆡ학ᄉᆞ(太學士) 신(臣) 당경은 돈수ᄇᆡᆨᄇᆡ[249] 상언우[250] 황졔ᄑᆡ하 ᄒᆞᄋᆞᆸᄂᆞ이다. 소신(小臣)이 본ᄃᆡ 남방(南方) 쳔누지인[251]으로 조실부모(早失父母)ᄒᆞ고 유리표박(流離漂泊)ᄒᆞ여ᄉᆞᆸ다가, 소셩운의게 길니여{길러져} 쟝셩ᄒᆞᄆᆡ, 외람(猥濫)이 텬은(天恩)을 닙ᄉᆞ와 벼슬이 한원(翰苑)의 니르러ᄉᆞ와 슉야[252]의 셩은(聖恩)을 갑ᄉᆞ올가 ᄒᆞᄋᆞᆸ더니, 이

247) 반ᄇᆡᆨ(斑白): 희끗희끗한 머리카락.

248) 신원(伸寃): 가슴에 맺힌 원통하고 억울한 사연을 풀어줌.

249) 돈수ᄇᆡᆨᄇᆡ(頓首百拜): 머리가 땅에 닿을 정도로 숙여 백 번 절함.

250) 상언우(上言于): (아무개에게) 말을 올림.

251) 쳔누지인(賤陋之人): 천박하고 고루한 사람이란 뜻으로, '자신'을 겸손하게 낮추어 일컫는 말.

252) 슉야(夙夜): 이른 아침부터 늦은 밤까지.

제 폐하의 홍복[253]과 졔장의 용밍으로 남만과 셔융을 소멸ᄒᆞ옵고, 황하의 니르러 만힝(萬幸)으로 부ᄌᆞ 상봉ᄒᆞ여ᄉᆞ오니 이 ᄯᅩᄒᆞᆫ 셩은이 망극ᄒᆞ온지라. 신(臣)의 아비 댱취 역적 뉴간의 난을 만나 피란(避亂)ᄒᆞ옵다가 도젹의게 잡힌 빈 되여 황하의 츙수(充數)ᄒᆞ오니 죽으려 ᄒᆞ오나 능히 ᄯᅳᆺ을 니로지 못ᄒᆞ와 누덕[254]을 시러{싫어}, 맛ᄎᆞᆷᄂᆡ 황하의 위로(爲勞)ᄒᆞ여ᄉᆞᆸ다가 오날날 식로 만나ᄉᆞ오니{만났사오니}, 신의 벼술을 더러{덜어} ᄋᆞ뷔 죄를 감히 속(贖)ᄒᆞ려 ᄒᆞ옵ᄂᆞ니, 복원(伏願) 셩상(聖上)은 신의 졍셩(精誠)을 어엿비 너기샤 신의 벼술을 거두시믈 쳔만(千萬) 바라옵ᄂᆞ이다.」

ᄒᆞ엿더라. 상이 표(表)을 보시고 칭찬ᄒᆞ시며 졔신(諸臣)을 도라보샤 왈,

"댱경이 ᄒᆞᆫ번 츌젼(出戰)ᄒᆞ미 남만(南蠻)을 소멸(掃滅)ᄒᆞ고 셔융(西戎)을 항복(降伏) 바드며, ᄯᅩ '부ᄌᆞ 상봉(相逢)ᄒᆞ다' ᄒᆞ니 ᄋᆞ름답고 쳔고(千古)의 드문 일이오. 댱취 공녈후 댱진의 후예로 도젹의게 잡힌 빈 되여 황하 졀도의 졍속(定屬)ᄒᆞ여시나, 이는 ᄉᆞ셰부득(事勢不得)이 ᄒᆞ미니 엇지 죄를 다시 의논ᄒᆞ리요. 특별이 벼술을 봉ᄒᆞ여 그 ᄋᆞ들의 영춍(榮寵)을 빗니리라."

ᄒᆞ고, 댱취로 초국공을 봉ᄒᆞ시니, ᄉᆞ명[255]이 조셔[256]를 밧ᄌᆞ와 황하의 니로미, 이ᄯᅢ 원슈 부친을 뫼셔 잔치를 빈셜ᄒᆞ고 즐기더니 'ᄉᆞ명(使命)이 니로럿다' ᄒᆞ거늘, ᄉᆞ명을 ᄆᆞᄌᆞ 조셔를 봉독[257]ᄒᆞ니, 쳔은이 감츅[258]ᄒᆞᆫ지라 북향ᄉᆞ빈[259]ᄒᆞ고 인ᄒᆞ여 힝군ᄒᆞᆯᄉᆡ, 열노각읍[沿路各邑]이 위의(威儀)를 갓초아 지경의 나와 영졉(迎接)ᄒᆞ미 남녀노쇠(男女老少사) 길히 메워 ᄃᆡ원슈의 힝ᄎᆞ를

253) 홍복(洪福): 큰 복.
254) 누덕(累德): 덕을 욕되게 함.
255) ᄉᆞ명(使命): 명을 받은 使者.
256) 조셔(詔書): 임금의 명령을 적은 문서.
257) 봉독(奉讀): 남의 글을 받들어 읽음.
258) 감츅(感祝): 감사하고 영광스러워함.
259) 북향ᄉᆞ빈(北向四拜): (임금이 계신) 북쪽을 향하여 네 번 절함.

귀경홀시.

ᄎᆞ시 진어ᄉᆞ 부인이 댱쳐ᄉᆞ 부인으로 더브러 동산의 올나 귀경ᄒᆞ더니, 원슈의 ᄃᆡ군(大軍)이 지나가며 셔로 니로되,

"우리 원쉬 어려셔 난즁(亂中)의 일허든{잃었던} 부친을 ᄎᆞᄌᆞ ᄒᆞᆫ가지 도라오시니 만고(萬古)의 드문 일이라."

ᄒᆞ고 치하(致賀)ᄒᆞᄂᆞᆫ 소문(所聞)이 열노(沿路)의 ᄌᆞᄌᆞ[260]ᄒᆞᆫ지라. 녀시 이 말을 듯고 문득 쳐ᄉᆞ와 댱경을 ᄉᆡᆼ각ᄒᆞ고 슬픈 ᄆᆞ음을 금치 못ᄒᆞ여 실셩통곡[261]ᄒᆞ거ᄂᆞᆯ, 진부인과 시비 향난[향낭] 등이 말뉴[挽留]ᄒᆞ여 위로ᄒᆞ더니, 원쉬 부인의 곡셩(哭聲)을 듯고 ᄌᆞ연 감창[262]ᄒᆞ여 모친을 ᄉᆡᆼ각ᄒᆞ고 즉시 소교[263]를 불너 '그 우ᄂᆞᆫ 연고(緣故)를 아라 오라' ᄒᆞᆫᄃᆡ, 소교(小嬌) 우ᄂᆞᆫ 곳슬 ᄎᆞᄌᆞ 곡졀(曲折)을 뭇고 도라와 보(報)ᄒᆞ되,

"그 집은 진어ᄉᆞᄃᆡᆨ이요. '우로시ᄂᆞᆫ 부인은 여람 댱쳐ᄉᆞᄃᆡᆨ 부인이라' ᄒᆞ더이다."

원쉬 이 말을 듯고 가쟝 의혹(疑惑)ᄒᆞ고 ᄆᆞ음이 감동ᄒᆞ여 즁군[264]의 젼령(傳令)ᄒᆞ여 노상(路上)의 유진[265]ᄒᆞ고, 단긔(單騎)로 진어ᄉᆞ 집의 나아가 노복(奴僕)을 불너 문왈,

"앗가 우로시던 부인이 댱쳐ᄉᆞᄃᆡᆨ 부인이라 ᄒᆞ니, 뉘시며 무ᄉᆞᆷ 일노 통곡ᄒᆞ시ᄂᆞᆫ요?"

시비 향난[향낭]이 ᄃᆡ왈,

"그 부인은 여람 북촌 셜학동 댱쳐ᄉᆞᄃᆡᆨ 부인 녀시요. 우로시기ᄂᆞᆫ 난즁

260) ᄌᆞᄌᆞ(藉藉): 소문이나 칭찬 따위가 여러 사람의 입에 오르내리어 떠들썩함.

261) 실셩통곡(失聲痛哭): 목소리가 가라앉아 나오지 않을 정도로 소리를 높여 슬피 욺.

262) 감창(感愴): 슬픈 마음이 일어남.

263) 소교(小嬌): 가마를 메는 나이 어린 사람.

264) 즁군(中軍): 전군의 중간에 자리 잡고 있는 중심 부대.

265) 유진(留陣): (행군하던 군대가) 어떤 곳에서 한동안 머물면서 진을 침.

의 쳐ᄉᆞ와 공ᄌᆞ(公子)를 일코{잃고} 의탁홀 곳시 업스무로 이 ᄃᆡᆨ의 머무러 ᄆᆡ양 슬픈 ᄆᆞᄋᆞᆷ을 졍치 못ᄒᆞ여 우로시니이다."

원쉬 크게 의혹ᄒᆞ여 니르되,

"네 드러가 부인긔 뭇ᄌᆞ오되, 'ᄋᆞ기를 ᄂᆞ히{나이} 몃 술의 일허시며{잃었으며}, 무슨 신물(信物)이 잇ᄂᆞᆫ가' 아라{알아}오라."

향난[향낭]이 드러가 원슈의 말ᄉᆞᆷ을 ᄌᆞ셔히 고ᄒᆞᆫᄃᆡ, 녀부인이 고히 너겨 왈,

"ᄃᆡ원쉬 군ᄉᆞ를 머무르고 친이 ᄂᆞ의 ᄉᆞ졍을 무르니, 반ᄃᆞ시 무슨 연괴 잇도다."

ᄒᆞ고 향난[향낭]ᄃᆞ려 왈,

"네 나가 ᄌᆞ세히 알외되, 나의 ᄋᆞ들은 칠 셰의 일코{잃고} 그ᄯᅢ 옷고름의 옥지환(玉指環)을 ᄎᆞ혀시니{채웠으니} 이거시{이것이} 신물(信物)이라."

ᄒᆞᆫᄃᆡ, 원쉬 그졔야 분명(分明)ᄒᆞᆫ 모친인 줄 알고 크게 통곡ᄒᆞ며, 부친 뉴셔(遺書)와 옥지환을 ᄂᆡ여 향난[향낭]을 쥬며 왈,

"모친이 이곳의 계실 줄 엇지 아리시리요{알았으리오}? 불초ᄌᆞ[266] 댱경이 왓시믈{왔음을} 알외라{아뢰라}."

ᄒᆞ거ᄂᆞᆯ, 향난[향낭]이 ᄃᆡ경황급(大驚遑急)ᄒᆞ여 급히 드러가{들어가} 이 ᄉᆞ연을 알왼ᄃᆡ{아뢴대}, 부인이 유셔와 옥지환을 보고 크게 통곡ᄒᆞ고 급히 나와 원슈를 븟들고{붙들고} 왈,

"너를 난중의 일코{잃고} 잇ᄯᅢ가지{이때까지} 셔름{설움}을 견ᄃᆡ지 못ᄒᆞ여 ᄆᆡ일 쥭고져 ᄒᆞ더니, 지금 부지(扶持)ᄒᆞ엿다가 즉금 만날 줄 엇지 ᄯᅳᆺᄒᆞ여시리오?"

ᄒᆞ며 통곡ᄒᆞ거ᄂᆞᆯ, 원쉬 ᄯᅩᄒᆞᆫ 통곡ᄒᆞ다가 눈물을 거두고 조흔 말노 위로 왈,

---

266) 불초ᄌᆞ(不肖子): 어리석고 못난 아들이란 뜻으로, 아들이 부모에게 '자기'를 겸손하게 일컫는 말.

"소직 모친을 난즁(亂中)의 일솝고(잃삽고) 동셔표박(東西漂泊)ᄒᆞ다가 은인 소성운과 초운의 거두믈 닙ᄉᆞ와 닙쟝셩취[267]ᄒᆞ여 용문(龍門)의 올나 벼술이 니부시랑(吏部侍郞)의 니르러솝더니, 남만(南蠻) 셔융(西戎)을 평졍(平定)ᄒᆞ고 회군(回軍)ᄒᆞ여 도라오옵다가 황하(黃河)의 니로러{이르러} 부친을 만나옵고 ᄯᅩ 오놀 모친을 뵈옵ᄉᆞ오니, 이졔 소직(小子가) 쥭어도 한(恨)이 업스리로소이다."

젼후수말(前後首末)을 낫낫치{낱낱이} 고ᄒᆞ니, 부인이 쳥파[268]의 놀나며 반겨 왈,

"이는 하놀이 술피시미요, 귀신(鬼神)이 도우시미로다."

ᄒᆞ며, 진부인과 상하 노복(上下奴僕)이 그 모ᄌᆞ 상봉홈과 지난 일을 듯고 못니 칭찬ᄒᆞ더라.

이ᄯᅢ 초공(楚公)이 ᄃᆡ진(大陣) 뒤히 좃ᄎᆞ오다가 이 긔별(奇別)을 듯고 ᄲᅢᆯ니 진어ᄉᆞ 집이 가 부인을 붓들고 반기며 ᄯᅩᄒᆞᆫ 슬허 통곡ᄒᆞ거놀, 원쉬 슬프믈 춤고 위로 왈,

"지난 일은 일너 쓸ᄃᆡ업ᄉᆞ오니 귀체(貴體)를 보즁(保重)ᄒᆞ옵소셔."

초공이 우름{울음}을 긋치고{그치고} 슬픈 ᄆᆞ옴을 진졍(鎭靜)ᄒᆞ여 부인과 ᄒᆞᆫ가지로 지난 일을 말솜ᄒᆞ며, 원쉬 시비로 ᄒᆞ여금 진어ᄉᆞ 부인긔 문안(問安)ᄒᆞ고 은혜를 ᄉᆞ례(謝禮)ᄒᆞᆫᄃᆡ, 어ᄉᆞ 부인이 회답(回答)ᄒᆞ고 인ᄒᆞ여 녀부인긔 쳥ᄒᆞ여 왈,

"우리 이곳의 ᄒᆞᆫ가지로 머무런 지 십여 년은 졍이[情誼] 형졔 갓고 나히{나이} 반ᄇᆡᆨ(半百)이오니 원슈를 셔로 보다ᄉᆞ 허믈 되지 아니ᄒᆞ오리니, 부인은 원슈를 ᄃᆞ리고 드러오시믈 바라ᄂᆞ이다."

부인이 나가 갓초 말ᄒᆞᆫ 후 원슈와 ᄒᆞᆫ가지 ᄂᆡ당(內堂)의 드러가{들어가}

---

267) 닙쟝셩취(入丈成娶): 장가를 듦.

268) 쳥파(聽罷): 듣기를 마침.

어亽 부인긔 셔로 빅례(拜禮)ᄒᆞ고 좌졍 후, 원슈 왈[269] 환난(患難) 중의 모친 구호(救護)ᄒᆞ던 은혜를 못닉 일커르니, 진부인이 손亽[270] 왈,

"환난의 구ᄒᆞ문 예亽 덧덧ᄒᆞᆫ 일이라, 엇지 은혜라 ᄒᆞ리잇고?"

ᄒᆞ며 녀부인을 향ᄒᆞ여,

"이졔 부인은 가군(家君)과 ᄋᆞᄌᆞ(兒子)를 만나 영화(榮華)로이 도라가시거니와, 나는 본딕 ᄋᆞ들이 업고 한낫 쏠이 잇스나 아직 셩취 못ᄒᆞ여시니 누를{누구를} 의탁ᄒᆞ리오?"

ᄒᆞ고 낙누(落淚)ᄒᆞ거놀, 녀부인이 위로 왈,

"쳡이 가군과 ᄋᆞᄌᆞ를 만나 영귀(榮貴)ᄒᆞ미 다 부인의 은혜라, 원컨딕 날과 ᄒᆞᆷ긔 경亽(京師)로 가 평싱(平生)을 형졔갓치 지닉미 엇더ᄒᆞ니잇고?"

진부인이 딕왈,

"부인 말솜이 간졀(懇切)ᄒᆞ나 날을 져바리지 아니ᄒᆞ실진딕, ᄒᆞᆫ 말솜이 잇亽오니 능히 용납(容納)ᄒᆞ시리잇가?"

녀부인 왈,

"원컨딕 듯고져 ᄒᆞᄂᆞ이다."

진부인이 침음양구(沈吟良久)의 왈,

"쳡의 팔지(八字가) 긔박(奇薄)ᄒᆞ여 다만 일녜(一女가) 잇스니 비록 님亽(姙姒)의 덕(德)이 업스나{없으나} 군ᄌᆞ(君子)의 건즐(巾櫛)을 밧드럼즉 ᄒᆞ온지라. 이졔 원슈의 직품[271]이 족히 솜부인(三夫人)을 갓초리니, 만일 진진의 됴호믈[272] 허ᄒᆞ시면 가히 쳡의 후亽(後嗣)를 의탁(依託)ᄒᆞᆯ 거시요, 쏘ᄒᆞᆫ 부인을 좃ᄎᆞ 경亽(京師)로 가랴 ᄒᆞᄂᆞ니다."

---

269) 왈: 문맥상 불필요한 말.

270) 손亽(遜謝): 겸손하게 사양함.

271) 직품(職品): 관직의 품계.

272) 진진의 됴호믈: 진진(秦晋)의 호연(好緣)으로, '혼인을 맺은 두 집 사이의 좋은 인연'을 일컫는 말.

녀부인이 청픽(聽罷)의 그 경상(景狀)이 가긍(可矜)ᄒᆞ믈 감동ᄒᆞ여 흔연(欣然)이 답왈,

"부인의 말슴 가쟝 맛당ᄒᆞ오니 비록 경이 두 안히{아내}를 두어스나 우리 일즉 보지 못ᄒᆞ고, ᄒᆞ믈며 녀ᄋᆞ의 ᄌᆡ덕(才德)은 쳡이 아는 ᄇᆡ라. 엇지 다시 의심(疑心)ᄒᆞ리오?"

ᄒᆞ고 초공긔 이 말슴을 통(通)ᄒᆞ니, 초공이 ᄯᅩᄒᆞᆫ 그 은공(恩功)을 ᄉᆡᆼ각ᄒᆞ고 깃분 빗슬{빛을} ᄯᅴ고 허락ᄒᆞ되, 원슈는 ᄉᆞᆷ부인(三夫人)이 과(過)ᄒᆞ믈 념녀(念慮)ᄒᆞ여 묵묵부답(黙黙不答)ᄒᆞᆫᄃᆡ, 녀부인이 그ᄯᅳᆺ슬 알고 왈,

"왕시는 황상이 ᄉᆞ혼(賜婚)ᄒᆞ신 ᄇᆡ오 소시는 왕승상이 쥬혼(主婚)ᄒᆞ여시니, 이번은 우리 쥬혼ᄒᆞ미 올코, 허물며 진소져의 ᄌᆡ덕(才德)이 나의 아는 ᄇᆡ라."

ᄒᆞ고 원슈를 불너 문의(問議)ᄒᆞᆫᄃᆡ, 원쉬 ᄃᆡ왈,

"ᄉᆞᆷ쳐(三妻) 두기 과(過)ᄒᆞ오나 엇지 존명(尊命)을 밧드지 아니하올잇가?"

부인이 ᄃᆡ희(大喜)ᄒᆞ여 즉시 녜단(禮緞)을 갓초와 납ᄎᆡ(納采)ᄒᆞ고 셩녜(成禮)ᄒᆞ니, 요조ᄒᆞᆫ 슉녀요 셜부화용(雪膚花容)이라. 원쉬의 깃거홈과 초공 부부의 즐거ᄒᆞ미 비홀 ᄃᆡ 업더라. 초공 왈,

"나는 이졔 션산의 소분[273]ᄒᆞ고 좃ᄎᆞ 갈 거시니, 너난 ᄲᅧᆯ니 ᄒᆡᆼ군ᄒᆞ여 올나가라."

ᄒᆞᆫᄃᆡ, 원쉬 슈명(受命)ᄒᆞ고 먼져 경ᄉᆞ(京師)로 향ᄒᆞ니라.

이ᄯᅢ 초운이 경ᄉᆞ의 임의{이미} ᄂᆡ로러{이르러} 왕승상 ᄃᆡᆨ을 ᄎᆞᄌᆞ 원슈의 셔찰(書札)과 명쳡[274]을 드린ᄃᆡ, 소시 초운의 왓시믈{왔음을} 듯고{듣고} 왕시ᄃᆞ려 운쉬셔 지ᄂᆡ던 일과 초운의 ᄒᆡᆼ적(行蹟)을 ᄃᆡ강 니로니, 왕시 크게 긔특(奇特)이 너겨 즉시 부르미, 초운이 당하(堂下)의셔 두 번 졀ᄒᆞ거

---

273) 소분(掃墳): (경사로운 일이 있을 때) 조상의 산소에 가서 제사 지내는 일.

274) 명첩(名帖): 성명이나 주소·근무처·신분 등을 적은 종이쪽.(名銜)

놀, 당희{당에} 올녀 좌(座)를 쥬고 모다 보니, 운빈화안(雲鬢花顔)이 유슌 경졍[275] ᄒᆞ여 진실노 졀디미인(絶對美人)이요. 요조(窈窕)ᄒᆞᆫ 덕이 외모의 ᄂᆞ타나ᄂᆞᆫ지라. 왕시 그 손을 잡고 왈,

"ᄂᆡ 일즉 운낭의 소문(所聞)과 덕ᄒᆡᆼ(德行)을 듯고 ᄒᆞᆫ 번 보믈 원ᄒᆞ여더니, 금일 셔로 만나니 엇지 반갑지 아니ᄒᆞ리오?"

초운이 몸을 니러{일으켜} 다시 졀ᄒᆞ고 ᄃᆡ왈,

"소쳡(小妾)은 본ᄃᆡ ᄒᆞ방쳔인(遐方賤人)으로 부인의 셩덕(盛德)을 드러 ᄉᆞᆸ더니{들었삽더니}, 이갓치 관ᄃᆡ[276] ᄒᆞ시니 불승황공(不勝慌恐)ᄒᆞ여이다."

왕시 그 말ᄉᆞᆷ이 유슌온공[277] ᄒᆞ믈 더욱 긔특이 너겨 별당(別堂)을 졍ᄒᆞ고, 시녀를 명ᄒᆞ여 초운과 ᄒᆞᆫ가지로 머물게 ᄒᆞ니라.

ᄎᆞ셜(且說)。 댱원슈 건쥐를 ᄯᅥ나 반월(半月) 만의 황셩의 다다로ᄆᆡ, 텬ᄌᆞ 만조ᄇᆡᆨ관(滿朝百官)을 거ᄂᆞ리고 영졉(迎接)ᄒᆞ실ᄉᆡ, 원슈 황망(慌忙)이 말긔 ᄂᆞ려 탑젼(榻前)의 ᄇᆡ복(拜伏)ᄒᆞ여 만셰를 부로니, 상이 깃부시며 반기샤 ᄀᆞ로샤ᄃᆡ,

"경(卿)이 ᄒᆞᆫ 번 츌젼(出戰)ᄒᆞᄆᆡ 남만(南蠻)과 셔융[西戎]을 소멸[278] ᄒᆞ고 변방(邊方)을 안무(按撫)ᄒᆞ며, ᄯᅩᄒᆞᆫ 난즁(亂中)의 이럿든[잃었던] 부형(父兄)을 만ᄂᆞ니 쳔고(千古)의 드문 일이라. 쟝ᄎᆞ 무어스로 그 공덕(功德)을 표ᄒᆞ리오."

원슈 부복돈수[279] 왈,

"이는 폐하[陛下]의 셩덕(聖德)이라, 엇지 신(臣)의 공(功)이 잇ᄉᆞ오릿가?"

---

275) 유슌졍졍(柔順貞靜): 온화하고 순종하고 단정하며 얌전함.

276) 관ᄃᆡ(款待): 친절하게 대하거나 정성껏 대접함.

277) 유슌온공(柔順溫恭): 성질이 부드럽고 순하며 온화하고 공손함.

278) 소멸(掃滅): 싹 쓸어서 없앰.

279) 부복돈수(俯伏頓首): 고개를 숙이고 엎드려 머리를 조아림.

ᄒᆞ며, ᄯᅩ 건쉬의 니르러 노모 만나온 일과 진시 취ᄒᆞ온 말솜을 쥬달[280] ᄒᆞ니, 상이 더욱 긔특이 너기샤 왈,

"댱경의 효셩을 하놀이 감동ᄒᆞ시미니 엇지 깃부며 긔특지 아니리오." ᄒᆞ시고, 즉시 ᄃᆡ연(大宴)을 비결[排設]ᄒᆞ여 숨군을 ᄉᆞᆼᄉᆞ(賞賜)ᄒᆞ시며, 츌젼 졔장을 각각 벼술을 도도시고{돋우시고}, 금은(金銀) 치단(綵緞)과 별궁(別宮)을 ᄉᆞ급(賜給)ᄒᆞ시니, 원쉬 텬은(天恩)을 감츅(感祝)ᄒᆞ고 집의 오믹, 왕·소 이 부인과 초운이 반기며 부모 만나믈{만남을} 치하(致賀)ᄒᆞ며, 승상과 소졀되 원슈의 손을 줍고 반겨 왈,

"그ᄃᆡ를 말니젼쟝(萬里戰場)의 보닌 후 쥬야(晝夜)로 념녀(念慮)ᄒᆞ더니 ᄃᆡ공(大功)을 일워고{이루고}, ᄯᅩ 부모를 만나 영화(榮華)를 ᄯᅴ여 도라오니{돌아오니} 엇지 깃부지{기쁘지} 아니ᄒᆞ리오."

쥬찬(酒饌)을 닉여 즐기미 층양[測量]업더라.

잇튼놀 원쉬 천ᄌᆞ긔 조회(朝會)ᄒᆞ고 쥬왈,

"군힝(軍行)이 밧부옵기로 신(臣)의 부모를 즁노(中路)의 머무로옵고 총총[281]이 도라왓ᄉᆞ오니, 바라옵건ᄃᆡ 슈유[282]를 엇ᄉᆞ와{얻사와} 부모를 모자올가 ᄒᆞᄂᆞ이다."

상이 허락ᄒᆞ시고 녀부인과 진시를 직첩[283]을 ᄂᆞ리오시니, 원쉬 ᄉᆞ은ᄒᆞ고 거마(車馬)와 위의(威儀)를 ᄎᆞ려 여람(汝南)으로 향ᄒᆞ더라.

이ᄯᅢ 초공이 녀부인과 진어ᄉᆞ집 일힝(一行)을 호송(護送)ᄒᆞ여 셜학동의 니르러 졔젼[284]을 갓초와 션산(先山)의 소분(掃墳)ᄒᆞ고 인ᄒᆞ여 길을 ᄯᅥ나

280) 쥬달(奏達): 임금에게 아룀.
281) 총총(悤悤): 급하고 바쁨.
282) 슈유(受由): (일에 매인 사람이) 다른 일로 얻는 말미.
283) 직첩(職牒): 조정에서 벼슬아치에게 내리던 임명 사령서.
284) 졔젼(祭奠): 제사에 차리는 제수 용품.

여러 날 만의 경셩(京城) 갓가이 니로믹, 원슈를 만나 식로히 반기며 본턱(本宅)으로 나아갈식, 왕승상과 소졀되 ᄆᆞᄌᆞ 반기며 왕·소 이부인(二夫人)이 칠보단장[285]으로 구고(舅姑)긔 현알[286]홀식, 초공부뷔 눈을 드러{들어} 보니 쇄락(灑落)ᄒᆞᆫ 골격(骨格)과 운빈옥안(雲鬢玉顔)이 진짓 요조슉녀(窈窕淑女)라, 크게 즐기며 옥수(玉手)를 잡고 왈,

"우리 일즉 한난여싱[患難餘生]으로 유리표박(流離漂泊)ᄒᆞ다가 황텬(皇天)이 도으샤 부ᄌᆞ 상봉(相逢)ᄒᆞ여 또 이갓튼 현부(賢婦)를 보니 이졔 죽어도 한(恨)이 업스리로다{없으리로다}."

두 부인이 피셕[287] ᄃᆡ왈,

"죤구[288]의 셩안(聖顔)을 뵈옵지 못ᄒᆞ오믈 쥬야(晝夜) 복념[289]ᄒᆞ옵더니, 금일 존하(尊下)의 뫼시믈 엇습고{얻삽고} 셩교(盛敎) 여ᄎᆞᄒᆞ오니 황공ᄒᆞ오믈 ᄭᅢ닷지 못ᄒᆞ리로소이다."

초운이 ᄯᅩᄒᆞᆫ 단장을 셩히[정히] ᄒᆞ고 계하의 ᄂᆞ려 고두ᄒᆞ여 뵈거늘, 초공부뷔 당의 올녀 안치고 왈,

"ᄋᆞ자의 쟝셩홈과 귀히 되미 다 운낭의 덕이라. 슈히 만나보믈 쥬야(晝夜) 원(願)ᄒᆞ더니 금일 셔로 모드니[만나니] 엇지 쳔힝(天幸)이 아니며, ᄒᆞ히(河海) 갓흔 은혜를 갑지{갚지} 못홀가 ᄒᆞ노라."

초운이 황공ᄉᆞ례(惶恐謝禮)ᄒᆞ고, 진부인이 왕·소 이부인긔 졀ᄒᆞ여 녜(禮)를 힝ᄒᆞ니 왕·소 이 부인이 답네(答禮)ᄒᆞ고, 초운이 ᄯᅩᄒᆞᆫ 당하(堂下)의 ᄂᆞ려 진부인긔 뵌ᄃᆡ 진부인이 초운의 힝젹(行蹟)을 드러ᄂᆞᆫ지라{들었는

285) 칠보단쟝(七寶丹粧): 여러 가지 패물로 몸을 꾸밈.

286) 현알(見謁): 지체가 높은 사람을 만나 뵘.

287) 피셕(避席): (공경의 뜻을 나타내기 위하여) 그 자리에서 일어남.

288) 죤구(尊舅): '시아버지'를 높여 일컫는 말.

289) 복념(服念): 마음에 새겨 두고 잊지 아니함.

지라! 공경답네(恭敬答禮)ᄒᆞ니, 초운이 불승황공(不勝惶恐)ᄒᆞ여, 이ᄂᆞᆯ노부터 숨부인(三夫人)이 형제지의(兄弟之誼)를 믹ᄌᆞ 은졍[290]이 골육(骨肉) 갓더라.

슈일이 지ᄂᆞᆫ 후, 원슈 별궁(別宮)으로 올마갈식 쳔문만호[291]의 쥬란화각[292]이며 분벽ᄉᆞ창[293]이 반공[294]의 ᄉᆞᄉᆞ나고 셔긔(瑞氣) 영농(玲瓏)ᄒᆞ거ᄂᆞᆯ, 각각 쳐소를 졍ᄒᆞ여 만슈각(萬壽閣)과 쳔슈당[295]은 초공과 녀부인이 머무로시게 ᄒᆞ고, 화심당(花心堂)은 진어ᄉᆞ 부인이 머무르시게 ᄒᆞ고, ᄇᆡᆨ화당(百花堂)은 원비[296] 왕부인의 쳐소를 졍ᄒᆞ고, 츄회당은 소부인의 쳐소를 졍ᄒᆞ고, 쳔향각(天香閣)은 진부인의 쳐소를 졍ᄒᆞ고, 화류졍(花柳亭)은 초운이 머물게 ᄒᆞ고, 은향각(銀香閣)은 원슈 ᄉᆞᄉᆞ로 침소(寢所)를 졍ᄒᆞ고, 그 남은 뉴각[樓閣]은 각각 시비의 침소를 졍ᄒᆞ니라.

잇튼ᄂᆞᆯ 원슈 초공을 뫼셔 황극젼[297]의 조회(朝會)ᄒᆞᄆᆡ, 텬ᄌᆞ ᄒᆞ교ᄒᆞ샤 왈,

"당경은 츙의겸젼[298]ᄒᆞ고 ᄂᆞ라의 ᄃᆡ공(大功)이 잇스니, 엇지 그 공을 표(表)치 아니리오?"

ᄒᆞ시고 특별이 우승상(右丞相)을 ᄒᆞ이시고, 승상 왕귀로 ᄐᆡᄉᆞ(太師)를 봉ᄒᆞ시고, 소셩운으로 ᄃᆡᄉᆞᄆᆞ ᄃᆡ쟝군(大司馬 大將軍)을 ᄒᆞ이시니, 원슈 고ᄉᆞ(固辭)ᄒᆞ되 상이 불윤(不允)ᄒᆞ시ᄆᆡ, 원슈 할일업셔 슉ᄇᆡᄉᆞ은[299]ᄒᆞ고 물너

290) 은졍(恩情): 사랑을 베푸는 마음.

291) 쳔문만호(千門萬戶): 대궐 안에 궁실이 많음을 일컬음.

292) 쥬란화각(朱欄畵閣): 단청을 곱게 하여 아주 아름답게 꾸민 누각.

293) 분벽ᄉᆞ창(粉壁紗窓): 하얗게 꾸민 벽과 깁으로 바른 창이라는 뜻으로, 여자가 거처하는 아름답게 꾸민 방.

294) 반공(半空): 그다지 높지 않은 공중.(=半空中)

295) 쳔슈당(天壽堂): 천수를 기원한다는 뜻의 당 이름.

296) 원비(元妃): 임금의 정실을 이르던 말.

297) 황극젼(皇極殿): 황제가 정사를 보는 궁전.

298) 츙의겸젼(忠義兼全): 충성과 절의를 아울러 갖춤.

나, 낫지면 텬즈를 뫼셔 ᄂᆞ라 졍ᄉᆞ를 ᄃᆞ사리고 밤이면 부모를 효양[300]ᄒᆞ며 삼부인과 초운으로 더부러 즐기더니.

고진감ᄂᆡ(苦盡甘來)요 흥진비릭(興盡悲來)는 고금(古今)의 썻썻ᄒᆞᆫ 일이라[301]. 초공부뷔 홀연 득병(得病)ᄒᆞ여 빅약(百藥)이 무효(無效)ᄒᆞ고 인ᄒᆞ여 셰상을 니별ᄒᆞ믹, 승상과 삼부인이 ᄋᆡ통호곡[302]ᄒᆞ고 관곽[303]을 갓초와 녜(禮)로써 션산(先山)의 안장(安葬)ᄒᆞ니, 보는 ᄉᆞ룸이 다 일시 구몰(俱沒)ᄒᆞ믈 신긔히 너기더라. 또 왕티ᄉᆞ 부뷔 연(連)ᄒᆞ여 셰상을 니별ᄒᆞ니 승상이 극진이 상녜(喪禮)를 갓초와 삼 년을 지ᄂᆡ니.

광음(光陰)이 훌훌ᄒᆞ여 뉵칠 년이 되엿는지라. 승상이 왕ᄉᆞ(往事)를 싱각ᄒᆞ고 갈소록{갈수록} 비창(悲愴)ᄒᆞᆫ ᄆᆞ음을 금치 못ᄒᆞ더니, 이ᄣᅢ 텬지 셩휘[304] 불평(不平)ᄒᆞ샤 날노 위중(危重)ᄒᆞ시믹 승상을 명초(命招)ᄒᆞ야 ᄀᆞ로샤ᄃᆡ,

"짐(朕)이 불힝(不幸)ᄒᆞ여 ᄃᆞ시 ᄂᆞ라 졍ᄉᆞ(政事)를 보지 못ᄒᆞᆯ 거시요, 티지(太子가) 나히{나이} 어리고 형졔 만흐니{많으니} 반ᄃᆞ시 후한(後患)이 잇슬지라. 경(卿)은 모로미 츙셩을 다ᄒᆞ여 ᄉᆞ직[305]을 안보(安保)ᄒᆞ라."

ᄒᆞ시고 붕[306]ᄒᆞ시니, 춘취(春秋가) 칠십칠 셰요 직위(在位) 이십구 년이라. 승상이 문무빅관(文武百官)을 거ᄂᆞ려 발상[307]ᄒᆞ고 티ᄌᆞ를 세워 ᄃᆡ위(大位)

---

299) 슉빅ᄉᆞ은(肅拜謝恩): 임금에게 공손히 절을 하며 그 은혜에 감사함.

300) 효양(孝養): (부모를) 효행으로써 봉양함.

301) 썻썻ᄒᆞᆫ 일이라: 늘 있는 일이라.(常事)

302) ᄋᆡ통호곡(哀痛號哭): 몹시 슬퍼하며 목 놓아 욺.

303) 관곽(棺槨): 시체를 넣는 속 널과 겉 널.

304) 셩휘(聖候가): 임금 신체의 안위.

305) ᄉᆞ직(社稷): 나라에서 백성의 복을 위해 제사하는 토지의 神인 社와 곡식의 신인 稷을 말하는 것으로, '조정이나 나라'를 뜻하는 말.

306) 붕(崩): 천자가 세상을 떠남.

307) 발상(發喪): 상제가 머리를 풀고 울기 시작함으로써 초상난 것을 이웃에 알리는 일.

의 즉(卽)ᄒᆞ시니 춘취 십ᄉᆞ 셰러라.

ᄎᆞ시(此時) 연왕(燕王) 건셩은 황졔(皇帝)의 둘ᄌᆡ 형이니, 가만히 불의지심(不義之心)을 두어 만조ᄇᆡᆨ관(滿朝百官)을 쳐결[308]ᄒᆞ여 ᄃᆡ위(大位)를 앗고져 ᄒᆞ나 오직 승상 당경을 꺼려 감히 ᄉᆡᆼ의(生意)치 못ᄒᆞ더니, ᄒᆞᆫ 계교(計巧)를 ᄉᆡᆼ각ᄒᆞ고 일일은 사ᄅᆞᆷ을 보ᄂᆡ여 승상을 청(請)ᄒᆞᆫᄃᆡ, 승상이 가쟝 고히 너겨 칭병(稱病)ᄒᆞ고 가지 아니ᄒᆞ니, 건셩이 ᄃᆡ로(大怒)ᄒᆞ여 텬ᄌᆞ긔 엿ᄌᆞ오되,

"승상 당경을 청ᄒᆞ여 ᄂᆞ라 졍ᄉᆞ(政事)를 의논코져 ᄒᆞ오되, 당경이 미양 신(臣)을 업수히{업신}너기오니, 폐하는 술피소셔."

ᄒᆞ고 모함(謀陷)ᄒᆞ니, 상이 즉시 승상을 인견[309]ᄒᆞ시고 왈,

"연왕은 션졔(先帝) 즁신[重臣]이오 짐의 형이라. 국ᄉᆞ(國事)을 의논코져 ᄒᆞ거ᄂᆞᆯ 엇지 가지 아니ᄒᆞᄂᆞᆫ요? 셔로 ᄎᆞᄌᆞ 부디 조흔 ᄯᅳᆺ슬 상ᄒᆡ(傷害)오지 말나."

승상이 심이 불쾌ᄒᆞ나 ᄆᆞ지 못ᄒᆞ여 연왕 부즁(府中)의 니로니, 건셩이 흔연(欣然)이 ᄃᆡ졉(待接)ᄒᆞ여 왈,

"요ᄉᆞ이 텬ᄌᆡ ᄂᆞ히 어리시고 조졍(朝廷)이 ᄒᆡ연[310]ᄒᆞᆫ 일이 만키로 승상과 의논코져 ᄒᆞ거ᄂᆞᆯ 엇지 더ᄃᆡ 오신요?"

ᄒᆞ고 쥬춘(酒饌)을 나와 은근이 권(勸)ᄒᆞ거ᄂᆞᆯ, 승상이 마지못ᄒᆞ여 두어 잔을 바다{받아} 먹으니, 그 술이 독(毒)ᄒᆞ여 수히 취(醉)ᄒᆞ게 ᄒᆞᆫ 술이라 이윽고 ᄃᆡ취ᄒᆞ여 인ᄉᆞ(人事)를 모로거ᄂᆞᆯ, 건셩이 붓드러{붙들어} 옷슬 벗기고 션졔(先帝)의 총쳡(寵妾) 비군을 ᄃᆞ리여{꾀어} 금은을 후히 쥬고 '승상 겻ᄒᆡ 누엇다가 여ᄎᆞ여ᄎᆞᄒᆞ라' ᄒᆞ엿더니, ᄂᆞᆯ이 발그ᄆᆡ 승상이 술을 ᄭᆡ여

---

308) 쳐결(處決): 결정하여 처리하거나 조처함.

309) 인견(引見): (아랫사람을) 가까이 불러들여 만나 봄.

310) ᄒᆡ연[解弛]: 긴장이나 규율 따위가 풀려 마음이 느슨함.

보니, 몸이 연왕 부즁(府中)의 누엇고 겻희 혼 계집이 잇거놀 디경(大驚) 문왈,

"연왕 뎐히 어듸 가시뇨?"

비군 왈,

"뎐하는 닋당으로 드러가시고{들어가시고} 쳡은 션졔(先帝)을 뫼시던 비군이러니, 승상의 풍치(風采)를 귀경코져 나온즉 승상이 취즁(醉中)의 겁칙(刦飭)호시믈 잇져{잊어} 겨신잇가?"

승상이 쳥프(聽罷)의 건셩의 꾀인 줄 알고 디경실식(大驚失色)호여 아무리 홀 쥬를{줄을} 모로거놀, 건셩이 모로는 체호고 나오다가 이 거동을 보고 거줏 놀나며, 무스(武士)를 호령호여 승상을 동혀 민고 텬즈긔 드러가 알외되,

"승상 댱경이 션졔 춍쳡(寵妾) 비군을 겁칙(刦飭)호다가 일이 발각(發覺)호엿기로 좁아 디령(待令)호엿느이다."

상이 놀나시며 왈,

"댱경은 츙효겸젼호니 엇지 이런 일을 호여시리요?"

호시며, 방송호라 호시니, 모든 종실[311]과 시신[312]이 일시의 엿즈오디,

"댱경이 비록 외모는 츙셩(忠誠)되오나 음난지스(淫亂之事)는 이로 층양[測量]치 못호옵느니, 폐하는 술피샤 국법을 졍(正)히 호옵소셔."

상이 본디 춍명(聰明)호시나 마지못호여 비군을 좁아드려 스실[313]호신디, 비군이 알외되,

"신쳡(臣妾)이 연궁(燕宮)의 갓습다가 도라오옵는 길의 승상 댱경이 술을 취호고 불의(不意)에 닋다라 억지로 겁칙(刦飭)호오미 마지{막지} 못호

---

311) 종실(宗室): 임금의 친족.

312) 시신(侍臣): 임금을 가까이에서 모시는 신하.(近臣)

313) 스실(査實): 어떤 일을 조사함.

와 몸을 더러여ᄉᆞ오니{더렵혔사오니}, 죽어지만 ᄒᆞ온지라. 무ᄉᆞᆷ 말ᄉᆞᆷ을 알외올릿가?"

ᄒᆞ거놀, 상이 ᄯᅩᄒᆞᆫ 할일업셔 비군을 ᄂᆡ옥[314]의 가두고, 당경을 정위[315]의 ᄂᆞ리오시니, 당경이 옥중(獄中)의 나아가ᄆᆡ 분ᄒᆞᆫ ᄆᆞ음이 가ᄉᆞᆷ이 막히나 무가ᄂᆡᄒᆡ라[316]. 이의 원졍[317]을 지어 올니니, ᄒᆞ여시되,

「소신(小臣) 당경은 본ᄃᆡ 남방(南方) 쳔인(賤人)으로 외람(猥濫)이 션졔(先帝)의 지우[318]ᄒᆞ신 텬은(天恩)을 넙ᄉᆞ와 벼술이 일품(一品)의 거(居)ᄒᆞ옵고 ᄉᆞᆷ쳐일쳡(三妻一妾)을 두어ᄉᆞ오니 엇지 텬앙[319]이 업ᄉᆞ올잇고{없아오리꼬}? 이러ᄒᆞ오므로 주야(晝夜)의 동동촉촉[320]ᄒᆞ여 ᄒᆡᆼ혀{행여} 셩은(聖恩)을 져바리ᄭᅡ ᄒᆞ옵더니, 이제 ᄉᆡᆼ각지 아니ᄒᆞ온 죄명(罪名)이 십악ᄃᆡ죄[321]의 범ᄒᆞ여ᄉᆞ오니 다만 창쳔(蒼天)을 부르지즐 ᄯᆞ롬이요, 달니{달리} 발명[322]ᄒᆞ올 기리{길이} 업ᄉᆞ오니 복원(伏願) 셩상(聖上)은 신(臣)의 머리를 버혀{베어} 국법(國法)을 졍(正)히 ᄒᆞ옵소셔.」

ᄒᆞ엿더라. 상이 그 원졍(原情)을 보시고 그 ᄋᆡᄆᆡᄒᆞ오믈 아로시나, 건셩과 종실ᄃᆡ신(宗室大臣)이 구지{굳이} 닷토믈 인ᄒᆞ여 '졀도[323]의 졍비[324]ᄒᆞ라'

---

314) ᄂᆡ옥(內獄): 관청이나 집안에 만든 감옥.

315) 정위(廷尉): 관서의 이름. 獄訟을 맡고, 郡國의 疑獄을 겸하여 살폈다.

316) 무가ᄂᆡᄒᆡ(無可奈何이)라: 어찌할 수가 없이 되었더라.

317) 원정(原情): 억울한 사정을 관청에 하소연하는 글. 국왕에게 陳訴하는 문서는 擊錚原情이라고도 한다.

318) 지우(知遇): 자기의 인격이나 학식을 남이 알고 아주 후하게 대우함.

319) 텬앙(天殃): 하늘이 벌로 내리는 앙화.

320) 동동촉촉(洞洞燭燭): 헤아리고 살펴봄.

321) 십악ᄃᆡ죄(十惡大罪): 大明律에 정한 열 가지의 큰 죄. 곧 謀反, 謨大逆, 謀叛, 惡逆, 不道, 大不敬, 不孝, 不睦, 不義, 內亂이다.

322) 발명(發明): (죄나 잘못이 없음을) 변명하여 밝힘.

ᄒᆞ시니, 법관(法官)이 황토 셤으로 마련ᄒᆞᄆᆡ, 이ᄯᅢ 삼부인이 이 말을 듯고 황황착급[325] ᄒᆞ여 문 밧긔{밖에} 나와 니별ᄒᆞᆯ식, 승상이 눈물를 흘니며 왈,

"ᄂᆡ 이졔 누명(陋名)을 입고 말니젹소(萬里謫所)의 가니 어늬 늘{어느 날} 셔로 보리오. 부인은 각각 ᄌᆞ녀를 거ᄂᆞ려 보즁(保重)ᄒᆞ믈 바라노라."

삼부인(三夫人)이 늣기며 왈,

"상공은 귀체(貴體)를 보즁(保重)ᄒᆞ샤 누명을 신원(伸寃)ᄒᆞ고 슈히 도라 오옵소셔."

ᄒᆞ거늘, ᄯᅩ 초운의게 종용 일너 왈,

"진부인은 어질며 ᄯᅩ 졍이 가쟝 후ᄒᆞ고 왕부인은 무ᄒᆡ무덕(無害無德)ᄒᆞ나, 소부인은 쳔셩이 편벽되니 각별 조심ᄒᆞ라."

초운이 눈물 흘녀 왈,

"혈마[설마] 엇더하올잇가? 아모조록 귀쳬를 보즁ᄒᆞ소셔."

인ᄒᆞ여 니별ᄒᆞᆫ 후 황토셤으로 향ᄒᆞ니라.

원ᄂᆡ 소부인이 초운의 ᄌᆡ모(才貌)와 승상이 ᄋᆡ즁(愛重)ᄒᆞ믈 싀긔(猜忌)ᄒᆞ여 ᄆᆡ양 ᄒᆡ(害)코져 ᄒᆞ더니, 맛참 승상이 졀도(絕島)의 졍빈(定配)ᄒᆞᄆᆡ 이ᄯᅢ를 ᄐᆞ ᄒᆞᆫ 계교(計巧)를 ᄉᆡᆼ각ᄒᆞ고, 시비 츈향으로 ᄒᆞ여금 초운의 필젹(筆跡)을 도젹(盜賊)ᄒᆞ여 위조셔간(僞造書簡)을 ᄆᆡᆫ드러 초운의 ᄉᆞ환(使喚)ᄒᆞᄂᆞᆫ 손침을 후히 뇌물(賂物)을 쥬고 ᄃᆞ리여{꾀어} 왈,

"네 이 셔간(書簡)을 가지고 병ᄆᆞ총독[326] 졍ᄉᆞ운의게 가 여ᄎᆞ여ᄎᆞ(如此如此)ᄒᆞ라."

ᄒᆞᆫᄃᆡ, 손침이 허락ᄒᆞ고 바로 졍ᄉᆞ운의 집으로 가니, 졍ᄉᆞ운이 본ᄃᆡ 무과

---

323) 졀도(絕島): 뭍에서 멀리 떨어진 외딴 섬.

324) 졍빈(定配): 죄인에게 내리던 형벌의 하나로, 지방이나 섬으로 보내 일정한 기간 동안 정해진 지역 내에서만 감시를 받으며 생활하게 함.

325) 황황착급(遑遑着急): 갈팡질팡 어쩔 줄 모르며 몹시 급함.

326) 병ᄆᆞ총독(兵馬總督): 지방에 파견된 무관 벼슬.

(武科) 츌신으로 운쥬병ᄆᆞᄉᆞ로 잇슬졔 초운을 흠모(欽慕)ᄒᆞ던 ᄇᆡ라. 초운의게셔 셔간(書簡) 왓시믈{왔음을} 듯고 ᄃᆡ희(大喜)ᄒᆞ여 셔간을 ᄡᅧ혀보니, ᄒᆞ엿시되,

「초운은 삼가 글월을 졍쟝군 젼(前)의 알외옵ᄂᆞ니, 쳡(妾)이 운쥐 이슬{있을} ᄡᆡ 쟝군의 ᄉᆞ랑ᄒᆞ시ᄂᆞᆫ ᄆᆞ음을 ᄉᆡᆼ각고 ᄆᆡ양 뫼시고ᄌᆞ ᄒᆞ옵다가, ᄆᆞᆺ츰ᄂᆡ ᄯᅳ즐{뜻을} 니로지 못ᄒᆞ고 당승상이 ᄃᆞ려오시므로 쥬야(晝夜) ᄉᆞ모(思慕)ᄒᆞᄂᆞᆫ 졍(情)을 잇지{잊지} 못ᄒᆞ옵더니, 이졔 승상이 졀도(絕島)의 졍ᄇᆡ(定配)ᄒᆞ시ᄆᆡ 도라올 긔약(期約)이 업ᄉᆞ온지라. 원컨ᄃᆡ 쟝군은 모월모일의 군(軍)을 거ᄂᆞ려 당승상 집을 겁칙(劫飭)ᄒᆞ시고 쳡을 ᄃᆞ려가소셔.」

ᄒᆞ엿더라. 졍ᄉᆞ운이 보기를 ᄆᆞᆺ츠ᄆᆡ ᄃᆡ희ᄒᆞ여 왈,

"당경이 ᄒᆞᆫ 번 졀도(絕島)의 졍ᄇᆡ(定配)ᄒᆞᄆᆡ ᄃᆞ시 도라오지{돌아오지} 못ᄒᆞᆯ 거시ᄆᆡ, 초운이 날을 ᄉᆡᆼ각고 긔별(奇別)ᄒᆞ미로다."

ᄒᆞ고 회셔(回書)를 닷가 주거ᄂᆞᆯ, 즉시 도라와 소시의게 젼ᄒᆞ니, 소시 깃거 츈향을 쥬며 왈,

"네 이 셔간(書簡)을 가만히{은밀히} 초운의 침소(寢所)의 가 셔안(書案) 밋희{밑에} ᄀᆞᆷ초라."

ᄒᆞᆫᄃᆡ, 츈향이 즉시 초운의 침소의 니르러 그 셔간을 넌즛시{넌지시} 셔안 밋희 너코{넣고} 오니라. 이윽고 소부인이 시비를 다리고{데리고} 니로거ᄂᆞᆯ, 초운이 니러 ᄉᆞ례 왈,

"부인이 누시[327]의 하림[328]ᄒᆞ시니 불승황감(不勝惶感)ᄒᆞ이다."

소부인이 답왈,

327) 누지(陋地): 누추한 곳이란 뜻으로, '자기가 사는 곳'을 낮추어서 일컫는 말.
328) 하림(下臨): 윗사람이 아랫사람의 집이나 있는 곳에 감.

"승상이 젹소(謫所)의 가신 후로 ᄌ연 심ᄉ(心事가) 울울(鬱鬱)ᄒ여 운낭을 보러 왓노라."

ᄒ고 셔칙(書冊)을 펴보는 체ᄒ다가 ᄒᆞᆫ 셔간(書簡)을 어더{얻어} ᄂᆡ혀{내어} 왈,

"이 편지 어ᄃᆡ셔 왓ᄂᆞ뇨?"

초운이 놀나 보니, 피봉(皮封)의 '병마총독(兵馬總督)은 운낭ᄌ의게 회답(回答)ᄒ노라' ᄒ엿거늘, 실ᄉᆡᆨ(失色) 왈,

"실노 아지 못ᄒᄂᆞ이다."

소시 왈,

"그ᄃᆡ 방즁(房中)의 잇는 거슬{것을} 엇지 '모로노라' ᄒᄂᆞᆫ요?"

ᄒ고 ᄯᅥ혀보니, ᄒ여시되,

「졍총독은 운낭의게 글월을 회답(回答)ᄒᄂᆞ니, 젼(前)의 운쥬 잇슬 ᄯᅢ의 낭ᄌ를 ᄉᆞ모(思慕)ᄒ여 ᄒᆞᆫ번 보믈 평ᄉᆡᆼ(平生) 원(願)일너니, 의외(意外)의 낭ᄌ의 수찰[329]을 보니 일촌간장[330]이 녹는 듯 ᄒᆞᆫ지라. 그 반가온 졍회(情懷)는 좀ᄎᆞ[將次] ᄒ련이와 모월일 긔약(期約)은 그ᄃᆡ로 ᄒᆞᆯ 거시니{것이니} 어긔지 말나.」

ᄒ엿더라. 소부인이 견필[331]의 ᄃᆡ로ᄒ여 시비를 분부ᄒ여 초운을 결박ᄒ고 크게 ᄭᅮ지져 왈,

"네 비록 천ᄒᆞᆫ 창물이나 이졔 직상의 총쳡(寵妾)이 되여, 일시 승상이 아니 계시다 ᄒ여 이런 힝실을 ᄒ니, 엇지 통한치 아니ᄒ리오."

---

329) 수찰(手札): 손수 쓴 글이나 편지.(手書)

330) 일촌간장(一寸肝腸): 한 도막의 간과 창자라는 뜻으로, '애달프거나 애가 탈 때의 마음'을 형용하는 말.

331) 견필(見畢): 보기를 마침. 보기를 다함.

ᄒᆞ며 즉시 왕부인과 진부인을 청ᄒᆞ니, 두 부인이 이 소식을 듯고 화류졍의 니르니, 운낭을 결박(結縛)ᄒᆞ여 ᄭᅮᆯ녓거늘 ᄃᆡ경(大驚)ᄒᆞ여 그 연고(緣故)을 무른ᄃᆡ, 소시 셔간(書簡)을 가져 두 부인을 뵈며 왈,

"우리 져를 극진히 ᄉᆞ랑ᄒᆞ더니, 요젹[332] ᄒᆞᆫ 가온ᄃᆡ 이런 음난(淫亂)ᄒᆞᆫ 힝실 ᄒᆞᆯ 쥴을 엇지 ᄉᆡᆼ각ᄒᆞ여시리오."

왕·진 이 부인이 그 곡졀[333]을 몰나 왈,

"우리는 춍망(悤忙) 즁 엇지 쳐치(處置)을 ᄉᆡᆼ각지 못ᄒᆞ오니 부인이 아라 ᄒᆞ소셔."

소시 왈,

"졍ᄉᆞ운이 오날 밤의 오마 ᄒᆞ엿스니, 음녀(淫女)를 아직 가도고 기ᄃᆞ려 보리라."

ᄒᆞ거늘, 두 부인은 각각 침소로 도라오니라.

소시 모든 노복(奴僕)을 분부(分付)ᄒᆞ여 쥰비ᄒᆞ고 졍ᄉᆞ운의 오믈 기ᄃᆞ리더니, 밤든 후 과연 졍ᄉᆞ운이 가졍[334]을 ᄃᆞ리고 바로 문을 ᄭᅢ치고 드러오거늘, 노복 등이 일시의 고함(高喊)ᄒᆞ고 ᄂᆡ다라 졍ᄉᆞ운을 결박(結縛)ᄒᆞ고 삼부인(三夫人)긔 고ᄒᆞᆫᄃᆡ, 졍ᄉᆞ운이 불의지변(不意之變)을 당ᄒᆞ여 초운의 셔간(書簡)을 ᄂᆡ혀 드리며 ᄋᆡ걸(哀乞)ᄒᆞ거늘 모ᄃᆞ 보니 초운의 필젹(筆跡)이라. 소시 왈,

"졍ᄉᆞ운은 실노 무죄(無罪)ᄒᆞ다."

ᄒᆞ고 즉시 방송(放送)ᄒᆞ니라.

이ᄯᅢ 진부인이 침소(寢所)의 도라와[돌아와] 시비 향난[향낭]을 불너 왈,

"슬프다! 운낭이 빙옥(氷玉)갓흔 졀ᄀᆡ(節槪)로 ᄋᆡᄆᆡᆨ이 죽게 되어시니,

---

332) 요젹(寥寂): 쓸쓸하고 고요함.

333) 곡절(曲折): 순조롭지 아니하게 얽힌 이런저런 복잡한 까닭.

334) 가정(家丁): 제 집에서 부리는 남자 상일군.

엇지 가련(可憐)치 아니ᄒᆞ리오. 모로미 너는 ᄂᆞ의 셰간[書簡]과 먹을 거슬{것을} 가지고 가만히 옥중(獄中)의 가 젼(傳)ᄒᆞ라."

향난[향낭]이 ᄯᅩᄒᆞᆫ 슬피 울며 밤중을 기ᄃᆞ려 운낭이 갓치인{갇힌} 곳의 ᄂᆞ아가 시비 춰향을 불너 부인의 셔간과 음식을 드리니, ᄎᆞ시 초운이 불의(不意)의 망측(罔測)ᄒᆞᆫ 누명(陋名)을 듯고 옥중(獄中)의 갓치여{갇히어} 신셰(身世)를 ᄉᆡᆼ각ᄒᆞ고 혼졀(昏絕)ᄒᆞ엿다가, 춰향의 구ᄒᆞ믈 닙어 겨우 경신을 ᄎᆞ려 진부인의 은혜를 감격ᄒᆞ며 셔간을 보니, ᄒᆞ여시되,

「우리 젼ᄉᆡᆼ(前生) 연분(緣分)으로 ᄒᆞᆫ가지로{함께} 승상의 건즐(巾櫛)을 밧드러{받들어} 지ᄂᆡ다가 가운(家運)이 불ᄒᆡᆼ(不幸)ᄒᆞ여 승상이 적소(謫所)의 가시고, ᄯᅩ 낭지 동녈[335]의 싀긔(猜忌)ᄒᆞ믈 닙어 빙옥(氷玉)갓튼 졀긔(節槪)로 이미이 이 지경의 니로니, 엇지 망극(罔極)지 아니리오. 그러나 텬되[336] 소소[337]ᄒᆞ시니, 원컨ᄃᆡ 복중ᄋᆞ(腹中兒)를 도라보아{돌아보아} 몸을 바리지 말고 후일(後日)을 좀간 기ᄃᆞ리라.」

ᄒᆞ엿더라. 초운 보기를 맛ᄎᆞᄆᆡ 늣기며 향낭[338]다려 왈,

"더러온 초운을 이러틋 무로[339]시니 황천(黃泉)의 도라가{돌아가} 부인의 은혜를 갑흐리로다{갚으리로다}."

ᄒᆞ고 회답(回答)을 써쥰ᄃᆡ, 향낭이 바다{받아} 가지고 도라와{돌아와} 진부인긔 드린ᄃᆡ ᄯᅥ혀보니, ᄒᆞ여시되,

---

335) 동녈(同列): 같은 위치에 있는 사람.

336) 텬되(天道가): 하늘의 섭리.

337) 소소(昭昭): (사리 등이) 밝고 뚜렷함.

338) 향낭: 앞부분에서는 '향랑'으로 되어 있고 중간부분에서는 '향난'으로 되어 있다가 다시 향낭으로 되어 있는 것임.

339) 무로(撫勞): 어루만지며 위로함.(撫慰)

「천쳡(賤妾)이 본딕 ᄒᆞ방쳔인(遐方賤人)으로 승상의 은ᄋᆡ(恩愛)와 삼부인(三夫人)의 덕턱(德澤)을 닙ᄉᆞ와 일신(一身)이 영귀(榮貴)ᄒᆞ옵더니, 조물(造物)이 싀긔(猜忌)ᄒᆞ와 쳔고(千古)의 누명(陋名)을 닙삽고 이 지경의 니로러ᄉᆞ오니{이르렀사오니}, 이졔 잔명(殘命)을 맛ᄎᆞ미 앗갑지{아깝지} 아니ᄒᆞ오나 복즁(腹中)의 기친{끼친} 승상의 혈육(血肉)이 함긔 명(命)을 맛게{마치게} 되오니, 신세(身世)를 싱각ᄒᆞ오미 다시 부인의 존안(尊顔)을 뵈올 놀이 업ᄉᆞ온지라, 바라건딕 부인은 귀쳬(貴體)를 보즁(保重)ᄒᆞ옵셔 일후(日後) 승상이 도라오시거든{돌아오시거든} 쳡의 누명(陋名)을 신원(伸冤)ᄒᆞ여 쥬시믈 바라ᄂᆡ이다.」

ᄒᆞ엿더라. 진부인이 보기를 맛치믹 낙누(落淚)ᄒᆞ고 늣기다가 시비를 다리고{데리고} 츄화당[340]의 나아가니, 소부인이 왕부인을 쳥ᄒᆞ여 말솜ᄒᆞ며 진부인을 딕ᄒᆞ여 왈,

“초운의 일을 엇지 쳐치ᄒᆞ여야 규문[341]의 더러온 한을 쓰스리잇고{씻으리이꼬}?”

진부인이 문득 ᄒᆞᆫ 계교를 싱각ᄒᆞ고 왈,

“초운의 죄상이 가장 통분[342]ᄒᆞ오니, 맛당이{마땅히} 문젹(文籍)을 민드러 명일(明日) 법관(法官)의 고(告)ᄒᆞ여 극ᄒᆞᆫ 형벌(刑罰)노 다ᄉᆞ리미 조흘가 ᄒᆞᄂᆞ이다.”

소시 딕희 왈,

“부인 말솜이 가장 올ᄉᆞ오니 그리ᄒᆞᄉᆞ이다.”

ᄒᆞ고, 왕부인으로 문젹(文籍) 초(草)를 잡거ᄂᆞᆯ, 진부인이 침소(寢所)의 도라와{돌아와} 밤들기를 기ᄃᆞ려 시비 향낭을 불너 왈,

340) 츄화당: 앞부분에서는 ‘츄회당’으로 되어 있음.

341) 규문(閨門): 한집에서 부녀자가 사는 곳.

342) 통분(痛憤): 원통하고 분함.

"네 가만이 옥즁(獄中)의 드러가{들어가} 운낭을 ᄃᆞ려오되 남모로게 ᄒᆞ라."

향낭이 옥문(獄門)의 니르니 옥문 직힌{지킨} 노복(奴僕)이 좀을 깁히{깊이} 드러거놀{들었거늘} 가마니{가만히} 드러가니{들어가니}, 초운이 놀나 문왈,

"무숨 연괴(緣故가) 잇ᄂᆞ뇨?"

향낭 왈,

"이리{일이} 위급ᄒᆞ오니, 낭ᄌᆞ는 ᄲᆞᆯ니 ᄂᆞ를 ᄯᆞᄅᆞ소셔."

ᄒᆞ거놀, 초운이 취향을 ᄃᆞ리고{데리고} 향낭을 좃ᄎᆞ 바로 진부인 침소(寢所)의 니로니, 진부인이 초운의 손을 잡고 낙누(落淚)ᄒᆞ며 왈,

"낭ᄌᆞ의 빙옥(氷玉)갓흔{같은} 마음으로 간인(奸人)의 모함(謀陷)을 닙으니, 이는 도모지{도무지} 낭ᄌᆞ의 ᄋᆡᆨ운(厄運)이 미진(未盡)ᄒᆞ미라. 텬지신명(天地神明)이 술피시리니, ᄉᆞ셰(事勢) 위급(危急)ᄒᆞ여 날이 밝으면 ᄃᆡ환(大患)이 잇스리니, 이졔 취향을 ᄃᆞ리고 셩문(城門) 열기를 기ᄃᆞ려 양ᄌᆞ강(揚子江)을 건너 바로 승상 젹소(謫所)로 ᄎᆞᄌᆞ 가라. 이후 다시 만나 즐길 놀이 잇스리라."

ᄒᆞ며 은ᄌᆞ(銀子) 오십 냥을 쥬거놀, 초운이 부인의 은혜를 ᄉᆞ례(謝禮)ᄒᆞ고 즉시 취향을 ᄃᆞ리고{데리고} 양ᄌᆞ강(揚子江)의 니르어{이르러} 션가[343]를 후이 쥬고 ᄇᆡ의{배에} 올나 즁뉴(中流)ᄒᆞ여 가더니, 홀연 광풍(狂風)이 ᄃᆡ작(大作)ᄒᆞ며 물결이 ᄇᆡ을 모라{몰아} 가니 ᄉᆞ공(沙工)이 능히 것잡지{걷잡지} 못ᄒᆞ고 ᄇᆡ ᄶᅢ르미 살 갓흔지라. 잇틀{이틀} 만의 ᄒᆞᆫ 곳의 ᄃᆞᄃᆞ라 바롬이 ᄌᆞ거놀{잣거늘} ᄉᆞ공ᄃᆞ려 지경(地境)을 무르니{물으니}, ᄉᆞ공이 ᄯᅩᄒᆞᆫ '모로ᄂᆞ이다' ᄒᆞ거놀, 언덕의 올나 길흘{길을} ᄎᆞᄌᆞ 나서미 갈 바를 아지 못ᄒᆞ고, ᄇᆡ 심히 골ᄑᆞ{고파} 능히 ᄒᆡᆼ(行)치 못ᄒᆞᆯ지라. 노쥐(奴主가) 셔로 붓들고

343) 션가(船價): 뱃삯.

울더니, 문득 흔 녀승(女僧)이 지느다가 문왈,

"두 낭즈는 어디 겨시며 무슴 연고(緣故)로 이곳의 와 울으시는잇고?"

운낭이 반겨 왈,

"우리는 남방(南方) 사름으로셔 운쥐로 가옵거니와, 존亽(尊師)는 어디 겨시며 어디로 가시는뇨?"

녀승이 답왈,

"소승(小僧)은 이 산 동녁 암즈(庵子)의 잇숩더니, 맛춤 촌가(村家)의 갓숩다가 도라오는 길이로소이다."

운낭 왈,

"존亽는 우리을 드려가 구제(救濟)흐시믈 바라느이다."

그 승이 가쟝 불상이 너겨 운낭과 취향을 드리고{데리고} 슈리(數里)을 나아가 절 동구(洞口)의 드드르니, 송빅(松柏)이 창창[344] 흐고 경긔 절승[345] 흔디 쥬란화각(朱欄畫閣)이 반공의 소亽시니{솟았으니} 진즛{짐짓} 별유텬지비인간[346]이라.

모든 승(僧)이 문 밧긔 나와 노승(老僧)을 맛즈며 운낭과 취향을 청흐여 드러가{들어가} 좌졍(坐定) 후 셕반(夕飯)을 드리거늘, 노쥐 요긔(療飢)흐고 문왈,

"예서 황셩과 황토셤이 얼마느 흐뇨?"

졔승(諸僧)이 답왈,

"황셩은 칠쳔여 리오, 황토셤은 亽쳔여 리니이다."

운낭이 쏘 문왈,

---

344) 창창(蒼蒼): 매우 푸름.

345) 절승(絕勝): (경치가) 비할 바 없이 훌륭함.

346) 별유텬지비인간(別有天地非人間): 특별히 경치가 좋거나 분위기가 좋은 곳을 이르는 말.

"황토셤을 가랴 ᄒᆞ면 길이 엇더ᄒᆞ니잇고?"

노승 왈,

"큰 바ᄃᆞ히 잇셔 가기 어렵ᄉᆞ오니이다."

운낭 왈,

"우리 가쟝(家長)이 황토셤 젹소의 갓기로 ᄎᆞᄌᆞ 가랴 ᄒᆞ엿더니 능히 가지 못ᄒᆞᆯ지라. 바라건ᄃᆡ 승이 되여 존ᄉᆞ를 뫼시고져 ᄒᆞᄂᆞ이다."

ᄒᆞ고 울거ᄂᆞᆯ, 노승이 그 경상(景狀)을 잔잉이{자닝이} 너겨 즉시 머리를 싹가 운낭의 일홈은 명현이라 ᄒᆞ여 노승의 상지[347] 되고, 취향은 일홈을 청원이라 ᄒᆞ여 명현의 상지(上佐가) 되니라.

ᄎᆞ시 소시 고관[348]ᄒᆞᆯ 문셔(文書)를 가지고 '초운을 잡아 오라' ᄒᆞ더니, 옥졸이 급히 고(告)ᄒᆞ되 '운낭이 도주(逃走)ᄒᆞ고 간 바를 아지 못ᄒᆞᄂᆞ이다' ᄒᆞ거ᄂᆞᆯ, 소시 ᄃᆡ로(大怒)ᄒᆞ여 사ᄅᆞᆷ을 널리 노화{놓아} ᄉᆞ면(四面)으로 ᄎᆞ즈ᄃᆡ, 종젹(蹤迹)이 업ᄂᆞᆫ지라 분(憤)ᄒᆞᆷ을 이긔지 못ᄒᆞ여 ᄒᆞ더라.

이ᄯᆡ 초운이 ᄆᆡ일(每日) 불젼의 ᄂᆞ아가 승상이 슈히 도라오믈{돌아옴을} 축원(祝願)ᄒᆞ며 셰월을 보ᄂᆡ더니, 잉ᄐᆡ(孕胎)ᄒᆞ연 지 임의{이미} 십 삭(十朔)이 되엿ᄂᆞᆫ지라. 겻막[349]의 나가 임산[350]ᄒᆞᄆᆡ, 상셔(祥瑞)의 구름이 집을 두르고 향ᄂᆡ 진동ᄒᆞ며 일ᄀᆡ 옥동(一介玉童)을 ᄂᆞ흐니, 골격이 승상과 방불(彷佛)ᄒᆞ거ᄂᆞᆯ 일희일비(一喜一悲)ᄒᆞ여 일홈{이름}을 희라 ᄒᆞ다.

각셜(却說)。 연왕 건셩이 승상 댱경을 모함(謀陷)ᄒᆞ여 ᄂᆡ치고 긔탄(忌憚)업시 황졔(皇帝)를 폐(廢)ᄒᆞ여 황토셤의 안치[351]ᄒᆞ며 황후(皇后)를 심궁

---

347) 상지[上佐]: 중이 되기 위하여 출가한 사람으로서 아직 계를 받지 못한 사람.(行者)
348) 고관(告官): 관청에 고함.
349) 겻막: 옆에 붙어 있는 집.
350) 임산(臨産): 임부가 해산할 때를 맞이함.
351) 안치(安置): 먼 곳에 보내 다른 곳으로 옮기지 못하게 주거를 제한함.

(深宮)의 가두고, 스스로 ᄃᆡ위(大位)의 즉ᄒᆞ여 충신(忠臣)을 살히(殺害)ᄒᆞ고 당경을 죽여 업시ᄒᆞ랴 ᄒᆞ고 즉시 잡으러 보ᄂᆡ니.

텬지(天子가) 망극(罔極)ᄒᆞ여 젹소(謫所)로 가실ᄉᆡ 승상을 ᄉᆡᆼ각고 못ᄂᆡ 슬허ᄒᆞ시며 통곡(慟哭) 왈,

"ᄂᆡ 밝지 못ᄒᆞ여 승상을 멀니 보ᄂᆡ고 이 지경의 니르러시니, 눌을(누구를) 한ᄒᆞ리오."

ᄒᆞ시더라.

이ᄯᆡ 승상 당경이 황토셤의 ᄆᆡ일 시ᄉᆞ[352]를 한탄(恨歎)ᄒᆞ더니, 일일은 ᄒᆞᆫ 노승(老僧)이 뉵환장(六環杖)을 집고 ᄂᆞᄋᆞ와 니르되,

"승상은 만고영웅이여놀 이제 텬지 번복[353]ᄒᆞ고 ᄉᆞᄌᆡ(使者가) 잡으러 오거놀, 엇지 안ᄌᆞ 죽기를 기ᄃᆞ리ᄂᆞ뇨?"

ᄒᆞ거놀, ᄭᆡᄃᆞ르니 남가일몽(南柯一夢)이라. ᄃᆡ경(大驚)ᄒᆞ여 ᄉᆡᆼ각ᄒᆞ되,

'일졍 건셩이 모역(謀逆)ᄒᆞ고 날을 죽이려 ᄒᆞ미 잇도다.'

즉시 ᄒᆡᆼ장(行裝)을 슈습(收拾)ᄒᆞ며 바로 황하 가의 니르러 ᄉᆞ공(沙工)을 불너 'ᄇᆡ를 건너라' ᄒᆞᆫᄃᆡ, 그곳 별장[354]이 ᄃᆡ경(大驚)ᄒᆞ여 왈,

"승상이 ᄂᆞ라 죄인(罪人)으로셔 임의(任意)로 어ᄃᆡ를 가려 ᄒᆞᄂᆞ뇨?"

ᄒᆞ고 모든 군ᄉᆞ(軍士)를 호령(號令)ᄒᆞ여 '길을 막고 잡으라' ᄒᆞ거놀, 승상이 ᄃᆡ로(大怒)ᄒᆞ여 칼을 ᄲᆡ혀 들고 왈,

"ᄂᆡ 이 칼노 남만(南蠻)과 셔융(西戎)을 쳐 ᄑᆞ(破)ᄒᆞᆫ 후, 오ᄅᆡ 쓰지 못ᄒᆞ여더니 다시 시험(試驗)ᄒᆞ리라."

ᄒᆞ고 말을 맛ᄎᆞ며 별장(別將)의 머리를 버히니 모든 군ᄉᆡ 다 다라ᄂᆞ거놀, ᄉᆞ공(沙工)을 호령(號令)ᄒᆞ여 ᄇᆡ의 올나 즁뉴(中流)ᄒᆞ여 가더니, 문득 광풍

352) 시ᄉᆞ(時事): 그 당시에 일어난 여러 가지 사회적 사건.

353) 번복(飜覆): 뒤집어엎음.

354) 별장(別將): 別軍의 장교로, 각 營·廳에 소속되어 있던 정3품 및 종2품의 堂上軍官.

(狂風)이 ᄃᆡ작(大作)ᄒᆞ미 ᄇᆡ를 무변ᄃᆡᄒᆡ(無邊大海)로 모라{몰아} 표풍[355]ᄒᆞ여 수일(數日) 만의 ᄒᆞᆫ 곳의 니로니, 언덕의 븟치고 ᄉᆞ공다려 문왈,

"이곳 지명이 무어시며, 우리 얼마나 왓는뇨?"

ᄉᆞ공이 ᄃᆡ왈,

"져긔 뵈는 산이 청운산인가 시부오니, 짐작건ᄃᆡ ᄉᆞ쳔여 리나 왓ᄂᆞ이다."

ᄇᆡ의 ᄂᆞ려 ᄉᆞ공을 니별(離別)ᄒᆞ고 산즁(山中)으로 길흘 ᄎᆞᄌᆞ 나아갈ᄉᆡ, 산쉬(山水가) 수려(秀麗)ᄒᆞ고 경ᄀᆡ(景槪) 졀승(絕勝)ᄒᆞ며 풍경(風磬)소ᄅᆡ 은은이 들리거늘 '이곳의 필연(必然) 졀이 잇도다' ᄒᆞ고 슈리(數里)를 나아가더니, 이젹의 취향이 졀 동구(洞口)의셔 ᄂᆞ물 ᄏᆡ다가 승상을 보고 반가오믈 니긔지 못ᄒᆞ여 크게 ᄒᆞᆫ 소ᄅᆡ를 지르고 다라들거늘, 승상이 ᄭᅮ지져 왈,

"엇던 승이완ᄃᆡ 무심즁(無心中)의 사ᄅᆞᆷ을 놀ᄂᆡ는다?"

취향이 통곡 왈,

"소비(小婢)는 운낭ᄌᆞ의 시비(侍婢) 취향이로소이다."

승상이 그졔야 취향인 줄 알고 급히 문왈,

"너는 무슴 일노 이곳의 잇는뇨?"

취향 왈,

"낭ᄌᆞ(娘子)도 이곳의 겨셔 일젼(日前) ᄒᆡ복(解腹)ᄒᆞ시고 져 것막{겻막}의 겨시오니, 가시면 곡졀(曲折)을 아르시올이다."

ᄒᆞᆫᄃᆡ, 승상이 놀나 급히 드러가니, 운낭이 ᄋᆞ희를 안고 잇다가 승상을 보고 어린 드시 말을 못ᄒᆞ고 눈물만 흘니거늘, 승상이 ᄯᅩᄒᆞᆫ 눈물을 흘니며 그 연고(緣故)를 무른ᄃᆡ, 운낭이 소부인 모함(謀陷)ᄒᆞ던 일과 진부인의 은혜로 목숨을 보존ᄒᆞ여 이리 왓시믈 ᄃᆡ강 니르니, 승상이 ᄋᆞᄌᆞ를 안고 ᄎᆞ탄(嗟歎)ᄒᆞ기를 마지아니ᄒᆞ고 황토셤의 지ᄂᆡ던 일을 닐너 왈,

---

355) 표풍(漂風): 바람결에 떠 흘러감.

"이 ᄯᅩᄒᆞᆫ 졍ᄒᆞᆫ 슈(數이)니 헐마 엇지ᄒᆞ리오?"
ᄒᆞ고 셔로 위로(慰勞)ᄒᆞ더라.

ᄎᆞ셜(且說)。황토셤의 당경을 졉으러 갓든 ᄉᆞ지(使者가) 도라와{돌아와} 당경이 발셔{벌써} 별쟝(別將)을 죽이고 ᄃᆞ라낫시믈 고(告)ᄒᆞᆫᄃᆡ, 건셩이 ᄃᆡ경(大驚)ᄒᆞ여 즉시 숨부인(三夫人)과 그 가속(家屬)을 다 옥즁(獄中)의 엄수(嚴囚)ᄒᆞ고 집을 젹몰[356]ᄒᆞ니, 그 춤혹(慘酷)ᄒᆞᆫ 경상(景狀)을 측냥(測量)치 못ᄒᆞᆯ너라.

이ᄯᅢ 폐졔(廢帝) 황토셤의 니르러 당경의 안부를 무르시니, 모다 니르되,
"승상이 모월모일의 별쟝(別將)을 죽이고 물를 건너 다라낫다."
ᄒᆞ거ᄂᆞᆯ, 폐졔 심즁(心中)의 싱각ᄒᆞ시되,
'승상이 다라나시니{달아났으니} 반ᄃᆞ시 텬지(天地)를 회복(回復)ᄒᆞ여 원슈를 갑흐리니{갚으리니}, ᄂᆡ 다시 텬일[357]을 보리로다.'
ᄒᆞ시고 쥬야(晝夜)로 당경의 소식을 기ᄃᆞ리시더라.

화셜(話說)。당승상이 쳥운산의셔 수월(數月)을 유(留)ᄒᆞ더니, 일일은 ᄒᆞᆫ 녀승(女僧)이 황셩(皇城)으로 조ᄎᆞ 니로러 졔승(諸僧)을 ᄃᆡᄒᆞ여 왈,
"우리는 산즁(山中)의 잇셔 셰상ᄉᆞ(世上事)를 몰나더니, 연왕이 황졔를 황토셤의 안치(安置)ᄒᆞ고 황후(皇后)를 ᄂᆡ치며 당승상을 졉아 죽이려 ᄒᆞ다가 발셔{벌써} 알고 다라낫기로{달아났기로}, 그 집을 젹몰(籍沒)ᄒᆞ고 여러 부인과 자손을 다 관노(官奴)의 졍속(定屬)ᄒᆞ고, 각도(各道)의 힝관[358]ᄒᆞ여 '졉아 밧치ᄂᆞᆫ ᄌᆞᄂᆞᆫ 쳔금상(千金償)의 만호후(萬戶侯)를 봉(封)ᄒᆞ리라' ᄒᆞ니 셰샹ᄉᆞ를 엇지 측냥(測量)ᄒᆞ리오."
ᄒᆞ거ᄂᆞᆯ, 승상이 이 말을 듯고 망극(罔極)ᄒᆞ고 분ᄒᆞ믈 이긔지 못ᄒᆞ여 운낭

356) 젹몰(籍沒): 중죄인의 재산을 모두 몰수함.
357) 텬일(天日): 좋은 임금이 다스리는 세상.
358) 힝관(行關): 관아 사이에 공문을 보냄.

ᄃᆞ려 왈,

"형쥐ᄌᆞᄉᆞ 신담은 본ᄃᆡ 츙절(忠節)이 잇고 지뫼(智謀가) 겸젼ᄒᆞ니, ᄂᆡ 이졔 형쥐로 가 각쳐(各處) 병ᄆᆞ(兵馬)를 모화{모아} 건셩을 죽이고 황졔를 뫼셔 ᄂᆞ라 은혜를 갑흐려{갚으려} ᄒᆞᄂᆞ니, 운낭은 그 ᄉᆞ이 조히{좋이} 잇스라."

운낭이 ᄃᆡ왈,

"승상이 이ᄯᅢ를 당ᄒᆞ여 엇지 텬은(天恩)을 갑고{갚고} ᄋᆞ름다온 일홈{이름}을 후셰(後世)의 빗ᄂᆡ지 아니ᄒᆞ리잇고? ᄲᅡᆯ니 ᄃᆡᄉᆞ(大事)를 ᄒᆡᆼ(行)ᄒᆞ소셔."

승상이 즉시 운낭을 니별(離別)ᄒᆞ고 길를 ᄯᅥ나 여러 ᄂᆞᆯ 만의 형쥐의 니르러 신담을 보니, 신담이 ᄃᆡ경ᄃᆡ희(大驚大喜)ᄒᆞ여 왈,

"승상이 이곳의 니르시니 반ᄃᆞ시 텬지(天地)를 회복(回復)ᄒᆞ고 한(恨)을 씨슬이로다{씻으리로다}."

승상이 쟝탄(長歎) 왈,

"ᄂᆡ 이졔 텬지(天地) 변복[飜覆]ᄒᆞ여시무로 남졍(南征)ᄒᆞ던 제쟝(諸將)을 회합(會合)ᄒᆞ여 국은(國恩)을 갑흐려{갚으려} ᄒᆞᄂᆞ니, 공(公)은 군ᄉᆞ(軍士)를 연습(鍊習)ᄒᆞ여 ᄒᆞᆫ 팔 힘[359]을 도으미 엇더ᄒᆞ뇨?"

신담 왈,

"ᄂᆡ 임의{이미} ᄯᅳᆺ시{뜻이} 잇션지 오리되 의논ᄒᆞᆯ 리 업셔 쥬야(晝夜) 한탄(恨歎)ᄒᆞ더니, 승상의 말숨을 드르미 엇지 즐겁지 아니ᄒᆞ리잇고?"

주촌(酒饌)을 ᄂᆡ여 ᄃᆡ졉(待接)ᄒᆞᆫᄃᆡ, 승상이 잔을 잡고 왈,

"ᄂᆡ 동십일월(冬十一月) 망간[360]으로 긔병(起兵)ᄒᆞ려 ᄒᆞ니, 공은 긔약(期約)을 어긔지 말나."

신담이 허락(許諾)ᄒᆞ거ᄂᆞᆯ, 인ᄒᆞ여 니별(離別)ᄒᆞ고, 즉시 회람도독 셜만

---

359) ᄒᆞᆫ 팔 힘: 一臂之力을 풀이한 어구. 보잘것없게나마 남을 도와주는 조그마한 힘을 이르는 말이다.

360) 망간(望間): 음력 보름께.

츈과 양쥐즈스 긔심과 병믹절도스 한북 등을 다 ᄎᄌ보고 그 뜻을 니른디, 졔장(諸將)이 디희(大喜)ᄒ여 살을 썩거 밍셰(盟誓)ᄒ고 썔니 긔병(起兵)ᄒ기를 원ᄒ거늘, 승상이 디희ᄒ여 긔회(機會)를 졍ᄒᆫ 후 장ᄎ 운쥐로 향홀시 군산 아릭 다다라는, 홀연 ᄒᆫ 쟝쉬 빅ᄆ(白馬)를 ᄐ고 손의 철퇴(鐵槌)를 들고 오다가 승상을 보고 크게 깃거 왈,

"너를 텬직(天子가) 각도(各道)의 힝이[361]ᄒ여 즙으라 ᄒ시다."

쏘,

"나의 원쉬(怨讐이)라. 이곳의셔 만날 줄 엇지 아랏스리오?"

ᄒ고, ᄃ라드러{달려들어} 소릭 가쟝 웅장(雄壯)ᄒ고 위인(爲人)이 용밍(勇猛)ᄒᆫ지라, 승상이 위여{외쳐} 왈,

"닉 그디를 쳐음 보거늘 엇지 원쉬라 ᄒᄂ뇨?"

그놈이 답지 아니코 철퇴(鐵槌)를 드러 치거늘, 승상이 쏘ᄒᆫ 칼를 들어 디젹(對敵)고져 ᄒ더니, 믄득 중북소릭[북소리] 나며 ᄒᆫ 쎠 군미(軍馬가) 니로ᄂᆫ 곳의, ᄒᆫ 쟝쉬 방쳔화극[362]를 들고 철니쥰총(千里駿驄)을 달녀오거늘, 술펴보니 이ᄂᆫ 운쥐졀도ᄉ 밍덕이라. 승상이 크게 불너 왈,

"밍장군은 날을 구ᄒ라."

ᄒᆫ디, 밍덕이 승상인 줄 알고 급히 문왈,

"승상이 엇지 이곳의 계신뇨?"

승상이 밋쳐 답지 못ᄒ여셔, 그놈이 ᄭ지져 왈,

"너ᄂᆫ 운쥐졀도ᄉ로셔 망명죄인(亡命罪人)을 니러트시 디졉ᄒ니 쏘ᄒᆫ 녁젹(逆賊)이로다."

ᄒ고 철퇴(鐵槌)로 치거늘, 밍덕이 몸을 피ᄒ고 창으로 그놈의 다리를 질너{찔러} 말게{말에서} ᄂ리치고{떨어트리고} 군ᄉ로 ᄒ여곰 즙아 미고 문왈,

361) 힝이(行移): '行文移牒'의 준말. 공문서로써 조회함.

362) 방천화극(方天火戟): 중국 武具의 하나로, 전쟁에 쓰는 창의 일종.

"너는 엇던 놈이완ᄃᆡ 승상을 ᄒᆡ(害)코져 ᄒᆞᄂᆞᆫ다?"

그놈이 답ᄒᆞ되,

"나는 젼님(前任) 운쥐절도ᄉᆞ 마등철의 ᄋᆞ들 방회러니, 댱경이 황하로 갈제 ᄂᆡ 부친을 죽여기로, 이곳의셔 만나 아뷔{아비} 원수를 갑흐려{갚으려} ᄒᆞ엿삽더니 도로혀{도리어} 잡혀시니, 엇지 통한(痛恨)치 아니리오?"

ᄒᆞ고 눈을 부릅ᄯᅳ고 ᄂᆡ를 갈거늘, ᄆᆡᆼ덕이 ᄭᅮ짓고 그 머리를 버히고, 승상과 ᄒᆞᆫ가지{함께} 셩즁(城中)의 드러가 지난 일를 니르며 왈,

"소쟝(小將)이 우연이[우연히] 셩 밧긔 산ᄒᆡᆼ(山行)ᄒᆞ라 갓삽다가 방회를 죽이고 승상을 만나니, 이는 하놀이 도으시민가 ᄒᆞᄂᆞ이다."

승상이 인ᄒᆞ여 남졍(南征) 졔쟝으로 더부러 폐졔(廢帝) 회복ᄒᆞ려 ᄒᆞᄂᆞᆫ 일을 낫낫치 니른니, ᄆᆡᆼ덕이 ᄃᆡ희(大喜)ᄒᆞ여 즉시 군ᄆᆡ(軍馬)를 조발[363]ᄒᆞ여 형쥐로 향ᄒᆞ니라. 승상이 ᄆᆡᆼ덕을 니별(離別)ᄒᆞ고 바로 황하를 건너 황토셤을 드러가 폐졔를 뵈옵고 ᄯᅡᆼ희 업ᄃᆡ여 통곡ᄒᆞᆫᄃᆡ, 이ᄯᅢ 폐졔 젹소(謫所)의 잇셔 ᄆᆡ일(每日) 승상 소식을 듯보시더니[364] 문득 승상을 보시ᄆᆡ 방셩ᄃᆡ곡(放聲大哭)ᄒᆞ시거늘, 승상이 눈물을 거두고 고두(叩頭) 쥬왈,

"폐하는 옥쳬(玉體)를 보즁(保重)ᄒᆞ사 ᄃᆡᄉᆞ(大事)를 도모ᄒᆞ소셔."

ᄒᆞ고, 드ᄃᆡ여 각쳐(各處) 병ᄆᆡ(兵馬)를 모화{모아} 금월(今月) 망간(望間)으로 긔병(起兵)ᄒᆞ오믈 알왼ᄃᆡ, 폐졔(廢帝) 눈물를 흘리시며 왈,

"ᄂᆡ 혼암[365]ᄒᆞ여 경(卿)을 원방(遠方)의 ᄂᆡ치고 이 지경(地境)의 니르러시니, 무슴 낫ᄎᆞ로 경을 ᄃᆞ시 보리오."

ᄒᆞ시고 승상의 손을 잡고 늣기시니{흐느끼시니}, 승상이 쥬왈

"이제 긔병(起兵)ᄒᆞ올 긔약(期約)이 당(當)ᄒᆞ여ᄉᆞ오니, 폐ᄒᆞᄂᆞᆫ 셜니 형

---

363) 조발(調發): (전시 또는 사변의 경우) 사람이나 말, 군수품을 뽑거나 거두어 모음.

364) 듯보시더니: 듣기도 하고 보기도 하며 알아보거나 살피시더니.

365) 혼암[昏闇]: 어리석고 못나서 사리에 어두움.

쥬로 향ᄒᆞ샤 친정[366]ᄒᆞ시믈 바라ᄂᆞ이다.”

상이 즉시 승상과 ᄒᆞᆫ가지로{함께} ᄇᆡ의 오로시ᄆᆡ, 하늘이 폐졔(廢帝)를 도으시고 승상의 츙셩(忠誠)을 감동(感動)ᄒᆞ샤, 슌풍(順風)을 만나 수일(數日) 만의 형쥬의 ᄂᆡ로니, 각쳐 군ᄆᆡ(軍馬가) 다 뫼엿거ᄂᆞᆯ 즉시 ᄃᆡ군(大軍)을 모라{몰아} 바로 경ᄉᆞ(京師)로 향ᄒᆞᆯ식, 지ᄂᆡᄂᆞᆫ 바의 감히 막을 지(者가) 업더라.

건셩이 ᄃᆡ경ᄒᆞ여 셩문(城門)을 굿게{굳게} 닷고{닫고} 직히거ᄂᆞᆯ{지키거늘}, 신담은 남문(南門)을 치고 셜만츈은 셔문(西門)을 치고 긔심은 북문(北門)을 치고 승상은 ᄆᆡᆼ덕으로 더부러 동문(東門)을 치니, 셩즁(城中) ᄇᆡᆨ셩(百姓)이 ᄯᅩᄒᆞᆫ 건셩을 원망(怨望)ᄒᆞ고 폐제(廢帝)를 ᄉᆡᆼ각ᄒᆞᄂᆞᆫ지라. ᄃᆡ쟝(大將) 진약이 가만히 격셔(檄書)를 ᄆᆡᆫ드러 살의 ᄆᆡ여 승상의 진즁(陣中)의 쏘니, 그 격셔의 ᄒᆞ여시되,

「소장(小將) 진약은 ᄉᆞᆷ가 글월을 승상긔 올니옵ᄂᆞ니, 승상이 ᄒᆞᆫ 번 황셩(皇城)을 ᄯᅥ나 젹소(謫所)의 가시ᄆᆡ 쳔지(天地) 번복(飜覆)ᄒᆞ여 건셩이 ᄃᆡ위(大位)를 찬녁[367]ᄒᆞ니, 쥬야(晝夜) 국은(國恩)과 셩삭[聖上]을 ᄉᆞ모(思慕)ᄒᆞ옵ᄂᆞᆫ ᄆᆞ옴이 다만 눈물만 흘닐 ᄯᆞᄅᆞᆷ이오. 가히 일을 의논(議論)ᄒᆞ 리 업셔 승상의 소식을 듯보더니, 이제 황텬(皇天)이 감동(感動)ᄒᆞ샤 ᄃᆡ병(大兵)이 셩하(城下)의 님(臨)ᄒᆞ엿ᄉᆞ오니 소쟝(小將)이 ᄆᆞᆺ당이{마땅히} ᄂᆡ응(內應)이 되여 오ᄂᆞᆯ 밤의 동문(東門)을 여러{열어} 승상을 마ᄌᆞ리니, 긔회(機會)를 일치{잃지} 마로소셔.」

ᄒᆞ엿더라. 승상이 보기를 마츠ᄆᆡ ᄃᆡ희(大喜)ᄒᆞ여 졔쟝(諸將)으로 더브러

366) 친정(親征): 임금이 친히 나가 정벌함.

367) 찬녁(簒逆): 음모로 반역을 하여 왕위를 빼앗음.

{함께} 밤 들기를 기드리더니, 이경(二更)은 ᄒᆞ여 진약이 수문장(守門將)을 버히고{베고} 동문(東門)을 크게 열거놀, 승상이 장졸(將卒)을 지촉ᄒᆞ여 바로 ᄃᆡ궐(大闕)노 드러가니{들어가니}, ᄎᆞ시(此時) 건셩이 불의지변(不意之變)을 만나 황망[368]이 시신(侍臣)을 ᄃᆞ리고{데리고} 북문(北門)으로 다라나거놀{달아나거늘}, ᄆᆡᆼ덕이 급히 ᄯᆞ라가 창(槍)으로 건셩의 탄 말을 질너 업지로고{엎지르고} 건셩을 ᄉᆡᆼ금(生擒)ᄒᆞ여 도라오고{돌아오고}, 그 남은 신하(臣下)와 장졸을 긔심·셜만츈 등이 ᄯᅩᄒᆞᆫ ᄉᆞ로잡아 왓거놀, 승상이 즉시 징을 쳐 군ᄉᆞ(軍士)를 거둔 후 방(榜) 붓쳐 ᄇᆡᆨ셩(百姓)을 안무(按撫)ᄒᆞ고, 황졔(皇帝)를 뫼셔 황극젼(皇極殿)의 오르시게 ᄒᆞ고 ᄉᆡ로이 시신ᄇᆡᆨ관(侍臣百官)을 거ᄂᆞ려 조회(朝會)를 ᄆᆞᆺᄎᆞᄆᆡ, 모든 의논(議論)이 다 '건셩을 죽이ᄌᆞ' ᄒᆞ거놀 승상이 알외되,

"그 죄 죽염즉 ᄒᆞ오나, 션졔(先帝)의 골육(骨肉)이오니 폐하는 살피옵소셔."

상이 올히 너기샤 그ᄯᆡ 모녁[369]ᄒᆞ던 신하와 비군을 쳐참(處斬)ᄒᆞ고 건셩을 ᄒᆡ도(海島)의 안치(安置)ᄒᆞ여 쥬려 죽으니라.

텬ᄌᆡ(天子가) 다시 ᄃᆡ위(大位)의 즉ᄒᆞ시ᄆᆡ ᄃᆡ샤텬하[370]ᄒᆞ시며 졔쟝(諸將)을 각각 논공(論功)ᄒᆞ실ᄉᆡ, 승상은 연왕을 봉ᄒᆞ시니 승상이 누ᄎᆞ(屢次) 겸양(謙讓)타가 ᄉᆞ은(謝恩)ᄒᆞ고 집의 도라오ᄆᆡ, 삼부인(三夫人)과 모든 ᄌᆞ녀(子女가) ᄆᆞᄌᆞ 반기거놀, 승상이 진즛 운낭이 업스믈{없음을} 알고 무러{물어} 왈,

"운낭은 어ᄃᆡ 잇ᄂᆞ뇨?"

소시 먼져 ᄂᆡ다라 젼후수말(前後首末)을 어즈러이 고(告)ᄒᆞ되, 임의{이

368) 황망(惶忙): 마음이 아주 급하여서 당황하고 허둥지둥함.

369) 모녁(謀逆): 역적질을 꾀함.

370) ᄃᆡ샤텬하(大赦天下): (국가에 경사가 있어) 나라 안의 모든 죄인들에게 죄를 용서하여 벌을 면제하거나 가볍게 해줌.

미} 아는 비라 답(答)지 아니코 바로 외당(外堂) 나와 좌긔[371]를 비셜(排設)ᄒᆞ고 소시의 시비(侍婢)를 다 잡아드려 ᄎᆞ례(次例) 엄문(嚴問)ᄒᆞ니, 츈향이 몬져{먼저} 초ᄉᆞ[372]ᄒᆞ되,

"일이 발셔{벌써} 발각(發覺)이 되엿ᄉᆞ오니 엇지 긔망(欺罔)ᄒᆞ올잇가?" ᄒᆞ고, 손침과 동모(同謀)ᄒᆞ여 졍ᄉᆞ운의게 왕ᄂᆡ(往來)ᄒᆞ던 젼후곡졀(前後曲折)을 낫낫치{낱낱이} 알왼ᄃᆡ, 왕시[왕이] ᄃᆡ로(大怒)ᄒᆞ여 츈향과 ᄒᆞᆫ가지로{함께} 간셥(干涉)ᄒᆞ던 시비(侍婢)를 ᄉᆞ힉[373]ᄒᆞ여 다 가두고 이 ᄯᅳᆺ즐 텬ᄌᆞ긔 쥬달(奏達)ᄒᆞᆫᄃᆡ, 상이 크게 통힉[374]ᄒᆞ샤 손침과 츈향[취향] 등을 다 쳐참(處斬)ᄒᆞ시고 '소시를 ᄉᆞᄉᆞ(賜死)ᄒᆞ라' ᄒᆞ시니, 연왕이 다시 쥬왈,

"소시ᄂᆞᆫ 소셩운의 은혜(恩惠)를 하히(河海)갓치 닙어ᄉᆞ오니, 복원(伏願) 셩상(聖上)은 신(臣)의 ᄉᆞ졍(事情)을 술피샤 신의 가ᄉᆞ(家事)ᄂᆞᆫ 신이 쳐치(處置)ᄒᆞ오리다."

ᄒᆞᆫᄃᆡ, 상이 의뉸[375]ᄒᆞᄉᆞ 초운은 특별이 졍숙왕비를 봉(封)ᄒᆞ샤 그 졀긔(節槪)를 표ᄒᆞ시니, 왕이 텬은(天恩)을 축ᄉᆞ(祝辭)ᄒᆞ고 집의 도라오니{돌아오니}, 발셔{벌써} 연국(燕國) 군신(群臣)이 위의(威儀)를 갓초 ᄃᆡ령(待令)ᄒᆞ엿더라.

왕이 진부인 ᄋᆞᄌᆞ(兒子)를 명(命)ᄒᆞ여 쳥운산 승당(僧堂)의 가 운낭을 ᄆᆞᄌᆞ올식, 이ᄯᅢ 운낭이 ᄆᆡ일(每日) 승상 도라오기{돌아오기}를 기다리더니, 일일은 무수(無數)ᄒᆞᆫ 인ᄆᆡ(人馬가) 동구(洞口)를 둘네며[376] 사롬이 급히 보ᄒᆞ되,

---

371) 좌긔(坐起): 죄를 묻기 위한 채비.

372) 초ᄉᆞ(招辭): 범인이 저지른 범죄 사실을 진술함.

373) ᄉᆞ힉(査覈): 실정을 자세히 조사하여 밝힘.

374) 통힉(痛駭):몹시 이상스러워 하고 놀라워 함.

375) 의뉸(依允): 아랫사람이 말씀을 아뢰어 청한 것을 임금이 허락함.

376) 둘네며[들레며]: 야단스럽게 떠들며.

"연국(燕國) 왕지(王子가) 오신다."

ᄒᆞ거ᄂᆞᆯ, 졈졈 갓가오미 취향이 공ᄌᆞ(公子: 왕자)를 아라보고{알아보고} 반가오믈 니긔지 못ᄒᆞ여 나아가 고왈,

"공지 소비(小婢)를 아로시잇가?"

공지 취향인 줄 알고 반긔며 왈,

"낭지 어듸 겨시뇨?"

취향이 답왈,

"승당의 겨시니이다."

공지 왕비 직쳡(職牒)과 왕의 셔간을 드리고 진부인 편지를 드리니, 운낭이 셔출을 보고 일변 놀나며 일변 반겨, 공ᄌᆞ와 왕ᄉᆞ(往事)를 말ᄒᆞ고 낙누ᄒᆞ며 노승과 졔승을 니별ᄒᆞ고 금덩[377]의 오르니, 졔승이 멀니{멀리} 나와 젼송ᄒᆞ며 칭찬 아니 리 업더라.

여러 ᄂᆞᆯ 만의 경셩 본턱(本宅)의 가니 왕과 왕·진 이 부인이 반기며 옛일을 말ᄒᆞ고 셔로 치하(致賀)ᄒᆞ고, 소부인을 ᄎᆞᄌᆞ 위로(慰勞) 왈,

"이왕ᄉᆞᄂᆞᆫ 쳡의 익운(厄運)이 미진(未盡)ᄒᆞᆫ 이리오니{일이오니}, 다시 ᄉᆡᆼ각 마르소셔."

소시 머리를 숙이고 붓그려 ᄃᆡ답지 못ᄒᆞ더라.

왕이 연국(燕國)으로 도라갈ᄉᆡ, '소시ᄂᆞᆫ 본집으로 가 ᄒᆡᆼ실(行實)을 닷근{닦은} 후 연국으로 오라' ᄒᆞ고, 왕비[378]와 왕·진 이 부인으로 더브러 발ᄒᆡᆼ(發行)ᄒᆞ여 본국(本國)의 가 조회(朝會)을 맛고 쳔셰[379]를 부르니, 그 부귀(富貴) ᄎᆞᆨ양[測量]치 못ᄒᆞᆯ네라. 왕비(王妃) 금은ᄎᆡ단(金銀綵段)을 ᄂᆡ여 쳥

377) 금(金)덩: 호화롭게 장식한 가마.

378) 왕비: '초운'을 이르는 말. 정숙왕비로 봉해졌기 때문이다.

379) 쳔셰(千歲): '千秋萬歲'의 준말. 천년과 만년의 뜻으로, '아주 오랜 세월'을 일컫는 말. 오래 살기를 비는 말이다.

운산 승당[380]을 즁수(重修)ᄒᆞ고 졔승(諸僧)의 은공(恩功)을 ᄉᆞ례(謝禮)ᄒᆞ니, 모든 승이 왕비의 덕턱(德澤)을 축수(祝壽)ᄒᆞ며 탑(塔)을 무워{만들어} 그 공덕(功德)을 표ᄒᆞ더라.

이ᄯᅢ ᄂᆞ라히 ᄐᆡ평(太平)ᄒᆞ고 ᄇᆡᆨ셩(百姓)이 격양가[381]를 부르니, 왕이 후원(後園)의 잔치를 ᄇᆡ셜(排設)ᄒᆞ고 즐기ᄃᆞ가 난간(欄干)을 의지(依支)ᄒᆞ고 조으더니, ᄉᆞ몽비몽간[非夢似夢間]의 ᄒᆞᆫ 션관(仙官)이 왕을 ᄃᆡ(對)ᄒᆞ여 왈,

"연왕이 인간 부귀(人間富貴) 엇더ᄒᆞ시뇨? 금년(今年) 칠월(七月) 망일(望日)이면 왕비(王妃)와 ᄒᆞᆫ가지로{함께} 텬상(天上)의 모드리라{모이리라}."

ᄒᆞ거ᄂᆞᆯ, 왕이 문왈,

"숨부인(三夫人)이 잇거ᄂᆞᆯ 엇지 왕비만 ᄒᆞᆫ가지로 가리라 ᄒᆞ시ᄂᆞᆫ뇨?"

션관(仙官)이 답왈,

"젼ᄉᆡᆼ(前生)의 왕비ᄂᆞᆫ 졍쳐(正妻)요. 소시ᄂᆞᆫ 첩(妾)으로셔 운낭의 투기(妬忌) 심(甚)ᄒᆞ기로 이ᄉᆡᆼ의 그 보복(報復)을 밧게{받게} ᄒᆞ미라."

ᄒᆞ고 문득 간ᄃᆡ업거ᄂᆞᆯ, ᄭᆡᄃᆞ르니 남가일몽(南柯一夢)이라.

가쟝 신긔(神奇)히 너겨 즉시 왕ᄌᆞ 희로 셰ᄌᆞ(世子)를 봉(封)ᄒᆞ고, ᄉᆞᄌᆞ(使者)를 보ᄂᆡ여 소부인을 ᄃᆞ려오고, 칠월(七月) 망일(望日)의 ᄃᆡ연(大宴)을 베프러 즐기더니, 텬지 아득ᄒᆞ고 상셔(祥瑞)의 구름이 니러나며{일어나며} 왕과 왕비 훙(薨)ᄒᆞ니, 셰ᄌᆞ와 문무ᄇᆡᆨ관(文武百官)이 발상거ᄋᆡ[382]ᄒᆞ고 능침[383]을 졍ᄒᆞ여 안장(安葬)ᄒᆞᆫ 후, 셰ᄌᆞ를 셰워 왕위(王位)의 올니ᄆᆡ, 셰지(世子가) 문무공검(文武恭儉)ᄒᆞ여 ᄇᆡᆨ셩(百姓)을 ᄋᆡ휼(愛恤)ᄒᆞ며 인의(仁

---

380) 승당(僧堂): 중이 좌선하며 거처하는 곳.

381) 격양가(擊壤歌): '의식이 풍족하고 안락하여 부러운 것이 아무 것도 없는 태평세월을 누림'을 비유하는 말. 중국 고대 요임금 때 늙은 농부가 태평한 세월을 즐거워하여 땅을 치면서 부른 노래라고 한다.

382) 발상거ᄋᆡ(發喪擧哀): 상제가 머리를 풀고 울어서 초상난 것을 발표하는 일.

383) 능침(陵寢): 임금이나 왕후의 무덤.

義)로 ᄂᆞ라흘 다ᄉᆞ리니, ᄃᆡᄃᆡ(代代)로 왕작[384]을 닉어 영화부귀(榮華富貴) ᄒᆞ미 천츄(千秋)의 비기 리 업더라.

[壬子七月美洞重刊本][385]

384) 왕작(王爵): 제왕의 벼슬.

385) 이 대본은 경판 35장본으로 『景印 古小說板刻本全集 5』(김동욱 편)의 735~752면에 수록되어 있다.

뎡슈졍젼
鄭秀貞傳

作家未詳

화셜[1]。ᄃᆡ숑(大宋) ᄐᆡ죵황뎨[2] 시졀(時節)의 병부상셔[3] 겸 표긔장군[4] 뎡국공이란 ᄌᆡ상(宰相)이 이스니{있으니}, 문뮈(文武가) 겸젼[5]ᄒᆞ기로 죠애[6] 공경츄앙(恭敬推仰)ᄒᆞ며 명망(名望)이 일셰(一世)의 들네ᄃᆡ{들레되}, 다만 슬하(膝下)의 일졈 혈육(一點血肉)이 업셔 슬허ᄒᆞ더니.

일일은 공이 그 부인 양시를 ᄃᆡ(對)ᄒᆞ여 왈,

"우리 부귀(富貴) 일셰(一世)의 웃ᄯᅳᆷ이로ᄃᆡ, 죠션향화[7]를 엇지 ᄒᆞ리오. ᄂᆡ 벼슬이 공후(公侯)의 거(居)ᄒᆞᄆᆡ, 죡히 두 부인을 두엄즉 ᄒᆞᆫ지라. ᄒᆡᆼ혀{행여} ᄉᆡᆼᄌᆞ(生子)ᄒᆞ면 후ᄉᆞ(後嗣)를 ᄂᆡ을{이을} 거시니{것이니}, 부인 쇼견(所見)이 엇더ᄒᆞ뇨?"

부인이 탄왈,

---

1) 화셜(話說): 고소설에서 이야기를 시작할 때 쓰는 말.

2) ᄐᆡ죵황뎨(太宗皇帝): 북송의 2대 황제 趙光義(재위: 976~997). 그는 등극하여 979년 친히 정벌에 나서 北漢을 복속했으나 986년 遼의 정벌에 나섰다가 대패했다. 이후 내치에 힘써 중앙집권체제를 공고히 하고 인재 선발 방법을 강화하였으며, 《太平御覽》을 편찬하였다.

3) 병부상셔(兵部尙書): 군사에 관한 일을 맡아보던 관정의 책임 관리.

4) 표긔장군(豹騎將軍): 장군의 칭호. '표기'는 기병으로서 용맹함이 표범과 같음을 일컫는 말이다.

5) 겸젼(兼全): 여러 가지 재주를 완전하게 갖춤.

6) 죠애(朝野가): 조정과 재야.

7) 죠션향화(祖先香火): 조상의 제사.

"쳡이 젼싱(前生)의 죄(罪) 즁(重)ᄒᆞ와 일졈 혈육(一點血肉)이 업사오니, 상공(相公) 직취(再娶)ᄒᆞ시믈 쳡(妾)이 엇지 아쳐로와{애처로워} 헐 빅 잇스릿가?"

말을 맛초며{마치며} 옥안[8]의 쌍뉘(雙淚가) 종횡(縱橫)ᄒᆞ니, 상셰(尙書가) 이를 보미 불상[불쌍]측은(惻隱)ᄒᆞ여 부인(夫人)을 위로(慰勞)헐 ᄯᆞ름일너라.

이날 부인이 잠을 이루지 못ᄒᆞ고 시녀(侍女)를 다리고{데리고} 츄양각의 올나 월식(月色)을 구경ᄒᆞ더니, 이ᄯᅢ는 삼월(三月) 망간[9]이라. 부인이 난간(欄干)을 의지(依支)ᄒᆞ여 잠간[잠깐] 죠으더니{졸더니}, 문득 동다히[10]로셔 오식(五色)구름이 이러나며{일어나며} 두 션녀(仙女) 공즁(空中)으로 나려와 부인을 보고 벽녁화[11] 한 가지를 쥬며 왈,

"부인이 우리를 아르시나잇가? 상졔(上帝)게옵셔 우리를 보ᄂᆡ여 '부인게 ᄎᆞ물(此物)을 드리라' ᄒᆞ시기로, 이 벽녁화를 부인게 드리나이다."

ᄒᆞ고, 부인 압혜{앞에} 노코{놓고} 호련[忽然] 간듸업거늘, 부인이 놀나 ᄭᆡ다르니 한 꿈이라. 남텬(南天)을 향ᄒᆞ여 무슈(無數) ᄉᆞ례(謝禮)ᄒᆞ고 도라보니{돌아보니} 벽녁홰 잇거늘 부인이 고히 너겨 구경코져 ᄒᆞ더니, 문득 광풍[12]이 일며 그 ᄭᅩᆺ츨 낫낫치{낱낱이} ᄯᅥ러치는지라{떨치는지라}.

부인이 나려와{내려와} 상셔게 이 말숨을 젼ᄒᆞ니, 상셰(尙書가) 청파[13]의 ᄒᆡ몽(解夢)ᄒᆞ니, ᄂᆡ 반다시 ᄉᆡᆼᄌᆞ지상[14]이라 가장 깃거ᄒᆞ더니, 과연 그

---

8) 옥안(玉顏): 지체 높은 사람의 얼굴.

9) 망간(望間): 음력 보름께.

10) 동(東)다히: 동쪽. '다히'는 접미사로, 방향을 가리키는 '쪽' 또는 '편'의 옛말.

11) 벽녁화: 짙푸른 색깔의 연꽃이란 의미를 지닌 '碧蓮花'의 오기인 듯. 이후에 나오는 벽녁화도 모두 마찬가지이다.

12) 광풍(狂風): 미친 듯이 휩쓸어 일어나는 바람.

13) 청파(聽罷): 듣기를 마침.

14) ᄉᆡᆼᄌᆞ지상(生子之祥): 자식을 낳을 징조.

달붓터 잉틱(孕胎)ᄒᆞ여 십 삭(十朔)이 ᄎᆞᄆᆡ, 일일은 공즁(空中)으로 한 쌍 션녀(仙女) 나려와 부인 침젼(寢前)의 이ᄅᆞ러 일오ᄃᆡ,

"월궁황아[15]의 명(命)으로 ᄒᆡ복[16]ᄒᆞ시믈 기다리ᄂᆞ이다."

ᄒᆞ니, 오ᄉᆡᆨ(五色) 구름이 집을 옹위(擁圍)ᄒᆞ고 향취(香臭가) 진동(振動)ᄒᆞ거ᄂᆞᆯ 부인이 문득 ᄉᆡᆼ아(生兒)ᄒᆞ니, 션녀(仙女가) 향슈(香水)로 씻겨 누이고 이로ᄃᆡ,

"이 아희 일홈{이름}은 슈경(秀貞)이오니, ᄎᆞ아(此兒) ᄇᆡ필(配匹)은 황셩(皇城)의 잇ᄂᆞ니 ᄯᅢ를 일치{잃지} 마르쇼셔."

ᄒᆞ고, 문득 간 바를 아지{알지} 못ᄒᆞᆯ너라.

이ᄯᅢ 상셰(尙書가) 밧비 드러와{들어와} 보니, 부인은 인ᄉᆞ(人事)를 모르고 한 아희 겻희{곁에} 누엇거ᄂᆞᆯ, 상셰 일변(一邊) 부인을 붓드러{붙들어} 구ᄒᆞ며 아희를 보니 진짓[17] 월궁쇼ᄋᆡ[18]라. 샹셰 즉시 ᄉᆡᆼ월일시(生月日時)를 긔록(記錄)ᄒᆞ고 일홈{이름}을 슈경이라 ᄒᆞ다.

이러구러[19] 셰월(歲月)이 훌훌[20]ᄒᆞ여 슈경의 나히{나이} 오 셰(五歲)의 일으ᄆᆡ{이르매} ᄇᆡᆨ틱쳔염[21]이 날노 ᄉᆡ로오니, 상셔부뷔 장즁보옥[22] 갓치{같이} ᄋᆡ지즁지[23]ᄒᆞ더라.

---

15) 월궁황아(月宮姮娥): 월궁은 달의 이칭이며, 항아는 그 달 속에 있다는 선녀. '絕世美人'을 두고 이르는 말이기도 하다. 姮娥는 남편이었던 羿가 바람을 피우는 것을 못 마땅하게 여겨, 남편과 함께 먹기로 한 불사약을 혼자서 훔쳐 먹고 달로 도망친 고사가 있다.

16) ᄒᆡ복(解腹): 아이를 낳음.(解産)

17) 진짓: '참으로'의 옛말.

18) 월궁슈ᄋᆡ(月宮小娥): 월궁에 산다는 젊고 예쁜 선녀.

19) 이러구러: 이럭저럭 시간이 흐르는 모양.

20) 훌훌: (시간 등이) 거침없이 빠르게 흘러감.

21) ᄇᆡᆨ틱쳔염(百態千艶): 온갖 자태와 예쁜 모습.(百態千光)

22) 장즁보옥(掌中寶玉): 손 안에 쥔 보옥이란 뜻으로, '매우 사랑하는 자식이나 아끼는 소중한 물건'을 일컫는 말.

23) ᄋᆡ지즁지(愛之重之): 매우 사랑하고 소중히 여김.

잇때 장운이란 ᄉᆞ롬이 이스니 벼슬이 니부상셔[24]에 거(居)ᄒᆞ고, 한 아들을 두엇스니 얼골은 두목지[25]오 힝실(行實)은 증ᄌᆞ[26]를 효측[27]ᄒᆞ더라. 상셰(尙書가) 죠회(朝會)를 파(罷)ᄒᆞ고 도라오더니{돌아오더니} 병부상셔 뎡국공을 맛나{만나} 셔로 녜(禮)를 파(罷)ᄒᆞ고, 장상셰 왈,

"현형[28]은 모로미{모르미} 쇼졔[29]의 집으로 가시미 헛더[엇더]ᄒᆞ시니잇가?"

뎡상셰 흔연(欣然) 허락(許諾)고 한가지로{함께} 장상셔 부즁[30]의 일으러{이르러}, 경풍각의 좌졍(坐定)ᄒᆞ고 담화(談話)ᄒᆞ며 쥬찬(酒饌)을 나와{내와} ᄃᆡ졉(待接)헐시, 뎡공이 쇼왈(笑曰),

"형의 부귀로 엇지 일비쥬(一杯酒)로 박(薄)히 ᄃᆡ졉ᄒᆞ나뇨?"

장공이 쇼왈,

"형은 니ᄇᆡᆨ[31]의 후신(後身)인지 쥬비(酒杯) 탐ᄒᆞ기를 잘ᄒᆞ는쏘다."

ᄒᆞ며, 즉시 시비(侍婢)를 명(命)ᄒᆞ여 쥬찬(酒饌)을 나올시, 슐이 반취[32]ᄒᆞᄆᆡ 뎡상셰 왈,

---

24) 니부상셔(吏部尙書): 관리의 임면·포상·처벌 등의 일을 맡아보던 吏部의 長官.

25) 두목지(杜牧之): 唐代 말기의 시인 杜牧의 자. 호는 樊川. 시가 호방할 뿐만 아니라 杜甫와 유사하여 小杜라 불리운다. 한편, 얼굴이 잘 생긴 두목지가 수레를 타고 長安을 지나면 美人들이 그의 풍채를 흠모하여 던진 귤로 수레가 가득하였다는 고사가 있다.

26) 증ᄌᆞ(曾子): 중국 춘추시대 魯나라의 曾參. 자는 子輿. 공자의 제자. 부모에게 극진한 효도를 보였으며, 매일 세 번씩 자신을 반성할 만큼 자기 관리에 엄격하였다.

27) 효측(效則): (모범이 되는 일을) 본받아서 법을 삼음.

28) 현형(賢兄): '친구'를 높이어 일컫는 말.

29) 쇼졔(少弟): 同輩 사이에 나이가 몇 살 위인 사람에 대하여 '자신'을 낮추어 일컫는 말.

30) 부즁(府中): 높은 벼슬아치의 집안.

31) 니ᄇᆡᆨ(李白): 盛唐의 시인. 자는 太白, 호는 靑蓮居士. 賀知章으로부터 謫仙人이라는 칭찬을 받아 李謫仙이라 하기도 한다. 천성이 호방하고 술을 좋아한 천재시인으로 六朝風의 시를 물리치고, 漢·魏의 호방함을 본떠 자유분방한 감정을 표현했다.

32) 반취(半醉): 술에 반쯤 취함. 술에 웬만큼 취한 것을 이른다.

"청(請)컨디 형의 귀ᄌ(貴子)를 한 번 구경코져 ᄒ노라."

장상셰 즉시 공ᄌ[33]를 부르니, 공지(公子가) 슈명(受命)ᄒ고 즉시 이르러거늘, 뎡공이 잠간 보니 진짓{짐짓} 영풍호쥰[34]이라, 일견(一見)의 디희(大喜) 왈,

"닉 일즉 한 녀식(女息)을 두엇스되 나히{나이} 십 셰라. 진짓 ᄎ인(此人)의 빅위[35]로다. 우리 양인(兩人)이 이럿틋 심밀[36]헌 가운디 가히 슬하(膝下)의 ᄌ미를 보엄즉ᄒᆞᆫ지라. 가히 빅우(配偶)를 졍(定)ᄒ미 엇더ᄒ뇨?"

장공이 답왈,

"형이 이의 먼져 청혼(請婚)ᄒ시니 불승황공[37]ᄒ여이다."

뎡상셰 칭ᄉ[38]ᄒᆞᆫ디, 장상셰 빅옥홀(白玉笏)을 닉여다가 뎡상셔를 쥬며 왈,

"ᄎ물(此物)이 비록 디단치 아니나 션죠(先祖)붓터 결혼시(結婚時)의 신물[39]을 숨앗ᄉ오니, 일노뼈{이것으로써} 졍약[40]ᄒ나이다."

뎡상셰 ᄯᅩᄒᆞᆫ 쥐엿든 청파[41]를 쥬며 왈,

"일노뼈{이로써} 표졍[42]ᄒ쇼셔."

ᄒ고 인ᄒ여 파연[43]ᄒ미, 뎡상셰 집의 도라와 부인다려 졍혼헌 ᄉ연을

---

33) 공ᄌ(公子): 귀한 가문의 어린 자제.

34) 영풍호쥰(英風豪俊): 영민하고 뛰어난 풍채를 지니고 재주와 슬기가 뛰어난 사람.

35) 빅위(配偶이): 부부의 인연을 맺을 만한 짝.

36) 심밀(甚密): 매우 친밀함.

37) 불승황공(不勝惶恐): 몹시 두려움을 이기지 못함.

38) 칭ᄉ(稱辭): 칭찬하여 말함.

39) 신물(信物): 뒷날의 표적으로 삼고자 서루 주고받는 물건.

40) 졍약(定約): 혼인하기로 약속을 정함.

41) 청파: 미상. 〈녀장군젼〉(구활자본 고소설전집 26권, 인천대 민족문화연구소, 471면)에도 역시 "청파"로 되어 있다. 여기서는 일단 신랑부채라는 의미가 있는 靑扇으로 파악한다.

42) 표졍(表情): 간곡한 정을 나타내는 물건으로 삼음.(情表)

43) 파연(罷宴): 술자리를 끝냄.

일으더라.

이쯕 녜부상셔(禮部尙書) 진공이란 ᄉᆞ롬이 이스니{있으니}, 황뎨(皇帝) 가장 춍이(寵愛)ᄒᆞ시니, 진공이 양양ᄌᆞ득[44]ᄒᆞ고 교만방ᄌᆞ(驕慢放恣)헌지라. 뎡상셰 일즉 진공이 쇼인(小人)쥴 알고 틱죵(太宗)긔 ᄌᆞ로{자주} 고간[45]ᄒᆞ디, 틱죵이 종시{끝내} 불연(不然)ᄒᆞ시미, 진공이 이 일을 알고 뎡공을 히(害)코ᄌᆞ ᄒᆞ더니.

ᄎᆞ시(此時) 맛춤 틱종의 탄일(誕日)이 되엿는지라. 만죄[46] 모다 죠회(朝會)ᄒᆞ더니 맛춤 뎡상셰 병이 잇셔 상쇼(上疏)ᄒᆞ고 죠참[47]치 못ᄒᆞ엿더니, 황졔 빅관(百官)더러 문왈,

"뎡상셔의 병이 엇더ᄒᆞ드뇨?"

ᄒᆞ시고 ᄉᆞ관[48]을 보니시려 ᄒᆞ시니, 진공이 츌반쥬[49] 왈,

"국공은 간악(奸惡)ᄒᆞᆫ ᄉᆞ롬이라, 그 병셰(病勢)를 신(臣)이 ᄌᆞ시{자세히} 아나이다. 국공이 요ᄉᆞ이 탑젼[50]의 죠회(朝會)ᄒᆞ는 거시{것이} 다르옵고, 신이 국공의 집의 가오니 국공의 말이 슈상(殊常)ᄒᆞ옵더니, 오날 죠회의 불춤(不參)ᄒᆞ오니 반다시 ᄉᆞ괴[51] 잇는 쥴 알쇼이다."

상이 디경ᄒᆞᄉᆞ 별노{특별히} 쳐치(處置)하려 ᄒᆞ시거늘, 즁관[52]이 쥬왈,

"뎡국공의 죄(罪) 명빅(明白)ᄒᆞ오미 업ᄉᆞ오니, 엇지 즁(重)히 다사리기

44) 양양ᄌᆞ득(揚揚自得): 뜻을 이룬 듯이 뽐내며 거들먹거림.

45) 고간(苦諫): 듣기에는 거슬리나 유익한 말로 간절히 간함.

46) 만죄(滿朝가): 조정의 모든 벼슬아치.(滿朝百官)

47) 죠참(朝參): 한 달에 네 번씩 백관이 正殿에 나와 임금에게 문안을 드리고 정사를 아뢰던 일.

48) ᄉᆞ관(辭官): 임금의 명령을 전달하는 일을 맡아보던 벼슬아치.

49) 츌반쥬(出班奏): 여러 신하 가운데서 혼자 임금에게 나아가 아룀.

50) 탑젼(榻前): 임금의 자리 앞.

51) ᄉᆞ괴(私考가): 사사로운 생각.

52) 즁관(中官): 조정의 관리.

의 밋ᄎᆞ오리가?"

상이 경아[53]ᄒᆞ샤 아직 졀강[54]의 귀향[귀양]을 졍ᄒᆞ시니, 즁관(中官)이 명을 듯고{듣고} 뎡국공의 집의 나아가 하교[55]를 젼(傳)ᄒᆞᆫᄃᆡ, 상셰 하교를 듯고 ᄃᆡ곡(大哭) 왈,

"ᄂᆡ 일즉 국은(國恩)을 갑흘가{갚을까} ᄒᆞ엿더니, 쇼인(小人)의 ᄎᆞᆷ언[56]을 입어 이졔 찬츌[57]을 당ᄒᆞ니 엇지 ᄋᆡ닯지 아니리오."

ᄒᆞ고, 칼을 ᄲᆡ혀{빼어} 셔안(書案)을 쳐 왈,

"쇼인(小人)의 무리를 쇼졔[58]치 못ᄒᆞ고 도로혀{도리어} ᄒᆡ(害)를 닙으니, 누를 원(怨)ᄒᆞ리오."

ᄒᆞ며 쳬읍[59]ᄒᆞ기를 마지아니니, 부인은 ᄋᆡ원통도[60]ᄒᆞ고 친쳑노복(親戚奴僕)이 다 셔러ᄒᆞ더라. ᄉᆞ관이 ᄌᆡ촉 왈,

"황명(皇命)이 급ᄒᆞ오니 슈이[쉬이] 힝장[61]을 ᄎᆞ리쇼셔."

공이 일변(一邊) 힝장을 쥰바[準備]ᄒᆞ여 부인더러 왈,

"나는 쳔만의외[62]의 ᄉᆡ외젹ᄀᆡᆨ[63]이 되여 가거니와, 부인은 여아(女兒)를 다리고{데리고} 죠션향화(祖先香火)를 밧드러{받들어} 기리{길이} 무양[64]ᄒᆞ

53) 경아(驚訝): 놀랄 정도로 의아하게 여김.

54) 졀강(浙江): 杭州 동쪽으로 있는 강.

55) 하교(下敎): 윗사람이 아랫사람에게 어떤 일을 지시함. 주로 '임금이 신하에게 명령할 때' 쓰는 말이다.

56) ᄎᆞᆷ언(讒言): 거짓 꾸며서 남을 헐뜯는 말.

57) 찬츌(竄黜): 벼슬을 빼앗고 먼 곳으로 쫓아냄.

58) 쇼졔(掃除): 깨끗이 쓸어 없앰.

59) 쳬읍(涕泣): 눈물을 흘리며 슬피 욺.

60) ᄋᆡ원통도(哀怨痛悼): 애절히 원망하여 마음이 몹시 아프고 슬픔.

61) 힝장(行裝): 어느 곳으로 떠날 때에 쓰이는 모든 기구.(行李)

62) 쳔만의외(千萬意外): 전혀 생각지도 않은 뜻밖.

63) ᄉᆡ외젹ᄀᆡᆨ(塞外謫客): 성채의 밖에 있는 謫所에서 귀양살이를 하고 있는 사람.

64) 무양(無恙): 아무 병고가 없이 평안함.

쇼셔."

ᄒᆞ고 즉일(卽日) 발ᄒᆡᆼ[65]헐시, 부인 모녜(母女가) 흉격[66]이 막켜{막혀} 아모 말도 못ᄒᆞ더라. 뎡공이 여러 날 만에 젹쇼(謫所)의 일으니, 졀강 만회[67] 관ᄉᆞ(官舍)를 쇄쇼[68]ᄒᆞ여 상셔를 머물게 ᄒᆞ더라.

ᄎᆞ셜(且說)。 뎡공이 젹거[69]ᄒᆞᆫ 후로 슬푸믈 먹음고 셰월을 보ᄂᆡ더니, 숨 삭(三朔) 만의 홀연 득병(得病)ᄒᆞ여 여러 날 신고[70]ᄒᆞ다가 맛ᄎᆞᆷᄂᆡ 셰상을 영결[71]ᄒᆞ니, 졀강 만회(萬戶가) ᄎᆞ악[72]히 녀겨 나라의 장계[73]ᄒᆞ고 뎡부인게[양부인게] 긔별(奇別)ᄒᆞ니라.

이ᄯᆡ 부인과 쇼졔(小姐가) 상셔(尙書)를 니별ᄒᆞ고 눈물노 셰월을 보ᄂᆡ더니, 일일 믄득 시비(侍婢) 고ᄒᆞ되,

"졀강 ᄉᆞᄅᆞᆷ이 왓나이다."

ᄒᆞ거ᄂᆞᆯ, 부인이 급히 불너 무르니{물으니}, 기인(其人) 왈,

"노야[74]게셔 거월(去月) 망간(望間)의 기셰[75]ᄒᆞ시다."

ᄒᆞᄂᆞᆫ지라.

부인과 쇼졔(小姐가) 이 말을 듯고 ᄒᆞᆫ 마듸 쇼ᄅᆡ의 혼졀[76]ᄒᆞ니, 시비 등이 창황망죠[77]ᄒᆞ여 약물(藥物)노 급히 구ᄒᆞᄆᆡ, 오ᄅᆡ게야 숨을 ᄂᆡ쉬며 눈

65) 발ᄒᆡᆼ(發行): 길을 떠남.
66) 흉격(胸膈): 가슴속.
67) 만회(萬戶가): 여러 鎭에 배치되었던 무관직.
68) 쇄쇼(灑掃): 쓸고 닦음.(修掃)
69) 젹거(謫居): 귀양살이를 함.
70) 신고(辛苦): 어려운 고통을 당하여 몹시 괴로워함.
71) 영결(永訣): 영구히 헤어짐. 죽은 이와 헤어짐을 뜻할 때 쓰는 말이다.
72) ᄎᆞ악(嗟愕): 탄식하여 몹시 놀람.
73) 장계(狀啓): 감사 또는 지방에 파견된 벼슬아치가 임금에게 글로 써서 보고를 올림.
74) 노야(老爺): 지체가 낮은 사람이 '윗사람'을 일컬을 때 쓰는 말.
75) 기셰(棄世): 세상을 버린다는 뜻으로, '웃어른의 죽음'을 완곡하게 일컫는 말.(下世)
76) 혼졀(昏絶): 정신이 아찔하여 까무러침.

물이 비오듯 ᄒᆞ니, 이ᄯᅢ 쇼졔 나히 십일 셰라. 일ᄀᆡ(一家가) 모다 통곡ᄒᆞ며 산쳔(山川)이 다 슬허ᄒᆞ더라.

션시(先時)의 텬ᄌᆡ(天子가) 상셔의 쥭으믈 드ᄅᆞ시고 측은(惻隱)이 역이ᄉᆞ(여기사) 즉시 ᄒᆞ교(下敎)ᄒᆞᄉᆞ 증직[78]ᄒᆞ시며 '왕후녜(王侯禮)로 장(葬)ᄒᆞ라' ᄒᆞ시다.

ᄎᆞ셜(且說)。이ᄯᅢ 부인과 쇼졔 쥬야(晝夜) ᄋᆡ통(哀痛)ᄒᆞ여 상셔 영귀[79] 도라오기를(돌아오기를) 기다리더니, 홀연 부인이 득병(得病)ᄒᆞ여 상셕[80]에 위돈[81]ᄒᆞᆫ지라. 쇼졔 더욱 망극(罔極)ᄒᆞ여 낫츨(낯을) 부인 옥안(玉顔)의 다히고(대고) 울며 왈,

"부친(父親)이 만리졀역[82]에셔 기셰(棄世)ᄒᆞ시고 ᄯᅩ 모친(母親)이 이럿틋 ᄒᆞ시니, 쇼녜(少女가) 누를 의지(依支)ᄒᆞ여 부친 영구(靈柩)를 붓드러(붙들어) 안장(安葬)ᄒᆞ며 일명[83]을 엇지 보젼(保全)ᄒᆞ리오."

ᄒᆞ고, 언파(言罷)의 슬셩톄읍[失聲涕泣]ᄒᆞ는지라. 부인이 혼혼[84]즁의 녀아(女兒)의 곡셩(哭聲)을 듯고(듣고) 오열장탄[85] 왈,

"상공(相公)에 시신(屍身)을 미쳐 거두지 못ᄒᆞ여셔 ᄂᆡ ᄯᅩᄒᆞᆫ 쥭기의 일으니(이르니) ᄂᆡ 쥭기는 셜지(섧지) 아니ᄒᆞ거니와, 네 경상[86]을 ᄉᆡᆼ각ᄒᆞ면 구쳔(九泉)의 원혼(冤魂)이 되리로다."

---

77) 창황망죠(蒼黃罔措): 너무 당황하여 갈팡질팡 어찌할 바를 모름.
78) 증직(贈職): 죽은 뒤에 품계와 벼슬을 추증하던 일.
79) 영귀(靈柩가): 시체를 넣은 관.
80) 상셕(床席): 병이 들어 누워 있는 자리.
81) 위돈(危頓): 병세가 매우 위중하여 거의 죽을 지경에 이름.
82) 만리졀역(萬里絕域): 아주 멀리 떨어져 있는 귀양지.
83) 일명(一命): 한 목숨.
84) 혼혼(昏昏): 정신이 가물가물하여 흐릿한 모양.
85) 오열장탄(嗚咽長歎): 목이 메어 울며 길게 탄식함.
86) 경상(景狀): 좋지 못한 몰골이나 광경.

ᄒᆞ고 ᄋᆡ호일셩[87]의 명(命)이 진(盡)ᄒᆞ니, 쇼져(小姐)의 호천벽용[88]ᄒᆞ는 형상(形像)은 쵸목금슈(草木禽獸)라도 슬허ᄒᆞᆯ지라. 부인 시톄(屍體)를 부용졍의 빙쇼[89]ᄒᆞ고 쥬야(晝夜) 통곡(慟哭)ᄒᆞ더니, 졀강 만회(萬戶가) 뎡공 상구[90]를 뫼셔 왓거ᄂᆞᆯ, 쇼졔 부친 현구[91]를 븟들고{붙들고} ᄋᆡ곡[92]ᄒᆞᆫ 후 졍당(正堂)의 빙쇼ᄒᆞ고 쥬야 관(棺)을 두다려 통곡ᄒᆞ여, 이럿틋 셰월이 여류ᄒᆞ여 장일(葬日)이 다다르ᄆᆡ, 녜관(禮官)이 황명(皇命)으로 시구[93]를 븟드러 왕녜(王禮)로 장ᄉᆞ(葬事)ᄒᆞ니라.

이ᄯᆡ 장공이 뎡상셔 부인이 마ᄌᆞ{마저} 죽으믈 듯고 쇼져의 졍상(情狀)을 긍측[94]히 녀겨 ᄌᆞ로 왕ᄂᆡ(往來)ᄒᆞ여 쇼져의 안부(安否)를 탐문(探問)ᄒᆞ더니, 오ᄅᆡ지 아니ᄒᆞ여 장공이 ᄯᅩᄒᆞᆫ 득병(得病)ᄒᆞ여 맛ᄎᆞᆷᄂᆡ 셰상을 바린지라. 쇼졔 듯고 장탄(長歎) 왈,

"우리 부친(父親) ᄉᆡᆼ시(生時) 언약(言約)을 긋게{굳게} ᄒᆞ고 피ᄎᆞ(彼此) 신물(信物)를 바닷스니{받았으니}, 나는 곳 그 집 ᄉᆞᄅᆞᆷ이라. ᄂᆡ 팔ᄌᆡ(八字가) 긔험[95]ᄒᆞ여 장상셰 ᄯᅩᄒᆞᆫ 기셰(棄世)ᄒᆞ여 계시니, 엇지 슐기를 도모(圖謀)ᄒᆞ리오."

ᄒᆞ고 슬허ᄒᆞ더니, 문득 ᄒᆞᆫ 계교를(計巧) ᄉᆡᆼ각ᄒᆞ고 유모(乳母)를 불너 의논(議論)ᄒᆞᆫ 후, 항상 남복(男服)을 ᄀᆡ착[96]ᄒᆞ고 밤이면 병셔(兵書)를 읽으며

87) ᄋᆡ호일셩(哀號一聲): 슬피 부르짖는 한 소리.
88) 호천벽용(呼天擗踊): 하늘을 부르고 가슴을 치며 울부짖음.
89) 빙쇼[殯所]: 發靷 때까지 관을 안치해 두는 방.
90) 상구(喪柩): 시체를 담은 관.(靈柩)
91) 현구[形軀]: 신체라는 뜻이나, 여기서는 '시신'의 의미로 쓰임.
92) ᄋᆡ곡(哀哭): 소리 내어 슬피 욺.
93) 시구(屍柩): 시체를 넣은 관.
94) 긍측(矜惻): 불쌍하고 측은함.
95) 긔험(崎險): (살아가면서 부딪치게 되는 일들이) 힘들고 어려움.
96) ᄀᆡ착(改着): 옷을 갈아입음.

낫이면{낮이면} 말 달니기와 창쓰기를 익이미{익힘에}, 용밍(勇猛)과 질약[智略]이 일셰(一世)예 무쌍(無雙)이러라.

ᄎᆞ셜(且說)。 장연이 숨상[97]을 맛ᄎᆞ미, 왕부인이 아ᄌᆞ(兒子)더러 왈,

"네 임의{이미} 장셩(長成)ᄒᆞ엿스니 과업[98]을 힘쓰라."

ᄒᆞᆫᄃᆡ, 연이 슈명(受命)ᄒᆞ고 쥬야(晝夜)로 학업(學業)을 힘쓰더니, 잇ᄯᅢ 상이 인ᄌᆡ(人材)를 어드려{얻으려} ᄒᆞᄉᆞ 녜부(禮部)의 하죠[99]ᄒᆞ여 턱일셜과[100]ᄒᆞ시니라. 과일(科日)이 다다르미 장연이 과장(科場)의 드러가 글제를 솗힌 후 일필휘지[101]ᄒᆞ여 밧치고 빈화[徘徊]ᄒᆞ더니, '장원(壯元)의 장연이라' 호명(呼名)ᄒᆞ거늘, 장연이 옥페[102]의 나아가 ᄉᆞ비(四拜)ᄒᆞ온ᄃᆡ, 상이 인견[103]ᄒᆞᄉᆞ 왈,

"네 아비 츙셩(忠誠)으로 나를 셤기더니 일즉 죽으미 짐(朕)이 미양(每樣) 츙직(忠直)을 앗기더니, 네 이졔 방목[104]의 충녜(參預)ᄒᆞ믈 다힝(多幸)이 아노라."

ᄒᆞ시고, 인ᄒᆞ여 한님학ᄉᆞ[105]를 졔슈(除授)ᄒᆞ시니, 한님이 ᄉᆞ은(謝恩)ᄒᆞ고 부즁(府中)으로 도라오니라{돌아오니라}.

ᄎᆞ셜(且說)。 장한님이 숨일(三日) 유과[106] 후의 션영(先塋)의 쇼분[107]ᄒᆞ

---

97) 숨상(三喪): 初喪, 小喪, 大祥의 三年喪.
98) 과업(科業): 과거 공부.
99) 하죠(下詔): 임금이 아랫사람에게 알리거나 명령함.
100) 턱일셜과(擇日設科): 날을 가려서 과거시험을 치름.
101) 일필휘지(一筆揮之): 글씨를 단숨에 힘차고 시원하게 죽 써 내림.
102) 옥페[玉陛]: 임금이 공식 행사 때 앉는 의자.
103) 인견(引見): (아랫사람을) 가까이 불러들여 만나 봄.
104) 방목(榜目): 과거에 급제한 사람의 성명을 적던 책.
105) 한님학ᄉᆞ(翰林學士): 임금의 조서를 짓는 일을 맡던 翰林院, 혹은 學士院의 정4품 벼슬.
106) 유과[遊街]: 과거 급제자가 광대를 데리고 풍악을 울리면서 거리를 돌며 座主·先進者·친척 등을 찾아보던 일. 보통 사흘 동안 행하였다.
107) 쇼분(掃墳): (경사로운 일이 있을 때) 조상의 산소에 가서 제사 지내는 일.

고 직임(職任)의 나아갓더니, 히 밧고이믹[바뀌매] 한님이 과궐[108]이 만흐므로{많으므로} 상표(上表)ᄒᆞ여 별과[109]를 청(請)ᄒᆞ거놀, 상이 의윤(依允)[110]ᄒᆞᄉᆞ '튁일셜과(擇日設科)ᄒᆞ라' ᄒᆞ신딕, 어시(於是)의 뎡슈졍이 과거(科擧) 긔별(奇別)을 듯고{듣고} 과구(科具)를 ᄎᆞ려 황셩(皇城)의 드러가니{들어가니} 과일(科日)이 다다랏는지라. 과장(科場)의 나아가 글을 지어 밧치고 나아와 쉬더니, 상이 한 글장을 쎄니시니 문필(文筆)이 탁월(卓越)ᄒᆞ믈 딕찬(大讚)ᄒᆞ시고, 비봉[111]을 써히시니 뎡국공의 아들 뎡슈졍이라 즉시 인견(引見)ᄒᆞᄉᆞ 진퇴[112]ᄒᆞ신 후, 하교(下教) 왈,

"'뎡흠이 아들이 업다' ᄒᆞ더니, 이 갓튼 긔ᄌᆞ(貴子) 두믈{둠을} 몰나도다." ᄒᆞ시고 의아(疑訝)ᄒᆞ시더니, 믄득 진량이 쥬왈,

"뎡흠이 본딕 아들이 업스물 신(臣)이 익이{익히} 아옵는 빅여놀, 뎡슈졍이 나라흘 긔망[113]ᄒᆞ옵고 '뎡흠의 아들이라' ᄒᆞ오니, 폐하는 숣히쇼셔." ᄒᆞ거놀, 뎡슈졍이 졔 부친(父親)을 히(害)ᄒᆞ든 진량인 쥴 알고 불승분노(不勝忿怒) 왈,

"네 국가(國家)를 쇼기고 딕신(大臣)을 모히[114]ᄒᆞ든 진량인다? 네 무ᄉᆞᆷ 원슈(怨讐)로 우리 부친(父親)을 히(害)ᄒᆞ여 만리졀역(萬里絕域)의셔 쥭게 ᄒᆞ고, 이졔 나를 ᄯᅩ 히(害)코져 ᄒᆞ여 '가충[115] 부딕[116]라' ᄒᆞ니, 쳔눈[117]이

---

108) 과궐(窠闕): 벼슬자리에 결원이 생기던 일.

109) 별과(別科): 벼슬자리에 결원이 생기거나 나라에 경사가 있을 때, 또는 丙年마다 보이던 文武의 과거.

110) 의윤(依允): 아랫사람이 말씀을 아뢰어 청한 것을 임금이 허락함.

111) 비봉(秘封): 과거 보는 사람이 답안지의 지정된 곳에 이름, 생년월일, 주소, 조상 등을 적고 봉한 것.

112) 진퇴(進退): 높은 사람 앞에서 인사를 드리는 예식.

113) 긔망(欺罔): 남을 거짓말로 속임.

114) 모히(謀害): 모략을 써서 남을 해침.

115) 가층(加層): 더한층.

엇지 즁(重)ᄒᆞ관ᄃᆡ 무륜ᄑᆡ상[118] ᄒᆞᆫ 난언[119]을 군부지젼(君父之前)의셔 ᄒᆞ는다? 이졔 네 간을 씹고져 ᄒᆞ노라."

ᄒᆞ며 눈물이 비오듯 ᄒᆞ거늘, 상이 슈졍의 말을 드르시고{들으시고} 진량의 간휼[120]ᄒᆞ믈 ᄭᆡ다르ᄉᆞ 왈,

"너 갓튼{같은} 놈이 츙냥지신[121]을 ᄋᆡ미이 죽게 ᄒᆞ니 짐(朕)의 불명(不明)ᄒᆞ믈 뉘웃노라."

ᄒᆞ시고, 법관(法官)을 명(命)ᄒᆞ여 진량을 강셔에 찬츌(竄黜)ᄒᆞ시고 뎡슈졍으로 한님학ᄉᆞ(翰林學士) 겸 간의ᄐᆡ부[122]를 졔슈(除授)ᄒᆞ시니, 슈졍이 ᄉᆞ은(謝恩)ᄒᆞ고 ᄉᆞᆷ일(三日) 유과[遊街] 후, 말믜를 어더{얻어} 션산(先山)의 쇼분(掃墳)ᄒᆞ고 즉시 상경(上京)ᄒᆞ여 텬ᄌᆞ긔 슉ᄉᆞ[123]ᄒᆞ러 나오ᄆᆡ.

장연이 뎡슈졍을 보고 피ᄎᆞ(彼此) 한원[124]을 맛친 후, 장연 왈,

"젼일(前日) 우리 부친(父親)과 영ᄃᆡ인[125]이 셔로 뇌약[126]ᄒᆞ여 쇼졔(小弟)와 영ᄆᆡ지[127]로 더부러 결혼(結婚)ᄒᆞ엿더니 피ᄎᆞ(彼此) 불ᄒᆡᆼ(不幸)ᄒᆞ여 쵸토[128]의 잇기로 혼ᄉᆞ(婚事)를 의논(議論)치 못ᄒᆞ엿거니와, 이졔 우리 양인

---

116) 부ᄃᆡ(不待): 대우하지 맒.(不待遇)

117) 천뉸(天倫): 부자·형제 사이에 마땅히 지켜야 할 도리.

118) 무륜ᄑᆡ상(無倫悖常): 滅倫悖常. 인륜을 무시하고 강상을 거스름.

119) 난언(亂言): 조리에 닿지 않는 어지러운 말.

120) 간휼(奸譎): 간악하고 음흉함.

121) 츙냥지신(忠良之臣): 충성스럽고 선량한 신하.

122) 간의ᄐᆡ부(諫議太夫): 정치상 또는 천자의 언동에 대하여 간언을 담당하는 관리.(諫議大夫)

123) 슉ᄉᆞ(肅謝): 은혜에 정중히 사례함.

124) 한원[寒喧]: 날씨의 춥고 더움에 대하여 말하는 인사.

125) 영ᄃᆡ인(令大人): '남의 아버지'를 높이어 일컫는 말.

126) 뇌약(牢約): 굳은 약속.

127) 영ᄆᆡ지[令妹弟]: 남을 높이어 그의 '누이동생'을 일컫는 말. 여기서는 장연이 '男裝한 정수정'을 정말로 남자로 알고 한 말이다.

128) 쵸토(草土): 거적자리와 흙베개. '상복을 입고 있는 상주임'을 일컫는 말로 쓰인다.

(兩人)이 ᄉᆞ로[129]의 몃ᄂᆞ믹 슈히{쉬이} 턱일 셩녜(擇日成禮)코져 ᄒᆞ나니 형(兄)의 쓰{뜻}은 엇더ᄒᆞ뇨?"

뎡슈경이 옥안(玉顔)의 잠간(暫間) 슈식(愁色)을 씌여 왈,

"쇼졔(小弟) 가운(家運)이 불힝(不幸)ᄒᆞ와 부뫼(父母가) 장망[130]ᄒᆞ시믹, 쇼믹(小妹) 쥬야(晝夜) 호곡(號哭)ᄒᆞ다가 병이 이러{일어} 셰상을 바리믹 할반지통[131]이 날노 더ᄒᆞ더니, 금일 형의 말을 드르니{들으니} ᄉᆡ로히 슬프도다."

장연이 쳥파(聽罷)의 아연탄식[132] 왈,

"연즉(然則) 엇지 진시{진작} 통부[133]를 아니ᄒᆞ엿ᄂᆞ뇨?"

슈경 왈,

"그ᄯᅢ를 당ᄒᆞ여 비황[134] 즁의 념불급타[135]ᄒᆞ미러니, 금일(今日) 형의게 통부(通訃) 젼(傳)치 아니ᄒᆞᆫ 허물은 면(免)치 못ᄒᆞ리로다."

ᄒᆞ더라.

ᄎᆞ셜(且說)。일일은 상이 경풍누에 젼좌[136]ᄒᆞ시고 뎡·장 냥인(兩人)을 명쵸[137]ᄒᆞᄉᆞ 왈,

"경(卿) 등이 시부(詩賦)를 지어 짐(朕)의 적요(寂寥)ᄒᆞ믈 쇼창[138]케 ᄒᆞ라."

---

129) ᄉᆞ로(仕路): 벼슬길.

130) 장망[長眠]: 죽음.(永眠)

131) 할반지통(割半之痛): 몸의 반쪽을 베어내는 고통이라는 뜻으로, '형제 자매가 죽은 슬픔'을 일컫는 말.

132) 아연탄식(啞然歎息): 몹시 놀라 한탄하며 한숨을 쉼.

133) 통부(通訃): 사람의 죽음을 알리는 글.(訃告)

134) 비황(悲惶): 슬프고 두려워함.

135) 념불급타(念不及他): 사정이 급박하여 남을 생각할 겨를이 없음.

136) 젼좌(殿座): 왕이 정사를 처리하거나 신하들의 조회를 받기 위해 옥좌에 나와 앉음.

137) 명쵸(命招): 임금의 명으로 신하를 부름.

138) 쇼창(消暢): 갑갑한 마음을 풀어 후련하게 함.

ᄒᆞ신ᄃᆡ, 냥인(兩人)이 응명(應命)ᄒᆞ고 지필(紙筆)을 취(取)ᄒᆞ니, ᄯᅢ 정히 ᄉᆞᆷ월(三月) 망간(望間)이라. 시흥(詩興)이 발양[139]ᄒᆞ여 산호필(珊瑚筆)을 드러{들어} 일필휘지(一筆揮之)ᄒᆞ여 일시(一時)의 밧치니, 상이 보신즉 시ᄌᆡ(詩才) 민쳡(敏捷)ᄒᆞ고 경물(景物)이 구비(具備)ᄒᆞ여 진션진미[140]ᄒᆞᄆᆡ 층찬불니[141]ᄒᆞ시고, 특별(特別)이 장연으로 ᄃᆡᄉᆞ도[142]를 ᄉᆞᆷ고 뎡슈졍으로 ᄌᆞ졍젼(資政殿) ᄐᆡ학ᄉᆞ(太學士)를 ᄒᆞ이시니, 간관[143]이 쥬왈(奏曰),

"장·뎡 양인(兩人)의 ᄌᆡ죠(才調)는 비상(非常)ᄒᆞ오나 년긔[144] 최쇼(最少)ᄒᆞ오니, 그 직임(職任)이 과(過)헐가 ᄒᆞ나이다."

상이 진로(震怒)ᄒᆞᄉᆞ 왈,

"년긔(年紀) 다쇼(多少)로 벼슬을 헐진ᄃᆡ, ᄌᆡ자(才者) 고하(高下)를 의논(議論)치 말미 올흐냐{옳으냐}?"

ᄒᆞ시고, 다시 뎡슈졍으로 병부상셔(兵部尙書) 겸 표긔ᄃᆡ장군(驃騎大將軍) 병마도총독(兵馬都總督)을 ᄒᆞ이시고, 장연으로 니부상셔(吏部尙書) 겸 ᄃᆡᄉᆞ도(大司徒)를 ᄒᆞ이시니, 양인(兩人)이 감당(勘當)치 못ᄒᆞ므로 구지 ᄉᆞ양(辭讓)ᄒᆞ되, 상이 죵불윤[145]ᄒᆞ시고 환ᄂᆡ[146]ᄒᆞ신ᄃᆡ, 양인(兩人)이 홀일업셔 ᄉᆞ은(謝恩)ᄒᆞ고 각각 부즁(府中)으로 도라오니{돌아오니}, 장상셔 모부인(母夫人)이 상셔(尙書)의 숀을 잡고 젼ᄉᆞ(前事)를 ᄉᆡᆼ각ᄒᆞ며 도리여 슬허ᄒᆞ거늘, 상셰 모부인을 위로(慰勞)ᄒᆞ며 인ᄒᆞ여 뎡슈졍의 누의{누이} ᄉᆞ연(事

---

139) 발양(發揚): (정신이나 기운, 기세 따위가) 떨쳐 일어남.

140) 진션진미(盡善盡美): 더할 수 없이 착하고 아름다움이란 뜻으로, '완전무결함'을 일컫는 말.

141) 층찬불니(稱讚不已): 칭찬하여 마지아니함.

142) ᄃᆡᄉᆞ도(大司徒): 중국 周나라 때 敎化에 관한 일을 맡았던 지방관의 으뜸 벼슬.

143) 간관(諫官): 임금의 잘못을 諫하고 百官의 비행을 규탄하던 벼슬아치.(言官)

144) 년긔(年紀): 대강의 나이.

145) 죵불윤(終不允): 끝내 허락하지 않음.

146) 환ᄂᆡ(還內): 임금이 궐내의 다른 전각에서 침전으로 돌아옴.

緣)을 고(告)훈딕, 모부인이 참연[147] 왈,

"졔 임의{이미} 죽엇스면 가히 타쳐(他處)의 슉녀(淑女)를 구(求)ᄒᆞ여 쥬궤[148]를 뷔오지 말게 헐지어다."

상셰(尙書가) 들을만{듣기만} 헐 ᄯᆞ름이러라.

각셜(却說)。각노[149] 위승상[150]은 딕딕공후(代代公侯) 묘예[151]오 교목셰가[152]로 부귀(富貴) 일셰(一世)의 웃듬이나, 늣게야 다만 일녀(一女)를 두엇스믹 침어낙안지용[153]이 일딕가인[154]이라. 쇼졔(小姐가) 방년[155]이 십뉵이믹, 부인 강시 각노(閣老)게 고왈(告曰),

"밧비 가랑[156]을 구ᄒᆞ여 져의 쌍유(雙遊)ᄒᆞ믈 보고 우리 후ᄉᆞ(後嗣)를 맛겨 노릭[157] ᄌᆞ미를 보미 엇지 아름답지 아니ᄒᆞ리잇고?"

각뇌 왈,

"니부상셔(吏部尙書) 장연이 인물 풍도(人物風度)와 명망 직혜(名望才慧) 일셰(一世)의 츄앙(推仰)ᄒᆞ는 빅니 청혼(請婚)ᄒᆞ리라."

ᄒᆞ고, 즉시 믹파(媒婆)를 장부의 보닉여 통혼(通婚)헌딕, 강시[왕씨] 익이

---

147) 참연(慘然): 슬프고 참담함.

148) 쥬궤(主饋): 안살림에서 음식에 관한 일을 맡아보는 여자.

149) 각노(閣老): 내각의 원로. 조정의 높은 벼슬.

150) 위승상: 뒷부분에서 맹동현이 장연에게 희롱하는 말을 보면 '원승상'으로 되어 있을 뿐만 아니라, 장연이 원승상의 딸과 결혼을 했는데 그녀를 '원부인'이라 지칭하고 있음. 현대어역문에는 원승상으로 표기한다.

151) 묘예(苗裔): 자손.

152) 교목셰가(喬木世家): 여러 대를 현달한 지위에 있어서 나라와 休戚을 같이하여 온 집안.

153) 침어낙안지용(沈魚落雁之容): 미인을 보고 물고기는 부끄러워서 물속으로 들어가고 기러기는 부끄러워서 땅에 떨어진다는 뜻으로, '미인의 용모'를 형용하는 말.

154) 일딕가인(一代佳人): 당대의 미인.

155) 방년(芳年): 스물 안팎의 여자의, 꽃다운 나이.

156) 가랑(佳郎): 훌륭한 신랑.

157) 노릭(老來): 늘그막.

{익히} 아는 빅라 즉시 허락(許諾)ᄒᆞ여 보니고, 턱일(擇日) 납빙[158]ᄒᆞᆫ 후 셩녜(成禮)헐시, 상셔(尙書)의 나히{나이} ᄯᅩᄒᆞᆫ 이팔이라. 위의(威儀)를 ᄎᆞ려 원부[159]의 나아가 홍안[160]을 젼(傳)ᄒᆞ고 닉당(內堂)의 드러가니{들어가니}, 각노 부부의 즐기믄 일으도 말고 만당빈긱(滿堂賓客)의 층찬[稱讚]ᄒᆞ는 쇼릭 진동(振動)ᄒᆞ더라.

이윽고 슈십 시네(侍女가) 신부(新婦)를 옹위(擁衛)ᄒᆞ여 나아오미, 상셰 잠간 본즉 맑은 용모와 아립ᄯᆞ온 ᄌᆞ틱(姿態) 진실노 일셰(一世)의 희한(稀罕)헌 녀지(女子이)러라. 냥인(兩人)이 교빅[161]를 맛치미 이믜 일모셔산(日暮西山)ᄒᆞᆫ지라. 시네(侍女가) 상셔를 인도(引導)ᄒᆞ여 침실의 나아가 셔로 좌(座)를 이르니, 쇼졔(小姐가) 옥안(玉顔)의 잠간 슈식(羞色)을 ᄯᅴ여 아미[162]를 숙이고 단졍(端正)이 안져스미{앉았음에}, 상셰 심하[163]의 더욱 깃거ᄒᆞ여 즉시 촉(燭)을 물니고 쇼져 옥슈[164]를 잡아 금니[165]의 나아가니, 그 견권지졍[166]이 비헐 데 업더라. 명죠(明朝)의 상셰 본부[167]의 도라와{돌아와} ᄉᆞ묘[168]의 빅알[169]ᄒᆞ고 모부인(母夫人)게 뵈온딕, 부인이 희식(喜色)

---

158) 납빙(納聘): 혼인할 때 신랑집에서 신부집으로 청단 홍단의 예단과 예물함을 보내는 의례.

159) 원부: '각노 위승상'으로 되어 있지만 각주 150)을 참조하면, '원승상의 집'을 일컬음.

160) 홍안(鴻雁): 기러기. 혼인 예식 전에 신랑이 신부집에 들고 가서 폐백으로 바치는 '나무로 만든 기러기'를 일컫는다.

161) 교빅(交拜): (혼인식에서) 신랑 신부가 서로 절을 함.

162) 아미(蛾眉): 누에나방의 눈썹처럼 가늘고 길게 굽어진 아름다운 눈썹으로, '미인의 눈썹'을 일컫는 말.

163) 심하(心下): 마음속.

164) 옥슈(玉手): 아름답고 고운 손.

165) 금니(衾裏): 이불 속. 이부자리.

166) 견권지졍(繾綣之情): 마음속에 깊이 서리어서 잊히지 아니하는 정으로, '남녀간의 곡진한 정'을 일컫는 말.

167) 본부(本府): 본디 살던 곳.

168) ᄉᆞ묘(祠廟): 집안에 신주를 모시는 사당.

이 만면(滿面)ᄒᆞ더라.

각셜(却說)。강셔도독 한복이 상표(上表)ᄒᆞ엿스되,

「북방(北方) 오랑키 긔병(起兵)ᄒᆞ여 관북(關北) 칠십여 셩을 항복(降伏)밧고 여남틱슈[汝南太守] 장보를 참(斬)ᄒᆞ고 병세(兵勢) 호딕[170]ᄒᆞ다.」

ᄒᆞ엿거놀, 상이 딕경(大驚)ᄒᆞᄉᆞ 문무(文武)를 모화{모아} 의논(議論)헐ᄉᆡ, 졔신(諸臣)이 쥬왈,

"뎡슈경이 문무겸비(文武兼備)ᄒᆞ옵고 벼슬이 ᄯᅩᄒᆞᆫ 표긔장군(驃騎將軍)이오니 가히 젹병(賊兵)을 막으리이다."

상 왈,

"뎡슈경을 명쵸(命招)ᄒᆞ라."

ᄒᆞ시니, 이ᄯᅢ 슈경이 궐하(闕下)의 죠현[171]헌딕, 상 왈,

"이졔 북젹(北狄)를 침범(侵犯)ᄒᆞ여 그 셰(勢) 급ᄒᆞ다 ᄒᆞᄆᆡ, 죠경(朝廷)이 다 '경(卿)을 보닉면 근심을 덜니라' ᄒᆞ나니, 경(卿)은 능히 이 쇼임(所任)을 당(當)헐쇼냐?"

상셰 부복(俯伏) 쥬왈,

"신이 비록 무직(無才)ᄒᆞ오나 신진(臣子가) 되여 이ᄯᅢ를 당ᄒᆞ여 피(避)ᄒᆞ리잇고? 간뢰도지[172]ᄒᆞ와도 도젹(盜賊)을 파(破)ᄒᆞ여 폐하(陛下)의 근심을 덜니이다."

상이 딕희(大喜)ᄒᆞᄉᆞ 즉시 뎡슈경으로 평북딕원슈(平北大元帥) 겸 졔도

169) 빅알(拜謁): 지체 높은 분을 만나 뵘.
170) 호딕(浩大): 썩 넓고 큼.
171) 죠현(朝見): 신하가 조정에 나가 임금을 뵘.
172) 간뢰도지(肝腦塗地): 참혹한 죽음을 당하여 간과 뇌가 땅바닥에 으깨어졌다는 뜻으로, '나라 일을 위하여 목숨을 돌보지 않고 힘을 다함'을 비유하는 말.

병마도춍딕도독(諸道兵馬都總大都督)을 ᄒᆞ이시고 인검[173]을 쥬ᄉᆞ 왈,

"졔휘(諸侯이)라도 만일 위령ᄌᆞ[174]여든 션참후계[175]ᄒᆞ라."

ᄒᆞ신ᄃᆡ, 원쉬 ᄉᆞ은슈명[176]ᄒᆞ고 쥬왈,

"군즁(軍中)은 즁군[177]이 잇셔야 군졍(軍情)을 ᄉᆞᆲ히옵나니 엇지 ᄒᆞ리잇고?"

상 왈,

"연즉(然則) 경(卿)이 턱츌[178]ᄒᆞ라."

원쉬 쥬왈,

"니부상셔(吏部尙書) 장연이 그 쇼임(所任)을 감당(勘當)헐가 ᄒᆞ나이다."

상이 즉시 장연으로 부원슈(副元帥)를 삼으신ᄃᆡ, 원쉬 물너나와 진국장군(鎭國將軍) 관영으로 '십만 병을 죠련[179]ᄒᆞ라' ᄒᆞ고, 인ᄒᆞ여 궐하(闕下)의 하직(下直)ᄒᆞ고 교장[180]의 나아가 즁군(中軍) 장연의게 젼령(傳令)허여 '샐니 진상(陣上)으로 ᄃᆡ령ᄒᆞ라' ᄒᆞ고, 졔장(諸將)의게 군례(軍禮)를 바든 후 관영으로 션봉장(先鋒將)을 숨고 양쥬ᄌᆞᄉᆞ 진시회로 후군장(後軍將)을 숨고 ᄃᆡ장군 셔틱로 군량춍독관(軍糧總督官)을 삼으니라.

이ᄯᅢ 즁군(中軍) 젼령(傳令)이 장상셔 부즁(府中)의 이르니 상셰 마음의 가장 불호(不好)ᄒᆞ나, 임의{이미} 국가ᄃᆡᄉᆞ(國家大事)요 군즁호령(軍中號令)이라 장녕[181]을 거역(拒逆)지 못ᄒᆞ여 모부인(母夫人)긔 하직(下直)ᄒᆞ고 갑

---

173) 인검(印劍): 임금이 군사를 통솔하는 장수에게 주던 칼. 이 검을 가진 장수는 명령을 어긴 자를 보고하지 않고 죽이는 권한이 주어졌다.

174) 위령ᄌᆞ(違令者): 명령을 어기는 사람.

175) 션참후계(先斬後啓): 군율을 어긴 사람을 먼저 처형한 다음 임금에게 아룀.

176) ᄉᆞ은슈명(謝恩受命): 임금의 은혜를 고맙게 여겨 사례하고 명령을 받음.

177) 즁군(中軍): 中軍將. 전군의 중간에 자리잡고 있는 중심 부대를 지휘하는 장수.

178) 턱츌(擇出): 알맞은 사람을 골라 냄.

179) 죠련(調練): 병사를 훈련함.

180) 교장(教場): (군대에서) 훈련하는 장소.

181) 장녕(將令): 장수의 명령.

쥬[182]를 갓쵸고 말긔 올나 교장(敎場)의 나아가니, 원슈 갑쥬(甲冑)를 갓쵸고 장ᄃᆡ[183]의 놉히{높이} 안ᄌᆞ{앉아} 불너드리니{불러들이니}, 장연이 드러와{들어와} 군례(軍禮)로 ᄊᆞ러 뵈는지라. 원슈 ᄂᆡ심(內心)의 반기고 실쇼[184]ᄒᆞ나 외모(外貌)를 엄경(嚴正)이 ᄒᆞ고 왈,

"이졔 젹셰(賊勢) 급ᄒᆞ엿스ᄆᆡ 명일(明日) ᄒᆡᆼ군(行軍)ᄒᆞ여 긔쥬로 가리니, 그ᄃᆡ는 평명[185]의 군ᄉᆞ(軍士)를 영숄[186]ᄒᆞ여 ᄃᆡ령(待令)ᄒᆞ되, 군즁(軍中)은 ᄉᆞ경(私情)이 업ᄂᆞ니 창념[187]ᄒᆞ라."

ᄒᆞᆫᄃᆡ, 즁군(中軍)이 쳥영(聽令)ᄒᆞ고 물너나니라.

ᄎᆞ셜(且說)。 원슈 ᄒᆡᆼ군(行軍)ᄒᆞ여 긔쥬의 다다르니 '젹셰(賊勢) 호ᄃᆡᄒᆞ다' ᄒᆞ거놀, 명죠(明朝)의 진셰[188]를 버리고{벌이고} 젹진(敵陣)의 격셔[189]를 보ᄂᆡ여 ᄊᆞ홈을 도도니[돋우니], 호장(胡將) 마웅이 ᄯᅩᄒᆞᆫ 진문(陣門)을 열고 경창츌마[190]ᄒᆞ거놀, 원슈 치{채찍}를 드러 ᄃᆡᄆᆡ(大罵) 왈,

"무지(無知) 오랑킈 쳔시[191]를 모로고 무단(無斷)이 긔병ᄒᆞ여 지경을 침노ᄒᆞᄆᆡ, 황졔계셔 날노{나로} ᄒᆞ여곰 '너의를 쇼멸[192]ᄒᆞ라' ᄒᆞ시니, 샐니 목을 늘희여{늘이어} ᄂᆡ 칼을 바드라."

마웅이 ᄃᆡ로(大怒)ᄒᆞ여 ᄆᆡᆼ돌통으로 'ᄃᆡ적ᄒᆞ라' ᄒᆞ니, ᄆᆡᆼ돌통이 팔십 근

---

182) 갑쥬(甲冑): 갑옷과 투구.

183) 장ᄃᆡ(將臺): (장수 등이 올라서서) 명령·지휘하는 대.

184) 실쇼(失笑): 알지 못하는 사이에 웃음이 툭 터져 나옴.

185) 평명(平明): 해가 돋아 밝아올 무렵.

186) 영숄(領率): (부하나 식솔 등을) 보살피며 거느림.

187) 창념(常念): 늘 생각함. 常의 원래 발음이 市羊切(cháng)인 것에서, '상념'을 '창념'으로 읽은 듯.

188) 진셰(陣勢): 진영의 형세.

189) 격셔(檄書): 널리 세상 사람에게 알려 선동하거나 의분을 고취시키려 쓰는 글.

190) 경창츌마(挺槍出馬): 창을 빼어들고 말을 타고 전쟁터에 나감.

191) 쳔시(天時): 하늘의 도움이 있는 시기.

192) 쇼멸(掃滅): 싹 쓸어서 없앰.

도치[193]를 두루며[194] 말을 닉모라{내몰아} ᄭᅩ지져 왈,

"너 갓튼 구싱유츄[195] 엇지 나를 당헐쇼냐?"

ᄒᆞ고 진(陣)을 헤치고져 헐 즈음의, 송진(宋陣) 션봉(先鋒) 관영이 닉다라 교봉[196] 십여 합(合)의, 밍돌통이 크게 고함(高喊)ᄒᆞ고 도치로 관영의 말을 쳐 업지르니{엎어지게 하니}, 관영이 마하(馬下)에 ᄯᅥ러지는지라. 원슈 관영의 급ᄒᆞ믈 보고 말긔 올나 츔츄며 왈,

"젹장(賊將)은 나의 션봉(先鋒)을 힉(害)치 말나."

ᄒᆞ고, 다라드러{달려들어} 밍돌통을 마ᄌᆞ{맞아} ᄊᆞ화{싸워} 숨 합(三合)이 못ᄒᆞ여 원슈의 창이 번듯ᄒᆞ며 밍돌통을 질너 마하(馬下)의 나리치고{떨어뜨리고} 그 머리를 버혀{베어} 말게 달고 젹진(敵陣)을 헛쳐{헤쳐} 드러가니{들어가니}, 마웅이 밍돌통의 쥭으믈 보고 딕경(大驚)ᄒᆞ여 즁군(中軍)의 들고{들어가} 나지{나오지} 아니ᄒᆞ거늘, 원슈 젹진 젼면(前面)을 헷치며 좌우츙돌(左右衝突)ᄒᆞ여 즁군의 이르되 감히 막는 지(者가) 업더니, 문득 젹장 오평이 원슈의 츙돌(衝突)ᄒᆞ믈 보고 방천극[197]을 두루며{휘두르며} 급히 닉다라 ᄊᆞ화 숨십여 합의 문득 젹병이 ᄉᆞ면(四面)으로 급히 쳐드러 오는지라. 원슈 오평을 바리고{버리고} 남녁흘 헷쳐 다라날ᄉᆡ, 마웅이 긔(旗)를 두루고 북을 울니며 군ᄉᆞ를 지촉ᄒᆞ여 철통(鐵桶)갓치 에워ᄊᆞ는지라. 원슈 딕로(大怒)ᄒᆞ여 좌슈(左手)의 장창(長槍) 들고 우슈(右手)의 보검(寶劍) 드러 동남(東南)을 즛치니[198] 젹진 장졸(將卒)의 머리 츄풍낙엽(秋風落葉)

---

193) 도치(도치): 도끼.

194) 두루며[두르며]: 둥글게 내저어 흔들며.(휘두르며)

195) 구싱유츄[口尙乳臭]: 입에서 아직도 젖내가 난다는 뜻으로, '하는 짓이 어리고 유치함'을 일컫는 말.

196) 교봉(交鋒): 무기를 가지고 서로 힘을 겨룸.(交戰)

197) 방천극(方天戟): 전쟁에 쓰는 창의 일종.

198) 즛치니: 함부로 마구 치니.

갓더라. 젹병이 져당[199]치 못ᄒᆞ여 ᄉᆞ면으로 허여지거놀[200], 마웅이 니를 보고 노왈,

"죠고만 아희를 에워도 잡지 못ᄒᆞ고 도로혀 장졸(將卒)만 쥭이니, 이는 하놀이 나를 망(亡)케 ᄒᆞ시미로다."

ᄒᆞ고 혼절(昏絕)ᄒᆞ더라. 강셔도독 한복은 당시 영웅이라. 원슈의 ᄊᆞ히믈{에워싸임을} 보고 ᄃᆡ경(大驚)ᄒᆞ여 쳘긔[201] 오ᄇᆡᆨ(五百)을 거ᄂᆞ려 ᄊᆞ힌 ᄃᆡ를 헷쳐 원슈를 구ᄒᆞ여 나오니, 뉘 감히 당ᄒᆞ리오. 본진(本陣)으로 도라와{돌아와} 승젼고(勝戰鼓)를 울니며 장졸의 긔운(氣運)을 도도며{돋우며} 한복과 관영이 원슈긔 ᄉᆞ례(謝禮) 왈,

"원슈의 용ᄆᆡᆼ(勇猛)은 쵸픽왕[202]이라도 밋지{미치지} 못ᄒᆞ리로쇼이다."

ᄒᆞ더라.

ᄎᆞ셜(且說)。마웅이 픽진군[敗殘軍]을 슈습(收拾)ᄒᆞ여 물을 건너 진(陣)을 치고 오평으로 션봉(先鋒)을 숨으니라. 이ᄯᅢ 원슈 장ᄃᆡ(將臺)의 안고{앉고} 졔쟝(諸將)을 불너 왈,

"이졔 마웅이 물 건너 결진(結陣)ᄒᆞ믄 구병(救兵) 쳥(請)ᄒᆞ려 ᄒᆞ미니 맛당이 ᄯᅢ를 타 파(破)ᄒᆞ리라."

ᄒᆞ고, 한복을 불너,

"쳘긔(鐵騎) 오쳔을 거놀여 홍양 즁의 슘엇다가 젹병이 픽(敗)ᄒᆞ면 그리로 갈 거시니 급히 닉다라 치라."

ᄒᆞ고, 긔쥬ᄌᆞᄉᆞ 숀경을 불너,

"졍병(精兵) 오만을 거ᄂᆞ려 불노 치되 여ᄎᆞ여ᄎᆞ(如此如此) ᄒᆞ라."

---

199) 져당(抵當): 서로 맞서서 겨룸.

200) 허여지거놀: 흩어지거늘.

201) 쳘긔(鐵騎): 철갑으로 무장하고 말을 탄 군사.

202) 쵸픽왕(楚霸王): 중국 楚나라의 '項羽'를 높이어 일컫는 말.

ᄒᆞ고, 션봉(先鋒) 관영을 불너 왈,

"너는 삼천 철긔(鐵騎)를 거ᄂᆞ려 여ᄎᆞ여ᄎᆞ ᄒᆞ라."

ᄒᆞ니, 졔쟝(諸將)이 쳥녕(聽令)ᄒᆞ고 각각 군마(軍馬)를 거ᄂᆞ려 가니라.

원쉬 황혼(黃昏)의 군ᄉᆞ(軍士)를 밥 먹인 후 졔장으로 본진(本陣)을 직희오고{지키고} 철긔를 모라{몰아} 물를 건너 젹진(敵陣)으로 향(向)헐시, 이ᄯᆡ는 졍(正)히 ᄉᆞᆷ경(三更)이라. 젹진의 등쵹(燈燭)이 다 써지고 쥰비(準備)ᄒᆞ미 업거ᄂᆞᆯ ᄉᆞ면(四面)을 ᄉᆞᆲ혀본즉 산쳔(山川)이 험악(險惡)ᄒᆞ고 길이 좁은지라. 원쉬 심즁(心中)의 암희[203]ᄒᆞ여 ᄒᆞᆫ 쇼릐 포향[204]의 ᄉᆞ면의셔 불이 이러ᄂᆞ 화광(火光)이 년쳔[205]ᄒᆞ고 금괴(金鼓가) 졔명[206]ᄒᆞ며 함셩(喊聲)이 쳔지(天地) 진동(振動)ᄒᆞ는지라. 젹병이 크게 놀나 진(陣) 밧긔 ᄂᆡ다르니 화광이 년쳔헌ᄃᆡ, 쇼년 ᄃᆡ장(少年大將)이 칼을 들고 좌우츙돌(左右衝突)ᄒᆞ니, 마웅이 무심즁(無心中) 황겁(惶怯)ᄒᆞ여 칼을 두루며{휘두르며} 불을 무릅쓰고 압흘{앞을} 헷칠 지음[즈음]의, 등 뒤흐로셔{뒤에서} 숀경이 장창(長槍)을 들고 말을 달녀 짓쳐 드러오고{들어오고}, 압희{앞에} 원쉬 ᄯᅩ 칼을 들고 가는 길을 막으니, 젹장이 비록 지용(智勇)이 잇스나 이믜{이미} 계교(計巧)의 쇽앗는지라, 다만 죽기를 모르고 살기만 도모(圖謀)ᄒᆞ여 좌우를 헷칠셰, 원쉬 급히 마웅에게 다라드러{달려들어} 십여 합(合)의 이르러는 함셩(喊聲)이 쳔지 진동ᄒᆞ는지라. 마웅이 셰(勢) 급ᄒᆞ믈 보고 좌편(左便)으로 다라ᄂᆞ더니, 부원슈(副元帥) 장연이 길을 막고 활을 쏘ᄆᆡ, 마웅이 몸을 기우려 피ᄒᆞ며 분연이[207] 장연을 취(取)ᄒᆞ더니, 문득 원쉬 창을

---

203) 암희(暗喜): 남몰래 속으로 기뻐함. 은근히 기뻐함.

204) 포향(砲響): 대포를 쏠 때 울리는 음향.

205) 년쳔(連天): 높이 솟아 하늘까지 닿음.

206) 졔명(齊鳴): 여러 가지 소리가 동시에 울림.

207) 분연이(奮然히): 떨쳐 일어서는 기운이 세차고 꿋꿋하게.

두루며 뒤흐로{뒤에서} 다라드러{달려들어} 마웅을 버히니, 오평이 마웅의 쥭으믈 보고 상혼낙담[208]ᄒᆞ여 계우{겨우} 명(命)을 도망ᄒᆞ여 ᄒᆞᆫ 뫼흘{산을} 너머 홍양을 바라고 닷더니, 압헤 함셩이 이러나며 일표군미[209] ᄂᆡ다라 오평을 ᄉᆞ로잡으니, 니는 위슈ᄃᆡ장 한복이라.

ᄎᆞ시(此時) 원쉬 좌우츙돌(左右衝突)ᄒᆞ니 적진 장졸이 일시(一時)의 항복ᄒᆞ미 ᄉᆞᆫ경으로 ᄒᆞ여곰 압영[210]ᄒᆞ여 본진(本陣)으로 도라오니, 한복이 ᄯᅩᄒᆞᆫ 오평을 잡아왓는지라. 원쉬 장ᄃᆡ(將臺)의 놉히 안고{앉고} 오평을 잡아드려 계ᄒᆞ(階下)의 ᄭᅮᆯ니이니, 오평이 눈을 브릅ᄯᅳ고 무슈질욕[211]ᄒᆞ거ᄂᆞᆯ, 원쉬 ᄃᆡ로(大怒)ᄒᆞ여 무ᄉᆞ(武士)를 명(命)ᄒᆞ여 오평을 버히니라.

ᄎᆞ셜(且說)。원쉬 호병(胡兵)을 멸(滅)ᄒᆞ고 쳡셔[212]를 죠졍(朝廷)의 올닌 후 ᄃᆡ군(大軍)을 휘동[213]ᄒᆞ여 황셩(皇城)으로 향ᄒᆞ니라. 션시(先時)의 상이 뎡슈졍의 쇼식을 몰나 근심ᄒᆞ시더니 쳡셔(捷書) 오믈 보고 불승ᄃᆡ희(不勝大喜)ᄒᆞ시더니, 미죠ᄎᆞ[214] 원슈의 회군(回軍)ᄒᆞ는 쇼식을 드ᄅᆞ시고 문무(文武)를 거ᄂᆞ려 셩외(城外)의 나오ᄉᆞ, 원슈를 마ᄌᆞ ᄉᆞᆫ을 잡고 왈,

"짐(朕)이 경(卿)을 젼진[215]의 보ᄂᆡ고 념녀(念慮)ᄒᆞ미 간졀(懇切)ᄒᆞ더니, 이졔 경(卿)이 도젹을 파(破)ᄒᆞ고 ᄀᆡ가[216]로 도라오니{돌아오니} 그 공노(功勞)를 다 엇지 갑흐리오{갚으리오}."

원쉬 복디(伏地) 쥬왈,

---

208) 상혼낙담(喪魂落膽): 몹시 놀라서 넋을 잃음.
209) 일표군미(一豹軍馬가): 한 무리의 강하고 용감한 군대와 말.
210) 압영(押領): (죄인이나 적군을) 데리고 옴.
211) 무슈질욕(無數叱辱): 셀 수 없을 정도로 꾸짖으며 욕함.
212) 쳡셔(捷書): 전쟁에서 승리한 것을 왕에게 알리는 편지글.(捷報)
213) 휘동(麾動): 지휘하여 움직임.
214) 미죠ᄎᆞ(미좇아): 뒤좇아.
215) 젼진(戰陣): 전투를 하기 위하여 벌이어 친 진영.(싸움터)
216) ᄀᆡ가(凱歌): 경기나 싸움에 이겼을 때 부르는 노래나 함성.(凱旋歌)

"이는 다 폐하의 홍복[217]이로소이다."

상이 못ᄂᆡ 층찬[稱讚]ᄒᆞ시며 환궁(還宮)ᄒᆞᄉᆞ 익일(翌日)의 츌젼(出戰) 졔장(諸將)을 봉작[218]ᄒᆞ실ᄉᆡ, 뎡슈경으로 ᄂᆡ부상셔 겸 도춍독 쳥쥬후를 봉ᄒᆞ시고, 장연으로 ᄐᆡ학ᄉᆞ 겸 부도독 긔쥬후를 봉ᄒᆞ시고, 그 남은 장슈는 ᄎᆞ례로 봉작ᄒᆞ시니, 뎡·장 냥인(兩人)이 구지{굳이} ᄉᆞ양(辭讓)ᄒᆞ되 상이 죵불윤(終不允)ᄒᆞ신ᄃᆡ, 냥인(兩人)이 마지못ᄒᆞ여 ᄉᆞ은슉ᄇᆡ(謝恩肅拜)ᄒᆞ고 각각 본부(本府)로 도라갈ᄉᆡ, 뎡후는 유모(乳母)와 시비(侍婢)를 ᄃᆡᄒᆞ여 셕ᄉᆞ(昔事)를 ᄉᆡᆼ각ᄒᆞ고 슬허ᄒᆞ며 ᄉᆞ묘(祠廟)를 뫼셔 쳥쥬로 가고, 장휘 ᄯᅩᄒᆞᆫ ᄉᆞ묘와 모부인(母夫人)을 뫼셔 긔쥬로 가니라.

ᄎᆞ셜(且說)。 뎡휘 쳥쥬의 도임[219]ᄒᆞ여 두루 ᄉᆞᆲ혀본 후 슈셩장(守城將) 불너 왈,

"ᄂᆡ 이졔 북젹(北狄)을 파(破)ᄒᆞ엿스나, 북젹(北狄)은 본ᄃᆡ 강한[220]ᄒᆞᆫ지라 반다시 긔병(起兵)ᄒᆞ여 즁원[221]을 범(犯)헐 거시니, 졔읍(諸邑)의 병마(兵馬)를 각별(各別) 연습(鍊習)ᄒᆞ여 불의지변(不意之變)을 방비(防備)ᄒᆞ라."

ᄒᆞ고, 표(表)를 올녀 왈,

「신(臣)이 쳥쥬를 ᄉᆞᆲ혀{살펴}보온즉 영웅(英雄)의 용무[222]헐 곳지오니, 맛당이 지용(智勇) 잇는 장슈(將帥)를 어더{얻어} 북방(北方) 오랑키로 ᄒᆞ여곰 긔운(氣運)을 쵀찰[223]케 ᄒᆞ오리니, 양쥬ᄌᆞᄉᆞ 진시회와 강셔도독 한복과 호

---

217) 홍복(洪福): 큰 복.
218) 봉작(封爵): 신하에게 작위를 내림.
219) 도임(到任): (관리가) 근무지에 도착함.
220) 강한(强悍): 굳세고 사나움.
221) 즁원(中原): 漢族의 발상지인 황하 일대. 변경에 대하여 '천하의 중앙'을 일컫는 말이다.
222) 용무(用武): 군사를 부림.
223) 쵀찰[摧折]: (기운이나 기세를) 억눌러서 꺾고 부러뜨림.

익장군 용봉과 ᄒᆞᆫ가지로{함께} 도적 막기를 원ᄒᆞ나이다.」

ᄒᆞᆫᄃᆡ, 상이 표(表)를 보사 ᄃᆡ희(大喜)ᄒᆞᄉᆞ 숨인(三人)을 명(命)ᄒᆞ여 쳥쥬로 보ᄂᆡ시다.

ᄎᆞ셜(且說)。이ᄯᆡ는 ᄃᆡ업(大業) 이십구년(二十九年) 쵸츈(初春)이라. 천지 자로{자주} 졔후(諸侯)와 문무ᄇᆡᆨ관(文武百官)의 죠회(朝會)를 바드실ᄉᆡ, 졔신(諸臣)을 도라보ᄉᆞ 왈,

"쳥쥬후 뎡슈졍과 장연으로 부마[224]를 숨고져 ᄒᆞ나니, 경(卿) 등의 ᄯᅳᆺ에 엇더ᄒᆞ뇨?"

졔신(諸臣)이 일시(一時)의 셩교[225] 맛당ᄒᆞᆷ을 쥬(奏)ᄒᆞ거ᄂᆞᆯ, 상이 쳥쥬후를 인견(引見)ᄒᆞ여 왈,

"짐(朕)이 ᄒᆞᆫ 공쥐(公主가) 잇스니 경(卿)으로 부마(駙馬)를 숨노라."

뎡슈졍이 드ᄅᆞᄆᆡ{들음에} 혼비ᄇᆡᆨ산[226]ᄒᆞ여 복디(伏地) 주왈,

"신(臣)의 미쳔(微賤)ᄒᆞ온 몸으로 엇지 금지옥엽[227]과 ᄶᅡᆨᄒᆞ리잇고? 만만불가[228]ᄒᆞ오니, 셩상(聖上)은 하교(下敎)를 거두ᄉᆞ 신(臣)의 마음을 편케 ᄒᆞ쇼셔."

상이 쇼왈(笑曰),

"고ᄉᆞ(固辭)ᄒᆞ믄 짐(朕)의 후은(厚恩)을 져바리미라{저버림이라}. 다시 고집(固執)지 말나."

ᄒᆞ시고, ᄯᅩ 장연을 불너,

---

224) 부마(駙馬): 임금의 사위.

225) 셩교(聖敎): 임금의 말씀.

226) 혼비ᄇᆡᆨ산(魂飛魄散): 혼백이 어지러이 흩어진다는 뜻으로, 몹시 놀라 넋을 잃음을 일컫는 말.

227) 금지옥엽(金枝玉葉): 귀한 집 자손이란 뜻으로, 주로 '왕자나 공주'를 일컫는 말.

228) 만만불가(萬萬不可): 전혀 옳지 않음.

"짐(朕)이 일미(一妹) 잇셔 방년(芳年)이 십팔(十八)이니, 경(卿)이 비록 취쳐[229] ᄒᆞ엿스나 벼술이 족(足)히 냥쳐(兩妻)를 둘지니 ᄉᆞ양(辭讓)치 말ᄂᆞ."

ᄒᆞ신ᄃᆡ, 장휘 황공ᄉᆞ은이퇴(惶恐謝恩而退)러라. 인(因)ᄒᆞ여 쳔지 파죠[230] ᄒᆞ시ᄆᆡ, 뎡휘 장후로 더부러 녜부샹셔 밍동현의 집에 이르러 한담(閑談)ᄒᆞ다가 각각 부즁(府中)으로 도라오ᄆᆡ{돌아옴에}, 뎡휘 부즁(府中)의 이르니 유뫼(乳母가) 마ᄌᆞ 왈,

"군휘(君侯는) 무슴 불평(不平)ᄒᆞᆫ 일이 잇삽ᄂᆞ이가?"

뎡휘 젼후ᄉᆞ연(前後事緣)을 이르고 옥뉘(玉淚가) 방방[231] ᄒᆞ더니 문득 싱각ᄒᆞ되,

'ᄂᆡ 표(表)을 올녀 본젹[232]을 알외리라.'

ᄒᆞ고 상표(上表)ᄒᆞ니, 왈,

「니부상셔(吏部尙書) 겸 병마도춍독(兵馬都總督) 쳥쥬후 뎡슈졍은 돈슈빅비[233] ᄒᆞ옵고 상표(上表)ᄒᆞ옵나니, 신(臣)의 나히{나이} 십일 셰(十一歲)의 아비 졀강 젹쇼(謫所)의셔 쥭ᄉᆞ오니 혈혈녀ᄌᆡ(孑孑女子가) 의탁(依託)헐 곳이 업셔 외람(猥濫)ᄒᆞᆫ ᄯᅳᆺ을 ᄂᆡ여 쳔지(天旨)를 쇼기고 음양(陰陽)을 변쳬ᄒᆞ여[234] 입신양명[235] ᄒᆞ오믄 웬슈(怨讐) 진량을 버혀{베어} 아비 원혼(冤魂)을 위로(慰勞)헐가 ᄒᆞ미러니, 쳔만의외(千萬意外) 쵸방지친[236]을 유의(留意)ᄒᆞ

229) 취쳐(娶妻): 아내를 맞아들임.(娶室)

230) 파죠(罷朝): 아침에 신하들이 임금을 뵈옵는 의식인 조회를 마침.

231) 방방(滂滂): (눈물이) 방울방울 떨어짐. 눈물 나오는 것이 비 오듯 함.

232) 본젹(本迹): 본래의 행적이란 뜻이나, 여기서는 '본래의 모습'의 의미.

233) 돈슈빅비(頓首百拜): 머리가 땅에 닿을 정도로 수없이 계속 절을 함.

234) 음양(陰陽)을 변쳬(變體)ᄒᆞ여: 음과 양의 본래 모습을 바꾸다는 뜻으로, '여자가 남자로 변장하여'의 의미.

235) 입신양명(立身揚名): 출세하여 자기의 이름을 세상에 드날림.

236) 쵸방지친(椒房之親): 后妃나 왕후의 친정 쪽의 친족.

시미 감히 은익[237]지 못ᄒᆞ와 진정(眞情)으로 알외나니{아뢰나니}, 신(臣)의 긔군(欺君)헌 죄(罪)를 밝히시고 아비 ᄉᆡᆼ시(生時)의 장연과 졍혼(定婚) 납빙(納聘)ᄒᆞ엿더니 신(臣)이 본젹(本迹)을 감쵸앗스ᄆᆡ 장연이 임의{이미} 원가 취쳐(娶妻)ᄒᆞ엿는지라. 신첩[238]은 이졔로부터 공규[239]로 늙기를 원ᄒᆞ옵나니, 복원(伏願) 셩상(聖上)은 ᄉᆞᆲ히쇼셔.」

ᄒᆞ여더라. 상이 남필[240]의 ᄃᆡ경(大驚)ᄒᆞ시고, 만죄(滿朝가) 뉘 아니 놀나리 업더라. 상이 장연을 명쵸(命招)ᄒᆞᄉᆞ 뎡슈경의 표(表)를 뵈ᄉᆞ 왈,

"경(卿)이 젼일(前日) 뎡슈경과 언약(言約)이 잇셧ᄂᆞ뇨?"

ᄃᆡ왈,

"아비 ᄉᆡᆼ시(生時)의 뎡흠과 졍혼(定婚) 납빙(納聘)ᄒᆞ엿ᄉᆞᆸ더니, 뎡슈경더러 뭇ᄌᆞ온즉 졔 누의{누이} 닛다가{있다가} 쥭엇다 ᄒᆞ옵기로, 신(臣)은 그러이 아옵고 슈경이 음양변체(陰陽變體)ᄒᆞ믈 젼혀 몰나나이다."

상이 셔안(書案)을 치ᄉᆞ 왈,

"진실(眞實)노 이런 여ᄌᆞ(女子)는 고금(古今)의 희한(稀罕)ᄒᆞ도다."

ᄒᆞ시고, 인ᄒᆞ여 표(表)의 비답[241]ᄒᆞᄉᆞ 왈,

「경(卿)의 표(表)를 보ᄆᆡ 능히 비답(批答)헐 말을 ᄉᆡᆼ각지 못ᄒᆞ리로다. 규즁약녀(閨中弱女)로 의ᄉᆞ(意思)를 ᄂᆡ여 웬슈(怨讐)를 갑고져{갚고자} ᄒᆞ여 만리젼장(萬里戰場)의 ᄃᆡ공(大功)을 셰고{세우고} 도라오니{돌아오니}, 짐(朕)이 그 ᄌᆡ죠(才調)를 ᄉᆞ랑ᄒᆞ여 부마(駙馬)를 삼고져 ᄒᆞ더니, 오날날 본젹(本迹)

237) 은익(隱匿): (어떤 사실이나 남의 물건 또는 범인 등을) 몰래 감추어 둠.
238) 신첩(臣妾): 여자가 임금에 대하여 '스스로'를 일컫던 말.
239) 공규(空閨): 남편이 없이 여자 홀로만 쓸쓸히 있는 방.
240) 남필(覽畢): 읽기를 다함.
241) 비답(批答): 신하의 上疏에 대한 임금의 下答.

이 탈누(綻露)ᄒᆞ미 도로혀{도리어} 국가(國家)의 ᄃᆡ불ᄒᆡᆼ(大不幸)이로다. 경(卿) 등의 혼ᄉᆞ(婚事)는 ᄂᆡ 쥬장(主掌)ᄒᆞ고 모든 직임(職任)은 환슈[242] ᄒᆞ나 청쥬후는 식읍[243]을 숨아 두나니 지실[244] ᄒᆞ라.」

ᄒᆞ신ᄃᆡ, 뎡슈졍이 비답(批答)을 보고 ᄯᅩ 상표(上表)ᄒᆞ여 구지{굳이} ᄉᆞ양(辭讓)ᄒᆞ되 상이 죵불윤(終不允)ᄒᆞ시니, 뎡휘 마지못ᄒᆞ여 입궐ᄉᆞ은(入闕謝恩)ᄒᆞ니라.

ᄎᆞ셜(且說)。 상이 녜부(禮部)의 ᄒᆞ교(下敎)ᄒᆞᄉᆞ '위의[245]를 쥰비ᄒᆞ라' ᄒᆞ시고, ᄯᅩ 장후더러 이르시ᄃᆡ '셜니 긔쥬로 도라가{돌아가} 혼례(婚禮)를 이루라' ᄒᆞ신ᄃᆡ, 장휘 천은(天恩)을 감축[246] ᄒᆞ고 긔쥬로 가 ᄐᆡ부인[247]을 뵈옵고 뎡후의 젼후ᄉᆞ연(前後事緣)과 쳔ᄌᆞ(天子)의 연즁셜화[248]를 고(告)ᄒᆞ고 혼구(婚具)를 ᄎᆞ리니라. 잇ᄯᅢ 상이 ᄐᆡ감[249]을 청쥬의 보ᄂᆡᄉᆞ 'ᄆᆡᄉᆞ(每事)를 간금[250] ᄒᆞ라' ᄒᆞ시다.

이러구러 길일(吉日)이 다다르ᄆᆡ, 뎡휘 남의(男衣)를 ᄒᆡ탈[251] ᄒᆞ고 녀복(女服)를 ᄀᆡ착(改着)헐ᄉᆡ 거울 ᄃᆡᄒᆞ여 아미(蛾眉)를 다ᄉᆞ리ᄆᆡ, 젼일(前日) 원융ᄃᆡ장(元戎大將)이 변ᄒᆞ여 요죠슉녀[252] 되엿더라. 이날 장휘 ᄯᅩᄒᆞᆫ 위의(威儀)를 ᄎᆞ려 청쥬로 나아가니, 그 위의 비(比)헐 듸{데} 업더라. ᄐᆡ감(太

242) 환슈(還收): 남의 손에 들어간 것을 다시 거두어들임.
243) 식읍(食邑): 국가에서 공신에게 내려, 개인이 조세를 받아쓰게 한 고을.
244) 지실(知悉): 모든 형편이나 사정을 자세히 앎.
245) 위의(威儀): 위엄이 있는 몸가짐이나 차림새.
246) 감축(感祝): 받은 은혜에 대하여 축복하고 싶을 만큼 매우 고맙게 여김.
247) ᄐᆡ부인(太夫人): '남의 어머니'를 높이어 부르는 말.
248) 연즁셜화(筵中說話): 임금과 신하가 모여 논의하면서 주고받은 이야기.
249) ᄐᆡ감(太監): 궁중에서 일하는 내시의 우두머리.
250) 간금[看檢]: 두루 살펴 주관함.
251) ᄒᆡ탈(解脫): 속박이나 굴레로부터 벗어났다는 뜻이나, 여기서는 '옷을 벗었다'는 의미.
252) 요죠슉녀(窈窕淑女): 정숙하고 기품 있는 여자.

監)이 쥬쟝(主掌)ᄒᆞ여 장후를 마자 막ᄎᆞ[253]의 이르니 허다졀ᄎᆞ(許多節次) 젼고(典故)의 희(稀)ᄒᆞᆫ 비라. 이윽고 틱감이 죠복[254]을 갓쵸고 장후를 인도(引導)ᄒᆞ여 비셕(拜席)의 나아가 옥상[255]의 홍안(鴻雁)을 젼(傳)ᄒᆞ고 닉아[256]로 드러가니, 홍상[257]ᄒᆞᆫ 시녀(侍女) 신부(新婦)를 옹위(擁衛)ᄒᆞ여 교비셕(交拜席)의 이르믹 찬란(燦爛)ᄒᆞᆫ 복식(服色)과 단졍(端正)ᄒᆞᆫ 용모(容貌)는 ᄉᆞ룸으로 ᄒᆞ여곰 현황[258]ᄒᆞ고, 냥인(兩人)이 교비(交拜)를 맛고{마치고} 외당(外堂)의 나와 빈긱(賓客)을 졉딕(接待)헐식, 밍동현이 장후를 딕ᄒᆞ여 쇼왈,

"군휘(君侯가) 젼일(前日) 원각노의 익셰[259] 되여 뎡후의게 보치믈 보왓더니, 금일의 뎡휘 깁히{깊이} 드러 군휘 안히{아내} 될 쥴 아라쓰리오."

ᄒᆞ며 죵일 질기다가 파연곡[260]을 쥬(奏)ᄒᆞ니 빈긱(賓客)이 다 허여지고{헤어지고}, 장휘 닉당(內堂)의 드러가{들어가} 셕반[261]을 파ᄒᆞᆫ 후, 시녜(侍女가) 홍쵹[262]을 잡아 뎡후를 인도ᄒᆞ여 드러오니, 장휘 바라본즉 신부의 화용옥틱[263] 젼일 남장을 ᄋᆞ[264] 보든 바와 판이[265]ᄒᆞ더라. 이의 쵹(燭)을 물니고 옥슈(玉手)를 잇그러{이끌어} 금니(衾裏)의 나아가니 그 무루녹은 졍

253) 막ᄎᆞ(幕次): 장막을 치고 임시로 머무르던 곳.

254) 죠복(朝服): 관원이 조정에 나아가 賀禮할 때 입던 예복.

255) 옥상(玉床): '상'을 아름답게 일컬은 말인 듯.

256) 닉아(內衙): 지방 관청에서 안주인이 거처하는 안채.(內東軒)

257) 홍상(紅裳): 여자가 입는 붉은 치마.

258) 현황(眩慌): 정신이 어지럽고 황홀함.

259) 익셰(愛壻가): 사랑받는 사위.

260) 파연곡(罷宴曲): 잔치를 끝낼 때에 부르는 노래.

261) 셕반(夕飯): 저녁밥.

262) 홍쵹(紅燭): 붉은 빛을 들인 밀초.

263) 화용옥틱(花容玉態): 꽃같이 아름다운 얼굴과 옥같이 고운 자태라는 뜻으로, '아름다운 여인의 얼굴과 맵시'를 일컫는 말.

264) ᄋᆞ: 불필요한 글자임.

265) 판이(判異): 아주 다름.

(情)이 여산약힉[266]ᄒᆞ더라.

ᄎᆞ셜(且說)。장휘 뎡후를 권귀[267]ᄒᆞ여 긔쥬로 도라올식, 뎡휘 슈셩장(守城將)으로 '셩디(城址)를 슈호(守護)ᄒᆞ라' ᄒᆞ고 위의(威儀) 갓쵸와 긔쥬의 이르러 구고[268]긔 뵈는 녜(禮)를 힝ᄒᆞ미, 티부인(大夫人)이 못닉 층찬불이[稱讚不已]ᄒᆞ더라.

이러구러 여러 날이 되미, 장휘 상명(上命)을 좃ᄎᆞ 황셩(皇城)의 이르러 예궐슉ᄉᆞ[269]ᄒᆞ온디, 상이 인견(引見)ᄒᆞᄉᆞ 왈,

"경(卿)이 뎡슈졍을 졔어(制御)ᄒᆞ여 도로혀{도리어} 즁군(中軍)을 삼앗는다. 짐(朕)이 경(卿) 등의 원(願)을 일워{이루어} 쥬엇스미, 경도 짐의 원을 좃출지라. 슈졍은 녀지(女子이)라, 공쥬로 경의 비우(配偶)를 졍ᄒᆞ미 맛당ᄒᆞ도다."

ᄒᆞ시고, 즉일(卽日)의 흠쳔관[270]으로 턱일(擇日)ᄒᆞ시니 금월 이십숌일이라. 상이 장연의게 측지[271]를 나리오ᄉᆞ '길녜[272]를 ᄎᆞ리라' ᄒᆞ시고, 녜부상셔(禮部尙書) 밍동현을 명쵸(命招)ᄒᆞᄉᆞ 왈,

"경으로 어미[273] 부마(駙馬)를 졍ᄒᆞ노라."

ᄒᆞ신디, 밍공이 황공(惶恐)ᄒᆞ여 감히 ᄉᆞ양(辭讓)치 못ᄒᆞ고 ᄉᆞ은이퇴(謝恩而退)ᄒᆞ니라.

이ᄯᅴ 길일(吉日)이 다다르미 장휘 길복[274]을 갓쵸와 티감(太監)으로 더

266) 여산약히(如山若海): 산과 같고 바다와 같다는 뜻으로, '아주 크고 많음'을 일컫는 말.
267) 권귀(捲歸): 신랑이 신부를 데리고 시집으로 감.
268) 구고(舅姑): 시부모.
269) 예궐슉ᄉᆞ(詣闕肅謝): 대궐에 들어가 임금의 은혜에 사례함.
270) 흠천관(欽天官): 천문, 기상을 관측하는 관리.
271) 측지[勅旨]: 임금의 명령.
272) 길네(吉禮): 좋은 잔치라는 뜻으로, '혼인이나 회갑 잔치'를 일컫는 말.
273) 어미(御妹): 궁중에서, '임금의 누이'를 일컫던 말.
274) 길복(吉服): 혼인 때의 신랑 신부가 입는 옷.

부러 여러 날 만의 황셩(皇城)의 이르러, 입궐슉ᄉᆞ(入闕肅謝)ᄒᆞ고 공쥬로 힝녜(行禮)ᄒᆞᆫ 후 쳔ᄌᆞ긔 ᄉᆞ은(謝恩)ᄒᆞ고 쵸방[275]의 드러가니{들어가니}, 공쥬의 쳔염빅틱[276] ᄉᆞ룸의 마음을 현혹(眩惑)케 ᄒᆞᄂᆞᆫ지라. 장휘 심즁(心中)의 암희(暗喜)ᄒᆞ며 솜일(三日)을 지난 후 장휘 공쥬를 거나려 긔쥬로 나려올ᄉᆡ, 홍상(紅裳) 시녀(侍女)는 쌍쌍(雙雙)이 버려{벌여} 셔고 어원풍악[277]은 늉늉[278]ᄒᆞ여 구쇼[279]의 ᄉᆞ못는지라. 긔쥬의 이르러 공쥬 틱부인(大夫人)긔 납폐힝네[280]ᄒᆞ고 장공 ᄉᆞ묘(祠廟)의 빅알(拜謁)ᄒᆞᆫ 후, 일모(日暮)ᄒᆞ믹 장휘 뎡후 침쇼(寢所)의 나아가니 뎡휘 마ᄌᆞ 좌졍(坐定)ᄒᆞ믹, 뎡휘 함쇼(含笑) 왈,

"군휘(君侯가) 공쥬를 마ᄌᆞ 쵸방(椒房) 부귀(富貴)를 누리시니 ᄌᆞ미 엇더ᄒᆞ니잇고?"

셔로 담쇼(談笑)헐 즈음의, 원부인이 공쥬로 더부러 이르거놀 뎡휘 이러 마ᄌᆞ 좌졍(坐定)ᄒᆞ믹, 뎡휘 쇼왈,

"옥쥐[281] 궁금[282]의 죤즁(尊重)ᄒᆞ시므로 누지[283]에 욕님[284]ᄒᆞ시니 ᄌᆞ못 불안(不安)ᄒᆞ도쇼이다."

공쥐 숀ᄉᆞ[285] 왈,

---

275) 쵸방(椒房): 후춧가루를 바른 방이라는 뜻으로, 왕비나 王后가 거처하는 방이나 궁전 따위를 이르는 말. 후추나무는 온기가 있고 열매가 많은 식물로서, 자손이 많이 퍼지라는 뜻에서 왕후의 방 벽에 발랐다.

276) 쳔염빅틱(千艶百態): 온갖 아리따운 태도.

277) 어원풍악(御苑風樂): 대궐 안에서 연주하는 음악.

278) 늉늉(融融): (화목한 기운이) 넘쳐흐름.

279) 구쇼(九霄): 가장 높은 하늘.(九天)

280) 납폐힝네(納幣行禮): 신랑집에서 신부집으로 예단을 보내고 혼례식을 치룸.

281) 옥쥐(玉主가): '공주'를 높이어 일컫는 말.

282) 궁금(宮禁): 왕궁. 대궐.

283) 누지(陋地): '자기가 사는 곳'을 낮추어서 일컫는 말.

284) 욕님(辱臨): '귀한 사람이 낮은 사람의 집을 찾아옴'을 높이어 일컫는 말.

"쳡(妾)은 졸헌[286] ᄉᆞ롬이라. 황명(皇命)으로 이의 이ᄅᆞ러스믹, 일신고락[287]은 군ᄌᆞ(君子)와 원비 부인게 달녀스니{달렸으니} 엇지 편(便)치 아니ᄒᆞ리오. 쳡이 궁즁(宮中)의 잇슬 ᄯᅢ 뎡후의 ᄌᆡ덕(才德)을 ᄉᆞ모(思慕)ᄒᆞ더니, 금일(今日)의 한가지로{함께} 군ᄌᆞ를 셤길 쥴 엇지 뜻ᄒᆞ엿스리오."

뎡휘 ᄯᅩᄒᆞᆫ 숀ᄉᆞ(遜辭)ᄒᆞ더라. 이럿틋 담화(談話)ᄒᆞ다가 야심(夜深) 후 숌 부인이 각각 허여지니라.

ᄎᆞ셜(且說)。이ᄯᅢ는 삼츈가졀(三春佳節)이라. 뎡휘 시비(侍婢) 등을 다리고{데리고} 후원(後園)의 드러가{들어가} 풍경[288]ᄒᆞ더니 부용각의 이르니, 장후의 춍희(寵姬) 영츈이 부용각 연못가의 거러{걸터} 안ᄌᆞ 발을 물의 담으고{담그고} 무릅{무릎} 우히{위에} 단금[289]을 언져{얹어} 곡죠(曲調)를 희롱(戲弄)ᄒᆞ며 졍후를 보고 요동(搖動)치 아니ᄒᆞ는지라. 졍휘 ᄃᆡ로(大怒)ᄒᆞ여 ᄭᅮ지져 왈,

"공후장상(公侯將相)이라도 나를 감히 만모[290]치 못ᄒᆞ려든, 너 갓튼 쳔녜(賤女가) 엇지 나를 보고 요동(搖動)치 아니ᄒᆞ는다?"

ᄒᆞ고, 즉시 도라와{돌아와} 환관[291]을 벗고 융복[292]을 갓촌 후 진시회를 불너 '영츈을 잡아오라' ᄒᆞ여 ᄃᆡ하(臺下)의 ᄭᅮᆯ닌ᄃᆡ, 뎡휘 ᄭᅮ지져 왈,

"네 군후(君侯)에 춍(寵)을 밋고{믿고} 방ᄌᆞ무지[293]ᄒᆞ여 쥬모[294]를 만모

285) 숀ᄉᆞ(遜謝): 겸손하게 사양함.

286) 졸(拙)헌: 재주가 없고 용렬한.

287) 일신고락(一身苦樂): 자기 한 몸의 괴로움과 즐거움.

288) 풍경(風景): 자연의 경치를 감상함.

289) 단금(短琴): 거문고의 일종. 일반적인 거문고에 비해 조금 작게 만들어서 신체가 작은 어린 여성도 연주할 수 있도록 제작된 것을 가리킨다.

290) 만모(慢侮): 거만한 태도로 업신여김.

291) 환관[花冠]: 꽃으로 장식한 머리쓰개의 일종.

292) 융복(戎服): 철릭과 朱笠으로 된 옛날 군복의 한 가지.

293) 방ᄌᆞ무지[放恣無忌]: 하는 짓이 몹시 건방지고 거리낌이 없음.

(慢侮)ᄒᆞ니, 그 죄(罪) 가히 머리를 버혀 타인(他人)을 징계(懲戒)헐 거시로ᄃᆡ, 쥬군[295]의 낫츨{낯을} 보와 약간(若干) 경칙[296]ᄒᆞ노라."

ᄒᆞ고, 결곤[297] 이십 도(二十度) ᄒᆞ여 ᄂᆡ치고 침실(寢室)노 도라오니{돌아오니}, ᄂᆡ써 ᄐᆡ부인이 뎡후의 거오[298]ᄒᆞ믈 미안[299]이 ᄒᆞ여 ᄒᆞ든 ᄎᆞ의 이를 듯고 ᄃᆡ로(大怒)ᄒᆞ여 장후를 불너 왈,

"영츈이 비록 유죄(有罪)ᄒᆞ나 나의 신임(信任)ᄒᆞ는 비ᄌᆞ[300]여늘, 뎡휘 ᄂᆡ게 품치 아니ᄒᆞ고[301] 임의(任意)로 치죄(治罪)ᄒᆞ니, 엇지 네 졔가(齊家)ᄒᆞ는 법되(法道이)라 ᄒᆞ리오."

장휘 돈슈ᄉᆞ죄[302]ᄒᆞ고 외당(外堂)의 나와 뎡후의 시비(侍婢)를 잡아다가 슈죄[303]ᄒᆞ여 '뎡후의 죄(罪)로 마즈라' ᄒᆞ고 결장[304]ᄒᆞ여 ᄂᆡ치니, 뎡휘 가장 불쾌이 역이더라{여기더라}.

화셜(話說)。 밍동헌{맹동현}이 어ᄆᆡ공쥬(御妹公主)와 셩친[305]ᄒᆞ고 장후의 부즁(府中)의 이르러니, 장휘 마ᄌᆞ 반기며 쥬찬(酒饌)을 나와 ᄃᆡ졉(待接)ᄒᆞ며 담화(談話)ᄒᆞ더니, 야심(夜深) 후 장휘 ᄂᆡ당(內堂)의 드러가니{들어가니}, 슘 부인이 뎡후 침소(寢所)의 뫼여 바둑을 희롱ᄒᆞ며 셔로 술을 가져다가 권(勸)ᄒᆞ며 담화ᄒᆞ거늘, 쟝휘 즉시 외당(外堂)으로 나오니라.

---

294) 쥬모(主母): 집안 살림을 주장하여 다스리는 부인.
295) 쥬군(主君): 남편.
296) 경칙(警責): 정신 차리도록 꾸짖음.
297) 결곤(結棍): 곤장을 침.
298) 거오(倨傲): 거만하고 오만스러움.
299) 미안(未安): 마음이 편치 못하고 거북함.
300) 비ᄌᆞ(婢子): 계집종.
301) 품(稟)치 아니ᄒᆞ고: 어떤 일의 可否 또는 의견을 웃어른이나 상사에게 여쭙지 아니하고.
302) 돈슈ᄉᆞ죄(頓首謝罪): 머리가 땅에 닿을 정도로 숙여 잘못을 사과함.(頓首請罪)
303) 슈죄(受罪): 죄를 받음.
304) 결장(決杖): 매로 치는 형벌을 집행함.
305) 셩친(成親): 친척을 이룬다는 뜻으로, '결혼'을 달리 일컫는 말.

이ᄯᅢ 뎡휘 ᄃᆡ취(大醉)ᄒᆞ미 공쥬와 원부인을 잇그러 양츈각의 올나 슐을 ᄶᅵ고져 ᄒᆞ더니, 이ᄯᅢ 영츈이 이믜{이미} 누(樓)의 올나 ᄉᆞᆷ 부인이 올나가물 보고 안연[306]이 난간의 지혀{기대여} 안져{앉아} 경치를 구경ᄒᆞ며 죠곰도 요동(搖動)치 아니ᄒᆞ거ᄂᆞᆯ, 뎡휘 이를 보고 불승분노(不勝忿怒)ᄒᆞ여 도로 침실(寢室)의 도라와 융복(戎服)을 갓촌 후 외헌(外軒)의 나와 진시회를 명ᄒᆞ여 '영츈을 잡아오라' ᄒᆞ니, 진시회 군ᄉᆞ로 ᄒᆞ여곰 영츈을 ᄌᆞᆸ아 ᄭᅳᆯ니는지라. 뎡휘 ᄃᆡ질[307] 왈,

"향ᄌᆞ[308]의 너를 쥭일 거시로ᄃᆡ ᄂᆡ 십분[309] 용셔ᄒᆞ엿거ᄂᆞᆯ, 네 죵시(終是) 죠곰도 긔동(起動)이 업스니 엇지 통한[310]치 아니리오. 이졔 네 머리를 버혀 간악교완[311]ᄒᆞᆫ 비ᄌᆞ 등을 증계[312]ᄒᆞ리라."

ᄒᆞ고, 무ᄉᆞ를 호령ᄒᆞ여 '영츈을 버히라' ᄒᆞ니, 니윽고 영츈의 슈급[313]을 올니거ᄂᆞᆯ, 뎡휘 좌우로 ᄒᆞ여곰 궁즁(宮中)의 순시(巡視)ᄒᆞ니, 궁즁 상히(上下가) 크게 놀나 ᄐᆡ부인(大夫人)게 고(告)ᄒᆞᆫᄃᆡ, ᄐᆡ부인이 ᄃᆡ경(大驚)ᄒᆞ여 즉시 장후를 불너 ᄃᆡ칙(大責) 왈,

"네 벼ᄉᆞᆯ이 공후(公侯)로 잇셔 ᄒᆞᆫ 녀ᄌᆞ를 졔어(制御)치 못ᄒᆞ고 엇지 셰상의 힝신[314]ᄒᆞ리오. ᄌᆞ븨[子婦가] 되여 나의 신임(信任)ᄒᆞ는 시비(侍婢)를 결장(決杖)ᄒᆞᆷ도 가(可)치 아니ᄒᆞ거든, ᄒᆞ물며 참슈(斬首) 지경(地境)의 이르니 이는 불가ᄉᆞ문어타인[315]이라."

---

306) 안연(晏然): 마음이 편안하고 태평스러움.
307) ᄃᆡ질(大叱): 크게 꾸짖음.
308) 향ᄌᆞ(向者): 지난번.
309) 십분(十分): 충분히.
310) 통한(痛恨): 몹시 원통해 함.
311) 간악교완(奸惡巧頑): 간사하고 악독하며 교활함.
312) 증계[懲戒]: 부정이나 부당한 행위를 되풀이하지 못하도록 제재를 가함.
313) 슈급(首級): (싸움터 등에서) 베어 얻은 사람의 목.
314) 힝신(行身): 처신.

ᄒᆞ거ᄂᆞᆯ, 장휘 면관돈슈[316] ᄒᆞ고 물너★[317] 이의 뎡후의 신임(信任) 시녀(侍女)를 잡아ᄂᆡ여 무슈곤칙[318] ᄒᆞ고 죽이고져 ᄒᆞ거ᄂᆞᆯ, 공쥬와 원부인이 힘써 간(諫)ᄒᆞ여 긋치니라{그치니라}. 이후로부터 장휘 뎡후를 미안(未安)이 역여{여겨} 외ᄃᆡ[319] ᄒᆞ미 만흔지라{많은지라}. 뎡휘 죠금도 겨관[320] ᄒᆞ미 업더라.

일일은 뎡휘 진시회를 불너 분부(分付)ᄒᆞ되,

"ᄂᆡ 이졔 쳥쥬로 가려ᄒᆞ나니 군마(軍馬)를 ᄃᆡ령(待令)★[321]"

ᄒᆞ고, 졍당(正堂)의 드러가{들어가} ᄐᆡ부인(大夫人)게 하즉[下直]을 고(告)ᄒᆞᆫᄃᆡ, ᄐᆡ부인 발연[322] 왈,

"엇지 연고(緣故)업시 가려ᄒᆞᄂᆞ뇨?"

뎡휘 ᄃᆡ왈,

"봉읍[323]이 즁ᄃᆡ(重大)ᄒᆞ옵고 군뮈(軍務가) 급(急)ᄒᆞ옵기로 도라가려{돌아가려} ᄒᆞ나이다."

ᄒᆞ고, 공쥬와 부인을 니별(離別)ᄒᆞ고 외당(外堂)의 나와 위의(威儀)를 직촉ᄒᆞ여, 쳥쥬의 도라와 좌졍[324] ᄒᆞ고 젼녕(傳令)ᄒᆞ여 ᄉᆞᆷ군(三軍)을 호상[325] ᄒᆞ며 무예(武藝)를 연습(鍊習)ᄒᆞ여 불의지변(不意之變)을 방비(防備)ᄒᆞ더라.

ᄎᆞ셜(且說)。 쳘통골이 겨우 명(命)을 보젼(保全)ᄒᆞ여 호왕(胡王)을 보고

---

315) 불가ᄉᆞ문어타인(不可使聞於他人): (일이 너무 황당하거나 사리에 맞지 않아) 남들이 알게 해서는 안 됨.

316) 면관돈슈(免冠頓首): 관을 벗고 이마가 땅에 닿도록 절을 함.

317) 이 부분에는 〈나와〉라는 구절이 있어야 함.

318) 무슈곤칙(無數困責): 가늠할 수 없을 정도로 매우 꾸짖음.

319) 외ᄃᆡ(外待): 푸대접.

320) 겨관[係關]: 사람 사이에 서로 꺼리거나 어려워함.

321) 이 부분에는 〈ᄒᆞ라.〉라는 구절이 있어야 함.

322) 발연(勃然): 발끈 성을 내는 모양.

323) 봉읍(封邑): 제후의 領地.

324) 좌졍(坐定): 자리를 잡고 앉아 일을 봄.

325) 호상(犒賞): 군사들에게 음식을 차려 먹이고 상을 주어 위로함.

픽(敗)ᄒᆞᆫ 연유(緣由)를 말헌ᄃᆡ, 호왕이 ᄃᆡ셩통곡(大聲痛哭)ᄒᆞ며 원슈(怨讐) 갑기{갚기}를 한(恨)ᄒᆞ여 문무(文武)를 모화{모아} 의논(議論)헐시, 문득 ᄒᆞᆫ 장쉬 츌반쥬(出班奏) 왈,

"마웅은 신(臣)의 형이라. 원컨ᄃᆡ 당당이 형의 원슈(怨讐)를 갑고{갚고} ᄐᆡ죵(太宗)의 머리를 버혀{베어} ᄃᆡ왕(大王) 휘하(麾下)의 드리리다."

ᄒᆞ거ᄂᆞᆯ, 모다 보니 이는 거긔장군[326] 마원이라. 지용(智勇)이 겸젼(兼全)ᄒᆞᄆᆡ 호왕이 ᄃᆡ희(大喜)ᄒᆞ여 마원으로 ᄃᆡ원슈(大元帥)를 삼고 철통골노 션봉(先鋒)을 ᄉᆞᆷ아 뎡병(精兵) 오만을 죠발[327]ᄒᆞ여 츌ᄉᆞ[328]헐시, 슈삭지ᄂᆡ(數朔之內)의 하북(河北) ᄉᆞᆷ십여 셩을 항복(降伏) 밧고 양셩의 다다라는지라.

양셩ᄐᆡ슈 범규홍[329]이 ᄃᆡ경(大驚)ᄒᆞ여 상표고변[330]ᄒᆞᆫᄃᆡ, 상이 ᄃᆡ경ᄒᆞᄉᆞ 문무(文武)를 모흐고 의논(議論)헐시, 졔신(諸臣)이 쥬왈,

"뎡슈졍이 안이면{아니면} ᄃᆡ젹(對敵)할 ᄌᆡ(者가) 업나이다."

상 왈,

"젼일(前日)은 슈졍의 녀화위남(女化爲男)헌 쥴 모르고 젼장(戰場)의 보ᄂᆡ거니와, 이믜{이미} 녀ᄌᆞᆫ(女子인)쥴 알진ᄃᆡ 엇지 젼장의 보ᄂᆡ리오."

졔신(諸臣) 왈,

"ᄎᆞ인(此人)은 각별(各別)이 하ᄂᆞᆯ이 폐하(陛下)를 위ᄒᆞ여 ᄂᆡ신 ᄉᆞᄅᆞᆷ이오니, 폐하는 념녀(念慮) 마옵쇼셔."

상이 마지못ᄒᆞᄉᆞ ᄉᆞ관(辭官)을 쳥쥬의 보ᄂᆡ여 뎡후를 명쵸(命招)ᄒᆞᄉᆞ 왈,

"이졔 국운(國運)이 불ᄒᆡᆼ(不幸)ᄒᆞ여 북젹(北狄)이 다시 이러 여ᄎᆞ여ᄎᆞ(如

326) 거긔장군(車騎將軍): 중앙 상비군을 통솔하고 정벌전쟁을 관장하는 장군.
327) 죠발(調發): (전시 또는 사변의 경우) 사람이나 말, 군수품을 뽑거나 거두어 모음.
328) 츌ᄉᆞ(出師): 장수가 군대를 이끌고 전쟁터로 나감.
329) 범규홍: 뒷부분에는 '범슈홍'으로 되어 있음. 현대어역문에는 범규홍으로 표기한다.
330) 상표고변(上表告變): 임금에게 表를 올려 변을 알림.

此如此) ᄒᆞ엿다 ᄒᆞ니, 세(勢) 급(急)ᄒᆞᆫ지라. 경(卿)은 모로미 도적(盜賊)을 파(破)ᄒᆞ여 짐(朕)의 근심을 덜나."

ᄒᆞ시고, 즉시 뎡슈졍으로 졍북ᄃᆡ원슈(征北大元帥)를 ᄒᆞ이시고 상방검[331]을 쥬ᄉᆞ '임의(任意) 쳐치(處置)ᄒᆞ라' ᄒᆞ시며 어쥬(御酒)를 ᄉᆞ급[332]ᄒᆞ시니, 원쉬 ᄉᆞ은(謝恩)ᄒᆞᆫ 후 쳥쥬로 도라와 각도(各道)의 젼령(傳令)ᄒᆞ여 '군긔(軍器)와 군량(軍糧)을 하북(河北)으로 슈운[333]ᄒᆞ라' ᄒᆞ고, 한복으로 션봉(先鋒)을 숨고 진시회로 즁군(中軍)을 숨고, 용봉으로 좌익장(左翼將) 숨고 관영으로 쳥쥬셩을 직희오고{지키고}, 본부병(本府兵) 이십만과 쳘긔(鐵騎) 오만을 거ᄂᆞ려 즉일(卽日) ᄒᆡᆼ군(行軍)ᄒᆞ여 십여 일 만의 하북의 이ᄅᆞ니, 양셩ᄐᆡ슈 범슈홍이 ᄃᆡ병(大兵)을 거ᄂᆞ려 원슈(元帥)를 마ᄌᆞ 합병(合兵)ᄒᆞ고 젹셰(賊勢)를 숣히더니, 슈일(數日)이 못ᄒᆞ여 제도병ᄆᆡ(諸道兵馬가) 모도이니 갑병(甲兵)이 늌십만이오 졍병(精兵)이 ᄉᆞ십만이라. 원쉬 젹진(敵陣)의 격셔(檄書)를 보ᄂᆡ고 병(兵)을 나와 ᄃᆡ진(對陣)ᄒᆞ니라.

ᄎᆞ셜(且說)。 젹장(賊將) 마원이 승승장구(乘勝長驅)ᄒᆞ여 경ᄉᆞ(京師)로 향(向)ᄒᆞ더니, 문득 뎡원슈의 ᄃᆡ군(大軍)을 맛나{만나} ᄒᆞᆫ 번 바라보ᄆᆡ 졍신이 황홀ᄒᆞ여 제장(諸將)으로 의논 왈,

"뎡슈졍은 쳔하영웅(天下英雄)이라, 진셰(陣勢)를 본즉 과연 경젹[334]지 못ᄒᆞᆯ지라. 가히 금야(今夜)의 자긱(刺客) 엄ᄇᆡᆨ슈를 보ᄂᆡ여 슈졍의 머리를 버히리라."

331) 상방검(尙方劍): 《漢書》〈朱雲傳〉을 보면, 漢나라 成帝 때 朱雲이 "신에게 尙方 斬馬劍을 내리소서. 한 佞臣의 머리를 베겠습니다"라 아뢴 말이 있는데, 이에서 유래한 구절. 상방은 供御의 기물을 만드는 관청이며, 참마검은 말을 벨 수 있는 날카로운 칼이며, 영신은 張禹를 가리킨다.

332) ᄉᆞ급(賜給): 나라나 관청, 윗사람 등이 금품을 내려줌.(賜與)

333) 슈운(輸運): 물건을 운반하여 옮김.

334) 경젹(輕敵): (적 등을) 얕보아 가벼이 대적함.

ᄒᆞ고, 엄빅슈를 불너 쳔금(千金)을 쥬며 왈,

"네 오날 밤의 송진(宋陣)의 드러가{들어가} 뎡슈경의 머리를 버혀오면, 너를 크게 쓸 거시니{것이니} 부듸 진심[335]ᄒᆞ라."

엄빅쉬 흔연(欣然) 응낙(應諾)ᄒᆞ고 ᄎᆞ야(此夜)의 비슈(匕首)를 ᄶᅵ고 몸을 흔드러{흔들어} 풍운(風雲)을 타고 송진(宋陣)으로 가니라.

ᄎᆞ시(此時) 원쉬 한 계교(計巧)를 ᄉᆡᆼ각ᄒᆞ고 긔쥬후 장연의게 젼령(傳令)ᄒᆞ되,

"군무ᄉᆞ(軍務事)의 긴급(緊急)ᄒᆞᆫ 일이 잇기로 젼령(傳令)ᄒᆞ나니 슈일(數日) ᄂᆡ(內)로 ᄃᆡ령(待令)ᄒᆞ라. 만일 한[336]을 어긔면 군법(軍法) 시ᄒᆡᆼ(施行)ᄒᆞ리라."

ᄒᆞ고, 셔안(書案)을 ᄃᆡᄒᆞ여 병셔(兵書)를 읽더니 믄득 일진광풍[337]이 등쵹(燈燭)을 ᄯᅳ는지라. 마음의 의심(疑心)ᄒᆞ여 ᄉᆞ미 안흐로셔 ᄒᆞᆫ 괘(卦)를 어드미 '션흉후길[338]ᄒᆞ여 일노{이로} 인ᄒᆞ여 경공[339]ᄒᆞ리라' ᄒᆞ엿거놀, 즉시 군즁(軍中)의 젼령(傳令)ᄒᆞ여,

"금야(今夜)의 장졸(將卒)을 잠ᄌᆞ지 말고 도젹(盜賊)을 방비(防備)ᄒᆞ라."

ᄒᆞ고, 홀노 셔안(書案)의 의지(依支)ᄒᆞ엿더니, ᄂᆡ의 엄빅쉬 칼을 ᄶᅵ고 송진(宋陣) 장ᄃᆡ(將臺)의 이ᄅᆞ니, 등쵹(燈燭)이 휘황(輝煌)ᄒᆞ고 인젹(人迹)이 고요ᄒᆞ거놀, 장(帳) 틈으로 여혀본즉{열어본즉} 뎡원쉬 갑쥬(甲冑)를 갓쵸고 단검(短劍)을 쥐고 안ᄌᆞ시미, 위풍(威風)이 엄슉(嚴肅)ᄒᆞ며 영긔발월[340]ᄒᆞ여 ᄉᆞ롬으로 ᄒᆞ여곰 마음의 현황(眩慌)ᄒᆞᆫ지라. 빅쉬 혀오ᄃᆡ{생각하되},

---

335) 진심(盡心): 정성을 다 기울임.

336) 한(限): 기한.

337) 일진광풍(一陣狂風): 한바탕 몰아치는 사나운 바람.

338) 션흉후길(先凶後吉): 처음은 흉하고 나중은 길함.

339) 경공(驚恐): 놀랍고 두려움.

340) 영긔발월(英氣發越): 기상이 매우 뛰어남.

'ᄎᆞ인(此人)은 진짓 쳔신(天神)이니 만일 ᄒᆡ(害)ᄒᆞ려다가는 큰 화(禍)를 당ᄒᆞ리라.'

ᄒᆞ고, 스ᄉᆞ로 장하(帳下)의 나려 칼을 더지고{던지고} ᄯᅡ의{땅에} 업듸여 ᄉᆞ죄(謝罪)ᄒᆞ거놀, 원싊 경문(驚問) 왈,

"너는 엇던 ᄉᆞᄅᆞᆷ이완ᄃᆡ, 이 심야(深夜)의 진즁(陣中)의 드러와 무단(無端)이 쳥죄(請罪)ᄒᆞᄂᆞᆫ다?"

ᄇᆡᆨ싊 고두(叩頭) 왈,

"쇼인(小人)은 본ᄃᆡ 복방[北方] ᄉᆞᄅᆞᆷ이러니, 젹장(賊將) 마원의 쳔금(千金)을 밧고{받고} 노야(老爺)의 머리를 구ᄒᆞ러 왓습다가 노야의 긔상(氣像)을 보온즉 ᄇᆡᆨ신[341]이 호위(護衛)ᄒᆞ엿스ᄆᆡ 감히 범졉[342]지 못ᄒᆞ옵고 죄(罪)를 쳥(請)ᄒᆞ나이다."

원슈 쳥파[聽罷]의 왈,

"네 이믜{이미} 즁ᄒᆞᆫ 깁슬[값을] 밧고{받고} 위지[343]의 드러왓다가{들어왔다가} 그져 도라가면{돌아가면} 반다시 네 목슘이 위ᄐᆡ(危殆)헐 거시ᄆᆡ{것임에}, 너는 ᄂᆡ 머리를 버혀 가지고 도라가{돌아가} 공(功)을 셰우라."

ᄒᆞ니, ᄇᆡᆨ싊 더옥 황공(惶恐)ᄒᆞ여 ᄉᆞ죄(謝罪) 왈,

"쇼인(小人)이 이믜{이미} 본심(本心)이 발(發)ᄒᆞ엿고 노야(老爺)게셔 이갓치 용셔(容恕)ᄒᆞ시니, ᄒᆞᆫ덕[厚德]이 ᄇᆡᆨ골난망[344]이로쇼이다."

원싊 좌우(左右)를 명(命)ᄒᆞ여 쥬효[345]를 가져다가 관ᄃᆡ[346]ᄒᆞ고 ᄉᆞᆼ자 안

---

341) ᄇᆡᆨ신(百神): 온갖 신령스러운 존재.

342) 범졉(犯接): 조심성 없이 함부로 가까이 가서 접촉함.

343) 위지(危地): 위험한 곳.

344) ᄇᆡᆨ골난망(白骨難忘): 죽어 백골이 된다 하여도 잊을 수 없음. 큰 은혜나 덕을 입었을 때 감사의 뜻으로 하는 말이다.

345) 쥬효(酒肴): 술과 안주.

346) 관ᄃᆡ(款待): 친절하게 대하거나 정성껏 대접함.

흐로{안에서} 금(金)을 닉여쥬며 왈,

"이를 가지고 고향의 도라가{돌아가} 싱이[347]를 위업[348]ᄒᆞ고 불의지ᄉᆞ(不義之事)를 힝(行)치 말미 엇더ᄒᆞ뇨?"

빅슈 불승감은(不勝感恩)ᄒᆞ여 즉시 하직(下直)고 도라가니라{돌아가니라}.

ᄎᆞ셜(且說)。원슈에 젼령(傳令)이 긔쥬의 이ᄅᆞ니, 장연이 남필(覽畢)의 통히[349]ᄒᆞ여 닉당(內堂)의 드러가{들어가} 이 쇼유[事由]를 고(告)ᄒᆞᆫᄃᆡ, ᄐᆡ부인(大夫人)이 ᄯᅩᄒᆞᆫ 통히ᄒᆞ더라. 장휘 싱각ᄒᆞ되 '군령(軍令)이라', 마지못ᄒᆞ여 ᄐᆡ부인게 하즉(下直)ᄒᆞ고 하북(河北)으로 갈시, 운량관[350]을 불너 분부(分付)ᄒᆞ되,

"군량(軍糧)을 강하(江河)로 운젼[351]ᄒᆞ여 일한[352]의 밋게{미치게} ᄒᆞ라."

ᄒᆞ고 빅도[353]ᄒᆞ여 나아가니라.

ᄎᆞ시(此時) ᄌᆞᄀᆡᆨ(刺客) 엄빅쉬 호진(胡陣)의 도라가{돌아가} 마원더러 이ᄅᆞ되,

"숑진(宋陣)의 드러가{들어가} 보온즉, 좌우(左右)의 범 갓튼 장쉬(將帥가) 무슈(無數)허오미 감히 하슈[354]지 못ᄒᆞ엿노라."

ᄒᆞ니, 마원이 왈,

"만일 그러헐진ᄃᆡ, 명일(明日) 다시 셩공(成功)ᄒᆞ라."

ᄒᆞ거놀, 빅쉬 일계(一計)를 싱각ᄒᆞ고 거짓 응낙(應諾)ᄒᆞᆫ 후 장(帳) 뒤히셔

---

347) 싱이(生涯): 살아갈 방도를 삼음.(生計)
348) 위업(爲業): 일을 삼아 열심히 함.
349) 통히(痛駭): 몹시 이상스러워 하고 놀라워 함.
350) 운량관(運糧官): 軍糧을 실어 나르는 것을 책임진 관리.
351) 운젼(運轉): (말이나 수레 따위를 이용하여) 물건을 옮김.
352) 일한(日限): 기한으로 정해진 날.
353) 빅도(倍道): 이틀에 갈 길을 하루에 감.
354) 하슈(下手): 손을 대어 직접 사람을 죽이거나 벌을 줌.

{뒤에서} 쉬더니, 니씩 마원이 야심(夜深)ᄒᆞ믹 홀노 장즁(帳中)의셔 잠을 깁히 들거늘, 빅쉬 가마니{가만히} 드러가{들어가} 마원의 머리를 버혀{베어} 가지고 숑진(宋陣)의 나아가 원슈(元帥)긔 드리니, 원쉬 놀나며 일변(一邊) 깃거ᄒᆞ여 다시 쳔금(千金)을 쥬어 보닉니라.

익일(翌日)의 군시(軍士가) 보(報)ᄒᆞ되,

"긔쥬후 장연이 본부병(本府兵)을 거나려 셩하(城下)의 결진(結陣)ᄒᆞ엿스나, 군량(軍糧)은 아즉 밋지{미치지} 못ᄒᆞ엿나이다."

ᄒᆞ거늘, 원쉬 심즁(心中)의 딕희(大喜)ᄒᆞ나 짐짓 쇼기고져{속이고저} ᄒᆞ여 군량(軍糧)이 밋지 못ᄒᆞ믈 칙(責)ᄒᆞ여 '아직 부과[355]ᄒᆞ라' ᄒᆞ고, 마원의 슈급(首級)을 긔(旗)의 놉히{높이} 다라{달아} 왈,

"우리 장졸(將卒)이 ᄒᆞᆫ낫토 나가 니 업시 젹장(賊將)의 머리 닉 숀의 왓스믹, 졔장졸(諸將卒)은 자시{자세히} 보라."

ᄒᆞ니, 일진장졸(一陣將卒)이 딕경실식(大驚失色)ᄒᆞ여 아모 곡졀(曲折)을 몰나 의아(疑訝)ᄒᆞ더라.

각셜(却說)。 젹장(賊將) 쳘통골이 장즁(帳中)의 이르니, 마원이 안연(晏然)히 누엇는딕 머리 간딕업고 유혈(流血)이 낭즈(狼藉)ᄒᆞ엿는지라. 딕경(大驚)ᄒᆞ여 급히 즈긱(刺客)을 ᄎᆞ즈니, 임의{이미} 죵젹 업스믹, 일군(一軍)이 황황망죠[356]여늘 쳘통골이 칼을 들고 웨여{외쳐} 왈,

"만일 즈레{지레} 요란(擾亂)ᄒᆞ는 지(者가) 잇스면 참(斬)ᄒᆞ리라."

ᄒᆞ고, 마원의 시신(屍身)을 거두어 염빙[357]ᄒᆞ고 군마(軍馬)를 네 딕(隊)의 난화{나누어} 진(陣)을 베풀고, 이 ᄉᆞ연(事緣)을 본국(本國)의 보(報)ᄒᆞ여 구

---

355) 부과(附過): 관리나 군병의 공무상 과실이 있을 때에 곧 처벌하지 아니하고 관원 명부에 적어 두는 일.

356) 황황망죠(遑遑罔措): 마음이 급하여 허둥지둥하며 어찌할 바를 모름.

357) 염빙[殮殯]: 시체를 염습하여 관에 넣어 안치함.

병[358]을 쳥(請)ᄒᆞ니라.

ᄎᆞ시(此時) 뎡원슈 각도(各道) 병마(兵馬)를 통합(統合)ᄒᆞ여 ᄉᆞᄃᆡ[359]의 분비(分排)ᄒᆞ고 졔장(諸將)으로 더부러 의논(議論) 왈,

"이졔 젹진(賊陣) 쥬장[360]이 업스믹 금야(今夜)의 가히 겁칙[361]ᄒᆞ리라."

ᄒᆞ고, ᄎᆞ야(此夜)의 원슈 ᄒᆞᆫ 변 북 쳐 젹진(賊陣)을 파(破)ᄒᆞ고 쳘통골을 ᄉᆞ로잡아 본진(本陣)으로 도라와{돌아와}, 원슈 장ᄃᆡ(將臺)의 놉히{높이} 안ᄌᆞ{앉아} 쳘통골을 장하(帳下)의 ᄭᅮᆯ니고 ᄃᆡ즐[大叱] 왈,

"여등(汝等)이 무단(無端)이 쳔죠[362]를 범(犯)코져 ᄒᆞ니, 그 죄(罪) 만ᄉᆞ유경[363]이라. 너의를 신속(迅速)이 쳐(處)ᄒᆞ여 후인(後人)을 증계(懲戒)ᄒᆞ리라."

ᄒᆞ니, 쳘통골 등이 머리를 두다려 황복[降伏]ᄒᆞ거늘, 원슈 좌우로 ᄆᆡᆫ 거슬 그르고{끄르고} 장ᄃᆡ(將臺)의 좌(座)을 주며 쥬효(酒肴)를 셩비[364]ᄒᆞ여 관ᄃᆡ(寬待)ᄒᆞ니, 호장(胡將) 등이 은덕(恩德)을 못ᄂᆡ 감ᄉᆞ(感謝)ᄒᆞ더라. 원슈 호장 등을 본토(本土)로 보ᄂᆡᆫ이라.

ᄎᆞ셜(且說)。 원슈 우양(牛羊)을 ᄌᆞᆸ아 삼군(三軍)을 호궤[365]ᄒᆞ고, 원슈 ᄯᅩ ᄒᆞᆫ 술을 연(連)ᄒᆞ여 나와 취흥(醉興)이 도도[366]ᄒᆞ믹 좌우(左右)를 호령(號令)ᄒᆞ여,

"장연을 나입[367]ᄒᆞ라."

358) 구병(救兵): 도와 줄 군대.
359) ᄉᆞᄃᆡ(四隊): 동서남북의 네 방향을 맡은 모든 부대.
360) 쥬장(主將): 우두머리가 되는 장수.
361) 겁칙(劫飭): 협박하여 빼앗음.
362) 쳔죠(天朝): 제후의 나라를 염두에 두고 '천자의 조정'을 일컫던 말.
363) 만ᄉᆞ유경(萬死猶輕): 만 번을 죽는다 해도 못 미치리만큼 '죄가 무거움'을 일컫는 말.
364) 셩비(盛備): 성대하게 잘 차림.
365) 호궤(犒饋): 군사들에게 음식을 베풀어 위로함.
366) 도도(滔滔): (기운 등이) 거침없이 한껏 솟아오름.

ᄒᆞ니, 무시(武士가) 쇠ᄉᆞ슬노 장연의 목을 올가{옭아} 장하(帳下)의 이르미 장휘 ᄭᅮ지 아니ᄒᆞ거ᄂᆞᆯ, 원쉬 ᄃᆡ로(大怒) 왈,

“이졔 도적(盜賊)이 침노(侵擄)ᄒᆞ미, 황상(皇上)이 날노ᄡᅧ ‘도적을 막으라’ ᄒᆞ시니, ᄂᆡ 황명(皇命)을 밧ᄌᆞ와 쥬야용녀[368]ᄒᆞ거ᄂᆞᆯ, 그ᄃᆡ는 엇지ᄒᆞ여 막즁(莫重) 군량(軍糧)을 진시[369] ᄃᆡ령(待令)치 아니ᄒᆞ엿ᄂᆞ뇨? 장녕(將令)을 어긔엿스니 군법(軍法)은 ᄉᆞ시(私事가) 업ᄂᆞ니 그ᄃᆡ는 나를 원(怨)치 말나.”

ᄒᆞ고, 무ᄉᆞ(武士)를 명(命)ᄒᆞ여 ‘ᄂᆡ혀 버히라’ ᄒᆞ니, 장휘 ᄃᆡ로ᄃᆡ즐[大怒大叱] 왈,

“ᄂᆡ 비록 용녈[370]ᄒᆞ나 그ᄃᆡ의 가뷔[371]라, 쇼쇼(小小) 혐의(嫌疑)로ᄡᅧ 군법(軍法)을 빙ᄌᆞ(憑藉)ᄒᆞ고 가부를 곤욕[372]ᄒᆞ니 엇지 녀ᄌᆞ(女子)의 도리(道理)리오.”

ᄒᆞ거ᄂᆞᆯ, 원쉬 ᄎᆞ언(此言)을 듯고 더욱 황복[降伏] 밧고져 ᄒᆞ여 짐짓 ᄭᅮ지져 왈,

“그ᄃᆡ ᄉᆞ체[373]를 모르는도다? 국가 즁임(國家重任)을 맛트미 곤[374] 이외는 ᄂᆡ 장즁(掌中)의 이슬 ᄲᅮᆫ더러 그ᄃᆡ 이믜{이미} 범법(犯法)ᄒᆞ엿스니, 엇지 부부지의(夫婦之義)를 ᄉᆡᆼ각ᄒᆞ여 군법(軍法)을 착난[375]케 ᄒᆞ리오. 그ᄃᆡ 비록 나를 쵸ᄀᆡ[376]갓치 녀기ᄂᆞ, ᄂᆡ 또ᄒᆞᆫ 그ᄃᆡ 갓ᄒᆞᆫ 장부(丈夫)는 원(願)치

---

367) 나입(拿入): 죄인을 잡아들임.

368) 쥬야용녀(晝夜用慮): 밤낮으로 마음을 쓰거나 걱정함.

369) 진시(趁時): 과거의 어느 때에 이미.

370) 용녈(庸劣): 변변하지 못함.

371) 가뷔(家夫이): 한 집안의 가장. 남에게 ‘자기 남편’을 가리키는 말로도 쓰인다.

372) 곤욕(困辱): 심하게 모욕함.

373) ᄉᆞ체(事體): 일이 되어가는 형편.

374) 곤(閫): 왕궁이 있는 수도권 지역.

375) 착난(錯亂): (감정이나 사고 따위가) 뒤엉키고 어지러움.

376) 쵸ᄀᆡ(草芥): 풀과 지푸라기라는 뜻으로, ‘하찮은 것’을 비유하여 일컫는 말.

아니ᄒᆞ노라."

ᄒᆞ고, 무ᄉᆞ(武士)를 진촉ᄒᆞᄂᆞᆫ지라. 장휘 이의 다다라는 ᄃᆡ답(對答)헐 말이 업스ᄆᆡ, 다만 고ᄀᆡ를 슈기고 왈,

"군량(軍糧)을 뉵노(陸路)로 슈운(輸運)치 못ᄒᆞ여 강하(江河)로 슈운ᄒᆞᄆᆡ 순풍(順風)을 만나지 못ᄒᆞ여 지완[377]ᄒᆞ미니, 엇지 홀노 ᄂᆡ 죄(罪이)라 ᄒᆞ리오."

ᄒᆞᆫᄃᆡ, 졔장(諸將)이 ᄯᅩᄒᆞᆫ ᄉᆞ셰(事勢) 그러ᄒᆞᆫ 쥴노 구지{굳이} 간(諫)ᄒᆞ거ᄂᆞᆯ, 원쉬 양구(良久)의 왈,

"두로{두루} 낫츨 보아 용ᄉᆞ[378]ᄒᆞ나 바히{아주 전혀} 그져 두지 못ᄒᆞ리라."

ᄒᆞ고, 무ᄉᆞ(武士)를 명(命)ᄒᆞ여 결곤(決棍) 십여 장의 이르러ᄂᆞᆫ 분부(分付)ᄒᆞ여 나츌[379]ᄒᆞᆫ 후, 즉일 회군(回軍)ᄒᆞ여 황셩(皇城)으로 향헐ᄉᆡ 강셔 지경에 이르러 한복다려 왈,

"진량의 젹쇠(謫所가) 언마ᄂᆞ{얼마나} ᄒᆞ뇨?"

ᄃᆡ왈,

"슈십 니(里)는 되나이다."

원쉬 분부(分付)ᄒᆞ되,

"철긔(鐵騎)를 거ᄂᆞ려 진량을 결박(結縛)ᄒᆞ여 오라."

ᄒᆞ니, 한복 등이 쳥녕(聽令)ᄒᆞ고 나는 다시 진량 젹쇼(謫所)의 가 바로 ᄶᅦ쳐 ᄂᆡ실(內室)노 드러갈ᄉᆡ, 진량이 ᄃᆡ경(大驚)ᄒᆞ여 연고(緣故)을 뭇거ᄂᆞᆯ, 한복이 칼을 드러 시노[380]를 버히고 군ᄉᆞ(軍士)를 호령(號令)ᄒᆞ여 진량을 결박(結縛)ᄒᆞ여 본진(本陣)으로 도라와{돌아와} 원쉬긔 고(告)ᄒᆞᆫᄃᆡ, 원쉬 이의 진량을 잡아드려 장하(帳下)의 ᄭᅮᆯ니고 노긔 ᄃᆡ발(怒氣大發)ᄒᆞ여 부친

377) 지완(遲緩): 더디고 느림.
378) 용ᄉᆞ(容赦): 용서하여 놓아 줌.
379) 나츌(拿出): 잡아 끌어냄.
380) 시노(侍奴): 시중을 드는 남자 종.

모히(謀害)ᄒᆞ든 죄상(罪狀)을 문쵸[381]ᄒᆞ니, 진량이 다만 살거지라 빌거늘, 원슈 무ᄉᆞ(武士)를 호령(號令)ᄒᆞ여 '썰니 버히라' ᄒᆞ니, 이윽고 진량의 슈급(首級)을 드리거늘{들이거늘}, 원슈 상탁[382]을 비셜(排設)ᄒᆞ고 부군[383]긔 셜졔[384]ᄒᆞᆫ 후, 나라의 쳡셔(捷書)를 올니고 장연은 긔쥬로 보니고 ᄃᆡ군(大軍)을 휘동(麾動)ᄒᆞ여 경ᄉᆞ(京師)로 향ᄒᆞ여, 여러 날 만의 궐하(闕下)의 이르니, 상이 ᄇᆡᆨ관(百官)을 거ᄂᆞ려 원슈(元帥)를 마ᄌᆞ 못ᄂᆡ 치ᄉᆞ(致謝)ᄒᆞ시고 원슈로 좌각노 평북후를 봉ᄒᆞ시니, 원슈 ᄉᆞ은(謝恩)ᄒᆞ고 본부병(本府兵)을 거ᄂᆞ려 쳥쥬로 가니라.

ᄎᆞ셜(且說)。장휘 긔쥬의 이르러 ᄐᆡ부인(大夫人)긔 뵈옵고 젼후ᄉᆞ연(前後事緣)을 고ᄒᆞᆫᄃᆡ, ᄐᆡ부인이 쳥파(聽罷)의 통분(痛憤)이 여기니, 원부인과 공쥐 고왈,

"뎡휘 벼슬이 각노(閣老)의 이르럿스니 능히 졔어(制御)치 못헐 거시오. 졔 쏘ᄒᆞᆫ ᄃᆡ의(大義)를 알아 숨가 화목(和睦)헐 거시니, 이졔는 노(怒)치 마르쇼셔."

ᄐᆡ부인(大夫人)이 그러이{옳다} 역여{여겨} 이의 ᄉᆞᄌᆞ시녀[385]를 졍ᄒᆞ여 셔간(書簡)을 쥬어 쳥쥬로 보니니라. 잇ᄯᅢ 뎡휘 젼후ᄉᆞ(前後事)를 ᄉᆡᆼ각ᄒᆞ고 심식(心事가) 울민[386]ᄒᆞ더니, 시비(侍婢) 문득 보(報)ᄒᆞ되 '긔쥬 시녀(侍女가) 왓다' ᄒᆞ거늘, 불너 드려 셔찰(書札)을 본즉 ᄐᆡ부인(大夫人)의 셔찰이라. 심하(心下)의 깃거 즉시 회답(回答)ᄒᆞ여 보니고, 익일(翌日)의 ᄒᆡᆼ장(行裝) 차려 갈ᄉᆡ, 홍군쉬슴[387]으로 봉관젹의[388]에 명월픠(明月牌) ᄎᆞ고 슈

381) 문쵸(問招): 죄인을 심문함.
382) 상탁(床卓): 祭床과 香卓.
383) 부군(府君): 돌아가신 아버지에 대한 존칭.
384) 셜졔(設祭): 제사를 마련하여 차림.
385) ᄉᆞᄌᆞ시녀(使者侍女): 명령이나 부탁을 받고 심부름하는 시녀.
386) 울민(鬱悶): 마음이 답답하고 괴로움.

십(數十) 시녀를 거ᄂᆞ려 셩 박긔 나오니, 한복이 뎡후의 거교[389]를 옹위(擁衛)ᄒᆞ여 긔쥬의 이르러 궁닉(宮內)의 드러가{들어가}, 뎡휘 틱부인(大夫人)게 녜(禮)ᄒᆞ고 냥부인(兩夫人)으로 더부러 녜필좌졍[390]ᄒᆞ미, 틱부인(大夫人)이 젼ᄉᆞ(前事)를 죠금도 혐의[391] 업스니, 뎡휘 ᄯᅩᄒᆞᆫ 틱부인게 지셩(至誠)으로 셤기더라.

이후로 영화부귀(榮華富貴)를 누리며 슬하(膝下)의 션션지낙(善善之樂)이 가득ᄒᆞ여 뎡후는 이ᄌᆞ일녀(二子一女) 두엇스되, 장ᄌᆞ로써 후ᄉᆞ(後嗣)를 니어 긔쥬를 승습[392]ᄒᆞ고, ᄎᆞᄌᆞ로 뎡시 봉ᄉᆞ[393]를 밧드러 청쥬를 진졍[進展]케 ᄒᆞ며, 원부인 ᄉᆞᄌᆞ일녀(四子一女)를 두고 공쥬는 이ᄌᆞ일녀(二子一女)를 두어스되, 다 부풍모습[394]ᄒᆞ여 비범(非凡)치 아니ᄒᆞ더라.

왕틱부인(王大夫人)이 팔십칠 셰의 기셰(棄世)ᄒᆞ미 장후와 숨 부인이 익통과례[395]ᄒᆞ여 녜(禮)로써 션산(先山)의 합장(合葬)ᄒᆞᆫ 후 숨상(三喪)을 지닉고 더욱 슬프믈 마지아니ᄒᆞ더니, 이ᄯᅢ 틱황졔(大皇帝) ᄯᅩᄒᆞᆫ 붕(崩)ᄒᆞ시니 공쥬와 뎡·장 양인(兩人)이 슬허ᄒᆞ미 비(比)헐 ᄃᆡ 업더라.

이후로 장후 부뷔 안과틱평[396]ᄒᆞ다가 나히{나이} 칠십오 셰의 이르러는 양양 물가의 풍경(風景)을 완상(玩賞)헐시, 이ᄯᅢ는 삼월(三月) 망간(望間)

---

387) 홍군취숨(紅裙翠衫): 붉은 치마와 푸른 저고리.

388) 봉관젹의(鳳冠翟衣): 봉황을 새긴 관과, 옛날 왕후가 입던 붉은 비단 바탕에 꿩을 수놓은 옷.

389) 거교(車轎): 귀한 사람이 타고 다니는 수레와 가마.

390) 녜필좌정(禮畢坐定): 예를 마치고 앉음.

391) 혐의(嫌疑): 꺼리고 싫어함.

392) 승습(承襲): 爵位 따위를 이어받음.

393) 봉ᄉᆞ(奉祀): 조상을 받들어 모시는 제사.

394) 부풍모습(父風母習): 부모의 모습을 골고루 닮음.

395) 익통과례(哀痛過禮): 몹시 슬퍼하는 것이 정도에 지남.

396) 안과틱평(安過太平): 아무 탈 없이 태평하게 지냄.

이라. 치션[397]을 타고 션유[398]ᄒᆞ더니, 한 ᄯᅢ 치운(彩雲)이 이러나며{일어나며} 냥인(兩人)이 구름에 ᄊᆞ이여 ᄇᆡᆨ일승천[399]ᄒᆞ니라. 원부인과 공쥬는 ᄒᆡ를 년(連)ᄒᆞ여 죽으니라. ᄌᆞ손(子孫)이 창셩[400]ᄒᆞ여 ᄃᆡᄃᆡ(代代)로 벼슬이 긋치지{그치지} 아니ᄒᆞ고 충효녈절(忠孝烈節)이 ᄭᅥ나지 아니ᄒᆞᄆᆡ, 긔특(奇特)ᄒᆞᆫ ᄉᆞ적(事跡)을 긔록(記錄)ᄒᆞ여 젼(傳)ᄒᆞ노라.

[吳漢根所藏本][401]

397) 치션(彩船): 呈才 때의 船遊樂에 쓰던 배.

398) 션유(船遊): 배를 타고 돌아다니며 구경함.

399) ᄇᆡᆨ일승천(白日昇天): 정성스럽게 도를 닦아 육신을 가진 채 신선이 되어 대낮에 하늘로 올라감.

400) 창셩(昌盛): (일이나 세력 따위가) 번성하여 잘 되어 감.

401) 이 대본은 경판 17장본으로 『景印 古小說板刻本全集 3』(김동욱 편)의 59~67에 수록되어 있다.

찾아보기

〈ㄴ〉

〈ㄷ〉

〈ㅁ〉

〈ㅂ〉

〈ㅅ〉

〈ㅇ〉

〈ㅈ〉

〈ㅊ〉

〈ㅌ〉

〈ㅍ〉

〈ㅎ〉

신해진(申海鎭)

경북 의성 출생
고려대학교 국어국문학과 및 동대학원 석·박사과정 졸업(문학박사)
전남대학교 제23회 용봉학술상(2019)
현재 전남대학교 인문대학 국어국문학과 교수
BK21플러스 지역어 기반 문화가치 창출 인재양성 사업단장
한국언어문학회 회장

저역서 『완판방각본 유충렬전』(보고사, 2018)
『완판방각본 이대봉전』(보고사, 2018)
『용문전』(지만지, 2010)
『장풍운전』(지만지, 2009)
『소대성전』(지만지, 2009)
『조선후기 가성소설선』(월인, 2000)
『조선후기 우화소설선』(공편)(태학사, 1998)
이외 다수의 저역서와 논문

경판방각본 영웅소설선 京板坊刻本 英雄小說選

2019년 9월 30일 초판 1쇄 펴냄

선 주 신해진
펴낸이 김흥국
펴낸곳 도서출판 보고사

책임편집 이경민
표지디자인 손정자

등록 1990년 12월 13일 제6-0429호
주소 경기도 파주시 회동길 337-15 보고사 2층
전화 031-955-9797(대표)
02-922-5120~1(편집), 02-922-2246(영업)
팩스 02-922-6990
메일 kanapub3@naver.com/bogosabooks@naver.com
http://www.bogosabooks.co.kr

ISBN 979-11-5516-948-3 93810

정가 36,000원